章玉政 著

北京师范大学出版集团
安徽大学出版社

图书在版编目(CIP)数据

刘文典传/章玉政著. —合肥:安徽大学出版社,2018.7(2020.8重印)
ISBN 978-7-5664-1680-3

Ⅰ.①刘… Ⅱ.①章… Ⅲ.①刘文典(1889—1958)—传记 Ⅳ.①K825.6

中国版本图书馆 CIP 数据核字(2018)第 176417 号

刘 文 典 传
Liu Wendian Zhuan

章玉政 著

出版发行:	北京师范大学出版集团 安 徽 大 学 出 版 社 (安徽省合肥市肥西路 3 号 邮编 230039) www.bnupg.com.cn www.ahupress.com.cn
印　　刷:	安徽省人民印刷有限公司
经　　销:	全国新华书店
开　　本:	170 mm×230 mm
印　　张:	25.75
字　　数:	356 千字
版　　次:	2018 年 7 月第 1 版
印　　次:	2020 年 8 月第 2 次印刷
定　　价:	68.00 元

ISBN 978-7-5664-1680-3

策划编辑:李加凯　　　　　　　　装帧设计:李　军
责任编辑:李加凯　　　　　　　　美术编辑:李　军
责任印制:陈　如

版权所有　侵权必究

反盗版、侵权举报电话:0551—65106311
外埠邮购电话:0551—65107716
本书如有印装质量问题,请与印制管理部联系调换。
印制管理部电话:0551—65106311

献给母校安徽大学

目 录 MULU

引　言　士人时代的精神追寻 ………………………………… 1

第一章　热血青春 ……………………………………………… 1

 第一节　大海里尝了一滴水 …………………………………… 1
  生年之谜·卯字号名人 …………………………………… 1
  合肥城里的小富人家 ……………………………………… 4
  第一遭和西洋文化接触 …………………………………… 6

 第二节　一个排满主义的讲习所 ……………………………… 9
  唯安徽公学马首是瞻 ……………………………………… 9
  中江流域的革命策源地 …………………………………… 12
  "排满排得最厉害的经学大师" …………………………… 14
  "争先加入"同盟会 ………………………………………… 17

 第三节　决意到日本去留学 …………………………………… 19
  "硬要往那荆棘里跑" ……………………………………… 19
  "人生观从此就略略定了" ………………………………… 21
  从此成为"章门弟子" ……………………………………… 24

第四节　淮上风云 …………………………………… 27
　　"申叔若死,我岂能独生?" …………………………… 27
　　孙中山为《民立报》题词 ……………………………… 29
　　议和声中血流成河 …………………………………… 32
　　宋教仁之死 …………………………………………… 35
　　营救陈独秀 …………………………………………… 37

第五节　亲炙中山先生干革命 ……………………… 40
　　加盟中华革命党 ……………………………………… 40
　　铁血忠魂 ……………………………………………… 44

第六节　转身"新青年" ……………………………… 48
　　吾徒何处续《离骚》 …………………………………… 48
　　《唯物唯心得失论》 …………………………………… 52
　　加盟"新青年群" ……………………………………… 55
　　高举科学与民主的大旗 ……………………………… 59
　　在《新中华》上谈"自由革命" ………………………… 63
　　"好战乃人类之本性" ………………………………… 66

第二章　北大十年 …………………………………… 71

第一节　"新青年"北上 ……………………………… 71
　　英雄·暗战 …………………………………………… 71
　　新文化的先声 ………………………………………… 75
　　横扫"妖雾" …………………………………………… 80

第二节　五四运动 …………………………………… 85
　　五四"守夜犬" ………………………………………… 85
　　"告别"陈独秀 ………………………………………… 90

第三节　中西沟通家 ………………………………… 93
　　"求两系文明的化合" ………………………………… 93

"译书的天才" ……………………………………… 98
海克尔与一元论 …………………………………… 103
丘浅次郎与进化论传播 …………………………… 107
《基督抹杀论》 …………………………………… 111

第四节 《淮南鸿烈集解》 …………………………… 114
刘师培之死 ………………………………………… 114
整理国故 …………………………………………… 117
"急于要挂块招牌" ………………………………… 120
胡适版"明星制造" ………………………………… 124
"我的名可以流传五百年" ………………………… 129
"我的朋友胡适之" ………………………………… 133

第五节 北大风波 ……………………………………… 137
"饭碗"风潮 ………………………………………… 137
抗争教育部 ………………………………………… 141
"驱赶"章士钊 ……………………………………… 144

第三章 主政安大 ………………………………………… 149

第一节 安大的难产 …………………………………… 149
"难产"终结者 ……………………………………… 149
"空头支票"风波 …………………………………… 155
"宣传共产"诬案 …………………………………… 160

第二节 怒斥蒋介石 …………………………………… 164
大学不是衙门 ……………………………………… 164
女校开演"武剧" …………………………………… 169
蒋介石决定会会刘文典 …………………………… 173
"在祖父坟上掘了一个大坑" ……………………… 178

第四章　水木清华 … 184

第一节　三易校长风波 … 184
- 罗家伦"党化"清华园 … 184
- 不撤校长就集体辞职 … 187
- 代理中国文学系主任 … 191
- "教授之教授" … 193
- "对对子"风波 … 197

第二节　何事波涛总未平 … 201
- "大家快快的研究日本要紧！" … 201
- 章太炎北上游说张学良 … 205
- 小纸片下必有"并吞"二字 … 209
- 《荒木贞夫告全日本国民书》 … 215
- "日本绝无侵略中国之野心" … 219

第三节　《庄子补正》 … 223
- 一学期只讲了半篇文章 … 223
- 版本癖 … 228
- 一场艰难的"出版谈判" … 232
- 痛失爱子，染上鸦片 … 237
- "读书人要爱惜自己的羽毛" … 242

第五章　联大岁月 … 247

第一节　浮海南奔 … 247
- "抱有牺牲性命之决心" … 247
- "没想到竟有这么好吃的菜！" … 250
- "敌机空袭有益于健康" … 254
- "宁可被炸死，也不缺课" … 257

"观世音菩萨" ································ 260

第二节　"西南联大只有三个教授" ············ 264
   炮火下的"红学"讲演 ····················· 264
   "《庄子》嘿，我是不懂的喽！" ············ 268
   "沈从文算什么教授！" ··················· 272

第三节　星期论文 ······························ 278
   中国的精神文明 ························· 278
   对日本应有的认识和觉悟 ················· 282

第四节　恩怨闻一多 ························· 287
   闻一多辞退刘文典 ······················· 287
   都是"多嘴"惹的祸？ ····················· 291
   一个不为人知的秘密 ····················· 296
   吴宓教授"打抱不平" ····················· 299

第六章　栖身云大 ··································· 303

第一节　龙氏讲座 ······························ 303
   比校长享受的待遇还高 ··················· 303
   "反内战"风云 ··························· 308
   为蒋介石写寿序 ························· 313
   两次"落选"最高荣誉 ····················· 316
   可惜了半辈子心血 ······················· 320

第二节　"骂鲁迅"风波 ··························· 326
   《关于鲁迅》讲了什么？ ··················· 326
   周氏兄弟 ······························· 331
   "警惕刘文典嘴里的毒液" ················· 335

第七章 晚年岁月 …… 340

第一节 参加最高国务会议 …… 340
"我重获新生了!" …… 340
做一个社会主义的教授 …… 344
宁可睡觉,不批胡适 …… 348
《杜甫年谱》 …… 352
亲眼看见了毛主席 …… 357
独立之精神,自由之思想 …… 361

第二节 事情正在起变化 …… 364
知识分子的"乍暖还寒" …… 364
你们都来烧烧我吧! …… 368
思想批判轮番上阵 …… 372
最后的答辩书 …… 377
一言难尽刘文典 …… 382

结　篇　并非尾声的尾声 …… 388

参考书目 …… 390

后　记 …… 395

引言
士人时代的精神追寻

中国知识阶层素有"士"的传统。两千多年前,儒家大哲孔子便为"士"确立了人生的终极目标——"士志于道"。

士者,事也。这是一群特殊的社会存在。历史地看,无论是从政治地位还是经济地位上说,"士"都只能算是"低级之贵族"(顾颉刚语),并非显贵,但在他们的心中,却始终装着家国天下,装着芸芸众生,装着道统传承。于是,"为天地立心,为生民立命,为往圣继绝学,为万世开太平",便成为士人孜孜不倦、矢志无悔的追寻。

中国大历史,上下五千年,风云变幻,朝代更迭。尽管在不同的历史阶段,"士"的精神风貌各不相同,但却总能在断裂与承续之间找到合适的路径,引领时代向另一个起点迈步。换句话说,正是因为"士"的存在,"天下无道"才有可能变为"天下有道"。

不可否认,"士"的传统在近代中国遭遇了前所未有的断裂与颠覆,取而代之的是更具世俗化色彩的现代知识人。幸而"士"的精神谱系仍在延续。

以刘文典为代表的五四时期的中国知识人,正是在这种断裂与承续之间挣扎的典型样本。他们在追求民主与科学的同时,骨子里仍不脱"士"的流风余韵。这就是人们至今仍常常追念这一代人的内在原因吧!

而由于个体性格、成长经历、交游环境等因素的作用,刘文典又是这一群体中非常特别的一个。在他的身上,"士"的精神风貌尤为凸显。

或许,今天的人们更多地把刘文典当成了一个符号。他们想当然地赋予这个符号无穷的现实解读,仿佛刘文典是一个充满了神秘力量的传奇人物。刘文典的一生跌宕起伏确实不假,但他同样只是一个平凡的存在,同样有这样或那样的缺点,甚至世人对他有诸多争议,有的至今没有定论。他之所以值得缅怀、记起,除了在学术上的独领风骚、自成一派的成就之外,更在于他一生始终坚守独立思考的风骨,在于他坚守"士志于道"的精神。事实上,直到生命的尽头,刘文典都被视为坚守传统的"顽固派",而这恰恰成为他一生最妥帖的标签。

刘文典努力过、放弃过、妥协过,甚至颓丧过,但纵观他的一生,他始终没有放弃的便是对于自由与独立的追寻。可以说,他始终具有"独立之精神,自由之思想"。刘文典早年投身民主政治,参与新文化启蒙,青年时执教于大学校园、埋头作学术研究,无不因为内心一直涌动着对于士人精神价值的追求。

这是中国传统士大夫最为看重的精神底色。历数与刘文典往来密切的近现代历史名人,章太炎、陈独秀、胡适、陈寅恪、吴宓……尽管他们在现实生活中都有着不同的选择,但他们在独立人格与自由思想的坚守上,却如出一辙。无论波谲云诡,无论惊涛骇浪,他们在内心深处依然坚毅地守望着灵魂的贞洁与放逐。

可以说,在新旧转型的历史命运面前,中国五四以降的知识分子群体,用独立的思考与努力,承受着交替过程中不可避免的种种阵痛。他们曾经斗志昂扬,他们曾经彷徨失措,他们曾经迷惘不前,他们曾经伤心绝望,可他们最后留给时代的背影,依然是独立自守,依然是个性张扬。

刘文典当然并非完人,在他身上,有着许多让人至今无法理解或认同的"疵点",但这些都无法湮没刘文典在人格上的精神价值。这种或许可以被称为"狂"的精神特质,不是轻狂,不是疯狂,更不是癫狂,而是对于世俗权贵的鄙夷,对于无知愚昧的嘲弄,更是对于随波逐流的反抗。那几乎是一个时

引言　士人时代的精神追寻

代的印记。换句话说,刘文典并不仅仅是他自己,还是那个时代知识分子的缩影。

如今,经常能听见有人发出长长的叹息声,感慨着士人道统的消失,感叹着世风日下的凄凉。于是,研讨会一个接一个,新书籍一本接一本,纷纷开始"追寻逝去的传统"。几乎与之同时,许多"知识分子"还在为权力而殚精竭虑,还在为名利而罔顾廉耻,把知识场变成官场、商场,甚至欢场。

这是士人时代最后的精神追寻。当下的知识人,需要坚守的是什么?刘文典已经用自己的一生努力去证明。如果需要说得明白一点,其实还是用陈寅恪先生的那句话最为贴切:"独立之精神,自由之思想。"做不到这一点,一切的教义、讴歌都是泡沫,都是蓄谋。

从这个意义上说,这是一个不应该被忽视的人。这里写下的是他的一生,是他的命运,是他的荣辱,是他的挣扎,还有他内心沉重的悲鸣。

这个人,他曾经来过。

第一章
热血青春

合肥,一座有着两千多年历史的老城,位于安徽中部。

北魏郦道元《水经注》记载:"盖夏水暴长,施合于肥,故曰'合肥'也。"施、肥二水,今称南淝河、东淝河,二水合于一源,分而为二,成就了这座与水结下不解之缘的皖中之城。

水,却并未给合肥人带来如老子所云的"利万物而不争"的秉性。按照《隋书·地理志》的说法,此地"人性并躁劲,风气果决,包藏祸害,视死如归,战而贵诈,此则其旧风也"[①],因而屡屡成为金戈铁马、烽烟四起的兵家必争之地。至今,仍有不少三国遗迹,凭后人追寻。

刘文典,就出生在这里。

第一节 大海里尝了一滴水

生年之谜·卯字号名人

刘文典,原名文聪,字叔雅,曾用名刘天民、刘平子等,平生著作喜欢自署"合肥刘文典"。1919 年 11 月,北京大学筹备咨询处曾致函各教授,要求

---

① (唐)魏征:《隋书》卷三十一,北京:中华书局,1973 年,第 886 页。

确定英文姓名。刘文典的英文名全拼为"Liu Wen-tien"。

刘文典生于何年？这个原本很简单的问题，却因现存资料的相互抵牾而成了一个"难解的谜"。

过去最常见的说法是生于1889年。1987年，《中国现代社会科学家传略》第八辑中所载《刘文典传略》，采取的就是这一说法，沿用较广。

但更多的第一手史料显示，刘文典的生年似应定为1891年。证据多来自其在北京大学任教时的档案或当时同人的日记及回忆文章，较为可靠。

据1918年印行的《国立北京大学廿年纪念册》"现任职员录"记载，刘文典与胡适同龄，而胡适即生于1891年。1961年5月2日，身在台湾的胡适致函于右任，为其83岁生日贺寿，亦曾提及与刘文典同庚：

> 我出院十天了，还不敢出门走动。明天您老的生日，请恕我不来府上道贺了。
>
> 回想民国六年我初到北京大学，那时蔡孑民先生、陈仲甫、朱逖先、刘叔雅(文典)、刘半农(复)和我都是卯年生的，又都同时在北大，故当时有"卯字号"三代的戏言。(马神庙北大教员休息室原编"卯字号"。)
>
> 今天是一个卯字号小弟弟敬祝老大哥快乐长寿！(《胡适全集》)

这封信里写到的"卯字号"，是当年北京大学里颇负盛名的一个文化阵地。据周作人回忆："民七以前，北大红楼正在建筑中，文理科都在马神庙的四公主府，而且那个迤东的大红门也还没有，只从后来所谓西斋的门出入。进门以后，往东一带若干间的平房，不知什么缘故普通叫做卯字号，民六时作为文科教员的预备室，一个人一间，许多名人每日都在这里聚集，如胡适博士、刘半农、钱玄同、朱希祖以及《红楼一角》中所说沈马诸公。"①

在周作人的笔下，"卯字号"里最有名的逸事便是这里曾有过"两个老兔

---

① 周作人著，钟叔河编：《周作人文选》，广州：广州出版社，1995，第145页。

第一章　热血青春

子"和"三个小兔子":

> 卯字号的最有名的逸事,便是这里所谓两个老兔子和三个小兔子的事,这件事说明了极是平常,却很有考据的价值,因为文科有陈独秀与朱希祖是己卯年生的,又有三人则是辛卯年生,那是胡适之、刘半农和刘文典,在民六才只二十七岁。(周作人《知堂回想录》)

类似的记录,还出现在著名史学家、北京大学史学系教授朱希祖的日记里:

> 忆民国六年夏秋之际,蔡孑民长校,余等在教员休息室戏谈,谓余与陈独秀为老兔,胡适之、刘叔雅、林公铎、刘半农为小兔,盖余与独秀皆大胡等十二岁,均卯年生也。(《朱希祖日记》)

年轻时代的刘文典,个性张扬,棱角分明,毫不逊色。周作人曾回忆道:刘文典在北大的时候,友人常称之为刘格阑玛,他则自称"狸豆乌",这大概是因为古音里"狸""刘"两字读或可通,"叔"与"菽"通,"叔"字左边又是"豆"字的象形古文,"雅"则是"鸦"的本字。

在北大同人的心目中,刘文典"人甚有趣","好吸纸烟,常口衔一支,虽在说话亦粘着唇边,不识其何以能如此,唯进教堂以前始弃之。性滑稽,善谈笑,唯语不择言。自以籍属合肥,对于段祺瑞尤致攻击,往往丑诋及于父母,令人不能记述"。对于合肥老乡李鸿章,刘文典也是不肯轻易放过。

有一次,刘文典不知为何又突然惦念起国会的议员们来,啧啧连声:"想起这些人来,也着实觉得可怜,不想来怎么的骂他们。这总之还要怪我们自己,假如我们有力量收买了他们,却还要那么胡闹,那么这实在应该重办,捉了来打屁股。可是我们现在既然没有钱给他们,那么这也就只好由得他们自己去卖身去罢了。"

言辞诙谐,间杂犀利,果然不愧为"卯字号"里的风云人物。而这一段往事,更沉淀在当时无数学人的记忆里。

反倒是刘文典本人生前很少与人聊起自己的履历生平,似乎不太愿意"自我标榜"。好在历史的细节总是有迹可循的。按照"卯字号"同人的相关记录,结合其家人的回忆,刘文典的具体出生时间应是光绪十七年十一月十九日,换算为公历就是1891年12月19日。光绪十七年为辛卯年。至于将刘文典的出生年份认定为1889年(光绪十五年),可能是将其虚岁当成了周岁计算,但那一年,肖牛。

合肥城里的小富人家

刘文典出生时的合肥,尚是一个小县城,属庐州府。

1763年,清政府为防止农民起义,"征用皖属三十四州县的人力、物力,耗白银十一万四千两",重修庐州城。此次重修,城墙全部用大青砖砌成,重开威武、时雍、南薰、德胜、西平、水西、拱辰七门,并增设许多谯楼,"楼橹高耸"。十里之外,就能看到高大的城楼。这一城池的基本格局,一直维持到新中国成立初期。

刘文典祖籍安徽怀宁,最迟在祖父辈时迁入合肥城内,经商为业,主营布草生意。据有关史料记载,早在宋末元初,棉花就开始传入安徽,历元、明至清初数百年,植棉和纺织在安徽农村已相当普及。合肥手工棉纺织向有基础,巢湖之滨"十之六七的农户",于农闲之时纺纱织布,"机杼声昼夜不停"。合肥前大街那一带,鼎盛时期聚集了二十几家土布行,当地及其周边人买卖布匹大多去那里。①

可惜好景不长。清咸丰三年十二月十七日,即1854年1月15日,太平军合师万余人"自水西门掘地道,用地雷震倒城垣数十丈",攻破庐州城。太平军进城前后,战火频仍,引得普通百姓心惊胆战,纷纷逃离。

万般危急之际,刘文典祖父赶忙将儿子刘南田用布条拴起来,从城墙上吊下去,侥幸逃过"长毛之劫"。后来,因遭清军四面围攻,陈玉成弃守庐州

---

① 李云胜:《百年淮河路》,合肥:黄山书社,2013年,第62页。

第一章 热血青春

城,刘南田回到城内,继承父业,经营布店,生意逐渐恢复。

鸦片战争以后,洋禁大开。1876年中英签订了不平等的《烟台条约》,芜湖被辟为通商口岸。"洋纱""洋布"潮水般涌来,成了"香饽饽",过去的土布销路堪虞。在合肥经营布店的商人们纷纷改弦易辙,适时而动,去镇江、上海等大码头采购布匹,再运回合肥卖。

刘南田便是其中一员。他毕竟见过一些世面,颇有商业头脑,再加上管理有方,将整个布店打理得井井有条,在合肥城里颇有声名,堪称小富人家。由于家境较为宽裕,刘南田先后娶了两房夫人,育有六男两女。根据家谱字派"文章华国"的排序,刘家男孩的名字中均带一个"文"字。

在刘家男丁中,刘文典排行老三,系刘南田的续弦所生,上面有两个哥哥、两个姐姐。不过,关于这个家庭的具体情况,如今已经很难厘清了,就连刘文典的儿子刘平章也所知甚少:

> 我父辈有六男两女,我父亲(兄弟)排行老三,是续弦的第二任夫人生的。在生到第六个时,已有四男两女。当时家里比较殷实,有钱,就要效仿古人,搞"五男两女",以求多福,所以就抱养了五叔。后来又生了六叔,就变成了六男两女。
>
> 但是现在连这些人的名字都搞不清楚了,因为我父亲在家里从来不谈这些事情。听说大伯、二伯在抗日战争中死于湖南。我祖母也是在抗日战争中安庆沦陷以后平平静静地死掉了。我四叔很不争气,做了汉奸,被我父亲轰出了家门。现在流落在昆明和重庆的还有两支。重庆有一支,好像是二伯家的,已经到孙辈了。昆明有两支,也是二伯家的,还有三个孙子。六叔家还有四个儿子、两个女儿,大概家庭情况就是这样了。
>
> 在我印象当中,我只见过六叔。六叔叫刘天达(他的本名叫刘文谦,但是不太常用)。六叔跟我父亲是同父同母的,后来做过贵

州省镇远县、云南省昆阳县等地的县长。①

刘家的衰败，是在刘南田意外病逝之后。有一年夏天，刘南田到上海进货，结果半路上高血压发作，死在了船上。当时刘家儿女尚幼，没有主心骨，于是请出一位姓陈的表亲操办了刘南田的后事。

刘文典的母亲虽是续弦，却过惯了小富人家的安稳生活，更多只能对媳妇辈指指点点，对于生意则是毫无兴趣。刘家衰败后，她就回到安庆老家，靠几个儿子定期汇款，勉强度日，后来逝于抗日战争期间。

第一遭和西洋文化接触

刘南田八个子女当中，要数刘文典最聪明，自幼读书过目不忘，因此被父亲寄予厚望，期盼着他长大后能够继承家业，与洋人做"大买卖"。

安徽近代教育起步较晚，到1898年还是传统的封建教育占主流。当时影响最大的是各类私塾。私塾教学以应科举、求功名为导向，主要任务是读书和习字，初期读《三字经》《百家姓》《千字文》等启蒙图书，年龄稍大则加读"四书""五经"、古文辞之类的书籍。

刘文典"幼年在合肥读书，因先君期望之切，专延名师，教以经史"。成年后，他在一篇回忆成长历程的文章里曾大发感慨：

> 我生在安徽合肥县，这地方交通也很便利，离通商的大埠不远，若以常理说来，文化本不应该十分低下的。无奈这个地方的人，都有一种奇特的性质，不大喜欢读书，到今天莫说西洋的近世文明一些都没有沾得着，就连中国固有的旧文明也是毫无所有。这地方离徽州不过是一江之隔，而徽州的经学只往浙江跑，我们合肥人连戴震、江永、胡培翚、俞正燮的名姓都不知道。离桐城也不过两天的路程，而桐城的文章也不到合肥来，我们"敝县"的那些硕学鸿儒竟没一个配做方苞、姚鼐的云礽。我生在这样的地方，是那

---

① 笔者2012年11月4日访问刘平章实录。

幼年时代的思想,当然还是"原人思想",对于宇宙,对于人生,竟没有丝毫的疑惑,以为人生就是人生,世界就是世界罢了。叔本华说"形而上学的观念是人人有的",把人类叫做什么"形而上学的动物"(Animal Metaphysicum),要以我十一二岁时候的思想说来,这句话竟是错了。照这样昏天黑地的活到十二三岁,胡乱读了些"经书"和"古文",会做些"今夫天下,且夫人……"的文章,心里全是些"扶清灭洋"的思想,现在回想起来,觉得当时竟是一只毫无理性(Reason)的动物。①

就这样,刘文典"昏天黑地"地长到十二三岁,家门口忽然来了几个美国传教士,办了一个基督教会医院,顺便教儿童学习一些英文、生物知识。就这样,他便早早地接触到了西洋文化。

图 1-1　合肥基督医院(许秀文先生供图)

最早来到合肥的美籍传教士是徐鸿藻。1896 年,徐鸿藻受中华基督会

---

① 刘文典:《我的思想变迁史》,载《新中国》,1920 年第 2 卷第 5 号,第 1~2 页。

南京总会派遣来到合肥,在东门大街杜家巷租赁民房,一边行医,一边传教。由此,基督教开始传入合肥。翌年,中华基督会总会又派美籍传教士兼医生柏贯之到合肥,在四牌楼南面购地兴建医院,定名为"柏贯之医院",后改称"合肥基督医院",为合肥城吹来一股西洋的"新风"。

鸦片战争打开了中国的大门,西风渐起。谈论洋务、讲究新学,成为一种时髦。刘文典的父亲刘南田一向开明,对于新事物不但不畏惧排斥,反而鼓励子女去接触,甚至主动将刘文典送进了这所基督教会医院,让他跟随美籍传教士学习英文和生物学知识。

对于第一次走进基督教会医院的学习经历,刘文典曾有过一段详尽回忆:

> 这是我第一遭和西洋的文化接触,看见他用的器物无一件不十分精美,而且件件都有神妙莫测的作用,心里十分惊异。我这时候的心情,竟和那荒岛里野蛮人初见白人探险家一般。读者诸君想必也都读过欧美探险家的笔记的,那上面所叙的土人初见白人的情形,就是我当年的写照了。我心里细细想着,西洋人真有本事,他的东西件件比中国人的强,难怪我们中国打他不过。又看见他替人治病,真正是"着手成春",那"剖腹湔肠"的手段,就连书上说的扁鹊、仓公都赶他不上。他又教我用显微镜看微生物,看白血轮,用极简单的器具试验化学给我看,这是我有生以来第一次受近世科学的恩惠,就是我现在对于生物学的兴味也还是在那个时候引起来的。我这时候虽然是大海里尝了一滴水,但是总算识得了咸味了。(刘文典《我的思想变迁史》)

当然,这种新奇劲很快就会消失殆尽,毕竟当时的主流教育思想还是"中学为体,西学为用"。刘文典跟着西洋教士学习了一段时间,发现这些"洋鼻子"能够教给他的东西都很简单,英文只是些羊和狼的对话、鹦鹉和小孩子问答,中文只是些《创世纪》《大卫诗篇》等《圣经》经文,与私塾先生桌上所摆的《洋务汇编》《时务丛编》以及《皇朝经世文新编》无可比拟,而更谈不上与"句皆韶夏,言尽琳琅"的圣贤经典抗衡了。

于是,他决定去更大的"码头"——上海。20世纪初的上海滩,是东西方文化交融、碰撞、流变的核心地带,各种力量交汇于此,通过不同途径表达着对于国家民族命运的关注与同情。

中国教育会与爱国学社,就是在这样的历史大背景下诞生的。1902年4月,寓居上海的教育家叶浩吾、蒋观云、蔡元培等人发起成立中国教育会,以"编订教科书,改良教育,以为恢复国权之基础"为宗旨,并募款筹设爱国学社,聘请吴稚晖、章太炎等为教员,广招学子。

刘文典到上海后所进的学校,即是爱国学社的"衍生品"。校方的教学思想,与爱国学社同出一源,倡言革命胜过求学,"校内师生高谈革命,放言无忌,出版物有《学生世界》,持论尤为激烈",师生们个个抱定"排满反清"的观念,以天下为己任。

在学校教员的热切鼓吹下,进校没多久,刘文典就抱定了极端的民族主义,以为中国贫弱到这样,全怪那些满洲人作祟,若是把满洲人杀尽了,国家自然而然就好起来了,"天天说排满",恨不得立马就宰了清朝小皇帝。

正当刘文典准备在这所学校里"大展宏图"之际,一个不幸的消息传来了:由于学校里的不少教员经常在《苏报》等报刊上发表文章主张革命,矛头直指清廷,吓坏了地方大吏,于是这些地方大吏立即"奉旨"查封《苏报》,逮捕章太炎等人,学校亦被勒令解散。

无奈之下,刘文典又回到了安徽。

第二节 一个排满主义的讲习所

唯安徽公学马首是瞻

1905年,刘文典辞别父母,到达江城芜湖,进入安徽公学读书。

安徽公学系近代著名教育家李光炯创办。李光炯,安徽桐城(今枞阳)人,名德膏,晚年自号晦庐,举人出身,有《晦庐遗稿》存世。1902年,这位清末举人随着名学者、桐城派代表人物吴汝纶前往日本考察教育,博稽东西各国教育之所长,进而萌生一种强烈的革新愿望:中国要想转弱为强,局部改良不行,非教育不足以启迪民智,非革命不能改革政治。

怀揣着这样的革新思想,1904年2月,李光炯与安徽无为人卢仲农共同筹划,在湖南长沙创办安徽旅湘公学,接纳安徽在湘子弟入校读书,所聘请的教员多带有浓郁的革命色彩,如黄兴、赵声、张继等人,边教学边传播革命思想,并秘密联络会党组织,准备发动起义。

1904年10月,主持组建华兴会的革命党人黄兴等,密谋在慈禧太后七十寿辰行礼之际,引爆炸药,将齐集长沙万寿宫玉皇殿的湖南文武官员一网打尽。不料起义消息提前走漏,黄兴等人被控"结党谋逆",官府遂在全省境内大肆搜捕革命党人。这一事件自然牵连到安徽旅湘公学,于是,李光炯有了迁校的动议。

在桐城名儒姚永概的《慎宜轩日记》里,1904年12月30日(阴历十一月二十四日)有这样的记载:"光炯自湘来,久谈,携来张方伯、朱观察公函,言旅学移芜湖事。"①这意味着最迟1904年底李光炯已在考虑公学迁返安徽事宜。而在他第二天的日记里,则有"至常季斋晤绳侯、仲甫,饭于伊处"的记录。仲甫即陈独秀。

茶余饭后,姚永概与陈独秀有无谈到安徽旅湘公学迁皖问题,已不可考。但当时陈独秀、李光炯同在芜湖,而两人又为旧时相识,对于这所学校迁至芜湖的讨论与协商,似乎又在情理之中。与陈独秀关系甚笃的高语罕甚至认为,"这个学校从湖南迁来的,而迁校运动的中心人物,就是陈独秀氏"②。

1904年底,安徽旅湘公学正式迁回安徽芜湖,更名为公立安徽公学堂,校舍设在二街留春园米捐局内。在这年12月7日陈独秀创办的《安徽俗话报》第17期上,刊有安徽公学的招生广告:

---

① 姚永概:《慎宜轩日记》,合肥:黄山书社,2010年,第931页。
② 高语罕:《百花亭畔》,上海:亚东图书馆,1933年,第35页。

第一章 热血青春

本公学原名旅湘公学,在长沙开办一载,颇著成效。惟本乡人士远道求学,跋涉维艰,兹应本省绅商之劝,改移本省。并禀拨常年巨款,益加扩张,广聘海内名家,教授伦理、国文、英文、算学、理化、历史、地理、体操、唱歌、图画等科。于理化一门尤所注重,已聘日本理科名家来华教授。

学额:本省百名,外省二十名。

学费:本省人不取,外省人每月收英洋二元。

膳金:无论本省外籍,每月均收制钱二千文。

入学年龄自十五岁起,至二十二岁止,三年卒业。

兹定于乙巳年二月内开学,有志入学者,望于二月初十前偕保人或携介绍信来本公学报名,听候考验。必须身体强健,心地诚朴,志趣远大,国文通顺者,方为合格。

此布。

芜湖二街三圣坊安徽公学启

安徽公学广聘的"海内名家",包括柏文蔚、江彤侯、张伯纯、潘赞化、苏曼殊、谢无量、金天翮、胡渭清等,部分教员则系日本、上海、南京、安庆各学堂毕业生。一时间,名流会集。

据1906年8月太平府知府汪麟昌关于安徽公学的履勘调查报表显示,为提高学校声望,安徽公学还特聘李鸿章的后裔——清前驻英钦使李经迈和淮扬道蒯光典为名誉总理、聘请清代大书法家邓石如的重孙邓艺荪(字绳侯)为副总理。李光炯与方守敦则出任监督,系校务的实际执行者。

安徽公学为中学堂建制,模仿西式新学,各科课本"除英文、东文、图画、音乐、体操外,修身、经学历年均用旧出书籍",国文、历史、地理至第三学年改用东、西书籍,算学、博物、理化均用日本书籍,"该堂教员、管办员及学生均各精神奋发,志气轩昂,可推府属学堂之冠"。① 安徽本省的诸多学堂,如

---

① 张湘炳:《史海抔浪集》,天津:天津社会科学院出版社,1993年,第188~190页。

安庆的尚志学堂,桐城的崇实学堂,寿州的蒙养学堂、芍西学堂,怀远的养正学堂、萃华学堂,合肥的城西学堂,定远的储才学堂,还有歙县的新安学堂等,都唯安徽公学马首是瞻。

这样的学校,自然成为省内外年轻人追慕的殿堂。在此感召下,刚刚由上海返回合肥的刘文典,走进了安徽公学的校园。

中江流域的革命策源地

在安徽公学,刘文典完成了人生的第一次"华丽转身":从一个对新事物、新思想抱有些许好奇心的年轻人,逐渐成长为一个彻底接受反清主张并付诸实际行动的革命者。

图1-2　安徽公学旧址(图片来源:《辛亥革命在安徽》)

而这无疑也是官方的担忧所在。太平府知府汪麟昌在对安徽公学进行评价时,虽然给出"当推府属学堂之冠"的赞誉,却又笔锋一转,不无忐忑地写道:"惟教员多因出洋剪发,学生熏陶所及,去发辫者甚重,谈论举止,饶有重外轻内思想,若能歙才就范,讲求伦理,尊君爱国,宗旨一归纯正,则将来造就未可量也。"

第一章 热血青春

事实证明,汪麟昌的顾虑不无道理。由于主办者李光炯、卢仲农一向倾心于教育革新,"担任教授职责的,皆为当时革命思想及行动的领袖人物"。教员们在完成日常教学任务之余,都热衷于在校内传播革命道理,并指导学生传阅革命书籍刊物。由此,安徽公学不仅成为中江流域新文化的摇篮,而且成为中江流域的"革命策源地"。

辛亥革命史专家冯自由就曾说过:"皖人之倾向革命,实以该校为最早。"而在此间起到枢纽作用的人物就是陈独秀。

1905年夏,陈独秀与同样专注于革命的安徽公学体操教员柏文蔚相约访游皖北,联络进步人士。柏文蔚,字烈武,1876年出生于安徽寿县一个教师家庭,20岁时考中秀才,按照常理本应走上子承父业开馆授徒的道路,但柏文蔚却愤于清朝政府的腐败无能,毅然游学各地,联络进步青年,传播革命思想。1898年10月,柏文蔚与哥老会首领郭其昌等人在寿县创立岳王会,很快发展成为皖北地区规模较大的反清群众团体。但后来由于柏文蔚考入安徽大学堂读书,组织涣散,名存实亡。

此番皖北访游,让陈独秀、柏文蔚萌生了重组岳王会的念头。柏文蔚曾回忆道:"旋约陈仲甫、宋少侠、王静山、方健飞诸君作皖北之游,遍访江湖侠义之士。于是有石敬五(石德宽)、宋健侯(宋玉琳)诸人,皆为吾人之健将焉。""诸同志多热心奔走,创办学校,开通民智,灌输革命思潮,大有一日千里之势。会党兄弟,绿林豪杰,群相附翼。"

回到芜湖后,陈独秀干脆也进入安徽公学担任教员,"于中学及师范两校以内,集学生之优秀者联络组织,成立岳王会"。岳王会,顾名思义,就是以尊崇抗金英雄岳飞为旗帜,继承其"精忠报国"的遗志,倾力反清。

第一次会议选在芜湖关帝庙内召开,有30余人参加,用的大多是假名字。他们摆开香案,宣读誓约,所订章则,不外反对满清之类的词句,但对外不发表文字,也没有什么政治纲领。为首者正是陈独秀,成员主要是原武备练军同学会成员、新军和警察学堂中的革命分子、安徽公学的进步学生,刘文典就是其中之一。

刘文典传

在陈独秀、柏文蔚等人的精心运营下,岳王会组织很快发展到安庆、南京等地,在长江中下游一带颇具影响。辛亥革命前的安徽革命者,许多人都曾参加过这个组织或与之有密切联系,"今可考者,除陈独秀、柏文蔚、常恒芳外,尚有倪映典、宋玉琳、薛哲、方刚、郑赞丞、吴旸谷、张劲夫、熊成基……刘文典、孙万乘、金维系等40余人"。①

对于岳王会的历史地位,香港学者陈万雄曾在《五四新文化的源流》一书中作出中肯评价:"'岳王会'在辛亥革命的重要性有不逊于'光复会'和'华兴会'的地方,是安徽、江苏革命力量的母体。尤其在革命武装力量依俾极深的新军的组织上,岳王会中人行之最早,华中和广东新军革命力量的奠基者,大都是该会中人。"

从经常参与岳王会组织的活动开始,刘文典逐步实现由青年学生向反清志士的角色转换。"大好头颅拼一掷,太空追攫国民魂",风华正茂的刘文典内心只坚定一个信念:岳武穆抵抗辽金,至死不变,吾人须继其志,尽力反清。这也是陈独秀等人经常谈到的岳王会宗旨。

"排满排得最厉害的经学大师"

在回忆早年的经历时,刘文典曾写过这样一段话:"我自幼受到刘申叔、陈独秀过分的夸奖,助长了我的骄傲,刘先生说我的文章很像龚定盦,陈独秀说我是三百年中第一个人。"

在安徽公学,刘文典遇到了生命中两个重要的师长——陈独秀和刘师培。这两个人对他后来的人生道路产生了几乎是决定性的影响:他们不仅手把手地教授他潜心做学问的方法,而且将很多革命的新思想传递给这位年轻人,让他更深刻地领悟了"国家兴亡,匹夫有责"的民族大义。"陈独秀等人创办、领导的《安徽俗话报》、岳王会,以及曾活跃于芜湖的光复会、华兴

---

① 张湘炳:《史海抔浪集》,天津:天津社会科学院出版社,1993年,第202页。

第一章 热血青春

会等,都对刘文典萌发反帝反清、追求民主自由的思想产生积极的影响"。①

岳王会成立后,陈独秀决定全身心投入反清革命,连《安徽俗话报》的事务都不顾了。科学图书社的负责人汪孟邹就曾感慨道:"仲甫的脾气真古怪哩。《安徽俗话报》再出一期,就是二十四期,就是一足年。无论怎么和他商量,说好说歹,只再办一期,他始终不答应,一定要教书去了。"②名义上说是"教书",其实是干革命工作去了。

与此同时,陈独秀还以安徽公学为"大本营",为更多的革命同道提供了暂时栖身的场所。光复会核心成员刘师培就是在这样的情况下来到芜湖的。

这个刘师培,可不是一般的人物:生于1884年6月24日,字申叔,号左盦,幼承家学,曾祖父刘文淇集四十年之功编成《春秋左氏传旧注疏证》数十册,对《左传》的旧注进行了全面的汇总与提升。而后,刘的祖父、父亲都继承家学,逐渐奠定仪征刘家在历代经典注疏领域的学术地位,留下了"刘氏一门三世传经"的佳话。

但这位本应皓首穷经、安坐书斋的"治学天才",却因一次偶然的邂逅,从此改变了人生的航向。1902年,刘师培在乡试中举后认识了上海《神州日报》的主笔王郁人,受其影响,开始倾向于种族革命。1903年3月,他干脆直接跑到上海,与蔡元培、章太炎等人订交。章太炎当时正致力于用古文经学摧毁康有为、梁启超的今文经学,一看到来自江苏仪征的刘师培,当即结为忘年之交。在章太炎的影响下,刘师培很快写出了振聋发聩的政论著作《攘书》和《中国民约精义》,主张"攘除清廷,光复汉族",并索性将自己的名字改成了"光汉"。

1904年,刘师培相继加入蔡元培主持的军国民教育会、暗杀团,并成为陶成章、蔡元培等领导的光复会的首批"骨灰级"成员。在为革命派报刊《警钟日报》《中国白话报》等撰稿时,刘师培甚至直接署名"激烈派第一人",并

---

① 戴健:《从求学问的爱国者到爱国的学问家:刘文典传略》,见《安徽著名历史人物丛书·文苑英华》,北京:中国文史出版社,1991年,第76页。

② 汪原放:《亚东图书馆与陈独秀》,上海:学林出版社,2006年,第18页。

写出雄文《论激烈的好处》,大声疾呼,"十八省的山河都被异族人占了去,中国的人民不实行革命,断断不能立国"。

1905年2月,由刘师培参与编辑的《警钟日报》揭露德国人经营山东的阴谋,引发驻上海德国领事的抗议与反驳。德方竟勾结清政府与租借工部局,封禁《警钟日报》,通缉编辑、记者。

情势危急之下,刘师培被迫四处藏匿,先是跑到浙江平湖大侠敖嘉熊家待了半年,而后化名"金少甫",携带妻子何震、母亲李茹蘐,经镇江赴芜湖,到李光炯创办的安徽公学担任教员。

到了芜湖这个中江流域的革命策源地,刘师培再度如鱼得水,不仅并未因清政府的"关注"而收敛锋芒,反而借着安徽公学公开宣扬种族革命,发动青年学生参与革命活动,甚至牵头发起暗杀组织。柏文蔚后来曾回忆道:"是时延请教授,有精于汉学之刘光汉君,改姓名为金少甫,组织黄氏学校,是专门从事暗杀者。余与光炯诸友,皆刺血为盟加入团体。"①刘师培亦是岳王会的核心成员。

刘文典第一次见到刘师培,就是在安徽公学的校园里。他后来积极投身革命,显然与刘师培的言传身教分不开。刘师培狂傲不羁的个性给思想尚未定型的刘文典留下了难以磨灭的印象。1920年5月,刘文典在《我的思想变迁史》一文中曾详细记载这一段充满传奇色彩的读书经历:

> 这个中学校就其实际说来,竟是一个排满主义的传习所。请了一位排满排得最利(厉)害的经学大师来当教员,这位先生是现代数一数二的鸿儒,经学、小学、文学都到了登峰造极的地位,就连比起余杭章先生来,也只能说是各有所长,难以分他们的伯仲。我那时候正是抱着"饥餐胡虏肉,渴饮匈奴血"的思想,在学校里"谈"排满"谈"得最起劲,做国文那就不用说了,地理、历史、伦理的课卷

---

① 柏文蔚:《柏烈武五十年大事记》,见安徽省政协文史资料研究委员会《纪念柏文蔚先生》,内部发行,1986年,第10页。

第一章 热血青春

上总硬要扯上几句排满革命的话,所以这位先生也就最得意我,叫我到他家里去读书。

刘文典说,安徽公学时期的刘师培还有个不成文的"评分规矩":学生答卷,不管哪个科目,凡讲排满的都另加几十分,不讲的都扣几十分,"我于是拿立主意,委务积神的专学国文了。从此就和近世科学完全脱离关系,硬着心肠去'抗志慕古',这位先生也就越发赏识我"。

"争先加入"同盟会

1905年前后,正是刘师培学术研究与政治革命的"黄金时代"。

刘师培出自书香门第,学识渊博,尤精朴学,素有文声,因而颇受刘文典等青年学生的敬仰。他将刘文典召到家中"开小灶",虽然教授的是《说文解字》《昭明文选》等传统典籍,但突出强调的依然是民族主义思想,坚持"辨别夷夏"的主张。刘文典后来回忆说:

> 这位先生对我说,西洋的各种科学,都是中国"古已有之"的。我说到轮船,他说这是中国古时就有的,《宋史·岳飞传》上有,我翻开《宋史》一看,果然说杨么的船"以轮激水,其行如飞"。我说到几何学,他说墨子的几何学最好,我翻开《墨子》的《经》一看,果然圆的定义、四边形的定义都有在上面。我说Malthus的人口论不错,他说这句话韩非子早已说过的,在《五蠹篇》上,我一看果然有"今人有五子不为多,子又有五子,大父未死而有二十五孙,是以人民众而货财寡,事力营而供养薄"的话。诸如此类的话很多。可怜我那时候的新知识,都是些一鳞半爪不成片段的。关于近世科学方法、系统、价值,都一无所知。偶然翻翻那些所谓"新学"的书,得着些零零碎碎的知识,问起他来,他总能在中国的那些"故书雅记"上寻出一两条仿佛相似的话头来。我就十分的相信,以为西洋的科学哲学真都是中国书上所曾经讲过的了。(刘文典《怎样叫做中西学术之沟通》)

刘文典传

怀着敬仰追慕的心情,年轻的刘文典对于刘师培的知识传授、思想灌输几乎是"照单全收"。1906年,同盟会发起人之一、刘文典的合肥同乡吴旸谷回国发展会员,刘文典毫不犹豫就决定加盟了,"我自幼从刘申叔先生读书,习闻所谓'内夏外夷'的'春秋大义',所以一听见东京成立同盟会,有人回国收揽会员,就争先加入了"。

同盟会成立,安徽合肥人吴旸谷是16位发起人之一。1905年冬,作为安徽区域的主盟人,吴旸谷奉命回国招募新会员,先在老家合肥活动了一段时间,组建"江淮别部",又名"武毅会"。而后,又将目光瞄向了当时在安徽影响最大的革命团体——岳王会。

1906年春,吴旸谷约请岳王会南京分会会员柏文蔚、倪映典、胡维栋、龚振鹏等在鸡鸣寺密会,动员他们加入同盟会,一举成功。柏文蔚晚年对此过程有详尽回忆:

> 吴旸谷(吴春阳)衔中山先生之命,来组长江同盟会,余以吴君介绍加入焉。吴君谋与余曰:"主盟一席,长江不可无人。"余曰:"诚然,赵伯先君可以胜任,须介绍加盟。"由是赵声、林之夏、冷遹、伍崇仁、孙麟、韩金声、林述庆、何遂、杨韵珂、倪映典以次加入,公推赵声为长江盟主。呈予中山先生,当蒙照准,派员赍印信及委状到宁,遂组织机关于鼓楼之东某宅,而玄武湖之湖神庙,为会议地点焉。①

在柏文蔚、倪映典等的协助下,吴旸谷安排了一次芜湖之行,向包括安徽公学学生在内的进步青年传递革命的火种。经过鼓吹与动员,岳王会总会"议决接受吴旸谷、张根仁之介绍,全体加入同盟会"。用安徽公学师范班学生常恒芳的话说:"从日本回来的吴旸谷将孙先生的主张、组织章程和书籍带回来啦!从此以后,就干得更有劲了。"

---

① 柏文蔚:《柏烈武五十年大事记》,见安徽省政协文史资料研究委员会《纪念柏文蔚先生》,内部发行,1986年,第11页。

刘文典应该就是此时投身于同盟会的。在幸存的《中国同盟会最初三年会员人名册》中,虽然并未找到岳王会骨干及领导的名字,但却显示安徽籍的会员共计59人,居各省人数的第五位,仅次于湖南、四川、广东、湖北。加上未列入名册的,可能为数更多。

《清末安徽大事记·辛亥庐州光复记》于此亦有详尽记录:"当是时,李光炯在芜湖办安徽公学,教员刘光汉在校鼓吹革命颇激,学生加入同盟会者甚多。合肥之孙品骖、倪映斗、刘绍熙、许明生、刘文典,皆中矫矫(佼佼)者也。故安徽全省同盟会员,除寿县外,合肥特多。"

岳王会并入同盟会后,依然独立活动了一段时间,并积极密谋武装起义。1908年11月,岳王会安庆分会范传甲、熊成基等人发动马炮营起义,拟"借安庆为起事地,得手后,将直趋金陵,扰乱长江流域",只可惜以失败而告终。此后,安徽的革命活动完全统一在同盟会的大旗之下。

第三节 决意到日本去留学

"硬要往那荆棘里跑"

如前所述,在芜湖求学近两年,刘文典最大的收获无疑是赢得了刘师培的赏识与青睐。刘师培不仅点燃了刘文典内心的革命之火,更打算将毕生所学倾囊相授,为刘文典今后的学术人生指定了最初的航向。

刘师培幼承家学,兼取吴派、皖派学术之长,主张用传统的方法整理诸子典籍,除《左传》外,更将《墨子》《韩非子》《荀子》《吕氏春秋》《淮南子》《论衡》等诸子文集纳入研究的视野。1908年春,刘师培发表《国粹学报三周年祝辞》,阐明自身学术观点:"或谓中邦之籍,学与用分,西土之学,书与用合。惟贵实而贱虚,故用夷以变夏……盖惟今之人,不尚有旧,复介于大国,惟强是从,是以校理旧文,亦必比勘西籍,义与彼合,学虽绌而亦优,道与彼歧,谊虽长而亦短……饰殊途同归之词,作弋誉梯荣之助,学术衰替,职此之由。"大意是说,现在有的人校勘中国传统典籍,却总要将之与西方的学术原理或学术方法作对比，这是不妥当的。

遇到自幼聪慧的刘文典之后，刘师培仿佛找到了薪火传承的"接钵人"。在他的悉心教导之下，刘文典打定了"非三代两汉之书不敢读"的信念，不但做起文章来要"追效昔人，示其稽古"，就是平常写起字来，也故意写得古古怪怪的，表示他懂"古"，譬如"刘文典"这三个字，"刘"字不见《说文》，是不写的，定要写作"鎦"字；"典"字的古文从竹，便硬要加上个竹字头。用他自己的话说，就是"放着平平坦坦的大路不走，硬要往那荆棘里跑"。

刘师培见刘文典如此肯下功夫，更加欣赏他，遂积极引导他去做校勘古籍的学问。于是，刘文典又天天和《御览》《治要》《白帖》《初学记》《意林》等类书作起了伴。"校书这种功夫本是很难的，要深懂得声类通转，博览群书，都能记得，又要多见旧刊精本，才能有点成就"。刘文典初入道山，还未完全掌握门径，只得用"笨办法"，一字一句地从类书上去找不同版本的文字差异，寻着了一条就像拾着了一件宝贝，恭恭敬敬地记下来，结果还真写成了几本札记。刘文典晚年将书斋名为"一适斋"，就是取北齐邢子才"日思误书，更是一适"的典故，提醒自己不要轻易放过古籍中的任何一个错谬之处。

名师出高徒，如果我们将刘文典与刘师培的学术研究之路进行比照，就会发现一个很有趣的"传承轨迹"：刘文典毕生从事《淮南子》《庄子》《吕氏春秋》《说苑》《韩非子》《论衡》等典籍的校勘之学，正是对刘师培学术路线的继承与发扬，部分著作甚至直接汲取了刘师培的最新研究成果。"综观刘文典一生学术，他用力最勤、功力最深、成就最巨、影响最大的是古籍校勘之学。在学术渊源上，他曾先后师从刘师培、章太炎，得其经学、小学、考据学之真传，于乾嘉诸老中，他最服膺高邮王氏父子（王念孙、王引之）；他具备扎实的文字、音韵、训诂、目录、版本、校勘学功底和对文、史、哲诸学科融会贯通的能力，在学术实践中，他既继承了皖派朴学传统，又融会了晚清以来的新学风气，在新的时代条件下形成自己的学术特色"。[1]

---

[1] 诸伟奇：《古籍整理研究丛稿》，合肥：黄山书社，2008年，第203页。

第一章 热血青春

作为刘师培在安徽公学的"得意门生",刘文典本想考个专门高等学校去读,但在安徽公学期间,除了参加革命活动,他的大部分时间都"钻"进了故纸堆,哪还有工夫去兼顾其他的功课,成绩自然不好。幸亏刘师培一个人兼授国文、地理、历史、伦理等好几门功课,每门都给了他一百五六十分的成绩,最后平均起来,倒也勉强及格。等毕业了,又要去"硬碰硬"地考各种学校,刘文典的几何、代数、物理、化学等学科一问三不知,东考也不行,西考也不取,无论哪种专门学校都不容他进门。

这时候,刘文典才意识到世界虽宽,却没有他的容身之地,悔不该看轻了近世科学。无路可走之际,他仗着家里经济条件较为宽裕,再次跑到上海,进了一家美国人办的教会学堂,在那里再也没有了"古的"可学,除了英文,就是做礼拜。刘文典自幼就不信鬼神,对宗教也毫无兴趣,却要每天走进教堂,跟着众人一道大念"阿门",精神上颇觉苦痛。

刘文典虽然不信世界是由上帝七天创造的,但大脑里却经常冒出一个"天问":"世界固然不是耶和华七天创造的,但是究竟怎样来的呢?人固然不是耶和华用土造的,但是究竟怎样生的呢?人生固然不是为末日受审判,善的升天堂,恶的入地狱,但是究(竟)为什么呢?"

对于这个问题,在古书里自然找不到确凿的解释,但在西方培根、康德、达尔文等哲学家的著作里却屡有提及。于是刘文典就跑到街上去找他们的书,好不容易找到一本培根的论文集,查字典,问先生,费尽力气总算读完了,大脑竟依然是一片混沌,不得其解。

这时候,刘文典听说一向赏识自己的刘师培去了日本,于是也动了念头,决意到日本去留学。

"人生观从此就略略定了"

刘师培赴日,缘于章太炎的邀请。

章太炎,就是刘文典常常提到的"余杭章先生",1869年1月12日生于浙江余杭,初名学乘,后改名炳麟,字枚叔、梅叔,太炎是其别号。他与刘师培"学术途径及革命宗旨皆相符合",是中国近现代学术史乃至政治史、思想史上旗鼓相当的大师级人物,并称"二叔"(刘师培字"申叔",章太炎字"枚叔")。两人于1903年相识后,惺惺相惜,互为推重。章太炎同样是反清革命的鼓吹者,后因在《苏报》发表《驳康有为论革命书》而被上海公共租界工部局逮捕。1906年6月,章太炎3年监禁期满,受到蔡元培、于右任等人的迎接,当晚乘上日本客轮,赴东京接掌同盟会机关报《民报》。正值用人之际,章太炎立即想到了忘年交刘师培。

当时正值日本社会党产生分裂,无政府主义甚嚣尘上,章太炎主编的《民报》就曾多次翻译或推介相关理论或书籍。刘师培到了日本以后,很快就迷上了无政府主义,与张继成立"社会主义讲习会",并以妻子何震的名义出版《天义报》,发表《克鲁泡特金学术述略》等文章,极力鼓吹"颠覆现今一切之政府,抵抗一切之强权,以实行人类完全之平等",对自己早年主张的夷夏之辨、以暴易暴等思想进行了完全的否定。

刘文典兴致勃勃地赶到日本留学,本来一心想着能够继续跟随刘师培"革命学术两不误",但到了日本东京之后,见到了刘师培,却发现他那时候已经宗旨大变,提倡极端的无政府主义,热衷于学习世界语,不再像以前那样热心讲中国的旧学。刘文典自觉十分扫兴,从此不再去请教。

没有了指路明灯,又不能立马回国,刘文典只能"沿门持钵","今天从人学这样,明天从人学那样"。据他本人后来回忆:

> 我对于各种科学都很不行的,要想考进高等专门学校,去学那最有用的农、工、医、理是无望的。学法律、政治、经济倒勉强能行,而我又不愿意。我觉得农、工、医、理等科都是要规规矩矩循序渐进的,我是干不来了,唯有哲学文学是个虚无缥缈间的空中楼阁,可以凭我去遐想并不要用甚么苦功。算起来还是这条路最不费力,又最容易见长,所以到了日本之后,也并不肯去补习数学理化考投高等专门。一心只要去做那不费力就能成功的哲学家、文学家。(刘文典《我的思想变迁史》)

第一章 热血青春

刘文典在日本留学,就读于何校?以往有说是"早稻田大学",但刘文典生前曾写过数十篇与日本有关的文章,也写过各种生平履历、思想总结,却从未明说在日所读学校。

不过,有一点可以肯定,刘文典即便在日本上了某所大学,也并未取得任何文凭。北京大学教授林庚曾回忆道:"当年我在清华大学读书时,教我的老师如刘文典、陈寅恪这些大师,都没有文凭。"①而刘文典在早年谈自身思想变迁的文章里,也曾间接提到这一点:"我就在日本沿门持钵,疗我头脑子里的饥饿,今天从人学这样,明天从人学那样。日本买书极其方便,我就把听见过名字的人的著作,买了许多,查着字典读着。"

在诸多名家的指点下,刘文典摸清了学习的路径:先看一两部哲学概论,再看一两部哲学史。于是,他买来了奥地利哲学家耶路撒冷的《哲学概论》、德国哲学家文德尔班的《哲学史教程》等书,一本一本地读。系统地读了一些哲学书籍后,刘文典感觉自己模模糊糊地晓得了一点哲学是个什么东西,古时的哲学家们又是用什么态度去解决这些问题的。看到书上说生物进化,不懂进化论究竟是怎么一回事,又慢慢地读了达尔文的《种源论》(今译《物种起源》),却看不出味来,只好又寻了日本哲学家石川千代松的书来读,感觉稍浅了一点,结果遇到了德国哲学家海克尔的《宇宙之谜》和《生命之不可思议》两部书,"读了真是无异'披云见日',把我所怀疑不解的问题,确实解决了几个"。

通过阅读这些名著,刘文典的日语、英语、德语水平有了较大程度提升,这为他后来投身翻译工作打下了基础;与此同时,刘文典更逐渐意识到近世科学的可贵,晓得哲学万离不了生物学,晓得国家社会的一切问题都要依据生物学来解决,晓得不但是中国的学问,就连学西洋那些"没有科学上根据的哲学"都是不中用的,"我的世界观、人生观从此就略略定了,枝叶上虽然也学着时髦,时时有些变化,根本上却从来没有生甚么动摇"。

---

① 吴小如:《记两位老师的谈话》,载《文学自由谈》,1996年第4期,第25页。

这一思想的转变，意义重大，几乎影响了刘文典的一生。且不说他年轻时曾一度迷上了翻译事业，先后将丘浅次郎的《进化与人生》《进化论讲话》以及海克尔的《生命之不可思议》《宇宙之谜》等书籍译介到国内，遗泽深远；即便是他后来一直从事的古籍校勘工作，也并非如一般人所称的"钻进故纸堆"，而是注重比较研究，善于汲取西方近世科学的营养，为中国传统典籍"补注"。此时，他对早年刘师培"总是说西洋学问的什么原理，则是中国古时已经有的"等观点，逐渐产生了批判性的反思，开始意识到能够称得上"学"的，至少总要是"有系统有组织的知识"才能当得起的，而不是从古书里去找一两句话来比较谁比谁先进、谁比谁智慧。

由此可见，在日本求学的历程，打开了刘文典的学术视野，拓宽了刘文典的研究门径，正如他自己后来所说，"具有综观世界各系文明的眼光，去了好虚体面的客气，晓得了近世科学的方法、性质、价值，明白了学术之历史的发达路径，把中西学术作个比较的研究，求两系文明的化合，这倒是学界一种绝大的胜业"。

从此成为"章门弟子"

东渡日本，让刘文典见识了外面世界的精彩。除了阅读大量西洋哲学的经典书籍之外，他更希望能够有机会汲取更精深的学识营养，于是便想方设法通过一位朋友的介绍，拜见了正在东京致力于国学讲习的章太炎。

跟刘文典的老师刘师培一样，章太炎出身于读书世家，自幼便在文字音韵方面接受了严格的训练，21岁进入由著名经学大师俞樾主持的诂经精舍，前后呆了7年，精研周、秦、汉时期的诸子著作。但是，他并没有一味浸淫于青灯黄卷之间。甲午战争的爆发和《马关条约》的签订，让这血气方刚的年轻人决定告别书斋，开始另一种人生：排满革命。

"《苏报》案"监禁期满后，章太炎应同盟会之邀，到日本执掌《民报》，与革命派迅速进入"热恋期"。在此期间，章太炎与以康有为、梁启超为代表的保皇派展开了激烈论战，大长革命派的威风。只不过，这段本被看好的"政

第一章 热血青春

治姻缘"同样未能持续太长时间。不久后,《民报》遭日本政府查封。

一身豪情,无路可走。章太炎索性专心致力于1906年刚到东京时发起的"国学讲习会",设坛讲学,开课授徒。周树人(鲁迅)、周作人、许寿裳、钱玄同、朱希祖等都曾听过章太炎的课。

刘文典前去拜见的时候,章太炎已经离开了民报社居所,住在弟子黄侃创办的《学林》杂志社,址设"日本东京小石川区小日向台町一丁目四十六番地"。许多年以后,刘文典还清晰地记得与章太炎第一次见面的场景:

> 我从章太炎先生读书,是在前清宣统二三年的时候。那时章先生住在日本东京小石川区,门口有一个小牌牌,叫作学林社。我经朋友介绍,去拜见他。章先生穿着一身和服,从楼上走下来,我经过自我介绍之后,就说明来意,要拜他为师。他问我从前拜过什么师?读过什么书?那时候,我明知道他和我本师刘申叔(师培)先生已经翻脸,但是又不能不说,心里踌躇了一下,只好说:"我自幼从仪征刘先生读过《说文》《文选》。"他一听我是刘先生的学生,高兴极了,拉着我谈了几个钟头,谈话中间对刘先生的学问推崇备至。他忽然又想起来说:"是了。申叔对我提到过你。"从那天起,我就是章氏门中的一个弟子了。①

文中提到的章太炎和刘师培"翻脸"一事,刘文典虽非事情的直接见证人,但他东渡日本,正是为投奔本师刘师培而去,且时间恰恰是刘师培与章太炎反目之后不久,对于个中原委,应该还是有一定了解的。后来,他对此有一个简单的评价:"章先生、刘先生之翻脸,平心来说,完全怪刘先生。"

事情起因缘于刘师培的夫人何震。她曾进爱国女社读书,是一位激烈的女权主义者,在跟刘师培结婚后,在家庭内外一直处于比较强势的地位,"河东狮吼"更是家常便饭。1907年6月,跟随刘师培到日本避难的何震风风火火在东京组织成立"女子复权会",创办机关杂志《天义》,公开宣告:"以

---

① 刘文典:《回忆章太炎先生》,载《文汇报》,1957年4月13日。

破坏固有之社会,实行人类之平等为宗旨,于提倡女界革命外,兼提倡种族、政治、经济诸革命,故曰天义。"杂志的主要撰稿人,包括刘师培、何震、汪公权(何的表弟)等人。

章太炎本来是与刘师培同租一处合住的,但不过两个月,便吵得不可开交,只好搬到民报社去住。原来,章太炎无意间发现何震与其表弟关系暧昧,有不检行为,遂将这件事告诉了刘师培。没想到刘师培不仅不感谢,反而因此与章太炎结下私仇。两个曾经惺惺相惜的英雄,就此分道扬镳,从此经历着不同的人生轨迹。

对于这件事,章太炎似乎并未太放在心上,并一度曾想缓和与刘师培的关系,尽管最终未能如愿。所以当刘师培最赏识的弟子刘文典前往拜访他时,他由衷高兴,并对刘师培的学问"推崇备至",开口闭口"申叔"。所以刘文典曾多次说过,"回想章先生的一生,人格是十分伟大的,学问是十分高深的"。

拜在章太炎门下之后,刘文典几乎天天去向他请教,听他讲解研究经学、小学的方法。"太炎对于阔人要发脾气,可是对青年学生却是很好,随便谈笑,同家人朋友一般。夏天盘膝坐在席上,光着膀子,只穿一件长背心,留着一点泥鳅胡须,笑嘻嘻的讲书,庄谐杂出,看去好像是一尊庙里哈喇菩萨"①。这一段时间里,章太炎对于《说文解字》的讲解,让刘文典受益匪浅。

兴致高的时候,章太炎会大讲平生最为得意的《庄子》研究心得。他讲解《庄子》,所用的方法很是别致,借助庄子哲学的旧躯壳,纳入康德"批判哲学"与佛教华严、法相哲学的新内容,阐述自身对于哲学中诸重大问题的看法。

年轻的刘文典虽然并不能完全听懂章太炎的讲学,但对于他渊博学术的钦佩之情却与日俱增。只可惜,这段美好的时光并未持续太久,在聆听了章先生不长时间的讲学课程之后,忽然从国内传来了革命军武昌起义成功

---

① 周作人:《知堂回想录》,合肥:安徽教育出版社,2008年,第150页。

的消息。据刘文典本人回忆：

> 记得有一天下午，章先生正在拿佛学印证《庄子》，忽然听见巷子里卖号外，有一位同学买来一看，正是武昌起义的消息，大家喜欢得直跳起来。从那天起，先生学生天天聚会，但是不再谈《说文》《庄子》，只谈怎样革命了。（刘文典《回忆章太炎先生》）

1911年底，刘文典回到了上海。

第四节 淮上风云

"申叔若死，我岂能独生？"

返回国内，刘文典最牵挂的还是本师刘师培的安危。此时，刘师培已经回国投在了清廷重臣端方幕下。

端方，字午桥，号陶斋，满洲正白旗人。1905年9月，清政府派遣五大臣出使西洋考察宪政，预备立宪，端方即为其一。回国之后，端方出任两江总督。刘师培早年曾投书端方，劝其"舍逆归顺"，投降革命，但在1908年初却秘密上书端方，"大悟往日革命之非"，并献"弭乱之策十条"，其中第一条写道："中国革命党所持之旨，不外民族主义。故舍排满而外，别无革命。师培自斯以后，凡遇撰述及讲演之事，均设词反对民族主义，援引故实，以折其非。盖事实均由学理而生；若人人知民族主义不合于学理，则排满革命之事实，自消弭于无形。此即古人所谓正本清源之说也。"[①]由此可见，刘师培几乎全盘否定了自己早年的思想，开始走向了革命的反面。

刘师培劣迹败露后，索性公开出入端方幕府，并随之北上天津，南下四川。1911年4月，端方奉命督办粤汉、川汉铁路，刘师培夫妇即紧随其左右。武昌起义胜利后，端方在资州为部将所杀，而刘师培则不知下落。

刘文典回到上海后，先是担任革命党人范鸿仙的秘书，后又进入于右任

---

① 万仕国：《刘师培年谱》，扬州：广陵书社，2003年，第143页。

的《民立报》任职，四处打探本师的消息，所获甚少。不得已之下，听说章太炎也已趁着革命的曙光离开日本回到了上海，住在哈同花园，立即上门拜望，希望他不念旧恶，出手救人。

听明来意，章太炎未等刘文典细说，便慨然道："申叔若死，我岂能独生？"随后，拿出一份早已拟好的宣言文稿，递给刘文典看，全文如下：

> 昔姚少师语成祖云："城下之日，弗杀方孝孺。杀孝孺，读书种子绝矣。"今者文化陵迟，宿学凋丧。一二通博之材，如刘光汉辈，虽负小疵，不应深论。若拘执党见，思复前仇，杀一人无益于中国，而文学自此扫地，使禹域沦为夷裔者，谁之责耶？①

1912年1月11日，章太炎又与蔡元培联名在《大共和日报》上刊出《求刘申叔通信》，一连数日，试图与刘师培取得联系：

> 刘申叔学问渊深，通知今古，前为宵人所误，陷入范笼。今者，民国维新，所望国学深湛之士，提倡素风，任持绝学。而申叔消息杳然，死生难测。如身在他方，尚望先一通信于国粹学报馆，以慰同人眷念。
>
> 　　　　　　　　　　章炳麟、蔡元培同白

这令刘文典非常感动。他知道，章太炎虽然看上去性格刚直、嫉恶如仇，但实际上内心有独立的主张，对于刘师培的背叛革命与友谊，一直怀有极大的包容心，究其原因，无非是觉得刘师培实为难得的学问中人，只不过误入歧途，因此总想着能拉他一把。

而在章太炎等人的影响下，许多革命党人也不计前嫌，纷纷投书报刊，发声营救刘师培。1月18日，曾被刘师培出卖、刚刚出狱的张恭亦致电刘文典所在的《民立报》：

---

① 万仕国：《刘师培年谱》，扬州：广陵书社，2003年，第204页。

第一章 热血青春

《民立报》转各大报馆鉴：

刘申叔学问渊深，性情和厚，自戊申冬间一别，闻其转徙津鄂，信息杳然，前者为金壬蒙蔽，致犯嫌疑，现在民国维新，凡我同人正宜消除意见，如有知其寓址者，代为劝驾，惠然来归，或先通信于杭州祠堂巷庄君新如处，以慰渴念。

金华张恭叩

经过章太炎、蔡元培等人的积极活动，刘师培的处境迅即出现转机。1月29日，南京临时政府教育部、大总统府分别致电四川都督府和资州军政署，要求将刘师培释放。其中，教育部的电文是：

四川都督府转资州分府：

报载刘光汉在贵处被拘。刘君虽随端方入蜀，非其本意，大总统已电贵府释放。请由贵府护送刘君来部，以崇硕学。

教育部宥

于是刘师培被释放了。章太炎原本希望他能到上海去，或者按政府的想法去南京，但刘师培自己选择了成都。四川都督尹昌衡改枢密院为四川国学院，聘吴之英为院正、刘师培为院副，"以研究国学，发扬国粹，沟通今古，切于实用为宗旨"。刘师培负责讲授《春秋左氏传》，随其学习者计11人。

尽管未能完全如愿，但看到刘师培总算有了个安稳的落脚地，还能发挥平生所学。章太炎、刘文典稍稍放了心。

孙中山为《民立报》题词

在《民立报》期间，刘文典主要担任编辑和英日文翻译工作，偶用笔名"刘天民""天民"发表文章。

《民立报》是于右任创办的报纸。于右任，陕西三原人，早年投身教育，曾参与创办复旦公学、中国公学等校，后来对办报产生浓厚兴趣，决定投身报界。1906年9月,怀揣着年轻的梦想,于右任远渡重洋,到达日本,一方面考察日本新闻事业,一方面积极募集资金。同时,在一位朋友的引荐下,于右任拜会了神交已久的孙中山先生。两人遂成莫逆之交。在一定意义上说,刘文典回国后能进《民立报》,正是因为这份渊源——大家都是同盟会的成员。

回国后,于右任先后办了《神州日报》,不幸毁于火灾,于是又办了份《民呼日报》。这是于右任"竖三民"办报历程的开始,以后创办的还有《民吁日报》和《民立报》等。其中,影响最大的是1910年10月11日创办的《民立报》,刘文典就服务于这份报纸。

于右任延聘的主要笔政人员,大多是革命党人,如宋教仁、张季鸾、吕志伊、范鸿仙、徐血儿、邵力子、杨千里、马君武、朱宗良、景耀月、王无生等。这使得《民立报》不仅成为新闻时政人才的"集聚地",更成为革命党人的"大本营"。

事实上,早在辛亥革命之前,这份报纸就已成为同盟会中部总会在上海的言论阵地。武昌起义成功后,《民立报》第二天就以大号宋体字报道了这一消息,并自14日起开辟"武汉革命大风云"专栏,详尽报道起义状况。同盟会人邹鲁多年后仍感慨道:"时上海《民立报》,日事制造利于革命之电报新闻,清吏震惊,党人气盛。"①此后,同盟会总部由东京迁返上海,《民立报》更成为革命党人的重要喉舌。

由于当时革命形势的需要,在《民立报》任职的人撰文多用笔名,或者干脆不署名,因而关于刘文典在《民立报》期间的文字,已难查证。唯一可知的是,《民立报》非常重视国际新闻的报道,在巴黎、伦敦、柏林、日内瓦等地派有驻外记者,并经常不惜重金购买国际新闻的电稿。刘文典承担的工作之一就是将英文电稿翻译成中文,登在《民立报》上,用另一种方式,为革命摇旗呐喊。

---

① 邹鲁:《中国国民党史稿》,上海:东方出版中心,2011年,第461页。

第一章 热血青春

在此期间,刘文典见证了孙中山的到访,这在很大程度上激励着《民立报》同人的革命斗志。武昌起义爆发时,孙中山正在美国筹措革命经费,一听国内消息,立即乘船回国,并两次致电《民立报》,报告行踪。《民立报》亦专门撰写了一些介绍孙中山为革命鞠躬尽瘁的文章,为拥护孙中山出任临时大总统造势。

1911年12月25日,孙中山抵达上海。4天后,孙中山被推举为中华民国临时大总统,赴南京就职前专程来到《民立报》编辑部,向这份在辛亥革命中作出突出贡献的报纸表达特别的谢意。

刘文典记得,"有一天中山先生到报馆里来,大家一齐围着他,中山先生发表了一段简单的谈话"。此番谈话的具体内容已不可知,但就孙中山而言,内心对于《民立报》的感谢是由衷的。他后来曾评价道:"此次革命事业,数十年间,屡起屡仆,而卒睹成于今日者,实报纸鼓吹之力。报纸所以能居鼓吹之地位者,因能以一种之理想普及于人人之心中。"①

看到孙中山兴致正高,邵力子从人群中挤上前去:"孙先生,能不能给我们题写几个字?"孙中山点点头,随手拿起一张便条,挥笔写道:"戮力同心,《民立报》同志属书,孙文。"站在旁边的刘文典等人看了,热血沸腾。

孙中山先生扫视了一下四周热情的目光,很高兴,又拿起桌上的毛笔,在另一张便条上,写出一行英文:"To *Minlipao*, 'Unity' is our watch word. Sun Yat Sen."意思是说,"合"之一字最足为吾人警惕。于右任看到孙中山先生的题词后非常高兴,当即决定:立即将之制成铜版,刊登在12月31日的《民立报》上。

这两张便条的原件则被刘文典珍重地保存了起来,夹在一本书里,视如宝笈,经常拿出来欣赏品味。正如徐血儿在几天后的《民立报》"天声人语"栏目里写道,"本社同人拜嘉此四字,默识于心,而知中山先生心中亦惟此'戮力同心'四字"。遗憾的是,卢沟桥事变后,刘文典仓皇避难,家中藏书遗

---

① 中国社会科学院近代史研究所中华民国史研究室等编:《孙中山全集》第二卷,北京:中华书局,1982年,第337页。

失殆尽,两张珍贵的便条也就不知所之了。

和《民立报》的大多数同人一样,刘文典是始终与孙中山的革命道义站在一起的。在革命党人的努力操持下,《民立报》的影响力与日俱增。20世纪30年代,毛泽东在接受美国记者斯诺采访时就曾特意提到:"在长沙,我第一次看到报纸——《民立报》,那是一份民族革命的报纸,刊载着一个名叫黄兴的湖南人领导的广州反清起义和七十二烈士殉难的消息。我深受这篇报道的感动,发现《民立报》充满了激动人心的材料。"

议和声中血流成河

革命党人的欢呼声,未能持续太久。

1912年1月1日,孙中山由沪赴宁,宣誓正式出任中华民国临时大总统,开启了历史的新纪元。铿锵的誓词,激昂的呼号,可能让很多人忽略了《民立报》上一则很不起眼的电报稿:

民立报馆范鸿仙、刘天民两兄钧鉴:
　　袁贼又派倪嗣冲于议和期内,乘我不备,围攻太和、颍州,毒击大炮,民兵死伤千余人。详情已另电,望两兄主持请议,覆加诘问。再淮上国民军现编一镇,务祈设法接济,不胜盼祷。

　　　　　　　　　　　　　　　　张孟乙叩

这是一封来自安徽的求援电报。发电者是淮上军发起人张汇滔,收电人是在民立报社任职的革命党人范鸿仙和刘文典。

对于张汇滔,刘文典并不陌生。张汇滔,安徽寿州人,原名张维藩,字孟介。早年受革命思潮影响,决定"汇入革命之大潮,掀起反清之洪滔",遂改此名。1905年同盟会在日本成立时,正在东京留学的张汇滔即行加入,是安徽最早的59名同盟会员之一,并担任中国同盟会江淮分会副会长。1907年初,张汇滔奉孙中山之命,回皖发展革命势力,在寿州一带渐成气候。

武昌起义成功后,全国各地革命党人纷纷举义响应,但临近湖北武昌的安徽省垣安庆却迟迟未见动静。1911年11月2日,革命党人张汇滔在安徽

第一章　热血青春

凤台县涧口张叔衡家中,召集岳相如、袁家声、张树侯、王龙亭、廖海粟、廖传仪等人密商革命,决定成立淮上国民革命军,先取寿州、凤台,再分兵东北,界怀远、凤阳、扼蚌埠,以策金陵,西南则先收颍上、霍邱,以攻六安、阜阳,入河南,促安徽独立。

在张汇滔等人的带领下,淮上军一路所向披靡,先后光复寿州城、正阳关,屡战屡捷。于是,张汇滔等人决定乘胜出击,兵分数路,向皖北、皖南、皖西各州县推进。张汇滔自领一路人马,向西北出征颍州,直逼河南。正在此时,传来了南北议和的消息。由于自身的诸多先天不足,南方的革命党人最终还是选择了与北方势力袁世凯和谈。12月9日,南北双方达成"各战场停战十五日"的协定,其中就包括至关重要的安徽战场。

为了服从全国大局,张汇滔无奈同意立即停止进军。但事实上,表面忙于南北议和的袁世凯却并未放弃武力施压的打算,就在南北双方承诺停战的这一天,袁世凯却密令得力干将、河南布政使兼武卫右军左翼长倪嗣冲率军三万余众由河南入皖,先取太和,再战颍州。

万分危急之际,张汇滔不得不向柏文蔚、范鸿仙、刘文典等友人发电求援。当时,在江苏任第一镇统制的柏文蔚闻知倪军消息,急电上海都督陈其美和各省都督,大声质问:"前接湖北黎都督通电各处,袁总理派员赴武昌议和,约期停战,何以现在停战期限之内,竟遣兵潜入皖北?"但袁世凯、倪嗣冲方面置之不理,诬陷张汇滔"确非革命党",继续集结重兵围攻颍州城。

12月11日,倪嗣冲派兵分两路向淮上军发起攻击,并辅以大炮轰城,结果遭到顽强抵抗,未能得手。眼见强攻不成,倪嗣冲便秘密派人潜入城内,串通城内反动士绅及投降淮上军的原清军驻颍巡防营阵前倒戈,令经过三天三夜激战的淮上军腹背受敌,孤立无援,最终只能弃城而去,折返寿州。此役,仅张汇滔本族,殉难者就达57人之多,张汇滔的叔父张士杰及士杰的两个儿子张维屏、张维敬都惨遭毒手。①

---

① 张朝标、张家宁:《张汇滔足迹》,自印本,2010年,第92页。

倪嗣冲入城后，不分黑白，大肆屠杀，颍州城内，血流成河。在发给范鸿仙、刘文典的求援电报里，张汇滔痛心疾首写道："城陷之日，肆行屠戮，以剪发为革命军符号，杀之无遗。其最残酷者为正阳李恕斋，断臂、刖足、破胸、倾肠，而后决首。凡系市人，无论行商贾客，必搜杀之始快。如此凶蛮，凡有血气者皆当枭倪之首，以为无人道者戒，且在南北停战期内，并在我军议和期内。倪贼倘承受，断不敢弃髦公法而不顾。万恳临时大元帅及各省大都督严重诘责袁世凯，俾海内人士知背约挑战之公敌在者也，淮上幸甚。"①

面对张汇滔的求援呼声，刘文典同样只能望而兴叹，毕竟当时南北议和已成主流声音。1912年2月12日，清帝退位，南北议和告成，革命党人满以为天下大吉，便匆忙放弃了筹谋已久的北伐大举。原来准备与倪嗣冲决一生死的张汇滔顾全大局，含恨罢战，不久后奉调南京，失去了翻盘的最好机遇。

而令张汇滔、刘文典等人更未料想到的是，孙中山将临时大总统之位交给袁世凯之后，袁世凯虽然口必称"共和"，但事实上却走上了一条完全相反的道路，先是向内阁制挑战，导致内阁总理如走马灯，而后又涉嫌暗杀宋教仁，并强行接受"善后大借款"，迫使以孙中山为首的革命党人不得不发起"二次革命"，试图彻底摧毁袁世凯阵营。

张汇滔再度披甲上阵，出任淮上讨袁军总司令，在沿淮一线与倪嗣冲"仇人相见，分外眼红"，展开殊死厮杀，几度打退倪军的进攻。只可惜，伴随着全国讨袁形势急转直下，加上后援补给无力，张汇滔且战且退，到最后只得遣散兵勇，流亡日本，在江淮大地上留下苍凉的背影。

此后，倪嗣冲接掌安徽军政大权，开始了长达14年的血腥统治。对于革命党人，倪嗣冲更是毫不留情，疯狂镇压、逮捕、暗杀。1920年1月29日晚，潜居在上海法租界环龙路（今南昌路）渔阳里六号的张汇滔，前往不远处的孙中山住所，谋划革命事务，半途中遭遇杀手枪击，两日后，不幸逝世。而

---

① 《张孟乙关于颍州失守详情电报》，见张湘炳、蒋元卿、张子仪《辛亥革命安徽资料汇编》，合肥：黄山书社，1990年，第394页。

后经革命党人调查侦知,暗杀张汇滔的幕后主谋正是倪嗣冲。

这是革命党人经受的又一次重挫。作为张汇滔生前最为信任的革命同道之一,刘文典内心的悲痛可想而知,却无以言表,只能以泪和墨,写下一篇洋洋洒洒、情真意切的《张烈士汇滔墓志》,历数张汇滔一生的功绩,称赞其"含贞固之德,应期运之数,幼而循齐,少负大志,值胡清失绪,天纲解纽,慷慨淮泗,电发东南,纠合同盟,共志兴复",并浓墨重彩写张汇滔率领淮上军东奔西突的英勇与遗憾,"躬率大军,攻下颍上、霍邱、阜阳诸左邑,徇名城以十数,师次颍州,方将进窥中原,荡定河翔,会和议成,奉令罢兵"。当然,刘文典亦不会忘记张汇滔对于革命未成的心有不甘与满腔热血:"会金陵不守,乃随总理东之日本,周旋于患难之中,而讨贼之志益坚,数举义苏、皖间,总理愈委任之。烈士感激,誓以死报。"

此文后来镌刻在张汇滔陵墓的墓碑上,原件现存于安徽安庆博物馆内。在这篇墓志的结尾,刘文典满怀感伤又激情昂扬地写道:

> 英英烈士,受天弘造,刚而无虐,坚而不挠。能乎其仪,穆乎其操。翻飞淮甸,奋身匡世,翼翼鹰扬,桓桓虎眈。辅翼洪业,琅琅高致。明明执政,崇德报勋。光光宠赠,省葬诸生。爰勒铭赞,式昭懿声。

宋教仁之死

1912年9月9日,孙中山正式出任全国铁路督办,立志要在10年内修筑20万里铁路。同盟会本部事务暂交魏宸组打理。

此时同盟会内部发生严重分歧。作为同盟会的重要创始人之一,性情向来激烈的宋教仁决定推动同盟会改组建党工作,以同盟会为基础,联合统一共和党、国民公党、国民共进会、共和实进会,新建"国民党","专选优秀稳健一派而遗其暴烈分子,且欲牺牲其民生主义,以冀有完全之政党出现"。[1]

---

[1] 哲维:《予之政党观》,载《亚细亚日报》,1912年8月10日。

在国民党成立大会上，孙中山被推选为理事长，但由于他之前已表示不愿再过问党事，便委托宋教仁为代理理事长，实际主持党务。

宋教仁极力推动建党的真正用意是主张责任内阁制，通过全国大选，争取让国民党在国会里获得半数以上席位，"组成一党的责任内阁"，以求最大程度限制袁世凯的权力。

1913年3月，第一届国会选举基本结束，国民党取得重大胜利，成为"第一大党"，有望出面组织责任内阁。

政治变局，翻云覆雨，不过是转瞬之间。1913年3月19日，袁世凯通电全国，宣布于4月8日举行国会开会礼，并电召远在上海的宋教仁北上，共商国是。临行前，宋教仁来到他曾经服务过的《民立报》，与昔日同人告别。在告别会上，很多朋友都劝告宋教仁"小心暗杀"。宋大笑不已，大声回应："无妨。吾此行统一全局，调和南北，正正堂堂，何足畏惧。国家之事，虽有危害，仍当并力赴之。"①大有戊戌之年谭嗣同慷慨赴死的壮烈。

年轻气盛、豪情满怀，让宋教仁忽视了时势的波谲云诡。3月20日22时40分左右，由国民党上海交通部交际员吴颂华引导，拓鲁生、黄兴、陈策、宋教仁、廖仲恺次第走向检票口，"突于宋君背后闪出一人，出手枪连发三出，第一出中宋君右后肋，斜入腹部；第二出向黄君克强身边掠过；第三出从吴君颂华胯下而过，幸未伤人"。②宋教仁手捂腹部，眉头紧蹙，大声呼喊："我已中枪矣。"两天后，宋不治身亡，终年32岁。

在关于刘文典的生平介绍中，一度有"与宋教仁同时遇刺，手臂中弹受伤"的说法。宋教仁遇刺时，《民立报》确有于右任等人在现场，且在事后派有记者详尽报道，但均未提及"刘文典同时遇刺"之情。

不过，当时局势动荡，暗杀不断，身在革命阵营的刘文典遇刺并非空穴来风，只是时间上不与宋教仁遇刺同时。据刘文典的儿子刘平章回忆：

---

① 《宋教仁传略》，转引自《陈旭麓文集》第三卷，上海：华东师范大学出版社，1997年，第311页。

② 《宋教仁被刺纪详》，载《申报》，1913年3月22日。

我听我母亲讲,那天晚上,刺客来了以后,因为我父亲同宋教仁他们好像都一起住在法租界。当时有人来敲门,我父亲就去开门,枪就打在我父亲身上,好像在右手上还有这么个伤疤。后来一看,错了,人就跑掉了。我父亲也没跟我讲过这个事情,是我母亲跟我讲的。她跟我说我父亲手上这个伤疤是怎么回事。

宋教仁之死,震惊寰宇。正在日本考察的孙中山惊闻此案,立即启程回国,亲自主持了宋教仁的葬礼,并致送挽联:"作公民保障,谁非后死者;为宪法流血,公真第一人。"

刘文典所在的《民立报》也很快就对宋教仁的殉难作出了激烈的反应。除了详细报道宋被暗杀的经过之外,这份报纸还陆续刊发由于右任、范鸿仙、刘文典等人撰写的"战斗檄文",声讨有幕后指使嫌疑的袁世凯。

1913年4月30日,《民立报》刊出题为《中华民国之特色》的评论文章,这样写道:"大总统为人所暗杀,此世界所曾见者。今以总统、总理而暗杀人,此民国之特色者一。政党拥戴政雄,此世界所曾见者。今以政党而拥戴杀人犯,此民国之特色者二。"①文章言辞激烈,义愤填膺,极尽讽刺之能事,鞭挞袁世凯的虚伪与险恶。

紧接着,《民立报》又曝出一个惊天丑闻:1913年4月26日,就在宋教仁被暗杀后不久,袁世凯变本加厉,未经国会讨论通过,不惜出卖国家利益,以盐税和海关税担保,向英、德、法、俄、日等五国银行团签订2500万英镑的"善后大借款"协定。

整个中国愤怒了。

营救陈独秀

对于刘文典来说,1913年本是喜庆之年。

1912年5月,他与表妹张秋华有情人终成眷属。两人自小相识,青梅竹

---

① 《铁血忠魂:辛亥先烈范鸿仙纪念文集》,南京:凤凰出版社,2011年,第115页。

马。张秋华读过师范,熟知诗书,与刘文典算得上兴趣相投,两人婚后琴瑟和鸣,相濡以沫。1913年5月23日,长子刘成章出生于上海,一家三口,其乐融融。

可刘文典尚未来得及细细品咂初为人父的喜悦之情,国内局势却因宋教仁突遭横祸而再度动荡。

1913年6月30日,袁世凯下令罢免柏文蔚安徽都督兼民政长之职,调任陕甘筹边使,并任命亲信孙多森督皖,在事实上分割国民党势力在地方的影响和权力。

1913年7月上旬,孙中山、黄兴等人在上海再度召开军事会议,决定兴师讨袁,是为"二次革命"。会议决定委派龚振鹏负责安徽的讨袁工作。龚振鹏是安徽人,曾参与安庆徐锡麟起义。1912年12月,安徽军队整编,龚振鹏任安徽陆军第一师第二旅旅长,率部驻扎芜湖。

在上海会议后,龚振鹏回到安徽,即在寿县正阳关召开会议,同张汇滔、范鸿仙、管鹏、袁家声、岳相如、郑赞丞、凌毅等人商议讨袁事宜,但由于柏文蔚未参加,群龙无首,未达成一致意见。

在黄兴的动员下,隐居南京的柏文蔚回皖出任安徽讨袁军总司令,宣告独立,通电联合讨袁。此后,在安徽芜湖召开了由范鸿仙、刘文典、殷之辂参加的会议,决定成立讨袁第一军,军长张子刚;成立讨袁第二军,军长龚振鹏。壮志激烈,风生呼啸。

在与袁世凯力量交锋的过程,刘文典虽然只是一介文人,只懂得拿笔杆子,不能亲自上阵持枪杀敌,但并未退避三舍,而是在"二次革命"中身先士卒,一马

图1-3 刘文典与夫人张秋华合影
(图片来源:《胡适和他的朋友们》)

第一章 热血青春

当先。据说,当时革命党人里广为谈论的一个经典场景便是:文质彬彬的刘文典一袭长衫,驾着马车穿行于战场之中,四处寻找、抢救、运送伤员,用果敢的行动印证着"国家有难,匹夫有责"的热血豪情。

7月27日,柏文蔚携皖军第一师师长胡万泰返回安庆,兼任安徽都督,陈独秀再任秘书长。范鸿仙偕管鹏、郑赞丞等相率来归,全力支持柏文蔚讨袁。柏、范、管、郑等随即召开秘密军事会议。在会上,柏文蔚提出兵分三路出师讨袁。一路以胡万泰率该师西出太湖,与北洋军作战;一路以龚振鹏率部,西出颍上,抵敌倪嗣冲;一路以张孟介率淮上军为主力,北伐中原。

但是,由于势力相差悬殊,整个讨袁局势日益恶化。7月28日,因津浦线战事失利,黄兴突然出走,讨袁军面临全线崩溃。出走之前,他派人到安庆送给柏文蔚一封密信,谓"大势已去,无能为役,弟已他往,望兄相机隐退,留此身以待后用"。柏文蔚唯恐动摇军心,秘而不宣,被袁世凯收买的胡万泰却突然于8月6日发动兵变,闯入都督府,逼迫柏文蔚交权。

第二天,柏文蔚、陈独秀仓促渡江,乘民船东下,与龚振鹏共守芜湖。不久后,柏文蔚退到南京,龚振鹏、张子刚孤守芜湖。而就在此时,发生了"陈独秀被捕事件",陈独秀被革命党人芜湖驻军首领龚振鹏扣押,并被布告枪决,生死系于一线。

当时,刘文典因为革命的关系,与芜湖方面来往较多,听说了此事,心里清楚双方已是剑拔弩张,只不过龚振鹏忌惮陈独秀的社会名声,不敢轻易动手,但"火药桶"随时都有爆炸的可能。

在此情况下,刘文典与好友范鸿仙、张子刚等人,积极斡旋,并第一时间派人送信给身在南京的柏文蔚。龚振鹏与柏文蔚虽然心生嫌隙,但毕竟都曾是革命同道。仅此一点,龚振鹏还是有可能给柏文蔚几分薄面的。

8月13日,接到求救信的柏文蔚心知情况紧急,不敢耽误,立即坐船前往芜湖。出于安全问题的考虑,柏文蔚没有上岸,而是在船上给龚振鹏写了封信,恳请他念及旧情,枪下留人。

其实龚振鹏并没有真要杀陈独秀的意思,只不过被陈独秀激将得没有台阶可下,一时冲动,动了杀机。如今,各方求救声音不断,当然是乐得做这个顺水人情,并亲自送陈独秀到江边与柏文蔚会合。

关于这件事情的解决,胡适的远房表弟石原皋在《闲话胡适》里还有另外一种说法:"刘文典(叔雅),安徽合肥人,擅长古文,尤其对于《昭明文选》很有研究。早年参加同盟会,与陈独秀友善。辛亥革命,陈为柏文蔚的秘书长,刘为龚振鹏的秘书。龚与柏面和心不和,讨袁之役失败,陈经芜湖,龚想杀他。由于张之纲的兵谏而得免,恐与刘的力劝也有关系。"①

当然,这只是一家之言,尚无更多资料可以佐证,但有一点可以肯定:倘若没有刘文典等人的努力,陈独秀可能早已成为龚振鹏的"枪下冤魂"。这或许也是后来陈独秀对刘文典一直百般提携、扶持的根源所在。

8月26日,袁世凯新任命的安徽都督兼民政长倪嗣冲率部进抵安庆。8月29日,芜湖失陷,"二次革命"在安徽宣告失败。无奈之下,陈独秀、刘文典等革命党人踏上了流亡的路途。

第五节　亲炙中山先生干革命

加盟中华革命党

面对革命党人的群起响应,袁世凯没有坐以待毙。从7月中旬起,袁世凯接连发出一道道文告、讨伐令、通缉令,诬蔑讨袁派为"乱党""暴民",妄加"破坏民国,涂炭生灵"的罪名。②

8月17日,袁世凯在上海《申报》上发布《临时大总统命令》,通缉皖籍革命党人。

上海法租界是"二次革命"后革命党人暂避风雨的集聚地。那个时候,《民立报》也办不下去了,什么来源都没有,刘文典拖着妻子、儿子,还有乳母,并日而食,穷愁潦倒,最困难的时候只能将衣服、棉被拿去卖掉、当掉,维

---

① 石原皋:《闲话胡适》,合肥:安徽人民出版社,1985年,第71页。
② 李宗一:《袁世凯传》,北京:中华书局,1980年,第252页。

第一章　热血青春

持四个人的生计。幸好,这样的生活没过多久,在革命党人的帮助下,刘文典也逃亡到了日本。

1913年9月10日,刘文典告别妻儿,化名刘平子,搭轮船抵达东京,开始流亡生活,暂住"赤坂区青山南町5-45"。与刘文典一道赴日的,还有革命党人范鸿仙、吴忠信。范之原职务记为"上海民报(应为《民立报》)社长"。吴为该报"经理",刘为"记者"。据日本外务省档案记载,当时在日本的流亡者,尚有皖籍者多人:柏文蔚,化名朱华斌,暂住"长崎市南山手町17",原职务记为"安徽都督";管鹏暂住"南山手21",原职务记为"安徽省政会议员";毕靖波住地与管同,记为"安徽屯田团团长";王漱生,暂住"长崎市四海楼",记为"安徽警察长";许应午(世钦)暂住"新桥10",记为"安徽兵站部长";龚振鹏暂住"长崎市新地町10",记为"芜湖司令";龚维鑫暂住"唐津市十人町6",记为"安徽省参议长"。①

事实上,这些革命党人一到日本,就受到了日本警视厅、有关县知事等机构的日夜监视。翻阅当年监视机构逐日抄报给外务省的记录可以发现,赴日的革命党人来往密切、互动频繁,比如刘文典抵达东京第二天,便与吴忠信、范鸿仙一道赶往新桥,与暂住在那里的皖籍革命党人许应午见面,夜话一宿。刘文典等人从许应午那里听说柏文蔚、管鹏等人暂住长崎市南山手,遂又决定前去拜望,并在那里暂住下来,以便共图革命大业。

日本成为中国革命党人新的聚集地。此前,孙中山、黄兴、胡汉民等人已秘密经福州、基隆等地避居日本。"二次革命"失败后,孙中山痛定思痛,悟出一个道理:"追其失败之原因,为吾党分子太杂,权利心太重……推其究竟,若能倒袁,亦不免互有战争。有此一败,乃吾党一大淘汰,乃不幸中之幸也。……弟今从新再做,合集此纯净之分子组织纯粹之革命党,以为再举之

---

① 俞辛焞、王振锁:《孙中山在日活动密录(1913.8—1916.4)》,天津:南开大学出版社,1990年,第751～783页。

41

图,务期达到吾党人纯粹革命目的,即民权、民主主义是也。"①由此,孙中山开始秘密筹建中华革命党。

1913年9月27日,在孙中山主持下,王统、黄元秀等五人立誓约加入中华革命党,是为首批党员。

皖籍革命党人张汇滔、范鸿仙、龚振鹏,皆于1913年10月前后加入中华革命党,均由孙中山主盟。到1914年7月8日中华革命党正式举行成立大会时,入党党员已达数百人,两湖、安徽、江西占多数,浙江、广东、四川、福建、江苏亦不少。

刘文典应该也是在此前后加入中华革命党的。据日本外务省监视档案,1913年12月22日"中午十二时十五分,吴忠信、刘平子、孙万乘来访,在另室议事,十二时五十分离去"。这是刘文典流亡东京后与孙中山接触的最早记录。

1956年11月,在纪念孙中山先生诞辰90周年前后,身在云南昆明的刘文典重新翻检记忆,梳理当年在日本与孙中山的过往:"我亲炙中山先生是1913年在东京的时候,那时候中山先生组织中华革命党,我也流亡在东京,就和几位朋友,一起加入。当日的情况,今天还历历在目。"②

据刘文典回忆,他去见孙中山的时候,正值中午。当时,孙中山住在一座破旧的小楼上,经过走廊,一上楼去就是孙中山的房间。房里一张陈旧的短榻、一张木板桌、三张破椅子。敲门进去的时候,孙中山正穿着一件棉布的和服,坐在短榻上,有一位广东口音的厨师正拿着午餐给他用。

"我留心看看这位做过大总统的人吃些什么?出乎我意料的是,只有两片面包、一盘炸虾,总共不过值两三角钱,比我们当学生的在小馆子里吃的西餐还简单。我看他生活的俭朴才知道他人格的伟大,崇敬之意油然而生,默默地坐在一边。"

---

① 孙中山致黄芸苏函,见陈锡祺《孙中山年谱长编》,北京:中华书局,1991年,第857页。

② 刘文典:《孙中山先生回忆片段》,载《云南日报》,1956年11月12日。

第一章 热血青春

许多年后,当我们通过刘文典的这一段回忆文字去管窥他初见孙中山时的激动与崇拜之情时,可以发现这与他后来的狂狷为人似乎有很大的反差。1929年5月,孙中山灵柩由北平碧云寺迁往南京中山陵奉安,北平妇女协会、商民协会、总工会、农民协会、学生联合会等五个团体在中山公园设立孙中山奉安纪念碑,碑文即邀刘文典撰写,共计594字,高度颂赞了孙中山一生的功绩:

> 上天佐佑我诸华,笃生总理。秉圣善之姿,恢文武之业,攘逐胡清,肇造诸夏。至明如日,至德配天,生民以来,未有伦比。今寰宇混一,方外既来,山陵致功,宜建穹碑。伏思我总理革命垂四十年,崇功名德,布护八表,巍巍荡荡,民莫能名。谨缀大端,另镌吉金,以扬我总理之耿光。颂曰:胡清失绪,王涂多违,四夷交捽,海水群飞;明明我公,应期特生,茂德贞固,睿哲若神。茂德伊何?克圣克仁。言出有章,动合无形。慷慨岭外,电发海滨。地无百里,众寡一成。公奋厥武,是讨是震。犷彼东胡,僭盗十代,基属国护,引弓日戒。桓桓我公,在困弥亮,再接再励(厉),顽廉懦壮。肇义汉滨,朔风变楚,白旄一扬,遂走区宇。建宅金陵,耀威江表,纠合同盟,连兵北伐。奋钺霆击,鑱抢电扫,举晋如遗,偃齐若草。伪孽震骇,归命受事,名王遁逃,豪帅交臂。堂堂国父,如而不幸;至德侔天,冲虚拟海;脱屣大位,成功不居;汤武革命,比之蔑如。袁氏作昏,狡焉思肆,革年改物,盗窃神器。公赫斯怒,爰奋其旅,神旌再顾,朱旗重举。玄符久协,人谋是与,渐台自焚,出燕即叙。元恶既夷,新都未治,九县崩离,八薮重扰。公御群师,龚行天讨。伟略中否,大业陨颠。偏率畔换,公用东匮,翻加凤举,乃撰微言。义揭三民,宪创五权,身退道行,位逊行鲜。百粤底定,复廻乾轴,威加殊类,勇迈方叔。雄戟镜天,雷韬霆隆,戎车于征,群凶侧目。皇矣我公!视民如伤。爰命群帅,保义封疆。服叛以德,匪兵之疆,将混区夏,登民春阳。茫茫禹甸,我公匡之;口然蒸民,我公康之;三

辰幽昧,我公光之;四维绝筱,我公张之;宪典隳坏,我公纲之;天声中微,我公扬之。驰驱王纪,乾乾不息;神武鹰扬,嘉谋弗忒;张皇六师,征伐四夷;遂举元功,安民建国;钟山淮川,峰高川长,总理伟绩,三精同光。①

由此碑文可见,刘文典对孙中山的崇敬,除了年龄差距和革命资历外,更大程度上还在其内心确实期望能在孙中山带领下实现革命的梦想,让祖国早日脱离苦难。正因为如此,当孙中山让刘文典下楼写誓书并举手宣誓时,刘文典都一一照做了。

至此,刘文典便成了中华革命党的一员,后来又进入党部任秘书,直接为孙中山服务。据刘文典的学生、云南大学教授陈红映回忆,1956年,云南省在昆明胜利堂举行纪念孙中山先生诞生90周年大会,应邀前往的刘文典还兴致盎然地谈起这段往事,并说"中山先生的电报英文稿多是由我起草的"。

尽管刘文典当时不过二十来岁,但孙中山并不拿他当小孩子看,一见面就和他纵谈天下大事,孙中山精辟的言论、高远的见识,让刘文典感慨不已。那时候的生活主题,似乎就是讨伐袁世凯。

铁血忠魂

"二次革命"失败后,孙中山选择暂避日本,其实是另有深意的:"文如远去欧美,对我党前途实多影响,故无论如何,希在日暂住,俾便指挥。"②这一想法,得到了犬养毅、头山满等日本政界势力的支持。

虽然身在日本,但孙中山等革命党人"思慕母国之念一时也未离开脑际"。筹建中华革命党,正是为了重新集聚力量,在适当的时机再举"第三次革命"。中华革命党坚持武力讨袁,把在国内的军事活动作为核心战略目标。

---

① 中山公园管理处:《中山公园志》,北京:中国林业出版社,2002年,第279~280页。
② 孙中山致犬养毅、头山满等人电,见陈锡祺《孙中山年谱长编》,北京:中华书局,1991年,第834页。

第一章 热血青春

范鸿仙便是武力讨袁的坚定支持者。但刘文典万万没有想到,就在宋教仁遭遇暗杀一年半之后,自己的这位同乡好友竟在归国反袁过程中再遭毒手,不幸殉难,年仅32岁。

对于范鸿仙,刘文典并不陌生:范鸿仙,名光启,别号孤鸿、哀鸿、纯黄、解人,1882年6月20日生于安徽合肥北乡杏店村一个自耕农家庭,排行第二,昆仲四人。因父亲曾参加太平天国革命,范鸿仙自幼便深受反清革命思想的熏陶。1906年,范鸿仙任教于芜湖赭山学堂,与刘师培、张通典等名儒相识,结为革命同道,并在孙毓筠的牵线下,剪掉了发辫,成为同盟会会员,与刘文典等皖籍革命青年有了些许往来。

两人的深入交往,是在刘文典第一次留学日本归来之后。刘文典1935年5月在接受《大学新闻周报》记者访问时曾谈及自身经历:"辛亥归国,任范鸿仙上将记室。"记室,古时官名,掌章表书记文檄,后代指秘书。当时范鸿仙已是《民立报》的总经理兼主笔,同时负有组织同盟会中部总会安徽分会的重任,与谭人凤、宋教仁、陈其美等共商革命大计。武昌起义成功后,全国各地纷纷响应,安徽的革命势力自然也不甘落后。但他们大多势单力薄,或缺少援军,或缺少粮饷,或缺少军械,一时间,纷纷求援于在当时的新闻界与革命界已有一定声望的范鸿仙和刘文典。

范鸿仙位于上海法租界戈登路的住所(后迁居到法租界民赖达路新民里),成了包括刘文典在内的革命党人经常聚会的场所,"当时常到范家的党人有于右任、邵力子和叶楚伧等。此外,还有安徽同乡同盟会员吴忠信、刘文典、殷芝露、金维系、高季堂等前辈"。①

在刘文典的眼里,范鸿仙"才略纷纭,智能命世,江淮豪隽,多相亲附。既自负壮志,且欲扬旌曜甲,与群雄并驱争先,夙于江皖之间,结殖根本"②,

---

① 许传经:《范鸿仙烈士死难的回忆》,见政协合肥市委员会文史资料委员会《范鸿仙》,合肥:安徽人民出版社,1989年,第27页。
② 刘文典:《范烈士鸿仙先生行状》,载《学风》,第5卷第10期,1935年12月1日,第3页。

在安徽革命界享有较高的声誉。

1912年1月1日,孙中山就任临时大总统后,段祺瑞、冯国璋等人秉承袁世凯的意旨,通电抗议,并有趋马南犯的架势。孙中山坚持共和立场,不愿妥协,于1月11日宣布自任北伐军总指挥,并制定六路进军计划,下令出师北伐。而冲在最前面的,就是范鸿仙。

在征得孙中山首肯后,范鸿仙回到老家合肥,在江淮同盟会员及安徽南北军队中招募五千精兵,号称"铁血军","搜讨军实,简练甲兵,为北定中原计",矛头直指袁世凯。

1912年2月2日,《民立报》刊布洋洋数千言的《铁血军总司令范君光启宣言书》,纵横恣睢,气势磅礴:"光启既以铁血名其军,自今以往,铁血军有不以铁血为宗旨而不主张北伐者,天厌之;铁血军主张北伐而行有不能践其所言者,天厌之。光启不敏,愿我伯叔兄弟为具一杯酒,待铁血军直捣黄龙之后,光启整师归来,重见我伯叔兄弟,以为一堂欢笑聚首痛饮之用,而以山海关为我铁血军之凯旋门也。"

遗憾的是,铁血军壮志未酬,南北和谈重新启动,在各方压力下,孙中山最终将临时大总统的位置让给了袁世凯。据刘文典回忆,听说南北和议成功的消息后,范鸿仙号啕大哭,连声悲叹:"伪孽虽去,袁贼未枭,北庭诸将,各仗强兵,跨州连郡,人自为守,而无降心,今权一时之势,以安易危,共和之政,不三稔矣!"在范鸿仙看来,不剿灭袁世凯,共和不过是两三年的游戏而已。后来的种种证实了范鸿仙的判断。

"二次革命"兴起后,范鸿仙立即偕管鹏、刘文典等人抵达安徽芜湖,以龚振鹏的名义宣布起兵讨袁。随后,范鸿仙、刘文典等人参加了在安徽芜湖召开的讨袁会议,会议决定扩编张子纲旅为讨袁第一军、扩编龚振鹏旅为讨袁第二军。

据刘文典回忆:

> 宋教仁被戕,南中义师将再起,民党诸魁杰,群以皖事推先生。则先使龚振鹏潜师袭颍州,自入芜湖建军府,发兵徇大道,北定淮

第一章 热血青春

上诸郡。金陵溃,义师连战不利,犹协同柏文蔚进屯安庆,与上游袁军相距。会文蔚将胡万泰叛,应倪嗣冲,倒戈攻军府,举城大恐,先生直出将死之,有材官扶之登舟以免。①

1914年2月,"二次革命"失败后避居日本的范鸿仙重返上海,以租界为据点,再图革命大业。刘文典后来才听说,当时革命党经费紧张,范鸿仙又无存款,于是便将家中珍藏的许多善本古书拿出去售卖,换些钱回来充当军资,"犹不足,至质帷幕,故来附士卒,皆感其惠"。

为了与革命同道议事便捷,范鸿仙索性住进了位于葛罗路33号(今嵩山路39号)的上海中华革命党总机关部,殚精竭虑,日夜谋划,甚至连做梦都经常大喊:"讨袁!讨袁!"

当时的上海镇守使郑汝成是袁世凯的心腹,以重兵坚垒据守上海制造局,日遣爪牙四处侦捕革命党人。范鸿仙便决定秘密策动郑汝成军队内部官兵"反水",攻占上海制造局。

袁世凯自然不是省油的灯。当年送华屋美女给范鸿仙遭到拒绝,如今则只能送给他子弹和鲜血了。1914年9月20日晚,范鸿仙与同楼的朋友共话平生,一直聊到深夜。没想到刚刚躺下不久,卧室里便悄悄潜入四个人影,掀开范鸿仙的床帐连刺几刀,又开了一枪,皆在要害部位。范鸿仙虽奋力反抗,终因寡不敌众,倒在血泊之中。等机关部里的其他人员被枪声惊醒跑来救援时,范鸿仙早已血肉模糊,没有了呼吸,当场殉难。

而更令人震惊的是,事后查明,主谋竟是范鸿仙最为信任的保镖钟名贵。当晚,他借故离开机关部,其实是给凶手制造下手的机会。而买通钟明贵的人,正是袁世凯派来的暗杀组米占元等人。

对于范鸿仙遇刺,刘文典痛心疾首,很快便以"天民"为笔名在《民国》杂志上撰文《范烈士光启被刺记》,详细记录范鸿仙遇刺经过,并表述哀恸愤慨

---

① 刘文典:《范烈士鸿仙先生行状》,载《学风》,第5卷第10期,1935年12月1日,第3页。

之情。

范鸿仙壮志未酬身先死,让革命党人愈发清醒了。孙中山闻讯后,悲痛万分,"革命不患成功之迟早,而患死事之无人,有此影响、有此楷模及于各省,则革命之成当甚近耳,弟意亦如是。第二次革命,我党乃无一死于战事者,范君、夏君以流血洗前事之辱,即以种将来之果,断非徒死者也"。① 随后,他特召范的家人在东京见面,并承诺等革命成功之后再施厚葬。范鸿仙后来被国民政府特许附葬南京中山陵区,永远陪伴在他一生追随的孙中山先生左右。

1935年3月,国民党中央党部追赠范鸿仙"陆军上将"殊荣,并为之修建墓园。翌年2月18日,举行公祭礼,亲往祭奠者有蒋介石、于右任、冯玉祥、何应钦、李烈钧、张治中、叶楚伧等民国政府要员数百人,由冯玉祥领衔主祭。第二天正式举行安葬典礼,庄严隆重,以慰英魂。

作为范鸿仙的生前好友,刘文典与吴芝敬、金维系、卫立煌等人一道出任范鸿仙葬事筹备处委员,负责具体筹备工作。受范鸿仙子女范天平、范天德之托,刘文典还写下《范烈士鸿仙先生行状》,刻在范鸿仙墓碑的阴面。文章后刊于《申报》,字数并不多,文字亦不华丽,只是平铺直叙范鸿仙慷慨激越、勇烈过人的一生,但却在平实与简约之间凸显出范鸿仙的品格与风骨,"所谓大业未就,亮节弥昭者已",可谓字字珠玑,情谊隽永,为世人留下一份不可多得的人物史料。

只可惜,国内当时秋风萧瑟,早已不是革命党人的天下了。

第六节 转身"新青年"

吾徒何处续《离骚》

范鸿仙及其他革命党人的意外遇害,让孙中山在国内发动第三次革命

---

① 《孙中山致邓泽如述范鸿仙被杀事》,见政协合肥市委员会文史资料委员会《范鸿仙》,合肥:安徽人民出版社,1989年,第31页。

第一章 热血青春

的计划严重受挫。

革命同道的频频殒命,革命行动的屡屡失败,再加上孙中山与黄兴因主张不一而逐渐疏离,让流亡在外的革命党人再度陷入孤立无援、彷徨无助的精神困顿之中。刘文典亦不例外。

据日本外务省监控档案显示,1915年3月2日、5日,刘文典曾两次拜会孙中山:

>(三月二日)下午一时三十分,刘义章、刘平子、吴忠信三人来访,参与交谈。二时离去。
>
>(三月五日)下午二时三十分,吴忠信、刘义章、刘平子来访,参与交谈。三时二十五分离去。①

具体谈话内容已不可知,但当时正值日本政府借"一战"爆发向袁世凯政府提出"二十一条"要求,阴谋吞灭中国,激起国人一片反对浪潮。革命党人所议话题,多与此相关。

可在革命阵营内部,却再次出现观点严重分歧的局面。以孙中山为代表的激进派主张"袁氏实为误国卖国之魁,设非急速去袁,则祸至无日",为此甚至不惜采取联日政策,引发稳健派大为诟病;而以黄兴为代表的稳健派则主张国难当前,应暂缓倒袁,以便袁世凯政府专心对外,维持国权,"吾党图挽危局,务结众心,一意惩袁,情同毁党"。两派各持己见,互不买账,谁也说服不了谁。

刘文典虽身在中华革命党阵营,但对激进派的很多做法并不完全赞同。据他后来回忆:"倒袁失败后,吾等在东京,北辉次郎告予曰:'吾有妙法,可使袁政府立倒,即设法刺杀日本驻中国公使是也;此事若实现,日政府必不干休,袁政府自必倒无疑。'当时党中少年有欲听之者,余力持不可,始未至

---

① 俞辛焞、王振锁:《孙中山在日活动密录(1913.8—1916.4)》,天津:南开大学出版社,1990年,第342、344页。

上当。"①北辉次郎,即北一辉,是日本法西斯主义理论的创立者,崇尚暴力,鼓吹战争万能,曾应宋教仁之邀赴中国参与辛亥革命,与许多革命党人来往密切。

北一辉的这一番话,之所以引起刘文典的警惕,不仅在于其所推崇的行事方式的激烈,更在于其背后隐藏的"狼子野心"——"彼辈政策最喜乘各国革命时,拉拢革命分子,阳为扶助,阴为培植日本之势力"。北一辉所在的黑龙会,其实正是臭名昭著的"二十一条"的蓝本提出者。只可惜,当时革命党中很少有人能意识到这一点。

而就在革命党内部争执不休之际,袁世凯却步步紧逼。1915年5月9日,袁世凯政府正式承认丧权辱国的"二十一条",并企图以此要求日本政府驱逐流亡在东京的革命党人。阴谋得逞后,袁世凯又公然背离最初的共和民主承诺,开始为复辟帝制大造舆论,先是授意美籍宪法顾问古德诺发表《论共和与君主》,认为共和制既已在中国尝试失败,不如另择他途,"君主制度比共和制度更适合中国",公然为袁世凯"称孤道寡"张本。

让刘文典大跌眼镜的是,往日的很多革命同道竟纷纷走上台前,组织筹安会、请愿团等,鼓吹帝制,走向自己的反面,其中以1915年8月14日成立的筹安会最为突出。

筹安会名义上是个学术团体,实际上是为恢复帝制大肆宣传,引用古德诺之说来鼓吹帝制运动。② 所谓"筹安会六君子"为杨度、孙毓筠、严复、刘师培、胡瑛、李燮和等六人。杨度任理事长。

这六个人,每一个人都有光荣的革命历史。其中,孙毓筠、刘师培更是刘文典的旧相识。孙毓筠是老同盟会员,曾与柏文蔚、赵声等人在南京密议谋炸两江总督端方,事泄被捕,在清朝的监狱里差点送命。刘师培是刘文典

---

① 《日本侵略中国史:刘叔雅先生在纪念周讲》,载《清华周刊》,第37卷第2期,1932年3月5日,第92页。

② 唐德刚:《从孙文到毛泽东:中国革命简史》,台湾远流出版事业股份有限公司,2014年1月1日第1版,第113页。

第一章 热血青春

在安徽公学时期的授业恩师,曾屡遭清政府追捕,反清尤为激烈,但后来投入端方幕府,逐渐背叛革命。

当然,更多的革命党人则对胡瑛的"落水"大感意外。胡瑛,字经武,与宋教仁、覃振并称"桃源三杰"。"二次革命"后,胡瑛逃亡日本,岳父及亲友被袁世凯政府以"乱党"罪名杀害,按说应对袁世凯深恶痛绝,但没想到他在回国协助蔡锷脱险过程中却经不住袁世凯的巧言令色、百般拉拢,不顾章士钊等人的劝阻,毅然决然地加入为袁世凯复辟帝制鼓吹的行列之中。

昔日同道曾经的热血,如今都化作冰冷的名利。此时的刘文典,心情之沉痛,情绪之低迷,可想而知。在刘文典流亡日本时期的旧物中,曾发现一张画面为《仇十洲山水》的剪报,贴在一张白纸上,背面用毛笔写有明末清初诗人吴梅村的诗句"世事真成《反招隐》,吾徒何处续《离骚》",附注为"中华民国四年十二月十六日叔雅书梅村句",后又补注"中华民国七年六月廿八日平子再书",落款钤印"平子",即刘文典避难日本时所用的化名。

刘文典所录诗句出自吴伟业《过淮阴有感》,共两首,其一如下:

落木淮南燕影高,孤城残日乱蓬蒿。

天边故旧愁闻笛,市上儿童笑带刀。

世事真成《反招隐》,吾徒何处续《离骚》。

昔人一饭犹思报,廿载恩深感二毛。

相对于刘文典的隐晦批评与责备,革命党人的反应要激烈得多。虽然两大阵营观点不一,但在反袁这一点上,目标是一致的:激进派在东北、山东、上海、湖南、浙江、广东等地积极组织民众武力讨袁,而稳健派则以《甲寅》杂志为阵地,连篇累牍驳斥袁世凯复辟帝制的"理论根基"。

《甲寅》创刊于1914年5月10日,正是袁世凯解散国会、废除《临时约法》、加强专制统治之时。据白吉庵在《章士钊传》里说,"关于《甲寅》杂志名称之由来,因为1914年,按农历是甲寅年,故将刊物定名为《甲寅》;又因寅年属虎,该刊封面上又绘虎一只,故人称该刊为'老虎报'"。章士钊任主编,后又邀约陈独秀、杨永泰、易培荃等人协助办理。

由于《甲寅》坚持反袁立场,在国内外政论界威名远播,一度被民国著名记者黄远生誉为"以今日号称以言论救世者,惟足下能副其实"。只可惜,忠言逆耳,遑论袁世凯一心复辟,更容不得这样的杂志存在了。到1915年10月,在出版了10期之后,《甲寅》最终还是被袁世凯政府查禁了。

《唯物唯心得失论》

《甲寅》杂志虽然存世仅一年多的时间,但却给刘文典打开了另一番天地。在这里,他开始了人生又一次转型的铺垫。

《甲寅》的创办者章士钊,算得上是刘文典的老相识了。早在武昌首义成功之时,远在英国留学的章士钊就欣然出任《民立报》驻英国的通讯员,经常写专电报道西方各国政府对中国革命新政权的态度和反应。1912年2月,中华民国临时政府刚成立不久,章士钊又应于右任的邀请,履任《民立报》主编一职。

此前,刚刚从日本回国的刘文典也进入《民立报》,担任编辑和英日文翻译。刘文典与章士钊的交往,正始于此。1959年,章士钊在全国政协会议上与旧日友人茹欲立相遇,共同谈及当年避居上海情形,还提到有关刘文典的一件趣事:"叔雅当年闲居上海,夜半偶尔兴发,以己之左胺缚着夫人右胺,互抱起舞,致将溺器翻倒,臭汁经由楼隙滴透楼下绣榻,因而大闹。"章士钊特意撰诗一首,以怀旧人:"叔雅风流故大家,洪乔偶误不须嗟。记否宵分三足舞,倒倾矢溺恼邻娃。"此为名士一趣也。①

《甲寅》是章士钊离开《民立报》后在日本东京的一次"思想复燃"。革命形势的波谲云诡,袁世凯的一手遮天,以及革命党的六神无主,让章士钊在为革命同道不停呼号的同时,开始痛定思痛,深入反思革命走上歧路的根源。

筹安会打着安德诺的言论旗号,为袁世凯复辟帝制鸣锣开道,无非就是

---

① 朱铭:《〈孤桐杂记〉中的刘文典》,载《中华读书报》,2016年5月4日第14版。

利用"人或不暇考证其真实事理,而听其淆乱"的现实尴尬。章士钊意识到,《甲寅》虽以反袁为主旨,但绝不能一味进行简单的政治攻击,而更需注意从学理上分析有关问题,具有很强的学术色彩,比如对于共和政治、联邦制等的探讨,且注重用新思想去号召国民,"使人豁然憬悟现实之外尚复别有天地"。

《甲寅》的这一主张,显然吸引了正处于无奈现实又苦于无路可循的刘文典。流亡日本期间,他一边积极效力于孙中山先生所领导的中华革命党,一边利用这难得的闲暇攻读更多的英文、日文、德文等书籍。

饱读中国传统文化经典的刘文典,早在1909年留学日本时就已熟读威廉·耶路撒冷《哲学概论》、文德尔班《哲学史教程》等西洋哲学书籍,此番又深入研读叔本华的"自我意志说"、赫胥黎的"科学精神"、柏格森的"形而上学"等西方大哲学家的思想,深感有必要将这些新思维、新观点推介给四万万"民智未开"的中国同胞!

这一点,似乎可以从刘文典后来一篇全面阐述叔本华哲学思想文章的序言里一窥端倪:"盗贼盈国,天地既闭,崩离之祸,不可三稔;而夸者死权,贪夫殉财,邪僻之徒,役奸智以投之,若蝉之赴明火。朝无不二之臣,野寡纯德之士。齐仲孙曰:'国之将亡,本必先颠。'今日是也。"①而在刘文典看来,西方大哲学家们苦苦追寻的,正是"本"的问题。

1915年9月,在章士钊主编的《甲寅》杂志第1卷第9号上,刘文典发表了他的学术"试水之作"——《唯物唯心得失论》,主要评点当时盛行于世的各种西方哲学思想。

若仔细阅读这篇用文言文写成的学术文章,便可发现更像是一篇缩略版的《西方哲学史论稿》,从古希腊哲学家泰勒斯、德谟克利特、柏拉图、亚里士多德到叔本华、孔德、斯宾塞,均有涉及,视野之广,见识之高,论辩之精,令人惊叹,颇得西方哲学的精髓,呈现出刘文典深厚的学术功力。

---

① 刘文典:《叔本华自我意志说》,载《青年杂志》,第1卷第4号,1915年12月15日。

在《唯物唯心得失论》开头，刘文典开宗明义写道："眇觌希腊，近观当世，明道之哲，穷理之士，不归于唯物，则归于唯心，或谓性理学案所以纪二派之消长，非虚语也。近世方术昌明，唯物之论大盛，今日又浸衰矣。此争虽千祀犹将不息，是此惑将终不解。"西方哲学的标志性人物黑格尔曾经很形象地把哲学比做一个"厮杀战场"，在那里，思想的巨人以睿智的思辨与犀利的言辞为武器，彼此攻讦，希望置别人的思想于死地，而让自己的思想"君临天下"，在思辨的国度里"一统江湖"。自从泰勒斯以"水本原"的命题燃起了哲学古战场的第一缕烽烟之后，战事就从未平息过。①

在刘文典看来，要讨论唯物论与唯心论两大阵营千百年来的纷争，关键在于找到"突破口"。哲学的根本是"由惑而起"，如亚里士多德所说，"无论古今，理学皆以惊疑之念起"，最终还是要回到人类关于自身生死的"终极追问"上来。那么，人类是否有能力清晰地洞见自我、破解困惑呢？刘文典认为，这其实才是哲学的起点，也是讨论唯物论、唯心论两派得失的关键点，而要做到这一点，"当先攻不可思议论之谬"。

"不可思议论"，即不可知论，是早期西方哲学中一个很有代表性的观点。早期人类限于认知的局限性，无法对宇宙、生命中诸多现象及本质作出科学的回答，只能都归结为"万物之本原非人智所能及，学者之所攻究者，宪象（现象）而已"。休谟、孔德、斯宾塞、康德等西方大哲学家都推崇这一观点，却深信不疑。

拿到了打开哲学之门的这把钥匙，接下来的问题就顺理成章了。在《唯物唯心得失论》的核心论述部分，刘文典再次展现出过人的学术眼光与思辨能力，不是简单地将某个派别的哲学思想一棒子"打入另册"，而是比较中立而客观地将唯物论和唯心论这两大阵营中的重要代表人物及其观点逐一铺陈，既有对于哲学观念的陈述，又有观点鲜明的个性化点评，将唯物论和唯心论两派的得与失尽数摆在读者的面前，条分缕析地勾勒出西方哲学发展

---

① 韩秋红、王艳华、庞立生：《现代西方哲学概论：从叔本华到罗蒂·序》，北京：北京大学出版社，2010年，第1页。

的历史轨迹。

对于两大哲学阵营的得失,先是分开述评,从各自的起源讲起,然后一一罗列不同发展阶段的代表性人物及其核心观点,对于斯宾塞、康德、黑格尔、海克尔、柏拉图、叔本华等哲学大家的言论,了然于胸,信手拈来,但又有独立的判断,不轻易盲从。

在具体阐述部分,刘文典旁征博引,纵横捭阖,将当时被许多人视为高深学问的西方哲学用深入浅出的文字娓娓道来,逻辑清晰,比如在谈到叔本华的"意志唯求生存"的观点时,刘文典未直接批驳,而是采取了反证的方式来道出内心的认知:"人生斯世,但为生存,则亦何用此生乎为?况叔君之说主厌世,自求涅槃,此又何说乎?忠义之士,宁杀身以成仁,不求生以害义,文文山、史道邻甘死如饴,或曰湛族而不悔,可知求生意志之上,犹必有至高至圣之意志在也。"

这正是刘文典学术思想的高明之处,重论证,不武断。虽然通篇写的是唯物论、唯心论的得失,但他不是简单下结论,而是各自陈其利弊,以否定之否定的哲学思维来铺陈笔墨。

《唯物唯心得失论》是刘文典在学术文章上的第一次"出手",却凸显出他对于各类新兴学科的娴熟掌握以及古今中外哲学思想的融会贯通。在这篇文章中,他多次应用生物学、气象学、物理学等领域最新的学科成果来阐释西方哲学思想,比如,对于早期持唯心论的人"闻霹雳则思天神",刘文典一语道破天机:掌握一点气象学的基本知识即可解释雷霆,根本不用认识"雷公"。信手拈来,尽得风流,轻松化解了西方哲学中众多艰涩深奥的概念与理论。这一点,从文后所附的三十余条英文、法文等注释中亦可略窥一斑。

当然,《唯物唯心得失论》还仅仅只是个开始。

加盟"新青年群"

改变,缘于刘文典与陈独秀再次走到了一起。

1914年7月,讨袁遇挫、生活无着的陈独秀应章士钊邀约,远渡日本,协助编辑《甲寅》杂志,只得将妻子高君曼和几个儿女托付给同乡好友、亚东图书馆创始人汪孟邹照料。

在此期间,陈独秀撰写了数篇慷慨激愤、振聋发聩的雄文。"独秀"就是他在《甲寅》杂志上发表文章时使用的笔名,后来广为人知,反而替代了"陈仲甫"的本名。

刘文典的《唯物唯心得失论》,是否系陈独秀引荐给章士钊的,尚不得而知。但由此机缘,曾经因国事纷乱天各一方的同道中人,又再次聚合。而这次聚合,可能连他们自己都没有想到,将是一个惊天动地、摧枯拉朽的新起点,将不仅改变他们个人的命运,还改变整个中国的走向。

这个改变,要从一封来自上海的信函说起:1915年5月,正满腔豪情埋头于《甲寅》编辑事务的陈独秀突然接到汪孟邹的急信,称高君曼染疾在床,经常咳血不止,几个孩子无所依靠。汪孟邹曾去医院看望,"瞥其病状,似渐加重,渠自己亦极畏惧,一种凄凉之状,令人心悸"。① 于是汪孟邹给陈独秀"写信催返"。

没有多想,陈独秀决定回国。1915年6月中旬,带着未能实现的梦想,带着一贫如洗的身躯,在易白沙的陪同下,陈独秀返国与妻儿团聚,住在上海法租界嵩山路南口吉谊里21号。当时,正值袁世凯政府公然接受日本"二十一条"之际,全国倒袁活动再起高潮,但陈独秀却没有太大兴趣了,经过多年的革命磨难,他渐渐清楚:"欲使共和名副其实,必须改变人的思想,要改变思想,须办杂志。"

汪孟邹曾回忆道,那一段时间,陈独秀经常来找他,"他想出一本杂志,说只要十年、八年的功夫,一定会发生很大的影响,叫我认真想法"。由于当时汪孟邹在亚东的生意不好,又承担了《甲寅》杂志的印刷、发行工作,经济不够宽裕,便介绍陈独秀与陈子沛、陈子寿兄弟俩主持的群益书社合作,商

---

① 任建树:《陈独秀大传》,上海:上海人民出版社,1999年,第107页。

第一章　热血青春

定每月出刊一期,编辑和稿费定在200元。有胜于无,何况还是数目并不算小的200元,陈独秀毫不犹豫就同意了这一合作。

1915年9月15日,16开本的《青年杂志》第1卷第1号正式诞生。创刊号封面右侧,赫然印着红色的刊名"青年杂志",而正上方则是这本刊物的法文名称"LA JEUNESSE"。封面人物是英国人安德鲁·卡内基。卡内基是著名的"艰苦力行之成功者"的典型,第1号内即有他的传记(彭德尊撰)。整个封面设计简易而方正,并无任何"出格"之处。

很多学者都注意到,《青年杂志》公开"照搬"了《甲寅》的办刊模式,从办刊宗旨、编辑思路,甚至栏目设置上都直接复制,如《青年杂志》借以招徕读者的"通信"专栏,即是《甲寅》杂志的"保留节目"。而陈独秀并不讳言这一点,并多次借读者来信表明两种刊物的一脉相承:"今幸大志出版,而前之爱读《甲寅》者,忽有久旱甘霖之快感,谓大志实代《甲寅》而作也。愚以为今后大志,当灌输常识,阐明学理,以厚惠学子,不必批评时政,以遭不测,而使读者有粮绝受饥之叹。"

更有意思的是,《青年杂志》的很多重量级作者,也是从《甲寅》杂志转移过来的,如高一涵、谢无量、易白沙,还有刘文典。这些作者还有一个共性,至今仍经常被学界提及:他们大多是安徽人或与安徽有关,"《青年杂志》首卷作者有名有号可考诸人中,只谢无量和易白沙非安徽籍"。[①] 这显然与陈独秀是安徽人有关。

刘文典就不用说了,与陈独秀有师生之谊,一直来往密切。高一涵是安徽六安人,毕业于安徽高等学堂,辛亥革命刚开始,就与高语罕、易白沙、李光炯等人谋划在安徽举事,后到日本留学,并协助章士钊创办《甲寅》杂志。他是陈独秀的坚定支持者,后来在《青年杂志》上的影响力仅次于陈独秀。谢无量虽然不是安徽人,但他父亲曾在安徽当过多年县长,而他自己早年也在安徽公学当过教员,教授过刘文典的课程。本籍湖南的易白沙,长期待在

---

① 陈万雄:《五四新文化的源流》,北京:生活·读书·新知三联书店,1997年,第6页。

安徽从事革命和教育工作,算得上"半个安徽人"了。

在《青年杂志》的早期作者群中,还有高语罕、潘赞化、汪叔潜、陈嘏等作者,亦为安徽人。高语罕是安徽寿县人,出身汉学世家,早年曾参加岳王会的外围组织"维新会","二次革命"失败后,回到上海。后来成为安徽五四运动的推动者。潘赞化是安徽桐城人,早年曾到日本早稻田大学兽医科学习,后来一直与陈独秀一起积极参与革命活动。他被后人更多记起,是因为他后来大胆冲破封建藩篱,与"风尘女画家"潘玉良结合,酿成一段"画魂"佳话。汪叔潜曾在安徽都督府当差,是安徽最早留日学生之一,曾加入同盟会。陈嘏,原名陈遐年,是陈独秀的胞侄。在《青年杂志》的作者中,他主要承担西方文学作品翻译工作。很显然,正如香港学者陈万雄所说,"《青年杂志》的初办是以陈独秀为首的皖籍知识分子为主的同仁杂志,且互相间有共事革命的背景"。

换句话说,《青年杂志》的早期作者群完全是因陈独秀的地缘关系、人格魅力和革命精神而聚集在一起的"同道中人"。他们拥有共同的理想情怀和青春热血,曾经一道经历过无数血雨腥风的岁月,如今又借助这一平台凝集在了一起。这种结合,势必要发出异乎寻常的声响,久久回荡,余音绕梁。

《青年杂志》具有发刊词意义的开篇之作,标题简单有力,只有四个字:《敬告青年》。行文大气磅礴、洋洋洒洒,说理纵横恣肆,道情一泻千里,字里行间,流溢着藏掖不住的豪情与气魄。这样的文字,无疑正出自陈独秀之手。

《敬告青年》承续了陈独秀一贯的观点,认为国家兴亡取决于国民的觉悟和智能的自觉心,希望则寄于青年身上,"予所欲涕泣陈词者,惟属望于新鲜活泼之青年,有以自觉而奋斗耳"。在文章里,他还提出了造就"新青年"所需要具备的六大标准:自主的而非奴隶的;进步的而非保守的;进取的而非退隐的;世界的而非锁国的;实利的而非虚文的;科学的而非想象的。这正是后来陈独秀所提倡的民主与科学的思想雏形。而《敬告青年》结尾部分的呼号,更是让人热血沸腾:"宇宙之事理无穷,科学领土内之膏腴待辟者,

第一章 热血青春

正自广阔。青年勉乎哉!"

或许谁都没有料想到,就是这样一份简易得不能再简易的杂志,背后竟蕴藏着无穷的力量。以后的历史已证明,这是一份推动了中国历史与文化思想讲程的刊物。百年积弱的中国,终于在一份开初并不起眼的期刊里,爆发出了革故鼎新、翻天覆地的怒吼声。

高举科学与民主的大旗

1915年11月15日,《青年杂志》第1卷第3号问世。在这期杂志的目录中,赫然出现了"刘叔雅"的名字。这是刘文典首次亮相《青年杂志》,而且一登场就是"重磅文章"。

文章的标题为《近世思想中之科学精神》,是一篇译文,原作者是英国著名生物学家赫胥黎。1897年,赫胥黎的《天演论》被著名启蒙思想家严复译为中文,风行一时。刘文典选译的这篇文章,选自赫氏谈自然科学价值的布道文稿《论改进自然知识的合理性》。陈独秀显然对刘文典的翻译非常满意,慷慨地安排了15个页码的篇幅,重磅推出。

《近世思想中之科学精神》从公元1666年前后发生在英国伦敦的两大灾难说起:一是瘟疫,一是大火。瘟疫"使平昔之喧阗化为沉寂,所闻者惟五万死人之丧者之哭声,发狂者凄怆之呼声、祈祷声,与夫绝望之余而自暴自弃之狂号而已";大火则使伦敦这座"壁垒森严、光辉烂然之城,毁其六分之五,所余者唯灰烬焦土与其市民不折不挠之气而已"。当时的人认为这两大灾难,前者是因为"上帝之裁判",后者则疑为共和党或旧教徒的阴谋。200余年后,赫胥黎站在近世科学的角度,设想穿过时间隧道,回到发生灾难时的伦敦:"以吾今日向公等所陈述之理,告吾辈之祖宗,谓彼等之说尽妄,谓大疫非上帝之裁判,犹大火之非某政治宗教之党派所为;谓火、疫二者皆彼等所自造成。"逐渐发展的自然科学知识其实很轻松就能解释这两大灾难的起因。

经年苦学,厚积薄发,刘文典高超的文学才情与广博的自然学识,在这篇译文中展现得淋漓尽致。比如在翻译介绍关于天文学的一些基础知识时,他采用散文诗般的语言翻译道:"天文学在诸科学中与人以无关日用之观念,而又最足使人破除先民所传来之信念者也。使吾人知此状若甚坚之大地,不过为旋转太空无数微尘之一,吾人顶上所谓平和之穹苍者,其实为至精微之物质所满布,其诸分子奔腾澎湃,有若怒涛焉。"

按照陈独秀的编辑思想,"《青年杂志》的翻译文章不少于三分之一的篇幅,不但内容切合青年学习'修身治国之道',而且采取中英文对照的形式,凸现辅导青年学习英文的良苦用心。重要的翻译文章不但都附有原文,而且对原文的疑难句子、单词夹注解释,仿佛一本英文学习辅导读物,刻意为青年的英文学习归功服务和帮助,特色鲜明"。①《近世思想中之科学精神》即是采用中英文对照的形式刊出,对于原文中比较疑难的字句、修辞,特意夹注了一些更为仔细的解释,告知读者翻译的原委等信息,使之一目了然。

由翻译赫胥黎的《近世思想中之科学精神》开始,刘文典便一发不可收拾,成为《青年杂志》阵营里相当耀眼的"高产作家":从第1卷第3号到第1卷第6号,期期都有刘文典的译文或创作。这些文章几乎都带有一个相同的印记——高举科学大旗,讴歌自由民主。而且,刘文典笔下的民主与科学,大多来自于西方文明的滋润。

继《近世思想中之科学精神》翻译发表之后,刘文典很快写出了《叔本华自我意志说》,继续借助传播西方大哲学家的思想,为中国的迷茫未来探路。此文刊于《青年杂志》第1卷第4号上,系该杂志第一次全面阐述叔本华哲学的学术文章。

在正文之前,刘文典简短介绍了撰文的动机及主要内容,其中写道:"昔者余杭章先生,闵党人之偷乐,忧民德之日衰,宣扬佛教,微言间作,惟恢心邪执,众庶所同。大乘之教,不可户喻,欲救其敝,斯亦难矣。德意志大哲学家叔本华先生,天纵之资,既勇且智,集形而上学之大成(Deussen 博士语

---

① 庄森:《飞扬跋扈为谁雄:作为文学社团的新青年社研究》,上海:东方出版中心,2006年,第27页。

也),为百世人伦之师表(R. Waguer 教授语也),康德而后,一人而已。先生之说以无生为归,厌生愤世,然通其义可以为天下之大勇。被之横舍则士知廉让,陈之行阵则兵乐死绥,其说一变而为尼采超人主义,再变为今日德意志军国主义。余获读遗书,窃抽秘旨。世之君子,得以览焉。"

叔本华是第一个对"生命意志"作出本体论阐释的哲学家。在这篇文章中,刘文典用大量笔墨对叔本华哲学的核心思想进行了介绍:意志是"自我"现象的最后本质,与"我",甚至与"我"的身体是同一的,"我之有身,由意志也;我之意志呈宪象也,我所知觉之物皆属宪象,其生于意志犹我也"。叔本华认为,"吾人之本质为意志,故永不灭,此印度、希腊、罗马所同认之真理也。由是以观,死无足哀,死生皆天然之序,绝无可逃;且吾人为意志之一部分,意志既不灭,是吾人亦有不死者在,可以自慰藉矣"。换句话说,死亡的不过是"宪象"而非意志,是"身体"而非精神。

叔本华的哲学思想,直接影响了尼采、萨特等诸多哲学家,整体上偏向悲观,认为"生存即痛苦,故积极之乐全属梦想,绝不可得,唯大澈(彻)大悟明生命快乐一切皆空,则意志自断自灭,可以寂灭免痛苦耳"。这一思想对后来德意志军国主义的形成具有极大的酵母作用。

正因为此,陈独秀并不特别赞同刘文典过多浸润在叔本华的悲观哲学之中。据刘文典本人回忆:

> 陈独秀办《新青年》,提倡文学革命,我当时就以新思想自居,因为在《新青年》做英文编辑,文章做得少,翻译多,就开始翻译叔本华悲观厌世的唯心哲学,不但是自己沉溺在这种悲观厌世中,并且以此毒害青年,因陈独秀反对消极,我翻译的东西不能登,我也就没有(再)翻译。(刘文典《思想总结》)

作为一份"欲与青年诸君商榷将来所以修身治国之道"的杂志,陈独秀显然更希望所刊载的文章倾注于对西方文明的引介、对自由主义的追寻,以及对个性解放的张扬。

1916年1月15日,刘文典在《青年杂志》第1卷第5号"英汉对译"栏目内发表译文《佛兰克林自传》。此文选自美国开国元勋之一本杰明·富兰克林的个人自传。富兰克林从北美沿海一个默默无闻的港口城镇走来，成长为那个时代的风云人物。他的一生是自我奋斗、自我教育、自我完善的过程，在文学、科学、政治等众多领域都取得了巨大的成就，"其自强不息、勇猛精进之气，尤足为青年之典型"。

在译文前的短序中，刘文典说，"斯篇乃其七十九岁所作自传，吾青年昆弟读之，倘兴高山仰止之思，群效法其为人，则中国无疆之休而不佞所馨香祷祝者也"。考虑到《青年杂志》读者对象的阅读兴趣，刘叔雅节译了富兰克林早年自学成才的部分，尤其是他12岁起跟随哥哥詹姆斯学习印刷的经历。在排版校对的过程中，"遂能得良书，盖与书肆生徒相识，可时时借阅，读毕即还，不敢损污，往往夕借一书，夜坐读之，至于深宵，次晨早还之，惧或失之也"，并尝试开始写作，为后来的成功奠定了良好的基础。

与此文一脉相承，一个月后，刘文典又在《青年杂志》第1卷第6号上刊出译作《美国人之自由精神》，同样采取"英汉对译"的方式。这是英美保守主义的奠基者埃德蒙·伯克在英国国会的演说内容，也是讴歌美国自由思想的名篇。在此之前，陈独秀曾翻译美国的爱国歌曲《亚美利加》，高唱"自由之歌声抑扬"。在他看来，"自主自由之人格"应当列为青年修身治国的修养之首，而当时的中国也正需要这种强烈的自由精神。

刘文典选择这篇文章进行翻译，无疑是对陈独秀这一思想的主动响应。刘文典在文前的短序称，伯克在国会的演说之辞"皆安雅可诵"，而尤以《与美国和解》为世人所称道。这是1775年伯克在英国下议院的演讲。在美国独立战争过程中，伯克反对武力，主张应尊重美国人的自由："英旧为崇拜自由之国，吾望其今尚尊敬之。属地人民移住之时为吾英自由精神盛旺之日，彼辈离吾人而远去之时，实挟吾人之所执持以俱往，故彼辈非仅爱自由已也，又实本吾英人之理想主义以爱自由也。"

借助伯克的演讲，刘文典对美国人的自由精神给予了高度评价。这篇作品成为《青年杂志》译作中的又一典范。而更重要的是，在翻译这篇演讲

第一章 热血青春

的同时，刘文典开始对西方的政治文化进行了深入的思考，让他在一度的迷惘与徘徊中，渐渐清晰地找到了通向未来的路途。

在《新中华》上谈"自由革命"

自由民主是人类社会梦寐以求的文明之花。但自由民主从来就不是一蹴而就的，更不是一劳永逸的，需要不断努力与斗争，可能会一波三折，甚至可能需要付出鲜血与生命的代价。

1915年12月起，在上海一本名叫《新中华》的杂志上，刘文典连续刊发了两篇长文，共计5万余字，以英国、法国、意大利等三个国家争取自由、民主、独立的艰难过程为蓝本，阐述自由民主的来之不易与珍贵，借之讽喻袁世凯的倒行逆施，妄图背叛最初承诺的共和体制，而选择与世界政治文明背道而驰的专制道路。

《新中华》杂志是著名政论家张东荪与汪馥炎、李剑农、杨端六等人于1915年10月1日创办的，重点是积极介绍西方的联邦制，为迷茫中的国人找路。这一话题，张东荪曾在《甲寅》杂志上撰文论述过，刘文典亦不陌生。但他更感兴趣的，显然是这本杂志浓烈的反袁色彩。

刘文典所写的《英法革政本末》，以"通信"的形式在《新中华》上刊发，署名"叔雅"，从第1卷第3号到第1卷第5号连登3期，洋洋洒洒，笔锋雄健，前有引言，道明写作本意：

> 《易》曰：汤武革命，顺乎天而应乎人。独夫肆虐，百姓致诛，天之道也。眇觌上古，旷观万邦，虽时世不同，迹有成败，至于顺乎天道，应乎人心，芳泽所被，训革千载，其揆一也。近世自英王查理士伏诛以还，革命之潮，滂渤怫郁，如震如怒，当之者死，遇之者坏。我中夏辛亥之役，义师云兴，神兵电扫，旬月之间，光复旧物，虽共和之政不举，而朔房之祚终移，今先烈之业既坠于地，生民之命复将泯灭。余乃发愤，述列邦之往迹，召吾国之来兹。

刘文典认为，回望英国革命经历的种种，可以总结出四大教训：一是独夫去必将有第二代独夫代兴，专制反会甚于前者；二是民意机关虽有失德，但若以暴力颠覆之，则暴民之祸未已，暴君之祸旋作；三是开明的专制同样会带来祸乱；四是专制之下，民心思旧，倾覆之王室往往会乘此复兴。

"开明专制"是梁启超最早倡导的。1906年，流亡日本的梁启超在《新民丛报》第75、76期上连载《开明专制论》一文，直言当时的中国社会，"与其共和，不如君主立宪；与其君主立宪，又不如开明专制"。这后来也成为袁世凯执政的理论依据。而袁世凯的美籍政治顾问古德诺则更进一步认为，中国只有在君主制之下，才能慢慢地推进民主（开明专制）。这为袁世凯称孤道寡扫清了最后的障碍。

但刘文典对"开明专制"保持了高度的警惕。在《英法革政本末》中，他以英国革命尤其是克伦威尔的经历为例，猛烈抨击"开明专制"可能带来的隐患与危害：

> 克林威尔笃信宗教热心爱国之人也，论其初心，何尝不欲以一己雄才发扬国威增进民福，既手诛独夫，荡平王党，复能外摧荷、西，内定苏、爱，语其功绩亦可观矣。然而二世而亡，卒有鞭尸枭首、宗亲夷灭之祸者，则开明专制误之也。开明专制一语，本甚不辞，专制即不得开明，开明安得复专制？集一国之大权于尧、舜之一身，使唯所欲为，则其结果与桀、纣无异，此无可疑也。人既恶专制矣，复欲得专制之开明者，是犹畏江河之波涛而思航大海，畏丘陵之险峻而欲登泰山也。昏闭之专制其害犹小，所谓开明之专制流毒更大。

如果说英国的革命情势与中国尚有不同，那么，法国大革命的经验与教训则更值得汲取。刘文典说，法国大革命，"其影响之大，历史上殆无比伦"，而中国的辛亥革命及当时的政局，便是此大革命的余波，"吾尝谓今日国民之最大急务即在研究法兰西之革命史，国家将来之命运、根本问题之解决，皆当于此中求之"。因此，刘文典花费了更多的笔墨介绍法国革命的始末，占全文几乎四分之三的篇幅。

法国大革命之前,出现了伏尔泰、孟德斯鸠、卢梭、狄德罗等一大批启蒙思想家,天赋人权、君主立宪、三权分立、主权在民等思想应运而生,"法民之思想如是,彼淫昏之王室、专制之政府、骄汰之贵族僧侣虽欲自存,岂可得乎"?

这或许是刘文典始终未对法国大革命"高看一眼"的根本原因。他认为,法国之所以革命风暴难以平息,你方唱罢我登场,"推原祸始,皆君主之毒害也"。而由法国革命的艰难曲折联想到国内革命的风起云涌,刘文典坚信专制的退后、共和的振兴,是不可逆转的历史潮流:"法兰西自第一大革命以还,共和屡蹶屡振,帝制屡兴屡灭,祸乱相寻,历数十载,凡其覆车之轨,吾国无不重迹,往事不可追,无烦深论矣。"

而在《新中华》第1卷第6号发表的《意大利革政记》中,刘文典进一步阐释法国革命和意大利革命之于中国的借鉴价值:"近世诸国之革命,其最足以为吾人后事之师者,法兰西大革命而外,首推意大利。盖吾国革命之起于政治不良、经济紊乱、思想丕变,固甚似法兰西,而驱除异类、恢复宗邦、受国家主义之刺激、求自由统一之实现,又实与意大利之事相类。"

意大利本来不过是个"地理之名辞也",长期处于列强统治之下,但受法国大革命的影响,半岛内民族主义之火暗生,在统一倡导者纠泽佩·马志尼、朱塞佩·加里波第、加富尔等人的努力下,历经数次独立战争,终于在1861年成立意大利王国。但这还不是终结,后来又发生第三次独立战争,而最后一批收复的失地直至第一次世界大战后《日耳曼条约》生效时才全部归并意大利王国。

在这篇文章中,刘文典认真比较、分析了意大利革命与中国革命的异同:"意大利之革命求意大利人之意大利也,吾国之革命求中国人之中国也;意大利为文明古国,我中夏亦文明古国;意大利革命前处于列强刀俎之下,我中夏亦为列强所交侵;意大利之革命起于志士仁人之爱国心,吾国革命亦起于先烈之爱国心。"但是,相同的历史处境之下,最终的结局却背道而驰:意大利虽共和未成,但国家却兴盛,而中国则"共和倾危,国且随灭";意大利革命力量与王室调和,乃共君民之公而忘私、共襄国家,而中国革命力量与袁世凯媾和,则是书生误国、自取覆败;意大利之所以能兴盛,还在于有圣君贤相,而当时的中国却委国于张邦昌、石敬瑭类的贪生怕死、卖国求荣者之手,"故有今日之祸"。

从早年的激进革命,到如今的理性思考,刘文典的革命思想正逐渐走向成熟:以暴制暴,只会带来更为猛烈的暴力;迷恋明君,终有一日会为专制的利刃所伤。一个国家,要想长治久安,最终必然要回到自由民主的管理框架之下,"法之共和所以日益巩固,国势日以昌大者,此制之赐也"。

正因为如此,在《英法革政本末》和《意大利革政记》这两篇文章中,刘文典多次借古讽今,以三国的革命实践为参照,多次宕开笔墨,直言不讳指斥袁世凯的倒行逆施无异于痴人做梦:"吾国袁氏既窃国柄,世之妄人有谓其将为拿破仑者,使其武功文治能效拿破仑之万一,吾民虽憔悴于兵役苛税犹将甘为,奈其称男称孙于强邻以帝制自为者,不过恐总统不能为小朝廷,预为封新华宫袁王(朝鲜故帝亡国后封德昌宫李王,则中国亡后袁之封号必此五字也)地步。斯实人类中之妖孽,虽以其头为拿破仑饮器犹辱没英雄也。"

在刘文典看来,无论是英国、法国还是意大利,都以血的代价和铁的事实,对国家的前途选择作出了历史性的回答,中国若能师之,"国犹可救"。

"好战乃人类之本性"

其实和孙中山等革命党人一样,一开始刘文典对袁世凯也是充满期待的,觉得他当选大总统是实至名归的。但后来袁世凯却没有按照常理出牌,甚至连最初承诺的共和制也弃之脑后,开起了历史倒车,最终落下了千古骂名。

从小接受"内夏外夷"的春秋大义,如今却不得不接受"老大帝国"正在走向没落的残酷现实。而与中国一衣带水的日本,在经过明治维新的破茧成蝶之变后,迅速崛起为东亚强国。刘文典早年留学日本,如今又避难日本,两相比较,对中国的命运前途有了更为刻骨铭心、感同身受的思考与认知。

第一章 热血青春

当时,"一战"正酣。德国政权以狂热的军国主义色彩,煽动奥匈帝国采取侵略政策,向塞尔维亚宣战,并掀动世界范围内的"兵戈相见"。这让刘文典等"新青年人"不能不对之投去关注的目光。

恰在此时,以陈独秀为主将的《青年杂志》遇到了点"小麻烦"。《青年杂志》一开始的影响力其实并未达到预期,只有1000份,不少还属赠阅,可谓举步维艰,但这并不妨碍上海基督青年会的"维权行动"。这个青年会有份会刊,名字叫作《上海青年杂志》,早于《青年杂志》创办。1916年3月,青年会的负责人写信给负责《青年杂志》发行的群益书社,称《青年杂志》冒犯了他们的姓名专利,必须更名。陈独秀一开始还不太乐意,但拗不过陈子沛、陈子寿两兄弟的规劝,决定将杂志更名为《新青年》。

就在《新青年》筹备复刊的过程中,袁世凯走到了生命的尽头。1916年6月6日,在全国人民的唾骂声中,袁世凯郁郁而终,只做了83天"洪宪皇帝"。复辟帝制成为历史笑柄倒也罢了,更留下一个军阀分立的烂摊子,重现"国将不国"的危难。

袁世凯之后的中国,将何去何从?这成为复刊后的《新青年》重点关注的议题。

事实上,"从《新青年》文本出发不难发现,'欧战'构成了那一特定时代知识分子抒豪情、发宏议的不二情结"。① 从《青年杂志》第1卷第1号的《国外大事记》栏目开始,欧战就一直是《新青年》关注的焦点。而尤其值得注意的是《新青年》对德国"高看三分"的倾向,"《新青年》初期,无论是陈独秀还是李亦民抑或还有其他作者,他们对德国的态度都有以其为师的暧昧意向。在他们看来,无论何种民族,只要有益于我,就不必拒斥于外"。②

这似乎从另外一个角度也可以说明,《新青年》早期的作者群对欧战乃至战争本质的认识,还是混沌的,甚至是功利主义的,正如学者张宝明在《多

---

① 张宝明:《多维视野下的〈新青年〉研究》,北京:商务印书馆,2007年,第253页。
② 张宝明:《"新青年派"知识群体意识形态转换的逻辑依据》,载《中州学刊》,2006年第3期,第204页。

维视野下的〈新青年〉研究》里所说：

> 1919以前的"新青年"知识分子群体，在总的思想倾向还是向着光明、人道的方向看齐，但由于受到当时"一战"格局的影响，面对西方帝国主义强大的军事力量，他们还是表现出了一定程度的思想摇摆，或游弋不定，或顾左右而言它（他）。于是，思想史上呈现了理想与现实、普世与现世、目的与手段、意义与功利的吊诡。这一吊诡颇似价值与工具的理性分野。

人，总是一定历史空间里的存在，局限性在所难免。在这一点上，刘文典保持了与《新青年》同人的步调一致，连续撰文"热捧"德国的强权政治、军国主义，试图借助欧战的现实唤醒国人的夜郎自大与麻木不仁。

刚到日本避难的时候，刘文典曾读到英国自由主义政治思想家诺曼·安吉尔《大幻想》一书，叹为观止。按照诺曼·安吉尔的观点，由于国际金融和贸易发展导致工业国家间的相互依赖关系将使战争无利可图，任何国家都只能受损于战争而不能从中获益。这一度让刘文典感到乐观："私心窃计，以为世界列强之经济关系既如此密切，和平纵难永保，然近数年中，战祸必难遽作。即英、德之竞霸争雄，恐亦以经济战争决其胜负，未必遂以干戈相见也。"

孰料塞尔维亚青年加夫里若·普林西普的一声枪响，打破了正沉浸在"世界和平之梦"中的人们。1916年10月1日，刘文典在刚刚复刊不久的《新青年》第2卷第2号上发表政论文章《欧洲战争与青年之觉悟》，感慨第一次世界大战令其意识到"战斗乃人生之天职，和平为痴人之迷梦"，遂撰文呼吁："青年而能自觉其责任，孟晋自强，努力奋斗，则吾青年自身之福祉亦邦家无疆之休；青年而苟偷怀佚，不能努力奋斗，则邦家覆败，吾青年亦必及身为虏。"青年、尚武、军国，成了这一时期内《新青年》的关键词。

在刘文典看来，"此度欧洲战争，为书契以来第一大事，吾人所得教训，不可胜数"，但归结起来，主要是四个方面：

第一，和平者痴人之迷梦也。在世界诸民族中，中华民族是最爱和平

第一章 热血青春

的,但却备受列强的侵入,谈及近代对外交涉,无一不是屈辱历史,甚至要受到强国"最后通牒"的胁迫。刘文典认为,这是由于缺乏"好战"精神所致。在他看来,"战争者,实创造进化之中心,此事一废,世界随灭。若必欲于此世界中强求所谓和平者,则'灭亡'二字庶乎近之。好和平之民族,即自甘夷灭之民族也"。在这一点上,德国、日本都是榜样,"欧洲人以德人为最好战,故德意志在欧洲为最强。亚洲人以日人为最好战,故日本在亚洲为最强"。

第二,强弱即曲直也。刘文典以中国人和欧洲人的两句"口头禅"为对比,分析彼此不同的社会心理,以及由此带来的"东西民族之盛衰"的现实:中国人喜欢引用《左传》里的话,"师直为壮,曲为老",即出师有名即理直气壮,反之则士气不盛;而欧洲人则有谚语,"威力即为正义",换句话说,强弱即是曲直。刘文典甚至认为,弱者实为万种罪恶之首,弱国不仅不值得怜悯,且堪痛恨,"大好世界皆将为强者所独有,弱者不当有容身之所"。

第三,黄、白人种不两立。欧洲人历来瞧不起黄种人,就连战争期间法国政治家比兴氏主张招募日本兵于战场,亦受到国内舆论的谴责,认为"借助黄人实欧洲高贵民族之大耻",最终不了了之。究其根源,还在于欧洲人担心黄种人一旦振作,必能电扫欧洲,"吾国既为东洋诸民族之领袖,又为皙种诸国所侧目,妖云祲雰,匝地而来,不特吾国之生死存亡责在吾曹青年,即东洋诸族之盛衰兴灭其责任亦全存我躬。欧洲皙种既自觉黄白二种之不能两立,又必并力一心,以死拒捍"。

第四,国家之存亡在科学之精粗。科学是《新青年》始终高举的一面旗帜。刘文典认为:"今日之世界,一科学世界也。举凡政治、军事、工业、商业、经济、教育、交通及国家社会之凡百事业,无不唯科学是赖。科学精者其国昌,科学粗者其国亡。"联系到正在进行的欧战,德国之所以步步紧逼,全在于其拥有飞艇、潜航艇、巨炮、毒瓦斯等精锐设备,"吾中国之兴废,在青年之能否务此而已"。

如果说刘文典在这篇文章里所阐明的观点还有些含蓄、理性且注重说理论证,那么,一个月之后,他在《新青年》第2卷第3号上发表的政论文章

《军国主义》,则几乎是毫不掩饰、激情澎湃地张扬自己的观点了:"今日之天下,军国主义之天下。"

按照刘文典的理解,军国主义之所以兴起,全在于"求生意志","求生意志乃世界之本原,竞存争生实进化之中心,国家者求生意志所构成军国主义者竞存争生之极致也"。以欧战为例,德国之所以能在开战以来,"占领数千万里之地,奴虏三千万之民",正在于德意志人倡行军国主义。而这正是值得中国青年学习的榜样。

在这篇文章里,刘文典一再强调,"军国主义,诚救国之良药","好战乃人类之本性,进取实立国之原则"。对于中国青年而言,只要能认识到弱国无外交、和平无尊严的残酷现实,以军国主义为样板,势必能奋起直追,挽狂澜于既倒,实现救亡图存的梦想:"可知天下无不能战争之民族,在高瞻深识者鼓舞提倡而已。但吾青年昆弟,能自觉己身之责任,扩观世界之潮流,深知军国主义为立国根本、救亡之至计,振作精神,则吾诸华未必不能化为世界最强毅之民族,中夏犹可兴也。"

对于德、日等列强,刘文典一方面从他们那里感受到了科学、强盛的力量,另一方面又对他们的侵略野心始终保持着警惕。这种矛盾的心理状态,其实正凸显出近代中国知识分子身上所普遍存在的精神困境。从某种意义上说,即便他们向往新学,远渡重洋,但内心深处始终激荡着中国传统文人"天下兴亡,匹夫有责"的历史担当,并愿意为之作出力所能及的努力与尝试。

第二章
北大十年

1917年1月15日,北京大学贴出布告:陈独秀任文科学长。这是蔡元培出任北京大学校长的一个重要举措。

伴随着陈独秀的进京任职,《新青年》编辑部也正式搬到北京箭杆胡同9号。这给《新青年》作者群带来了更为广阔的"战场"。不久后,经陈独秀推荐,由日本归国的刘文典进入北大任教,开始了由革命者向学者的角色转型,并将在这里度过学术起步的"黄金十年"。

第一节 "新青年"北上

英雄·暗战

1916年底,刘文典结束流亡,回到了朝思暮想的祖国。

此时国内的情形,却是令人大失所望:民生凋敝,百废待兴,各路军阀混战,途有饿殍,经济每况愈下,市面百业凋零。泱泱大国,前途渺茫,革命事业亦一度陷入尴尬境地。

刘文典彳行彷徨,悲观失望,愤而远离政治,决意专心研究学问。恰在此时，陈独秀应蔡元培之邀出任北京大学文科学长，他遂介绍刘文典到北大任教。①

对于刘文典的这一选择，香港学者陈万雄一语中的："作为辛亥革命运动的党人的五四时期新文化运动的指导者，个别人物如蔡元培、陈独秀、刘叔雅、潘赞化等在辛亥革命运动中，在革命力量的组织、革命行动的推动上有较大的贡献。但总的来说，这批人包括蔡氏和陈氏，都是倾向学问钻研、学有专精的知识分子；在革命工作上又是较长于思想言论的鼓吹，教育文化的推广方面。尤其在辛亥革命后期，经多次革命行动的挫折，他们较疏离于日趋实际组织军事力量以图起事的革命主流力量。"

陈独秀是国立北京医学专门学校校长汤尔和推荐给蔡元培的。据蔡元培后来在《我在北京大学的经历》一文中回忆：

> 我到京后，先访医专校长汤尔和君，问北大情形。他说："文科预科的情形，可问沈尹默君；理工科的情形，可问夏浮筠君。"汤君又说："文科学长如未定，可请陈仲甫君；陈君现改名独秀，主编《新青年》杂志，确可为青年的指导者。"因取《新青年》十余本示我。我对于陈君，本来有一种不忘的印象，就是我与刘申叔君同在《警钟日报》服务时，刘君语我："有一种在芜湖发行之白话报，发起的若干人，都因困苦及危险而散去了，陈仲甫一个人又支持了好几个月。"现在听汤君的话，又翻阅了《新青年》，决意聘他。从汤君处探知陈君寓在前门外一旅馆，我即往访，与之订定。于是陈君来北大任文科学长，而夏君原任理科学长，沈君亦原任教授，一仍旧贯。乃相与商定整顿北大的办法，次第执行。

关于聘请陈独秀的过程，蔡元培只云淡风轻写了几笔，其实他"隐匿"了两个重要的细节：一是为了动员陈独秀到北大，他曾"三顾茅庐"。据汪孟邹

---

① 戴健：《由求学问的爱国者到爱国的学问家》，见《安徽著名历史人物丛书》第四分册，北京：中国文史出版社，1991年，第77页。

1916年12月26日的日记记载:"蔡先生差不多天天要来看仲甫,有时来得很早,我们还没有起来。他招呼茶房,不要叫醒,只要拿凳子给他坐在房门口等候。"①当时陈独秀正潜心于《新青年》杂志编务,并不太想到大学谋职。二是为了让没有任何头衔的陈独秀顺利出任文科学长,在给北京政府教育部的公函里,他帮陈独秀伪造了一个"日本东京日本大学毕业,曾任芜湖安徽公学教务长、安徽高等学校校长"的履历,竟然顺利过关。

从1917年1月15日起,陈独秀以文科学长的优势,将《新青年》中很多意气相投的同人延聘到校任教,实现了"《新青年》作者群"在北大的重新集结。"这时期进入北大任教职的,《新青年》杂志的重要作者占了一个很大的比例,陈独秀不用说,胡适、周作人、刘半农、杨昌济、程演生、刘叔雅以及高一涵、李大钊、王星拱皆属之。经此考察,显示了蔡元培之用陈独秀,以及蔡陈两氏的援引胡适诸人,不纯在学术上的'兼容并包'的考虑。援引思想先进、用心改革文化教育和致力整顿社会风气的志士,自是蔡元培和陈独秀在北大初期用人的重要倾向。"②《新青年》及其主创人员陆续进京,为后来新文化运动的爆发集聚了人脉与思想的基础。而"风暴眼"就在北京大学。

刘文典就是陈独秀推荐到北大的,当时他不过20多岁。在晚年的思想总结中,刘文典曾多次提到早年陈独秀对他的提携:"1916年,他做北大文科学长,就把我拉进北大。我那时候27岁,就在北大教起书来,那真是目空一切,把什么人都不放在眼内,我的权威思想、自高自大,发展到现在这个程度,真是根深蒂固,很不容易拔掉了。"撇开这段话里的时间、年龄误差以及"自毁成分"不说,入职北大,显然对刘文典后来狂狷性格的形成有一定的"催化"作用。

据1918年《国立北京大学廿周年纪念册·现任职员录》记载,刚进北大时,刘文典担任的是"理预科教授兼文预科教授义兼国义门研究所教员",住

---

① 汪原放:《亚东图书馆与陈独秀》,上海:学林出版社,2006年,第37页。
② 陈万雄:《五四新文化的源流》,北京:生活·读书·新知三联书店,1997年,第43页。

址为"西华门外北长街兴隆胡同"。

这与钱玄同日记里的记录颇相吻合。1917年4月14日,钱玄同写道:"大预中新请来一国文教习,为刘叔雅,合肥人。曾在《青年杂志》上登有《叔本华自我意志说》,年纪甚轻,闻系刘申叔之弟子,今日在校中见之。"① 这是目前所见刘文典进入北大时间的最早记录。

预科改革是蔡元培到北大后的一个重要抓手。北大预科,原为三年学制,设在译学馆,相对独立,但由于受了教会学校的影响,完全偏重英语及体育方面,其他学科无法跟上,等毕业时直升本科便很吃力。于是,蔡元培决意将预科改为两年,转习国文、英文、算学三门,直接受本科学长管理。北大预科生人数一度远远超过本科生。

不过,在蔡元培的眼里,"大学者,研究高深学问者也",因此他更重视文、理本科的建设。在蔡元培"兼容并包,思想自由"办学理念的支持下,出任北大文科学长的陈独秀"新官上任三把火",先是整顿校风校纪,接着对文科的专业设置和课堂进行了大刀阔斧的改革,强调必须取法西洋,教学内容"是世俗的而非神圣的,是直观的而非幻想的",并请回留学西洋的胡适等人"助阵"。

在"群雄云集"的北大,"新青年"们的这种强势介入势必会引起"旧青年"们的强烈反弹。而蔡元培一向宽容,对于新旧派的"暗战"总是一笑了之:

> 我素信学术上的派别,是相对的,不是绝对的;所以每一种学科的教员,即使主张不同,若都是"言之成理持之有故"的,就让他们并存,令学生有自由选择的余地。最明白的,是胡适之君与钱玄同君等绝对的提倡白话文学,而刘申叔、黄季刚诸君仍极端维护文言的文学;那时候就让他们并存。我信为应用起见,白话文必要盛行,我也常常作白话文,也替白话文鼓吹;然而我也声明:作美术

---

① 杨天石主编:《钱玄同日记》(整理本),北京:北京大学出版社,2014年,第313页。

文,用白话也好,用文言也好。例如我们写字,为应用起见,自然要写行楷,若如江艮庭君的用篆隶写药方,当然不可;若是为人写斗方或屏联,作装饰品,即写篆隶章草,有何不可?

在这样的"纵容"之下,北大的新派与旧派频频上演"暗战"大戏,有的甚至公开在课堂上"叫骂"。最典型的就是黄季刚,即黄侃,湖北蕲春人,对语言文字、训诂、音韵等造诣颇深,但性格狂狷,眼里只有章太炎、刘师培,对于新派所主张的白话文,恨之入骨,一上课堂就吹胡子瞪眼睛,直挖白话文的"三代祖坟"。在新文化运动前,黄侃先生教骈文,一上课就骂散文;桐城派姚永朴老先生教散文,一上课就骂骈文。等胡适、钱玄同他们进了北大,他们不再对骂,而是不约而同骂起了白话文。

黄侃跟陈独秀历来不对光,认为除了他平生所推崇的八部经典——《毛诗》《左传》《周礼》《说文解字》《广韵》《史记》《汉书》《文选》外,其余的均不足论,更别提肤浅的白话文了。北大曾有好事者作诗题咏校内名人,题陈独秀的一句是"毁孔子庙罢其祀",题黄侃的一句便是"八部书外皆狗屁"。

据说有一次,黄侃在校园里遇到与陈独秀一道主张"文学革命"的胡适,当即调侃起来:"胡先生,你口口声声说要推广白话文,我看你未必出于真心!"胡适闻言不解,问道:"黄先生此话怎讲?"黄侃不紧不慢地回答:"如果胡先生你身体力行的话,大名就不应叫'胡适',而应改为'到哪里去'才对啊!"胡适听了,赧颜一笑,无言以对。

黄侃曾先后拜章太炎、刘师培为师,跟刘文典有同门之谊。但据刘文典的关门弟子吴进仁回忆,"叔雅先生一直有点瞧不起黄季刚先生,说他学问做得太广、太博,不行"。不过,两人倒也并未成为仇人,最起码没有互相攻击。据刘平章先生说,黄侃平生很少写小篆,却为刘文典写过一幅小篆对联,一直挂在刘家客厅里,可惜后来毁于"文革"之中。

新文化的先声

1917年1月1日,《新青年》第2卷第5号刊出一篇署名"胡适"的文章

《文学改良刍议》。对于当时的《新青年》读者来说,这个作者的名字还有点陌生,但这篇文章的论调却惊世骇俗、振聋发聩,发出了日后被誉为"文学革命发难的第一声"。

胡适与刘文典同龄,均为1891年生人。此时的胡适还在美国留学,因与汪孟邹同乡并素有书信来往,因而得识陈独秀及《新青年》。两人在书信往来中,对"创造新文学"碰撞出许多火花,进而提出了"文学革命"的构想,这正是《文学改良刍议》一文的核心思想:"吾以为今日而言文学改良,须从八事入手。八事者何?一曰,须言之有物。二曰,不摹仿古人。三曰,须讲求文法。四曰,不作无病之呻吟。五曰,务去烂调套语。六曰,不用典。七曰,不讲对仗。八曰,不避俗字俗语。"这无疑是对"有诗必律,有文必骈"的传统文学形式进行了全盘的否定。

接到此文后,陈独秀"快慰无似",不仅立即安排刊登,而且"趁热打铁",亲自撰写《文学革命论》,更为直接、更为坚定地提出"文学革命三大主义":"曰,推倒雕琢的阿谀的贵族文学,建设平易的抒情的国民文学;曰,推倒陈腐的铺张的古典文学,建设新鲜的立诚的写实文学;曰,推倒迂晦的艰涩的山林文学,建设明了的通俗的社会文学。"强强联手,拉开了白话文运动的序幕。

一石激起千层浪。这两篇文章迅速在中国文坛引发广泛关注和热烈讨论,新旧两派各持己见,剑拔弩张,而新派人物则奉胡适、陈独秀的主张为圭臬,比如钱玄同就认为:"余谓文学之文,当世哲人如陈仲甫、胡适之二君,均倡改良之论,二君邃于欧西文学,必能为中国文学界开新纪元。"[①]受胡、陈影响,钱玄同后来还发明了一个响亮的口号"桐城谬种,选学妖孽",颇生波澜。

应陈独秀的再三邀约,胡适匆匆结束在美国的学业,于1917年6月回国,先在上海略作停留,又回到家乡绩溪小住,随后于9月10日抵京,正式出任北京大学文科教授,与"革命战友"陈独秀并肩握手,开启"引领新思潮,

---

① 杨天石主编:《钱玄同日记》(整理本),北京:北京大学出版社,2014年,第296页。

建设新文化"的新征途。

两天后,刘文典第一次见到了"传说"中的胡适。这一天,蔡元培先生做东,在六味斋为胡适接风洗尘,蒋维乔、汤尔和、刘文典、陶孟和、沈尹默、马幼渔及钱玄同作陪,皆为新派人物。胡适少年时即赴上海求学,后又赴美深造,相对于同时代的学者,思想新锐,谈吐不凡,学术眼界自成高格,因而颇得蔡元培的重视,一入校便被委以中国哲学、欧洲文学、英诗和中国史学研究方法等四门课的教职。

物以类聚,人以群分。或许是由于陈独秀与《新青年》的关系,亦或许是由于同乡、同庚且有共同话语的关系,刘文典与胡适相见恨晚,从此有了来往,且颇为密切,结下了终生不渝的情谊。这年12月30日,胡适在绩溪老家与江冬秀完婚,北大同事集体奉送贺礼,计有"银杯一对,银箸两双,桌毡一条,手帕四条",拜贺者有沈尹默、钱玄同、马叙伦、马裕藻、蔡元培、章士钊、王星拱、周作人、朱希祖、陈独秀等人,刘文典亦列名其中。

胡适来到北大,无疑带来了一股清新的革故鼎新之风。而令胡适"暴得大名"的,自然仍是他在文学革命、教育革命方面不遗余力的参与和推动。对于胡适、陈独秀等人的白话文主张,刘文典一直深以为然。据钱玄同1918年1月2日的日记记载:"独秀、叔雅二人皆谓中国文化已成僵死之物,诚欲保种救国,非废灭汉文及中国历史不可。"而刘文典后来的学术方向,与胡适的指引和支持,又大有关系。

初到北大,刘文典主要担负文、理科预科生的教学工作。据1918年1月5日、6日、9日《北京大学日刊》刊布的消息显示,刘文典负责教授理科预科一年级甲乙班国文(丙丁班由刘半农教授)、文科预科二年级的国文"模范文"部分以及国文研究所"文学史"讲座。

研究所是蔡元培到北大后的一个创举。早在1912年担任教育总长颁行《大学令》时,开宗明义第一条就规定:"大学以教授高深学术,养成硕学闳材,应国家需要为宗旨。"但由于存在异议,这一想法一直未能付诸实践,到北大主政后不久,蔡元培即推动文、理、法三科,在本科之外,设立研究所,具有现代研究所训练研究生的规划,由教授拟定题目,分教员共同研究与学生研究两种,教授每周或每数周讲演一次。

这一动议,得到了胡适、刘文典等新派人物的积极参与支持。胡适参与了哲学系研究所的组建,并担任"欧美最近哲学之趋势"与"中国名学钩沉"两个专题;而刘文典则参与了文科研究所"改良文字问题"专题。但由于研究所不授学位,未能制度化,因而推行得并不理想,倒是教授们的"月会"讲演,仍持续了大半年,直到1918年6月方才不见记录。

根据《北京大学日刊》的记载,刘文典堪称北大教学改革的积极参与者。比如文科研究所的"月会"讲演,他主讲"文学史"专题,半年内就有不少于6次的记录,平均每月1次。

蔡元培到北大后,还积极推行"教授治校",组织教授会。这一建议,据说正出自胡适。按照蔡元培的解释,"组织各门教授会,由各教授与所公举的教授会主任,分任教务。将来更要组织行政会议,把教务以外的事务,均取合议制。并要按事务性质,组织各种委员会,来研讨各种事务。照此办法,学校的内部,组织完备,无论何人来任校长,都不能任意办事"。①

1917年12月12日,下午4时,国文教授会第一次会议在校长室开成立会。刘文典、钱玄同、朱希祖、马裕藻、程演生、吴梅等本部教员15人到会,由理科学长夏元瑮任主席,各教员投票选举主任,沈尹默以12票当选。

这只是开始。

在此基础上,北大又设立评议会,为全校最高审议机关。评议员由校长、各分科预科学长及预科主任教员、民主选举产生的教授代表组成。"凡是学校的大事,都得经过评议会,尤其是聘任教授和预算两项。聘任教授有一个聘任委员会,经委员会审查,评议会通过,校长也无法干涉,教授治校的

---

① 蔡元培:《回任北大校长在全体学生欢迎会上的演说词》,见高平叔编《蔡元培全集》第三卷,北京:中华书局,1984年,第342页。

精神就在这里"。①

当时的北大教员分为三类：教授、讲师、助教。教授与助教是专职，按月给薪；讲师带有兼职性质，按授课钟点给薪。刘文典虽然年轻，但进校后便直接名列预科教授阵营。凡是北大的教授，皆有资格参与学校的各项事务，只看参与热情，无论职位大小。

刘文典是北大评议会制度的"热心参与者"，并屡屡候选评议员。如根据1918年10月23日第234号《北京大学日刊》记载，当时文科预科有沈尹默、杨敏曾、马裕藻、贺之才、程振钧、费家禄、徐宝璜、魏友枋、刘复、刘文典、刘三参加选举，最终沈尹默、马裕藻以得票最多当选为评议会评议员。刘文典虽然落选，但并未因此置身于校外，依然经常通过向评议会提交建议案等方式，积极参与学校事务。1919年10月25日，北大举行第二次评议会选举，由蔡元培、徐宝璜、程振钧公同开检，最终胡适、俞同奎、蒋梦麟、马寅初等15人当选，刘文典得两票。

在目前可查的北京大学档案里，随处可见刘文典参与校内外重大事务的记录，如1918年1月刘文典与陈独秀、刘半农、周作人等人提请学校组织大学俱乐部、划分大学区域、制定教员学生制服的建议，显示出一批教授希冀把北大改造为英美式大学的理想。此提案后被北大评议会"决议施行"，但可惜最终仍是无疾而终，未能实施。1920年1月，刘文典、胡适、钱玄同、朱希祖、马叙伦、周作人等50余位教授发起成立北京大学教职员会，宣称"我们大家在一个学校里作事，很应该有一个联络情谊的组织，依互助的精神，筹谋本校全体的发展，增益团体生活的趣味"。这个组织后来还真成立起来了，在为北大争取权益上作了不少努力。1922年2月20日，刘文典又联合马裕藻、钱玄同、朱希祖等人建议"本校中国文学系应先列入世界语课程"，"鉴于世界语在国际间之趋势及各国采用世界语之成效，竭力赞成中国有采用世界语为辅助语——或第二国语之必要"，得到蔡元培的积极支持，

---

① 马叙伦：《从"五四运动"到"六三索薪"》，见陈平原、夏晓虹编《北大旧事》，北京：生活·读书·新知三联书店，1998年，第224页。

掀起全国世界语学习的高潮。1924年3月,刘文典、胡适、周作人、李大钊等47名北大教授致函外交总长顾维钧、筹办中俄交涉事宜公署督办王正廷,呼吁北洋政府尽快与苏联恢复邦交,"苏俄以平民革命,推覆帝政,纵其为治方略,未与我同,此其国内之情,无涉邻与,言其显扬民治,实吾良友"。①

这一段时期的刘文典,渐渐离开政治与革命的轨道,重新回到青灯书卷之中,宛如慢慢沉熄的火焰,但又并非真的就此黯然,而是悄悄积蓄着新的能量,期待在不一样的舞台上绽放出更多的生命光华。

横扫"妖雾"

"新青年"们的奔走呼号,却从未停歇。在陈独秀的主持下,《新青年》呼啸生风,以文学革命为发端,向一切旧思想、旧道德、旧文化的"封建余孽"发起了全面的冲击。

从第4卷第1号起,《新青年》不再容纳社外文字,而改由社内同人或译或撰。"依据新青年社团核心社员的三个条件,可以确定的核心社员有陈独秀、胡适、钱玄同、刘半农、李大钊、高一涵、周作人、鲁迅等八人。普通社员有吴虞、杨昌济、刘文典、沈尹默、吴敬恒、傅斯年、罗家伦、易白沙、陶孟和、张慰慈、王星拱等人。"②核心成员主要负责编辑及决策工作,而凡为《新青年》撰稿且与之保持一致的,即为普通社员。《新青年》不再是陈独秀"一个人的战斗",而是"完成了社员的集结",成为一份同人杂志。

《新青年》社团的重新集结与凝聚,增强了陈独秀们继续作战的底气与胆魄。1918年2月15日,刘文典在《新青年》第4卷第2号上发表翻译文章《柏格森之哲学》,在序文里,他简单阐述了自己翻译这篇文章的原委:"千九百年,(柏格森)充教授于法兰西大学校,十稔以还,声誉日隆,宇内治哲学者

---

① 周芳、李继华、宋彬编注:《李大钊书信集》,北京:中国文史出版社,2015年,第288页。

② 庄森:《飞扬跋扈为谁雄:作为文学社团的新青年社研究》,上海:东方出版中心,2006年,第109页。

仰之如斗星。讲学英、美诸大学,士之归之,如水就下。德意志无倭铿,此君当独步也。其著作甚富,而《创造进化论》一书尤为学者所宝,盖不朽之作矣。其他著述,每一篇出,诸国竞相传译;而吾国学子鲜有知其名者,良可哀也。"《新青年》既致力于唤醒青年、启蒙青年,刘文典便觉得有责任通过自己的译笔,把柏格森这样的大哲学家及其哲学思想介绍给只知道"拜孔尊教"的国人。

柏格森,法国现代哲学家,主张"直觉哲学",认为直觉是一种理智的交融,可以使人们置身于对象之内,以便与其独特的、无法表达的东西相符合,这是外在的分析、解释所无法做到的。"在20世纪初的中国,他虽然没有达到像达尔文、卢梭那样炙手可热的状况,至少也是与杜威、罗素齐名的大人物。"①陈独秀为《青年杂志》创刊号所写的《敬告青年》,就两次提及柏格森,把他的"创造进化论"思想当作批判封建主义、塑造自主人格和进取人生观的精神资源。

柏格森生命哲学是五四时期传入中国的西方现代非理性主义哲学思潮的代表者,但在1918年以前国内尚无柏格森哲学的中译本。刘文典翻译的这篇文章原名《形而上学发凡》,刊登在1903年的法国哲学协会著名的《形而上学伦理学评论》(*Revue de Metaphysique Et de Morale*,今译作《形而上学与道德杂志》)上,曾被译为英国、德国、意大利、匈牙利、波兰、瑞典、日本、俄国等八国文字。刘文典认为,这是柏格森阐述"直觉哲学"的文章中最为经典的一篇。

没想到,文章刊出没多久,竟惹恼了一位叫"张寿朋"的读者。这位读者在给《新青年》的信中自称"曾在新闻界混碗饭吃",后来"多在僻野山村中过日子",偶然读到《新青年》,发现这份杂志正在大肆批判孔教,又在宣讲西方哲学,于是决定为孔子申冤:"寿朋无似,为求那宇宙的真理,人生的正道,救世的方法,绞脑筋,耗心血,翻来覆去,几阅寒暑,才于孔子之道真信得过。

---

① 吴先伍:《现代性的追求与批评:柏格森与中国近代哲学》,合肥:安徽人民出版社,2005年,第1页。

诸君若还虚心,再将孔、孟的书研究一遍,程、朱的书参考一回,想聪明胜过寿朋十倍,不难一旦掉转头来。"

在来信中,张寿朋直言不讳地批评了刘文典的翻译文章,认为柏格森的"直觉"之说如果真像文章讲的那样,那刘文典在夹注中引用程正叔"德性之知"的观点与之附会,是十分勉强的,"程正叔'德性之知'是实有此知,不知柏氏之'直觉',亦自己实有此觉否"?他还说,"诸君于本国学问每嫌其旧,而于西洋这种谬误的旧学,却又不嫌,抑又何耶"?

看到来信气势汹汹、咄咄逼人,甚至在结尾处公然挑衅:"若诸君不再看一看书,便轻易说话,寿朋就要请诸君恕他'一声勿响'。"刘文典岂能容得张寿朋这种大言不惭的指手画脚,于是愤然写了一封简短有力的回信:

寿朋先生:

仆素不想冒充"学贯中西",所以绝不肯"勉强附会",所以提及程正叔者,取其"不假见闻"四字而已。来教问"不知柏氏之直觉亦自己实有此觉否",柏氏方在巴黎 College de France 当教授,请去问他自己可也。

刘叔雅　十二月五日

这封回信刊登在 1918 年 12 月 15 日的《新青年》杂志上。在同一期内,还有陈独秀、周作人等人对于张寿朋来信的回应。陈独秀的语气同样是不屑与嘲弄:"若空说孔子好,孔子不好,都不足以服人,像足下此次空空的颂圣文,以后恕不答复。"

自改为同人杂志以后,《新青年》越来越重视"集体发声"的力量。钱玄同化名"王敬轩"与刘半农"唱双簧"宣传文学革命的主张,就是一例。而更多的时候,他们则是坚定扛起民主与科学的大旗,朝向黄昏下的偶像,投去轻蔑的一瞥。

辛亥革命失败之后,封建迷信活动随着复古主义思潮的兴起,一起泛滥开来。民国初年的上海,阴风飕飕,妖气袭人。道士巫婆纷纷设坛扶乩,装神弄鬼。文化界的一些有鬼论者将乩书汇集成册,名曰《灵书丛志》,并进而成立"灵学会",大肆散播妖言鬼话,蛊惑人心。① 这种灵学思想以科学为外包装,在当时思想界、文化界颇有一些市场。

陈独秀、刘文典、易白沙、钱玄同、鲁迅等《新青年》同人,"哀其不幸,怒其不争",决定给予沉重的回击。1918年5月15日,陈独秀在《新青年》第4卷第5号上抛出全文不过700余字的《有鬼论质疑》,投石问路,向当时弥漫全国的"鬼神妖雾"发起论战。

在《有鬼论质疑》中,陈独秀先摆出谦虚求教的姿态:"哲学方盛,物质感觉以外,岂必无真理可寻?遂于不能以科学解释之鬼神问题,未敢轻断其有无。今予亦采纳尊疑主义,于主张无鬼之先,对于有鬼之说多所怀疑,颇期主张有鬼论者赐以解答。"顺着这个话题,陈独秀一口气提出了八大疑问,直指鬼神论的虚妄,最终得出的结论是:"鬼不可能是真实的存在,否则鬼与普通物质没有区别;鬼既然不是实在的,那么有鬼论者所知的'鬼'只是不实在的幻觉而已,所谓的'鬼界'也就成了空幻的东西,根本构不成独立的精神世界。"② 易白沙、陈大齐、王星拱等纷纷撰文,响应陈独秀的观点。

当时当地,这样的文章一经刊出,自然立即掀起惊涛骇浪。很快,一位叫易乙玄的灵学会成员投来反驳文章《答陈独秀先生〈有鬼论质疑〉》,逐一回应陈独秀的质疑。他的基本观点是:人之所以能见鬼神,或能听到鬼神的声音,是因为赋有一种灵力,"若鬼,富有灵力之人则易见,否则不易见,此盖有难见易见之别"。易乙玄最后也发出挑战说,鬼之存在,至今日已无丝毫疑义,以言学理,以言实事,以言器械,皆可用以证明之;有反对的只管发表意见,请勿稍存客气。

面对易乙玄的"叫板",陈独秀亦感"《有鬼论质疑》言过简,读者每多误会",于是决定借此机会进一步申论。与此同时,刘文典也冲向前阵,撰写长文《难易乙玄君》:"陈独秀先生作《有鬼论质疑》,易乙玄君驳之,辨而无征,有乖笃喻,爰作此文,聊欲薄易子之稽疑云尔。"

---

① 任建树:《陈独秀大传》,上海:上海人民出版社,1999年,第135页。
② 朱文华:《陈独秀评传》,青岛:青岛出版社,2005年,第91页。

为了体现学术讨论的公平,陈独秀将刘文典的反击文章与易乙玄的文章同时刊登在《新青年》第5卷第2号上。精通中西方哲学思想的刘文典当然不会"稍存客气",上来就给易乙玄"当头一棒":"所谓灵力,即人心之虚灵,睿智聪明,是为圣哲;颠蒙嚚顽,谓之凡器。若如来论,圣贤当皆能见鬼,何以宣尼谓之'未知',圣人存而不论,而彼'过阴''讨亡''捉鬼''看香头'者,又皆阛阓之贱丈夫,而崇信之者亦皆乡曲之俗士乎?"以子之矛,攻子之盾,直击易乙玄的"要害部位"。

易乙玄在文章里大肆宣称"西方的精密仪器已经证明鬼的存在",刘文典恰好明白究竟,但他没有选择直接反击,而是娓娓道出科学史上的一个小故事:心理学名家达威氏曾招英国博物学家艾尔弗雷德·华莱士等聚会,当场向他们表演降灵术、活见鬼、扶乩等实验,为了证明实验的真实性,他还特意让这些著名学者们亲自加盖表演器具的封印,结果演出时"鬼怪毕现,警心骇目",学者们当即为之出具证明书,信为实有,并认定这些现象只有超自然的方法才能表现。没想到,达威氏哈哈一笑,自我戳穿:"此皆市上眩人所用极简单之手法!"这一真实的故事被记录在《心理学年报》里,鬼神实验真假,已是不言自明。

国民对于科学的愚昧、对于未来的迷茫,令刘文典忧心忡忡。他感叹说,鬼神论"害之所极,足以阻科学之进步,堕民族之精神。此士君子所不可忽视,谋国者所当深省者也"。在反击文章里,他借用韩非子的话说,"用时日事鬼神,信卜筮,而好祭祀者,可亡也"!之前,国家"亡征毕备,唯未有此",如今妖雾弥漫,乱象丛生,国人再不清醒,"亡其无日矣"!

刘文典的反击文章言之有据,入木三分,且从一开始就站在了哲学讨论的高度,横扫"妖雾",自然赢得了读者的共鸣。"灵学"的"有鬼论",说到底是一种唯心主义的"心物二元论",刘文典认为,对于"灵学"的批判,"除了唯物的一元论,别无对症之良药"。当时情境,能有如此的眼光,确实难得。怪不得学者朱文华认为,"当年追随陈独秀参加批判'灵学'的,还有刘叔雅、陈大齐、王星拱、钱玄同、刘半农、鲁迅和易白沙等人。但是,除了刘叔雅之外,其他人对于'灵学'的批判,或指出'灵学'没有科学依据,或通过对'灵学'活动的破绽作审查而加以否定,或以先秦诸子的朴素的无鬼论来批判'灵学'的'有鬼论',因而远没有像陈独秀那样把对'灵学'的批判上升到严格的哲学层次"。在这一点上,刘文典功拔头筹。

半年后,刘文典又乘胜追击,第一次用白话文译出德国著名生物哲学家海克尔(刘译作"赫凯尔")博士的《灵异论》,刊登在《新青年》第6卷第2号上,继续深入抨击"鬼神论"的虚妄,"这两年,国人因为精神的不安、政治的紊乱、生事的压迫,更加上缺乏科学知识、固执陈旧思想,所以群众心理,忽起变态,甚么《灵学杂志》、心灵学、四秉、十六司、城隍、土地、四大元帅、玉鼎真人、盛德坛、先天道,百怪千奇,纷纷出现。科学昌明的时代,万不能容这种惑世诬民的东西来作怪害人"。

这些破旧立新、抑浊扬清的声音,汇合成时代的巨响,为新文化运动写下了精彩的注脚。

第二节 五四运动

五四"守夜犬"

校园内,思想飞舞,海阔天空;校园外,国祸频仍,生民涂炭。

1918年11月,第一次世界大战结束,中国作为战胜国同盟的成员,着实高兴了一把。"新知识分子领导人物蔡元培等在庆祝大会上发表演说,都表现了非常乐观的态度。他们相信这次协约国的胜利真正是民主战胜了专制和军国主义;工人和平战胜了压迫者。"①陈独秀迅速召集李大钊、高一涵、张申府、周作人等人,决定创办比《新青年》"更迅速,刊期短,与现实更直接"的《每周评论》,将言论的焦点锁定在即将召开的巴黎和会与山东问题上。

然而,现实并不尽如人意。1919年1月18日,巴黎和会正式召开,中国

---

① [美]周策纵:《五四运动史》,长沙:岳麓书社,1999年,第123页。

刘文典传

借此机会提出取消"二十一条",并要求从德国手中收回青岛及山东路矿的权利。可惜这一呼声没被重视。

陈独秀义愤填膺,率先点名批判交通总长曹汝霖、中国驻日公使章宗祥、币制总局总裁陆宗舆三人卖国求荣。正在这时,章宗祥恰好带着日本小老婆请假回国,先是到天津与政府里出了名的亲日派陆宗舆密商了些事,而后回到北京,却不在自己的家里居住,而是住到了另一亲日派曹汝霖的家里。民众愈加相信,政府内"居高位的人多在阴谋出卖国家的利益"。

1919年4月下旬,巴黎传来消息:中国的所有要求均被拒绝,会议决定把德国在山东半岛的权利转让给日本。由于信息不畅,各种传闻漫天飞舞。

愤怒之火,迅速烧进了北大校园。5月2日,校长蔡元培召集学生代表开会,直言"这是国家存亡的关键时刻,号召大家奋起救国"。满腔怒火的学生们原本准备在5月7日国耻日(日本提出"二十一条"的最后通牒日期)举行游行示威。5月3日下午1时许,北大校园里突然贴出一张海报,召集北京所有大专院校的学生代表举行紧急会议。当晚,1000余名学生聚集于北大法科礼堂,群情激愤,纷纷要求提前举行游行示威,向卖国政府提出抗议。一位学生甚至当场咬破手指,血书"还我青岛"四个大字,大有"风萧萧兮易水寒"的悲壮色彩。

此夜无眠。"当夜,住西斋的同学一夜没睡,用竹竿做旗子:长竹竿上大旗子,短竹竿上小旗子。"①旗子上写着各种标语,其中一面写着送给曹汝霖、章宗祥、陆宗舆的挽联:

卖国贼曹汝霖、陆宗舆、章宗祥遗臭千古

卖国求荣,早知曹瞒遗种碑无字;

倾心媚外,不期章惇余孽死有头。

北京学界泪挽

---

① 杨晦:《五四运动与北京大学》,见陈平原、夏晓虹编《北大旧事》,北京:生活·读书·新知三联书店,1998年,第54页。

5月4日,星期天。当天没课的刘文典正坐在中央公园的柏树底下,悠哉游哉地喝着茶,看着小说,哪知道北京城里已经变成了呼号正义的"主战场"。

一大早,各校的学生们就赶到了北大红楼后面的空地上,集合排队,口号震天。正准备出发,蔡元培露面了。蔡元培对于学生运动,素有一种观点:"以为学生在学校里面,应以求学为最大目的,不应有何等政治的组织。"当然,他对于学生参与政治运动,也不反对,"其有年在二十岁以上,对于政治有特殊兴趣者,可以个人资格,参加政治团体,不必牵涉学校"。

然而此时,任何的规劝都已经毫无意义了。按照前一天晚上商定的方案,学生们先到法政专科学校召开各校学生代表会议,为游行示威作准备。不过,直到此时,学生们的想法依然很简单:由天安门出发,经过东交民巷,再到崇文门大街,将白旗送给三个卖国贼就完事。

没想到,计划赶不上变化。下午3时许,游行的队伍来到东交民巷,却被巡捕拦住了:除非有大总统的同意,否则不得入内。几经交涉无效,学生们愤怒的情绪被火上浇油。人群中,不知谁一声大喊:"大家往外交部去,大家往曹汝霖家里去!"

学生们先是爬墙头打开了曹家的大门,遍寻曹汝霖不见,遂乱砸一气。这时,刚好遇到穿着礼服的章宗祥从地下锅炉室出来,愤怒的学生们都以为他就是曹汝霖,拾起砖头瓦片就砸,砸得章满头是血。结果有人大呼"这不是曹汝霖",于是一哄而散。不久,起火了。

火是怎么起的?如今说法不一,有的说是学生放的,有的说是曹家的人自己放的。反正放火就涉嫌触犯刑律了。于是,警察总监吴炳湘下令捕人,一下子抓走了30多个学生。

虽然被捕学生很快被释放出来,但学生运动却并未就此平息,反而风起云涌,一发而不可收。从5月19日起,北京中等以上的26个学校的学生宣布总罢课:若政府不罢免卖国贼,绝不复课。

刘文典很快从同乡好友、北大化学系教授王星拱(安徽怀宁人,字抚五)

那里听说了学生游行示威、火烧曹宅、打伤章宗祥的消息："王星拱教授跑来对我说警备司令部已经派兵包围北京大学,逮捕许多学生。"

刘文典坐不住了,"跳起来奔到学校"。在北大红楼门口,遇到了法学院的罗文干教授,又听到一个令人震惊的消息,"蔡校长已经辞职离京了"。刘文典大吃一惊,知道事情闹大了。

上得楼去,看到自己认识的很多教授都聚在那里,各自评说着学生们的行动。其中不少人直骂学生"幼稚",结果害了学校。听到这样的"混账言论",刘文典火冒三丈,差一点就发了刘三爷的火爆脾气。但这时毕竟是特殊时期,先平息事态再说。

中文系的同事马叙伦教授二话没说,身先士卒,每天从早晨8时到晚上6时,就在沙滩北大第一院(文学院)三楼临街中间的一间教员休息室里呆守着,保持着与各方的联系,并极力说服北京总商会、银行公会等与学生保持一致。经济系的马寅初教授则在学校里坐镇,常常彻夜不归。看到这样的热心,刘文典和刘半农也主动加入值班守夜的行列,很多人都开玩笑说:"犬守夜,鸡司晨,你们一马二刘是北大的三个守夜的犬。"

有一天半夜里,正在值班的刘文典突然听到楼下一阵喧哗,放眼一看,门前全是军警的帐篷,而守夜的人正好被困在中心。刘文典后来才知道,到6月4日晚上,政府囚禁的学生已达1150人,但学生们并未屈服。被关在北大法科、译学馆、理科等处的学生们日夜高呼"打倒军阀""内灭国贼,外抗强权"的口号。

北京学生的行动,迅速引起了上海社会各界的响应。刘文典清晰地记得,6月5日前后的一天夜里,正在学校值班的马寅初教授突然接到消息,欣喜若狂地说:"上海罢市了!上海罢市了!"

看到马教授如此的激动,刘文典甚是感佩。他后来说:"这次上海的罢市,马寅初先生的功劳不小。他人虽在北京,但是在上海经济界力量很大,不得他的努力奋斗,上海租界上是不会罢市的。中国的民族资本家、工商业者参加革命,只怕也是从那个时候起的。"

第二章 北大十年

上海方面的蒋梦麟、黄炎培(任之)、沈恩孚等人,还曾经设想过一个把北京大学南迁上海的秘密计划。① 一天晚上,刘文典在家吃完饭后,照例去学校守夜,发现原本已经回家休息的马叙伦教授又回来了,很奇怪,问对方:"开会吗?"

马叙伦教授并不直接回答,而是神秘地朝他撇撇嘴:"不知道,不过你可以往东屋看一看。"

刘文典走到东屋门口,伸头进去,看到一大帮教员、学生正在群情激愤地商讨着什么,屋内的长桌上摆着一个簿子,上面写着:"北大迁往上海,教师同学愿去的请签名。"

刘文典缩回头来,转过去,问马叙伦:"你看怎样?"

马叙伦微微一笑:"我们不是要奋斗吗?奋斗要在黑暗里的。"

刘文典听了,心领神会,转身就走。第二天,刘文典又遇到马叙伦,告诉他说:"昨晚我把你说的话告诉了独秀,他说你的话很对。他已把傅斯年、罗家伦叫去训了一顿。"这件事,最终不了了之。

斗争还在继续。营救也在继续。

终于,北洋政府扛不住了。6月7日,4名教育部官员作为"非官方代表"前去劝导被捕的学生离开监狱,遭到严词拒绝。第二天,政府派出"劝导代表团",向学生正式认错,并表示歉意,"就在这种情况之下,不肯出狱的学生胜利地在6月8日走出学校的监狱,一时鞭炮和欢呼之声包围着他们"。

6月9日,北洋政府内阁连夜召集紧急会议,决定接受曹汝霖、章宗祥、陆宗舆的辞呈。震惊中外的五四运动,最终以学生和知识分子的胜利而宣告结束。

这段经历,在刘文典的记忆里留下了深刻的痕迹。1957年5月,刘文典在一篇名为《忆"五四"》的文章里写道:"'五四运动'在中国革命史上有极其重大的意义。不但是政治上,就是思想上,中国人之接受新思想也是从那个

---

① 张耀杰:《五四运动中的北大南迁》,载《南方周末》,2010年5月20日。

时候起的。"不过,已经习惯了粗茶淡饭、青灯黄卷生活的刘文典,已然不想再过多参与政治,在做了一段时间的"五四守夜犬"之后,又回到了课堂上,继续教他的古典文学、《文选》、校勘学去了。

"告别"陈独秀

从某种程度上说,五四运动的胜利,是陈独秀的胜利,或者说,是陈独秀们的胜利。"五四新文化运动的倡导和指导者,主要是以《新青年》和北京大学所结集起来的知识分子为主;'五四运动'的发端,及始于以北京大学等专上学校为主的青年学生,这都是共识的历史事实。到了五四前后,无论是倡导新文化运动的知识分子抑或是推动救国运动的青年学生,在当时错综复杂的政治派系和势力中,隐然勃兴成一股新的革新力量。"①

1919年4月20日,署名"只眼"的陈独秀在《每周评论》第18号"随感录"栏目中发表《二十世纪俄罗斯的革命》一文,公开为"布尔扎维克革命"叫好:"十八世纪法兰西的政治革命,二十世纪俄罗斯的社会革命,当时的人都对着他们极口痛骂;但是后来的历史家,都要把他们当作人类社会变动和进化的大关键。"

刘文典注意到,陈独秀开始由启蒙走向救亡,并逐渐接受布尔什维克思想。"五四运动中,陈独秀紧密联系学生领袖,指导并推动运动的深入发展。从5月4日到6月上旬,《每周评论》用全部版面报道运动发展的情形。5月4日学生游行时悲愤激昂的情绪,《每周评论》做了详细报道,并全文刊登《北京学界全体宣言》,还连续出版了第21号(5月11日)、22号(18日)、23号(26日)三期'山东问题'特号。5月4日至6月8日,陈独秀在《每周评论》发表了7篇论文,33篇随感录,热情高涨地谈政治,推动五四运动更加激烈地

---

① 陈万雄:《五四新文化的源流》,北京:生活·读书·新知三联书店,1997年,第58页。

发展。"①群众运动高涨的激情也反过来推动陈独秀在激进的道路上一往无前。

五四运动风波稍平后,已是6月。酷暑难耐,刘文典白天去中央公园喝茶、看书,晚上就待在东城脚下福建司胡同的家里,做点校勘,译点文章,真正是"两耳不闻窗外事,一心只读圣贤书"。

6月13日,刘文典像往常一样打开早晨的报纸,一则新闻的标题赫然"震"住了他:陈独秀被捕!

据陈独秀的坚定支持者高一涵事后回忆,前一天,他和陈独秀、王星拱、邓初等人带着自行印制的《北京市民宣言》传单,跑到北京城南一个叫作"新世界"的娱乐场所散发。正在这时,阴暗角落里走出一个人来,向陈独秀要传单看,陈独秀就递了一张过去,结果这个人瞄了一眼后,立即大喊:"就是这个!"埋伏在周围的暗探们一哄而上,扣押住了陈独秀。

陈独秀被捕的消息,立即传遍京城。刘文典、胡适、李辛白、江彤侯、邓仲纯、潘赞化等安徽同乡,立即投身于呼吁呐喊的行列,积极想方设法实施营救。安徽旅京同乡会的负责人亦动员皖省各界采用致电、致函等官方途径参与营救。

1919年9月16日下午4时,在被捕3个多月后,陈独秀走出警厅,恢复自由。出狱后,由于时刻受到警察的监视,且感到北大已不适合《新青年》"久留",陈独秀便谋划着采取"迂回战术",准备秘密出走上海。

1919年底的一天,陈独秀悄悄溜出了箭杆胡同9号的西院后门,抄近路,先到了胡适家。因怕不安全,又到了李大钊家。据当时在北大德文预科学习的早期马克思主义者罗章龙回忆,在这段东躲西藏的日子里,刘文典的家一度成为陈独秀的"避难之所":"陈先生虽然出了狱,但随时还有再次被

---

① 庄森:《飞扬跋扈为谁雄:作为文学社团的新青年社研究》,上海:东方出版中心,2006年,第262页。

捕的危险,他不得不在刘文典先生家躲藏下来。"①

但这毕竟只是权宜之计。"1919年年底,李(大钊)先生带了几个学生,与陈先生一起,都打扮成商人,雇了一辆骡车,趁着晨光曦微悄悄出城,由小路经廊坊前往天津。李先生是位老成持重、胆大心细的人,他一口道地的河北口音,乡情又熟,装扮得也活像商人,因此,他们一路非常顺利,平安达到天津。"后来,陈独秀由天津登上了开往上海的轮船。

对于这一段往事,刘文典在北大时的同事马叙伦也有详细回忆:"往在北平,中国共产党领袖陈独秀自上海来,住东城脚下福建司胡同刘叔雅家。一日晚饭后,余忽得有捕独秀讯,且期在今晚。自余家至福建司胡同,可十余里,急切无以相告,乃借电话机语沈士远。士远时寓什方院,距叔雅家较近,然无以措词,仓卒语以告前文科学长速离叔雅所,盖不得披露独秀姓名也。时余与士远皆任北京大学教授,而独秀曾任文科学长。故士远往告独秀,即时逸避。翌晨由李守常乔装乡老,独秀为病者,乘骡车出德胜门离平。"②北大教授蒋梦麟在自传《西潮·新潮》里亦有类似记录。由此可见,陈独秀在离开北平去上海前,是一直潜藏在刘文典家中的。

刘文典没想到,陈独秀躲在他家的日子,竟是他们直接往来的最后时光。今日陈独秀,已非昔日陈仲甫,因为五四运动尤其是被捕事件,他的影响力早已超出学界,成为众人景仰的"政治明星"。陈独秀的政治思想亦开始出现重大转折,开始完全以一个职业革命家的身份出现在世人的面前。

相应的,《新青年》的编辑思想发生重大分裂,自1920年9月1日第8卷第1号起,"《新青年》从此由新青年社团的'公同'刊物,逐渐变成中国共产党的理论思想宣传阵地,变成中国共产党的理论刊物。新青年社团已不复存在"。③正如胡适所说,"陈独秀便与我们北大同人分道扬镳了",这"分道

---

① 罗章龙:《陈独秀先生在红楼的日子》,见童宗盛主编《中国百位名人学者忆名师》,延边:延边大学出版社,1990年,第61页。
② 马叙伦:《石屋余沈》,上海:上海书店,1948年,第133~134页。
③ 庄森:《飞扬跋扈为谁雄:作为文学社团的新青年社研究》,上海:东方出版中心,2006年,第282页。

扬镳"的对象就包括刘文典。

陈独秀后来的命运,已是中国历史上无法回避的内容,无须赘述。虽然已无来往,但刘文典一直牵挂着陈独秀。1927年,刘文典本打算翻译联共(布)党和共产国际的领导人之一布哈林的著作,但看到陈独秀被中共中央政治局开除党籍,心灰意冷,"以至于对西洋资产阶级哲学也不感兴趣"。

陈独秀似乎也没有忘记刘文典。1932年12月1日,第5次被捕在监、等待判决的陈独秀写信委托胡适帮助找几本可读的书,并特意叮嘱向刘文典要一本著作:"叔雅兄所著《淮南(鸿烈)集解》,望他能觅一部送我。"1937年8月,陈独秀在胡适的劝说下开始撰写《实庵自传》,谈到祖父的鸦片瘾时,想到了有同样癖好的刘文典,没忘调侃这位老朋友几句:"烧烟泡的艺术之相互欣赏,大家的全意识都沉没在相互欣赏这一艺术的世界,这一艺术世界之外的一切一切都忘怀了。我这样的解答,别人或者都以为我在说笑话,恐怕只有我的朋友刘叔雅才懂得这个哲学。"

1942年5月,陈独秀病逝于四川江津。听到这个消息后,刘文典长长叹了口气:"仲甫是个好人,为人忠厚,非常有学问,但他搞不了政治——书读得太多了!"

人生就是一个圆,起点往往就是终点。或许连他们自己都没想到,他们再次的相逢竟是在双双归寂之后。1947年2月,陈独秀的遗骸由三子陈松年运回安庆北门外大龙山麓叶家冲安葬。而1958年7月病逝的刘文典,最终也如愿魂归故土,安葬在同属于大龙山麓的高家山上。

两座坟茔,相距不过数公里。

第三节　中西沟通家

"求两系文明的化合"

1919年2月,刚在北大教完一年"中国哲学史"课程的胡适,以他自己的博士论文为基础,整理出版了《中国哲学史大纲》上卷,一时间洛阳纸贵,不到两个月即再版重印。这是一部具有开创意义的著作,被蔡元培赞誉"为后来学者开无数法门"。

3个月后,刘文典为《新中国》杂志第1卷第6号撰写专文《怎样叫做中西学术之沟通》时,特意提到了胡适这部"划时代的"著作:

> 我的朋友胡适之,著了一部《中国哲学史大纲》,这部书的价值,实在可以算得是中国近代一部Epochmaking的书,就是西洋人著西洋哲学史,也只有德国的Windelband和美国的Thilly两位名家的书著得和他一样好。我尤喜欢的就是他这书的第一篇里的几句话,他道:"我所用的比较参证的材料,便是西洋的哲学。但我虽用西洋哲学作参考资料,并不以为中国古代也有某种学说,便可以自夸自喜。做历史的人,千万不可存一毫主观的成见,须知东西的学术思想的互相印证、互相发明,至多不过可以见得人类的官能心理大概相同,故遇着大同小异的境地时势,便会产出大同小异的思想学派。东家所有,西家所无,只因为时势境地不同,西家未必不如东家,东家也不配夸炫于西家。何况东、西所同有,谁也不配夸张自豪。"这是何等的胸襟、何等的识见!我看他有这样的学问、识见,就劝他再用几年的心力,做一部需要最切的、西洋学者都还想不到的、做不出的《比较哲学史》,把世界各系的古文明,做个大大的比较研究。我以为除了这种研究之外,再没有什么中西学术的沟通了。

此文和1920年5月刊发于《新中国》第2卷第5号的《我的思想变迁史》,相互映照,堪称刘文典早年学术情怀的"自述之作"。

19世纪中叶,西方人在用坚船利炮打开中国大门的同时,也带来了更多的西方文明与科学文化。但在很长一段时期内,中国人仍怀揣着"老大帝国"的幻梦,坚守着"中学为体,西学为用"的教条,根本无暇或者说不屑去做什么"中西学术沟通"的功夫,用刘文典的话说,"开动口、提起笔,总是说西洋学问的什么原理原则,是中国古时已经有的,哪位圣贤、哪位学者早经说过的,西洋的哪一科学问,中国古时已经很发达的,西洋学者的哪一句话,就是中国古书上的哪一句话。说到归结总是中国的古的好;西洋的新的没甚稀罕"。

刘文典自幼就受到合肥基督医院传教士的熏陶,一度对西方的"新学"兴趣浓厚。他后来说,"若是从那个时候起,就专去学这一派的科学,以我那样的年纪那样浓的兴味,到今天在生物、生理、医学上未必不能有所建树,于人群或者也有点裨益"。但是,当时整个中国仍处在新旧交替之际,旧思想的威权依然占据上风,"新学"根本就没有多少生长的空间。

再次深入接触西方"新学",是在赴日本留学之后。在朋友的指点下,刘文典系统地读了一些哲学书籍,包括达尔文的《神源论》(今译《物种起源》)、丘浅次郎的《进化与人生》以及海克尔的《宇宙之谜》《生命之不可思议》等,逐渐意识到近世科学的可贵,初步奠定了世界观、人生观,并受惠终生——尽管刘文典后来主要从事的是古籍校勘的学问,但他始终抱着如同胡适所说的"科学精神"去做那些工作,与一般人所谓"钻进故纸堆"完全不同。其中一个重要的证明便是,在治学过程中,刘文典一直非常重视对于西方先进思想、先进理念的吸纳。

刘文典曾经将世界上的文明系分为三种,欧洲的希腊系以及亚洲的中国系与印度系。他认为,希腊是西洋文明的源泉,印度民族的思想一支影响了基督教、一支影响了婆罗门教和佛教,而中国的文明则是千年文化的积淀。"要以公平的眼光,观察这三大文明,可以发现这三系的古代文明有许多处是一致的。这是什么缘故呢?因为太古的民族,都是很新鲜、很活泼的,其头脑里前人的传说印得不多,纵然有些,也没有多大的威权,思想很能自由,而生活状况相差得又不远,所以各民族之看自然、看人生,眼光都大略相同。"即便因为地理上的不同,有的民族对于某种现象有特别的关注,作出特别的解释,也只是程度上的不同,并非根本上的差异。

正因为如此,刘文典一贯提倡在进行中国古籍研究时,要进行比较研究,汲取西方近世科学的营养。他坚决反对一些学者"总是说西洋学问的什么原理原则,则是中国古时已经有的",因为他认为,能够称得上"学"的,至少总要是"有系统有组织的知识"才能当得起。

在刘文典的观念中,中国古代的学者在思路、观察力、组织力上固然并不比国外的一些学者差,对于一些现象也很早就提出了思考或解释,"然而见到提出不就算能研究能解决,零零碎碎的知识,比不得有统系组织的学问"。比如,希腊的辩者芝诺(Zeno)说极小的距离都是无限的,那终点是达不到的。即便是绝尘超影、战无不胜的神话人物阿喀琉斯(Achilles)和乌龟赛跑,无论距离怎样近,阿喀琉斯都追不上它,因为要追上龟,先要走过这距离的一半,再要走过这一半之一半,以至无穷,还是追不上。此即西方哲学里著名的"芝诺悖论",假定时间和空间是可以分割的,且运动是间断的,这实际上在现实中是不可能出现的情况。

而类似的见解,《庄子·天下》里中国的辩者惠施同样表达过,就是那句著名的哲学论断:"一尺之棰,日取其半,万世不竭。"而这句话就具有朴素的物质无限可分的科学思想。那么,这是否意味着惠施比芝诺高明呢?

刘文典的回答是否定的。惠施的某些观点同样存在错谬之处。"无论哪国的辩者、论师,都是逻辑或者因明的先驱,都有相当的功绩、相当的价值。要是以为中国出了辩者,就是莫大的光荣,硬说他比别国的辩者高些,甚至于说他比亚里斯多德、比陈那、比密尔都还高些,那就是大错了。"

再比如,《庄子》里还有多处关于生物进化的记载,其中最突出的是《至乐》中的一段:"种有几,得水则为继,得水土之际则为鼃蠙之衣,生于陵屯则为陵舃,陵舃得郁栖则为乌足。乌足之根为蛴螬,其叶为胡蝶。胡蝶胥也化而为虫,生于灶下,其状若脱,其名为鸲掇。鸲掇千日为鸟,其名为干余骨。干余骨之沫为斯弥,斯弥为食醯。颐辂生乎食醯,黄軦生乎九猷,瞀芮生乎腐蠸。羊奚比乎不箰,久竹生青宁;青宁生程,程生马,马生人,人又反入于机。万物皆出于机,皆入于机。"

今天的读者读起这一段话,恐怕大多会被绕得头昏脑涨,对其中的很多生僻汉字亦是两眼一抹黑。没关系,这里借用刘文典的话简单解释一下:这一段说明最高等生物中的人类是从下等的原生物(Protista)进化出来的,继而鼃之衣、陵舄究竟是什么,我们现在实在指不出他的"学名"来,但就文意推测,可以说是原生植物(Protophyta)中的原藻、原菌。乌足既有根,当然是"后生植物"了。由乌足进化成虫,成鸟,更进化成"哺乳类"的马、"狭鼻门"的人。

2000多年前庄子即有如此见识,这让刘文典很是叹服:"庄子当日要不是经了许多细心的观察,绝说不出这一段话来。我们当然要承认庄子是曾经见到了生物进化的现象。"但是,这是否就意味着庄子在生物进化论方面已经超过西方的哲学大家达尔文、海克尔了呢?

刘文典的回答,依然还是一样:不然!

在刘文典看来,要说进化论,不仅是见到生物进化的现象就能了事,一定要推求出原理来,建立成系统来,提得出确实的证据,下得了不移的结论,才能算的,"要是中国古人有一两条说头,经了西洋近世科学的确实证明,固然是很可喜的,然而其价值也毕竟有限度的,也不该就自夸自豪,甚至于把他来'电光放大'"。

那么,如何才是真正意义上的中西学术沟通呢?显然,中国人不能仅仅满足于"古已有之",而是要借助西方科学的助力、应用最新的方法,从"个体发生"推衍到"系统发生",建立起一个"一贯的系统",这样才能称之为学术。

要做到这一点,就要学会中西方学术理论、方法、材料的相互参证、比照差异,而不是从中间寻一两句话去比较谁比谁先进、谁比谁智慧,"具有综观世界各系文明的眼光,去了好虚体面的客气,晓得了近世科学的方法、性质、价值,明白了学术之历史的发达路径,把中西学术作个比较的研究,求两系文明的化合,这倒是学界一种绝大的胜业"。

刘文典一向反对"始终把中国古代的学术思想看得和西洋近代的学术思想是个对峙的、匹敌的,硬要把两个不相干的东西往一起拉拢"。他认为,这样盲目地进行"中西沟通","既忘却本国学术的价值,把别国学术的价值又没有看清楚,所以费了老大的气力,其结果还是一场毫无意义的徒劳,或竟是许多令人发笑的喜剧"。

拿刘文典评价庄子与爱因斯坦关联的话说,"庄子和爱因斯坦,二人时代相隔甚远,时间前后迟滞近三千年,爱因斯坦'相对论'的时空新论把宇宙时空论彻底改变了,'促成'了他们二人的'主观精神境界的统一'"。① 中西学术之沟通的关键是思想意识与精神世界的沟通。他曾解读《庄子》第二十七篇《寓言》里"万物皆种也,以不同形相禅,始卒若环,莫得其伦,是谓'天均'"里的"天均",就是西人所说的"Natural balance"。能够做到这一点,无论从事什么样的学术研究,世界就在眼前了。

从这个角度说,做个真正的"中西沟通家",并不容易,绝对不是卖弄几个西方的新名词、新概念就能糊弄过去的。刘文典后来的学术成就便充分印证了这一点。

刘文典这两篇学术自传发表后,均受到较高评价。《怎样叫做中西学术之沟通》一文,曾先后被钱钟书之父、著名古文学家钱基博《新中学教科书·国学必读》及上海大东书局吴兴、沈镕编纂的《国语文选》收入书中;《我的思想变迁史》则经苏联著名汉学家瓦西里·米哈伊洛维奇·阿列克谢耶夫(中文名阿理克)译成俄文,刊于1925年第5卷汉学杂志《东方》上。

"译书的天才"

刘文典是近代中国翻译浪潮中的早期参与者和实践者。他自幼便开始学习英文,后来又到日本留学,熟练掌握英、日、意等多国语言,可直接翻译英文、日文的著作。辛亥革命后,一度在《民立报》担任英、日文编辑。"二次革命"后,刘文典流亡日本,百无聊赖之中,尝试着翻译或撰写一些介绍西方哲学、政治学、生物学等领域新知识、新思想的文章,投给章士钊的《甲寅》杂志或陈独秀的《新青年》。他是《新青年》翻译栏目的主要作者之一。

刘文典的翻译,颇合严复提出的"信、达、雅"标准,一向深受读者的追捧。1917年进入北大任教后,虽主要承担国文、文学史等课程的教授工作,

---

① 李作新:《刘文典论爱因斯坦》,未刊稿。

但并未就此搁下译笔,仍为《新青年》翻译了《柏格森之哲学》《灵异论》等一系列文章。

对于译介西方的著作,刘文典的心态是矛盾的。1918年1月23日,钱玄同在日记里记下了刘文典谈翻译的一则观点,颇为有趣:

> 叔雅说译书最是无聊且最作孽之事。因为青年若研究欧洲的新学问,显然应该学了西文去看原书,所以译是无聊。至于那班老不死的老顽固和"中外古今"派的学愿,我们何必译了书去开通他、教导他呢?他又不受教,以共和政治为周召共和,伦理为三纲五伦,这种谬种岂可任其流传!如直称共和曰Re……伦理曰Ethics,则青年学了外国文无有不懂。那些宝贝瞠目结舌读不下去也好,免得附会。若勉强定了汉名给那些宝贝去附会,这不是很作孽吗?

刘文典的这一番话,显然有些许"恨铁不成钢"的意味。国人能够直接读原著,当然是最佳选择,但在当时外国文尚未普及的情况,这样的想法又未必有些求全责备了。

北大校长蔡元培的考虑似乎更长远一些。据钱玄同说,蔡元培先生当时就有一个念头:"我倘若回南,则拟办一理想的小学,其中有外国语,有Esperanto(世界语)。外国语是欲藉以输入欧化,Esperanto则培养为将来之国文。"①1918年1月,在蔡元培的主张下,北京大学成立编译处,"以扩充本大学学生参考资料,及对于一般社会灌输知识为宗旨"。据1918年9月27日《北京大学日刊》记载,9月25日,北京大学编译处在校长室开会,到会者有刘文典、马寅初、陶孟和、胡适、王星拱、李石曾、李大钊、高一涵、陈百年、宋春舫、陈独秀等人,商定编译各项图书,其中刘文典有两本:

王亮畴著　《比较法学》(蔡校长代为报告)
李石曾译　克鲁巴特金　《互助》

---

① 杨天石主编:《钱玄同日记》(整理本),北京:北京大学出版社,2014年,第331页。

刘叔雅、何伊榘同译　陆谟克《动物哲学》
陈百年译　Mnnot Grnndriss der Psyelologic
宋春舫译　Faguet,Culte de l'Incompilence
王抚五译　De la methode dons les Selence
程发甫译　Gailsoa,Graph(《图算学》)
马寅初译　《比较银行论》
刘叔雅译　Jelusalems,Introduction to Philosophy
高一涵译　Boutmy,Stuties in Constutitional Law
张祖训、高一涵同编　《西洋政治哲学史》

不知何故，北大校方的这一编译计划似乎并未实施。倒是一份新杂志的创办，促使本不十分情愿埋头于翻译事业的刘文典继续舞动着灵动的译笔，为国人输送着来自西洋世界的智慧光芒。

1919年5月，就在五四运动如火如荼之际，一本名为《新中国》的综合性月刊在北京诞生，16开本，每期两三百页，自称"应新世界潮流而起"。经常为它撰稿的有北京各大报的记者如邵飘萍、孙几伊、刘少少等，也有大学教授如胡适、刘文典、高一涵、陈启修等，还有北大学生吴盛载、朱谦之等，偶尔还能看到瞿秋白、郑振铎、蔡元培等人的文章。

在用文言写成的《发刊辞》中，杂志创办人李髯明确提出"以新思想为造新政治、为造新道德、为造新学术之前提，试循因以求其果，则灿烂光明之新中国，且不期而涌现乎大地之上"，并一再言明"我中国者，赫然侪于望国之间，而其人民，又俨然预于秀民之列，莫为之前，犹将发愤以图之"。

本着这一思想，《新中国》月刊积极宣传新思想和新文学，介绍、评述国际形势和中国各方面现状，并翻译介绍国外学术理论思想。为此，《新中国》特别邀请了一些名家翻译外国学术名著，比如海克尔（刘文典译作"赫凯尔"，今按通用译名改，引文照旧）的《生命论》和《宇宙之谜》（刘文典译）、杜威的《德谟克拉西与教育》（邹恩润译）、罗素的《社会改造原理》（陈霆锐、邹恩润合译）、本间久雄的《新文学概论》（瑟庐译）等，"能够吸引读者的，主要也就是靠这几部专著了"。①

创刊号封二的位置,刊登了一则"本志新译名著特告",是专为推介刘文典的译著而开辟的新书广告,整整占了一个页面,全文如下:

> 德国哲学博士、理学博士、法学博士、医学博士赫凯尔先生,为现代哲学界、科学界之斗星。所著《生命论》《宇宙之谜》两书,总括万殊,包吞千有,举政治、社会、法律、哲学、伦理上一切问题,皆以最新之科学、一元之哲学为根据,而下确当之解决。其书译本至十余种,行销至数十万册,真书契以来所未有也。欧美诸国曾受高等教育者,无不知有此两书,惟吾国尚未有译本,实为学界之大耻。本社以一元哲学为救济吾国思想界之良药、科学精神为民族发展之利器,特请刘叔雅先生取其原本译为华言,从本志第二期起按期登载,想必为思想界所欢迎也。

这是刘文典系统性进行学术著作翻译的开始。其实,1919年2月,刘文典已节译过《生命论》第三章的内容,刊登在《新青年》第6卷第2号上,题为《灵异论》。当时,他就在译文前的小序里写过,"我看今日中国的思想界,和欧洲的中古时代差不多,除了唯物的一元论,则无对证良药……我所以发愤把Haeckel的 *Die Lebenswunder* 和 *Die Weltratsel* 两部书译成中国话,叫那些好学深思的青年读了,好自己建立个合理的人生观、世界观,仗着纯粹理性的光明,去求他们自己的幸福"。*Die Lebenswunder* 即《生命论》,后来结集出版时更名为《生命之不可思议》。

由此可见,刘文典之所以"违心"地投入翻译工作,更多是缘于一种启蒙民智、教育国人的自省情怀。1927年,刘文典曾讲过一番话,可以窥见其翻译选材的真实意图:"我在十多年前认定了中国一切的祸乱都是那些旧而恶的思想在那里作祟。要把那些旧的恶的思想扫荡肃清,唯有灌输生物学上

---

① 《新中国》,见《五四时期期刊介绍》第三集,北京:生活·读书·新知三联书店,1959年,第363页。

的知识到一般人的头脑子里去。关于进化论的知识尤其要紧,因为一个人对于宇宙的进化、生物的进化没有相当的了解,决不能有正当的宇宙观、人生观,这个人也就决不能算社会上的一个有用的分子了。"

站在今天的角度,刘文典的这番话说得未免有些绝对、夸张,但倘若能让时间的脚步回溯到20世纪初叶的中国大地上,我们或许会意识到:刘文典煞费苦心从事的翻译工作是何等重要的一种思想启蒙!

最早系统引进西方进化论思想的是翻译家严复。中日甲午战争后,严复励精图治,于1895年完成了根据赫胥黎《进化论与伦理学》意译而成的《天演论》,首次比较详细地介绍了19世纪自然科学的三大发现之一——达尔文进化论的产生过程和基本论点。这本著作在很大程度上改变了中国的历史进程,甚至改变了很多中国人的个体命运。书中提出的"优胜劣败,适者生存"的观点,风行一时,备受追捧。著名学者胡适的名字便因之而来。

到了20世纪早期,包括鲁迅在内的很多学者都纷纷撰文,介绍生物进化论和人类起源说。但大多数仍是一些零星的介绍,"伟大的五四运动,高举民主和科学的大旗,唤起了中国人民的觉醒,推动了西方自然科学在中国的传播,很多人深深感到《天演论》并不能反映进化论的全貌,应该尽快地翻译出版达尔文著作,系统地介绍达尔文学说,让人们能够比较全面地了解进化论"。① 正是从这时候起,刘文典拿起译笔,开始了国外一些生物学名著的翻译工作,除了德国哲学家海克尔的《生命之不可思议》《宇宙之谜》外,还包括日本著名生物学家、进化论普及者丘浅次郎的《进化与人生》《进化论讲话》等。

刘文典的翻译以"忠实""流畅"为基本原则,总是能通过通俗而浅显的白话文语言,重现原著的精髓,向读者生动展现生物进化学说的要义,既有力宣讲了生物哲学的基本理论,又普及了自然科学的基本知识,对于当时盛行中国的灵学、鬼魂学无疑是"一记重拳"。

---

① 张秉伦、郑土生:《达尔文》,北京:中国青年出版社,2008年,第334页。

尽管刘文典一直强调"我译这书,但求忠于原文,绝不怕丧失了我的古文家的资格",但其实他的每一部译著,几乎都大受市场的追捧。其中,《进化与人生》出到第6版,《生命之不可思议》出到第2版。

刘文典曾放出豪言:"我不译书是社会的一件不幸!"著名学者蒋百里先生更是赞誉刘文典为"译书的天才",欣然将其翻译的《进化与人生》《生命之不可思议》等书纳入他所主持的"共学社丛书"之中。

海克尔与一元论

从1919年6月15日起,刘文典翻译的《生命论》开始在《新中国》杂志上正式连载。为了让更多的人了解海克尔,杂志还专门用一版的篇幅,刊登了这位"世界大哲学家"的照片。

对于海克尔及其著作,其实,当时的很多中国人已不陌生。最早向中国读者推介海克尔的是鲁迅。1907年,鲁迅发表《人之历史——德国黑格尔氏种族发生学之一元研究诠解》,实际上就是对海克尔《宇宙之谜》第5章的编译。在文中,鲁迅把海克尔与赫胥黎相提并论,称之为"近世达尔文说之讴歌者",称其学为"近日生物学之峰极"。

海克尔,1834年2月生于德国,早年在符兹堡大学和柏林大学学习,1857年获医学博士,后赴红海等地游历,进行科学研究。1862年到耶拿大学担任动物学教职,后担任该校比较解剖学教授兼动物学研究所所长,直到1919年8月去世。海克尔是19世纪末20世纪初最重要的生物学家之一,也是同时代最具影响力的思想家、哲学家之一。

海克尔是达尔文进化论坚定的捍卫者和传播者。他提出的"物种起源说""原始生殖说"及"生物发生律",进一步证明了达尔文进化论。在达尔文理论的基础上,他"建立了一种完备而不调和的一元论哲学",认为精神与物质是统一的,"照现在流行的那种二元的智识论,根据康德的哲学的,我本不懂。我不懂他们那内观心理法,不要一些生理学的、组织学的、系统发生学的基础,怎样能应纯粹理性的要求呢?我的一元的智识论和他们的全然不同。我这个是全然确实根据近世生理学、组织学、发生学的大进步的,根据近四十年实验科学所得的效果的,这些科学效果是现行的哲学系统所不知道的"。

海克尔一生著述颇丰,代表作有《自然创造史》《宇宙之谜》和《生命之不可思议》。而刘文典与后两本结下了不解之缘。

《生命之不可思议》初版于1904年,是一部讲解生物、生命进化的通俗性著作,被海克尔视为自己"最后的哲学上著作",可谓是他一生哲学思想的集大成之作。在这部书里,海克尔站在一元论的平台上,借助现代生物学的发展成果,比较全面地解释了与人的生命、生存、思想等相关的许多"不可思议"。当然,这些理论未必都是代表进步的,有的倾向如种族主义甚至是错误的。

刘文典决定翻译这部书的时候,正值国内思想界一片乱象,一些怪力乱神的学说甚嚣尘上:"我着手译这部书,是在三年以前,正当那《灵学杂志》初出版,许多'白日见鬼'的人闹得乌烟瘴气的时候。我目睹那些人那个中风狂走的惨象,心里着实难受,就发愿要译几部通俗的科学书来救济他们,并且防止别人再去陷溺,至于我自己外国文的浅陋、科学知识的缺乏、译笔的拙劣,都顾不得了。经了几次的选择,就拣定了赫凯尔博士的两部书,一部是《宇宙之谜》,一部就是这个《生命之不可思议》。"由此可见,刘文典选择海克尔,是心有期许的。

当时刘文典手头并没有原著,于是找北大心理学教授陈大齐借了两部书的原本和英国翻译家Cabe的英译本,两相对照,于1919年春夏之交住进了京西香山的碧云寺里,每天到半山腰上的一个亭子里静静地译书,"这部书的三分之二,都是在那座亭子里译成的"。1919年8月,也就是在这个亭子里,刘文典听到了海克尔先生逝世的消息,是罗家伦先生看到报纸后特意跑来告诉他的。

从这年6月起,刘文典翻译的《生命之不可思议》以《生命论》为题,开始在《新中国》上连载,先后发表10章,后因蒋百里先生的邀约,列入"共学社丛书"之哲学系列出版,一版再版。

而几乎与翻译《生命之不可思议》同时,刘文典着手翻译海克尔的另一部经典著作《宇宙之谜》。

《宇宙之谜》出版于 1899 年,写在《生命之不可思议》之前。书中不但对 19 世纪自然科学的巨大成就,特别是生物进化论作了清晰的叙述,而且根据当时的科学水平,对宇宙、地球、生命、物种、人类及其意识的起源和发展,进行了认真的探索,力求用自然科学提供的事实,为人们勾画出一幅唯物主义的世界图景。列宁曾对《宇宙之谜》作出高度评价,"海克尔这本书的每一页对于整个教授哲学和神学的'神圣'教义说来,都是一记耳光"。①

刘文典对这部书并不陌生。陈独秀创办的《新青年》杂志一直高度重视《宇宙之谜》,创刊不久就开始连载由留德博士马君武翻译的《赫克尔一元哲学》,即《宇宙之谜》。1917 年,陈独秀又亲自翻译了《宇宙之谜》第 17 章,以《科学与基督教》为题,分两次刊于《新青年》杂志之上,用物质一元论批判当时盛行的灵学思潮。当时,翻译海克尔的著作,成为一种潮流,似乎并不太在意"首译"与否。

1919 年 10 月 15 日,《新中国》杂志再次拿出整版篇幅,作为插页广告,推介由刘文典刚刚译成的《宇宙之谜》:

> 你晓得有《宇宙之谜》吗?
>
> 现在世界上各国的知识阶级没有未读过这部书的。
>
> 这部书是德国现代最大哲学家、最大科学家赫凯尔博士著的,以一元哲学的见地,解决了宇宙间最大的、最难解决的问题,译了十几国的文字,行销了几十万册,其价值也就可想了。
>
> 你对于宇宙问题、人生问题要是有什么不得解决处,这部书就是个密钥。

---

① 中共中央马克思、恩格斯、列宁、斯大林著作编译局:《列宁全集》,第 18 卷,北京:人民出版社,1988 年,第 367 页。

你要想晓得欧洲近代科学,这部书就是一编总账。

你要想达到个高尚的人生观、世界观,这部书就是个指南车。

现在这部书已经由刘叔雅先生译成中国话的了,不久就可以刊行,这岂不是学界上一件快事吗?所以特特先报个好消息与列位。

等刊了出来,列位当然是以"先睹为快"的罢?

《宇宙之谜》是一部自然哲学著作,涉及生物、生理、物理、化学、数学、天文、宗教、伦理、哲学、文学,举凡有关宇宙的问题,无所不及,试图给世间所有重大问题一个说法,是海克尔最为重要的著作,核心思想仍是一元论。1908年,列宁在《唯物主义和批判经验主义》里高度赞扬了海克尔及《宇宙之谜》:"这位自然科学家无疑地表达了19世纪末和20世纪初绝大多数自然科学家的虽没有定型然而是最坚定的意见、心情和倾向。他轻而易举地一下子就揭示了教授哲学所力图向群众和自己隐瞒的事实:有一块变得愈来愈巨大和坚固的磐石,它把哲学唯心主义、实证论、实在论、经验批判主义和其他丢人学说的无数支派的一片苦心碰得粉碎。这块磐石就是自然科学的唯物主义。"①

对于这部书的翻译,刘文典亦是十分重视。据《钱玄同日记》记载,其实早在1919年1月,刘文典就已开始用古文翻译这部书,但"译了许多,简直不行",于是丢在火里烧了,"重用今语来译,比古文自然好一点,然而也不是很好。总之,区别词之谓词中国没有语尾变化,译书时候最为困难。因此叔雅要想改良中国话"。

从1920年1月起,刘文典翻译的《宇宙之谜》开始在《新中国》第2卷第1号上连载。但遗憾的是,这本杂志只出到1920年8月第2卷第8号就停刊了,而刘文典翻译的《宇宙之谜》也只连载到第5章就没了下文。

---

① 中共中央马克思、恩格斯、列宁、斯大林著作编译局:《列宁全集》,第18卷,北京:人民出版社,1988年,第367页。

目前没有发现刘文典的《宇宙之谜》译文全本。这有两种可能：一是由于《新中国》杂志停刊，刘文典没有译完《宇宙之谜》；二是由于后来战乱频仍，译稿丢失。其中，后一种的可能性较大。这对于当时乃至今天的读者来说，不能不算是个小小的遗憾。

丘浅次郎与进化论传播

早年在日本留学时接触到的丘浅次郎、石川千代松等人的生物学著作，给刘文典留下了深刻的印象。

丘浅次郎，日本著名生物学家、进化论的普及者。1868年12月31日生于静冈县，1944年5月2日逝世。1886年进入东京大学理科动物学科，学习3年后留学德国，在弗赖布格(Freiburg)大学从师于魏斯曼(A. Weismann)，在莱比锡(Leipzig)大学从师于卢卡尔特(K. G. Leuckart)。回国后，先后任山口高等学校和东京高等师范学校的教授，继续任东京文理科大学讲师，直至1936年辞去教职。主要著作有《进化论讲话》(1904年)、《雌雄的起源及进化》(1908年)、《进化与人生》(1911年)、《生物进化论》(1915年)、《人类进化研究》(1915年)、《生物学讲话》(1916年)、《烦闷和自由》(1921年)、《从猿群到共和国》(1926年)。他在动物学方面以对蛭、海鞘及苔藓虫等的研究很有名，同时对日本进化论的普及也很有贡献。

刘文典素来怀有"用生物学知识打破旧恶思想"的抱负，而丘浅次郎的《进化与人生》正是一本凭借生物学研究的新进展来探讨人生哲学的书。比如第1章《人类之夸大狂》，直言并非只有精神病才需要治疗，在现实生活中同样存在一些有"夸大病"的人，认为"人为万物之灵"，并将动物叫作"畜生"。其实呢，"地球的表面上，除了人类以外，还有几十万种的生物住在上面，此等生物和人类的关系是怎样，读了进化论的书籍就可以懂得了。就是人也和其他的动物从共同的祖先分支下来的，狗咧，猫咧，猪咧，人咧，追溯上去，都出于一个祖先的，尤其是和那猿类的血统相近，一直到比较的很近的时期，还是毫没有分别的"。由于生物学上的这一发现，丘浅次郎"总望所谓有了学问的先知先觉的人士,要能快快的脱离了'夸大狂'的范围,根据实验科学上确定了的事实,以公平的眼光观察人类,利用这个结果来研究救世的方法才好"。

综览《进化与人生》全书的内容,丘浅次郎从新兴生物学的基本要义出发,广泛联系社会与人生,全面诠释掌握生物学知识对于人类进步发展的重要性。在这本薄薄的小册子里,丘浅次郎用浅显易懂的专业语言谈到了哲学、教育、群体生活、民族、迷信、文明病、卫生、种族等方方面面的社会问题。尤其是教育这一方面,他认为过去的教育尽是些过于高远了、不合于实际的理论,根本谈不上参酌生物学的知识,因此迫切需要各国教育家们意识到教育是"补生殖作用的不足","从生物学上看来,教育的目的和生殖的目的相同,都明明的,是为维持种属的",因此"必然要以本民族的维持繁荣为教育的最后目的"。

对于丘浅次郎认为"人类已害了不治之症"的观点,刘文典认为:且不管这些病症能治不能治,丘浅次郎所说的症状却是一点不差,我们中国人有几处尤其沉重——像那缺乏协力一致的精神——这真是令人好似听了医生说"另请高明"一般,不寒而栗。据他看来,但使人人能自觉病症的危险,设法医治,则灵丹妙药是仅有的,那振兴教育、改良社会经济的组织、革新道德的观念,都经别的民族吃过,颇有效验的。不过仅他病着不去理会,甚至于再做些不合卫生的举动,专吃那几千年前医生开的古方,那就真要应丘博士的话,"向着灭亡的方面进行",恐怕不等人类灭亡,我们中国人就先要灭亡了。[①]

这正是刘文典立志潜心翻译海克尔、丘浅次郎等人著作的直接原因。1920年11月,《进化与人生》中文译本由商务印书馆列入"共学社丛书"出版。后来,一版再版。

《进化与人生》是刘文典正式出版的第一本译著。胡适对此给予了高度

[①] 此为刘文典译《人类之将来》尾注。见《新中国》,第1卷第2期,北京:新中国杂志社,1919年,第102~103页。

评价,赞赏刘文典的"译笔竟是一时没有敌手",鼓励他继续做一些翻译的工作,免得"社会受大损失"。胡适甚至还将自己的至交、亚东图书馆的老板汪孟邹介绍给刘文典,希望他们在译书方面有好的合作。

在翻译界里,刘文典最佩服的人就是胡适。此番胡适来信夸赞,令刘文典非常激动,"舒服得大热天跑山路后喝冰汽水似的",甚至因此动了一个念头:从此抛弃装点教授门面的那些古籍,全力以赴译书,"现在发愤努力的干,每天总译他一千二千字,丘浅次郎和永井潜两博士(都是生物学家而兼哲学家,后者名更大)的通俗一点的著作,弟打算全都翻译","弟愿抛却一切,专心译书,一来聊以报良友劝勉的盛心,二来也得生活稳固,社会和个人都有益的"。

一开始,刘文典选定的是日本东京帝国大学名誉教授永井潜的《生物学和哲学的境界》。此书"为日本学术界之宝贝"。但没想到,译了一些样稿之后,寄给汪孟邹,却被泼了一瓢冷水:

> 《生物学和哲学的境界》,计稿105页,当即拜读一过。先生译笔,久已钦仰,惟此原书,较为专门,须略识生物学、化学门径者,方易明白,恐销路上较为狭小,为可惜耳。现已有四万余字,不知尚有若干,如稿过长以致定价昂贵,则更不宜,如何?①

无奈之下,刘文典决定改译更为通俗的《进化论讲话》。《进化论讲话》是丘浅次郎早期的生物进化论著作,在日本出版的时间比《进化与人生》早六七年,影响也比《进化与人生》更大。这是一本关于进化论的科普读物,立足于生物的解剖学、发生学、生态学、分布学等领域的研究成果,向读者全面介绍进化论产生、发展、兴起的历史,以及其主要理论观点、学术流派,并专门论述了生物学对哲学、伦理、教育、社会、宗教等的深远影响,可谓是一部生物进化论的"小百科全书"。

---

① 汪孟邹致刘文典函,见耿云志主编《胡适遗稿及秘藏书信》第27卷,合肥:黄山书社,1994年,第455页。

刘文典选择这部著作，显然直接缘于汪孟邹要求的"将来销路"："至《进化论(讲话)》则完全通俗之书，分量亦不过大，与《进化与人生》页数相差无几。……此一部书三月后可以毕事，以后当事择小部头之通俗者译之，俾孟邹满意也。《生物学和哲学(的)境界》倘孟邹必以为不可，则弟即专译《进化论(讲话)》，亦无不可。"

当然，还有一个考虑则缘于丘浅次郎本身的魅力："他的特长是会用极畅达的文辞说精微的学理，教人读着无异听一位老博士'口若悬河'似的在那里讲演，只觉得畅快，不觉得烦难。一场听到底，不费事就把进化论的梗概都懂得了。这是原书的一点特色，可惜我的译笔还不能把他完全传达出来。鸠摩罗什说翻译好比是嚼饭哺人，这句话真不错啊！"《进化论讲话》内容丰富，涵盖面广，涉及多个新学科、新领域，而且在体例上又要求必须是浅显明白的科普类文笔，翻译起来确实存在不少难度。但对于刘文典来说，这是一个充满智慧的挑战，"弟可以极平易之字句译之，使人人能解，此层确有把握"。

刘文典没有让胡适、汪孟邹失望。凭借多年的学术积累以及外文素养，丘浅次郎的理性文字在他的笔下几乎成为一个又一个趣味科学故事，生动流畅，妙趣横生。比如在谈到"进化论的历史"时，早期有很多大学者都认为地球上的生物种类"是从天上掉下的"，刘文典就用略带调侃的文笔道出了丘浅次郎的观点：

我们平常总以为无论动物植物，在父母、子、孙这样亲近的一代代中间丝毫都看不出甚么显著的变化来，一代代的儿子总完全像他的父母，父母总完全像祖父母的。所以总觉得寻常生物无论经过多少代数，他的形状性质都是一点也不改变的，心里决不会生出"生物的种类是否在永久的岁月里进化呢"的疑问来的。所以自古以来，无论是谁都以为马的祖先无论如何总都是和现在完全一样的马，狗的祖先无论如何总都是和现在完全一样的狗。再要追问起他祖先的祖先来呢，就连"从天上掉下来的""从地里涌上来的"的话都说得出,再不然就老老实实的自认不知道。要是奉耶稣教的人呢,就说是开天辟地的时候上帝就照这样创造的,此外再没有别的说法了。在我国一直到今天抱着这样见解的人还很多的呢。这也不单是门外汉们如此,就连那专门研究动植物的西洋的学者,在从前也都是这样的。

学者金克木在回顾少年时代读《进化论讲话》时曾感慨:"书是通俗读物,译文是传统白话文体,一点欧化或日文化的句子都没有,比文言的《天演论》好懂多了。"而刘文典本人对于《进化论讲话》翻译工作也是相当满意,这从他为这本书所写的译者序里便可略窥一斑:"这时候昭明太子庙一带十里的霜枫正红得火似的,山色湖光都格外的醉人,自然界正在'尽态极妍'的逗他的美丽,恐怕就是赫凯尔所谓'科学和诗歌合而为一'的时候罢。"《进化论讲话》中译本于当年由亚东图书馆印行出版,分为上、下两册。

这是刘文典在生物进化学说方面的最后一本译著。

《基督抹杀论》

1922年,上海、北京等地的青年学生发起"非基督教运动",成立"非基督教同盟",发表《非宗教者宣言》,将批判的矛头直指基督教。蔡元培便是积极参与者之一。各方观点针锋相对,互不相让。刘文典虽然没有直接参加这场论战,但却以翻译幸德秋水《基督抹杀论》这样一种方式推动了"非基督教运动"。

幸德秋水(1871—1911),日本高知县人,原名传次郎,"秋水"取自《庄子·秋水》篇"秋水时至,百川灌河"。他是日本早期社会主义者之一,和堺利彦共同翻译了第一个日文全译本的《共产党宣言》,拉开了马克思主义在日本传播的序幕。1905年,因传播社会主义思想引发日本政府恐慌,幸德秋水被捕入狱。在鸭巢监狱中,幸德秋水读到克鲁泡特金的著作,思想开始转向无政府主义。出狱后,他接受友人小泉三申等人的建议,暂时退出社会活动,在相州汤河原山中养病,并开始构思写作《基督抹杀论》(又译《基督抹煞论》),"病中时时援笔草本书,以为消遣"。不料书稿未成,日本当局大肆逮捕社会主义者、无政府主义者,史称"大逆事件"。幸德秋水再度被捕入狱,最终"借彼高而狭之铁窗送入微弱光线,耸病骨,呵冻笔",完成了书稿。①1911年1月24日清晨,幸德秋水被执行绞刑。

在幸德秋水遇害仅仅8天之后,《基督抹杀论》由日本丙午出版社出版。这是"一部战斗的无神论著作",承袭了幸德秋水一以贯之的宗教观,"作者在本书中,否定基督是历史人物,论述了《圣经》是传说和虚构的产物,批判了宗教采取的虚构历史、欺骗人民群众的伪善本质,从而有力地宣传了无神论思想"。②

此书出版后,畅销一时,一个月内7次再版,且很快传播到中国,影响可谓深远。中国最早传播《基督抹杀论》观点的,是1919年12月革命党人朱执信在《民国日报》上发表的《耶稣是什么东西?》,文中引用了幸德秋水"十字架是男性生殖器变形"等说法。当然,真正让国人一窥是书全貌的还是刘文典版中文译本的问世。

颇为有趣的是,出于某种考虑,刘文典翻译此书,并未署真实姓名,而是以并不常见的"狸吊疋"作为笔名,于1924年12月交由北京大学出版部发行。此笔名仅此一见,可与《钱玄同日记》1925年1月3日记载相印证:"幸德秋水之《基督抹杀论》,已由叔雅译出,今日购得一本。"黄侃《寄勤闲室日记》1932年4月26日亦有记载:"借小石《基督抹煞论》,幸德秋水撰,刘叔雅译。"由此可见,"狸吊疋"就是刘文典。

这是国内关于此书的最早译本。当时恰逢国内"非基督教运动"如火如荼之际,可想而知,此译本引发的反击自不可免。目前可见,至少有《评基督

---

① [日]幸德秋水著,狸吊疋译:《基督抹杀论》,北京大学出版部,1924年12月初版,第2页。

② [日]幸德秋水著,马采译:《基督何许人也——基督抹煞论》,北京:商务印书馆,1982年11月第1版,第2页。

抹杀论》《辟基督抹杀论》两本专书"讨伐"刘文典翻译的《基督抹杀论》。① 前一本汇集了数位基督教人士尤其是中华基督教文社成员的批评文章,后一本作者殷雅各是苏格兰长老会传教士,均堪称是来自基督教领域的专业批评。其中一篇冷嘲热讽地写道:"现在'非基督教同盟'为要借用推翻基督教的武器底缘故,便有北京大学一位捏名叫什么'狸吊疋'的滑稽家,从已经禁止出版的日本破书堆里找出了十五年前的炮弹壳当武器——想做一笔投机生意,把他翻译过来。"②这也从另外一个层面可见刘文典翻译的这本书给了基督教拥护者们沉重的打击。

事实上,在对待基督教等宗教问题上,刘文典的心理存在一些微妙的变化。1942年11月,他曾写有《中国的宗教》一文,谈及对于宗教问题的看法:"世界上宗教虽多,最大的不过是耶稣教、佛教、回教。这几个大宗教都有很多的经典,很高的哲理。我虽不是某一教的信徒,也曾读过些经典。觉得都有是处,都是劝人为善的。所以都是很好很好的。世上确有许多人因为受了宗教的感化而努力行善,确乎有许多人因为信了宗教而不敢做恶。不过各种宗教都不免要说到天堂,说到地狱,说到这一点上,我觉得各种宗教似乎都不免犯了'利诱威吓'四个字的嫌疑,价值上未免要打点折扣了。"③从早年《新青年》时期的猛烈抨击到此时的客观宽容,亦可窥见刘文典的宗教观少了很多激进的成分,而多了些许理性。

此后的刘文典,虽然多次明确表示要潜心翻译,做胡适最希望他做的这件事情,但岁月却将他卷进了更为纷繁复杂、更为惊心动魄的历史风云里,欲罢不能。

---

① 《评基督抹杀论》,由王治心、沈嗣庄、张仕章、张孝侯等人合著,义利印刷公司1925年6月印行;《辟基督抹杀论》由苏格兰长老会传教士殷雅各著,聂绍经译,上海广学会1925年12月印行。

② 王治心:《发刊的所以然》,《评基督抹杀论》,义利印刷公司1925年6月,第1页。

③ 刘文典:《中国的宗教——中国的精神文明之二》,载《云南日报》,1942年11月15日、16日。

第四节 《淮南鸿烈集解》

刘师培之死

或许刘文典自己都没想到,他会在北大校园里与刘师培再度相逢。

1916年6月7日,袁世凯病逝后第二天,黎元洪接任大总统,宣布遵行民国元年的《临时约法》,恢复国会,并下令承办帝制祸首。作为筹安会成员之一的刘师培本无可幸免,但因李经羲以"人才难得"保免,得到黎元洪首肯,由北京迁居天津,穷困度日。

第二年,一向仰慕刘师培才学的北京大学教授黄侃于心不忍,遂向新任校长蔡元培聘请其到校任教。据黄焯《黄季刚先生年谱》记载:

> 刘君时穷处北都,先生为言于蔡元培,延其授学。元培以君曾党附袁氏,未以为可。先生曰:"学校聘其讲学,非聘其论政。何嫌何疑?而不予聘?"于是乃致聘约。

从是年起,刘师培与黄侃在北大合讲中国文学课,"当刘、黄二先生上课时,虽不属文科的学徒,震于高名,无不齐趋讲堂,延颈跂踵,以得据隅听讲为荣,风气为之一变"。① 当年的北大学生、著名学者杨亮功在《早期三十年的教学生活》亦有详尽回忆:"刘申叔先生教中古文学史,他所讲的是汉魏六朝文学源流与变迁。他编有《中国中古文学史讲义》。但上课时总是两手空空,不携带片纸只字,源源本本地一直讲下去。声音不大而清晰,句句皆是经验之言。他最怕在黑板上写字,不得已时偶而写一两个字,多是残缺不全。"

1919年1月,北大俞士镇、薛祥绥、张煊等数十位学生发起成立《国故》月刊社,议定简章,送蔡元培阅览,得到许可并垫支经费,遂邀请刘师培、黄侃担任总编辑,并在刘师培私宅举行成立大会,"慨然于国学沦夷,欲发起学

---

① 梅鹤孙:《清溪旧屋仪征刘氏五世小记》,上海:上海古籍出版社,2004年,第47页。

第二章 北大十年

报,以图挽救,旨在昌明中国固有之学术"。

这一举动引起了外界的猜度。当时的《公言报》刊登文章《请看北京学界思潮变迁之近状》,认为《国故》月刊的成立,实际上是将矛头指向新派人物组织创办的《新青年》《新潮》《每周评论》等:"顷者刘、黄诸氏,以陈、胡等与学生结合,有种种印刷物发行也,乃亦组织一种杂志,曰《国故》。组织之名义出于学生,而主笔政之健将,教员实居其多数。盖学生中固亦分旧、新两派,而各主其师说者也。二派杂志,旗鼓相当,互相争辩,当然有裨于文化;第不言忘其辩论之范围,纯任意气,各以恶声相报复耳。"

对此观点,刘师培当即致书反驳:"鄙人虽主大学讲席,然抱疾岁余,闭门谢客,于校中教员素鲜接洽,安有结合之事?"《国故》月刊社在致《公言报》的一封信中,又进一步澄清道:"同人组织《国故》,其宗旨在昌明国学,而以发挥新义、刮垢磨光为急务,并非抱残守缺,妹妹奉一先生之言,亦非故步自封、驳难新说。时至今日,学无新旧,唯其真之为是。"显然,刘师培并不想将自身置于与新派敌对的境地。这也是后来陈独秀被捕,他积极出面营救的原因。

作为刘师培早年最得意的弟子之一,刘文典没有参与《国故》月刊社的活动。当然,这并不意味着刘文典与刘师培关系完全疏远。据刘师培外甥梅鹤孙在《清溪旧屋仪征刘氏五世小记》里记载:"舅氏历任两江师范、安徽公学、四川国学院、北京大学各校教授、讲师,自然学生遍于全国了。我所知道的,钱玄同是在师友之间。另有黄季刚、陈钟凡、刘叔雅等人,最为密切。"据说,在北大时,有一年过节,刘文典迟迟没有登门看望老师,弄得孤独落寞的刘师培在家里放声大哭:"连叔雅都不理我了!"刘文典听人说起后,赶紧匆匆买了些糕点,看望老师,并郑重地磕头行礼。

刘师培自幼身体羸弱,不到20岁的年纪,就经常咳嗽,渐至于一两个月就会咳出血丝。后来虽经多位中西名医诊治,仍无明显好转,肺病愈发严重,到30岁时头发已经花白。入北大后,刘师培深居简出,闭门谢客,而病情日重,终致不治,于1919年11月20日病逝于北京和平医院,享年36岁。

翌年2月,根据蔡元培的安排,刘文典以门人的身份护送刘师培灵柩回到故乡,安葬于西乡郝家宝塔祖茔。

刘师培幼承家传朴学,博闻强识,著述甚丰,自称"平生述造,无虑数百卷"。据蔡元培《刘君申叔事略》记载:"(刘师培)所著书,经其弟子陈钟凡、刘文典诸君所搜辑,其友钱君玄同所整理,南君桂馨聘郑君裕孚所校印者,凡关于论群经及小学者二十二种,论学术及文辞者十三种,群书校释二十四种,诗文集四种,读书记五种,学校教本六种。除诗文集外,率皆民元前九年以后十五年中所作,其勤敏可惊也。"由此可见,刘文典是刘师培遗著整理出版的积极推动者和参与者。

据近年在扬州最新发现的一批民国信函显示,刘师培遗著整理,系曾任阎锡山秘书的南桂馨感念往日情谊,"蒙以身后之事相托",遂于1934年邀请钱玄同、郑裕孚协助,出资启动编纂《刘申叔先生遗书》。在此过程中,得到了刘文典的热心支持。1935年,郑裕孚在致刘师培堂弟刘师颖信中曾道明其中周折:"南公佩兰与申叔先生前在东洋,即系至好,申叔旅晋交谊尤笃。彼时弟在晋供职,亦时相过从,备聆教益。上年南公恐申叔遗稿散佚,不克传世,故拟捐赀为之印行。适弟由绥远典试归来,面嘱代为收集。承各方友人先后以抄本相赠,已达二十余种。探询申叔后裔,同人据称未悉。嗣晤叔雅刘君文典,始悉鸾楼所在,故致函相询,此经过之大概情形也。"①著名语言学家黎锦熙在《刘申叔先生遗书·序》里亦曾提到:"刘君弟子,余知三人,惟合肥刘叔雅先生(文典)在北平,因函介郑君访之。"

刘文典对于《刘申叔先生遗书》的编纂亦提出了重要意见,且在《攘书》是否收入的问题上还与钱玄同产生了不同意见。《攘书》是刘师培早年借学术宣传排满革命思想的重要代表作之一,但刘文典担心后人讥笑刘师培早年鼓吹革命而晚节有亏,因此主张不要收录此书,"使其涉革命与变节二事皆自湮没"。身为门人,刘文典的良苦用心显而易见。

---

① 杨丽娟:《"扬州书信"所见刘师培〈遗书〉编纂考》,载《史学月刊》,2014年第4期。

第二章 北大十年

不过，这一观点遭到了钱玄同的反对。1934年4月18日，钱玄同在给《刘申叔先生遗书》校对郑裕孚的信函里明确表态：

> 窃谓吾侪此时刊行申叔遗书，首在表彰其学术，次则为革命史上一段史料。循此二义，《攘书》均以刊行为宜。叔雅与申叔固为师弟，而弟与申叔亦谊兼师友，以年而论则为友（彼长于我三岁），以学为论，则实堪为我之师也。弟昔年亦列名同盟会中，而平日喜治古籍，故对于申叔爱之敬之，且悯其遭家不造，又无子息，下世十余年今始得南佩兰先生之仗义，为之出赀刊行遗书，弟幸获在顾问之列，以为凡申叔有价值之文章，必当乘此机缘，为之刊布，故不愿独缺此《攘书》一种也。

经过多方讨论，《攘书》最终还是被收录其中。1939年，《刘师培先生遗书》正式印行，共收著述74种。此时，刘文典正避难滇中，经济拮据，承好友罗庸买此书以相赠，"则贱子之名赫然在焉，既甚愧无以对先师，又负吾死友钱君玄同，每一开卷，惭悚曷极"。

刘师培的逝世，或许意味着一个学术时代的终结，但同时，一个前所未有的、开风气之先的学术时代又敲响了鼓点。

整理国故

在五四时期，中国民众的民族危机感空前高涨，而这反映到学术思想文化领域，便是西学输入对于传统治学路径的冲击。

在北大校园里，除了个别激烈人士外，新派与旧派的"较量"并非完全是剑拔弩张、公开叫板，而更多是一种学术思想、方法路径上的相互批判、继承发展。比如，刘文典是公认的新派人物，但刘师培逝世后，在北大接过其衣钵，继续为学生开设秦汉诸子、汉魏六朝文等国文课程的，便是刘文典。

做的依然是"国故"学问，但"方法论"已经完全不同。当时，北大校园内宣传新思想最为积极的是《新青年》和新潮社。新潮社是北大第一个学生社团，五四运动天安门广场大游行就是由这个社团的骨干成员组织的。新潮社由傅斯年、罗家伦、徐彦之、顾颉刚、俞平伯等人于1918年底发起成立,得到了蔡元培、陈独秀、胡适、钱玄同等师长的鼎力支持。新潮社,顾名思义,"专以介绍西洋近代思潮,批评中国现代学术上、社会上各问题为职司"。

最早提出"整理国故"问题的,是新潮社的毛子水、傅斯年。1919年5月,《新潮》第1卷第5号刊发毛子水《国故和科学的精神》一文,提出"研究国故必须用科学的精神"。而主编傅斯年则在"附识"里进一步将研究国故的手段分为"整理国故"和"追摹国故"两种,认为前者是"把我中国已往的学术、政治、社会等等做材料,研究出些有系统的事物来,不特有益于中国学问界,或者有补于'世界的'科学",而后者则是守旧派们抱残守缺的治学路径,本质上是"愚不可及"的。

对于毛子水、傅斯年等人的主张,新派学术圈领袖人物胡适作了进一步的阐述和延伸。1919年8月,在给毛子水的一封信中,胡适提出了具体的"整理国故"的路径:"现在整理国故的必要,实在很多。我们应该尽力指导'国故家'用科学的研究法去做国故的研究,不当先存一个'有用无用'的成见,致生出许多无谓的意见。"这一观点,实际上是对守旧派"将国故当作国粹保存"的主张提出了针锋相对的批评,并提出了具体的改造路径。

1919年11月,胡适写出《新思潮的意义》,提出"新思潮的根本意义只是一种新态度"——重新估定一切价值。在胡适看来,"新思潮对于旧文化的态度,在消极一方面是反对盲从,是反对调和;在积极一方面,是用科学的方法来做整理的工夫。新思潮的唯一目的是什么呢?是再造文明"。这是胡适第一次正式将"整理国故"作为一个口号提出来,并对之寄寓"再造文明"的厚望,其实现的逻辑顺序是"研究问题—输入学理—整理国故—再造文明"。

"重新估定一切价值",并非是将旧的东西一棒子全部打死,而是采取科学的方法,"重新估定与发现中国文学的价值,把金石从瓦砾堆里找出来,把

第二章 北大十年

传统的灰尘,从光润的镜子上拂拭下去"。① 新文化运动的主要倡导者蔡元培、陈独秀、胡适、刘半农、钱玄同、周氏兄弟、沈尹默、刘文典、吴虞等人,在青少年时代无不接受了严格的传统教育,尽管后来不同程度受到西方学术思想的影响,但根本上仍是以传统旧学尤其是清代朴学为底色的。这为"整理国故"成为一场大规模的学术运动奠立了现实基础。

刘文典是这场学术运动的直接参与者与受益者。1922年3月21日,北大决定出版一份定期刊物,以"发表国学方面研究所得之各种论文",由胡适担任邀集人,成立《国学季刊》编辑部,胡适担任主任编辑,编辑部成员有:胡适、沈兼士、钱玄同、周作人、马幼渔、朱希祖、李大钊、单不庵、刘文典、郑奠、王伯祥。"这是一本研究国学的刊物,却以一种崭新的姿态出现:版面是由左向右横排,文章全部使用新式标点。在当时的确使人耳目一新。"②杂志创刊号于1923年1月正式面世。

《国学季刊发刊宣言》是由胡适执笔撰写的,开篇即对"三百年的古学研究"进行了总括式的评价,有褒有贬,并随之定下全文的基调:"我们平心静气的观察这三百年的古学发达史,再观察眼前国内和国外的学者研究中国学术的现状,我们不但不抱悲观,并且还抱无穷的乐观。我们深信,国学的将来,定能远胜国学的过去;过去的成绩虽然未可厚非,但将来的成绩一定还要更好无数倍。"

这三百年的"古学发达史"究竟有怎样的得失呢? 在《发刊宣言》中,胡适作了简明扼要的总结,对自明末到当时的汉学研究成果逐一盘点,认为成绩可分为三个方面:一是整理古书,二是发现古书,三是发现古物;而缺点又可分为三个方面:一是研究的范围太狭窄了,二是太注重功力而忽略了理解,三是缺乏参考比较的材料。有鉴于此,胡适提出了关于"整理国故"的三大途径:一是扩大研究的范围,二是注意系统的整理,三是博采参考比较的资料。可以说,

---

① 郑振铎:《新文学之建设与国故之新研究》,见《郑振铎全集》,第3卷,石家庄:花山文艺出版社,1998年,第438页。

② 易竹贤:《胡适传》,武汉:湖北人民出版社,2005年,第175～176页。

这篇文章是胡适及其同人关于"整理国故"的系统阐述与理论张扬。

这种"整理国故"的主张,表面上仍以考证为主要手段,与前人的朴学考据别无二致,但在研究心态、思路和视野上已经发生了革命性的变化,"是中国学术由传统转入现代的重要标志"。

在一向以考证之学为正统学问的中国学术界,这样的声音亦为转型中的学者们指明了努力的方向。刘文典便是其中之一。

"急于要挂块招牌"

显然,胡适关于"整理国故"的许多主张,让正处于学术起步期的刘文典豁然开朗。大约从1919年开始,刘文典将治学主攻方向转为古籍校勘,并一直坚守至生命的最后时光。

这是刘文典经过慎重考虑作出的决定。尽管二十来岁就进了北大,当上了预科教授,并且一直以新派人物自居,但在很多大儒名家的眼里,刘文典最大的本事只不过是讲讲语体文、翻译些文章罢了,"我之做过校勘的工夫,素来无人晓得"。

据刘文典的学生吴进仁说,让刘文典决意从事古籍校勘的一个重要原因,是他想尽快在北大新旧两派人物面前证明自己。刘文典对于"北大怪杰"辜鸿铭的嘲弄一直记忆犹新:辜鸿铭虽学贯中西,但是个有名的守旧派,一向瞧不起像刘文典这样的年轻教员,经常在北大校园里与新派打嘴仗。有一次,他遇到刘文典,随口问道:"你教什么课啊?"刘文典客客气气地回答:"汉魏六朝文。"辜鸿铭听了冷笑一声,满脸鄙夷地说:"我都教不了,你能教好?"

辜鸿铭的鄙夷,无疑撞击着刘文典年轻的自尊心。在高手如云的北大校园里,即便是"暴得大名"的胡适亦不敢掉以轻心,将大部分时间用于撰写《中国哲学史大纲》上卷,"使胡适在提倡白话文而赢得社会上的名声后,又在专业的学术领域内建立起一个稳固的地位"。[①] 在大学是靠学问说话,初

---

① 陈以爱:《中国现代学术研究机构的兴起:以北大研究所国学门为中心的探讨》,南昌:江西教育出版社,2002年,第27页。

来乍到的刘文典失去了陈独秀的"庇护","急于要挂块招牌",是一种压力的缓解,更是一种现实的需要。

刘文典内心逐渐滋生出的"怀才不遇"的情绪,更坚定了他"尽快出名"的信念。1921年11月,在给胡适的一封信里,刘文典尽情倾诉着这种郁积的愤懑:"典在北大里,也算是背时极了,不如典的,来在典后两年的,都是最高级俸;照章程上的规定的,授课时间之多少、教授的成绩、著述及发明、在社会上声望等四个条件,除末一条外,前三条似乎都不比那班先生差多少,然而整整五年,总是最低的俸。钱的多寡原不算甚么,面子上却令人有些难堪,所以典实在不想干了,只要别处有饭可啖,这个受罪而又背时的Professor(教授),典弃之无异敝屣。"

要证明自己,就要拿出"硬功夫"。刘文典虽精于翻译,但在大学里,翻译算不得什么精深学问,要想树立招牌,只能另辟蹊径。四方环顾,刘文典决定"从有代表性的文献着手,沉下去,认认真真地校好一部书,再校与此书有关联的若干部书,从而上下联贯,左右横通"①。经过比较,他选定秦、汉诸子作为校勘研究的主攻方向,而且一出手就是"比较难弄"的《淮南子》。

刘文典的这一学术思路显然受到了胡适"整理国故"主张的影响。从胡适的日记里可以发现,自1917年相识以后,两人在学术方面亦时有互动。1923年,胡适牵头拟订"整理国故计划",初步定的人选中便有刘文典的大名。随后,胡适还将刘文典计划整理的《淮南子》列为"北大国故丛书"第一种,并承诺亲自为其作序,可见其重视程度。

《淮南子》,又名《淮南鸿烈》,是西汉初年淮南王刘安集合门客编撰的一部百科全书式的巨著。最早对《淮南子》作注的是被称为"五经无双"的东汉著名文字学家许慎,后又经东汉另一经学大家高诱注解,流传至今。魏晋以后,经学兴盛,诸子学再度零落。到了清代,考据之风大兴,诸子学重绽风采。王念孙、孙诒让、俞樾、王引之、顾炎武、陶方琦等学者都先后从文字、音

---

① 诸伟奇:《古籍整理研究丛稿》,合肥:黄山书社,2008年,第203页。

韵、训诂、校勘等角度整理此书,但正如胡适所说,"然诸家所记,多散见杂记中,学者罕得遍读;其有单行之本,亦皆仅举断句,不载全文,殊不便于初学",客观上需要作一次全面而系统的梳理。

当时,最流行的《淮南子》注本是清乾隆年间江苏武进学者庄逵吉校订的通行本。梁启超曾评价此本"唯一之善本,盖百余年",但此本亦存在底本不明、改易古书、校语简略、牵强附会、引书不严等缺憾,向来毁誉参半、褒贬皆有。刘文典于是决定以庄本为祖本,汇总清代以来关于《淮南子》的校释文字,并将其命名为《淮南鸿烈集解》。

在后来所写的自序中,刘文典大略阐述了校勘此书的初衷与用意:

> 予少好校书,长而弥笃,讲诵多暇,有怀综缉,聊以锥指,增演前修。采拓清代先儒注语,构会甄实,取其要指,豫是有益,并皆钞内。其有穿凿形声,竞逐新异,乱真越理,以是为非,随文纠正,用袪疑惑。若乃务出游辞,苟为泛说,徒滋芜滥,只增烦冗,今之所集,又以忽诸。管窥所及,时见微意,粗有发明,亦附其末。虽往滞前疑未尽通解,而正讹茞佚,必有凭依,一循涂轨,未详则阙。名为《集解》,合二十一卷,庶世之君子或禅观览焉。

从一开始,刘文典就意识到"整理国故"要拓宽视野,不能再像过去那样一味考证,而要在综合各种版本的基础上进行"集解","注意从书的意旨、内容、写法的分析,从文意、文法、字词的比较中去判定是非优劣"。刘文典本来就是个"版本癖",在市面上遇到古籍的好版本,总是不惜重金购买。1935年,他在给安徽省立图书馆馆长陈东原写信时提到:"弟在北平近二十年,所得脩金,半以购书,虽无力收藏珍贵刊本,然性好校勘考订,所校古籍颇多,惟恨学力太浅,于经史绝少订正。仅致力于《选》学、诸子与集部耳。"当时刘文典经济并不宽裕,校勘《淮南子》之初,既要购买体现前人梳理校注水平的各种善本,又要购买保存了大量散佚残缺文件的类书,还要雇人抄写,实在花费不小,"曾经和梦麟先生商量,在学校里借了两回钱,一次二百,一次四百",这相当于他三个月的薪水,但他却乐此不疲,无怨无悔。

第二章 北大十年

由于自幼就受到国学大师刘师培、章太炎严格的学术训练,刘文典对于校勘之学的严谨态度十分看重,没有充分证据,绝不敢轻易下结论。他平时在课程上常跟学生说,"每部古籍,都有一个传抄、刊印的过程,长的几千年,短的数十年,错误实在难于避免。托名伪作的、篡改古籍的不乏其人。看不出问题,真伪不分,曲为解说,就要谬种流传,贻笑大方。搞校勘,须精通文字、声韵、训诂之学,要有广博的文化、历史、名物制度的知识,版本、目录之学也得认真研究"。①

校勘《淮南子》,免不了要查阅《道藏》典籍。《道藏》是道教经典、论述、符箓、科仪、法术和文献(包括山志、纪传、图谱等)的总汇,凡是与道教有关的,都有可能被收入。庄逵吉校注的本子就是以前人整理过的《道藏》本为底本。关于《淮南子》的版本,王念孙曾说过:"余未得见宋本,所见诸本中,唯《道藏》本为优。"刘文典打听到,北京最大的道教庙宇——白云观里珍藏有明朝正统年间刊印的一部《道藏》,共 5350 卷,是研究道教的珍贵文献。于是,他通过朋友的帮忙,住进了白云观。

校书的日子是单调、清苦的。刘文典一向主张,校勘古籍不可凭孤证下结论,两证可以立议,三证方可定论。在一封给胡适的信中,刘文典吐露了自己点校《淮南子》的真实心情:"弟目睹刘绩、庄逵吉辈被王念孙父子骂得太苦,心里十分恐惧,生怕脱去一字,后人说我是妄删;多出一字,后人说我是妄增;错了一字,后人说我是妄改,不说手民弄错而说我之不学,所以非自校不能放心,将来身后虚名,全系于今日之校对也。"

正因为抱着这种态度,刘文典在白云观一待就是几个月,足不出户,潜心翻检《道藏》中的"惊喜",经常是茶饭不思、寝食难安,以致得了很重的神经衰弱症,养息了半年才渐渐好转。据说,在白云观期间,由于日子实在太清苦,有一次刘文典忍不住,趁着道士们不注意,偷吃了点荤腥,结果被"逮"住了,闹了个大红脸。

---

① 王彦铭:《刘文典先生的一堂课》,载《云南师范大学学报》,1984 年第 3 期。

这可能只是个文人间的笑谈,但却折射出刘文典"坐得板凳十年冷,不写文章一句空"的严谨治学态度。

胡适版"明星制造"

高举"整理国故"大旗的胡适,一直默默支持着刘文典的努力。事实证明,没有胡适,就没有刘文典的一举成名。换句话说,如果没有胡适不遗余力的支持,刘文典即便最终能够在学术界"扬名立万",恐怕也得延迟几年甚至十几年。

如前所述,两人相识很早,1917年9月12日蔡元培宴请到校任教的胡适,刘文典即在座。但刘文典最早出现在胡适的日记里,是1919年12月15日:"晚上九时,作叔雅信。"信函具体内容,已不得而知,而耐人寻味的是,在台北"中央研究院"胡适纪念馆的现存档案里,与刘文典有关的共有75件,其中大部分都与《淮南鸿烈集解》的校勘出版有关,且多是刘文典写给胡适的信函,让他帮助与出版商洽谈版税问题,讨价还价,不厌其烦。

有了这层渊源,刘文典写出《淮南鸿烈集解》后,胡适是当然的第一读者。1921年9月21日,刚刚完成《淮南鸿烈集解》初稿不久,刘文典就写信给胡适,"为告编讫《淮南鸿烈集解》事,并述七项优点,请指正",并"另询可由商务印书馆代为出版否"?

三天后,刘文典携新著拜访胡适。在当天的日记里,胡适写道:"刘叔雅(文典)近来费了一年多的工夫,把《淮南子》整理了一遍,做成《淮南鸿烈集解》一部大书。今天他带来给我看,我略翻几处,即知他确然费了一番很严密的工夫。……他用的方法极精密——几乎有机械的谨严——故能逼榨出许多前人不能见到的新发现。"胡适当即决定将此书列入"北大国故丛刊"的第一种。

对于刘文典,一向惜才的胡适不吝笔墨地夸赞道:"叔雅,合肥人,天资甚高,作旧体文及白话文皆可诵。北大国文部能拿起笔来作文的人甚少,以我所知,只有叔雅与玄同两人罢了。叔雅性最懒,不意他竟能发愤下此死工夫,作此一部可以不朽之作!"

正是在这一天,胡适向好友、商务印书馆监理张元济(号菊生)推荐了刘文典的这部书稿。据当天张元济日记:

> 在胡适之处,见其友刘君辑成《淮南子》集注佚文稿本,将各家注本汇辑成编,甚便读者。适之云,将列入大学丛书。询知名文典,安徽合肥人,自言尚拟辑《史通》《文心雕龙》二书。

尽管在校勘《淮南子》之前刘文典就已翻译出版过《进化与人生》《生命之不可思议》等书,但他毕竟只是个"新人",学术界、出版界对于他的名字还是相当陌生的。因而从一开始,胡适就充当了刘文典的"出版经纪人",全权代表着刘文典与商务印书馆进行谈判、洽商。刘文典多次在给胡适的信中说,"《淮南子》事,既然你这样说,典无有不依"。

1921年10月16日,刘文典因为校勘《淮南子》购买类书、雇人抄写等用途找学校借了600元钱,到了快要偿还的时候了,可他的书还未正式出版,兜里没有分文。本来想请校方暂缓,但因无先例,蔡元培回话说:"校款须在薪金中扣除,惟可情商务书馆代垫若干。"

万般无奈之下,刘文典只好给胡适写信,请他帮忙跟商务印书馆交涉:"两三个月薪水一扣,典年内就无以为生了。典想拙作将来销路总不会十分错的,借重你的面子,和张菊生先生商量,垫几百元,总该可望办到,拙作比起平常的书来,费的心血也多些,将来定价也要贵些,并且价值比较的永远些,无论多少年后都可以有销路,究非那些风行'一时'的书可比,先垫一笔款,早迟准可以捞得回来的。典想只要请你和张菊生先生一说,典目下这个围就可以解了。你对于典的事素来肯帮忙,这件事必定可以答应我的。"刘文典熟谙胡适的为人,这个忙他是一定会帮的,于是又不忘叮嘱一句:"至于数目总得要六百元以上才行,如果他肯买版权,我也情愿'连根杜卖',请你和他谈谈看。"

果然不出所料,胡适接到刘文典的来信后,当即应允出面解决此事,这让刘文典内心十分感动:"幸亏你肯极力代我设法,要是不然,典就算是费一两年的光阴、力气,挣得一身臭债,没有半年几个月不得翻身。"

可是,商务印书馆愿意接受《淮南鸿烈集解》书稿,很大程度上是看在胡适的推介上,对于销路,却没有信心,虞其不广,担心这部书是"考证",嫌其过于专门。在胡适的努力斡旋下,商务印书馆终于同意先行垫款六百元,并委托胡适将支票代交给刘文典。书稿亦委托胡适代收并审读,"如能印行,乞径交京华书局排印,送交刘先生校对"。①

这与刘文典的"心理价位"是有一定差距的。刚好胡适手头有本日文版的《印度思想史》,于是他又给刘文典出了个主意:将此书翻译出来,与《淮南鸿烈集解》一起作价卖给商务印书馆。刘文典自是愿意,但他"因此又起了一个奢望,看起来好像近于'无餍之求',其实和原议相差也不远。就是《淮南子》的垫款六百,加上《印度思想史》的二百,共计有八百元,如果能添二百,就可以凑成一千整数","因为此书成本既颇不少,劳力时光也很费了一些,总想于总数之外略弄几文,添置点衣服也好"。

只是这个想法似乎没有得到商务印书馆的认可。刘文典心有抱怨,却又极度无奈,只好函复胡适,勉强同意商务印书馆的出价:"争不着也只好卖给他,典的状况无异是'秦琼卖马''赵五娘卖头发'一般,但求早点把这笔生意做成,早点安心而已。"②

版税和垫款的事情大略谈定后,商务印书馆因需办理种种手续,迟迟没有寄出垫款的支票,而此时刘文典的经济状况已经到了"水尽山穷"的地步,"除身上所穿衣服外,所有的东西尽入质库。房东下令逐客,煤米都尽,凄惨之情,笔难尽述",窘迫不堪,心情灰暗,在给胡适的信里大发牢骚:"请你飞函给张老板,只当积点功德,把那五百圆,从速寄来,救弟一命,随他甚么条件,都可答应,就是一百元永卖版权,都不要紧。他们资本家哪里不花钱,就

---

① 高梦旦致胡适函,台北"中央研究院"胡适纪念馆"胡适档案",馆藏号 HS-JDSHSC-1609-003。

② 刘文典致胡适函(残件),台北"中央研究院"胡适纪念馆"胡适档案",馆藏号 HS-JDSHSC-0921-007。

算他施舍给典的罢。典到今日才真知道,这个世界上钱的难处,才真知道现在社会上经济制度之好,才真尝着没钱的滋味。唉!写到这里,心里酸起来了,唉!罢!罢!!罢!!!'人生到此,天道宁论',再说也没的说了。"

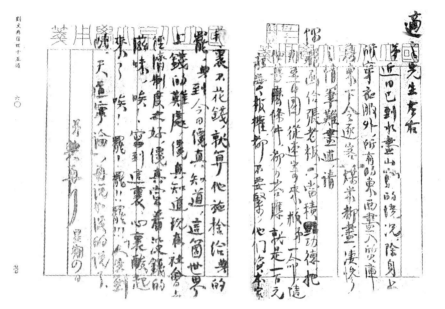

图 2-1　刘文典写信请胡适帮谈稿酬支付事

(图片来源:《胡适遗稿及秘藏书信》)

胡适得知情形后,惺惺相惜,立即写信与商务印书馆交涉,催促对方抓紧由银行电汇 500 元垫款帮刘文典纾解燃眉之急。当年 12 月初,刘文典收到了商务印书馆预支的版税支票。

到了后来,刘文典家有急事,"非五十元以上不能解围",而当时北大方面也一直未能如期发放薪水,于是提出请商务印书馆北京分馆提前预支 50 元版税。但按照之前的契约约定,由于刘文典未能及时将《淮南鸿烈集解》最后几章校完,负责此事的郑禹不肯通融,甚至在电话里"报以恶声",令刘文典大为恼火。但生气归生气,要解决问题还是只能请胡适出面斡旋:"弟之经济状况已濒绝境,务请你即刻替弟和他交涉一下(打一个电话即成了),我向他开口,实在有些不好,请你援救我一下罢。"

对于刘文典的各种请求,胡适几乎来者不拒,事无巨细,件件尽心尽责办妥。而除了充当刘文典的"出版经纪人"与商务印书馆周旋外,胡适还"逢人说项",四处夸赞刘文典的校勘功夫,并将他已经校勘好的《淮南子》部分篇章,送给北大校长蔡元培阅览,消弭刘文典"不出名"的尴尬。

为了帮助刘文典提升知名度,胡适更是破天荒地应允用文言文为《淮南鸿烈集解》写序。1923年2月2日,就在此书即将付印之际,刘文典又向胡适提出了一个有点唐突的请求:"拙著《淮南子集解》已经全部完成,许多学生们都急于要想看看,盼望早一天出版。现在就因为等你那篇序,不能付印,总要请你从速才好。至于文体,似乎以文言为宜,古色古香的书上,配上一篇白话的序,好比是身上穿了深衣,头上戴着西式帽子似的。典想平易的文言和白话也差不多啊,如果你一定不肯做文言,也只得就是白话罢。"

胡适是白话文运动的倡导者,已经很久不用文言文写文章了。刘文典的这个要求,未免有点强人所难。但胡适毕竟是胡适,竟然答应了,还洋洋洒洒写了几千字,为《淮南鸿烈集解》擎旗开路。

细读这篇序言,可以发现胡适的良苦用心:这绝不是一篇随便敷衍的"客套文章",而更像是一篇气势磅礴、论证缜密的学术论文。胡适将刘文典的这本书视为"整理国故"的代表性著作,在开头便称"吾友刘叔雅教授新著《淮南鸿烈集解》,乃吾所谓总账式之国故整理也",并高度评价道:

> 叔雅治此书,最精严有法,吾知之稍审,请略言之。唐、宋类书征引淮南王书最多,而向来校注诸家搜集多未备;陶方琦用力最勤矣,而遗漏尚多。叔雅初从事此书,遍取《(北堂)书钞》《(群书)治要》《(太平)御览》及《文选注》诸书,凡引及《淮南》原文或许(慎)、高(诱)旧注者,一字一句,皆采辑无遗。辑成之后,则熟读之,皆使成诵;然后其原书,一一注出其所自出;然后比较其文字之同异:其无异文者,则舍之;其文异者,或订其得失,或存而不论;其可推知为许慎注者,则明言之;其疑不能明者,亦存之以俟考。计《御览》一书,已逾千条;《文选注》中,亦五六百条。其功力之坚苦如此,宜其成就独多也。

胡适对刘文典《淮南鸿烈集解》的推重,不遗余力,细致周到。1923年3月,正值学术界"开书目热",胡适应《清华周刊》胡敦元等人的邀请开出了《一个最低限度的国学书目》,在"思想史"部分就毫不犹豫地将尚在印刷之中的《淮南鸿烈集解》写了进去,并且"加圈"重点推荐。

后来,在写作《中国思想史长编》时,胡适再次不吝笔墨地夸赞了刘文典这本书:"近年刘文典的《淮南鸿烈集解》(商务印书馆排印本),收罗清代学者的校著最完备,为最方便适用的本子。"

伴随着《淮南鸿烈集解》的出版,刘文典声名大振,一举成名。

"我的名可以流传五百年"

在胡适看来,刘文典《淮南鸿烈集解》的价值,"读者自能辨其用力之久而勤与其方法之严而慎",足以在学术界博得相当声名。

可以看出,对于刘文典"集解"《淮南子》的"精严有法",胡适的赞赏是由衷的:"凡其所自得有与前人合者,皆归功于前人;其有足为诸家佐证,或匡纠其过误者,则先举诸家而以己所得新佐证附焉。至其所自立说,则仅列其证据充足、无可复疑者。往往有新义,卒以佐证不备而终弃之,友朋或争之,叔雅终不愿也。"

《淮南鸿烈集解》的确有过人之处,大胆借鉴了西方学术研究的方法和框架,从以传统的考据学为主转向以考据与义理并重。在校勘过程中,特别注重对证据的收集,近800条注语中有一大半都是对各类古籍的引用,共计40余种。同时,注重从上下文义、相类句式、相关内容以及篇章结构上审慎分析,从文意、文法、字词的比较中定是非,既承续乾嘉学派"实事求是""无征不信"的治学精神,又践行"中西沟通"的学术新范。①

在刘文典的精心整理下,《淮南鸿烈集解》博采庄逵吉、王念孙、陶方琦、俞樾等众家校注《淮南子》之长,综合宋本、刘绩本、《道藏》本、庄逵吉本、俗

---

① 王丽:《刘文典〈淮南鸿烈集解〉研究》,南昌大学硕士研究生学位论文,2010年11月。

本等之优劣,重内证,辨真伪,第一次全面而系统地对《淮南子》作了校勘与评述,成为近现代学术史上《淮南子》研究的代表性作品。

这本集大成之作甫一问世,便受到学术界的普遍关注。学术界泰斗梁启超曾明确表态"不赞成"胡适为清华学生所开的国学书目,但在他自己重新开列的《国学入门书要目及其读法》中,竟然也英雄所见略同地推介了刘文典的这本新书:"《淮南子》,此为秦汉间道家言荟萃之书,宜稍精读,注释书闻有刘文典《淮南鸿烈集解》颇好。"

在1923年写成的《中国近三百年学术史》中,梁启超再次提到了这本书:"最近则刘叔雅(文典)著《淮南鸿烈集解》二十一卷(民国十年刻成),博采先辈之说(刘端临、陈观楼、胡荄甫之书皆未见征引),参以己所心得,又从《御览》《选注》等书采辑佚文佚注甚备,价值足与王氏《荀子集解》相埒。"以梁启超、胡适等人的学术地位,能作出如此高的评价,无疑让刘文典在古籍校勘领域迅速"声名鹊起"。

刘文典本人对于这本"成名作"似乎也非常满意。刘平章说,父亲刘文典生前跟他聊起此书,很是自豪:"我的名呢,就是在校勘学方面可以留名五百年,五百年之内可能没有人超过我。"

这句话看起来很狂傲,其实是出于一种学术自信,恰如当代著名学者钱理群先生所言:"刘文典的'狂'却是真的。所谓'狂'无非是把自己这门学科看成'天下第一',自己在学科中的地位看得很重:我不在,这门学科就没了!这种'舍我其谁'的狂傲、气概,其实是显示了学术的使命感、责任感、自觉的学术承担意识的。"

《淮南鸿烈集解》出版后,10年间曾三度重印,享誉学林。但是,刘文典并未因此而停歇,还在继续完善,在平常的读书教学过程中,凡有了新的思考,遇到与《淮南子》有关的新材料,总要记录下来。这些成果在他后来的著作《三余札记》《群书斠补》《宣南杂志》等之中均有所体现。1948年春天,任教于云南大学的刘文典,趁着课余闲暇,又用红笔将整部《淮南鸿烈集解》重新点校了一遍,留下20余则眉批文字。这都是新的校勘成果。他为《淮南鸿烈集解》的传世殚精竭虑。

刘文典的《淮南鸿烈集解》开了民国时期《淮南子》研究的先河。在刘文典之后,刘家立《淮南集证》、吴承仕《淮南旧注校理》、杨树达《淮南子证闻》、于省吾《淮南子新证》、胡怀琛《〈淮南鸿烈集解〉补正》等纷纷问世,一时蔚为大观。颇为有趣的是,这中间有不少都是出于对《淮南鸿烈集解》进行匡正的目的而完成的。

最早提出不同意见的是著名语言文字学家杨树达。杨树达,湖南人,字遇夫,号积微,精通文字、训诂、金石、考据,曾在北京高等农业专门学校、北京高等师范学校等处任教。在《淮南鸿烈集解》印出不久,杨树达就看到了这本书,很快写出了《读刘文典君〈淮南鸿烈集解〉》长义,于1924年1月6日在《北京师大周刊》上进行连载,直言不讳地对刘文典的校勘提出六点批评:一是所据本之失择,庄非佳刻,不如《藏》本;二是本文之失校,间有遗脱者;三是高注之失校,于前人讹误未细加勘校;四是成说之失勘与失引;五是体裁之失,其一为隔断注文,其二为引成说前后倒置,其三为交代不清;六是标题之失。当然,整体上看,杨树达还是肯定《淮南鸿烈集解》"为最善之本"。

十几天后,学界在安徽会馆举行戴震诞辰200周年纪念会,杨树达应邀到会,与胡适还有一番辩论:"梁任公师、胡适之、钱玄同、沈兼士、朱逖先皆有演说。余初坐东厢听讲,适之见余,邀往演台,并于彼之作序赞刘叔雅《淮南》书有所辩解,盖见余评刘文字也。"①这也从另外一个角度说明,胡适对于刘文典的提携呵护,完全出自真心。

《淮南鸿烈集解》出版之后,章太炎门人、时在北京高等师范学校任教的安徽歙县人吴承仕也两度致函胡适,对刘文典是否参考《道藏》本提出疑问:"刘文典《淮南集解》大致与庄本同,亦有异处,是否一依《道藏》本?前闻钱玄同说,刘至白云观校《道藏》未卒业而归,此说不知确否?"②

---

① 杨树达:《积微翁回忆录》,北京:北京大学出版社,2007年,第14页。
② 吴承仕致胡适函,台北"中央研究院"胡适纪念馆"胡适档案",馆藏号 HS-JDSHSC-1341-009。

刘文典传

1924年冬,吴承仕仔细比对刘文典《淮南鸿烈集解》与庄逵吉本、《道藏》本的异同,整理出版3卷本《淮南旧注校理》,对《淮南鸿烈集解》的疏失,多所发正:"今观刘氏《集解》,于注文沿误,显白可知者,多未发正。颇以暇日,从事校雠。寻庄逵吉刊本,自谓依据《道藏》,昔人已讥其妄有删易,未足保信。庄本既世所行用,《集解》又因而不革,惧其贻误后学,故今一依庄本,而以异本勘之。"

刘文典虽然为人狂傲,但内心对于这些批评的声音,却不以为忤,甚至会"日思误书,便是一适",确实错了的,便改过来。1946年,杨树达写成《淮南子证闻》,即将付印,看到刘文典后来刊印的《三余札记》,"内有《淮南子校补》若干则,乃刘君补订其所著《集解》者,中有与余说相同者凡十一事",可见胡适说刘文典在治学态度上"严而慎",并不为过。

《淮南鸿烈集解》成为之后诸多《淮南子》研究著作的底本或参考本。如20世纪20年代沈雁冰就以之为底本,编选《淮南子选注》,选文8篇,分段附注。1944年,中法汉学研究所编印《淮南子通检》,仍以《淮南鸿烈集解》为参考,择其精要,编入书内。

据最新发现的一通"财政经济出版社(中华书局)哲学文学组"致云南大学党委负责同志的公函显示,刘文典生前曾有意重新校订出版《淮南鸿烈集解》,但未能如愿。此函寄发日期为1958年10月27日,其中写道:

> 你校已过教师刘文典先生在二年前曾跟古籍出版社接洽好,把他过去所著的《淮南鸿烈集解》修补增订,交我们重印。现古籍出版社已并入中华书局,并作为国家出版古籍的专业机构,因此特跟你们联系,请问刘先生此稿是否已经完成,如已完成,或接近完成,能否代为检出寄给我们,以便整理出版。

此时,刘文典已逝世3个多月了。不过,正如他生前所料,《淮南鸿烈集解》一直深受学界推重。1989年5月,中华书局将《淮南鸿烈集解》纳入"新编诸子集成"丛书出版,不断重印。1998年8月,云南大学中文系张文勋教授以中华书局版为参考,结合刘文典自订稿本,增补再版《淮南鸿烈集解》,

"使这本书成为更完善的本子"。

一本书,一个人,就以这样的方式,璀璨于20世纪的学术星河,其闪烁的光芒仍十分耀眼。

"我的朋友胡适之"

胡适成名早,学问好,人脉广,与社会各界互动频繁。"我的朋友胡适之",几乎成为二十世纪二三十年代文化人的一种身份标签。

在刘文典的学术人脉谱系中,胡适亦是至关重要的一个坐标点。可以说,刘文典每遇到一个生活上的重大麻烦、每作出一个学术上的重大决定,一般都会寻求胡适的援助或意见。而胡适往往也会给予中肯的建议、热心的帮忙,并一而再、再而三地充当刘文典与出版界、学术界沟通的"经纪人"。这也难怪后来刘文典这样评价胡适在他心目中的地位:"你是弟所最敬爱的朋友,弟的学业上深深受你的益处。近年薄有虚名,也全是出于你的'说项',拙作的出版,更是你极力帮忙、极力奖进的结果。"

刘文典曾一度想跟在胡适后面从事"名学钩沉"研究。名学,即逻辑学。刘文典认为,中国的名家学说并不在希腊逻辑学、印度因明学之下,只因汉代独尊儒术而遭冷落,最有名的莫过于公孙龙、邓析、尹文、惠施。《尹文子》已有校录,《邓析子》又没啥意思,刘文典最感兴趣的是惠施和公孙龙。为了校勘《公孙龙子》的事,他还一再寻求钱玄同和刘师培的帮助,亦想趁胡适得闲的时候,好好商量商量。后来此事没做成,但与胡适的学术交往却得以持续。

胡适"但开风气不为师"的学术气质,在很大程度上影响着刘文典的治学判断。完成《淮南鸿烈集解》之后,刘文典本来想着手校勘《吕氏春秋》,但考虑到此书已经有人粗略校过,缺乏开创性价值,"与其校他,不如校那未经人校而又最值得、最急需的《论衡》"。刘文典认为,汉代诸子,除了《淮南子》之外就数《论衡》了。

《论衡》一书为东汉王充所作,大约作成于汉章帝元和三年(86年),是一部对掺入了神秘主义和谶纬学说的儒术进行批判的著作。此前,章门弟子、

刘文典传

刘文典的北大同事朱蓬仙曾校过一些,但未及完毕,便英年早逝,刘文典颇觉可惜,因此很想"把这个重担子挑起"。《论衡》以通津草堂版本较好,于是刘文典便写信向胡适借阅收有这部书的《四部丛刊》。

胡适素来看重王充的《论衡》,自然支持刘文典的想法。可当刘文典做完了整部《论衡》的校勘工作之后,商务印书馆的回应有些迟疑,似乎对这本书的市场不太乐观。无奈之下,刘文典只得再度请"老大哥"胡适出马。

此时,胡适刚由杭州烟霞洞休养归来,借宿京西八大处秘魔崖证果寺外,深居简出,但还是抽暇给商务印书馆出版部部长高梦旦写信,洽商刘文典著作出版事宜。1923年12月20日,高梦旦函复胡适:

适之先生大鉴:

得叔雅先生来书,大意言所注《论衡》稿费可以比《淮南》少一二百元,并允校对不取酬金。查《淮南》正文较少而注家较多,《论衡》反是,或者劳力可稍减少,如在八百元以内,即请尊处代为决定。再,原稿先生想已见过,如果完全,即可定议,否则稍缓为荷。

敬讯

起居

高梦旦

十二年十二月二十日①

此信本为铅字誊抄稿,但高梦旦在签名时,又用毛笔附注了一句:"此信勿示叔雅。"双方都将充分信任交给了胡适,相信他会执中办理。但刘文典开始因是急于将书稿出手,于是"答应减少一两百元"将之交给商务印书馆出版。可很快他又颇觉不甘,于是便在一封给胡适的信里倾吐了内心真实的想法:"弟还有一件事,不敢不对你直说,就是前回不厂所说的,弟好些东西不肯放进去,这话不的确的,弟并非胆小,实在是嫌定价少了,凡是费力考

---

① 高梦旦致胡适函,台北"中央研究院"胡适纪念馆"胡适档案",馆藏号 HS-JDSHSC-1609-010。

出来的,都想留着做我的《读书杂志》,价出足了,弟的胆子就会大的,一笑。"

这封信写在一张明信片上,刘文典借用好友、北大教授单不厂的话,半开玩笑半认真地"暗示"胡适要跟商务印书馆讨价还价。明信片发出后很长一段时间,胡适都没有回音,有点异常。以往,胡适总是每信必及时回复,没有回信,也会有电话。这一次的信却如泥牛入海。

后来,刘文典从一些朋友处间接听到一些风声,说胡适为书的事情,对刘文典颇生怨责之情。这让刘文典很是忐忑不安,心神难定,当即又给胡适写了一封信:"弟之对于你,只有敬爱和感谢,决不会有别的,听见说你怪我了,弟心里十分的难过。因为你如果怪我而绝我,是我学业上、精神上最大的损失。或者弟此外有开罪的地方,也是弟诸事不留神的结果,你的性情素来是不存芥蒂的,总都可以原宥的罢?"

听到传言之后,刘文典一直不敢直接上门去找胡适,生怕对方因为怪他而吃"闭门羹",更担心胡适会认为他"不成东西"而断绝来往。

事实证明,刘文典的担心纯粹是多余的。很多人之所以愿意将"我的朋友胡适之"挂在嘴边,最重要的原因就在于胡适拥有宽容高尚的道德人格。用著名历史学家唐德刚的话说,"胡适之有一种西方人所说的'磁性人格'(magnetic personality),这种性格实非我国文字里什么'平易近人''和蔼可亲'等形容词所能概括得了的。有这种秉赋的人,他在人类群居生活中所发生的社会作用,恍如物理界带有磁性物体所发生的磁场。它在社会上所发生引力的幅度之大小,端视其在社会中影响力之高低;影响力愈高,则幅度愈大"。

对于像刘文典这样的朋友,胡适既有肝胆相照的呵护之心,亦会直言不讳指出他们的缺憾。1924 年 1 月,写完清代学者戴震诞辰 200 周年的纪念文章后,胡适很快给刘文典写去了回信,敞开心扉,聊起了所谓怨责的事情:

> 你说的我怪你的事,当是传闻的瞎说,或者是你神经过敏,有所误会。我确有点怪你,但从不曾对一个人说过。我怪你的是你有一次在信片上说,你有许多材料,非有重价,不肯拿出来。我后

来曾婉辞劝你过，但我心里实在有点不好过：我觉得你以"书贾"待人，而以市侩自待，未免教我难堪。校一书而酬千金，在今日不为低价，在历史上则为创举；而你犹要玩一个把戏，留一部分为奇货。我在这种介绍上，只图救人之急，成人之名，丝毫不想及自身，并且还赔工夫写信作序，究竟所为何来？为的是要替国学家开一条生路，如是而已。

这封信目前只存草稿，似未写完，是否寄出，亦不得而知。但从目前保留的刘文典与胡适的大量书信分析，这个误会很快得到了化解。而刘文典更从此事上体会到胡适的苦心，他后来做《庄子》《荀子》《说苑》《吕氏春秋》《大唐西域记》等古籍的校勘与整理，以及进行国外生物学著作翻译工作，都认真征求过胡适的意见。遇到新发现或新问题，总是会第一时间写信给胡适，向他讨教，而胡适总是不厌其烦，尽力而为。

为了支持刘文典的研究工作，日常事务繁忙的胡适不仅曾为刘文典收藏的清代学者郝懿行、孙星衍的信札作精密考证（此考证手稿现藏于安徽省博物院），还曾专门寻访到一部珍贵的《文选笺证》送给刘文典参考。

胡适还经常接受刘文典的委托，替其家人、门生、好友找人看病、介绍工作、推荐出版事务等。1930年，刘夫人张秋华突然高烧不退，胡适知道后，立即给刘文典介绍了首善医院的方石珊院长。经过数次检验，诊断为"斑疹伤寒与肺炎并发"，于是对症下药，不出几日，张秋华转危为安。为此，刘文典特意致信胡适表达谢意："中国人多缺乏同情心，世故深者类皆怕受埋怨，不肯推荐医生，如梦麟先生要打中医救活蔡先生、与吾兄之推荐方石珊救活内子，皆仁者智者之勇，不但受者感激无既，此样菩萨心肠、英雄肝胆，真堪风世也。"感激鸣谢之情，溢于字里行间。

安徽大学筹备前后，准备派遣教员廖景初到京、沪、浙等地考察大学教育，当时主持筹备事宜的刘文典便亲自写信给胡适，希望他出面帮助廖景初联系协调参观事宜。20世纪40年代初，刘文典的学生陈福康想到美国留学，无奈战事爆发，外汇高涨，一下子拿不出留学的费用。这时候，刘文典偶然听说中国在美国青年领事馆有半工半读的机会,赶紧写信给担任驻美全权大使的胡适,恳请他出面帮助落实。

可以说,与胡适相识并成为朋友之后,刘文典几乎将他当成了生命中不可或缺的重要人物,事无巨细,有难必求。而胡适也很少推却,能帮忙的尽量帮忙,有时候甚至是主动提供帮助。

就刘文典而言,胡适这个朋友不仅仅能帮他解决各种困难、提供各种帮助,还能真正作为一个"畏友",敢于直言不讳指出刘文典学识的不足、为人的缺憾。彼此惺惺相惜,荣辱与共。

第五节 北大风波

"饭碗"风潮

刘文典之所以集中精力投入古籍校勘,一方面是急于在高手林立的北京学术界挂个招牌,另一方面则是出于生活窘迫的压力。而他本人又乐善好施,看到亲友遇到困难,即便再囊中羞涩,也要想办法接济一二。

其实刘文典初到北大时的薪俸并不低。学者陈明远曾在北京大学早期的历史档案里发现了一堆《中华民国某年北京大学教职员薪俸发放存根》散页,其中"大字第拾陆号"便是刘文典的薪俸单据,每月 200 元。北大教员的薪俸标准,依四项条件而定,即"授课时间之多少、教授的成绩、著述及发明、在社会上声望","教授分本科、预科二类,各分为六级,月薪级差皆为 20 银圆,本科教授自 280 至 180 银圆,预科教授自 240 至 140 银圆"。① 刘文典刚进北大时在预科任教,这个收入已经非常高了。当时在北大图书馆当助理员的毛泽东,后来多次谈到这一段生活,自称"工资不低",而他的薪俸是每月 8 元。

这个收入水平,大概相当于一个什么概念呢?陈明远有一段详尽的分析:

---

① 陈明远:《文化人的经济生活》,上海:文汇出版社,2005 年,第 95 页。

20世纪20年代初,北京生活便宜,一个小家庭的用费,每月大洋几十圆即可维持。如每月用100圆,便是很好的生活,可以租一所四合院的房子,约有房屋20余间,租金每月不过20多圆,每间房平均每月租金约大洋1圆。可以雇用一个厨子,一个男仆或女仆,一个人力车的车夫;每日饭菜钱在1圆以内,便可吃得很好。有的教授省吃俭用,节省出钱来购置几千圆一所的房屋居住,甚至有能自购几所房子以备出租者。

换句话说,当时刘文典的薪俸水平相当于今天的一个中层白领。而同时,刘文典还有一些稿费收入。据《新中国》第1卷第3号封二《本社特别启事》称:"本社投稿酬例兹改订为每千字三圆,长篇名著另议。"刘文典为其独家奉献的连载《生命论》《宇宙之谜》等译作,还有一些重磅文章,如《我的思想变迁史》《怎样叫做中西学术之沟通》等,按每个月连载一万字计算,这样每个月他至少又有三四十银圆的稿费进账。

这一时期的刘文典,在北大校园里过得优哉乐哉,喜欢扶贫济困,遇到别人经济困难,总是会慷慨解难。在《北京大学日刊》里,随处可见刘文典"仗义疏财"的记录:

1917年11月12日,北大教职员捐助天津水灾,刘文典捐两元;

1917年11月27日,北大教职员为航空学校失事学员白永魁募捐,刘文典捐一元;

1918年2月25日,胡适与郑阳和等人成立成美学会,捐助贫困学子,刘文典共捐助票洋四十元;

1919年5月2日,北大同人送李辛白先生封翁赙仪,刘文典出票两元;

1919年9月26日,因北大教授朱蓬仙"身后萧条",刘文典致送赙仪"现洋五元";

1920年10月15日,北大教职员、学生向北京地方服务团捐款,刘文典捐洋一元;

……

第二章 北大十年

只不过,形势在悄悄发生变化。据陈明远考证,"1912年至1919年之间,北京的物价还是比较稳定的。然而到了20年代,北京市生活费用不断上升,到1925年至1926年,上升了三分之一以上。这就是说,在1925年至1926年间北京市的银圆1圆,平均购买力只能相当于1912年的7角左右;或1901年银圆购买力的5角左右"。更要命的是,五四运动期间,北洋军阀政府肆意拖欠大学教授们的工资,北大教授们通常两三个月才能支取到半个月的薪俸,生活陷入严重的困境之中。

有欠薪,就有索薪,而且是有组织的索薪运动。领头人是时任北京中等以上学校教职员联合会主席马叙伦。1919年10月6日,马叙伦、刘文典、周作人、朱希祖、沈尹默、马寅初等人在《北京大学日刊》上联名刊发启事:"迳启者:同人拟于双十节举行本校教职员全体公宴,以申庆祝(时间地点再行决定),届时并有关于全体一二应商之事欲相讨论为荷。赞成即当筹备,否则请于七号以前,赐函本校庶务处。同人当从多数意见以为决定,此启。"启事中所提到的"一二应商之事",即索取薪俸之事。

10月10日,北京大学教职员全体公宴如期举行,大家一致推举康宝忠、马叙伦、马寅初、姚憾等人为代表,向教育部正式发起索薪运动。正如胡适后来在日记里所描述的:"北京学界闹的,确是饭碗风潮。此风潮起于八年十月十日国庆日。那时我在山西,到我回来时,教职员的代表——马叙伦——等已在进行了。"

胡适不太赞成采取罢课的方式索薪,但他一个人的反对显然无法解决成百上千教职员的"肚皮问题"。12月初,马叙伦等教职员联合会代表与教育部次长傅岳棻不断接触,洽商教师薪俸问题。通过采取罢课、联名辞职等途径,逼迫北洋政府不得不承诺陆续拨付专门以上各学校教职员薪俸。

在此过程中,刘文典始终站在马叙伦一边。1920年12月3日,因不断遭到造谣中伤,马叙伦致信北京大学教职员会总务会议主席姚憾,提出辞职。刘文典、蒋梦麟、周作人、王星拱、陶孟和等169名教授拍案而起,联名挽留马叙伦,为索薪运动保住了核心力量。

但不幸的事情还是发生了。

由于"中央政费艰窘万分",北洋政府一直无法及时正常支付北京各校教职员的薪俸。到了1921年初,教师们弹尽粮绝,食不果腹,已不信任政府的作为,觉得他们只会做点"装点门面"的表面文章,于是提出了"教育基金和教育经费独立"问题,立即得到各大高校的积极响应。

从3月14日起,马叙伦、姚憾、陈世章等三人前往国务院和总统府请愿,无功而返。无奈之下,北京八所国立高校教职员宣布罢教,与教育部的冲突一触即发。

6月3日,马叙伦率领八校教职员代表再度到新华门总统府门口请愿,不料却遭到了守卫士兵的殴打。据《晨报》报道:"本日各校同学千余人,复偕同马次长及各校校长、教职员冒雨续行到院请愿,自上午九时迄下午四时,始终拒绝不见。同人坚求放入,不意门前密布之军警,即用枪柄肆行殴打,并往来追击,当时血肉横飞,惨不忍观。北大校长蒋梦麟受伤不能行动,法专校长王家驹,北大教授马叙伦、沈士远,头破额裂,血流被体,生命危在旦夕。李大钊昏迷倒地,不省人事,此外受重伤者三十余人,轻伤者百余人。"①这就是震惊全国的"六三事件"。

对于北洋政府的暴行,刘文典与教育界同人一样,"愤恨之余,恨不能与万恶政府同时拼命于新华门前";"典自从民国六年到北京,'全武行'的戏已经看过好几出了。现在又是锣鼓喧阗,大有开台之势,虽说是'见惯不惊',总不免有些讨厌,况且生活上也很受影响,更令人觉得可恨。就是平时,一年要烤半年的火,只有夏天见得着青,再加上狂风和灰沙,也就够人受的。这样的地方,纵然是有钱可抓,都没有住头,何况是枵腹从公呢?"

这场风波虽然以教育部道歉收尾,但欠薪的现状并未有实质性改变,甚至愈演愈烈。

---

① 《挨打教职员学生之文告》,载《晨报》,1912年6月5日,第2版。

抗争教育部

1923年1月17日,因抗议教育总长候选人彭允彝克扣教育经费、肆意干扰司法,蔡元培提出辞职,旋即离校出国,由蒋梦麟代行校长职务。

蔡元培是全国学界的"领头羊",这一撂挑子可不得了,北京大学教职员会立即召开全体大会,一致要求留任蔡元培,并提出"挽蔡、驱彭、索欠"三大目标。全国许多高校的学生会、教职员会纷纷响应,形成一场更大规模的全国性教师维权行动。

1月19日,北京大学千余名学生请愿众议会,要求否决彭允彝之教育总长,结果被院警殴伤多人,学潮进一步扩大。这一天晚上,刘文典怀着极度的愤懑给"老大哥"胡适写信,谈论陶渊明的《闲情赋》之余,大吐胸中块垒:"典这两天眼看见人类十分堕落,心里万分难受,悲愤极了,坐在家里发呆,简直拣不出一句话来骂那班'总'字号和'议'字号的禽兽。所以才寻出这段话来和你笔谈,你不要笑我在这样暗无天日的时候,还有心情来讨论这种东西啊!"而这封信的时间落款,赫然写着:"国民代表打国民的那天晚上。"

可即便是在这样的情况下,在参议院选举中,彭允彝依然获得同意票,执掌教育部。出离愤怒的北京各学校教职员、学生们意识到,仅仅反对彭允彝是不够的,教育总长可以随时换人,但其背后的"官府"却始终存在,于是又提出了"抗议国会""教育独立"的主张。

冲突,在所难免。

1924年2月23日,教育部颁行《国立大学校条例》,由时任教育总长张国淦签发,共20条,附则3条,刊登于《政府公报》之上。这个条例"事先均无人闻知,既未征求学界之舆论,亦未咨询校长之意见",仓促制定公布,令各高校及教员均感不可思议,殊为愤慨。

刘文典进北大之前,全国的大学遵循的"规矩"是蔡元培任教育总长时颁定的《大学令》。这个《大学令》最大的价值就是要求"大学设评议会","由各科学长及各科教授组成,负责评议大学的一切重大问题"。

刘文典传

到了1917年9月,即蔡元培进入北大担任校长不久,北洋政府教育部又颁发第64号令,对之前的《大学令》作了一些修正,未作重大改动,在教育界倒也没有激起太大风浪。

此次颁行的条例令,争议最大的是第13条:

> 国立大学校得设董事会,审议学校进行计划及预算、决算暨其他重要事项,以左列人员组织之:
>
> (甲)例任董事　校长;
>
> (乙)部派董事　由教育总长就部员中指派者;
>
> (丙)聘任董事　由董事会推选呈请教育总长聘任者,第一届董事由教(育)总长直接聘任。
>
> 国立大学校董事会议决事项,应由校长呈请教育总长核准施行。

设立董事会制度,国外大学固有先例,但此种制度的存在,一般仅限于两种性质之大学,一为纯粹私立大学,一为公私合办大学。大学经费,或者完全由私人捐助,或者由公共团体与私人协济而来,设立董事会机关实有必要,美、英两国的大学多属于此两类。至于欧洲大陆的大学(尤其是法国大学)及日本的大学,均皆国立,并无董事会机关,校内一切事宜,"由校内教授所选举之机关处理",一二特殊事宜,则由国家教育行政主管部门处理。

如今北洋政府教育部要求国立大学设立董事会,道理再明白不过了——政府要直接插手大学事务。大学不能独立,就是死路一条。大学是政府办的,政府当然要投入,但不能因为政府给了钱,就可以对学校指手画脚。大学是倡导人格独立、精神自由的圣地,不能纵容政府的强力干涉,更不能将这种干涉当成一种待遇!

此时此刻,沉默不再是金。刘文典当然也不会沉默。

事实上,稍微有点独立风骨的大学教职员都不会就此低头,经过几天的酝酿与斟酌,北大近60名教授联合致函北大代理校长蒋梦麟,要求校方向教育部提出严正交涉,取消新条例令中的荒唐规定,"根本取消,大学幸甚":

> 今依教育部新颁之大学条例,第一届之董事,由教育总长直接聘任,以后董事由原有董事会推选,此种产生方法,实不知其命意之所在。夫国立学校之经费,政府应负筹措之责,无待于私人之捐助,纵令有待于私人之捐助,而历年以来,国立学校经费困难,乃众目共睹之事实,亦未见有私人解囊相助者,是吾国无有以捐款而具有董事资格者也。如此则教育部之所欲聘任及其所得聘任者,依吾人之揣度,不外于在野之官僚,或有力之政客。此等官僚政客,于学术上既无任何之专长,其对于校内一切情形,又皆隔阂不通,而不及校长及教员之清晰。今以之审议学校进行计划及预算决算暨其他重要事项(新颁之大学条例所规定者),而谓其有良好之结果,非大愚即诬妄耳。况彼等素以政治活动为生涯,其所以欲厕身于教育界者,非曾上台者以此为逋逃薮,即未上台者以此为制造场,一旦政治界中有活动之余地,又将弃其董事任务而他去。是徒以我辈历年累月,朝朝夕夕,口讲指画,胼手胝足之劳工,供其圆桌上偶尔的盲目的支配。吾辈何辜而受其颠倒谬误之统治乎!

这封信,如同大学门口的一块招牌,上书四个大字:政客莫入!签名的人几乎囊括了当时北大最有声望的教授,包括胡适、李大钊、沈兼士、周作人、钱玄同、马裕藻、刘文典、朱希祖、马衡、徐宝璜、王星拱等人。

接下来,便是等待。

事情的发展趋势早在意料之中,尽管北大方面表示出极大的愤慨与震怒,甚至几度上书,但教育部的官老爷们却假装没听见,依然我行我素。到了1925年3月,教育部再拟出一种大学条例,不但没有正本清源的改革举措,反而有变本加厉的错谬,继续强化政治对于高校的渗透。

北大教授震怒难平。在刘文典等人的一再呼吁下,北大以评议会的名义致函教育部,再请取消大学条例:"夫大学为研究学术之机关,教授为研究学术之专门人材,今必以研究学术者,听命于非研究学术者,而受其盲目的支配,于理为不可通,于情为不堪受。"①

这种情绪自然间接影响了政府的决策程序,一度引起立法部门的激烈辩论甚至争端。1929年7月,国民政府正式公布《大学组织法》《专科学校组织法》,其后教育部又先后公布《大学规程》《专科学校规程》等法规,宣布废止董事会制,"大学设校务会议,以全体教授、副教授所选出之代表若干人,及校长、各学院院长、各学系主任组织之",负责审议大学预算、各院系设立或废止、大课程等重要事项。

"教授治校",作为世界教育史上的宝贵经验,在中国开始了艰难而灿烂的盛开历程。

"驱赶"章士钊

1925年4月,重新掌握政权的中华民国临时执政段祺瑞发布命令:任命章士钊以司法总长职兼署教育总长。

段祺瑞是安徽合肥人,皖系军阀首领,在袁世凯时代就出任国务总理,后来在军阀之争中几上几下。1924年10月23日,直系将领冯玉祥突然发动北京政变,推翻"贿选总统"曹锟,与奉系达成妥协,共邀躲在天津当寓公的段祺瑞重新出山。

对于这位合肥老乡,刘文典向来没有好印象,用张中行的话说,"也许是贵远贱近吧,提到段祺瑞总有些不敬之语"。这种坏印象,可能就肇始于段祺瑞对章士钊的任命上。

本来段祺瑞想任命时任云南财政总长兼仕学馆副馆长王九龄为教育总长,但遭到北京学界一片反对。1925年3月14日,北京国立专门以上八校教职员会代表举行联席会议,"我们对于政客官僚出身之王九龄君,是始终反对的,尤其是在人格上的瑕疵,我们认为绝对不配作清洁高尚的教育最高长官,所以极盼王君自行引退,为教育界留一点余地"。北大教职员甚至表

---

① 《评议会致教育部函》,载《北京大学日刊》,第1615号,1925年1月15日。

示要奋斗到底,宁为玉碎,不为瓦全,最终迫使王九龄"请假"离职。

章士钊就是在这样的情势下接任教育总长的。或许时运不济,章士钊刚刚履新,未及实施整顿教育计划,就遇上了"五七风潮"和"女师大风潮"。这两大事件几乎成为他政治生涯的"滑铁卢"。

自袁世凯接受"二十一条"后,每年的5月7日,北京学界都要召开国耻纪念会,而这一年恰逢孙中山逝世不久,北京的学生计划在天安门召开追悼孙中山大会,并纪念国耻,游行演讲,但段祺瑞政府担心学生借机集会闹事,遂要求教育部发文,禁止学生开会,各校亦不得随意放假。学生们的愿望落空,便将怒火都撒在了章士钊身上,闯进章的住宅,一通乱砸。结果,18名学生被捕。

事情越闹越大。5月9日,北大等30余所学校的上万名学生举行请愿活动,要求罢免章士钊和警察总监朱深,释放被捕学生,抚恤受伤学生,允许人民有言论、结社自由。一番波折后,章士钊同意不再深究学生们的"意气冲动",释放被捕的学生,并提出辞职。

但经不住段祺瑞的再三挽劝,两个多月后,章士钊"卷土重来",再度出任教育总长。可这一次,他需要面对的是更为棘手的"女师大风潮"。其实在他辞职之前,女师大的风潮已是波澜起伏,风云四起,而"五七风潮"中北师大学生与校方的冲突愈加激烈,一发而不可收。

事情的大概经过是这样的:1924年11月,女师大3位学生在假期结束时因交通受阻未能及时返校,被校长杨荫榆勒令退学。女师大学生自治会要求杨收回成命,遭到拒绝,于是上书教育部要求撤换校长,发起"驱杨运动",但一直没有得到妥善解决。

1925年5月7日,女师大学生在学校礼堂举行国耻纪念会,杨荫榆冲上台要求主持会议,"拍案大骂,声震全堂",结果被轰下台。事后,杨荫榆决定开除蒲振英、刘和珍、许广平等6名学生自治会干部,开列七大"罪状":不守本分,违背校规,鼓动风潮,扰乱秩序,侮辱师长,败坏学风,怙恶不悛。双方剑拔弩张,冲突一触即发。

学生们自然不会善罢甘休,立即行动起来,派人把守学校大门,拒绝杨荫榆入内。在女师大兼课的鲁迅、马裕藻、沈尹默、钱玄同、周作人等教员公开发表《对于北京女子师范大学风潮宣言》,站到了学生一边。

章士钊重回教育部后,当务之急就是解决女师大风潮。对于学生封闭校门、驱逐校长的做法,章士钊颇觉不满,认为此种做法有违师生伦理,因此决定接受杨荫榆的建议,解散女师大"最不听话"的四个班。"8月1日清晨,数十名军警拥向女师大,学生们从睡梦醒来尚不知发生了什么事情。后来见杨荫榆带数名办事员到校,并贴出解散四班学生的布告,这才恍然大悟其来意不善。旋即由杨的手下人员,宣布学校决定停办四班并以武力严饬住校学生三十余人即刻离校移居到报子街补习学科暂住,听候处置办法。此时校中有学生四十余人,岿然不动,宣示:誓死不出校门,并与之讲理;来人理屈词穷,回去报告。杨等无计可施,并采取断水、断电、断炊等办法,企图以此逼走学生。"①8月6日,由于章士钊的一纸报告,段祺瑞执政府决定停办北京女子师范大学,并派人以武力接收女师大,再次与学生发生冲突,连拉带扯将30多名坚持不肯离校的女学生强行塞进汽车。

政府的野蛮与专横,激起了北京各大高校的愤怒与声援。"驱章运动"声势日渐高涨。

1925年8月18日,北京大学评议会发布《布告》:"兹将本会八月十八日决议案一件宣布如下:一、本校学生会因章士钊摧残一般教育,及女师大事,请本校宣布与教育部脱离关系事。议决:以本会名义宣布不承认章士钊为教育总长,拒绝接受章士钊签署之教育部文件。"

几天后,国立北京大学教员正式发出《反对章士钊的宣言》,全文如下:

> 章士钊思想陈腐,行为卑鄙,他作司法总长兼教育总长的第一着,就是接二连三的训令各校禁止学生开会纪念国耻。第二着就是提倡荒谬绝伦的复古运动,压迫新思想,抹杀时代精神,以固宠

---

① 白吉庵:《章士钊传》,北京:作家出版社,2004年,第213页。

而保禄位。

他被驱逐以后,还不晓得后悔,乘英日惨杀同胞、外交紧急的时候,竟自鬼鬼祟祟回了教育总长的任。真正脸厚已极。并且他对于禁止爱国运动的一切训令,任意抵赖,称为"黠者伪造"(见《甲寅周刊》)。教育部训令,曾经在各校悬挂,这岂是一句话就能掩饰过去的吗?就是一切"训令"真是"黠者伪造",那末,彼时他自己还做着司法总长,何以竟不能依法检举呢?

自从他卷土重来以后,藉整顿学风的名目,行摧残教育的计划。对于女师大风潮,不用公允的办法解决,竟用武装警察强迫解散该校,又用巡警老妈强迫拉出女生,直接压迫女师大,间接示威于教育界,并且可藉此压倒种种的爱国运动,达到他一网打尽的目的。

因为上列的缘故,所以我们今天要出来抵抗他,反对他为教育长官。

参加签名的共41人,依次为:王尚济、王仁辅、朱家骅、朱希祖、朱洪、李书华、李宗侗、李麟玉、李辛白、李煜瀛、吴文潞、沈士远、沈尹默、沈兼士、周树人、周作人、林损、马裕藻、马衡、徐炳昶、徐宝璜、翁之龙、陈大齐、陈君哲、陈倬、张凤举、张颐、屠孝寔、冯祖荀、贺之才、叶瀚、杨芳、杨震文、赵承易、刘文典、黎世蘅、钱玄同、戴夏、关应麟、谭熙鸿、顾孟馀。可以发现,刘文典、鲁迅、周作人等都名列其中。

值得关注的一个细节是,在这个问题上,刘文典与他一向尊重的胡适的观点并不一致。北大评议会要求学校脱离教育部的公告发布后,胡适、李四光、陶孟和、高一涵、王星拱、陈源等人提出抗议,"认为学校为教学的机关,不应该自己滚到政治漩涡里去,尤不应该自己滚到党派党争的漩涡里去"。

只不过,代理校长蒋梦麟、教务长顾孟馀均坚定支持刘文典等41名教员的倡议。在他们看来,今天的章士钊"摧残教育,蹂躏人权,并且贡谀说诳,不要人格,其卑鄙龌龊不亚于彭允彝,而有害于中国教育前途,则尤为过之"。因为这一点,即便校内教授之间存在两种截然相反的观点,北大校方还是决定宣告与教育部脱离关系。蒋梦麟甚至表态说,"一切由本人负责办理",以示决心。

而刘文典与章士钊其实也算是旧相识。两人曾同在《民立报》任职,一道为辛亥革命鼓呼过。刘文典最早引介西方哲学思潮的学术文章《唯物唯心得失论》,就是在章士钊创办的《甲寅》杂志上发表的。刘文典刚进北大的时候,章士钊亦在文科教授哲学课程。但与之前驱逐彭允彝一样,刘文典此番极力主张驱逐章士钊,"并不是攻击他本身,乃是攻击他所代表的东西"。

章士钊"所代表的东西"是什么呢?借用胡适抨击彭允彝的话说:一是代表无耻,二是代表政府与国会要维持一个无耻政客来整饬学风的荒谬态度。如果要再加一条的话,章士钊还代表着文字、思想、道德、制度上的复古运动,"在今日社会里是一个靠倒车走回头路的人",对于这样的人,不能不反对。

1926年4月20日,已失民心的段祺瑞通电下野,章士钊随之下台。

"驱赶章士钊",是因为刘文典期望能够拥有一个相对自由、相对独立的生存空间。这个空间是一种精神世界的自我超脱,是一种生命境界的真挚追寻,绝对不能容忍任何邪恶力量的玷污与染指。

章士钊的命运,为刘文典的人生转型书写了新的注脚。

第三章
主政安大

1928年,是刘文典人生的转折点。

在此之前,刘文典凭借一腔热血,投身革命,后又渐渐转身,进入北大担任教职,通过自身努力,在国内学术界累积起微薄的名声,但与其他学界名流相比,似乎并无特别突出之处;而到了这一年,历史将他推向一所高等学府实际主政者的舞台,在面对权贵势力时,他那富有个性的回应让世人为之一振,并更深地体会到了人格独立的魅力。

仅仅因为这一点,他便从无数学界名流中脱颖而出,成为特别的"这一个"。即便事情的很多细节已经无从查证,有的甚至被刻意渲染,但这些并不妨碍人们向刘文典投去惊羡的一瞥。实际上,从顶撞蒋介石的那一刻开始,刘文典的名字便已注定要写进中国的教育史、思想史乃至人权史。

第一节 安大的难产

"难产"终结者

北大的生活,越来越窘迫。

进校数年,刘文典的薪水一直没有提升,而北洋政府经常性的拖欠薪金,更是让拖家带口的刘文典捉襟见肘。在《淮南鸿烈集解》出版前后,刘文典三番五次委托胡适向商务印书馆预支版税,除了需要救济亲友之外,很大程度上是因为自己家里也早已揭不开锅了。

眼见刘文典的困窘,胡适出于善意,一度劝刘文典跳槽。而刘文典也正有此意,于是写信跟胡适商量具体办法:"你的门路很广的,凡是书局、报馆,都把你的一言看得九鼎般重,务请你替典想想法子。典虽然不才,译书、编书、做文章,以及报馆的编辑(这层典很有点抱负,中国现在的报纸,没有半家编得合法子,典要编起来,完全要改成西洋报纸的样子,至少也要和日本的报一样,暇时要做一篇长文章,把全国的报纸都大骂一顿哩),都还干得来,薪水也不作奢望,只要有现在的半数就行了。"

当然,刘文典声称要"跳槽",更像是一种气话,而并非肺腑之言。他不可能接受一个薪金只有现在的半数的新工作。对于像他这样经历丰富、学识广博、内心自负的大学教授而言,一般性的职位入不了他的法眼。于是,刘文典"跳槽"的计划一拖再拖,直到接到家乡的邀请,参与筹建安徽大学。

安徽大学的创设历经波折,反反复复,走走停停,从最初动议到刘文典正式接手筹建,历时近6年。1928年4月,安大预科开始招生之际,安徽省教育厅主办的《安徽教育行政周刊》上登出了一篇文章——《我对于安徽大学的愿望》,作者张友仁开头就提到了这一段"难产"的历史:

> 随便怎么说,安徽都有设立一个大学的必要。在已往,这调调儿是早就听见唱了。此唱,彼和,彼唱,此和,于是乎有了筹备。这是多么顺遂的现象!但是这一筹备,可就筹备住了。说来差不多有了将近十年的长久,安徽大学依然在筹备。怪不得有一位说了一句调侃的话:"安徽大学的产生,比三四十岁才出嫁的老姑娘的生产还要难!"又有一位朋友说了一句预测的话:"安徽大学是永远筹备的大学。"虽则这两位朋友的话不无有点"幽默",然而却是本诸"望得人眼欲穿,想得人心越窄"之情的。

安徽近代高等教育,肇始于清朝末年,"安徽最早设立的高等学校是1898年安徽巡抚邓华熙奏准改敬敷书院而成立的求是学堂,后改称大学堂,复又改名安徽高等学堂"。① 敬敷书院始建于1652年,初名培原书院,由江南省操江巡抚李日芃捐资两千两白银创办,院址先在安庆城内同安岭,1736年定名为敬敷书院,后迁往安庆北门外百子桥西。1904年,清廷颁布《奏定大学堂章程》,规定大学堂只限京师设立,各省只能在省城设高等学堂,于是安徽大学堂又更名为安徽高等学堂,并聘来近代著名思想家、教育家严复先生担任学堂总办(后称监督)。而后,安徽境内还先后涌现出安徽武备学堂、私立江淮大学、安徽省公立政法专门学校、安徽高等农业学堂等一批院校,其中安徽省公立政法专门学校乃是民国时代安徽大学创立之前安徽省唯一经中央政府教育部批准的高等学校,但遗憾的是,由于辛亥革命、经济拮据等原因,这些学校后来陆续停办。

五四运动以后,一些关心安徽教育事业的有识之士开始四方奔走,呼吁创建安徽大学,其中最为积极的是蔡晓舟。蔡晓舟,安徽合肥人,年轻时就投入反清斗争,曾参与熊成基领导的安庆马炮营起义,失败后回到合肥,决心致力于教育事业,呼唤民智,倡导启蒙。1921年7月,蔡晓舟联络同道组成"安徽大学期成会",在北京东方饭店宴请在京的皖籍名流学者,如江朝宗、柏文蔚、胡适、高一涵等数十人。席间,蔡晓舟慷慨陈词,抽刀割破左手中指,血书"誓死建成安徽大学"八个大字。

这年8月,应安徽省教育会多番邀请,胡适等皖籍学界名流来到安庆,参加暑期讲演会,发表系列演讲,为安徽教育出谋划策。8月6日,胡适发表此行"最后之讲演",题为《对于安徽教育的一点意见》,第一个提议便是设立安徽大学。他说,现在安徽有所谓"高等系""南高系""北大系""两江系""湖北高师系"等派别,皆是"学阀",皆当打破,只认人才,不问党系。②

1922年3月,在时任省长许世英的支持下,"安徽大学筹备处"正式成立,由蔡晓舟、刘贻燕、徐光炜任筹备处事务股干事,具体负责筹备工作。胡适、陶行知(当时还叫陶知行)、刘希平、高一涵、江朝宗、柏文蔚、王星拱、章

---

① 张召奎等主编:《教坛古今》,合肥:安徽人民出版社,1999年,第39页。
② 曹伯言:《胡适日记全编》第3卷,合肥:安徽教育出版社,2001年,第419页。

伯钧等皖籍社会名流均被列为筹备处评议员或交际股干事。

但筹备工作刚有进展,便遭遇致命性的重创。1923年2月,一直积极支持创建安徽大学的省长许世英因遭到贿选议员和军阀余孽的双重攻击而辞职。胡适、王星拱、高一涵、刘文典等旅京皖籍学人虽"共起声援",通电全国商会、教育公会等团体,谴责军阀横作威福,包藏祸心,希望安徽能维持现状,但毕竟人微言轻,未能挽狂澜于既倒。安徽大学筹备一事遂告吹。

其后,安徽大学筹备工作两地重提,又两度搁浅。

1924年11月,北洋军阀皖系集团的重要成员王揖唐出任安徽省长,同意从卷烟营业凭证税中划拨资金,作为筹备安徽大学的基金,但因王很快被解除省长,而继任者吴湘炳对此事态度淡漠,筹备之事,只好作罢。

1926年春,高世读出任安徽省长,在教育厅长洪逵的积极斡旋下,于当年7月举行"安徽大学计划会议",商讨安徽大学筹划事。洪逵"十分坦诚地向众人表示大学筹备完全取公开主义,并宣布要邀请省内外教育专家,召开安大计划会议,充分听取各方意见"。[①] 计划会议成果丰硕,审查通过安大组织大纲案、安大设补习班案、安大设科次序案、安大师资问题案、安大校长资格案等,筹备工作出现重大转机。但出乎意料的是,省长高世读与省教育厅长洪逵却在安大校长人选上产生严重分歧,一时陷入停顿之中。

在安大计划会议组成人员的聘请名单中,刘文典即在受邀之列。他虽未亲自回皖参会,但却一直关注着安徽大学的筹备事宜,在高世读与洪逵出现分歧后,迅速联合旅京皖省教育界人士致电这两人,请求维持安徽大学组织大纲:

安庆高省长、洪厅长鉴:

安大计划会议由省署核准召集全省教育人士悉心讨论,且由长官莅会,并派员列席,可谓郑重将事。组织大纲既经全体通过,

---

① 周宁:《地缘与学缘:一九二〇年代的安徽教育界(1920—1926)》,合肥:合肥工业大学出版社,2010年,第140页。

第三章 主政安大

似不宜根本推翻。近闻有人破坏,不胜骇异。安大为全省文化所关,省长、厅长又为全省长官,当无区域成见,务乞毅力主持,始终一致维持原案,速聘校长,以息浮言,而弭纠纷,否则筑室道谋,永难成立,恐非长官提倡大学之本旨也。

丁绪贤、方时简、吴筱朋、周龙光、姚荥、俞忽、高一涵、郭世绾、程振钧、董嘉会、邓以蛰、刘文典、鲍璞等同叩

当时情境,此信犹如泥牛入海,杳无回音。直到 1927 年 10 月,军阀陈调元任安徽省政务委员会主席,"为缓和安徽各界人士尤其是教育界的不满情绪,决定恢复安徽大学的筹建工作,重新组建安徽大学筹备委员会"。而刘文典亦由此开始正式登上安徽大学筹建的历史舞台。

1927 年 6 月,国民政府定都南京后不久,决定组建国立第四中山大学,聘请王星拱到校任职,先后出任化学系副教授兼哲学系副教授(当时该校未设立正教授)、大学区高等教育部部长等职。由此因缘,作为王星拱好友的刘文典一度曾想到第四中山大学文学院谋职,但到了南京以后,发现这里"乌烟瘴气",根本不适合他,于是回到了家乡安徽。

按照刘文典一向的清高狂傲,他最初对安徽的大小官员亦是心存芥蒂的,"安徽的那些东西不能共事,所谓大学也不过是那么一句话而已"。那么,刘文典后来为什么又会改变主意,接受安徽大学的邀请呢?在一封写给胡适的信里,他道出了原委:"弟所以跑在安庆那样秽浊的地方讨生活,一来是因为安庆有个中学(全省仅剩这一个硕果),小儿可以读书;二来是受生活的压迫,所以才忍耻含垢在那里鬼混,过的生活真苦极了。终日要和一班不相干的人们周旋,简直

图 3-1 主政安徽大学时期的刘文典
(刘平章先生供图)

是娼妓一般。"由此可见,在作出回皖的决定之前,刘文典显然是经过了一番激烈的内心争斗的。

1927年12月12日,上海《申报》刊出消息《皖省教育近讯》:"安大积极筹备:安徽中山大学筹备委员已经皖省政府第十二次委员会议议决,推定吴稚晖、李石曾、石瑛、常宗会、张秋白、刘文典、刘复、汤志先、陈中孚、雷啸岑等为筹备委员。闻刘文典已来皖,拟即进行筹备。"筹备会成员除以上10人之外,还有韩安,或为社会名流,或为政界要人,其中雷啸岑时任安徽教育厅厅长,刘复时任安徽司法厅厅长。

雷啸岑晚年在自传《我的生活史》中,曾写到与刘文典初次见面的情形:

安徽大学原是我开始筹备的,现时我又主持全省教育行政,自应正式成立。首先就要物色一位大学校长,商由张秋白兄推荐,用陈主席名义,聘请北大教授刘文典先生担任之。我并不认识刘先生,他到安庆后,初次与我在省府晤面商谈安大的组织问题,彼此意见稍有出入。他即回至寓所,把省府那张聘书拿出来,气呼呼地退还给我,又说些负气的话。当时我很诧异,也很愤懑,认为此人太没有道理,幸而张秋白兄在座,他拉我到室外檐下说道:"他素有'疯子'之名,你莫理他,由我来对付罢!"这才未告决裂。

12月28日下午2时,安徽大学筹备委员会在省教育厅召开第一次会议,由雷啸岑任主席。雷啸岑首先报告委员会成立情形及前次筹备委员会经过概况,并报告陈中孚辞去筹备委员会委员职务之事。而后,出席会议的筹备委员会进行了热烈的讨论,并达成了八点议决案:一、推定汤志先、刘文典、雷啸岑为常务委员;二、暂假教育厅为办公地点;三、陈委员辞职,即提以现任财政厅长补充;四、拟加聘某某等为筹备委员;五、不兼职之委员,每月支伕马费二百元;六、本会职员,由三常务委员小组会议决定,再由第二次筹备会议通过;七、常会日期,定于每星期一午后六时;八、校址问题,仿山西、广东收回外人建筑办法,收回圣保罗学校校址,由本会咨呈省政府办理。

大局初定,事不宜迟。1928年2月18日,安徽大学筹备委员会秘书处向省教育厅函送由刘文典拟就的《安徽大学组织大纲草案》,共 8 章 17 条,确定校名为"安徽大学",宗旨为"研求学理以期造成新中国之学者及建设人才"。从这份草案来看,刘文典将他在北京大学任教时所领会到的大学组织与管理理念较好地融汇于其中。比如在校务管理上,他就建议采取"会议制",一种是由大学各学院院长、图书馆馆长、文书主任及教授代表组成的校务会,专门讨论教育方针、全校风纪、各学系及科之增设与变更等;一种是教授会,主要选举评议会及校务会之代表、讨论评议会及校务会交议事项等;还有一种则是学院会,由各学院院长、各系科主任、教授、副教授等组成,主要职责是提出本学院的预算、议定本学院的课程设置等。如此种种,为国内学人理想的"教授治校"模式提供了广阔的空间。

1928 年 2 月 24 日,安徽大学筹委会常务委员、省教育厅厅长雷啸岑对刘文典的这一草案给予高度评价:"条理缜密,擘画周详,啸岑极表赞同。"

"空头支票"风波

筹备事宜,由此开启。

安徽大学筹备委员会原有委员 11 人,后增聘吴承宗、吴善、廖方新,共 14 人。1928 年 1 月 18 日晚 7 时,开第二次委员会议,历时三小时之久,形成四点决议:一、本年春季即开始招生;二、先办预科,预科之年限为一年或两年,以本省中等学生之需要情形为标准;三、预科设甲乙两组,甲组为文法本科之准备,乙组为自然科学系本科之准备,而偏重于农学一部分;四、本年秋季成立三院:文学院、法学院及农学院。此次会议还议定"于旬日发表一宣言,俾社会人士明了大学筹备之旨趣及方针"。①

由于当时校长人选未定,1928 年 2 月 13 日,安徽大学筹备委员会第四次会议公推刘文典为预科主任。按照之前的决议,先办预科,甲乙两组各招收一年级两个班、二年级两个班,共 200 人,"由刘主任文典从速布告招生"。

---

① 《安徽大学今春开学》,载《申报》第 12 版,1928 年 1 月 26 日。

在"吾人急切的盼望"中，一度"难产"的安徽大学终于拉开招生大幕。在刘文典的主持下，招生广告迅速发往全省各地。由于报名踊跃，决定分两个批次招考。第一次考试时间是3月21日至23日，第二次考试时间是4月2日至4日。考试科目为三民主义、国文、英文、数学（算术、代数、集合、三角）、物理、化学、博物、历史、地理、体格检查等科目。

这壁厢全省年轻学子奔走相告，招生轰轰烈烈；那壁厢刘文典却寝食难安，为经费短缺烦神。

早在此次安徽大学筹划之初，安徽省政府就承诺"借拨预科开办费一万元"，但直到大学预科招生考试在即，这一万元仍不知躺在何处，相当于开了一张"空头支票"，急得刘文典像热锅上的蚂蚁，四方奔走。

2月7日，安徽省政府以第10号公函答复安徽大学筹备委员会："贵会函开前奉省政府咨复转令财政厅借拨预科开办费壹万元，当即函转请予拨交具领，现瞬届两月，并未领到分文，而预科招生考试及始业日期均近在目前，急需开办经费应用，嘱即转促财厅遵照省令，克日筹拨，以便筹办一切等。因准此除转函财政厅遵照省令迅予筹拨开办费壹万元迳交贵会具领应用外，相应函复。"①

按照刘文典拟就的《安徽大学组织大纲草案》，安徽大学原本是"但设本科，不设预科"的，考虑到各地中学毕业生程度不齐，可以暂设预科，但开办安大的终极目标仍是真正意义上的高等教育——设立文学、法学、农学、工学、理学、医学等各类学院，学院下面再分若干系或科。可是，开办预科，开办学院，租赁教室，聘请教员，任何一个举措都需要一笔不菲的资金，而教育经费短缺在当时几成惯例，令刘文典不免心生"巧妇难为无米之炊"的慨叹。

争取教育经费独立，是唯一的出路。

安徽教育界争取经费独立的努力由来已久。一方面，"军阀倪嗣冲自1913年统治安徽后，经常削减和挪用已经少得可怜的教育经费，充作战争经

---

① 《省府、教育厅关于筹备安徽大学的来往文书》，见安徽省档案馆档案。

费。因此安徽的教育经费在1915年到1921年间下降到全国倒数第二位,呈现奄奄一息的状态。不少学校连续几个月不发教师薪金,教师生活没有着落,广大学生经常受到失学的威胁"。① 而另一方面,1921年,一些议员为了向倪嗣冲献媚,竟然动用巨款在安徽蚌埠为他修建了一座生祠。省学联获知这一信息后,立即通知各校派学生代表赴省会安庆请愿,遭到军阀倪道烺、马联甲的血腥镇压,是为"六二惨案"。在姜高琦、周肇基等学生代表付出生命的代价之后,省议会被迫低头,将教育经费由原来的每年70万元增加到150万元,并允许教育经费独立,由教育界推派人选,管理教育经费开支。

1921年9月,皖籍名流许世英到任安徽省长后,不仅明确表态支持筹建安徽大学,而且承诺由省政府拨发正常的教育经费。但由于后来许世英被迫辞职,此事不了了之。1924年11月,在王揖唐出任安徽省长期间,安徽省财政厅、教育厅联合向省政府呈送《关于烟酒附加一成特捐移做筹备安徽大学基金与财政厅会稿》报告,建议以厘金及烟酒税附加10%作为筹建安徽大学的基金,得到王揖唐首肯。此次安大筹备虽因故再度搁浅,但以卷烟税作为大学基金的设想却逐渐付诸实践。

1926年以前,安徽的教育经费岁支153万元,均由地方税支给;大学基金指定卷烟税,义务教育经费指定厘金烟酒附加。1927年3月27日,安徽省政务委员会成立,很快议决"以卷烟税为教育专款,不足之数由省地方税拨补"。由此,教育经费乃以卷烟税为主,"指定为教育专款,税率为值百抽二十,行之数年,颇著成效"。② 此时,卷烟税尚属地方税范畴。

可惜好景不长,1927年4月,国民政府定都南京,古应芬出任财政部长,决定将卷烟税改办国税,税率提升至50%,令安徽的教育经费"根本动摇",但由于财政部的默许,每月借支三成,维持皖省教育。1928年1月,宋子文

---

① 张南:《简明安徽通史》,合肥:安徽人民出版社,1994年,第490页。
② 《安徽教育经费管理处处长程滨遗来电》,载《大学院公报》,第3~4期,1928年4月,第40页。

复任国民政府财政部部长,决定强力推行卷烟统税办法,在上海设立卷烟统税处,税率为22.5%,而对于安徽的拨付之数及将来如何拨付,均未言明。安徽教育界"群情惶悚异常",担心全省教育就此破产。

刘文典接手安徽大学筹建事宜后,曾以筹备委员会的名义专门"呈请省府审定全年度经费为72万元,另划全省契税收入82万元为大学基金"。然而,由于种种原因,这些资金一直没有得到落实,成了一张面值更大的"空头支票",筹建中的安大只能靠省财政的微薄拨款,艰难度日,举步维艰。

这一变局引起了全省教育界的奔走呼吁。"本省教育界,既要求省政府征收卷烟营业凭证税,又推举代表程小苏、刘叔雅两氏,晋京请愿",要求国民政府兑现"空头支票"。

刘文典临危受命,与安徽省教育经费管理处处长程滨遗(即程小苏)一道,来往于南京、上海之间,呈文财政部部长宋子文、大学院院长蔡元培,据理力争:

> 自卷烟税改办统税以后,皖省教育经费独立之根据,即因之而动摇,不得已复据历年办理成案,经省政府议决,续征营业凭证捐,以资救济,并经先后电呈,谅邀洞鉴。夫卷烟税,奢侈税也;税价只居物价之半,已较各国为轻,而其税又为国内税,关税力求自主,凡国内税法,断不能开国际协定之恶例;且统税为出场税,营业捐为销场税;而所取者又为统税减免之余额,其余财政统一,军糈急要,均不相妨。
>
> 皖省成案具在,行之又不自今日始;湖南教育基金,规定卷烟税之全部,新例复生,又不自今日之皖省。皖省大中小学预算案,月支十八万余元,此次设局另征,皖南则防烟商之偷漏,皖北则免军人之垄断,以二七五之收入计,与支出之预算,可以相符,而教育经费独立之精神,将从此永固。
>
> 今以财政部试行之新例,不行之于各省者,强浙、皖以必行,然皖省之教育经费,非浙省之建设费可多可寡可急可缓,且隶属于财

第三章 主政安大

政厅支配之下者可比。如蒙依照浙省办法,由财政部按月拨还十万元,其款应请明令在芜湖关税及大通盐税各拨五万元,交职处具领,并请分饬财教两厅,将皖省牲畜屠宰牙帖契税等项杂税,暨芜湖米捐全部,划归职处管理,以符合月支十八万余元预算之数,至于田赋,则预征预借,积累重重,画饼充饥,当亦钧院所不许也。尤有进者,皖省各校开学已久,校务正当进行之际,经费来源,不能中断,请在根本办法未奉钧院明示以前,营业凭证捐仍照案办理。

滨遗偕安徽大学筹备委员刘文典,待命都门,倏经弥月,仰乞钧院部迅予核夺,以便遵行,教育实利赖之。①

刘文典、程滨遗的态度很明确,中央如若不许安徽自行征收卷烟凭证税,那么就要按照浙江省的办法,在国税项下月拨10万元,作为安徽教育经费。但宋子文一开始只松口月拨6万元,距离安徽教育每月18万元的支出预算,尚有很大缺口。

话不投机半句多,尽管刘文典费尽口舌,与宋子文"颇起争执",但宋子文却岿然不动。两人争得脸红脖子粗,互不买账,于是相约赶到南京,请大学院院长蔡元培公断,经过数度磋商,依然未能达成一致。

3月8日,刘文典、程滨遗相继回到安徽,向安徽省教育界报告了努力无果的情形,顿时掀起轩然大波。3月17日,各学校教职员发起组织教职员联合会,讨论经费问题,并联合安徽大学储备处、教育经费管理处、学校联合会,致电南京国民政府主席谭延闿、财政部长宋子文、大学院长蔡元培,态度坚决:"卷烟营业凭证税,为吾皖教育命脉所系,经大会公同议决,誓死要求省政府设局征收;除推代表赴京请愿外,谨先电达。恳祈明令省政府,即日实行设局征收,以免教育破产。"但结果仍不理想。

3月27日,安徽省各界鉴于教育经费问题迟迟难以解决,遂决定发起巩

---

① 《风雨飘摇中之皖省教育经费问题》,载《安徽教育行政周刊》,第1卷第1号,1928年4月2日,第11~12页。

固教育基金运动大会。这一天,天虽阴雨,但来自省垣各中小学校学生、教职员和社会各界人士万余人,齐集黄家场,高呼"实行教育经费独立""反对与外商协定烟税""征收卷烟营业凭证税为教育经费"等口号,群情激愤。两天后,芜湖再起游行大会,力争将卷烟凭证捐税作为教育基金,"到者达数万人,皆义愤填膺,誓死抗争,不达目的不止,民情激昂,数年来未有如此之甚者"。①

如此情势之下,财政部不得不作出让步。1928年4月7日,宋子文终于点头同意中央财政每月拨给安徽10万元教育经费补助。除了中央月拨款外,省财政部门也将在地方税项下月筹4万元,作为补充。

"空头支票"终于有了兑现的可能。于是,安徽省政府下令裁撤芜湖卷烟凭证税局,与中央保持一致,"教费问题,乃告一段落"。

"宣传共产"诬案

安徽教育经费问题得到了解决,安徽大学预科的开办经费也有了着落,"几经筹备之安徽大学,在吾人急切的盼望中,近已呱呱坠地矣"。

1928年4月10日上午10时,安徽大学预科在安庆菱湖百子桥第二院大礼堂(原省立政法专门学校旧礼堂)内举行开学典礼,正式宣告成立。此为安徽现代高等教育之始。

这一次预科招生,是在刘文典主持下完成的,共录取学生172人,要求于4月5日前到学校报到缴费。据1928年4月17日《申报》报道,安大筹备委员汤志先、胡春霖、宁坤、刘文典以及来自全省中小学学校的校长、教职员及学生等300余人出席了开学典礼。作为安大筹建的主事者,刘文典作了一个简短发言:"此次承筹委会以预科主任相属,得各方之扶助,幸能告成,此后方针,应分二点:一、学生须多读外国文,方有世界眼光;二、使学生务为党化分子,专为党之工具。"

---

① 《再志皖省教育经费问题》,载《安徽教育行政周刊》,第1卷第4期,1928年4月,第22页。

此番公开言说,尤其是关于党化教育的内容,似乎与后世传闻中的刘文典形象迥异,但其实正符合一个大学主事者的话语分寸,并契合当时的主流意识形态。"党化教育"的理念最初是由孙中山提出的,后经蒋介石强化强调,于1927年7月写进《国民政府教育方针草案》,要求各学校按照国民党的党义、政策等精神重新改组学校课程,以国民党的训练方法和组织纪律约束学生的思想和行为,使各级各类学校教育尽快国民党化。这显然与当时蒋介石领导的尚在进行的北伐、南京国民政府根基未稳不无关系。

颇有意味的是,或许正是这一番颇识大体的"政治表态",为刘文典不久后顺利度过一桩诬告案埋下了伏笔。

四一二政变之后,作为安徽省会的安庆陷入白色恐怖笼罩之中,刚刚露头的共产党被迫停止组织活动,转向分散、隐蔽状态。学校成了"避难"的最佳处所。"大革命期间,有些革命青年参加了共青团。在大革命失败后,这些人中有的被派到苏联学习,有的消极下去,有的又重新进学校学习,因而在安大招收的学生中有一些是大革命时期在武汉或在其他地方参加的共青团员。"①当时正值安大预科招生,俞昌准、刘树德、王金林、陈一煌、欧阳良勐(即欧阳惠林,后任江苏省政协副主席)、刘复彭(即刘丹,后任浙江省政协副主席)等革命青年纷纷考入安徽大学,利用安大学生这块招牌掩护自己,在学校里秘密组织马克思主义研究会,趁着深夜用炭墨在学校的墙壁上书写革命标语,还经常向学生的宿舍、被窝里散发一份名为《血光》的革命刊物。

对于这些情况,刘文典不可能一无所闻,但既然没有人站出来较真,他也就睁一只眼闭一只眼,不愿深究。对于刘文典而言,他当下最大的愿望无非是希望大学校园能够尽量自由宽容一点,可以允许多种思想、多种声音一道存在,不能变成官场,更不能变成政治的附庸。因此在很多场合,他经常强调一句话:"大学不是衙门!"

对于共产主义,刘文典并无太多的了解,但一方面好友陈独秀是布尔什

---

① 欧阳惠林:《安大初期共青团组织及其活动》,载政协安庆市文史资料研究委员会《安庆文史资料》第7辑,1983年12月,第2页。

维克主义的坚定追随者,另一方面他本人1927年也曾在汉口翻译过布哈林的书,"自以为思想很进步",因此颇能理解热血青年们的政治抱负,听凭各种思潮在大学校园里滋生蔓延,对于信仰共产主义的青年学生并未严加整饬,甚至还暗加保护。这就造成安大校园内自由空气弥漫,不可能不引起国民党势力的警惕与关注。

安庆文史学者杨起田曾写过一篇"补白"文章《刘文典二三事》,刊登在《安庆文史资料》第7辑上:1928年初,刘文典突然接到国民党安徽省党部的密令。该令称,安徽大学预科二年级学生王某某(江西瑞金人)系共产党员,宜密切加以监视。刘文典接到通知后,立即于当天下午将王某某喊到办公室,询问具体情况。一开始,王某某还不承认,但因国民党安徽省党部证据确凿,只得道出实情。刘文典心知不妙,立即动员对方迅速离校,并派遣学校传达王裕祥将之送上轮船。果然,当晚,国民党安徽省党部就派了干事和便衣特务若干人,跑到安大预科学生宿舍里搞突击搜查,结果到处找不到这位"嫌疑分子"。转而询问刘文典,刘文典假装糊涂,一问三不知,此事当然也就没了下文。

而就在这个多事之秋,刘文典又接到密报:预科新来的学生俞昌准亦有可能是共产党员。俞昌准是安徽早期革命史上的一位重要人物,这里稍稍交代一下他的简历:俞昌准,又名俞仲则,安徽南陵人,1922年考进上海南洋中学,开始接触进步书刊,慢慢倾向于共产革命。经过"五卅"运动的考验后,俞昌准在恽代英的介绍下加入中国社会主义青年团,1926年转为中国共产党党员。1928年4月,俞昌准受党的指派到安庆工作,为了安全,化名"陈青文"进入安大社会科学预科一年级学习,并与党员刘树德、陈一煌、欧阳良勋等人一道,秘密从事共产主义宣传、组织活动。俞昌准被学生中的国家主义派密报,正是他进校后不久发生的事情。

接到密报后,刘文典左右为难:一方面他不太想将信仰共产主义的进步青年送进牢狱,另一方面他又不能置学生的告密于不顾。于是,他想出了一个两全其美的办法,借口查宿舍,来到了俞昌准的住处。结果,在俞的书架上果然看见《通俗资本论》《国家与革命》等马列书籍,他当即不动声色地告诉俞昌准:"这些书不能看,你们不能再在学校搞活动了,赶紧走吧!"

俞昌准自然明白刘文典话里的意思,迅速卷起铺盖,悄然离校。对于刘文典的保护,俞昌准很是感激,他于当年5月1日写信给父亲俞英俊说:"男入校事,原已就绪,和声先生为作保证,已决定在校安心读书。奈事不遂愿,竟有国家主义派同学在学校当局前密告男有某党嫌疑,男闻讯之下毛骨悚然,转念大人对男之热望,又不禁伤心泪下。主任刘文典待男亦颇厚,彼表示男非退学不可,同时亦示歉意。"

客观地说,刘文典当时对于各种政治主张并不持特定立场,只不过他认为政治信仰、思想信仰在于个人,而大学就应该是一个能够允许不同思想自由飞舞的地方,否则大学的独立精神就无从谈起了。更何况刘文典一直"以新思想自居"。

或许正是这种指导思想的"纵容",安大的自由思想空气异常活跃,而这自然会给刘文典带来更多的"麻烦"。1928年暑假刚至,国民党中央军事委员会接到一封以"安徽大学预科全体学生"名义发出的举报函:"控告预科主任刘文典宣传共产,希图破坏,请予调查扑灭"。由于"事关共产",国民党中央军委当即要求安徽省政府查照核办,"虚实均应查究"。很快,安徽省督学罗良铸奉命到校彻查,召集40余名留校学生会集一堂,逐一询查,声势浩大,惊动一方。

结果,40余名学生"均答以实不知有此事",并对控告者冒用预科全体学生的名义诬告刘文典十分震怒,当即联合发表言辞激烈的书面声明:"刘主任被控有共产行动,生等惊闻之下,愤慨同深。刘主任精通中西学术,而国学尤称独到,为人诚恳率真,热心教育,此次办理预科,尤见精勤剀切之忱,生等景仰靡穷,绝无控告之举。所谓宣传共产,尤属子虚,显系奸人盗名诬控。似此蒙蔽中央,阴谋捣乱,实属目无法纪,苟不严究反坐,何以澄清政治、发扬教育！"①47名留校补习的预科学生在联合声明上签名,为刘文典证明清白。

由于查无实证,刘文典"宣传共产"诬案一事,最终不了了之。刘文典继续以预科主任的身份,主持安大校政大局。

然而,历史有时候总是充满吊诡的戏剧性。可能连刘文典自己也没想到,几个月后,仅仅因为安大的几个学生与隔壁学校的学生发生了点冲突,最后竟掀起一场学潮,闹得沸沸扬扬,以至于惊动"党国"最高领袖,而他自己也因此"一骂成名"。

第二节 怒斥蒋介石

大学不是衙门

1928年5月2日,安徽大学筹备委员会举行第八次全体会议,汤志先、刘文典、韩安、廖方新、吴承宗、胡春霖、吴善等委员悉数出席。省财政厅长余谊密因故未到,请人代为参加。会议主席为新任省教育厅长韩安。这是安徽大学筹建史上一次重要的会议。

主席韩安首先报告省政府关于安大经费预算的答复,明确"先办两院,明年再为扩充,并指全省契税年比84万元为基金"。根据这一答复,参会人员进行了热烈的讨论,最终形成四个具有标志性意义的决议:一是确定先办文学院、农学院,其余法学院、工学院,须延聘专门人才,分别积极筹备,等第二年秋季再办;二是决议文学院筹备主任暂设二人,公推刘文典、汤志先充任;三是决议公推吴承宗为工学院筹备主任;四是公推汤志先兼任法学院筹备主任。

校长人选,一直是安徽大学筹备过程中的老大难问题。本来李石曾口头答应来皖,但后来却去了由北京大学改名的中华大学担任校长。于是,正

---

① 《呈大学院查明安大预科全体学生控告主任刘文典事系捏名诬控》,载《安徽教育行政周刊》,第1卷第17期,第26页。

在上海中国公学担任校长的胡适又进入了安徽方面的视野。胡适是安徽籍的著名学者,又是安徽大学筹建的倡议者,确实是校长的理想人选,安徽大学亦曾去信邀请胡适接任此职,但没想到胡适的态度却十分坚决。1928年7月3日,胡适在日记里写道:"亮功病了,我去看他。他说,郑通和、刘□□等少年留学生都期望我去做安徽大学校长。我说赌咒不干。"翌日,他再次在日记里流露出这种想法:"亮功与通和、□□来,仍谈安徽大学事。我说,绝对没有商量的余地。"杨亮功,安徽人,时任中国公学副校长。

胡适本来对安徽大学的筹建颇为热心,但后来安徽省内教育界派系斗争不断,导致很多教育问题盘根错节,迟迟得不到解决,于是胡适干脆置身事外,不想再牵扯其间。

不过,由于此前的各种渊源,刘文典回皖主持安徽大学筹建工作后,一直与胡适保持着密切的联系,及时报告筹建进展,倾吐办学过程中的甘苦,并经常会毫不客气地寻求胡适提供各种帮助。刘文典曾多次致函胡适,态度恳切地写道:"我很想你能给我一些方略,你的意见我一定照办,能介绍几位学者来更好。"事实上,刘文典是将胡适视为自己办学的"核心智囊"了。

1928年6月,安徽大学筹备委员会推选委员廖景初赴南京与大学院接洽,顺便参观京、沪、浙等地著名大学。刘文典担心廖景初人生地不熟,便写信给身在上海的胡适,恳请他多多提供援助,予以参观的便利。与此同时,刘文典向胡适发出了再度回皖讲演的邀请:"安庆社会太坏,研究学问的空气十分稀薄,你能来讲演几天,必然可以改变风气。适之,你究竟是个安徽人,对于本省教育,似乎不能太漠视了。你自己成了一位世界知名的学者,就尽看本省一班青年们不知道戴东原、王念孙、杜威、罗素是什么人,心里总有点不忍吧?"

从后来的情况看,刘文典的"激将法"似乎没有起到作用,胡适并未再来安徽讲学,但对于刘文典作为实际主事者筹办安徽大学还是给予了充分的支持。在胡适担任校长的中国公学里,后来有不少教师如杨亮功、陆侃如、冯沅君、苏雪林等都加盟安徽大学,与之不无关系。

本科招生在即,时间紧迫,一时又没有合适的校长人选,安徽大学筹备委员会向省政府汇报后确定:由文学院筹备主任刘文典代行校长职权,主持日常校务工作。

刘文典面临着全新的考验。尽管各方面条件有限,筹备的时间不长,但在刘文典的周密安排下,一边招兵买马,一边大肆采购,文学院各项工作进展倒也尽遂人意。1928年9月17日,安徽大学筹备委员会召开第九次全体会议,审议文学院秋季招生事宜,决定成立招生委员会,推定廖景初、刘文典、邓仲禹、高被遐、吴季瑞、吴觉民、葛晓东、叶振钧、张国乔等人为招生委员,负责文学院招生事宜,并确定在文学院内设立国文学系、教育学系、法律学系和政治经济学系。

9月22日,刘文典出席安徽大学筹委会常务委员第二十八次会议,决定启用木质大印"安徽大学文学院印"、石质小印"安徽大学文学院筹备主任章"各一枚。文学院筹备工作进入正轨。

但与此同时,原本计划同期启动的农学院筹备工作,却由于校址选择、主任人选等问题,进展缓慢。几经周折,直到1928年9月初才确定由韩安出任农学院筹备主任。此时,安徽大学当年的秋季本科招生已经开始,农学院错过了"最佳档期",最终只剩下文学院"孤军奋战"。

10月,安徽大学第一届本科生正式入校,共96人。安徽大学在初办预科的时候,是以百子桥边旧有的省立法政专门学校为校址的,筹办本科的时候,又租了百花亭圣保罗学校的校舍,作为教室、图书馆及办公室等,另把中间的一小部分划作女生宿舍,原有的百子桥校舍完全做了男生宿舍了。百子桥和百花亭虽只隔了一座城墙,而男生要从宿舍里到教室去听课,必须绕很远的路才能到达,后来干脆将这段城墙拆了,两处直接通达,无形连成一气,更显出四面桑田环绕、菱湖荷藕清香。① 据安庆文史学者汪军考证,圣保罗中学由美国圣公会创办,地址在今安庆二中大操场北侧,西边是一座西式

---

① 中国学生社:《全国大学图鉴》,上海:上海良友图书印刷公司,1933年,第93页。

红砖三层教学大楼,1949年后坍塌,后来二中在其地基建教学楼,在今二中新教学楼文化广场一带。中间是二层校长楼,至今保存完好,且在使用,作为二中的校长楼。东边是礼拜堂(三一堂),里面有学校办公室和教员休息室。这些建筑也是后来省立安大的主要校舍部分。圣保罗时期的安大,名流云集,人文荟萃,是安大历史上的重要时期之一。

图3-2 省立安徽大学第一院大门(图片来源:《全国大学图鉴》,1933年)

刘文典向来对当官没有什么兴趣,经常挂在嘴边的一句话就是:"只有终身之教授,哪有终身之校长?!"初到安庆时,他并不住在校内,而是暂借黄家一座花园,除了公务或开会,平时很少出来会客。一般性的行政事务、来客接待等俗务,都由与他同来的助手李冰出面协调处理。

但对于学生,刘文典还是抱有殷切的热望。一方面,鉴于学校图书馆藏书不丰,刘文典将自己购置的《科学通论》等图书捐给学校,供师生阅读;另一方面,他尽力在繁忙的校务操持中抽出时间,开办专题报告,提升大学的学术氛围。据1928年考入安徽大学预科的学生吴东儒回忆:

> 安大校长刘文典(字叔雅),我作为他门下弟子,没有见过他作大会报告(省立安大的几位校长都是如此)。由于他名气大,我只

听过他一次讲课。那是1928年秋季开学不久,慕名在大礼堂听他给文学院同学讲《文心雕龙》。刘先生面容瘦黄,宽袍大袖,坐在讲台上。左手捏一支燃着的香烟,右手挥动作势,面对五百多座无虚席的听众,以低频音调侃侃而谈,不时停下来深吸一口烟,下面鸦雀无声。据说刘先生香烟瘾特大,经常是从早到晚衔一支烟,左手袖筒握一听香烟,一支接一支不用再点火,写文章、看书、和人谈话皆如此。①

在刘文典的倡导下,"安大的同学们,除了埋头书本之外,也很多致力于课外的活动,创办了许多的学生学术讨论会",校园氛围活跃,朝气蓬勃,洋溢着青春的亮色。

或许是在北大时耳濡目染了蔡元培、陈独秀等人的办学理念,刘文典更希望大学是一个自由的所在,不受外在世界权力、商业、世俗等的干扰,让学生们静静地享受学术的滋润和青春的温暖。

但大学毕竟不是与世隔绝的象牙塔,尤其是像安徽大学这样按一省一所综合性大学规划筹建的高等学府,往往会成为政治人物倾注的重点地带。于是,冲突不可避免。

1928年10月,41岁的蒋介石与胡汉民再度合作,并出任改组后的国民政府主席兼陆海空三军总司令,名义上集党、政、军大权于一身。11月,出于树立领袖权威的需要,蒋介石以校阅军队、考察政治名义巡视安徽。

在到省会所在地安庆之前,蒋介石去了寿县、凤台、怀远、合肥、贵池等地,所到之处,无不盛大接待,场面恢宏,"数万军队民众,大呼欢迎伟大崇高的蒋主席,欢迎唯一军事领袖的蒋主席,声震山岳"。蒋介石亦是踌躇满志,指点江山,比如21日到怀远时,激昂而作《出发校阅撰歌二则》,其中一则写道:"北伐虽完志未酬,男儿壮志报国仇。报国复仇在革命,革命未成死不

---

① 吴东儒:《沧桑回忆录》,见《安徽文史资料》第37辑《史海拾贝》,合肥:安徽人民出版社,1992年,第173页。

休。"革命豪情,溢于言表。23日到了合肥,在万众欢呼声中发表长篇讲话,大略谓:"希望合肥各界同胞,此后要改革旧习,向新的方面做去,建设新合肥,建设革命新合肥!"

28日上午,蒋介石到达安庆,未及休息,"由省府乘藤舆出东门,往游迎江寺振风塔"。陪同在蒋介石身边的,除了卫士大队外,还有安徽省政府代理主席孙榖(孟戟)、省政府委员张亚威等人,阵仗不小,浩浩荡荡。游览一周后,蒋介石一行转往菱湖公园,道经安大预科,遂入内参观,见到学校图书馆书籍甚少,体育场地址不广,甚是关心,当即面嘱张亚威委员"多拨款项,从事补充",并一再强调"此事至关重要,不可耽误"。

按常理说,"最高元首"大驾光临,且关怀备至,无疑正是地方官员们"承沐圣恩"的大好时机,但没想到一向不把校长当官做的刘文典并未露面,只派了学校秘书、学监等一般职员参与接待。

据亲历者、安大毕业生吴东儒回忆:"有一天早晨,我们预科学生正在上第一节课。蒋从北门出城游览菱湖,路过百子桥,他听说这里是安徽大学,就停下来。侍卫留在大门外,他同几个卫兵穿过斋舍走廊,一直走到两座教室楼中间一排柳荫下站着,环顾四周。我们从教室一齐拥出来,手扶栏杆注视着他,谁也不敢作声,静悄悄地听到他们皮靴和沙石地的撞击声。蒋似乎感到有些没趣,转身就和随从走了。"

据说,当时校内有人主张请刘文典开一欢迎会,但刘文典一口拒绝:"他来就来,何必特又欢迎呢?"此前即有消息说蒋介石有意向安大学生发表演讲,大谈训政之道,而刘文典宛若未曾听见,还是那句话:"大学不是衙门!"

国家"最高元首"驾临,身为一校之长的刘文典竟然未曾恭迎,这难免在蒋介石的心头埋下了怒火。怒火,很快变成了"战火"。

女校开演"武剧"

其实刘文典与蒋介石之间发生的那场冲突,当时就已闹得沸沸扬扬,几乎成为民国时期一桩妇孺皆知的公案了。

或许是时间已远的缘故,关于这件事情的真相,目前有多个版本,尤其在细节上说法各异,矛盾不一,其中不乏夹有许多穿凿附会的描述,比如有一种说法称,刘文典在面见蒋介石时言语不和,"当众飞起一脚踢在蒋介石的肚子上"。这就有点传奇色彩了。

冲突究竟因何而起?刘文典为何怒斥蒋介石?当年的现场到底发生了什么?一切又似乎变成了"故事里的事",真相难寻,扑朔迷离,众说纷纭。要想还原历史,拭去岁月尘埃,最好的办法无疑还是查阅当事人的回忆文字或当年的新闻报道。

关于事情的起因,这里先来看看来自当年安大学生胡松叔的回忆:

> 一九二八年冬,安庆女中召开恳亲会(一说是校庆会或校庆恳亲会),给每个家长发出了请柬,会后准备演出几个文娱节目。有部分家长因故不能亲到,请柬落入别人手中。其中,又有少数落入安大学生手中,持柬者戏言,受到女中特邀,引起同学误会。一批人于是不请自到,定要入内参加晚会,女中乃停电,声称晚会停开。血气方刚的安大的一群小伙子,更以为受辱,遂将女中桌椅门窗捣毁,黑夜之中难免有殃及池鱼事,可是并未打人。

这一记录来自于《安庆文史资料》第15辑。据作者唐鸣珂称,胡松叔系当年安大学生,并充学生代表之一,但可能因胡未曾亲历"女中校庆事件",部分细节与后来的新闻报道略有差异。

其实,事情发生6天后,即1928年11月29日,《申报》就以《皖一女中校发生被毁风潮》,详细报道了具体经过,记述的情形显然比胡松叔所说的要严重很多:

> 本月二十三日,安徽省立第一女子中学举行十六周年纪念,并开成绩展览会。晚间十时许,忽闻该校有被人捣毁消息,其中且杂有手枪声,秩序大乱,该校女生,吓得乱窜。
>
> 该校在城内百花亭僻静之区,时已夜深,未便前往。次日清

晨,至该校探询究竟。据称昨日五时开会后,全校校友正在膳堂聚餐,突有安徽大学生杨璘、周光宇、侯地芬等,先后率领百余人,直撞入礼堂。当经学生、教职员等再四劝喻不去,其势汹汹,并前后把守,阻止出入,于是无法处理。因即函请安大刘主任到校,妥商办法,乃该校传达,又被迫不为通报。处此情形紧急之下,特派役持函逾墙出请公安局,派警来校维持。

至八时许,保安队来校,始将礼堂打毁,一轰而出,沿路并将学生寝室、女教员室窗户玻璃捣毁无数,女生钟来仪头部被破窗击伤,并踢伤女仆夏妈腹部,顿时呕血数口。乃齐轰出门后,未几又来多人,手持木棍涌入,捣毁校务处,并扭校长迎头痛击,幸经救护,未受重伤。复拥至男教员室,殴人毁物,呼打之声震天。此时似闻有手枪声,幸有保安队伺打救护,历三小时之久,至夜深十二时许,方将校牌投诸污池以去,旋有翟宗涛来校访问,行至礼堂前空地,尚有石子从学校西边纷纷飞来,安大文学院与该女校只隔一墙故耳。此当晚肇事之情形也。

同一天,《新闻报》亦作了报道,所述与《申报》大同小异:

二十三日为一女中十六周年纪念日。先一日通知各机关、各学校,叙明当日开成绩展览会,欢迎参观。届时前往参观之人士甚众。下午五时闭会,六时许全校教职员、学生方在膳堂聚餐,杨等百余人,即一轰入礼堂,声言来参观跳舞。该校教职员、学生即出谓本校晚间并无跳舞,只有实小学生小规模之游艺,系师生同乐会性质,并不招待来宾云云。杨等不信,坚欲闯门而入,其势汹汹,小学生恐惧异常,各家属乃携之而去,师生同乐会亦不举行。杨等谓该校有意停会,严加责问。该校乃派人持函请文学院主任刘文典来校劝导,久久不至,不得已派人持函越墙至公安局,请派警维持秩序。八时许保安队莅场,杨等又大骂该校武力压迫,污辱学生人格,一唱百和,而武剧开幕矣。

打架打了3个小时,还惊动警察鸣枪弹压,甚至连省立第一女子中学的校长程勉都被安大的学生们"迎头痛击",可见事态已经多么严重!那么,这些学生又为何要闹事呢?

据吴东儒回忆,当时传言"有人跑进女中女生宿舍想干坏事等等,而女中方面硬说是安大学生干的",因而引起安大学生不满,非要讨个说法,结果导致争端。

而来自安徽早期共青团组织成员欧阳惠林的回忆则显示,此次风波,当地党团组织亦有一定程度的介入与推动:

> 十一月二十三日,安徽省立第一女中举行十六周年校庆,邀请学生家长参加,晚上演戏招待。安大文学院在城内百花亭,原来是圣保罗教会学校的旧址,与一女中仅一墙之隔。我们从一女中新发展的共青团员王淑瑾处获知此消息,认为一女中是一座封建礼教的堡垒,封建统治严厉,党团组织在该校的发展极为困难,决定动员一部分同学前往参加晚会,以图冲破其封建思想的牢笼,促进新思想在该校的发展。当晚,有安徽大学文法学院和省立一中等校近百人进入该校看戏。一女中校长程勉(为国家主义派分子,安徽教育界程筱苏之子)看到安大等校男生来校,便宣布停止演戏,勒令校外学生出校,彼此发生争吵。程勉当即用电话通知国民党安徽省会公安局,诬告安大学生捣乱会场,闯入宿舍,侮辱女生等,要求公安局派军警来校弹压,并将校门关闭。公安局派出大批荷枪实弹的军警,赶到女中,不分情由,鸣枪射击,拘捕安大等校学生,双方发生冲突,安大等校学生被迫夺门而出。

年轻学生血气方刚,看戏不成,又经人鼓动,只觉得"太伤自尊了",哪管得了真实情况如何。他们打架打得正欢的时候,竟还没忘记派人将学校的传达工扣押住,不让他们给外面送信,结果刘文典被蒙在了鼓里。事态由此一发而不可收。

第二天一早,省立第一女中校内忽然又传来"安大学生可能还要再来打复场架"的消息,纤弱的女生们吓得花容失色,惶恐不安。学校方面紧急开会,最后一致商定:当天下午,由冯教务主任带领百余名女生,前往省政府、省党务指导委员会、省教育厅请愿,要求彻查此事,惩办祸首。

那真是民国街头的一道独特风景!百余名女生打着标语,在学校教务主任以及学生代表董瑞兰、姜润等的带领下,浩浩荡荡开往省府办公地。女生所到之处,早已待命的管辖区警员们立即全线出动,将她们团团围住,保卫起来,小心翼翼,一路严密护送到目的地。

省政府代理主席孙棨早已接到报告,知道此事非同小可,当即亲自出面接见,并承诺一定会秉公办理,彻查此事,给学生一个满意的交代。当天晚上,省教育厅厅长韩安召集当地各中学校长开会,准备推选安徽省立一中校长李相勖、省立第一职业学校校长毛保恒、安庆六邑中学校长史邦轮分赴安徽大学、省立第一女子中学等处,调解协商处理办法。同时,安徽第一女中方面亦推举代表三人,晤见刘文典,要求开除为首学生杨璘等三人。

对于女中方面的要求,性格倔强的刘文典并"不买账",在接待女中代表时,回答得亦很干脆:"此事突然发生,为安徽教育界之大不幸,本人为公为私,对一女中全体十分抱歉。惟学生气焰方张,本人无力解决,务请原谅!"

11月25日,奉命前往两校进行调解的三所中学校长无功而返,只能如实向省教育厅报告:安大学生已经诉诸学生会主持,无法调停,请厅长另想办法。韩安知道刘文典的性格,此时也是束手无策,唯有等待省政府提出解决方案。

局势就这样僵持住了。

蒋介石决定会会刘文典

大概从这个时候起,事情开始发生变化。

在刘文典看来,"女中事件"的发生不过缘于年轻学生的一时冲动,因此对他们并未过于严责,更不同意将他们开除。但当时正在安庆地区积极活动的党团组织却意识到这是个难得的机会,认为安大与女中之间的纠纷,正是他们打入女中的绝好机会:"我们要从运动中争取积极进步的同学到团的周围来,从而挑其表现最好的吸收入团,从斗争中发展组织,从发展组织中进行斗争,一定要争取运动的领导权,掌握领导权,女中我们还是个空白点,要设法打进去。"①

根据怀宁团县委的指示,安大团支部决定"闹学潮,反对程勉,打倒程勉"。据时任怀宁团县委常委钱新嘉回忆,当时安大学生派出四名代表,以王金林为首,到各校宣传反对程勉侮辱安大同学和其他中学的非法行为。省立一中首先响应,召开全体学生大会,选出汪经略、邹人孟、秦培风、钱新嘉四名代表,陪同安大代表到其他各校宣传,各校亦都纷纷响应,选出代表,连私立成德中学和贫民女中(教会办)也都带动起来,即时组织各校代表到安大举行联席会议,公推钱新嘉担任主席。

在进步青年的直接策划与推动下,事态越变越复杂。正当女中学生们义愤填膺、哭喊鸣冤之际,安大的学生们也涌到了省政府门口,声称女中校长程勉动用武力包围安大,甚至鸣枪威胁,完全是一派强权做法,应予以撤职查办。而在安庆的街头巷尾,一些安大的学生则趁机散发传单,呼吁惩戒程勉,"扩大学潮范围,扩大斗争性质"。

11月26日,韩安、程勉前往省政府,与省政府代理主席孙棨、省政府秘书长张亚威、省党务指导委员会贺灵均共商解决大计。经过左右权衡、再三协商,两校都决定作出让步:刘文典答应正式道歉,赔偿损失,并承担受伤女生、女仆夏妈的医药费。但对开除杨璘、周光宇、侯地芬等三人一事,暂时保留意见,要求一切等事实真相被查明后再作决定。程勉看到眼前形势略有缓和,也不再坚持,只希望刘文典信守承诺就好。所有纷争,貌似平息。

年轻的党团组织成员们好不容易抓住了这个机会,岂肯轻易放过!

几天前,由于叛徒告密,那个曾被刘文典"礼送出校"、一度担任怀宁团县委书记的俞昌准遭到逮捕,但按照团县委的商议,决定将学运继续下去。

---

① 钱新嘉:《回忆俞仲则(昌准)烈士》,见政协安庆市文史资料研究委员会《安庆文史资料》第2辑,1981年9月,第104页。

经过周密部署,由钱新嘉任团县委代理书记,派安大预科学生汪耀华同志担任县委,分管宣传工作,王金林分管组织工作。代表们在安大举行了第七次联席会议,大家义愤填膺,豪情万丈,一致决定于第二天游行示威,并推举安徽第一职业学校学生张和担任大会主席,钱新嘉担任总指挥,大会宣言由安大文学院学生刘树德起草。

第二天一早,400余人在安大操场誓师出发,高举"打倒学阀程勉""撤换程勉校长职务"之类的标语,一路高呼各种学运口号,浩浩荡荡到了省政府广场。学生们已经听说,蒋介石当天早晨已经到达安庆,这无疑是个好机会。不料,到了省政府门口后,蒋介石不愿出来与学生见面,只派人出来回话:"主席正在开会。对于这件事情,我们政府已经知道了,一定会查明事实,依法办理。"

如前所述,刚到安庆不久,蒋介石在游览迎江寺振风塔后经过安大,曾入内参观,却遭到了刘文典的"冷遇",心里已颇有几分不快,怒火隐忍未发。随后,就听说了安大与女中的冲突,"询知此案之始末,尤为愤慨,主张彻底解决,以挽颓风"。

鉴于事态逐渐扩大,蒋介石一边派秘书陈立夫向女中学生代表宣布自有办法,让她们回去安心上课;一边派国民政府军事委员会机要科科长戴笠会同安庆市公安局督察员饶吉甫彻查真实情形。戴笠、饶吉甫迅即赶到省立第一女子中学,经实地调查后得知:事情发生后,刘文典并未如诺于11月27日晚至安徽第一女子中学道歉,因而引发女校师生不满,纷纷要求面见蒋介石,详细陈述学潮的起因与经过。

蒋介石决定会会刘文典。

11月29日午后3时许,蒋介石在下榻的省政府后花园召见安徽大学文学院主任刘文典和安徽第一女中校长程勉。刘文典虽然极不愿意前往,但学潮久久不能平息,一味避见蒋介石,终究不是解决问题的办法,于是决定"单刀赴会"。

关于他出发前的心境,后人还为他设计过一段慷慨激昂的台词,虽然多为附会之辞,但颇为有趣,不妨一读:"我刘叔雅并非贩夫走卒,即使高官也不能对我呼之而来,挥手而去!我师承章太炎、刘师培、陈独秀,早年参加同盟会,曾任孙中山秘书,声讨过袁世凯,革命有功。蒋介石一介武夫耳!其奈我何!"

西南联大学生刘兆吉在《刘文典先生遗闻轶事数则》里,曾描绘过两人初见时的情景:

> 因有怨气,见蒋时,戴礼帽着长衫,昂首阔步,跟随侍从飘然直达蒋介石办公室。见蒋介石面带怒容,既不起座,也不让座,冲口即问:你是刘文典么?这对刘文典正如火上加油,也冲口而出:"字叔雅,文典只是父母长辈叫的,不是随便哪个人叫的!"这更激怒了蒋介石,一拍桌子,并怒吼:"无耻文人!你怂恿共党分子闹事,该当何罪?"刘文典也应声反驳蒋介石为不实之词,并大声呼喊:"宁以义死,不苟幸身!"躬身向蒋碰去,早被侍卫拦住。蒋介石又吼:"疯子!疯子!押下去!"

简单几句话,将刘文典不惧权贵的形象勾勒得活灵活现。但这更多只是一种文学化的描写,带有一些拔高的成分,真实的情况若是如此,那刘文典未免也太"愣头青"了一点。

据安大毕业生吴东儒当时所闻,刘文典到后,蒋介石招呼他坐下,他照常口衔香烟坐下,然后从袖筒里掏出一听香烟,抽出一支递给蒋介石,蒋介石摇手表示不抽。场面上的客气,还是有的。

刘文典倔强归倔强,并非蛮不讲理。他之所以后来与蒋介石大起冲突,一是他觉得不应轻易开除学生,二是他也确实没有去煽动共产党闹事,心里有些委屈。1928年12月3日,《申报》在"教育消息"版显著位置刊登《蒋主席严斥安大生捣乱女中》的报道,介绍刘文典与蒋介石见面并发生冲突的详情。根据报纸报道,事情的大概情况是这样的:

等大家都坐定后,蒋介石先问程勉:"女中被毁,你有何要求?"程勉被学潮闹得心烦意乱,只想着早点回到稳定状态,同时也想向蒋介石表个态,于

第三章 主政安大

是回答道:"只求保障学校安宁,学生得以安心上学,其他的就不计较了。"

蒋介石点点头,转过头来问刘文典:"你打算如何处理肇事的学生?"刘文典内心并不赞成处理学生,于是回答道:"此事发生,为安徽教育界之大不幸,自身不能解决,有劳总司令动问,益觉汗颜。"至于肇事学生,刘文典表示,当时滋事的学生又不只是安大一个学校的,为何单拿安大问事?再者,此事内容复杂,尚有黑幕,在事情尚未调查清楚之前,不能严惩肇事学生。

看到刘文典这副态度,蒋介石大为震怒,"腾"地站起身,拍着桌子,大声斥责道:"大学学生黑夜捣毁女校、殴伤学生,尔(指刘)事先不能制止,事后继任学生胡作胡为,是为安徽教育界之大耻!我此来为安徽洗耻,不得不从严法办,先自尔始!"言毕,即令卫士将刘义典送交公安局收押。

关于这段"巅峰对决",还有另外一个版本。这是由时任国民党安徽省党部指导委员会秘书石慧庐回忆记录的,与前者细节略有不同:

> 蒋当时盛怒之下,大骂安大学生代表们,骂了又坐下,稍停一下,站起又开骂,训了学生一顿之后,转过来便责备两校校长。女师(应为女中)校长程勉,为安徽老教育家程筱苏的儿子,坐在那里一言不发,恭听责备。蒋又转向安大校长刘叔雅大加责难,认为刘对学生管教无方。叔雅此时正很烦恼,和蒋言语间颇有冲突,众皆色变。蒋即骂:"看你这样,简直像土豪劣绅!"刘大声反骂:"看你这样,简直是新军阀!"蒋立时火气冲天地骂:"看我能不能枪毙你!"刘把脚向地下一顿说:"你就不敢!你凭什么枪毙我?"蒋更咆哮地说:"把他扣押起来!"立时便有在门外的两个卫兵进来,把刘拖拉下去。①

虽然石慧庐并未亲见两人冲突的场景,但当时便听到多位在场的省党部委员说起此事,回忆文字基本可信。

---

① 石慧庐:《记安徽大学校长刘文典被蒋介石扣押》,见《文史资料存稿选编·教育》,北京:中国文史出版社,2002年,第1106~1107页。

还有一种说法：在会见现场，无论蒋介石讲什么话，刘文典都不屑回答，只是仰头吐着烟圈，然后以极度鄙夷的神情，轻轻哼一哼。蒋介石见此情状，气得浑身直哆嗦，顺手就给了刘文典两记巴掌，然后叫人将他扣押了起来。这种说法有点戏剧化、脸谱化了。

而在以往关于此事的记载中，类似的描述并不鲜见，比如有人写蒋介石怒斥刘文典时是这样说的："教不严，师之惰，学生夜毁女校，破坏北伐秩序，是你这新学阀横行，不对你撤职查办，对不起总理在天之灵！"

而刘文典也毫不含糊，"嗖"地站了起来，与之直面相对，语调依然是不紧不慢、从容不迫："提起总理，我和他在东京闹革命时，还不晓得你的名字呢。青年学生虽说风华正茂，但不等于理性成熟，些微细事，不要用小题目做大文章。如果说我是新学阀的话，那你就一定是新军阀！"

还有人为盛怒中的刘文典设计了这样一句慷慨激昂的台词："我只知道教书，不知道谁是共产党！你是总司令，就应该带好你的兵；我是大学校长，学校的事由我来管。"这和有人写刘文典"当众飞起一脚踢在蒋介石的肚子上"一样，都是一种文学演绎乃至虚构，并不符合常理。

当然，事情到了这个程度，具体细节到底如何已经不重要了。重要的是，刘文典一介书生，竟然置国家元首的尊严于不顾，与之公然分庭抗礼，面临生死选择亦无所畏惧，这种纯粹的知识分子独立精神，又令多少人追慕景仰！

由此，"刘文典痛斥蒋介石"遂成为中国学术界、思想界、教育界一道不可忽略的风景，传诵至今。

"在祖父坟上掘了一个大坑"

且说冲突之后，蒋介石怒不可遏，当即传谕安庆市公安局王绍曾局长带领四名警员，将刘文典带局收押，关在省政府内的"后乐轩"里。据带有蒋介石日记摘抄本性质的《困勉记》记录，当日蒋氏对此事有这样一番记录："下午，闻安徽大学与女校纠葛，曰：'败坏学风，莫此为甚！而安大校长刘文典

第三章　主政安大

尤横傲不法,竟率学生示威,此风何可长也?'乃命押禁校长,召学生训诫之,事得以解。"

事情的解决其实没有那么简单,刘文典遭拘押的消息甫一传出,社会一片哗然。安徽大学的学生立即分赴各校,鼓动停课,举行游行示威,手持标语,要求保障人权,尽快释放刘文典,并大呼"打倒程勉"等口号。当晚7时许,游行队伍200余人蜂拥至省党务指导委员会门口,正碰到蒋介石在那里公宴安徽各级官员,遂派代表秦培风等10余人进去面见蒋介石。

蒋介石正在气头上,提到安徽的教育状况,仍是忿忿不已:"我也办过教育的,我的学生有十几万人(指黄埔军校),可有一个捣毁女校的,如果有,我给他就地枪决!"再说到刘文典,更是觉得这个人傲慢狂妄、强词夺理,简直不可理喻,于是大声怒斥:"刘文典鼓动学潮,理当严惩不贷!"

正当此时,几个学生代表走了进来,蒋介石索性借题发挥:"尔等青年,不应替人作工具。刘文典已被我看管了,你们且回去安心读书去吧!"看到代表中还有一名女生,蒋介石更是十分恼火:"女校被男学生捣毁,你们不反抗也就罢了,还要随声附和,成何事体!"说完,将手中的茶杯朝桌上一掼,杯中茶水四溅,背着冲锋枪的卫士马上一拥而上,如临大敌。

据参与学潮策划的共产党员钱新嘉回忆,安大学生代表陈处泰气愤得想要站起来辩驳,但被左右同学暗暗按住。这时候,好汉不吃眼前亏!

离开安徽前,蒋介石面谕省政府代理主席孙荣、省民政厅长吴醒亚等人:一切从严办理!经过孙荣与韩安等人协商,很快作出了处理决定:将刘文典免职查办;至于参与学潮的学生,则一律开除学籍,不准逗留省垣。

按照《申报》1928年12月6日的报道,"计开除第一中学校学生邹人孟、秦培风、钱新家(嘉)、汪经略等四名,六邑中学校学生吴宣汉、吴兴培、金振华等三名,东南中学校学生张思明、王旺之、全俊章、王同第等四名,第一职业学校学生陈继祖、张辅田、阮仲思等三名,安庆女学学生陈汉诚、张德真、艾玉芳等三名"。至于安大的闹事学生,除对杨璘等三人交法院讯办外,其余刘树德等11人一律开除学籍,限令即日离省垣,不许逗留。

12月1日下午3时许，省政府代理主席孙棨率领卫队20余人，至安大文学院训话，并贴出一张布告，内容如下：

为布告事：

十一月二十三日，本省省立第一女子中学举行十六周年纪念会，各校友并于晚间举行会餐。讵有安徽大学学生多人，误认该校表演游艺，要求参观。既由女中校当事人员声明，系校友会举行会餐，并无其他表演，该学生等仍强行蜂拥以入，秩序大乱，竟至捣毁礼堂及各处门窗、殴打役员。

大学学生一举一动，均为社会表率，女校何地，出此毫无意识破坏纪律之行为，虽其时群众杂糅，不尽为大学学生，容另行查明办理。但该校既为本省最高学府，该生等即为本省学生领袖，乃一再开会集议，聚众游行，均由该校集合发动，殊属非是。该生等如果反求诸己，以悔自陈，尚可原恕，复于国府主席莅临之日，聚众游行，乱贴标语、乱喊口号，节外生枝，使社会顿呈不安宁状态。

国府主席目睹现状，详查事实，本爱护青年之心，为整顿学纪之举，手谕安徽大学主任刘文典，办学无方，致学生有破坏纪律之行动，着即免职，听候查办。安徽大学主任，应即由省政府另行派员暂行接办等因。除分别呈报并另行办理外，兹查该校为首鼓动滋事学生杨璘、周玉波（即周光宇）、侯振亚（即侯地芬）三名，应交法庭讯办。其余刘树德、陈处泰、王焕庭、许国瑗、张思明、刘竹菁、刘复彭、刘励根、周振实、汪耀华等十一名，着即开除学籍，限即日离省，不许逗留。一面遴委该校职员，组织临时校务维持会，负责维持督饬全体学生，恪守规则，照常上课，听候整理。

本省大学，成立匪易，该生等遵父兄之命，负笈而来，为国家培养人才计，为家庭父兄期望计，宜如何努力自爱朝夕潜修，希图上进，想该生等由良心上主张，当能仰体斯意也。嗣后如再有不规则行为发见者，本省政府当即秉承国府主席意旨，依法严办，仰诸生

第三章　主政安大

痛改前非,猛力向学,以副国家乐育人才之至意。

此布。①

布告贴出后,各学校立即遵照执行。除早已闻风而遁的杨璘等3名安大为首滋事者外,其余被开除的学生限定"即日离省"。12月3日起,各校一律恢复正常上课,风潮暂告平息。

对于刘文典,其实很多人都清楚:他不过是同情青年学生而已,非要给他扣上"鼓动闹事,支持共产"的罪名,显然是"抬举"他了。很快,安徽教育界就由省第一职校校长毛保恒领衔,向省政府请求暂时保释刘文典。省政府代理主席孙棨一时拿不定主意,只能回话将呈请中央指令,"现在未便准予保释"。

刘文典被扣押的第二天清晨,夫人张秋华便赶到国民党安徽省党部指导委员会秘书石慧庐家,一见面就满是怨言地倾诉:"叔雅要到安徽来,我反对,不要他来。安徽的教育不是学者办的,是政客办的,所以现在吃亏了。"接着又问:"叔雅现在是什么情况?是不是家里须要送铺盖去?"

石慧庐如实相告,并安慰道:"我当晚已打听他在省府后乐轩居住,晚上秘书长徐炎东和委员张亚威、科长丁洽明,都去看他,并预备上好铺盖,又买了听大炮台烟供给他。晚饭是丰盛的菜肴,只是他们不便陪他吃。后乐轩室外站有一个卫兵守着,是不能不做此形式,为瞒上不瞒下的办法,免蒋责备罢了。"经过商量,张秋华决定立即乘船赴南京,请求在南京的友人援救。

事实上,刘文典被扣押的消息经《申报》《新闻报》等媒体报道后,在国内教育界也引起极大的舆论同情。在张秋华的恳求下,蔡元培、蒋梦麟、胡适等人迅即致电蒋介石,请求释放刘文典:"请念其昔日文字鼓吹革命之功绩(刘曾任《民立报》撰述),而恕其一时言语之唐突,并力保无其他。"

此时,蒋介石已知安徽学潮背后确实另有内幕:"实因教厅长韩安与安大主任刘文典,早有意见。迨一女中风潮起,韩派则欲借此以去刘,刘派亦

---

① 《皖一女中风潮解决》,载《申报》,1928年12月6日。

思扩大以逐韩。适蒋主席到皖,韩以省委地位,易于进言,刘遂失败。"①如前所述,学潮的真正组织者应该另有其人。

于是,在安徽方面将有"共产党"嫌疑的闹事学生一一开除后,蒋介石电令安徽省政府:"刘文典如果即时离皖,可准令保释。"

12月5日,刘文典恢复自由。据说,当来人打开后乐轩的门,恳请刘文典回家时,刘文典死活不肯出来:"我刘文典岂是说关就关、说放就放的!要想请我出去,请先还我清白!"来人只得好言相劝,刘文典这才善罢甘休。一场风波,就此了结。

刘文典后来跟好友冯友兰说,当蒋介石将他扣押的时候,他已经做好了杀身成仁的心理准备,不过他知道蒋介石没有正当理由,也不会轻易动手,"我若为祢正平,可惜安庆没有鹦鹉洲;我若为谢康乐,可惜我没有好胡子。"②祢正平指三国时期的祢衡,曾写出千古名作《鹦鹉赋》,才华横溢,风骨清劲,最终死在短识小人黄祖之手。谢康乐指南朝著名诗人谢灵运,一生放浪形骸,屡遭陷害,最终被宋文帝(刘义隆)以"叛逆"罪名杀害。

刘文典痛斥蒋介石这件事,尽管并非完全在理,但毕竟是一个小人物对大人物发起的有力挑战,因而在意义上被逐渐放大,成为传统文人心中的一杆道德标尺。1929年4月,胡适在《新月》杂志第2卷第2号上发表《人权与约法》一文,援引此事,暗批国民党政府没有人权:"安徽大学的一个学长,因为语言上顶撞了蒋主席,遂被拘禁了多少天。他的家人朋友只能到处奔走求情,决不能到任何法院去控告蒋主席。只能求情而不能控诉,这是人治,不是法治。"胡适果然是胡适,一语道破天机。

1931年12月11日,鲁迅先生在《知难行难》一文中,再次谈到这件事,并将之作为学者人格独立的典型代表:"安徽大学校长刘文典教授,因为不称'主席'而关了好多天,好容易才交保出外。"这说明,在中国传统文人的内心深处,始终埋藏着一种挑战威权、抗衡强者的基因。只不过,由于考虑到

---

① 《皖省学潮之内幕》,载《教育杂志》,第21卷第1号,1929年,第181页。
② 冯友兰致张德光函,未刊稿,1963年3月10日。

种种现实因素,许多人最终选择了避让退缩,而"愣头青"刘文典站到了与强者对抗的前台。这需要的不仅仅是胆量。

回过头来且说刘文典,虽经各方保具开释,恢复自由,但离开安徽大学已经是必然的了。可想而知,离开安徽前,刘文典的心情颇为黯淡,他当初接受省政府的邀请回来办学,原是怀有远大抱负的,一心想重振安徽的教育,如今频遇波折,沉沙折戟,"这次回来,在祖父坟上掘了一个大坑,来害自家的子弟,个人身败名裂不足惜,公家事被我误尽了"。

12月5日晚,刘文典出省府后即返私宅,整理行装,乘轮东下……

第四章
水木清华

刘文典离开安徽后不久,蒋介石就免去了韩安的省教育厅长一职,由留美归来的程天放继任。

这令韩安更加怀恨在心,专以"土豪"二字做文章,欲以此相倾害。刘文典当时避走南京,处境困窘,只能写信向当时在上海的中国公学校长、好友胡适求援:"弟以书生,无自卫力量,实禁不起彼之阴谋中伤,务恳吾兄速为设法,早到北平,免受其害。"

幸好刘文典声望渐起,学术有成,又正当盛年,国内邀请他前往任教的学校为数不少。在胡适的努力下,刘文典顺利回到北京大学继续担任教职,并在清华大学国文系兼课,开始了学术事业上的又一次跨越。

第一节 三易校长风波

罗家伦"党化"清华园

早在主政安徽大学期间,刘文典就已接到清华大学新任校长罗家伦的邀请,本已应允,但因安大坚留而作罢。

清华本是"庚子赔款"的产物,初为清华学堂,逐渐演变为学校,到1928年8月17日,"国民政府议决本校改为国立大学,同时任命罗家伦先生为校

第四章 水木清华

长,至是本校遂为正式国立大学"。按照1931年5月冯友兰《校史概略》的说法,"本校二十年来,名凡三易。今兹略述本校校史,即据之以划分为三时期而分述之:曰游美学务处时期,曰清华学校时期,曰国立清华大学时期"。

罗家伦是清华成为"大学"后的第一任校长。罗家伦,号志希,浙江绍兴人,生于1897年,1917年考入北京大学文科本科读书,主修外文。这一年,正巧赶上蔡元培出任北大校长。校园自由开放的氛围让年轻的罗家伦如鱼得水,先是带头创办了名震一时的《新潮》杂志,后又成为五四期间学生运动的领头人之一,蔡元培想让学生停止罢课,都要找他耐心商量。1920年毕业后,罗家伦赴美留学,回国后不到两年,便被蔡元培推荐为国立清华大学校长。

罗家伦1928年9月到校后,迅即采取了一系列整顿改革的措施:裁并学系,添聘教授,增购图书仪器,添招女生。其中,对于增聘教授一项,罗家伦尤为重视。尽管他接到任命较迟,很多有名的教授都已接受其他学校聘请,但他仍是多方努力,终于聘来几位在学术上拥有相当声望的名士,如国文系的杨振声、钱玄同、沈兼士,历史系的朱希祖、张星烺,哲学系的冯友兰、邓以蛰等。

罗家伦与刘文典在北大时就已相识。1919年8月,刘文典避居北京香山碧云寺翻译《生命之不可思议》,就是罗家伦跑去告诉刘文典原著作者海克尔逝世消息的。对于刘文典的学术声望,罗家伦是知根知底的,因而出任清华校长后,便极力动员刘文典加盟助阵。

在谈到教授聘请标准时,罗家伦曾明确表示:"至于聘请新教授,我倒有一个坚定的原则,就是我决不请有虚名而停止了上进的时下所称的名教授;我所着眼的,是比较年轻的一辈学者,在学术上打得有很好的基础,有真正从事学术的兴趣,而愿意继续做研究工作的人。"[①]罗家伦认为,只有在这种类型的人才中,才能找到中国学术未来的希望。为此,他甚至不惜得罪自己

---

① 罗家伦:《我和清华大学》,见罗久芳《我的父亲罗家伦》,北京:商务印书馆,2013年,第173页。

的老师朱希祖,而三顾茅庐请更年轻的蒋廷黻来担任历史学系主任。

罗家伦不属于任何学派,毫无门户之见,因而在学校整顿改革上大刀阔斧,不存私心。只要学问做得好,即便曾经是"对手"也没关系。外文系的吴宓教授在五四时期攻击新文化运动甚力,且与罗家伦打过小小的笔墨官司,一度担心罗家伦出任校长后对他不利,便托赵元任先生找罗家伦打听消息。罗家伦听了,哈哈一笑:"哪有此事,我们当年争的是文言和白话,现在他教的是英国文学,这风马牛不相及。若是他真能教中国古典文学,我亦可请他教,我绝不是这样褊狭的人。"结果,吴宓不但继获教职,而且月薪还加了40元。

对于像刘文典这样有一定学术名望的教授,罗家伦并不满足于仅能聘到他们在清华兼职授课,而是开出优越条件直接"挖来"。1929年9月,刘文典辞去北大教授,专任清华教授。为此,《国立清华大学校刊》专门刊登一则消息,报告此事:"刘先生对于汉魏六朝文学、校勘学、《淮南子》皆经十余年精刻研究,学有心得。上学期任北大教授,只能在本校担任讲师,本学期能来本校专任,事一力专,自必更有精彩。"这一学期,清华大学文学院国文系聘定的教师,全是声名显赫的名家,教授级的如朱自清、陈寅恪、黄节、杨树达等人,讲师级的如赵元任、钱玄同、俞平伯等人。

罗家伦上任伊始,就向师生们表示,为求清华在学术上的独立发展,必须推行"四化"方针——廉洁化、学术化、平民化、纪律化。廉洁化是出于革故鼎新,学术化是提倡研究风气,平民化是矫正"享乐主义",都还符合人心,颇受欢迎。唯独纪律化这一点,很快触礁,如时任清华大学学生代表大会主席李景清所言,"罗氏就职之后,好像使我们记得最清楚的就是他要从军事训练上,实行他的纪律化(四大化之一)的政策,于是马大队长也请来了,制服也做好了,组织大纲也宣布了,在初次下操的那天,罗先生好不耀武扬威地挂着武装带,蹬着大皮靴,'哒,哒'地在操场走来走去检阅我们这一群毫无兴趣的小兵"。

军训开始两周后,在向学校董事会报告军事化管理的初衷时,罗家伦解释道:"大学实行军事训练,为全国教育会议通过的议案,也是政府教育的方针,同时又是清华学生的要求和家伦个人的主张。目的在养成学生守纪律,重秩序,整齐严肃,能令受命,坚忍笃实,急公好义的生活与品性。"例行军训,说是罗家伦"个人的主张"不错,说是"清华学生的要求"恐怕就太武断了。学生毕竟是学生,像军人一样去对待,难免起到反作用。在清华,一些学生对之厌恶到了极点,甘冒被开除的危险,有意不参加每天的点名,结果这个军事训练搞了不到两个月就草草收场,改为只限一、二年级的必修课。

1930年5月,中原大战爆发,汪精卫和阎锡山在北平另组"国民政府",蒋介石一向赏识的罗家伦举步维艰。正当此时,清华大学学生代表大会李景清、曹德盛等人趁机驱逐罗家伦,提出"请罗校长自动辞职"议案,公开指责"罗来清华一年,恶迹大彰,丑态百出,箝(钳)制言论,束缚同学,滥用私人,离间分化,无所不用其极"。①

这一番言论显然深深刺痛了励精图治的罗家伦。虽然这个提案翌日即被全体学生大会否决,但罗家伦对清华的学风颇感失望,不愿意继续待下去了。1930年5月22日,他留下一份洋洋洒洒的辞呈,将学生大骂了一通,黯然离去。

不撤校长就集体辞职

罗家伦离开清华南下后,校务由教务长、秘书长及各院院长组成的校务会议维持,学生学业基本未受太大影响。就在此时,刚刚控制华北局势的阎锡山有意插手清华校务,任命其同乡、幕僚乔万选接任清华校长。

对于这个乔万选,包括刘文典在内的清华人知之甚少,只知道他是清华大学1919级毕业生,赴美留学归国后,先后在上海租界临时法院、东吴大学法学院、中央大学法学院、山西党政学院等处任职,与阎锡山关系甚笃。按照乔万选的资历声望,出任清华校长,显然有点勉强。

---

① 《最后消息》,见清华大学校史研究室《清华大学史料选编》第2卷,北京:清华大学出版社,1994年,第92页。

刘文典传

  清华师生与乔万选本没有恩怨,但对于阎锡山的这种"非常手段"却极为反感,于是坚决予以抵抗:"罗家伦假政治势力来长校,我们不能留他;如果有人以军人势力来闯进清华,就叫他带着卫队,我们在手枪与大刀的威迫下,也不能允许他来!"

  这个乔万选在遭到清华师生反对之后,竟然想到了"武力夺权"的招数。1930年6月25日,乔万选带着秘书长、庶务主任等一干人马,横冲直撞"杀"入清华园,准备强行接管清华。清华师生岂是等闲之辈!乔万选的人马刚到,学生会护校委员会的纠察队就迎了上去,单请乔万选到学校小礼堂,软磨硬逼,要求他当场签字同意"永不任清华校长"。

  乔万选怒火中烧,却也知道"好汉不吃眼前亏",慌忙签字画押,灰溜溜被赶出了清华大学的校门。

  两天后,包括刘文典在内的国立清华大学教授们联合发表声明:

>   本校不幸因校长问题引起纠纷,同人等职在教学,对于校长个人之去来本无所容心。惟本校为一最高学府,一切措施,应以合法手续行之,校长自应由正式政府主持之教育机关产生,若任何机关皆可以一纸命令任用校长,则学校前途将不堪设想。查本校自罗校长辞职后,校务由教务长、秘书长及各院长组成之校务会议维持,所有计划照常进行,学生毕业丝毫未受影响。经费则自去春起由美使馆按月拨给、中华教育文化基金委员会依法定手续转交本校正式当局。本校基金亦由该会保管,不受任何方面干涉。所愿学校行政亦能超出政潮独立进行,俾在此兵戈扰攘之中,青年尚有一安心求学之处。倘有不谅此衷别有所图者,同人等职责所在,义难坐视。谨此宣言。①

  宣言并不长,但字里行间,句句刺刀见血,如同一纸"战斗檄文"。阎锡

---

  ① 《国立清华大学教授会宣言》,见清华大学校史研究室《清华大学史料选编》,第2卷,北京:清华大学出版社,1994年,第91页。

山这才知道清华大学的老师、学生并不好惹,只好收回成命,电饬乔万选"返晋"。一幕闹剧就此结束。

然而,清华大学校长"选秀"风波却远远没有结束。在"驱罗""拒乔"之后,曾先后有推选冯友兰、周炳琳等教授代理校务之说,但均未获积极响应。清华校务仍暂由校务会议负责处理。就这样,清华师生度过了11个月没有校长的大学生活。

1931年3月17日,重新掌控北方统治权的蒋介石,主持召开第16次国务会议,决定任命嫡系人马、国民党中央政治学校教务副主任吴南轩到清华大学任校长。清华师生对于蒋介石的这一"司马昭之心"虽大出意料,但学校长期没有校长也不是办法,于是勉强接受。

在兼理教育部长蒋介石的支持下,4月20日,吴南轩宣誓就职,表示"将严守法治精神,不徇私破坏法制,欢迎师生积极建议,将以公开态度,择善而从"。一切看上去很美。

没想到,吴南轩到校之前,就已选定陈石孚为教务长、朱一成为秘书长,起先秘而不宣,一经上任,立即公布。同时,又借故撤换会计科、庶务科、文书科三主任职务,"未及二月,一切设施,均背同学公意,且妄改校章,不维信用,蔑视教授,贪夺权利,致激起全体同学之公愤,引起教授之反抗,忍无可忍之余,驱吴运动爆发"。①

吴南轩遭驱逐的根本原因,在于他极力反对业已形成的"教授治校"制度,认为学校行政应由校长负完全责任,教授、学生不应过多干涉。根据清华校章规定,院长须由教授会每院推举两人,复由校长选定一人,但吴南轩坚不承认此种规定,没有经过任何有效程序就任命冯友兰、熊庆来、陈岱孙担任文、理、法三学院院长,结果反被这三个人严词拒绝。

吴南轩倒也牛气,仗着后台是蒋介石,一再声明"院长宁可暂缺,个人主张绝不能捐弃",拒绝召开评议会和教务会议。随后,吴南轩南下晋京,向教

---

① 《驱吴运动爆发》,见清华大学校史研究室《清华大学史料选编》第2卷,北京:清华大学出版社,1994年,第98页。

育部请命,要求变更校章,将院长聘任、教授聘任两项全权交给校长负责。吴南轩的蛮横与专断,激怒了清华师生。

这一次,刘文典站到了驱逐校长的最前沿。5月28日下午4时,刘文典、冯友兰、杨武之、熊庆来、金岳霖等46名教授在清华大学工字厅召开临时会议,经过3个多小时的激烈讨论,最终达成一致意见:"吴南轩校长到校以来,惟务大权独揽,不图发展学术,加以藐视教授人格,视教授如雇员,同人等忍无可忍,为学校前途计,应并请教育部另简贤能,来长清华,以副国府尊重教育之至意。"会议决定推举张奚若、金岳霖、蒋廷黻、周炳琳、张子高、吴正之、萨本栋为起任委员会,起草并缮发呈文。

同一天,清华大学48名教授联合签署了《四十八教授态度坚决之声明》,高举"驱吴"大旗,"同人等因吴南轩蒙蔽教部,破坏清华,除一面呈请教育部另简校长,重议规程外,特此郑重声明,倘此问题不能圆满解决,定于下学年与清华脱离关系"。刘文典也在这48名教授之列。

尽管刘文典刚刚捧上清华大学专任教授的饭碗不久,但在学术独立、人格独立面前,他还是选择了冲锋陷阵。

吴南轩一计不成,再生一计。看到清华师生对自己群起而攻之,他竟携带清华大学印章,逃进北平的使馆区里,赁租利通饭店办公,挂起了"国立清华大学临时办公处"的牌子,试图远程遥控清华。

对于清华师生,吴南轩一面断绝其经济来源,一面进行政治恫吓,呈文教育部,反诬教授会"唆使学生""威迫校长",甚至准备"武力解散清华"。但刘文典等清华师生不为所动,坚持抗争,对于吴南轩对话谈判的邀请,"以吴曾失信,故亦无谈话之必要,婉词谢绝"。

6月2日下午,清华大学教授会再度开会,决定推选冯友兰、吴正之、张奚若等三人为代表,到教育部报告吴南轩诬陷清华真相。学生们更是积极行动,甚至准备成立武力护校团组织,"对吴有意回校事,如其成为事实,誓死拒绝。倘吴借武力到校,决武力护校,准备流血"①。社会各界纷纷发表言论,支持清华师生的正义行为。

吴南轩眼见大势已去,覆水难收,遂于6月25日离开北平。7月7日,南京教育部以吴南轩"暑病时侵,亟宜调养"为托词,批准其离校"调摄病体"。清华大学校务由翁文灏暂时代理。吴南轩后来一度担任复旦大学代理校长、校长,汲取前车之鉴,口碑倒还不坏。

10月14日,教育部署理部长李书华发布训令,准免吴南轩辞职呈请,任命梅贻琦为清华大学校长。12月3日,梅贻琦到校就职。至此,清华大学迎来了真正的"黄金时代"。

梅贻琦是中国近代教育史上的一个了不起的人物。刘文典的很多学术成果就是在梅贻琦担任清华校长期间完成的。

代理中国文学系主任

刘文典所在的清华大学中国文学系,成立于1926年,当时称"国文系",1929年后改称"中国文学系"。最早的系主任是吴宓(任期:1926—1928),以后是杨振声(任期:1928—1929)、朱自清(任期:1930—1937)。

早期国文系的老师多是清朝科举出身的"老学究",观点陈旧,思想落伍,"国文教员的待遇不及他系教员的一半"。杨振声履新后,便拉着朱自清一道,商定了办学的新方向:一是新旧文学的接流,二是中外文学的交流,"国文系添设比较文学与新文学

图 4-1 出任清华大学国文系主任时期的刘文典(周文业供图)

---

① 《清华问题之纠纷》,见清华大学校史研究室《清华大学史料选编》第2卷,北京:清华大学出版社,1994年,第126页。

习作,清华在那时是第一个"。不仅如此,他们还要求,国文系的学生必修几门外文系的课程,外文系的学生也必修几门国文系的课程,强化中外文学的交互修习,为国文系乃至新文学"创造一个新前途"。①

这种教学理念颇合刘文典的学术情怀。因此,进入清华大学国文系以来,刘文典不仅承担了国文、赋等多门课程,而且积极参与杨振声、朱自清、朱希祖等人发起的清华中国文学会的改选,并负责学术事项。后来,刘文典应邀担任该会会刊顾问,并为之撰写《最容易读错的几个成语》一文,以示支持。

热情投入,换来了更多的信任与期待。1931年8月,根据清华专任教授休假规定(教授任满5年者得休假1年),朱自清赴欧游学,刘文典受清华之聘为国文系主任。

虽然只是代理性质,但刘文典对清华国文系的未来做了全面而精心的思考与规划。1932年4月11日,清华大学举行纪念周讲演,刘文典以"清华大学国文系的特点"为题,详细阐述了他的办系思路。讲演词后来分别刊登于《国立清华大学校刊》和《清华暑期周刊》上。在他看来,每一个学校总有它的特点,清华大学的特点就是学生的外国文程度比其他任何学校都要高些,因此要利用这个特点来实现我们的理想,可以多读外国文学作品,看清世界文艺的思潮,认识中国文学在世界上的地位,"把这一点认识清楚了,自然就会寻出所当走的途径,创造出我们所需要的文学来"。他提出一方面固然要研究我们古代的文学,发扬它的优点;另一方面是要建立我们所需要的新文学。所以他仿照英国伦敦大学、美国哥伦比亚大学和耶鲁大学等英文系的规模,拟定清华大学国文系的课程。

按照这一办学思路,刘文典按年级精心设计了清华国文系的课程:第一年是普通科学及历史的根底,特别是中国文学史,先给学生开一个路径;第二年、第三年是关于各体文学的研究,如上古文、汉魏六朝文、唐宋至近代

---

① 杨振声:《纪念朱自清先生》,载《新路》,第1卷第16期,1948年8月28日,第18页。

文、诗赋词曲、小说以及新文学等,都在此两年中养成普通的知识;到了第四年,鉴于学生已有的基础,则开设中国文学批评史、中外比较文学、文学专家研究等课程。按照这一设计,选修学程增加了校勘实习、先秦汉魏六朝诗、鲍照诗、王维及其同派诗人、杜甫研究、唐诗校释、唐代诗人与政治关系之研究、中国文学中佛教故事之研究等新课程,而将传统的《文选》学、国故论著等课程取消。

凤凰浴火,方能重生,正如他在纪念周讲演的末尾所说,"我们的使命既然如此重大,切不要再做空洞的、肤浅的、专在形式上讲求的文章,要求民族精神的复活、国家的振兴,必须要发扬我们民族的真精神,应用我们这个时代的新方法,才能产生适合需要、顺应潮流的伟大文艺作品,完成这个使命"。

"教授之教授"

"景昃鸣禽集,水木湛清华"。清华大学,历来是群贤会集的地方。

清华大学新任校长梅贻琦有一句名言,"所谓大学者,非谓有大楼之谓也,有大师之谓也"。他又说,"我们的智识,固有赖于教授的教导指点,就是我们的精神修养,亦全赖有教授的 inspiration(灵感)"。对于这一思路,刘文典颇为认同。

从罗家伦时代起,清华就一直重视延揽名教授、讲师,且总是尽力为他们提供各种丰厚的待遇与足够的尊重。1932 年 5 月,在刘文典出任国文系主任期间,系中教授杨树达因听闻校内有人对他不满,便"书与系主任刘叔雅,告以下年不愿受清华之聘"。对于这位曾经撰写长文批评自己的名学者,刘文典再三挽留,并允诺可给予休假安排,希望假后仍回学校任教。杨树达最终留在了清华。

在刘文典的努力下,这一时期的国文系引进了多位年富力强的教员,比如教授闻一多、俞平伯(原为讲师),专任教师王力、浦江清、刘盼遂,教员许维遹,助教安文倬等。而系中最有名的教授,无疑是与历史系合聘的陈寅恪。

陈寅恪,江西修水(义宁州)人,1890年出生于湖南长沙,算得上是名门出身。祖父陈宝箴曾任湖南巡抚,支持戊戌变法,是被写进了中国近代史的人物。父亲陈三立,号散原,与谭嗣同、丁惠康、吴保初合称"维新四公子",戊戌变法失败后,精力主要用于诗歌创作,有《散原精舍诗集》传世。1937年8月8日,日军攻入北平城,正处于病中的散原老人拒绝服药、进食,两日后逝世。

在这样的家庭背景下成长起来的陈寅恪,很小就能将"十三经"的大部分篇章倒背如流,被誉为"神童",12岁随长兄陈衡恪东渡日本,20岁考取官费留学,先后到德国柏林大学、瑞士苏黎世大学、法国高等专科政治学校就读,具备阅读蒙、藏、满、日、梵、英、法、德、巴利、波斯、突厥、西夏、拉丁、希腊等十几种语言的能力,尤以梵文和巴利文最为精通。

"教授中的教授",是民国学术界对于陈寅恪的公认评价。1925年,清华由留美预备学校大肆扩展,准备成立研究院国学门,筹备委员会主任委员由吴宓担任,决定聘请王国维、梁启超、赵元任、陈寅恪为国学院导师。吴宓在国外留学时曾见过陈寅恪,对之一见倾心:"始宓于民国八年,在美国哈佛大学,得识陈寅恪。当时即惊其博学,而服其卓识,驰书国内诸友,谓'合中西新旧各种学问而统论之,吾必以寅恪为全中国最博学之人'。"①吴宓不止一次对外宣称,"寅恪虽系吾友而实吾师"。

在梁启超和吴宓的极力推荐下,没有学位文凭也没有学术著作的陈寅恪进入清华园,并且顺利成为国学院四大导师之一。1930年清华学校国学研究院结束后,陈寅恪又成为清华大学里唯一被国文系和历史系双聘的"合聘教授",一个人干两个人的工作,而且学术成就斐然。在他的课堂上,经常能够见到清华一些著名教授如吴宓、朱自清、冯友兰等坐在台下毕恭毕敬听课的场景。

刘文典与陈寅恪交往,应始于刘文典进入清华任教之后。1929年4月

---

① 吴宓:《吴宓诗话》,北京:商务印书馆,2005年,第196页。

26日,时任清华校长罗家伦在回答上海记者提问时曾特意提到:"计今年所聘教授讲师,如翁文灏先生之地学,哥伦比亚大学葛利普先生之古生物学……刘叔雅先生之汉魏六朝文学……至于以前即在清华之教授,如赵元任先生在授音韵学,陈寅恪先生授佛经翻译及唐代西北史料,唐钺先生授心理学,叶企孙先生授物理学……总之,清华教授人选,总算是可以向学术界交代得过去。余聘教授,毫无门户之见,概以学术标准为衡。"

1931年4月15日,清华中国文学会出版会刊(从第2卷第1期起易名《文学月刊》),刘文典与陈寅恪同时出现在"顾问名录"中。创刊号上就有陈寅恪的《庾信〈哀江南赋〉与杜甫〈咏怀古迹〉诗》,第3号上又发表了陈寅恪的《蓟丘之植植于汶篁之最简易解释》,这都是其早期重要的学术文章。

两人更深入的交往应该始于1931年。这一年的秋天,清华大学研究院文科研究所成立中国文学部、历史学部,在原有中文系课程之外,增设了一些研究课程,并由教授任导师,指导学生、研究生。其中,刘文典的指导范围为"选学、诸子、中国化之外国语",陈寅恪的指导范围为"佛教文学"。两人同时还在清华大学中国文学系承担部分重点课程的教学任务。从1932年6月起,《清华学报》设立学报编辑部,由浦薛凤担任总编辑,编委则有刘文典、陈寅恪、吴宓等人。

由于授课、研究的接近及同系共事,刘文典、陈寅恪共同执教了一些学生。作为考试委员、主席,二人多次出席清华大学研究院文科研究所中国文学部研究生的毕业考试,并曾共同指导过一些研究生[①]:

[①] 王川:《刘文典与陈寅恪学术交往论述》,载《四川师范大学学报》(社科版),第30卷第1期,2003年,第109页。

刘文典传

时间	研究生姓名	考试类型	论文题目	资料出处	附注
1933年3月17日	萧涤非	毕业初试	——	《朱自清年谱》,第120页	
1933年6月12日	萧涤非	论文考试	《乐府之变迁史》	《朱自清年谱》,第123~124页;《清华大学史料选编》二卷上册,第648页	黄节为主席
1934年5月23日	霍世休	毕业初试	——	《朱自清年谱》,第134页	
1935年2月28日	霍世休	论文考试	《唐代传奇文与印度故事》	《朱自清年谱》,第142页;《清华大学史料选编》二卷上册,第657~658页	陈寅恪为主席,刘文典"因事不能到"
1935年5月30日	崔殿魁	毕业初试	——	《朱自清年谱》,第146页	
1935年6月20日	崔殿魁	论文考试	《萧选李注扬榷》	《朱自清年谱》,第147页;《清华大学史料选编》二卷上册,第657~658页	
1936年7月30日	何格恩	毕业初试	——	《朱自清年谱》,第160页	
1936年9月17日	何格恩	论文考试	《〈曲江集〉考证》	《朱自清年谱》,第162页;《清华大学史料选编》二卷上册,第688~689页	
1936年10月2日	张恒寿	毕业初试	——	《朱自清年谱》,第162~163页	
1936年10月15日	许世瑛	毕业初试	——	《朱自清年谱》,第163页	

刘文典一生很少把别人放在眼里。他曾说过一句很自负的话:"我最大的缺点就是骄傲自大,但是并不是在任何人面前都骄傲自大。"能够让刘文典始终肃然起敬的人并不多,其中便包括国学大师陈寅恪。

刘文典生前一直自称"十二万分佩服"陈寅恪。他曾经多次在课堂上情不自禁地竖起大拇指,说:"这是陈先生!"然后,又翘起小拇指,对着自己,说:"这是刘某人!"

在清华期间,陈寅恪将大量的精力都用在了佛经研究上,并为学生们开设了相关课程,其方法首先就着眼于校勘,"虽沿袭清人治经途术,实汇中西

第四章　水木清华

治学方法而一之"。正是因为受到陈寅恪的影响与启发,刘文典开始深度接触佛教经典,曾专门到北京西山碧云寺读经,准备校勘《大慈恩寺三藏法师传》,并向陈寅恪请教相关的国外著作。陈寅恪一口气列了十余种,托姜亮夫转交。在刘文典后期的很多校勘著作中,也或多或少能看到一些陈寅恪的影子。

北京广渠门外有一个叫"架松"的地方,是清皇太极皇长子豪格的陵寝所在地,陵寝前后有松六株,皆为龙形,荫蔽甚广,刘文典住在城东时,曾多次与陈寅恪骑驴前往游玩,"抚松盘桓,流连竟日"。

可以说,自清华相识开始,刘文典与陈寅恪结下了终生不渝的情谊,惺惺相惜,患难与共。

"对对子"风波

"对对子"风波,是刘文典与陈寅恪学术交往中"动静"较大且颇有讨论空间的一幕,至今仍为学术界经常提及。

风波发生在刘文典出任清华国文系主任后不久。1932年7月,又到了清华大学新生入学考试的日子。想来想去,刘文典决定找他一向"十二万分佩服"的陈寅恪教授出题。当时,陈寅恪已确定赴北戴河度假,但在出发前的一天,刘文典突然来访,开门见山:"请先生代拟一下新生入学的国文试题"。

陈寅恪几乎每年都要参加清华大学的入学国文试卷批阅工作,对于那些高深莫测的试题早已满腹牢骚。他觉得,国文入学试题应该尽量"形式简单而涵义丰富,又与华夏民族语言文学之特性有密切关系",而不是故作深沉,将学生直接绕进死胡同。

经过认真而谨慎的考虑,陈寅恪决定将国文试题分为三部分,第一为对对子,第二为作文,第三为标点,前两者完全出自陈寅恪之手。一年级作文题命为《梦游清华园记》。这是一道自由度很大的题目。在陈寅恪看来,曾经游历过清华园的,直接写自己印象中的校园就可以了;而没有游历过清华园的,则可以展开自由的翅膀,任意想象。一旦应试者没能考入清华园,那就真的成了"游园惊梦",真可谓"一题多得"!

除了这道作文题,陈寅恪还专门为一年级新生出了两道"对对子"的题目:一道是"孙行者",一道是"少小离家老大回"。在他看来,"在今日学术界,藏缅语系比较研究之学未发展,真正中国语文文法未成立之前,似无过于对对子之一方法"。

但刘文典可能没有想到,陈寅恪所出的这两道题竟然都引发争议。作文题还好些,只是被认为"系夸耀清华之风景与富丽,或误解为游记",只要考生仔细审题,尚且不难。至于"对对子"之题,前所未有,难免引发社会各界一片哗然,骂声不绝于耳,久久不能平息。

最早注意到陈寅恪出题的是《世界日报》。1932年7月31日,这份报纸的第7版刊出一则消息,标题是《清华新生昨日起考试——国文题目各年级均有"对对子"一项》。从8月7日到8月19日,先后有14位读者投书《世界日报》,要求清华大学公布"对对子"的评分标准,甚至直斥这是复古,或以"奇哉""怪哉"形容,或要清华大学表态是否支持"对对子"的考题。① 直到8月20日清华大学公布发榜名单,争论才暂告一个段落。

面对强大的舆论攻势,一向只顾埋头学术的陈寅恪亦不能不有所辩解。8月14日前后,陈寅恪以出题者的身份罕见接受《世界日报》的访问,正面回应社会各界对于清华国文试题的质疑,解释出题理由:

> 今年国文试题,均分三部,第一为对对子,二为作文,三为标点,其对对子及作文二题,全出余手,余完全负责。近来有人批评攻讦,余不便一一答复,拟将今年国文命题之学理,于开学后在中国文学会宣讲,今日只能择一二要点,谈其大概。
>
> 本大学考试国文一科,原以测验考生国文文法及对中国文字特点之认识。中国文字,固有其种种特点,其文法绝非属于"印度

---

① 王震邦:《独立与自由:陈寅恪论学》,上海:上海人民出版社,2011年,第116页。

第四章 水木清华

及欧罗巴 Indo European 系",乃属于"缅甸西藏系"。中文文法亦必因语言文字特点不同,不能应用西文文法之标准,而中文应与"缅甸西藏系"文作比较的研究,始能成立完善的文法。现在此种比较的研究,尚未成立,"对对子"即是最能表现中国文字特点,与文法最有关系之方法。且研究诗词等美的文学,对对子实为基础知识。

对于舆论界责难"对对子"之题"多绝对,并要求主题者宣布原对",陈寅恪辩解说,若主题者自己拟妥一对,而将其中一联作考题,则难免有"故意给人难题作"的嫌疑。但从阅卷的情况看,考生中确有高手,比如,"对孙行者最佳者,当推'王引之',因王为姓氏,且有王父即祖父之解,恰与孙字对,引字较祖冲之之冲字为佳"(陈寅恪晚年曾说他心目中的理想答案是"胡适之")。至于"少小离家老大回",虽然未见特别好的,但有人对出"匆忙入校从容出",也还说得过去。

当然,这更多是陈寅恪为了说明题目并不"奇哉怪哉"而列举的佳作。实际上,据《世界日报》记者查阅试卷发现:对"孙行者"的,除了少数如王引之、韩退之、胡适之、祖冲之较好外,大多令人捧腹,诸如陈立夫、郁达夫、王献之、周作人乃至唐三藏、猪八戒、沙和尚之类的对答不胜枚举。最可笑的是有位考生,在试卷上多番涂抹修改之后,竟在"少小离家老大回"下书"金银珠宝往家抬",而于"孙行者"之下大书"一个筋斗十万八千里",情急之下,无奈胡诌,百般窘态,可想而知。

陈寅恪的公开辩解并未完全说服质疑者,骂声依然不歇。这令陈寅恪一度很恼火。如果说在各种公开答辩的场合,陈寅恪还尽量呈现出理性冷静的形象的话,那么在与友人的私下沟通中,则表现出极度的愤懑与不屑。在公开接受《世界日报》访问的几天后,陈寅恪写了一封信给好友傅斯年,言辞与公开报道中的娓娓而谈已是大相径庭:"今之议论我者,皆痴人说梦、不学无术之徒,未曾梦见世界上有藏缅系比较文法学及印欧系文法不能适用于中国语言者。因彼等不知有此种语言统系存在及西洋文法亦有遗传习惯不合于论理,非中国文法之所应取法者也。弟意本欲藉此以说明此意于中国学界，使人略明中国语言地位，将《马氏文通》之谬说一扫而改良中学之课程。明年清华若仍由弟出试题，则不但仍出对子，且只出对子一种，盖即以对子作国文文法测验也。"①

《马氏文通》是我国第一部系统的古代汉语语法学专著。作者马建忠是江苏丹徒人，清末洋务运动的积极分子，自幼好读，打下了扎实的小学（指文字、训诂和音韵）功底，成年后留学法国大学学习自然科学和法学，通晓法语、拉丁语、英语和希腊语，经过多年积累，晚年模仿印欧语系的语法写出《马氏文通》一书，成为我国语法学的开先河之作。新文化运动之后，很多高校招生考试，都以这本书所主张的文法作为答题依据。

然而，陈寅恪却一直不肯认同这一"畅销书"所传达的核心理念。他凭借自己精通多国语言特性的优势指出，印欧语系的语法规律，有的确实可以作为中国文法的参考和借鉴，比如梵文中的"语根"之说。但倘若将其属于某种语言的特性，放之四海而皆准，并视之为天经地义、金科玉律，按条逐句，一一对应于中文，有不合的地方，便指其为不通，这就未免有些牵强附会了，"文通，文通，何其不通如是耶"？

无论如何，作为出题者，陈寅恪或许感觉应该给作为国文系主任的刘文典一个交代。虽然没有按照之前的想法"将今年国文命题之学理于开学后在中国文学会宣讲"，但陈寅恪还是写了一封长长的信函给刘文典，再次"说明其出题之用意及以对联为试题一部之理由"。这封信以《与刘叔雅论国文试题书》为题，刊登于 1932 年 9 月 5 日天津《大公报·文学副刊》之上，后被《青鹤》《学衡》等杂志转载。这是一篇"于命题之旨颇多发挥"的信函，发表后即受到普遍关注，至今仍不时为学者所提及。

在这封信里，陈寅恪说，在真正中国文法没有成立之前，学术界不应自欺欺人，而应寻求一个过渡时代的救济方法，作为暂时代用品。他个人主张

---

① 陈寅恪致傅斯年函，台北"中央研究院"历史语言所"傅斯年档案"，转引自王丁《陈寅恪的"语藏"：跋〈陈寅恪致傅斯年论国文试题书〉》，载《科学文化评论》第 2 卷第 1 期，第 61 页。

采用"对对子"作为这个暂代品,因为"对对子"至少有四大功能:

(1)对子可以测验应试者,能否分别虚实字及其应用。

(2)对子可以测验应试者,能否分别平仄声。

(3)对子可以测验读书之多少及语藏之贫富。

(4)对子可以测验思想条理。

对于"徒遭流俗之讥笑"的境遇,陈寅恪泰然处之。他说:"彼等既昧于世界学术之现状,复不识汉族语文之特性,挟其十九世纪下半世纪'格义'之学,以相非难,正可譬诸白发盈颠之上阳宫女,自矜其天宝末年之时世装束,而不知天地间别有元和新样者在。"一句话,像这种"驴头不对马嘴"的较量,又何必放在心上呢!

这当然只是安慰刘文典的话。其实陈寅恪内心对于这一风波还是十分在意的,后来一再撰写文章,颇有自辩之意。1934年,陈寅恪又撰《四声三问》,阐释四声之产生与佛教传入中国的关系,再次强调对偶、平仄、四声的重要,立论清晰,阐述流畅,恰到好处地再次回应了当年的质疑声。陈寅恪的密友吴宓就认为,《与刘叔雅论国文试题书》与《四声三问》一文,"似为治中国文学者所不可不读者也"。

30多年以后,陈寅恪重检旧札,看到当年所写的《与刘叔雅论国文试题书》一文,不禁提笔撰写"附记",感慨当年众口铄金之时,"惟冯友兰君一人能通解者"。而时光流逝,风起云涌,"今日冯君尚健在,而刘(文典)、胡(适)并登鬼录,思之不禁惘然,是更一游园惊梦矣"!

与此相映照的一个历史细节是,1932年9月20日,因朱自清休假回国复职,刘文典卸任清华大学国文系主任之职,此后的清华新生入学考试中,未再出现"对对子"之题。

第二节　何事波涛总未平

"大家快快的研究日本要紧!"

在陈寅恪、刘文典等知识分子的心目中,"对对子"风波的发生,表面上是文法之争,其实更深层次是新旧之争、正统之争。

当时的中国,正处于深重的国家民族危机之中。1931年9月18日,日本关东军独立守备队自行炸毁了由日本人经营的一段铁路,却反诬是中国军队所为,并借此突然袭击东北军驻地北大营和沈阳城,是为九一八事变。然而,东北军和国民政府错误地估计了形势,主政东北的张学良寄希望于一向奉行的"大事化小,小事化了"的策略,蒋介石则寄希望于国际联盟的外交解决,因此均奉行"不抵抗政策",步步退让。可觊觎中国已久的日本人却并未就此罢休,而是继续疯狂入侵,仅仅用了4个半月,就占领东北全境,铁蹄踏破河山。

国难当头,清华园里,早已不再平静如昔。

梅贻琦到任不久,就组织了多次校内讲演,均是关于日本问题,如蒋廷黻《日本侵略行动之经过与背景》、钱稻孙《日本政党问题》等,以学者的视角观照国家民族的未来命运。

1932年2月29日上午11时,清华大学按惯例举行"总理纪念周"活动,先由校长梅贻琦致辞,继而邀请刘文典作主题讲演,题为《东邻野心侵略之计划》。讲演稿后以《日本并吞各国之推进机——黑龙会》为题载于当年3月11日的《国立清华大学校刊》。

在致辞中,梅贻琦校长大略介绍了邀请刘文典讲演的初衷:"上次曾请郑振铎先生报告过上海战事的情形,又有两位新近从上海来平者,对于战地情况知道的很清楚,最近拟请来校讲演。今天特请刘叔雅先生为吾们讲演。刘先生对于日本文学很有研究。当甲午之役,刘先生之令伯从事海军,参加大战,曾击沉日舰一艘,然不幸为国捐躯。刘先生二十几年来,不断地研究日本的国情及其对外阴谋。"[①]显然,梅贻琦将刘文典视为对日本问题颇有研究的学者。

年轻时就数次去过日本的刘文典,讲演开宗明义,直指日本侵略的实质

---

① 蔡乐苏:《"九一八"事变后清华师生的义举》,见《历史学家茶座》第13辑,济南:山东人民出版社,2008年,第154页。

与根源:"我今天所讲的,是一个日本的法西斯党,就是黑龙会的主义和事业。"对于这个组织,中国人应该并不陌生,曾一度是孙中山及同盟会的重要支持力量,但可能很多人并不知道:日本人野心极大,其侵略中国的原动力、推进机就是黑龙会。

黑龙会虽然成立于1901年,在日俄战争之前三四年,但其实很早就以玄洋社的名义开始活动了,用刘文典的话说:"日本这一班浪人,专门以酿成祸乱、趁火打劫、吞灭人的国家为事。内田良平、武田范之、吉仓旺圣、头山满、葛生能久、平山周、本间久介、宫崎来城之流都是这里面的大将。内田良平活动尤力。他们的主义是要'恢弘兼并六合包举八荒之皇猷',怀抱所谓'经营东亚之大志',想吞并各国,以尽他们的'大和民族之天职'。"他们成立这个组织,就是要鼓动日本与俄国开战,趁机霸占中国东北三省,进而逐步控制蒙古和西伯利亚。"黑龙会"这个名字,就来自他们的企图:吞并中国黑龙江流域。

黑龙会正式成立后,更是有恃无恐,"最喜乘各国革命时,拉拢革命分子,阳为扶助,阴为培植日本之势力"。中国同盟会的成立大会就是在黑龙会总部召开的。刘文典曾亲历清末民初国内革命变局,对于黑龙会种种行径了然于心,在讲演中娓娓道来:1915年,大隈重信内阁对中国提出"二十一条"的亡国条件,即便如此,黑龙会首领内田良平还是猛烈攻击大隈内阁的外务大臣加藤高明过于无能,主张不但要取得所谓"支那国防权",还要更进一步行使所谓"亚洲自卫权",换言之就是要独霸亚洲,并且威胁欧美。1916年,黑龙会首领内田良平在朝鲜、奉天、大连等地极力活动,并与参谋本部要人川岛浪速等多数浪人策士,以全力援助宗社党,又勾结蒙古人巴布扎布,借一起本来并不起眼的瓜果事件挑起事端,酿成"郑家屯事件"。1917年,黑龙会成员佃信夫积极主张复辟是解决中国问题的先决条件,支持张勋在北京举事。1918年,黑龙会又建议日本政府出兵占领中东路和乌苏里铁路,并派遣重兵到西伯利亚,以实行所谓"东亚自卫权"。1921年,头山满、内田良平等督促政府从速对美备战,倾全部国有财产,以完成八八舰队计划,又联合寺尾亨博士、政友会首脑小川平吉以及军政界要人,组织同光会,"那时候早已决定建立满洲伪国,什么明光帝国,以及大同的伪号,在那个时候就有具体计划了"。

因此,刘文典一眼就看穿了"一战"后日本虽然也宣布参加军缩会议,签字于《非战公约》,但均不过是欺骗世界各国的把戏,"黑龙会的信条就在遵奉他们的军人敕谕,扩张兵力"。他们不但对外要极力侵略,就是对他们自己的国民,也用极蛮横的手段,大肆压迫。稍稍开明的政治家,都不知命在何时,这样的例子比比皆是:1913年,日本外务省政务局长阿部守太郎被冈田满暗杀,事后冈田满坐在中国地图上用日本刀剖腹而死;1918年,《大阪朝日新闻》社长村山龙平以及鸟居素川、大山郁夫、吉野作造博士等都因为反对日本出兵苏俄,不赞成蛮横妄动,而受过黑龙会暴虐不堪的迫害;资本家如安田善次郎等,政治家如民政党首领若槻礼次郎,贵族如的德川义亲侯爵,都被他们暗杀和迫害;更有甚者,黑龙会对于国内的普通选举,也认为不合国情,不惜以全力反对,而凡是日本民众拼命反对的治安警察和紧急敕令,他们却都出死力拥护,用作压迫民众的工具,"钳制舆论,使人敢怒而不敢言"。

刘文典最后总结道,在黑龙会势力的影响下,日本政府"不择手段,一意孤行,作无限制的侵略,要实现其亚洲各国监护者、指导者的梦想"。可以说,日本千百年唯一的国策就是吞灭中国。当然,他们的野心还不止于此,不但要吞灭满、蒙,席卷21省,还要兼并亚洲各国,连欧美都妄想侵略呢!

有鉴于此,面对台下静静聆听的清华师生,刘文典发出了由衷的呐喊:"我们的近邻有几千万饥渴的虎狼,七八十年来,昼夜在打主意,要吃我们的肉,喝我们的血。而我们还在做梦呢。我希望大家快快的醒觉,研究日本,认识日本,想一个死中求生的自救方法罢。什么国联咧,《非战公约》咧,《华盛顿条约》咧,都是一文不值的废纸啊,所以才有今天的国难。时间匆促,我也不暇细讲。归结起来一句话,大家快快的研究日本要紧!"

这一呐喊声,振聋发聩,发人深省,成为国难危机下清华园里最为理性、最为深刻的声音之一。这场讲演,也初步凸显出刘文典中日关系研究的新路径、新方法——以史为本,以史带论,于丰富的史料铺陈中揭示出中日关系的风云流变。他后来写了大量关于日本问题的文章,均有此鲜明特征。

章太炎北上游说张学良

天下兴亡,匹夫有责。轰隆的炮弹声,撞击着每一个有良知的中国人的心。

1932年2月29日,正是刘文典在清华园讲演《东邻野心侵略之计划》的这一天,章太炎不顾年事已高,冒着上海吴淞口纷飞的战火,经过长途奔波,来到了北京,夜宿花园饭店。

刘文典已经十多年没有见到章太炎了。

辛亥革命后,由于与孙中山、黄兴等人政治宿怨太深,章太炎一度将革命的希望寄托于袁世凯,并担任总统府高等顾问。但在袁世凯的称帝野心逐渐暴露后,章太炎却坐不住了。

1913年7月12日,江西都督李烈钧在湖口起义,兴兵讨伐袁世凯,史称"二次革命"。章太炎一听这个消息,喜出望外,立即公开发表《宣言书》,谴责袁氏政权"政以贿成,为全国所指目,而厉行暗杀,贼害勋良,借外力以制同胞,远贤智而近谀佞,肆无忌惮,不恤人言",猛烈抨击袁世凯的包藏祸心,骂其"并世无第二人",义无反顾地走入了反对袁世凯的行列。

碍于章太炎巨大的社会影响力,袁世凯一时不便杀他,但派几个人将他软禁,先是关在北京郊外的一个废弃军营里,后来迁往北京城南陶然亭旁的龙泉寺内。一转眼,大总统府"高等顾问"又变成了大总统的"阶下之囚"。

关于章太炎先生被囚的情况,刘文典后来才听说:"章先生在北京被袁世凯幽囚起来,几次要杀他,章先生虽在幽囚之中,还是聚徒讲学。大师姊自杀,章先生屡次绝食。那种宁死不屈的精神,真值得后生仰慕。"章太炎被囚,大女儿无法承受周遭的压力,上吊自杀,这让章太炎悲痛欲绝,但却不能让他就此俯首屈节。

在刘文典看来,章太炎在被袁世凯幽囚期间所表现出来的文人风骨,可以说是章先生"生平最光荣的历史",这比当年章太炎在《苏报》上写文章骂清政府有过之而无不及。

1916年6月,袁世凯一命呜呼,被囚禁3年的章太炎终于重获自由。此后不久,他又追随孙中山参加护法战争,出任护法军政府秘书长,奔走于西南各派军阀之间,历时1年3个月。但护法战争最终还是失败了。章太炎心灰意冷,回到了上海寓所,杜门谢客,读书打坐。

深深的庭院锁不住一颗火热的心。1932年1月28日,日军得寸进尺,突然对上海闸北发起袭击,驻守上海的十九路军奋起反击,可歌可泣。激动之下,章太炎挥毫写下《书十九路军御日本事》,大赞淞沪之役乃"自清光绪以来,与日本三遇,未有大捷如今者也"。

十九路军的奋勇抗敌,让古道热肠的章太炎看到了救亡的希望。他思前虑后,决定冒着炮火北上面见张学良,凭借多年交情,劝他出兵东北。

一到北京,章太炎就想起了弟子刘文典,立即派人去清华园找他。几年前,担任安徽大学文学院主任并代行校长职权的刘文典,不惧强权,痛骂蒋介石,被章太炎知道后,很是自豪,逢人便说有这个好学生。所以后来刘文典回忆说,"章先生晚年最喜欢我这个小学生,这绝不是因为我能传他的学问,而是因为章先生最恨蒋介石"。

刘文典听说老师章太炎召唤,放下手中的书本,就赶到了西城的花园饭店。师生十几年没见了,感情却没有半点生疏。喜不自胜的章太炎完全没意识到眼前的这个弟子已经年逾不惑,还是像当年在日本讲学时一样,和蔼地摸摸他的头,说:"叔雅,你真好!"

刘文典心里明白,章太炎之所以对他赞誉有加,是因为章太炎对蒋介石的对日政策颇不满意。见到刘文典后,章太炎似乎有些解恨,跟着就破口大骂蒋介石"真是个卖国军阀"!

当时,人们普遍认为,九一八事变后,正是由于蒋介石下达"不抵抗"的命令,才导致张学良畏首畏尾,不敢与日本人决一死战。章太炎北上,便是为此而来。

章太炎曾任东三省边筹使,与张作霖偶有来往,后来这一缘分延续到与张学良的关系中。张学良听闻章太炎抵达,当即执子侄之礼赶往花园饭店看望。据当时在场的刘文典回忆:"张学良去见他的时候,我在楼下龚镇鹏的房里,听见他大声疾呼,声震屋瓦,那种激昂慷慨的声音,至今还留在我的耳朵里。"

据金宏达《太炎先生》记载,见到张学良后,章太炎一再劝说:对日本的侵略,中国目前只有一条路可走,就是决一死战。不战则死路一条。战胜自不必说,即便战败,至少也可以转换世界的视听,争取到同情的援助,所以请少帅尽快出兵东北!

其实章太炎并不知道,下令"不抵抗"的正是张学良本人。1991 年 5 月 28 日,张学良在纽约接受东北同乡会会长徐松林等人的访谈时说:"是我们东北军自己选择不抵抗的。我当时判断日本人不会占领全中国,我没认清他们的侵略意图,所以尽量避免刺激日本人,不给他们扩大战事的借口。'打不还手,骂不还口。'是我下的指令,与蒋介石无关。"①这是张学良的真实想法。当然,蒋介石主政的南京国民政府对此予以了默认。

章太炎的书生之见,自然起不到什么效果。在北京停留期间,章太炎一度曾被当局邀请参加所谓"国难会议",但他一口回绝:"军事贵速,能断,一句话就可以了,不能断,找再多的人议也不行,开多少会又有什么用?如果你们本来就不想抵抗,要用这些会议为你们分担批评,那么,对不起,我一个赋闲在家的民国老百姓,哪里能替你们党国的要人去承担罪过呀!"

虽然政治劝谏"碰壁",但章太炎却在学术传播上再掀波澜。自 1916 年南下居住后,章太炎就未再重返故都,而他的弟子却多聚集于此,或是新派领袖,或是旧派魁首,皆为一时翘楚。此番章太炎北上,弟子们无论声名大小、地位高下,一律执弟子礼,令旁观者感动于心。以宴请论,所知除最早 3

---

① 郭冠英:《完美的结局——李震元陪张学良纪实》,转引自杨天石《找寻真实的蒋介石:蒋介石日记解读Ⅱ》,北京:华文出版社,2010 年,第 52 页。

月 1 日是由吴承仕、朱希祖、马幼渔、黄侃共同做东外,以后分别由吴承仕(3月 4 日午)、刘文典(3 月 4 日晚)、林损(6 日)、尹炎武(7 日)、熊希龄、左舜生、王造时(11 日)、尹炎武(22 日)、黄侃的学生汪绍楹、陆宗达、骆鸿凯、朱家齐、周复、沈仁坚、殷孟伦、谢震孚等 8 人(29 日)做东,然后是 4 月 6 日陈垣、尹炎武、伦明、余嘉锡、杨树达等以京都名席公宴于谭祖任家,谢国桢、刘盼遂(4 月 13 日)、徐森玉(16 日)等人亦分别宴请,北大弟子邀宴,已在 4 月中旬以后。①

刘文典是 3 月 4 日晚在西城名菜馆"同和居"宴请章太炎等人。宴请细节,章门弟子黄侃的日记有录:

廿八日甲子(三月四号　礼拜五)晴。晨阅报,知昨号外所传不确,大愤。检斋来,起与久谈。遂同诣师。师谓入歧路。又询予弟子孰为佳。检斋请师饭于新陆春,予及公铎陪坐。饭罢久谈,从师还寓,从容燕语,及明儒之学,盛赞王时槐、林春(唐顺之集有其事状)。又询予治学、诲人之法甚详。刘文典坚邀师食于同和居,予从往,复送之还,夜深退。②

师生相聚,其乐融融。章太炎虽然一生言行乖张,愤世嫉俗,但对于门下弟子却钟爱有加,向来和善相待。刘文典就曾说过,很多人或是出于嫉恨,或是出于崇拜,便编造出许多"无根之谈",将章太炎刻画成一个不食人间烟火、只图口舌之快的"疯子"形象,"其实章先生的言行都是和易近人的,'章疯子'这个绰号,是无聊的小人加到他头上去的"。

这一点,刘文典感受尤深。章太炎离开北京之前,迁居东城永康胡同请医生看鼻疾,有一天突然就想起了刘文典,当即扶病起床,用土纸捂着刚刚动过手术的鼻子,写下一副对联,派龚镇鹏送了过来。

一看对文"养生未羡嵇中散,疾恶真推祢正平",刘文典就明白了:上联

---

① 桑兵:《晚晴民国的学人与学术》,北京:中华书局,2008 年,第 237 页。
② 黄侃:《黄侃日记》,北京:中华书局,2007 年,第 781 页。

是借用嵇康喜欢服食五石散的典故告诫他不要过多吸烟,下联则是借用祢衡击鼓骂曹操的典故夸赞他敢于痛斥蒋介石。

图 4-2　章太炎书赠刘文典的对联
(刘平章先生供图,现藏于安徽大学刘文典纪念室)

对于章太炎的这一亲笔手书,刘文典万分珍惜,即便后来生活颠沛流离,屡经炮火侵袭,但他仍是想尽办法护住了这副对联,后来由其子刘平章捐给了安徽大学。

师生温情,尽显其间。对于章门弟子而言,无论章太炎思想新旧,但他对于国家大义、学术传承的执着与奔走,却闪耀着永恒的光芒。

小纸片下必有"并吞"二字

章太炎北上游说的无功而返,让刘文典对日本问题有了更深入的思考。

九一八事变后,国人对于日本的侵略有两种态度:一种是政府人士、精英阶层对日本仍有幻想,认为日本不会再进犯;另一种则是激进人士、青年学生"放着正经的书不读,逢时过节不停地挥写标语,成群结队在大街上提高嗓子喊口号"。刘文典固然不会赞同蒋介石、张学良所代表的政府势力秉持的"不抵抗"政策,而对于青年们盲目、冲动的游行、请愿乃至罢课行为,也认为是"以无聊的把戏来恐吓乡愚,麻醉自己,也真是令人痛心"!

1932年,刘文典在胡适主持的《独立评论》上连发两篇长文,以自己几十年来对日本的观察,引导国人理性、全面地认识日本。仔细阅读后可以发现,这些文章与之前刘文典在清华园的讲演内容一脉相承,均是从日本侵略思想发源史的角度——爬梳,提醒国人:日本"举国一致,定要吞并中国和亚细亚洲,以尽大和民族的天职,实现'王道正直'的大理想"。

《日本侵略中国的发动机》在《独立评论》上分1932年9月25日第19号、1932年10月2日第20号两期连载。在刘文典看来,日本侵略中国的思想由来已久,而在日本不断传播这种思想并形成重大影响的"真正发动机",竟是一位名不见经传的女子——高场乱。他写道:

> 日本侵略中国的真正发动机,并不在东京,也不在横滨、神户、大阪。而在博多湾上福冈城头一座小小的房子里。主动的人物既不是去年九月十八日以来大家哭着咒骂的本庄繁、土肥原贤二,也不是南次郎、荒木贞夫,连那组织在乡军人会、著《国民总动员》、做上奏文、名震天下的田中义一也都不相干。说起来也奇怪,这一位"有席卷天下、包举宇内、囊括四海之意,并吞八荒之心"的英雄却是个美貌的女子。这位女英雄姓高场,单名一个"乱"字,道号"向阳先生"。他(她)家是世代书香,他(她)聘请英国人教授英文和法律之外,自己又把中国的《尚书》《论语》《孝经》《孟子》《礼记》《左传》《史记》、前后《汉书》《三国志》等类都读得烂熟,群经诸子以及历朝史籍无不融会贯通。远在日本维新以前,他(她)就高瞻远瞩,看清了东洋的大势,认为南而台湾、琉球,北而高句丽、新罗、百济

都原是日本的藩属,非要光复旧物不可。并且看透了中国政治的腐败、社会的昏乱、国民太无知识只知道自私自利,断定我们这个国家民族决无发奋图强的希望。而他们的经典上又明白昭示,说中国和亚洲,甚而至于全世界都是上天注定了该要归他们管的。他们自觉负有并吞东亚的使命,至少也要并吞朝鲜和中国,才对得起天地鬼神。

有了这样的想法,高场乱便在福冈家中广收徒众,开门讲学,"学社规矩十分严肃,不但不许酗酒喧哗,就是躺着歪着看书都在严禁之列"。明治初期,因"废藩"而失业的武士在福冈藩就达数万人。加之近代日本"大陆政策"的第一个目标是朝鲜,而福冈在地理上又距离朝鲜很近,所以,武士对内、对外的不满在旧福冈藩表现得非常突出。① 经过严苛的训练和学习,这一班弟子血脉贲张,摩拳擦掌,养成了"真肯为国家出力,不爱钱,不惜死"的武士精神,"一个个只肯去杀头、枪毙,或是冻死在西比(伯)利亚的冰天雪地中,并没有做一官半职,或是发财发福的"。

日本的右翼思想由此发源。高场乱归了道山之后,她的弟子们遵奉遗教,愈加努力经营对外策略,以成先师未竟的意志。向阳学社就是在这样的背景下成立的。发起人是高场乱的门徒、大名鼎鼎的头山满,最初的动机是纠合全国"抱经营东亚之大志"的人们,往朝鲜、中国、俄国作种种的活动。1881年2月,头山满与箱田六辅、平冈浩太郎等人决定将向阳社更名为玄洋社,主张"敬戴皇室,爱重本国,维护人民权利",以更加激烈的姿态和手段介入近代日本的外交。所谓"玄洋"就是越过朝鲜海峡君临大陆的意思。这是近代日本第一个右翼团体,成为右翼国家主义运动之始。一发而不可收。

在当时的中国,许多人之所以对日本抱有幻想,尤其是对以头山满为代表的右翼势力抱有幻想,是因为头山满表面上一直是中国、印度以及亚洲各国革命党人的保护者,曾给予中国革命党人"热心的帮助和周密的保护"。

---

① 王屏:《近代日本的亚细亚主义》,北京:商务印书馆,2004年,第150页。

辛亥革命后，头山满曾亲自到南京劝阻南北议和，说袁世凯不可信，而"二次革命"失败后，孙中山等革命党人逃到日本，提供庇护的也是头山满。刘文典曾两次去头山满在东京的住宅，富丽堂皇说不上，至多不过抵得上一个中上之家。他也曾见过头山满本人，"他老人家生性沉默寡言，虽在稠人广坐上也不开口，可是他一开口就有风云雷雨，震撼得山摇地动啊"！

但在刘文典看来，头山满一班人正是为了图谋朝鲜、中国、印度、阿富汗，才会对于这些国家的革命党竭力帮助，比如在中国政局中的种种活动，"这中间都有一串显明的脉络，可惜大家都忙于国内的事，文的昼夜草拟通电宣言，武的加紧实弹演习，似乎竟没有人想到这个绝大的隐忧"，而这隐忧已被日后的日军侵华行径所印证。

在这篇文章的结尾处，刘文典提到一个貌似不太起眼的亲身经历：他曾向清华大学精通日语的钱稻孙教授借到家藏的《玄洋社史》，书中"头山满活动之目的"一章明确提到头山满的目的是在"指导朝鲜和支那"，但两处"指导"二字都是用小纸片粘上去的。刘文典看了，当下就觉得有些奇怪，断定这两处另粘上的"指导"二字小纸片底下必是"并吞"之类的字样，印成之后，玄洋社中人总觉不很妥当，于是又掩耳盗铃地用小纸片遮盖上了。

还书的时候，刘文典专门翻出这一页给钱稻孙看，而钱稻孙也认为很是可疑，于是两人在清华大学图书馆里，用温水把这小纸片润湿，再用小刀刮开来一看，果然是"并吞"两个字！刘文典最后感慨道，"单就这一点小事看，日本人的性情、居心、行事，也都可以窥豹一斑了"！

《日本侵略中国之发动机》刊出时，正值日本内阁正式通过承认伪满洲国案，企图通过这一傀儡政权，把中国东北完全变成日本的殖民地。而国民政府仍抱定"攘外必先安内"的主张，助长日本侵略野心的急剧膨胀。刘文典写此文章，是想让很多人从之前的幻梦中惊醒过来，其立论之独到、论证之缜密，被北大教授傅斯年誉为"是一篇值得国人永久注意的好文章"。

而刘文典犹感言不尽意，尤其是对日本侵略思想的脉络体系解剖得不够透彻，于是再度挥毫，于当年11月13日在《独立评论》第26号上发表《日

第四章 水木清华

本侵略政治的历史背景》一文,"举出日本(明治)维新以前,德川氏锁国时代几位维新先进的著作为证",印证日本侵略中国的野心由来已久。

之所以会写这篇文章,是因为刘文典感觉到国人在对日本的认识上存在一个常识性的错误:"一般人总以为日本是明治维新之后,国家的财力兵力膨胀起来,工商业勃兴,制造品急于要有销场,加之国内的卫生医疗进步,人口激增,更要力求移民,以谋解决他们那每年增加几百万无处容纳的人口问题。美洲和其他白色人种的世界又处处不表欢迎,所以才不得已向满洲求出路的。"但是在刘文典看来,这些事固然与日本的侵略政策有相当的关系,未可一概抹杀,但是日本之所以处心积虑要侵占朝鲜、东三省,甚而至于要并吞中国全部,其远久的动机绝非维持什么既得权和消纳人口,"世人都以为日本是维新以后才要侵略朝鲜、满洲、蒙古,我以为他们是因为要侵略朝鲜、满洲、蒙古,所以才尊王倒幕,变法维新"。这中间的因果关系,刘文典与一般人的见解是恰恰相反的。

日本人并吞中国、统一全球的国策是什么时候定下的呢?刘文典说,镰仓时代的"征伐中国计划"、丰臣秀吉的假道朝鲜伐明,都是年湮代远的事情了,且不去说它,但就最近的事实而言,在明治维新之前的德川幕府时代,日本大学者佐藤信渊就写了一部《宇内混同秘策》,于1823年问世,系日本历史上第一本系统提出侵华方略的学术著作。书中的核心思想就是"夷全世界为日本的郡县,使万国的君长都为他的臣仆",单就并吞满洲地区和中国全部来说,就有这样的文字表述:

> 凡侵略他邦之法自弱而易取处始。当今世界万国中,我日本最易攻取之地无有过于中国之满洲者也。何者?满洲之地与我日本之山阴、北陆、奥羽、松前等处隔一衣带水遥遥相对,距离不过八百里(译者注,日本一里约合中国六里),其势之易于扰乱,可知也。故我帝国何时方能征讨满洲取得其地虽未可知,然其地之终必为我帝国所有,则无可疑也。夫岂但取得满洲而已哉,支那全国之衰微,亦由斯而始,既取得鞑靼以后(译者注,佐藤氏著书尚在前清盛

213

时,故称满洲为鞑靼)则朝鲜、中国皆次第可图矣。

狼子之心,昭然若揭。在日本,这一思想不乏拥趸,其中多是青年。他们秉承先辈的遗志,在那里拼命地进行法西斯运动,要想夺取政权,一偿"并吞中国,统一全球"的夙愿。由此,刘文典坚定了一个判断:对于日本人而言,"席卷东亚,统一全球"的野心是因,明治维新和日本今日的强盛是果。所谓"尊王倒幕,变法维新",不过是"并吞东亚,席卷天下"的一种手段而已、方法而已,绝不是他们的国家富强之后才向外侵略,乃是因为要向外侵略,所以才发奋图强的。明白了这一点,日本明治初年的"征韩论"和西南之役前几次的内乱,中日、日俄的两次大战,日本的参加欧战,60年来东亚以及世界的风云,才可以得到一个正确的解释。

而可叹的是,国民政府当局对日本国情佯装茫然无知,一味消极应对,这让刘文典感到痛心疾首。在这篇文章的结尾处,他一针见血地写道:

> 总而言之,日本这个民族,处心积虑要吞并中国,南自菲律宾群岛,北自黑龙江和俄属极东勘(堪)察加,在八九十年前早已视若囊中之物,志在必得,日本历年的内乱和对外战争,其主因都全在这一点,什么满蒙政策啊,大陆政策啊,拥护既得权啊,都不过是一时诌出来的口号罢了。当局诸公既昧于日本的国情,又不能力图振作,把国家误到这步田地,是不足责的,今日号称知识分子的一班学者,如果不能看清楚这中间的因果关系,专在什么协定、什么条约上作精密的研究,也还是枝枝叶叶,无关大旨,决研究不出一点所以然来,和那些专讲究虚文的外交官之背诵《非战公约》《九国协定》是一样的劳而无功。历史这件东西,不仅是叙述以往的陈迹,还可以用他判断现在的情形,推定将来的结果,所以我才说了这一大堆的废话。许多料想日本决(绝)不敢与全世界为敌的先生们,万一因我这番唠舌,肯去翻翻那些明治维新前的陈编旧籍,那就是大幸了。

第四章　水木清华

《荒木贞夫告全日本国民书》

日本人既然处心积虑抱定"并吞中国,统一全球"的野心,一旦局部得逞,侵略的脚步便再也停止不下来了。

1933年1月3日,日本军队从东北三省进占山海关,继而以128名骑兵兵不血刃攻陷承德,声明热河为伪满洲国领域,接着又强夺长城三口(古北口、喜峰口、冷口),整个平津地区失去了屏障,随时都有沦陷的可能。

国势陵夷,到处弥漫着悲观、消极的情绪,在清华师生中普遍存在着"离校避难"的思想。据当时在清华大学外文系读书的郑朝宗回忆,在这种情况下,虽然学校照常上课,但人心浮动,课堂有时变成了时事讲坛,教"逻辑"课的张申府撇开他所心爱的数理逻辑不谈,专与学生议论时局;教"大一国文"的刘文典也撇开了原定的子史文章不讲,而特选了一篇明末清初文学家归庄的《万古愁曲》,足足讲了一个月,"把明朝遗老的满腔亡国哀愁有声有色地传播给我们"。[①]

当然,也有一些教授坚持上课不讲"闲话"的原则,照常教书,仿佛与世隔绝,两耳不闻窗外事。其实,他们的内心充满了畏惧与怯懦,认为"中国绝对不可以和日本打仗,如果不度德、不量力的打起来,简直是自取灭亡"。为此,刘文典还和清华园里抱有此种想法的某位教授展开了一场热烈的辩论。

在刘文典看来,人是需要一点精神的。他说:"我呢,自幼读过一点宋明先贤的书,相信文天祥、陆秀夫、史可法、张煌言诸公的精神永不会消灭,岳飞、曲端、李定国、郑成功现在仍然活着。"刘文典曾读过一本匈牙利史学家埃密尔·莱布氏的书,里面有这样几句话:"自古无以战亡国者。能战者纵一时败亡,终有复兴之日,惟不敢一战之国家民族必然灭亡,且永无恢复之期耳。"这几句话,让刘文典受了极大极深的感动,细看古今中外各国兴亡成败的历史,确乎是如他所讲的这样,几乎没有一个例外。所以,他坚决地说,

---

[①] 郑朝宗:《旧书读似客中归》,载《读书》,1988年3月第5期,第42页。

"纵然是战事毫无把握,必定亡国,为后世子孙光复旧物计,也不能不拼命一战"。①

"日本不是用人打你,而是用机械打你,说到机械,中国是更加不行了,所以中国是求为南宋、南明而不可得的"。那位教授似乎并没有被刘文典的慷慨陈词所说服。

听到此番言论,刘文典有点激动了:"世间没有天生的机械,机械也不会自己去打人。任何利害的飞机大炮,都是人发明的、制造的。尤其要紧的是要有智勇足备的人来使用它。譬如我们两个人坐在此地,日本兵从天上投下一个炸弹来,把我们炸死。这件事从结果上看来,固然是机械所发生的物理化学作用,我们是被机械打死了。但是稍一推求原因,投炸弹、驾飞机、造飞机炸弹的全是人,把飞机炸弹从东京运到北平,瞄准了他所最恨的清华大学,不偏不斜往下投的更是人,更是人的心,就是人的精神思想。所以,现代炮火虽然猛烈,决战事胜败的到底还是人。如果我们的人是行的,器械虽然差些,仗还是可以打的。"

这一场辩论,虽然未分胜负,但却让刘文典深深意识到,"自从沈阳的事变发生以来,当局和民众把日本误认为一个欧美式的现代国家,以致应对无方,把国事败坏到今天这样,推原祸始,全是由于对日本的认识错误"。而要认识日本,除了了解日本侵华思想的历史渊源外,更要认识当下日本的国策:

> 日本这个国家和世界的其他各国迥然不同。在明治维新以前固然是大将军秉政,就是维新以后也还是军阀总揽一切军政的大权。虽以伊藤博文、大隈重信那样的开国元勋,也还遇事受长州军阀的压迫。他的内阁官制又特别,陆海军大臣规定是要现役军人做的,内阁虽有更迭,海陆军大臣尽可以不随之更动。这一点已经使开明的政治家感受痛苦了,再加上一个高于一切的参谋本部,为所欲为,更使他的政府、他的政治,绝对无法现代化。五十年来许

---

① 刘文典:《中国的精神文明》,载《云南日报》,1942年10月4日。

第四章 水木清华

多政治家努力奋斗,到底敌不过蛮横的军人。近十年来,原敬、滨口雄辛、犬养毅之流,也未尝没有一点成绩,可是无一个不遭横死。现在军阀又受了法西斯派的拥护,盲动的民众和专横的军阀打成一片,越发任意孤行,毫无忌惮了。(刘文典《日本陆军大臣荒木贞夫告全日本国民书·译者自序》)

而在当时的日本,事实上总揽一切军政大权的,是日本军部的首领、陆军大臣荒木贞夫。荒木贞夫出身武士家庭,在担任陆军大臣后极力推行日本的法西斯化,是日本皇道派的领袖人物。他的意思就是日本的国策,一举手一投足,立刻就可以使中国伏尸百万,流血千里,"我们要知道日本统治者的意见,都非要知道荒木贞夫的主张不可"。

恰好不久前,日本大道书院将荒木贞夫的论文和讲演词编成12篇,命名为《告全日本国民书》,向日本国民和世界人民推行所谓"拥护世界和平""无可伦比"的道德观。书一面世,就受到了日本国民的热捧,不过3天就翻印10版,而刘文典看到的已经是第28版了。

这部书连带附录的《国民更生之根本义》,不过249页,全部都是极其简明浅显的语体文,以便日本国民人人能读。刘文典仔细翻阅后发现,全书观点总括起来,不外乎三点:(一)日本加入国联,和欧美各国为伍,是可耻的。要退出国联,撕毁那些盟约协定,在国际间任意行动,以天不怕地不怕的精神,和全世界的各大强国相周旋,取威定霸,那才算光荣。(二)什么赤字问题、财政困难,都是不值计较的小事,虽是物资缺乏,国民日常生活必需品断绝来源,也毫不足介意,因为皇国的武士自古是喝汤饮水也能建功立业的。像那大震灾的惨祸,也不过和子孙来问安一般,不但不可怕,并且很可亲的。(三)日本是举国皆兵的国家,人人都要体奉军人敕语,以古武士的精神,振发固有的日本魂,完成天赋的伟大任务。全书洋洋数万言,说来说去,不过一句话:"整个的亚洲都是日本的俎上之肉,天然是日本口里的食,如果不吞,就是逆天!"

在书里,荒木贞夫公然宣称:"我们的奋起是要为贯彻皇道的,是要把这个大道德施行于全世界的。我军将士,心里热烈的怀抱着这样的大信心,所以在将死的时候高呼'天皇陛下万岁',做出世界各国都惊讶的举动来。"按照他的理论逻辑,他们进军中国东北,不是侵略,而是推行皇道,守护东亚的和平。

刘文典决定冒着"敌人的飞机在我们头上飞翔"的危险,在紧张的教学之余,全力以赴将这本书翻译成中文,让更多的中国人尽早读到这本书,了解知晓日本人的"意见、政策和野心"。尽管明知道这是一个"吃力不讨好"的举动,甚至还有人说他"长他人志气,灭自己的威风",但刘文典却顾不得这些了,他要有一个知识分子起码的道德操守和文化自觉,义无反顾地"一气把它译完",经常熬夜到两三点钟,天亮了,夹着教具就去给学生上课,有时候,疲惫得连话都说不出来。

刘文典要翻译这本书的消息传出后,得到了社会各界的广泛关注与支持。1933年4月10日,《大公报·文学副刊》特邀刘文典撰文介绍此足以"代表日本侵略主义之理论,而说明九一八以后支配日本国民心理的背景"之书,"文出后,各地人士纷纷来函敦促刘君速译此书,时当北平危急,日军进逼,飞机翱翔空中,其声呜呜然,俗子懦夫咸自谋逃徙,刘君乃恬然赶译此书,出以流畅之白话,使著者凶残之面目及激昂之情态跃然纸上"。① 每日所译,均在《大公报·文学副刊》上刊登,三月乃毕,结集成书,由大公报馆出版部发行,书名由胡适题签,每本4角。

同年10月,安徽省立图书馆馆刊《学风》刊发吴景贤《读刘译〈荒木贞夫告全日本国民书〉》,对刘文典的这部译著大为赞誉,并道出其特定历史背景下的特殊价值:"刘叔雅先生(文典),最近译了一本《日本陆军大臣荒木贞夫告全日本国民书》。在刘先生的学术研究中,虽然不是主要的贡献,但对于我国的目前社会,富有唤醒群众的伟大力量——像给予了国人一面镜子,使大家深切的看出自己的弱点,能够奋发振作的去自救。"

---

① 《告全日本国民书》,载《大公报·文学副刊》,1933年9月18日,第11版。

是年12月,刘文典友人胡超时向北平图书馆转赠了一本刘译《告全日本国民书》,并书有题记:"这书是刘文典先生送给我的。日本军阀思想的顽固、言论的荒谬,可见一斑。故转赠国立北平图书馆,送给大家看看。"刘文典的苦心,终于没有白费。

"日本绝无侵略中国之野心"

国难当头,原本应该是一个同仇敌忾的时刻,政府当局却抱着"中日亲善"的幻想在与虎谋皮。1933年5月31日,在蒋介石、汪精卫的授意之下,北平军分会委员长决定接受日本停战条件,派出熊斌为首席代表,与日方首席代表冈村宁次正式签订《塘沽协定》,实际上默认了日本对东三省及热河的占领,并使中国失去了河北北方地区的完全统治权。

消息传来,舆论大哗。其实,在长城抗战期间,刘文典就在《大公报》上看到了汪精卫的公开言论:"在最低限度以内,我们不惜委曲求全。"而蒋介石的态度与他几乎一致,曾专门指示对日交涉的行政院驻平政务整理委员会委员长黄郛:"事已至此,委曲求全,原非得已。"①蒋介石、汪精卫对日妥协政策进一步明确,并成为国策。

国民政府的选择,让刘文典一声叹息,却又无可奈何。读书人能做的,无非就是写点文章,呼吁呼吁而已。《塘沽协定》签订后的第二天,刘文典枯坐书斋之中,心潮起伏,很想理出个头绪来,"作一个有系统的叙述",却又一时难以下笔,只好翻检出丸山作乐、江藤新平、筱原国干、西乡隆盛等4位日本明治维新元勋的诗作,细细品味,结果发现这4个人的诗作,与其说是在感怀,不如说是在明志:他们不惜打倒幕府,甚至与明治新政府相抗衡,终归一点,"其目的全是要向外侵略啊"!刘文典将这一发现写成短文《新本事诗》,刊登在当年9月18日的《大公报·文学副刊》"国难纪念日"专刊上。

蒋介石、汪精卫的一再妥协,引起了国民党内部强硬派的强烈不满。据

---

① 杨天石:《蒋介石与南京国民政府》,北京:中国人民大学出版社,2009年,第423页。

历史学者杨天石研究,《塘沽协定》签订前后,国民党内或明或暗地翻滚着多股反蒋抗日的潮流。以胡汉民为首的国民党西南执行部和西南政务委员会就是一支重要的倒蒋力量,依靠的是广东实力派陈济棠。

陈济棠,字伯南,粤系军阀代表人物,一生两度举旗反蒋,在宁、粤复合之后,主政广东,有"南天王"之称,地位举足轻重。蔡廷锴、蒋光鼐、胡汉民等人在商议倒蒋时,都认为"今日之关键在伯南"。陈济棠亦确有反蒋之意。

据刘文典之子刘平章先生说,在此前后,刘文典曾接到陈济棠的电报,邀请他去广州二沙头小住一段时间。刘文典早就听说陈济棠主政广东期间,热衷和注重教育,善待知识分子,于是决定偕同夫人前往。去了以后,一切安排妥帖。刘文典夫妻住在一个小岛别墅里,每天都有专人伺候吃喝游玩,但直到陈济棠正式露面的时候,刘文典才明白了对方的真正用意:陈济棠正在策划反蒋,希望能得到刘文典的支持。陈济棠甚至许诺,只要刘文典答应给他做事,可以给予丰厚的名利回报,哪怕给他一官半职什么的都不是问题。

1933年9月17日,朱自清的日记曾记载,清华大学国学院教授黄晦闻来告,刘文典"曾去广东,得一顾问",应为此事。不过,朱、黄似有误解,刘文典并非如他们所说的"神通颇大",而是作出了一个读书人清醒的选择。尽管刘文典对于蒋介石素无好感,对于政府当局的政策亦不认同,但心里却十分清楚:此刻正是日寇野心渐显之际,当务之急是齐心协力、一致对外。于是,他婉言谢绝了陈济棠的好意,执意回到北平。后来有人问起他的想法,他泰然一笑,解释说:"日本侵华,山河破碎,困难深重,怎置大敌当前而不顾,搞军阀混战!"由于种种原因,陈济棠的反蒋计划终告落空。

蒋介石政府却在忙着营务"中日友好"。《塘沽协定》签字之后,日本军国主义者暂时停止了对中国的军事进攻,转而支持地方实力派,企图在中国建立所谓"华北国""华南国""蒙古国",蒋介石也相应地改变了"一面抵抗、一面交涉"的方针,转而"为和平之最大努力"。① 1934年12月20日,由蒋介石分章口述、陈布雷执笔并以徐道邻的名义发表《敌乎?友乎?——中日关系之检讨》长文,公开宣称:"一般有理解的中国人,都知道日本人终究不能作我们的敌人,我们中国亦究竟须有与日本携手之必要。这是就世界大势和中日两国的过去、现在和将来(如果不是同归于尽的话)彻底打算的结论。"由此,拉开了所谓"中日亲善"的大幕,主张"中国不但无排日之行动与思想,亦本无排日必要的理由"。

刘文典当时正在北平郊区养病,本来不能执笔作文,但看到政府如此荒唐的决策,还是挣扎着起身,先后写了《日本绝无侵略中国之野心》和《细井氏〈日本之决意〉附图跋》,送交北强学社主办的《北强月刊》发表。

其中,《日本绝无侵略中国之野心》刊于1934年11月1日出版的《北强月刊》第1卷第6期上。乍一看题目,还以为刘文典写错了题目,但只要细读全文,就会理解刘文典良苦用心:"据我许多年研究观察的结果,日本确乎没有侵略中国的野心,六七十年以来不断的、加紧的向中国进攻,都是出于要入统中原的'责任心'。"而这正是中国最大的危险之所在,也是日本最可怕的地方之所在。

"日本绝无侵略中国之野心",并非故弄玄虚,亦不是玩文字游戏,而是要透彻剖析日本人夷灭中国的真实意图:"野心是遇着时机就可以引起的,但是时过境迁也就会消灭,受个打击也就会沮丧的。唯有这个最可怕的'责任心'是永远存在的,纵然遇着阻碍,受了挫折,不但不会消灭,反而鼓舞起来的啊。"在刘文典看来,日本与欧美各国迥然不同,俄、德等国虽然也曾侵略过中国,但只要情势一变,该赔款的赔款,该退回法权的退回,原因就在于他们抱的是"侵略中国的野心";而日本就大不相同了,它始终抱着"大一统"的王道思想,认为这个世界最终要达到"日月之所照临皆归皇化",因而存的是统治中国的责任心,"非要把中国的主权拿到手不可了"。

---

① 杨天石:《蒋介石与南京国民政府》,北京:中国人民大学出版社,2009年,第465页。

刘文典之所以写下这篇文章，更多是感慨中国的外交家、军事家、政治家都"抱着欧美式国际概念把日本当作一个现代式国家"，"既未曾看见日本维新以前的学者志士是怎样的为要吞并中国混一宇内才去维新，又料想不到区区三岛的日本真有统一世界之意"，因而受了蒙骗，真以为领土主权可以安稳保全，从此就天下太平了。对于这种心态，刘文典颇怀针砭地警醒道：

我们现在要想去和他说理，那固然是傻得可笑，就是向他乞哀也是愚得可怜。任你退让到何程度，退到任何地点，他总忘不了他的"责任"。只有从今后痛改前非，做到不是猪、羊，已成年，非白痴，能够自己经管财产的程度，还要使他受点创惩，觉悟了自己也并非是天上派下来治理地球的特等民族，罗马大帝国也曾崩溃，一只手提刀，一只手捧《古兰经》的办法终于不行，那时候的中国、日本关西庶几可以上正轨；但是这都要中国人自己努力去做的，绝对无法望日本自己会一朝觉醒、翻然改图的啊！

这一点，在很多日本人的著述、言论中都可略窥一斑。日本学者细井肇以吞并东半球为其一生的职志，平日用力最勤的就是研究朝鲜和中国，著书十几种之多，在日本社会享有很高的知名度。头山满、内田良平等人都与他有很深的交情。1932年10月，日本雄辩会讲谈社出版细井肇的《日本之决意》，便由头山满题签，陆军大臣荒木贞夫、总理大臣斋藤实作序，所以这部书"可以说是日本政府和国民总意思的表现"。

而就在这部书中，放了一幅地图，"看这幅地图上所表示的，是要由东京往东通过巴拿马运河，直抵亚马松，往西经过非洲好弯角，也到亚马孙会合，简直是志在整个的地球，不仅是包举亚、欧、非、澳四大洲啊"！地图上还标了一条线路，由日本海北岸清津港起，经过满洲、蒙古、新疆、吐鲁番一直往西，再折而南下，出波斯湾，"在欧战之前，德国想走而未能走通的就是这一条路"，如果这幅图上所拟定的线路完成，不但英国和印度、法国和安南（今越南）完全隔绝，欧洲任何国家和东方的海、陆、空交通都断了。

这才是日本人的野心。刘文典之所以写出《细井氏〈日本之决意〉附图跋》这篇短文,就是希望那些甘心做南宋、南明的诸公看看:"姓赵的自高宗起,至瀛国公的初年止,在西湖上快活了六七代;姓朱的自弘光到永历,时代虽然短促,但是那时候毕竟没有现在这样的兵舰和轰炸机、坦克车,这一点似乎也还值得稍为留意的。"

刘文典的担忧与警醒,很快就被残酷的现实证明了。国民政府寄予厚望的所谓"中日亲善",终究不过是一场春秋大梦。

第三节 《庄子补正》

一学期只讲了半篇文章

九一八事变后,全国各地的学生纷纷成立"抗日救国会",上街游行,抵制日货,动辄罢课,清华大学亦不例外。1933年1月,日本占领山海关、热河后,清华学生自治会请求学生停止寒假考试,但遭到了梅贻琦校长的反对:"值此国难危急之秋,大学生更应为民众表率,不应示弱于人,寒假考试仍当照常举行。"即便如此,最终全校900余名学生,只有三分之一参加了期考。

刘文典一直主张学生就要好好读书,不要过多牵涉政治。日本军队进犯中国以来,眼见青年学生"放着正经书不读",去开"特别临时紧急大会",甚至入京请愿,拜见当局,要求对日如何如何,却对日本侵略中国"起于何时,肇端于何事"一问三不知,"除了极少数的人还依稀仿佛记得个什么'甲午'两字之外,余下的百分之九十九都是瞠目张口,回答不出来"。刘文典认为,这可以说是中等教育破产,尤其是教"近百年史"的先生太糟,对于学生和教师而言,无论处在何种情况下,读书和学问都是不可荒废的。

刘文典进入清华大学国文系任教的时候,正当学术上的鼎盛时期。他在安徽痛骂蒋介石的经历,被年轻的学生们演绎成无数个不同的版本,到处流传。等他正式在清华园授课后,许多对校勘、古文根本就不感兴趣的学生都跑来选课,用金克木的话说,"当时我们青年人对他的书不如对他的人有兴趣"。

罗家伦延聘刘文典，主要是看重他在汉魏六朝文、校勘学等方面的学术造诣。在朱自清的主持下，清华国文系的课程分为中国文学与中国语言文字两类，"而本系教师于这两类专长兼美的都有"。清华规定，每位教授每学年至少要开课两三门，其中一两门为必修课，一两门为选修课。这些选修课，可以根据个人专长与兴趣自由开设。

1991年出版的《清华大学史料选编》里收录有民国二十五年至二十六年（1936—1937）的《中国文学系学程一览》，是一份比较完整的清华国文系教授的"工作量统计表"。从这份学程一览可以看出，刘文典当时承担了繁重的教学任务，开课近10门，除了学生必修的国学要籍外，还为学生开设了校勘学、《墨子》《吕氏春秋》《淮南子》《汉书》《小说史》《中国文学批评史》等选修课，跨度大，涉猎广。除此之外，刘文典还应清华大学国学研究所的邀请，开设选学、诸子、中国化之外国语等课程，作为指导学生的专题。

对于青年学生们来说，像刘文典这样的名教授开课是多多益善。许多考入清华国文系的学生，有的早年读过刘文典发表在《新青年》上的文章，看见他"清新美丽的文笔、绵密新颖的思想"，就猜度这必是一位风流倜傥、才气纵横的"摩登"少年；有的从书铺里读到《淮南鸿烈集解》，"读一读卷首古气磅礴的自序，再翻一翻书中考据精严的释文"，又想到作者必定是一位架高鼻梁眼镜、御阔袖长袍，而状貌奇伟的古老先生。于是进校选课时，"大一国文"，不选杨树达，不选俞平伯，甚至连系主任朱自清也看不上了，径直奔向刘文典的课堂，想亲眼看看这位"传说中的刘文典"到底是个什么样的人物，结果呢？

1934年7月出版的《清华暑期周刊》里，刊有一篇《教授印象记》，就记下了一位清华新生第一次见到刘文典的情景：

> 记得那日国文班快要上课的时候，喜洋洋坐在三院七号教室里，满心想亲近这位渴慕多年的学术界名流的丰（风）采。可是铃声响后，走进来的却是一位憔悴得可怕的人物。看啊！四角式的平头罩上寸把长的黑发，消瘦的脸孔安着一对没有精神的眼睛，两

颧高耸,双颊深入;长头高举兮如望平空之孤鹤,肌肤瘦黄兮似辟谷之老衲;中等的身材羸瘠得虽尚不至于骨子在身里边打架,但背上两块高耸着的肩骨却大有接触的可能。状貌如此,声音呢?天啊!不听时犹可,一听时真教我连打几个冷噤。既尖锐兮又无力,初如饥鼠兮终类猿……

传说中的偶像,原来竟是如此憔悴模样!选课的同学大呼失望之后,却被刘文典简短的几句开场白震住了:"大家来听我讲课嘛,就要了解我的一个习惯,凡是别人讲过的,我都不讲!别人不认识的字,我认识;别人不懂的文章,我懂。你们不论有什么问题,尽管拿来问我好了!"

刘文典讲课从来不照本宣科,喜欢阐发些独特的见解,讲到得意处,往往情不自禁,忘乎所以,讲着讲着,突然想起什么似的,停顿下来,问坐在前排的学生:"好像快下课了吧?"当得知下一个课程的老师已经在教室外等候了快有20分钟的时候,他赶忙立起身,胡乱收拾好教具,连声说着"对不起,对不起",然后小步跑出了教室。可到了下一次上课,他仍然会"覆辙重蹈",一开口就"刹不住车"。

刘文典上课总是操着安徽腔,声音很小,像是自言自语,一般只有坐在前排才能听见。课程也从来没有章法,想到哪里就讲到哪里,经常是随口就来几句英文、法文或是德文,令台下的学生丈二和尚摸不着头脑。而他最拿手的就是旁征博引,字句考订,经常为一个字能讲一两节课,"口渴了,端起小茶壶呷上几口,靠在椅背上闭目养神。兴浓时,会击节而歌,无所顾忌,兴之所致(至),说文论诗,出口成章,左右逢源,挥洒自如,有时几乎到了忘我的境界"。有时候上课,吟诵到慷慨激越的字句,刘文典便要求听他课的同学一起大声模仿。有的同学不愿意遵命,他很不高兴,但也不苛责,只是不断地说:"好文章不吟诵,怎知其中真味!大家都听过梅老板(梅兰芳)的戏吧,如果只是听听而不出声吟唱,怎么能体会其中无穷韵味呢!"

刘文典给学生开《昭明文选》课,开头就讲《海赋》。《海赋》是晋朝人木玄虚的文章,在西晋辞赋中极负盛名,李善《文选注》赞其"文甚丽,足继前良"。刘文典很爱这篇文章,讲解方式也很独特。比如,《海赋》有"天吴乍见而鬈髯,蜎象暂晓而闪尸"句,刘文典就解释道:这里用"鬈髯",而不用"仿佛",好像海怪蓬头乱发在水中出没,可以增加大海的神秘气势。①

还有一次,在上《海赋》时,刘文典很神秘地问学生:"你们仔细看看这篇文章的文字,跟别的文章有什么不同啊?"学生们看了半天,愣是没看出来。刘文典颔首不语,停顿了一会儿,突然像哥伦布发现新大陆似地宣布,这篇文章的最大秘密在于"满篇文字多半都是水旁的字",接着他有点像自言自语地感慨说:"这个文章嘛,不论好坏,光是看到这一篇水字旁的字,就足以令人有波涛澎湃浩瀚无垠的感觉了,宛如置身海上一般,快哉快哉!"

这种讲课方法,貌似不着边际,其实是利用汉字象形的特点,引发学生的想象力,悬念迭起,细致入微,将每一个字、每一句话都能讲清讲透,但这样讲课的"副作用"也很明显——上课的进度确实是慢得可以,一学期下来,只上了半篇《海赋》。1930年考入清华大学西洋文学系的季羡林,曾选修刘文典的"大一国文",对于这位老师的教学方式就很不适应:"一个学期只讲江淹的《别赋》和《恨赋》两篇文章。"

同样是听刘文典的课,张中行的感受则又不同。1931年考入北京大学国文系的张中行,曾选修过一年刘文典的《文选》课,直到50年后仍念念不忘。在他的印象里,刘文典偏于消瘦,面黑,一点没有出头露角的神气,上课坐着讲书,眼很少睁大,总像是沉思,自言自语,"现在还有印象的,一次是讲木玄虚《海赋》,多从声音的性质和作用方面发挥,当时觉得确是看得深,说得透"。

刘文典平时对学生、对同事,和善可亲,彬彬有礼,对于钟爱的学生或同事总是仗义出手,扶危济困。那篇《教授印象记》的作者就提到,有一次考试,他的课卷上被助教添上了一个错字,于是他找刘文典理论,结果刘文典不但同助教大闹一场,而且从此以后都亲手批改学生的课卷。学生许维遹,号骏斋,山东荣成人,在北大读书、清华任教期间著成《吕氏春秋集释》一书,

---

① 任继愈:《念旧企新:任继愈自述》,北京:人民日报出版社,2011年,第118页。

考订精博。刘文典不仅多次致函胡适请求帮助联系出版,而且亲为此书作序,最终促成出版。皖籍学者黄晖耗时7年著成《论衡校释》,也得到刘文典的高度评价,"许为精当",并在出版环节得到刘文典的资助和帮忙。辅仁大学有学生向他请教研究《史记》问题,在面谈之后,犹感"未尽所怀",遂又专门致函该同学,"特将研究《史记》之重要参考书列出,录如别纸,望循此途径以求之,自能获益解惑也"。① 1934年,清华国文系教员刘盼遂要辞职转往河南大学,因校方未极力挽留,刘文典便表示也要辞职不干,"因刘盼遂系彼介绍云云"。

刘文典真性情的另一面则是对不喜欢的同学或同事动辄嗤之以鼻,不屑一顾,甚至经常当面给人下不了台。安徽泾县人吴组缃曾在清华研究院读研究生,但没读完就离开了,原来是他在此期间选修了国学大师刘文典的六朝文学课,但对于刘文典所讲的内容不以为然。在学期作业中,他大骂六朝文学是"娼妓文学",刘文典非常生气,就给了他一个不及格,但同时又托人捎口信给他,只要他改变观点,就可以过关。当时,吴组缃已经结婚生子,全家要靠他的奖学金生活。一门课不及格,就意味着拿不到奖学金,而拿不到奖学金,全家人的生活就没有着落,也就意味着他不能再继续学业。但吴组缃硬是没有收回自己的观点,结果不得不中断学业,经朱自清介绍,到南京的中央研究院就职。②

这就是刘文典,爱憎分明,不会轻易妥协。即便如此,在清华校园里,刘文典依然是最有学术威望、最受学生欢迎的教授之一,用清华学生的话说,"刘先生外观虽不怎样动人,然而学问的广博精深,性情的热烈诚挚,却是予小子到如今仍觉得'十二万分'(刘先生常用言语)的佩服的"!

---

① 《研究〈史记〉之重要参考书:节录文学家清华教授刘文典先生致辅大同学某君函》,载《磐石杂志》,第1卷第4期,1933年,第107页。
② 张健:《怀念我的导师吴组缃》,见《吴组缃先生纪念集》,北京:北京大学出版社,1995年,第285页。

版本癖

在刘文典的前半生中,1929年至1937年这几年的光阴,应该是其经济条件最好的时期。

在清华,罗家伦对于提升教员的薪俸是非常重视的。1927年9月,国民政府教育行政委员会修正发布《大学教员薪俸表》,规定教授月薪在400元至600元之间,讲师月薪在160元至260元之间。刘文典在清华大学当教授,月薪当在400元以上。北大方面,虽然辞去了专任教授,但可以兼课,每月75元(其中包括车费15元),这样再加上一些稿费,即便考虑到银圆购买力大幅降低的因素,刘文典每个月的收入还是相当可观的。连他自己都说,"近年因北大、清华均不欠薪,粗可自给",小日子过得悠闲自在。

手有余钱,爱好读书的刘文典便注意起古籍善本的搜集。刘文典长期在清华、北大开设"国学要籍""校勘学"等课程,对古籍版本不免格外留意。他始终认为版本是校勘的基础,版本尤其是校勘时用的底本直接影响校勘工作,而校勘工作又对版本的鉴定和考证产生重要影响。[①] 他曾对学生说,俞平伯先生的祖父俞樾校勘时就不太注意版本,结果校了好多天,费了很多时间,等好的版本找到后才发现原来这个字是不需要校对的。1922年5月,北大紧急购回一批清廷内阁档案,组织"清内阁大库档案整理委员会"进行抢救,刘文典即在受邀指导整理专家之列。借此时机,他看到不少珍贵的内阁档案,如宋刊《水经注》残本、宋刊《朱文公名臣言行录》、宋刊《文苑英华》等。这为他后来甄别鉴定宋元版古籍提供了不少经验。

任职清华以后,得识藏书大家傅增湘,"略窥版本目录学门径"。傅增湘,字沅叔,四川江安人,辛亥革命后爱上藏书,因拥有两部珍贵的《资治通鉴》而将藏书处命名为"双鉴楼",多宋本书。1930年,傅增湘入清华研究院讲授目录学,与刘文典素有往来。据刘文典弟子吴进仁口述,刘文典曾对他

---

① 黄伟:《刘文典与古籍版本学》,载《新世纪图书馆》,2013年第9期,第88页。

说,"没有傅先生不行,因为好多版本找不到"。傅增湘不仅帮他找到了很多种版本的《淮南子》,而且还将《永乐大典》原本、王念孙手稿等珍贵古籍拿给他看。所以刘文典一直对傅增湘很感激,"说傅先生是他的版本学老师"。

1931年,通过傅增湘的帮助,刘文典以200元的价格购到桐城派大家方苞手稿二巨帙,"中多未刊之文(约三十首),其已刊者,亦皆涂乙改削至再至三,纸上丹铅烂然,其苦心推敲之迹,见之可悟作文之法"。1932年6月,刘文典致函安徽省立图书馆馆长陈东原,主动提出"代为介绍照原书影钞",并请傅增湘为手稿题跋,一并抄录,藏于该馆。傅增湘曾有意与刘文典合著一本专讲目录、版本、校勘的书籍,后因刘文典长子刘成章病重而作罢。

1932年,安徽通志馆拟续订《安徽通志》,派采辑员驻京采辑资料,又聘请胡适、刘文典、邓以蛰、徐中舒、吴承仕等五人为名誉采辑员,"就近随时指导采辑员采辑,并同时兼采辑各种刊本、钞本、书籍、金石、书画、拓片、摄影等"。学者江贻隆近年披览《安徽通志馆第二次报告书》,"检得刘文典致安徽通志馆书六则,其五篇为《驻平特约采辑刘叔雅、胡允武、胡不归、吴步尹致本馆书十则》中的五则书信,另外一篇是刘文典、胡竞、胡传楷共同拟订的《拟订安徽通志馆驻平采辑方案》"。从这些资料中可以发现,刘文典为《安徽通志》志书采辑做了大量工作,多次动员私人关系,积极向故宫博物院、北平图书馆、北平地质调查所等处寻求帮助,"明末安徽遗老事迹,刘叔雅先生曾由日本人著作中搜得一些资料","古物陈列所中于我省之作家作品颇多,其中尤以李龙眠之画、朱熹之字为最著,据刘叔雅先生谓将原作品用摄影机摄下,以便制版"。1934年5月,刘文典采辑团队从故宫博物馆三馆、北平地质调查所等单位,采回军机处、钱粮、武备、交通、民政、教育、海关等档案共109册。由于刘文典亲自参与志书材料采辑的整个过程,志书材料采辑质量大为提高。①

清华时期的刘文典的生活状态大概是怎样的呢?著名历史学家钱穆有

---

① 江贻隆:《刘文典致安徽通志馆佚书六则及其价值》,载《中国地方志》,2015年第7期,第61页。

一段惟妙惟肖的描述:"刘文典叔雅,余在北平时为清华同事。住北平城中,乘清华校车赴校上课。有一年,余适与同车,其人有版本癖,在车中常手挟一书阅览,其书必属好版本。而又一手持烟卷,烟屑随吸随长,车行摇动,手中烟屑能不坠。万一坠落书上,烟烬未熄,岂不可戒。然叔雅似漫不在意。"就这样,物我两忘,走进课堂。

刘文典性格里有传统文人狂狷的一面,但在学问上,他却并非盲目自大,对于他自认为学问做得比他好的人,也会毫不掩饰地表达钦羡之情。语言文字学家杨树达(字遇夫)《积微翁回忆录》里有两则日记,颇有趣:1924年10月,刘文典遇到他,"出示清人许巽行(清咸丰时人)《文选笔记》,云书少见",而在当年1月杨树达刚刚撰写长文批评过刘文典的《淮南鸿烈集解》;1934年10月,两人同在清华大学教书,有一次在进城车中相遇,刘文典对杨树达说:"我对于遇夫先生钦佩之至!"此语近似无端,令杨树达不免有些惊诧:"我们都是老朋友,您何必如此客气!"而刘文典又进一步解释道:"近读《学报》大著,实属钦佩之至。不佩服者,王八蛋也!"杨树达推测,刘文典应该是看到他在《清华学报》上发表的最新考证文章了,"其出语出人意外,错愕不知所答。在彼或出至诚,而其态度之神妙,又不能不令人大吃一惊"。

就在车遇杨树达不久,1934年11月15日,刘文典收到胡适转交的陈垣新著《元典章校补释例》。陈垣,字援庵,著名历史学家,对元史多有考究,时任辅仁大学校长。《元典章校补释例》又名《校勘学释例》,是陈垣将校勘沈刻《元典章》时发现的错误进行整理、归纳、分析后写成的学术著作,提出"校法四例",被胡适誉为"新的中国校勘学的最大成功"。刘文典读后,大为叹赏,即于三日后致函陈垣,表达感谢与敬佩之意:

援庵先生大人座右:

数星期前在《大公报》上见适之兄为大著《元典章校补释例》所作序文,深佩先生校订古籍之精而勤,与方法之严而慎。凡研讨元代典章制度者固当奉为南针,即专攻版本校勘之学者,亦当谨守先生所用之法则也。猥蒙不遗,颁赐一部,拜读之下,愈深钦感。典

第四章 水木清华

以蒙鄙之姿,谬主北大、清华两大学校勘学讲座。方法、经验两感阙乏,今得读大著,受益多矣。顷已将适之兄序文油印颁发选修此课诸生,并将大著留置本系研究室中,使与俞先生《举例》同观矣。

  肃此敬颂

著祺不备。

弟刘文典再拜言
十一月十八日

同一日,刘文典还致函胡适,对其为陈垣《元典章校补释例》所写的序文大为赞誉:

  承赐大著两部,并援庵先生本书一部,不胜心感。吾兄序文,前在《大公报》上已读一过,深佩吾兄对校勘古籍方法之卓识,剪下保藏。今得精刊单行本,不禁笑于抃会也。从弟治校勘诸生见之,人各愿得一部,弟以人数过多,未敢允其请也。

刘文典一直视胡适为"精神导师",因而在书信来往间从不藏掖真实的情感,且会在遇到治学难题时不厌其烦寻求帮助,包括版本研究中的棘手问题。1936年前后,刘文典辗转收藏到六件清代学者的手札,其中两件为经学家、训诂学家孙星衍的小简,一为嘉庆进士、《毛诗传笺通释》作者马瑞辰书,一为文学家、考据学家臧庸论校刻《〈山海经〉笺疏》书,一为徽派朴学大家胡承珙约同人为郑康成作生日启,以上五件都是写给郝懿行的;又一件为经学家、训诂学家郝懿行写而未发的小简。六件都是从栖霞郝家流出的,但刘文典对臧庸论校刻《〈山海经〉笺疏》书里所提到的"之罘觉人"是谁一直百思不得其解。

1937年1月27日,胡适经过认真考订,得出结论:"书中特列提出的'之罘觉人',臧氏提议用'覆核'名义。今刻本末页有'福山王照圆婉佺 覆核'一行,可知'之罘觉人'就是多才博学的郝夫人了。"

在接到胡适为此考订写成的题跋后,刘文典"曷胜钦佩"之余,但立即又给胡适出了一道新的考证难题："旧钞本吴自牧《梦粱录》二巨帙,有曹栋亭、墨香堂、昌龄藏印。栋亭为雪芹之祖,身后藏书尽归昌龄。见叶氏《藏书记(纪)事诗》。此固夫人而知之者,惟墨香堂弟实不知其为何家藏书印记,吾兄倘有暇,能代为一考乎?"

在学术探研上,由于胡适、傅增湘等人的热心帮助,刘文典始终保持着孜孜不倦的求知欲,经常会为求一本古籍或考订一个字而废寝忘食,甚至一掷千金。1936年春,根据清华教师休假、进修及研究制度,刘文典可以休假一年或出国研修。时值国难时艰之际,但出于学术研究的需要,他还是选择了赴日本京都、奈良、大阪等地游学访书。

刘文典后来的很多校勘著作都参考了日本的版本。比如,《说苑斠补》是对汉代刘向《说苑》的校勘,原书明确标示"凡二十篇,七百八十四章",但后来流传下来的只有639章,且不少在传抄翻刻过程中失去了原来的面貌。刘文典在整理《说苑》时先后比对了宋本、景宋本、元本、传朴堂本、崇文书局和日本关嘉纂注本等,可见其对版本的重视。① 1940年,刘文典批校《大唐西域记》,就以日本东诗观智院所藏的北宋刊本为底本,兼以参考了元代普宁藏本、明洪武刊南藏本、明嘉兴藏本、日本灵瑞山酬恩庵僧抄本、高丽本藏经等,写成了《大唐西域记简端记》。

"一字之微,征及万卷",是刘文典毕生坚守的治学箴言。在校勘古籍过程中,凡需要征引的材料,必定想尽办法查证原文,以免以讹传讹、灾梨祸枣。历史学家李埏曾慕名向刘文典借阅过一本《大慈恩寺唐三藏法师传》,发现刘文典在这本书的天头地脚、两侧空白处用毛笔写满了批语,密密麻麻,既有我国前人的书评,亦有日、德、法、英等国学者的见解,"其知识之渊博,治学之严谨,令人叹为观止"。

一场艰难的"出版谈判"

学术是刘文典的生命。无论是在安大主政时期,还是在清华教书时期,

---

① 黄伟:《刘文典与古籍版本学》,载《新世纪图书馆》,2013年第9期,第90页。

第四章 水木清华

刘文典每天的主要精力都要花在古籍校勘上。虽然他也经常自嘲这不过是"稍稍弄一些把戏,聊装门面罢了",但只要一投入,便会进入忘我的境地,不做到最好,决不罢休。

在北大时下决心著成《淮南鸿烈集解》,刘文典是下了苦功的。他晚年曾不止一次对弟子吴进仁慨叹说:"搞这个太苦了,如果我再这样搞的话,我现在就死了。"他还跟吴进仁开过一句玩笑说:"跟你师母分开了,住在那样的房子里,太苦了,没办法,不干又不行。"吴进仁看过那个房子的照片,有一个格子门,不大,这边是夫人张秋华带着长子刘成章住一个房间,那边用木板隔了一间给刘文典做学问。为了校勘《淮南子》,刘文典每天很晚才睡,经常熬夜到凌晨一两点钟,有时候刚一睡下,突然想到一个问题,马上又起来了。就这样,搞了一年多才完成。一提到这书,张秋华就说:"叔雅搞这个书,很可怜的。别人只知道这个书搞得不错,不知道叔雅多辛苦,病了好几次。"

在筹办安大期间,尽管校务繁忙,但每到夜深人静的时刻,刘文典还是沉浸在书海里,以校勘古籍为乐,整理完成了《三余札记》第一、二卷,并于1928年9月交付商务印书馆印行。此书名取"冬者岁之余,夜者日之余,阴雨者时之余"之意,想表达的就是利用闲暇时光拾掇古籍珠玉的初衷。全书包括《淮南子校补》《韩非子简端记》《庄子琐记》《吕氏春秋斠补》《论衡斠补》《读文选杂记》等篇章,校释精审,考证详密,广征博引,信而有征,每一条札记都是一篇说理透彻、结论可靠的论文,对校勘学贡献尤巨,堪与高邮王氏《杂志》、德清俞氏《评议》相匹俦。第三、四卷于1938年5月印行。

而到了清华园,经济条件、生活环境都有了很大改善。在完成日常的教学任务之余,刘文典有了更多的时间进行学术研究,成果颇丰。从1935年前后刘文典与商务印书馆的来往信件看,他当时至少已初步完成了《庄子补正》《说苑斠补》《宣南杂志》等3部书稿。

刘文典很早就对《庄子》产生了兴趣。在日本留学时,他就听章太炎用佛教法相宗的思想解释《庄子》,虽"不大懂",却在内心种下了对于这部古籍

233

的最初印象。在1923年2月26日写给胡适的一封信里,刘文典第一次透露了他准备着手校勘《庄子》的宏大计划:"《庄子》这部书,注的人虽然很多,并且有集释、集解之类,但是以弟所知,好像没有人用王氏父子的方法校过。弟因为校《淮南子》,对于《庄子》也很有点发明,引起很深的兴味,现在很想用这种方法去办一下,也无须去'集'别人的东西。只仿照《读书杂志》的样儿,一条条的记下来就行了,有多少算多少,也无所谓完事,做到哪里算哪里。这样做法,你要赞成,弟预备等书债偿清之后就着手了。"

胡适对刘文典的这一研究计划表示了支持,并给他提了一些中肯的意见。后来,胡适写《中国哲学史大纲》,引用了《庄子·至乐》里的部分文字,说是"自古至今无人能懂"。刘文典刚好正在潜心写作《庄子补正》,遂将《至乐》里的文字重新考订了一番,"将《至乐篇》所考订、补苴处摘要录出,使知此文经增订后虽稍稍可读,然仍是'自古至今无人能懂',必欲求解,势将流入穿凿附会一途"。

本来以为校勘《庄子》是件很轻松的事情,但没想到这一工作却断断续续,一直进行了10多年。刘文典1928年出版的《三余札记》第二卷里就收有《庄子琐记》,包括对《齐物论》《人间世》《德充符》等篇章的考订,"每篇多则五条,少则一条,大多直接下案语,少数在案语前引《庄子》注疏或郭庆藩、俞樾等人的考证"。① 对比可以发现,刘文典1934年宣告"费十年精力,著成《庄子补正》十卷",就是在《庄子琐记》的基础上补充完善形成的。

从近年新发现的一封刘文典致王云五的信函可知,《庄子补正》"取坊间通行之郭庆藩本,删其游词泛说,唯留郭象注、成疏、《经典释文》,而以郭说增入,剪贴而成,全书十卷三十三篇,厚一尺许",即收列《庄子》内篇、外篇、杂篇的全部原文和郭象注、成玄英疏以及陆德明的《经典释文·庄子音义》,以历代《庄子》重要版本为校勘基础,广泛征引了王念孙、王引之、卢文弨、奚侗、俞樾、郭庆藩、章太炎、刘师培、马叙伦等古今知名学者的校勘成果。在

---

① 肖海燕:《刘文典的〈庄子研究〉》,见熊铁基、梁发《第二届全真道与老庄学国际学术研讨会论文集》,武汉:华中师范大学出版社,2013年,第868页。

第四章　水木清华

完成《庄子补正》一书后,刘文典曾说明写作这本书的标准是:"前人校释是书,多凭空臆断,好逞新奇,或有所得,亦茫昧无据。今为补正,一字异同,必求确诂。若古无是训,则案而不断,弗敢妄生议论,惧杜撰臆说,贻误后学而灾梨枣也。"可以说,《庄子补正》是刘文典一生用力最多的校勘著作,亦最被世人所看重,是至今所有治国学的人都不可不读的经典著作。

不过,在当时战争频仍、百业凋敝的情势下,《庄子补正》的出版经历了一个曲折、艰难的"谈判历程"。这次主要是刘文典亲自出面与商务印书馆洽商各种条件,顺带请胡适、傅增湘做一些工作。

1934年12月18日,刘文典致函商务印书馆总经理王云五,告知《庄子补正》"稿已杀青,请酌定一数,俾使稿款两交"。在此之前,刘文典曾委托胡适跟商务印书馆接洽此书出版事宜,并表示:"弟之《庄子》,原是小玩意,只要能许弟自己校对,价好商量,并无大欲也。"事实上却并非如此。

王云五接到刘文典的来函后,立即在商务印书馆信件批核单上做了简要批复:"仍以拟照《淮南鸿烈集解》加酬半数,共壹千五百元。"12月24日,王云五又亲自给刘文典写了一封信,详细解释了版税确定的具体情形:

收信人:刘　　地址:北平北池子蒙福禄馆三号

文典先生大鉴:

奉十二月十八日惠翰,藉审先生以多年之精力,著有《庄子补正》一书,业已脱稿,具征为学宣劳,莫名钦佩。承示此书计十卷三十三篇,尊书分量较多于大作《淮南鸿烈集解》,拟交敝馆印行,盛情厚意,尤为欣感。惟酬报一节,敝馆最近收印大部书稿,均照版税法。辱荷见商,照让与版税办法,谨当勉从台命,照《淮南集》加酬半数,共壹千五百元。倘蒙俯允,当俟全稿寄到后,再行订约奉款。

专此驰复

敬颂文祺

王云五

235

《庄子补正》为纯学术著作,商务印书馆能开列出如此版税价格,已属不低,连刘文典自己都承认:"学问上著作与市上商品不同,既承先生不弃,惠许多金,弟岂敢斤斤计较。"但由于之前弟子许维遹在他指导下完成《吕氏春秋集释》,由清华大学评议会通过,商务印书馆出资两千元收之。作为老师,著作稿费反而少于弟子,感觉面子上过不去。

于是,刘文典又向王云五提出了一个折中方案:"拙著《庄子补正》承先生允给之价,又未敢要求增加,再四思维,只得将拙著《刘向说苑补正》二十卷及近年所著《宣南杂识》若干卷(因系随时所作笔记,虽写有清稿而未分卷)一并出售,希望凑足三千元之数,以之购车代步。《宣南杂识》中考订《毛诗》、佛经、史籍外,尤注重清代掌故,出版后销路恐尚在《庄子》《说苑》之上,以其书人人能读,且饶兴味故也。三书均现成,可在北平贵分馆稿款两交。惟《庄子》《说苑》务要在北平印刷,由弟自行校对尔。此两书皆弟在清华研究院与北大之讲义,学生亦亟盼其早日印成也。如何?"

原来,当时清华有个同事准备"以二千金脱售其购仅数月之汽车",而刘文典因平时均赶公共汽车到校上课,辛苦万状,因此很想购下此车,以为代步。由于对方急于脱售,限期十日,因而刘文典不得不寄希望于商务印书馆。

但商务印书馆当时的经营状况也不是特别好,因怕负担太重,王云五一开始只答应以原议1500元价格收下《庄子补正》,而其余两书则改为版税办法。后见刘文典需款甚急,遂同意除按前议将《庄子补正》照1500元之数收下外,拟请刘文典将《宣南杂识》一并寄到馆内排印,视情况再定具体版税情形。

1935年2月,经过再三磋商,双方最终达成初步意见:第一,刘文典仍愿以《庄子补正》及《宣南杂识》两稿售诸商务印书馆,稿费两书至少一千八九百元,如同意,款稿两交,并盼立即在平印刷,俾便亲自校对;第二,《庄子补正》印成后,希望商务印书馆按照版税办法接印《说苑斠补》。双方在随后的书信往来里,又就寄稿、校对等方面进行了沟通。

天有不测风云，人有旦夕祸福。就在这场关于《庄子补正》出版的"谈判"即将尘埃落定之际，一个突如其来的重大变故向刘文典悄然袭来：1935年2月19日，即阴历正月十六日夜，刘文典长子刘成章因咯血病发作，医治无效，英年早逝，年仅23岁。

痛失爱子，染上鸦片

世人熟悉刘文典，一方面是因为他曾经当面顶撞蒋介石，另一方面则是因为他有个奇特的外号"二云居士"。

"二云"者，一指云南火腿，一指云南烟土，大意是说刘文典平生最爱这两物。对于前者，由于牙齿不好，其实刘文典并不怎么吃火腿，顶多吃一点火腿月饼。至于后者，即吸食鸦片，倒实有其事，刘文典也因此一直遭人诟病，被打上了"颓废萎靡"的标签。但或许并没有太多人认真考察过，正当盛年的刘文典究竟是为何吸上鸦片的？

迷恋烟土当然不是什么值得炫耀的事情。可倘若能洞悉刘文典内心的世界，或许又能让我们从另外一个角度来看待他的"颓废萎靡"了。而这与痛失爱子刘成章不无关系。

1913年5月23日，刘成章出生于上海，生性诚笃，幼而聪慧：3岁就能认识100多个汉字；8岁时就在北京大学画法研究会首次展览会上展出两幅绘画作品《雪景》《耕牛》，"观者无不称赞"；到了10岁的时候，有一次，他偶然听到母亲诵读顾太清的《东海渔歌》，当即模仿填成《江南好》八阕，赢得刘文典好友李辛白夫妇啧啧称奇。

可是，按照安徽民间的迷信说法，孩子小时候太聪明，寿命有可能不会太长。刘文典夫妇一方面为儿子的出色而感到骄傲，另一方面又担心他难以长大成人。好在这一切担心似乎都是多余的。转眼间，刘成章已经到了上中学的年纪，就读于辅仁大学附属中学，待人笃厚，凡遇到同学中有家境不好的，必节省乘车钱、午膳费进行周济，犹觉不足时，则会向刘文典主动请求减少零花钱以求帮助同学，"其月费只十二元，周学友之急恒六七元也"。

刘成章勤奋好学,读中学时,英文、数学两科凡考试必得满分,"十八岁而高中毕业,晨起演算解析几何、微积分,必至夜漏三下"。尽管如此,刘文典对于刘成章的管教仍是十分严厉,据刘平章先生说,"大哥有一次考试没拿到满分,只考了95分,就一直躲在外面,不敢回来见父亲"。

由于学习过于用功,刘成章的身体健康每况愈下。1930年暑假中的一天深夜,即将入辅仁大学读书的刘成章仍在苦心运算三道习题,忽然大咳不止,以至于咳出血来。刘文典夫妇赶紧将之送往医院诊治,经过X光检查,发现他的右肺锁骨下已出现浸润阴影,为咯血症,相当严重。万般无奈之下,只能劝其休学,但刘成章死活不从,只好改入课业不太繁重的国文系,休整了一段时间,病情稍有好转。

过去曾有一个说法:九一八事变后,举国皆惊,北平的爱国青年学生为了敦促国民政府抗日,策划发起卧轨请愿活动,刘成章义愤填膺,积极报名参加,因连夜受寒,导致旧病复发,终究不治。目前没有看到刘文典关于刘成章参加抗日活动的文字记录,应属误传。事实上,刘文典夫妇一直带着爱子四处求医,遍访名家,终因其病势已深,确无高人能够妙手回春。

正当其时,张秋华因妇科病住进了协和医院,需要进行手术。一向孝顺的刘成章担心母亲的安危,一连几个晚上都没有睡觉。张秋华听说此事,生怕再出个万一,当即于手术后的第二天回到了家中。不想,由于出院过早,竟患上了胃痛的病症,每至病发,疼痛难忍。刘成章于是每天晚上偷偷起来,站在母亲的窗外,探听里面的动静,并默默祈祷上天,"愿以身代"。看到母亲实在痛楚难堪的时候,刘成章甚至想到了要学古人割肉

图4-3 刘文典长子刘成章
(刘平章先生供图)

熬汤，但被刘文典厉声制止。

每每想到自己的病症给家庭带来的沉重负担，刘成章就郁郁寡欢，伤心不已，经常与亲朋聊起内心的遗憾："我父亲的学问足以与古代大学问家相抗衡，可惜我不能为之助手，反而因病连累大家，真是死不瞑目啊！"如此精神煎熬，病情越发严重。等到张秋华病情大愈的时候，刘成章却已经病入膏肓，没有回转的余地了。

刘成章的撒手离去，如同晴天霹雳，让整个家庭沉入悲痛的深海。张秋华日夜悲号，以致脑病、心脏病大发，深为可虑。而对于中年丧子的刘文典来说，内心沉痛，可想而知。

1935年3月19日，《大学新闻周报》刊出署名"平林"的一篇文章《刘叔雅先生最近给我的印象》，讲到刘文典在处理完刘成章丧事后重新回到学校上课的情形：

> 刘先生是极重感情而且富忠义之气的人，当东北沦陷时，刘先生痛祖国遭奇异的侮辱，没有一天不义愤填膺，咬牙切齿痛骂日本。我们看，在日本飞机到北平来的时候，他没日夜地译出《荒木告国民书》，就可见他的满腔热血了。而今，他遭了这天伦惨变，由悲家而复引起伤国的情绪来，瘦弱的刘先生恐怕忍受不了吧！
>
> 刘先生请假了两星期，今日没有他的请假条了。经这两星期的忧愁，刘先生一定更瘦了！
>
> 老实说，我不是去听他讲《荀子·正名篇》的，我是去看看刘先生而上他的课的。
>
> 上课铃摇了五分钟后，刘先生挟了白布书包、提帽子到教室门口站住了，意思说要去解手立刻就来。同学们却似急于要给刘先生一个安慰似的都站了起来，向他点头，那一股严肃的空气，是在别的教室中看不到的，害得刘先生不得不进来把书包、帽子放下再出去。
>
> "还好，刘先生也不见得怎么更瘦。"一位同学在刘先生出去后说。

"唉,他再瘦到哪里去呀!"我却这样的回答了。

"我实在太抱歉了,今年一年就没有好好的上过一点钟课,为了私事,耽误诸君这许多时候,实在抱歉之至。"

刘先生说得太诚恳太客气了,把教室里的空气弄得更严重些。

后来他说起他公子的事,他说到"死者已矣,生者可怜"这话,我想他的泪快夺眶而出了。因为刘夫人受了这创痛后得了心脏病了。他又说,世界上为人类、为国家牺牲的人很多很多,为病而死不是应该?我知道他因此而想起国事的可悲来了,这一种的达观徒然是增加悲痛罢了。所以我始终不愿承认刘先生能达观的。

但是,刘先生说了一句很沉重的话。他因为觉得过去没有能好好的教书,所以说:"此后我倒可以安心地上课了。"他把这话说了有五六遍。在这时候,他说出这样一句话,使我们觉得分量特别沉重的,从这句话,我似乎忽然了解了刘先生的自处,刘先生也许觉得"吾有道可传,虽无子,亦何害"吧?那是刘先生真能够达观的了。

刘文典很快读到了这篇文章,深感宽慰,立即致函报社,表示感谢。3月23日,《大学新闻周报》刊出了刘文典的来函和报社的覆信,全录如下:

清华教授刘文典先生来函

敬启者:

寒门不幸,寒及小儿成章,猥蒙贵报平林君作文表深厚之同情,字字句句均可见平林君之慈祥恺悌,读之令人五中铭感,特肃素笺,向平林君道谢。鄙人近年因忧亡儿之病,日以校注《庄子》自遣,去夏已成书,不久可付印,作为亡儿之纪念刊。倘有一字流传,则此子为不死矣。

平林君爱我,闻之当亦可稍慰矣。此上
大学新闻社

刘文典再拜
三月二十二日

第四章 水木清华

文典先生：

来示敬悉。敝社同人素以倡导民族意识运动为职志，对于先生之热忱爱国，并以人格矜式学生，气节文章，同深钦仰。除将敝报长期赠阅外，尤盼将所注《庄子》一书之特点，撰成短简，连同尊译《荒木告国民书》赐寄一份，俾敝报得以刊登书报介绍栏，公诸国人，无任感祷！专此即颂

文祺。

三月二十三日，大学新闻社编辑部启①

几天之前，3月14日，刘文典已致函商务印书馆王云五，表示自己素来喜欢《庄子》里的"生乃徭役，死乃休息"之语，视为至言，此番遭遇如此变故，便寻思着将《庄子补正》《宣南杂识》等书稿汇刻为《望儿楼丛书》，聊以排遣与纪念："弟年近五旬，仅有一子，因性好数学，用心过度致疾，于夏历正月十六死矣。弟近年之治《庄子》，原是借以忘忧。书成后，清华、北大均愿印行。所以急欲出售者，因亡儿虑弟日日赶清华公共汽车，辛苦万状，在病重时犹力劝弟自购一车代步，又妄冀购一小车外，余数百圆稍补助其医药费耳。前奉大札时，正是亡儿疾革，命在旦夕之际，忧劳万状，未暇奉复，且去夏杀青后续有所得，亦拟补入。加之拙著究用新式标点，抑用简式句读，未暇商定，故延缓至今。拙著《宣南杂识》，字太潦草，万不能径付手民，请人抄写，仅成一册，欲加改削，因心绪恶劣，不能动笔也。现拟将《庄子补正》及《宣南杂识》《群书校记》《三余札记续编》均汇刻为《望儿楼丛书》，以为亡儿纪念，以《庄子补正》为第一种，余者陆续付印。《庄子补正》拟用宋字大版，照《淮南集解》式，余者用小册。妄冀亡儿附庄子而不朽耳。如何？"

对于刘文典的这一请求，王云五颇觉为难。从朋友感情的角度来说，他能够予以理解同情；但从图书销售的角度，却不能根本满足。3月23日，王云五复函刘文典，提出一个新的出版方案："查敝馆出版丛书，均用学科为

---

① 《清华教授刘文典先生来函》，载《大学新闻周报》，第3卷第4期，1935年3月26日。

241

名,俾便读者选购。尊意为文郎纪念,似可仿欧美通例,在里封面设致言,不必另定以书名目,尊意以为如何?"换句说话,刘文典汇刻《望儿楼丛书》的建议没有得到商务印书馆的认可。

本想借助出版《庄子补正》"妄冀亡儿附庄子而不朽",不料出版商不愿作出让步,刘文典只好求助于胡适的帮助,恳请这位一直给他诸多安慰和扶持的兄长替亡儿书写碑文正面"故大学生刘成章之墓",并撰写简要墓志铭,"亡儿成章不幸早夭,本无学行足述,碑文请注重'纯孝'一点,余皆庸言庸德,人家佳子弟多有之,不必详述"。在胡适满口应承之后,刘文典似乎还不放心,又接二连三写信,陈述亡儿生平可圈可点之事,敦爱之心,苍天可鉴。

无情未必真豪杰,怜子如何不丈夫。刘文典尽管平日里嬉笑怒骂皆成文章,为人坦荡无羁,但本质上却是一个性情中人,极重感情,自然一时难以承受这突如其来的命运打击。每每想到儿子往日的言行,或是看到儿子留下的画作书本,便悲恸得不能自已,神志消沉,情绪低落。家人看在眼里,急在心里,也实在想不出什么宽解的办法,只好劝他吸食鸦片,借助麻木暂时消除内心的痛楚。刘文典由此与烟土结缘。

遗憾的是,造化弄人,刘成章在北平逝世后,按照安徽农村的风俗,没结过婚的男子早逝不能立即安葬,于是运回了祖籍地怀宁,暂时厝葬于一个尼姑庵边。后来,抗战爆发,刘文典四处逃难,也无心顾及刘成章的正式安葬问题,甚至连具体厝葬的位置也没来得及打听清楚。等到后来局势稍定,再回乡查寻亡儿的坟茔时,已是满目苍凉,荒烟四起,竟无从找起了。

"读书人要爱惜自己的羽毛"

1936年春,刘文典赴日本访学期间,"薄游奈良,既览春日神社、大佛寺、法隆寺、二月堂诸胜迹",途中经过日本著名遣唐留学生晁衡的家山,有感于中日之间曾经的情谊,不禁心潮起伏,怀古伤时,百感交集。

晁衡,本名阿倍仲麻吕,姓藤原氏,为日本望族之后。年方16岁时来到中国,儒雅诗才,备受推崇。唐玄宗时任秘书监,与李白、王维等人来往密

第四章 水木清华

切,每有诗作唱和。天宝十二年(753年),晁衡辞官归省,传闻遇难海上,李白挥泪写下名篇《哭晁卿衡》:"日本晁卿辞帝都,征帆一片绕蓬壶。明月不归沉碧海,白云愁色满苍梧。"可见两人感情之深。晁衡虽幸免于难,但终不得归故国,大历五年(770年)逝于长安。

刘文典少年读书时,便知晁衡之名,读其诗,慕其人。此番途经奈良,又值中日两国兵戈相向之际,悲涌心头,遂用唐代诗人温飞卿《过陈琳墓》韵脚,成诗一首,题为《过奈良吊晁衡》:

当年唐史著鸿文,怜汝来朝读典坟。
渤国有知应念我,神州多难倍思君。
苍梧海上沉明月,嫩草山头看碧云。
太息而今时世异,不修政教但兴军。

此行之中,日本大阪静安学会同人亦出面盛情款待。静安学会系狩野直喜、内藤虎次郎、铃木虎雄等日本学者为纪念王国维而组织,与中国学者往来密切。席上宾主谈笑风生,情真意切,但念及时局,均皆唏嘘。刘文典一时恍然,为此又赋诗一首,表达内心的复杂感情,后以《静安学会诸儒英招宴席上感赋》,与《过奈良吊晁衡》一道刊于1936年12月第8卷第12期《国风月刊》上:

读骚作赋二毛生,又访奇书万里行。
舟过马关魂欲断,客从神户自来迎。
既知文物原同轨,何事风波总未平。
记取今宵无限意,还期相敬莫相轻。[①]

大家心里都清楚,两国文人学者之间的温情脉脉,阻止不了日本军国势力觊觎中国领土的铁蹄纵横。

---

① 此诗后经先生删定,首联"二毛生"改为"鬓华生",颔联"总未平"改为"总不平",尾联"还期"改为"长期"。

刘文典传

　　1936年4月17日,日本内阁会议决定增兵华北,并安插多名便衣潜入山海关内。8月7日,日本内阁五相会议又通过《基本国策纲要》,明确日本的意向是对中国发动大规模的新的进攻。11月3日,日本侵略军在北平城郊举行声势浩大的军事演习,然后列队入城炫耀武力。是可忍,孰不可忍!

　　整个北平城沉浸在一片悲愤之中。清华大学的学生于当天中午在大礼堂召开全校师生大会,降半旗表达愤慨之情,并决定组织"灾区慰问团",赴红山口、固安等地,观摩二十九军士兵对抗性军事演习。

　　同仇敌忾之下,中国将士一鼓作气,连获大捷。1936年11月、12月份,抗日军队在绥远收复百灵庙、大庙等地,粉碎了日伪侵绥计划。消息传到北平,一片欢腾。清华师生迅速组织西北考察团,赴绥远慰问,许多从不做针线活儿的女同学和教授夫人,也参加缝纫。她们一边缝纫一边唱着:"千针缝,万针缝,送给绥东将士穿着杀敌冲锋。"①

　　1937年4月,清华放春假一周,学校组织西北考察团,教授家属也可以参与。刘文典本来是想在家休息的,但夫人张秋华生性好动,拉着他一道报名参加,在近十天的时间里,先后赴张家口、大同、绥远、百灵庙、包头等地政府、军队慰问,各停一日,"忙于应酬讲演,对于古迹名胜皆无暇细看,正所谓走马观花也"。

　　刘文典以前对军队、政府长官素无好感,但在这次紧张的西北考察中,亲眼目睹晋、绥将士的吃苦拼命精神,大为感动。在回来后写给胡适的一封信里,刘文典写道:"弟素来轻视军政长官,认为将帅都是勇于私斗,怯于公战,专以克扣军饷、搜刮民财为事的;文官都是侵盗国帑、诈害百姓为业的,要想中国强盛,非先把这班人们铲除干净不可。这回在晋、绥境内留心观察,和军政当局晤谈,才知道边疆上的将士多半是忠勇奋发,文官也很能埋头苦干的。别省虽不知道是怎样,晋、绥的将士官吏那种吃苦拼命的精神,真值得我们崇敬,如弟之躲在后方享福,真要惭愧死了。"此行之中,刘文典

---

① 黄延复:《水木清华:二三十年代清华校园文化》,桂林:广西师范大学出版社,2001年,第320页。

第四章 水木清华

还到归绥中学讲演,看到学生们体格强健、精神抖擞,且勤奋好学,晚上9点半之后仍在灯下自修,颇觉欣慰,"校长霍君佩心(名世休)为清华研究院毕业生,从弟治校勘学、选学、周秦诸子有年,说句不要脸的话,绥远文化教育之提高与发达,弟也不无微劳也"。在刘文典看来,任何时候读书人的坚守都是国家民族的希望。

一两年前,日本人策动殷汝耕等汉奸在通州成立"冀东防共自治政府",冀东22个县宣告脱离中国政府管辖,由日本实际控制。当时,刘文典的四弟刘管廷在冀东伪政府里谋到一个肥缺,喜不自胜,跑到刘文典的家里报喜。刘文典一看到这种恬不知耻的"亡国奴"的嘴脸就很生气,愤慨不已,借口生病拒绝与之同桌吃饭,并专门托人转告他的堂弟:"新贵往来杂沓不利于著书。"毫不留情,将背叛民族大义的四弟拒之于大门外。

山雨欲来风满楼。伴随着中国政府一步步的隐忍退让,日军窥伺中国的野心越来越明显,越来越肆无忌惮,不断借机制造事端。

1937年7月7日,日军借口一名士兵在卢沟桥演习时失踪,强行要求进入中国守军驻地宛平城(今卢沟桥镇)搜查,在遭到拒绝后开枪射击,又炮轰宛平城,是为"七七事变"。

对于这一段屈辱的记忆,刘文典觉得国人应该永远铭记在怀。10年后,他在《中央日报》昆明版上发表了一篇《谈卢沟桥》的专论,开头就写道:

> 自从十年前的今日,中国有史以来第一次空前的血战在卢沟桥畔开火,"卢沟桥"这三个字是无人不知、无人不晓的了。就是在中日大战以前,这座桥本也就很出名的。因为它是北京的咽喉、南北交通的要道,金元明清四朝以来出入北京的人没有不从这座桥上走过的。所以这座桥的历史,也就是金元明清四个朝代的历史,要细细的考证起来,足足的可以编成一部大书。不但此也,远在六百七十四年以前,意大利国威尼斯城的商人马可波罗氏到中国旅行,看见了这一座美丽绝伦、工程浩大的石桥,就在他著的游记里,把这座桥细细的记载,深深的赞美过一番。自此之后,世界各国的

人士也都知道我们中国有这座卢沟桥了。欧美人的书报上,就称道这个桥为"马可波罗桥"。刚巧十年前的七月七日,中日大战的第一炮就在这座桥上响了,"卢沟桥"这三个字,更是全中国、全世界闻名。凡是中国人,黄帝子孙,都应该牢牢的紧(谨)记着这个桥的名字,永远不可忘记的。

一座桥维系着一个国家、一个民族的疼痛。7月17日,蒋介石在庐山发表谈话,痛心疾首地指出"卢沟桥事变已到了退让的最后关头","再没有妥协的机会,如果放弃尺寸土地与主权,便是中华民族的千古罪人"。同一天,日本陆军参谋本部通过《在华北行使兵力时对华战争指导纲要》,决定动员40万兵力,妄图用3个月时间灭亡中国。

由于地处日军南侵前沿的华北地区,清华大学、北京大学、南开大学等高校立即陷入一场浩劫之中。7月29日、30日两天,华北重镇北平、天津相继沦陷,许多高校的教授都已先期撤离了北平。刘文典因家里人口较多,没来得及转移,仍住在租来的北池子蒙福禄馆三号房子里。

日本人知道刘文典留学日本多年,精通日语,很希望能够说服他为日军服务,于是委托一些熟人上门做思想工作,三番五次,均未成功。有一次,实在被来人劝得烦了,刘文典干脆直言不讳地回绝:"国家民族是大节,马虎不得,读书人要懂得爱惜自己的羽毛!"

"软"的不行,就来"硬"的。日本人再三遭到拒绝,恼羞成怒,派出宪兵队径直闯进刘文典的住宅,翻箱倒柜,将里面的私人信件、名人字画、珍贵典籍扔得漫天乱飞,有的干脆直接抢走。据知,被搜抄去的有吴忠信、于右任、邵力子、胡适、陈独秀等人对国际形势探讨的信札。当时家人不知所措,而刘文典和夫人张秋华却躺在椅子上昂首吸烟,毫无惧色。见此情形,翻译官大声喝问,你是日本留学生,太君问话,为何不答?刘文典仍是两眼朝天,一言不发。

后来有人追问个中因由,刘文典回答说:"国难临头,我以发夷声为耻!"

第五章
联大岁月

清华大学已经不叫清华大学了。

早在北平沦陷之前,清华大学就已经筹划南迁。1937年7月底,国民政府正式电令清华大学,与北京大学、南开大学南迁长沙,组成长沙临时大学,由三校校长梅贻琦、蒋梦麟和张伯苓任常务委员。一学期后,长沙局势趋紧,再迁昆明,改称"国立西南联合大学"。由于蒋梦麟、张伯苓并不常驻昆明,西南联大校务工作实际上一直由梅贻琦主持。

西南联合大学是中国教育史上的一个奇迹。尽管它只现实存在了8年,并且是在战事频繁的情况下艰难存在的,但却贡献出了一批具有较高学术声望的知名教授,培养出了一批在日后的中国起到顶天立地作用的栋梁贤俊。可以说,西南联大至今仍是无数知识分子内心深处最为温暖的向往与记忆。

第一节　浮海南奔

"抱有牺牲性命之决心"

如果将西南联大由长沙紧急南迁昆明的场景摄入镜头的话,那简直可以说得上是一幅波澜壮阔、空前绝后的历史性画卷:

近千名师生分批从长沙出发,经海、陆两线向昆明行进,其中陆线全程1600余公里,200多名师生组成湘黔滇旅行团,步行1300公里,随身所携带的无非是一只干粮袋、一个水壶,还有一柄雨伞。1938年4月,参加步行的同学全部安全抵达昆明,团长黄师岳按照旅行团花名册逐一点名,确认无误后,将花名册郑重移交给已经先期到达的清华大学校长、西南联大常委梅贻琦。此情此景,令现场的人无不潸然泪下。

身在北平的刘文典一直通过报纸或其他渠道掌握着清华师生的动向,连做梦都感觉似乎仍和他们在一起。七七事变之后,清华校园里的日军越来越多。1937年10月13日,日本军队牟田口部公然强占校舍,负责学校保管财产的人员只能退避学生宿舍。这一天,成为日军全面侵占清华园之始。

不愿为日本人服务的刘文典则受到了日本人的监视,一举一动,皆受约束。因此,当他听说清华师生经历千难万险逐渐会合于云南昆明时,"设法离平"的愿望越来越强烈。北平城,真是一刻也待不下去了。

刘文典内心很清楚,这个选择意味着凶险,意味着绝境。但作为一名文人,越是这样的时刻,越是不应该选择退缩。他应该与他的学校、事业和学生同在。1943年7月,刘文典在一封信里曾简略倾吐过自己当初选择南下的坚定心志:"典往岁浮海南奔,实抱有牺牲性命之决心,辛苦危险,皆非所计!"对于一位没有显赫官场背景的大学教授来说,独自一人,左右辗转,奔波千里,其间甘苦,恐怕也只有他自己才能真正体会了。

1938年4月,刘文典悄然辞别家人,挎上个小包袱,简单装了点干粮,就踏上了南下的路途。当时我国很多地方都在日本人的掌控之下,行踪稍有暴露,就可能会有性命之忧。幸得留守天津的著名物理学家、清华大学教授叶企孙先生的妥善安排,刘文典选择了一条相对安全的"曲线救国路线",先是到天津,再由天津到香港,由香港到安南(今越南),最后抵达昆明,为期两个月。

一路上,眼见山河破碎,草木荒凉,刘文典的心里百般不是滋味。他16岁外出求学,就将生命完全交给了动荡与波折,从早年的岳王会到后来的辛

第五章 联大岁月

亥革命,从五四运动到抗日战争,几乎从来就没有消停过。而在刘文典的内心世界里,又是多么希望能够拥有一方真正宁静的天空,可以让他安心钻研学问,放大人生的光彩!

但是,任何困难险阻,都抵挡不了刘文典的脚步。自抗战爆发以来,他一直是个乐观派,他相信最后的胜利一定属于中国人。南下途中,他始终保持着对于时局的观察,一有机会就写点政论文章,既借以表达一个知识分子应有的家国情怀,又企盼通过这些文字给国人打气助威。

南下途中,经过香港时,他曾专程去拜望了避居当地养病的蔡元培。1938年5月14日,蔡元培的日记写道:"刘叔雅(文典)来,称在平被监视,设法离平,将赴蒙自联大文学院上课。"

就这样,刘文典一路走走停停,停停走走,忍受着饥饿和劳累的双重煎熬。1938年5月22日,刘文典终于到达云南蒙自——由于昆明校舍紧张,西南联大文学院暂设于此。

刘文典的到来,似乎有些突然。5月26日,清华大学国文系主任朱自清致函梅贻琦,洽商刘文典来蒙上课聘约问题:"前者驾临蒙自,晤谈甚畅。所谈叔雅、平伯两先生事,现在情况略有改变。叔雅已于本月二十二日到蒙,昨日上课。拟恳转知莘斋先生,准备以后发薪;薪金自何时起算,并乞示知……又叔雅先生聘约订至何时,亦乞便中嘱文书科查复,至为感谢。"①莘斋,即沈履,时为清华秘书长。由此信可知,虽然朱自清曾与梅贻琦当面聊到刘文典,但最初他并未料想到刘文典会辗转南下,因而未作具体安排,只好临时请示。

听闻刘文典独自冒险南下,梅贻琦显然是很高兴的,当即回函:"叔雅先生既已到蒙上课,甚善!其月薪应自本年五月份起算,此已嘱会计科查照。又叔雅、平伯两先生聘约,均订至二十七年七月三十一日期满,特此奉复,即希察照转告为幸。"

---

① 黄延复整理:《梅贻琦1937—1940来往函电选》,载《近代史资料》总第102号,北京:中国社会科学出版社,2002年,第16页。

249

至此,刘文典开始了西南联大的执教生涯。

"没想到竟有这么好吃的菜!"

蒙自为滇南重镇,靠近红河,与安南(今越南)通航。"光绪十三年(1887)被辟为商埠,设有蒙自海关、法国银行、法国领事馆。清末时,法人修滇越铁路后,途经碧色寨而未经蒙自,其经济大受影响,商业一蹶不振。联大文法学院迁至蒙自时,法国领事馆、银行及各洋行均已关闭。由昆明至蒙自,快车近5小时先至开远,然后下车吃饭,再坐车50分钟始至碧色寨,然后再换碧个(旧)铁路车,凡半小时多始能抵蒙自。因此,一般(来)说由昆明至蒙自需用一天时间。如车慢或行晚,甚至须在开远歇一夜,次日始得到。"① 不过,这些毕竟只是暂时的困难,与刘文典迫切回到课堂的心情相比,都是小儿科。

刘文典到达蒙自后的第二天,根据朱自清的安排,住进了歌胪士洋行里。歌胪士是希腊人,在蒙自开有旅馆和洋行,但后来蒙自经济衰落,洋行早已歇业。等刘文典住进去的时候,这个洋行已经一二十年没有营业了,里面尚存有大量洋酒,这让许多好酒的教授喜出望外。在歌胪士的住房是抽签决定的,与刘文典同住在一起的还有闻一多、陈寅恪、陈岱孙、陈序经等十几个人。

蒙自城内集市很多,三天一小集,六天一大集,四乡八里的人都背着自家种植的蔬菜或自家纺织的布品前来交易。那时候,西南联大的教授们虽然收入不高,但偶尔上街买些新鲜时蔬,打打牙祭还是不成问题的。刘文典素来不喜欢柴米油盐这些妇人活,到了蒙自以后,便与住在歌胪士楼上的教授们一起包饭,每月十四元,但饭菜不佳:"味道固不适口,滋养亦缺少,且量亦递减。于是每隔一二日辄由桌上同仁轮流添菜。所添者大致不外鸡或

---

① 郑天挺:《滇行记》,见《国立西南联合大学史料·总览卷》,昆明:云南教育出版社,1998年,第80~81页。

第五章 联大岁月

肉。此非讲究,亦借以增加滋补营养。"①刘文典与浦薛凤、陈寅恪、闻一多等人同桌。后来需要独自打理日常生活,刘文典实在搞不来,于是找了一位本地的男佣,一个月给点钱,让他帮助买买菜、做做饭、洗洗衣服。

这种简单而清苦的生活维持了一年多,直到夫人张秋华带着儿子刘平章从北平赶来。有一天,张秋华赶了趟集市,随意买了点云南新出的蔬菜,回来烧了几个小菜。刘文典挑起筷子一尝,十分惊讶,忙问:"这菜是哪里搞来的?"

当听到夫人回答"就是集市上买来的当地蔬菜"时,他连声感慨:"没想到云南竟有这么好吃的菜!"原来,在夫人未到之前,一般都是男佣买什么、做什么,他就吃什么,从来也没感觉到有什么异样。而这个男佣为了图方便,也懒得搞太多的花样,几乎每天都是咸鸭蛋、蒸鸡蛋,一吃就是一年多。

生活虽然清苦,但不等于没有情趣。中国的文人,自古就有苦中作乐的禀赋,李白斗酒诗百篇,陶潜种菊东篱下,都是一种超脱、一种情怀。据刘文典的学生傅来苏回忆,1952年秋,他和同学张春元去请教问题,刘文典看到他们外穿着夹克,内穿着一件白底起黑条花的乌克兰式衬衣,顿时来了兴致,也不着急回答问题,倒是讲述起在蒙自期间的一段趣事来:

> 蒙自地处西南边陲,风景极佳,物价极低,百姓生活安闲,很少与外省往来。民俗淳朴,男女多着土布衣裤,式样较单一。而西南联大学生,衣着各有特色:男生中北大的喜穿长衫,清华不乏西装革履者,南开则多穿夹克,女生中大多数穿旗袍。联大学生初到蒙自时,由于环境的安宁平静,一些男生西装革履,手拄一根蒙自特产的藤木手杖,一些女生还着丝绸旗袍,足蹬一双高跟鞋。当地士兵认为是省府的要员,常向他(她)们立正行敬礼,并称他(她)们为"长官""太太""小姐",弄得他(她)们啼笑皆非。②

---

① 浦薛凤:《浦薛凤回忆录》中卷,合肥:黄山书社,2009年,第86页。
② 傅来苏:《文典先生笑谈"蒙自趣事"》,载《云南民革》,2001年8月30日。

刘文典说,女同学大都取道香港、海防,由滇越铁路入滇。从香港带去的奇装艳服,尤使当地百姓感到惊异,有的顽童甚至包围女生,俯视旗袍之内是否尚有内衣内裤,其风气可想而知。

对于当地民风的淳朴,刘文典早有体会。他刚到蒙自的时候,一天傍晚,沿着蒙自的南湖湖堤散步,不知不觉来到一个村庄里,正巧碰见一个男子揪着一个妇人的头发狠劲地殴打。妇人除了号啕大哭之外,从未还手。刘文典实在看不过去了,立即走过去劝架,没想到对方根本就不理会他:"我打我婆娘,与你何干!"

这句话,一下子惹恼了刘文典,他顺手就给了那个男子一个耳光。男子猛遭"突袭",愣了一下神,摸着被扇痛的脸,抬头望了望眼前的这个"不速之客":他虽然衣衫不整,头发散乱,但骨子里却透露出一种豪气,也不知道是什么来头,说不定是个大官呢!越想越怕,拔腿就跑。

谁知道,先前被打的那个妇人竟冲了过来,一把揪住刘文典的衣领,大声质问:"谁让你打我老公?!"弄得刘文典脸红到了脖子,幸亏村里一些明理的人迅疾走过来,上前解了围。

正是在这种与世隔绝、清静自守的办学环境下,西南联大的师生们拥有了一个相对比较宁静的学习、生活平台。这为西南联大创造后来的学术辉煌奠下了坚稳的基石。而对于刘文典来说,陈寅恪、吴宓等友人的相伴,则是乱世变局中的另一种温暖。

七七事变之后,散原老人陈三立忧愤绝食而死。陈寅恪在匆忙料理完父亲的丧事后,携带家眷仓皇逃离北平。对于当时的情境,陈寅恪夫人唐筼在《避寇拾零》里有所记录:"我和寅恪各抓紧一个大小孩。(流求九岁,小彭七岁。)忠良照料小件行李。王妈抱着才四个多月的小美延。当时必须用力挤着前进,一家人紧紧靠拢,深恐失散。直到住进租界,不见日本鬼和太阳旗,心中为之一畅。"①几经辗转,一家人到了长沙,"十一月二十日夜到了长

---

① 蒋天枢:《陈寅恪先生编年事辑》,上海:上海古籍出版社,1997年6月第1版,第113页。

第五章 联大岁月

沙,天仍在下雨,幸先发电,有人来接,得以住在亲戚家张宅,到时已在深夜了"。

到了长沙没多久,时局又生变化,陈寅恪一家不得不再度南行。先是到达香港,唐筼因过度劳累,突发心脏病,不能继续前行,但陈寅恪惦记着学校事务,遂于春节后只身取道安南、海防,最终到达云南蒙自。在歌胪士洋行刚一住下,他就染上了当地盛行的疟疾,痛苦不堪,过了很长时间才勉强好转。

蒙自虽是偏僻蛮荒之地,但却有着美丽的自然风光与人文底蕴,特别是歌胪士洋行旁边的南湖。南湖亦叫"学海""泮池",一开始不过是个取水坑,后经修缮成为碧波荡漾的大小两个湖泊。南湖一年四季碧波万顷、岸柳成荫,沿湖内外古迹景点众多、风光涟漪,蛩声遐迩。西南联大的教授们教书之余,也没有什么好的去处,傍晚时分便经常溜达到南湖岸边,聊聊天,发发呆。刘文典、陈寅恪、吴宓、浦江青等教授都是南湖的"常客"。

在吴宓看来,南湖颇似杭州的西湖,因而他写了一首诗,其中就有"南湖独步忆西湖"的句子,情绪尚且悠闲。可到了陈寅恪的眼中,南湖却颇有几分北平什刹海的风味。1938年6月的一天傍晚,他与吴宓、刘文典等人散步到南湖附近,站在桥头望着湖面上肆意绽放的荷花,远处传来酒楼里划拳、喝酒的吵闹声,一时间百般感触,不禁随口吟成一首七律:

> 风物居然似旧京,荷花海子忆升平。
> 桥边鬓影犹明灭,楼上歌声杂醉醒。
> 南渡自应思往事,北归端恐待来生。
> 黄河难塞黄金尽,日暮关山几万程。

陈寅恪的这首诗,感怀伤时,悲怆激越,令刘文典不禁联想到自己奔波千里、千转百折的南下经历,一种知音难得的悲情瞬间涌上心头。回到寓所后,他挥毫泼墨将陈寅恪的这首诗抄录了下来,后来赠给蒙自学者马竹斋先生。如今原件仍存于蒙自档案馆。

刘文典传

"敌机空袭有益于健康"

1938年8月23日,蒙自分校课程结束,西南联大文法学院师生迁回昆明。据《国立西南联合大学史料·教职员卷》记载,刘文典迁回昆明后,住"一丘田十号"。

昆明的天空并不平静。全面抗战开始后,华北、华南、华东大片国土迅速沦陷,中央机关、重要企业、教育机构纷纷南迁,云南一时间高官云集、名人荟萃,相对尚算安全,成为抗战的大后方。但这也引起了日本侵略者的注意,在中国鲸吞的地盘逐渐扩大和稳定后,日本开始将"魔掌"伸向了西南边陲,尤其是云南省会昆明。

日军对昆明的空袭,最早始于1938年9月28日。上午9时14分,日本侵略者派出9架战机,经广西邕宁、西林到达昆明上空,对巫家坝机场、市区西门外潘家湾、凤翥街进行轰炸,投弹110余枚,炸死炸伤当地居民200余人。中国空军击落3架敌机。据刘文典的好友、西南联大教授吴宓在当天日记里写道:"是晨,日机九架轰炸昆明。初次。联大教职员学生所居住之西门外昆华师范,落弹最多。一楼全毁。幸教授皆逃出,仅损书物。死学生二人,由津来复学者。校役三人,又教职眷属二三人。阅二日,陈福田有英文函详述此事。宓倘早赴昆明,亦必住此楼中也,幸哉。"吴宓因尚在蒙自,躲过一劫。

这还只是开始。据1945年12月云南防空司令部编《云南防空实录》统计,敌机从1938年9月28日至1943年12月25日止,先后41次袭昆,出动飞机849架,其中每天25架以上者达17次,最多一天达45架;投弹2723枚,其中含杀伤力大的空中爆炸弹;炸死916人、伤1541人,毁房22316间。被敌机零星投弹或扫射流弹所伤者尚不知多少。[①]

有敌机轰炸,自然就有警报。于是,在那个年代,"跑警报"成了昆明人

[①] 云南省档案馆:《抗战时期的云南社会》,昆明:云南人民出版社,2005年,第35~36页。

的"家常便饭"。

情势逼迫之下,平时不怎么喜欢"活动筋骨"的刘文典也不得不挈妇将雏,加入阵容浩大的"跑警报"大军。警报一响,赶紧背上早就打点好的文稿、书籍,顺手带点干粮。有时候正在上课,警报突然响了,他就索性领着学生一道跑。"联大师生跑警报有远有近。最近的就是铁路后面的白泥山,位于驿道东侧,这片地方即今天的昆明理工大学的教工宿舍区,那里至今仍保留着一片难得的小森林。……稍远的,就沿着驿道上坡,下苏家塘朝左上小虹山"。① 这两个地方也是刘文典"跑警报"经常会去的。

到了防空洞里后,有课的继续上课,没课的或闭上眼睛休息,或找些熟人聊聊天,或打开书本做做研究,跟平时的状况没太大的区别。以《吴宓日记》记载为例,1940 年 10 月 28 日:"晨,上课不久,7:15 警报至。偕恪(陈寅恪)随众出,仍北行,至第二山(小虹山)后避之。12:30 敌机九架至,炸圆通山未中,在东门扫射。时宓方入寐,恪坐宓旁。是日读《维摩诘经》……2:00 同恪在第二山前食涂酱米饼二枚。遇缘(明日,又遇于此)。继 3—4 在第一山(白泥山)前土洞中,与刘文典夫妇谈。请典改润宓作寿逯诗。"如果不是阅读上下文,一般人哪敢相信他们这是在"跑警报",分明是几个友好文人在野外郊游,又是睡觉,又是读书,又是改诗,果然是英雄不改本色!

对于这样的奔波生活,刘文典倒也很是豁达,在给胡适的一封信中,他风趣地"汇报"道:

> 所堪告慰于老友者唯有一点,即贱躯顽健远过从前,因为敌人飞机时常来昆明扰乱,有时早七点多就来扫射,弟因此不得不黎明即起,一听警报声,飞跑到郊外山上,直到下午警报解除才回寓。因为早起,多见日光空气,天天相当运动,都是最有益于卫生,所以身体很好。弟常说,"敌机空袭颇有益于昆明人之健康",并非故作

---

① 余斌:《西南联大·昆明记忆:文化生活》卷三,昆明:云南民族出版社,2003 年,第 111~112 页。

豪语，真是实在情形。

这当然只是一种无奈的自我排解而已。在刘文典入滇第二年，张秋华带着次子刘平章也南下到了昆明。在动辄炮火连天的状况下，为了保证自己及家人的安全，刘文典不得不经常变换住所，四处搬家，先是住在一丘田十号，后搬到了龙翔街七十二楼。

刘平章至今还记得，住在昆明龙翔街七十二楼的时候，有一次昆明突然防空警报大作，一家人赶紧跑出屋外，不一会儿寓所就遭遇敌机轰炸，屋顶被炸了个大窟窿，家里的衣物、书籍、手稿满地都是，一片狼藉。张秋华看了，心疼得眼泪直掉。不得已，刘文典又将家搬到了位于滇池之滨的官渡西庄。

官渡是个古镇，原是滇池岸边一个螺蛳壳堆积如山的渔村，后来逐渐成为达官贵人修建行宫别墅、名流贤达光顾流连的宝地。走进官渡，便可见"风乍起，吹皱一池春水"，湖面上鸥鹭相争，湖边上芦苇成簇，夕阳下湖天一色，蔚为大观。到了清代，官渡古镇在今螺峰、秀英、西庄和尚义4个村子的范围内已形成洋溢着浓郁文化色彩的"六寺七阁八庙"建筑群。刘文典一家先是住在官渡文庙的孔子楼里，后来又租住在六谷村一户李姓农民家中。一同前来的除妻儿外，还有六弟刘天达夫妇以及两个侄女，一共7口人。

图 5-1　刘文典避居官渡西庄居所图（刘明章先生供图）

第五章 联大岁月

搬到官渡西庄以后,尽管要跑很远的路程才能赶到学校上课,但每日里走出房屋,便可见郁郁林木、淙淙流水,且伴有声声鸟鸣,让刘文典似乎暂时忘却了尘世间的战乱与忧伤。独坐林下,捧一卷古籍在手,读一段文字,呷一口清茶,再极目眺望远方,真是一种难得的桃源意境:

西庄地接板桥湾,小巷斜临曲水间。

不尽清流通滇海,无边爽气把西山。

云含蟾影松阴淡,风送蛩声苇露寒。

稚子候门凝望久,一灯遥识阿爷还。

月明风轻,小桥流水,天伦之乐,在刘文典的笔下,浑然融为一体,宛如一幅美丽的山水画卷。只可惜,这种惬意与放松永远是短暂的。作为一位自始至终牵挂家国命运的传统文人,刘文典根本无法做到"躲进小楼成一统",他时刻惦念的依然是天下苍生的疾苦:

绕屋松篁曲径深,幽居差幸得芳林。

浮沉浊世如鸥鸟,穿凿残编似蠹蟫。

极目关河余战骨,侧身天地竟无心。

寒宵振管知何益,永念群生一涕零。

"宁可被炸死,也不缺课"

官渡距离昆明城十几公里,一般要坐火车去。从家里到火车站要走半个小时,下了火车后到学校还有5公里的路程,全靠步行。有时候,走在路上,突然遇到防空警报,赶紧先找个地方躲一躲,等稍微安稳些后再继续赶路。在西南联大任教的几年间,刘文典没有因为日军侵袭而落下一节课,他始终抱定一个信念:"国难当头,我宁愿被日军敌机炸死,也不能缺课!"

与在北平时期一样,刘文典保持着旺盛的教学热情,到蒙自三天后便开始为学生上课,开了《文选》和《庄子》两门课程。据曾选修刘文典《文选》课程的清华大学政治系学生宋廷琛回忆:"在该学期短短三个月中,叔雅师只能挑选十几篇较短的辞赋来讲解,上课时间是在每星期六下午二时,连讲两小时中间不休息。上课前先由校役提了一壶茶和一个茶碗,外带一根两尺来长竹制的旱烟袋,放在讲桌上,接着老先生就上堂讲授,讲到得意处一边吸着旱烟一边解说文章中的精义。笔者印象最深者有《芜城赋》《海赋》和《月赋》三篇,他老先生讲到兴会得意时,才不理会什么四点钟的下课铃,有时一高兴就讲到五点多钟才勉强结束。"

回到西南联大本部后,根据教学需要,刘文典先后开设各类课程近十门,包括《庄子》选读、《文选》选读、温飞卿诗歌、李商隐诗歌、中国文学批评研究、元遗山研究、吴梅村研究等。其中,不少课程是到了西南联大以后才新开的。比如,1938年11月,西南联大规定国文为大学一年级学生必修课,并采用教授轮流教学法授课,每人各讲两周,每周讲三学时,教室设在凌霄阁。在这里,"闻一多讲《诗经·采薇》,陈梦家讲《论语·言志》,许骏斋讲《左传·鄢之战》,朱自清讲《古诗十九首》,刘文典讲曹丕的《典论·论文》,罗庸讲《杜诗》,浦江清讲李清照的《金石录后序》,唐兰讲刘知几的《史通》,魏建功讲鲁迅的《狂人日记》等等"。① 当年考入西南联大的杨振宁便曾聆听此课。

至于元遗山研究、吴梅村研究等课程,则是刘文典与时任系主任罗常培先生(联大同学私下称呼他为"长官")闲聊时半开玩笑应承下来的。当时手边连《梅村家藏稿》等必备书籍都没有,但刘文典满不在乎,他笑着说:"这两位诗人的诗,尤其是吴梅村的诗,老实说,比我高不了几分。"言下之意,开这样的课程,不过是小菜一碟。

话是这样讲,轮到刘文典真正上吴梅村诗歌研究的课程时,却是十分认真。据他的学生王彦铭回忆,有一天晚上,也许是由于上课通知出得过于仓促,到课的人并不多,稀稀拉拉坐着十几个人,偌大的教室显得空荡荡的。但刘文典毫不在意,在教室桌旁的一把"火腿椅"(木椅,右侧有状若整只火

---

① 许渊冲:《诗书人生》,转引自苏国有《杨振宁在昆明的读书生活》,昆明:云南人民出版社,2009年,第93页。

第五章 联大岁月

腿的扶手,供笔记书写之用)上坐下来,照例先是点燃一支卷烟,深深吸上一口,然后操着那并不标准的安徽普通话开了腔:今天我们只讲梅诗中的两句,"攒青叠翠几何般,玉镜修眉十二环"。王彦铭说,"刘先生娓娓而谈,香烟袅袅,把我们引进诗情画意中去了"。

下课的时候,月亮已经升得很高,门外的公路上杳无人迹,不但没有了汽车,连缓缓驶过吱哑发声的木轮牛车也没有了。四周一片寂静,路旁的蓝桉树孤寂地站着,微风过处,欠伸着腰体,沙沙发响。月光清亮,公路的碎石路面仿佛用水洗过一般。王彦铭等同学热情地护送刘文典回到住处,刘文典显得很感动,兴致勃勃地吟诵李白的名作《赠汪伦》:"李白乘舟将欲行,忽闻岸上踏歌声。桃花潭水深千尺,不及汪伦送我情。"

40多年后,那天晚上的情景已成绝响,但王彦铭却依然清晰地记得月光下刘文典高声吟诵李白诗句的每一个细节:"他那安徽腔的普通话,微微摇曳,有时还带点颤音。"

刘文典"皓月之下讲《月赋》"的举动,也经常被西南联大的师生们当作传奇故事争相传播,津津乐道。西南联大教授的授课方式非常自由,一般来说,教授们喜欢怎么教、教什么,从来没有其他人过问。刘文典一向狂放不羁,上起课来更是与众不同,假设一堂课是45分钟,他顶多正课讲30多分钟,余下就是天马行空,无所不谈。而臧否人物占其大半。

有一次,他在给学生上《文选》课,刚讲了半小时,突然就宣布:今天的课到此为止。学生们都以为他又"受了什么刺激",要将哪位名人大肆评点一番呢,没想到却听到他接着说:"余下的课改到下星期三的晚上再上。"这下,学生们就更搞不懂刘先生的葫芦里卖什么药了,但刘文典并不急于解释,收拾收拾教具,在学生们疑惑的眼神中扬长而去。

等到了下星期三的晚上,刘文典通知选修《文选》课的学生都到校园里的一块空地上集中,说要在那里开课。等大家都坐定后,刘文典夹着教具出现了:"今天晚上我们上《月赋》。"这时候,满脸疑惑的学生们豁然开朗:当天是农历五月十五,正值月满之期,确是上《月赋》的最佳时间!

刘文典传

一轮皓月当空,学生们在校园里摆下一圈座位,静听刘文典坐在中间大讲《月赋》,时而仰头问月,时而高声吟诵,旁征博引,妙语连珠,将充满新奇感与求知欲的学生带进一个人生与自然交融的化境。他的学生宋廷琛后来写文章说,"那是距离人类登陆月球四十多年前的事情,大家想象中的月宫是何等的美丽,所以老先生当着一轮皓月大讲其《月赋》,讲解的精辟和如此别开生面而风趣的讲学,此情此景在笔者一生中还是第一次经历到的"。①

事实上,在众多西南联合大学学生的笔下,刘文典均是一道令人难忘的风景。

"观世音菩萨"

学生们喜欢刘文典的课,并非偶然。总结起来,不外乎两点:一是刘文典本人的名士之风,狂放不羁,令人印象深刻;二是刘文典学识渊博,旁征博引之余,往往能一语中的,令人茅塞顿开。

1938年毕业于清华大学的鲲西在《清华园感旧录》里多处写到刘文典,并专门写有一节《夜访刘叔雅先生》,记录"狂人"刘文典对待学生的平易近人:"我们进屋后,刘先生正在卧榻吸烟,刘夫人也在榻的另一边。一间极小的房子,我们侧坐榻旁,这正是极不寻常的情景,以见刘先生对学生怎样不拘礼节。"

对于这一点,1946年毕业于西南联大文学院历史系的黄清亦有同感,他在《联大生活散记》里写道:"西南联合大学因系北大、清华、南开三校合并而成,拥有许多名教授,如华罗庚、郑天挺、闻一多、刘文典、金岳霖、朱自清等。据传说,他们或多或少都有点怪僻气,其中尤以刘文典的传说最多。但是我所见过而且谈过话的许多教授包括刘文典先生在内,似乎都是平易近人,一点权威架子也没有。刘先生因为和我叔父朱问东同是烟客,因而两人常在一起吸食,吸罢就聊天,我也参加聊,觉得他的确渊博而无自满的表现。"

---

① 宋廷琛:《忆刘文典师二三事》,载台湾《传记文学》,第44卷第4期,1984年,第55页。

而在西南联大毕业生何兆武的《上学记》里,刘文典的形象则更为丰满:"我听说刘文典是清朝末年同盟会的,和孙中山一起在日本搞过革命,非常老资格,而且完全是旧文人放浪形骸的习气,一身破长衫上油迹斑斑,扣子有的扣,有的不扣,一副邋遢的样子。……西南联大的时候刘先生大概是年纪最大的,而且派头大,几乎大部分时间都不来上课。比如有一年教温李诗,讲晚唐诗人温庭筠、李商隐,是门很偏僻的课,可是他十堂课总有七八堂都不来。偶尔高兴了来上一堂,讲的时候随便骂人,然后下次课他又不来了。按说这是不应该的,当时像他这样的再找不出第二个,可他就这个作风。"

"可他就这个作风",真是一语道破天机!刘文典能够至今鲜活于人们的记忆里,除了曾经痛骂过蒋介石之外,大多数的精彩都停留于西南联大期间。那种超然物外的魏晋风骨,至今令人回味无穷。

图5-2 西南联大时期的刘文典(刘平章先生供图)

在任继愈的眼里,西南联大时期的刘文典不修边幅,头发散乱,一件长衫总是皱皱巴巴,而其为人却直率纯真,具有庄子的洒脱气质。"有一次雨中,刘先生一个人打着伞慢慢走着,长衫后襟湿透,鞋子沾满泥水,同学黄钺指点说,刘先生像庄子'曳尾于涂中'",别有一番味道!

而更让任继愈敬佩的是刘文典对于传统文学经典的深刻认知。比如,刘文典认为南北朝时提出的关于"诗"的定义,即"诗缘情而绮靡",超过了后人的任何定义。他还讲，文学作品贵在以正写反，以实衬虚，用华丽的辞藻写荒凉，以欢快的词藻写悲哀，杜甫的《秋兴》八首用的就是这种方法。

除了杜诗之外，刘文典对温庭筠、李商隐的诗作评价颇高。1939年10月，国立西南联合大学1939—1940年度第一学期开始上课，刘文典担任的便是《中国文学专书选读·文选》和《中国文学专书选读·温飞卿集、李义山集》两门课程的教职。在最新发现的一本刘文典选《温李诗钞》中，可以看出他将温庭筠、李商隐诗作中的精品几乎"一网打尽"，如温庭筠《织锦词》《过陈琳墓》《寄渚宫遗民弘里生》、李商隐《锦瑟》《无题》《乐游》等。

1985年，听过此课的西南联大毕业生郑临川曾整理出刘文典"温李诗"课程的笔记，以《先师谈诗录》为题，刊于《名作欣赏》，略读开头，便可想见刘文典授课时的特有风采：

什么是诗？下个定义说：诗是人的思想感情用美的组织与声调所表现出来的艺术形式。我曾风趣地用"观世音菩萨"五个字来概括，意思是作诗要包涵(含)三个因素，第一是"观世"，指的是生活阅历；第二是"音"，要有美的声调；第三是"菩萨"，即必须有伟大的同情心。

唐诗是我国诗歌最发达的时期，原因是：(一)思想自由，佛道两家思想同时并行，不受儒学限制；(二)音乐发达，当时国乐与印度西域等域外音乐交流融汇，成为世界的音乐中心，诗歌的音律由此得到促进和提高。

此文共录刘文典讲诗六首，皆是条分缕析，鞭辟入里，且在讲解中举一反三，广泛延伸，将古诗中的同类情况都一一点明，给学生各种启发。

以温庭筠的《织锦词》为例，原诗全文是："丁东细漏侵琼瑟，影转高梧月初出。簌簌金梭万缕红，鸳鸯艳锦初成匹。锦中百结皆同心，蕊乱云盘相间深。此意欲传传不得，玫瑰作柱朱弦琴。为君裁破合欢被，星斗迢迢共千里。象齿熏炉未觉秋，碧池中有新莲子。"且看刘文典的诠释：

第五章　联大岁月

首句从时间写起。"漏"表示时间之长,思妇寂寞之苦可见。"琼瑟"与"细漏"摆在一起,两者传出共鸣之意。"侵"言琴弦未鸣而漏声相过,益觉闺中之凄凉。故江文通赋云"惭幽闺之琴瑟",运意极深。次句点明时间与地点,不在乡村而是在城市之深闺大院中。第一段用韵甚促,引起下段,便于转韵。元白的《长恨歌》《琵琶行》《连昌宫词》均如此起法。首段但写时空而已,将织妇隐住,但她的面貌心事却已活画纸上。《红楼梦》描写袭人绣花,幻想宝黛婚事对个人前途之影响,不觉针落旁幅,写法正与此相同。

次段转出同心结更深一层。"玫瑰作柱朱弦琴",是说此情惟琴可传,但琴亦不愿奏此哀怨调,回应首句"丁东细漏侵琼瑟"之写环境的静阒无声。

三段"星斗迢迢共千里"句,即谢希夷《月赋》"隔千里兮共明月"之意。句末非写景而是写情,将"众芳芜秽,美人迟暮"之感暗示出来,所谓"碧池中有新莲子",即以莲心味苦比喻思妇心苦,写法妙极!

这一番讲解,入味三分,绘声绘色,令听者不由心思恍惚,如临其境。讲课中,刘文典不仅善于广泛征引古典文学作品的各类案例作为旁证,而且善于以生动的比喻将作品中蕴含的深意较为浅显地揭示出来。比如,在讲解温庭筠的《寄渚宫遗民弘里生》时,刘文典强调诗人的创作性时,就打了一个比方:"诗人本领像捏面团者的工艺一样,可随意塑制各种不同的事物形态,使人叹赏其绝技。我曾作过有趣的比喻,诗人是上帝的老师,上帝所造的天地万物在诗人眼里都像小学生的绘画,必须经过老师的改正润色,然后才成为完美的艺术品。"

作为一个学者,刘文典对于很多诗作的理解,亦呈现出与众不同的观察力、鉴赏力。李商隐的《锦瑟》是首名作,过去曾有一种说法认为此诗系写给令狐楚(或其子)家某位侍女或悼念亡妻王氏之作,但在刘文典看来,此为李商隐晚年自述平生之作,而着眼点则在对整个人生的感慨,尤其最后一句

"此情可待成追忆,只是当时已惘然",诗意是说,人生悲剧不仅是事后才觉得可悲,即使在欣快忘情的当时亦未尝不感到它是痛苦的。细细品读下来,刘文典判定此诗"写人生经验,最为深刻","诗中'无端'二字,直抵得《楚辞》一篇《天问》",说其咏赠侍女或悼怀亡妻,未免低估了此诗的意蕴。

同辈诗人中,与刘文典最有共同话语的是吴宓。吴宓与刘文典相识于清华,到西南联大后往来密切。吴宓敬佩刘文典的学问与见识,曾多次上门请教。在《吴宓日记》里,多处可见两人谈论温李诗的记载,如1941年12月3日"文林午饭,毕,出遇刘文典,再陪文林午饭,谈温、李诗",1942年3月3日"典评李商隐诗,谓诗人必具真情",等等。刘文典对吴宓的诗词佳作也不吝惜评价,曾夸赞吴的一首《无题》七律"置入李义山诗中,可以乱真",令吴宓心花怒放,特意写进了日记之中。

第二节 "西南联大只有三个教授"

炮火下的"红学"讲演

过去很多人在谈到刘文典的西南联大生活时,总是喜欢将他刻画成一个消极颓废、不问世事的"瘾君子"形象,比如有篇文章这样写道:

> 由于蒋介石推行"攘外必先安内""消极抗日,积极反共"的反动政策,日本侵略者长驱直入,中原沦陷,西南告紧,祖国处于危急存亡关头。敌占区人民生活在日寇铁蹄蹂躏之下,大后方人民在蒋介石反动统治下,也是饥寒交迫,处于水深火热之中。在这国难当头之际,我国广大爱国知识分子、志士仁人,在中国共产党领导下,投身抗日救亡的行列。刘文典由于经受生活变故的折磨,思想上有些消沉,除了教学之外,整天躲在小屋里,读读诗词以消磨时日,甚至吸阿芙蓉以求精神上的麻醉。脱离群众,脱离现实,这样的精神状况,和当时的时代精神是格格不入的。

但是,事实是否果真如此呢?

第五章 联大岁月

毋庸讳言,在西南联大任教期间,刘文典确实有吸食鸦片的嗜好。据钱穆回忆说,刘文典最初因中年丧子染上鸦片,本来一度都戒掉了,但"旧昆明由于历史原因多阿芙蓉癖的人",到了这样的环境下,吸食鸦片似乎并不特别奇怪。正如西南联大毕业生黄清回忆,当时喜好吸食鸦片的大学教授并非只有刘文典一人。

颇有意思的是,在《吴宓日记》里,西南联大时期的刘文典完全是另外一番生活状态,即便不能用"社会活动家"来形容,但他却堪称昆明学术界的"明星人物",经常出现在文林街头的讲演台上,尤其是"红学"讲演。在1942年的《吴宓日记》中,就有两次记录刘文典"红学"讲演的情况,一次是3月16日:"晚,偕水及雪梅在师院7～9(时)听典露天演讲《红楼梦》。"当月30日,吴宓再次写道:"晚,大雨。6:30出,至工合。冒雨,陪典至校中,南区第十教室,听典讲《红楼梦》,并答学生问。时大雨如注,击屋顶锡铁如雹声。风雨入窗,寒甚,且湿。"

文林街只是昆明的一条很普通的小路,东西向,东边是云南大学,西边通往西南联大校园,街上比较繁盛的是小面馆和甜食店,因而也成为联大教授经常出入的地方。"文林街最不寻常的是文林教堂,教堂牧师是一位名吉尔伯·贝克(Gibert Baker)的英国人,这个英国人倒也风雅,联大迁来未久,他便结识了许多教授。文林堂常举行讲演会,有时还有唱片音乐会。在文林堂讲演的有历史教授雷海宗先生,最轰动的是刘叔雅文典先生和吴雨僧先生讲《红楼梦》。刘先生对于《红楼梦》元春省亲题匾'蓼汀花溆'的独特见解也是首次在此讲出。"①1940年到1942年之间,西南联大曾经兴起过一阵"《红楼》热",教授们纷纷"开讲《红楼》",但大家最后公认是刘文典和吴宓讲演得最好,最生动。

关于刘文典讲演《红楼梦》的场景,许多西南联大的毕业生都写有回忆文章,比如哲学家张世英在一年级时就听过此讲座。那天到了教室,已经挤

---

① 鲲西:《清华园感旧录》,上海:上海古籍出版社,2002年,第80页。

得人山人海，地上都坐满了人。可是刘文典是一个不拘小节、文人派头十足的学者，只见他抽一口烟，似乎要说话了，但又不说话，大家只好焦急地等待。他又抽了一口烟，才不紧不慢地开了腔："你们各位在座的，都是贾宝玉、林黛玉呀！"当时化学系的一位老教授严仁荫，已经坐着等了半小时，听到这样的话，很生气地说："什么贾宝玉、林黛玉，都是大混蛋、小混蛋！"这是骂刘文典的。可是刘文典讲课后，底下的人，没有一个走开。

刘文典的"红学"讲演，经常因为人太多，不停换地方，最后只得在露天举行。据西南联大毕业生马逢华回忆：

> 那次是刘文典讲《红楼梦》，校园里到处都贴满了海报。时间是某天晚饭以后，地点在图书馆前面的广场上。届时早有一大群学生席地而坐，等待开讲。其时天尚未黑，但见讲台上面灯光通亮，摆着临时搬来的一副桌椅。不久，刘文典身穿长衫，登上讲台，在桌子后面坐下。一位女生站在桌边，从热水瓶里为他斟茶。刘文典从容饮尽了一盏茶，然后霍然起立，像说"道情"一样，有板有眼地念出他的开场白："只、吃、仙、桃、一、口、不、吃、烂、杏、满、筐！仙桃只要一口，就行了啊！"这两句开场白，一方面表现出他的自负，一方面也间接回答了大家对他长期缺课的怨言。语毕，他又端起杯子，喝了两口茶，然后说道："我讲《红楼梦》嘛，凡是别人说过的，我都不讲；凡是我讲的，别人都没有说过！今天给你们讲四个字就够了。"于是他拿起粉笔，转身在旁边架着的小黑板上，写下"蓼汀花溆"四个大字。①

这四个字，是刘文典解读贾宝玉与林黛玉爱情结局的"密钥"。刘文典别出心裁地提出，《红楼梦》中实际上已有证据暗示了结果，这就是他经常跟学生提到的"蓼汀花溆"四个字。《红楼梦》第十八回写贾元春回家省亲，看

---

① 马逢华：《教授写真》，见鲁静、史睿编《清华旧影》，北京：东方出版社，1998年，第205页。

第五章 联大岁月

到贾宝玉给大观园各种山水楼台题写的匾额都非常满意，唯独看到"蓼汀花溆"四个字时，便笑道："'花溆'二字便好，何必'蓼汀'？"因为这个证据，刘文典认为贾元春是极力反对宝黛结合的，理由是："花溆"的"溆"字形似"钗"而音似"薛"，"蓼汀"二字的反切则为"林"。贾元春留"花溆"而舍"蓼汀"，实际上已为宝黛的悲剧命运埋下了伏笔。

事实上，早在北大时期，刘文典就注意到了《红楼梦》。胡适是"红学大师"，刘文典对于《红楼梦》的研究受其影响较深，但又不完全拘泥于胡适的研究门路，故而拥有不少新观点。刘文典关于《红楼梦》评价的最早文字，就与胡适有关，始见于1922年2月22日他写给胡适的一封信："今天在《晨报》的副刊上看见蔡先生的《〈石头记索隐〉第六版自序》，间接看着了你对于这部书的批评，心里十二分快活。典对于这部书的意见，完全和你的一致。你对于众人所认为'句皆韶夏，言尽琳琅''徒惊其浩旷，但嗟其峻极'的著作，能下这样严格的批评，真有任仲《问孔》、子玄《惑经》的气概，这一层实在令典对于你生无限的崇仰心啊！"

后来到了清华大学、西南联大，刘文典曾与吴宓多次交流过关于《红楼梦》的话题。遗憾的是，刘文典并未留下完整的"红学"研究著作，只能从他1942年1月15日、16日在《云南日报》"星期论文"专栏的《中国的文学——中国的精神文明之三》一文中，大体可以读出他对于这部小说的整体评价与认知："这部书不止是中国的第一部好小说，简直是全世界文学界空前绝后的鸿宝。中国人著出《红楼梦》来，是我们民族最大的光荣，也是中国对全人类最大的贡献。西洋文学，自希腊的大悲剧至现代的一切小说、戏曲，所描写的都是某时某地某些人的生活，就是人生的一部分，充其量也只是人生的某些问题。《红楼梦》所说的虽只是姓贾的一家一族的事，他所提示的却是整个人生的最根本的问题。人生本有两方面，就是实际的和理想的。任何人也离不开实际，实际的人是国家社会上最有用的人，可是人类的生活所以能进步，和别种动物的生活不同，就因为有理想。人既注重实际，就该做甄宝玉，那是真的好宝贝。他是于国于家都最有用的甄宝玉同时也是贾宝

267

玉——假的宝贝——因为人毕竟是有理想的。"他还别有见地地认为："要问《红楼梦》脱胎于何书,我可以大胆的说是脱胎于《楚辞》,脱胎于汉代枚叔的《七发》。《七发》是先把物质的享乐极力描写一番,然后加以否定,渐渐的引人接近大自然,最后追求精神生活的向上,教人要了解宇宙人生的真理,那才是有价值的理想的人生,一味追求物质享乐的是'久执不废,大命乃倾'。《红楼梦》和枚叔《七发》在这点上是完全一致的。"

能够道出如此洞见,可见刘文典的"红学"造诣确实非同一般。据说刘文典每次讲演时,同样精通"红学"的吴宓总是悄悄坐在教室里的最后一排。刘文典一般是闭目讲课,侃侃而谈,而当讲到自己认为有点独到见解的时候,他总是会抬起头看看教室的最后面,问道:"雨僧兄以为如何?"这当下,吴宓照例会立即起身,恭恭敬敬,一面点头,一面回答:"高见甚是!高见甚是!"

翻开当年的《云南日报》《正义》《中央日报》昆明版等报刊,经常可见云南省党部、云南省教育会、云南省女青年会等社会组织"敦请著名《红楼梦》专家刘文典教授讲演《红楼梦》"的预告消息,欢迎各界自由参加,"刘先生前曾几讲是书时,皆座无虚席。"1947年3月21日《云南日报》还记录了刘文典讲授《红楼梦》时的点滴花絮,颇为有趣:"红学家刘文典教授昨晚在省党部演讲《红楼梦》,刘氏纸烟癖颇深,烟不离口,讲毕烟头积如小丘。"

由此,刘文典也成为当地许多青年崇拜的偶像,吴宓就曾多次作为中间人,安排刘文典的崇拜者与之见面,其中包括自己的亲密女友卢雪梅。

"《庄子》嘿,我是不懂的喽!"

"《庄子》嘿,我是不懂的喽!"在西南联大的课堂上,刘文典喜欢用这句话作为"庄子研究"课程的开场白,说得台下的学生一愣一愣的,心想这个其貌不扬的教授挺谦虚啊,没料想,他紧接着又补了一句:"那也没有人懂!"

刘文典之所以敢放出这样的"狂言豪语",是因为当时学术界、舆论界包括陈寅恪在内都不止一次肯定他在《庄子》研究方面的成就。1946年1月

第五章 联大岁月

30日,《申报》上有篇文章《西南联大群相》,就是这样介绍刘文典的:"刘先生精研庄子,常自谓真懂庄子的只有两人,一位是庄周,一位是刘文典。"

此番"疯人疯语",还有另外一个版本:"古今真正懂《庄子》的,两个半人而已。第一个是庄周本人,第二个就是我刘文典,其他研究庄子的人加起来,一共半个!"

云南大学毕业生李必雨曾在一篇文章中详尽介绍"两个半教授"这句话的来龙去脉:

1955年9月,云南大学中文系召开迎新会。会议开始后不久,一个瘦小枯干的老人踱着方步走进了会场,穿一件蓝布长衫,黑布鞋,手里拿着一把瓷茶壶,嘴里叼着一支"大重九"。正当新生们正在窃窃私语,好奇地相互打听这个"怪人"到底是谁时,系主任刘尧民主动站起来向大家介绍:"这位便是刘文典先生。刘先生学术广博,古典文学的造诣尤其渊深,对《庄子》的研究更是独辟蹊径,成就超卓。现在请刘先生给大家讲话!"

台下的学生虽然都是初来乍到,但很多人刚进校门就不止一次听说过刘文典这个名字,都已将他当成传奇般人物崇拜向往。没想到学校第一次活动,就能见到这位"真神",学生们都竖起了耳朵,想听听这位名教授将会发出什么样的惊世骇俗之语。

暴风骤雨般的掌声之后,刘文典微笑着站起身,向台下点点头,说道:"我一向不参加这类活动。听说新一届新生的入学成绩不错,我心里高兴,破一次例,来看望看望大家。我不教你们,教的是你们老师的老师。说到《庄子》,不是什么研究的蹊径问题。古今中外的那些'学者'不论经由什么蹊径,皓首穷经,勉强算是挨近了《庄子》的,寥寥可数。算起来,全世界真正懂得《庄子》的人,总共两个半。一个就是庄子自己。中国的庄学研究者加上外国所有的汉学家,唔,或许可以算半个。"他并没有明说另外一个真正懂《庄子》的人是谁,不过大家的心里都明白,那当然就是他老先生了!①

---

① 李必雨:《悔》,载《边疆文学》,1999年第3期,第39页。

千里颠簸到达西南联大后,尽管困难重重,但刘文典并未放下这一多年的夙愿。一旦稍稍安定下来,便开始有步骤、有计划重新布局学术研究事业。1941年1月,刘文典曾在一封给胡适的信中,谈到他内心勾勒出的"学术蓝图",足见其雄心与气魄:"始则整理旧稿,就《庄子》一书与日本之武内义雄、狩野直喜交战,幸胜过之;继则在《大唐西域记》《慈恩大师传》与前人竞争,尝以战绩示寅恪先生,极承嘉许,为拙作制序,以为'可匡当世之学风'。近来拟治《佛国记》,惜日本东京帝国大学所刊善本无法购求,乃未动手,计算四年的成绩不过此区区耳。"

胸有成竹,方成格局。时事变迁,并未抹淡《庄子补正》的学术价值。反而,这时期的刘文典,想方设法突破困境,为西南联大和西南联大师范学院的学生开设"庄子研究"课程,并指导学生从事相关方面的研究。在西南联大1939—1940年度毕业论文中,有一篇中国文学系学生王鸿图的《庄子研究》,指导老师便是刘文典。

在西南联大时期,刘文典还曾多次应邀到文林堂等学术重镇讲演《庄子哲学》等专题。据西南联大毕业生吴晓铃回忆:"在西南联合大学,我听过叔雅先生讲《庄子》,不是在'破瓦寒窑'式的所谓'新校舍',而是在大西门里文林街的基督教文林堂。那儿的牧师们常常邀请昆明各大学的教授去作学术报告,爱讲什么就讲什么,反对宗教迷信都没有关系,倒也开明豁达。"刘文典报告中给吴晓铃印象最深的是他解释《庄子》第27篇《寓言》里"万物皆种也,以不同形相禅,始卒若环,莫得其伦,是谓'天均'"的"天均"。他使用了一个西方哲学的用语,说:"'均'就是Natural balance嘛!"言简意赅,一语中的,这让吴晓铃多年以后仍在回味无穷:"Natural balance岂不就是大家经常长在嘴上的'生态平衡'么!老师宿儒的横通功力,后学者诚难望其项背,不愧被反将锡以'学术权威'这嘉名也!"

除此之外,刘文典专门将《庄子补正》书稿送给陈寅恪审读,希望得到这位"教授之教授"的评价和指教。陈寅恪平生阅人无数,读书无数,从不轻易夸赞别人的学术成就,但对于刘文典的这本《庄子补正》却另眼相看,褒奖有

第五章 联大岁月

加。陈三立为此书题签,当是陈寅恪出面促成。

1939年11月,尚处于颠沛流离状态的陈寅恪欣然提笔为《庄子补正》写下序言,字里行间尽是褒奖之情,全文如下:

> 合肥刘叔雅先生文典以所著《庄子补正》示寅恪,曰:"姑强为我读之。"寅恪承命读之竟,叹曰:"先生之作,可谓天下之至慎矣。其著书之例,虽能确证其有所脱,然无书本可依者,则不之补。虽能确证其有所误,然不详其所以致误之由者,亦不之正。故先生于《庄子》一书,所持胜义犹多蕴而未出,此书殊不足以尽之也。"
>
> 或问曰:"先生此书,谨严若是,将无矫枉过正乎?"寅恪应之曰:"先生之为是,非得已也。"今日治先秦子史之学,著书名世者甚众。偶闻人言,其间颇有改订旧文,多任己意,而与先生之所为大异者。寅恪平生不能读先秦之书,二者之是非,初亦未敢遽判。继而思之,尝亦能读金圣叹之书矣。其注《水浒传》,凡所删易,辄曰:"古本作某,今依古本改正。"夫彼之所谓古本者,非神州历世共传之古本,而苏州金人瑞胸中独具之古本也。由是言之,今日治先秦子史之学,与先生所为大异者,乃以明、清放浪之才人,而谈商、周邈古之朴学。其所著书,几何不为金圣叹胸中独具之古本,转欲以之留赠后人,焉得不为古人痛哭耶?
>
> 然则先生此书之刊布,盖将一匡当世之学风,示人以准则,岂仅供治《庄子》者之所必读而已哉?
>
> 己卯十一月十四日修水陈寅恪书于昆明靛花巷
> 北京大学研究所宿舍

纵览陈寅恪一生的学术交往,能够赢得他如此赞誉的,不过陈垣、杨树达等有限的几个人而已,而他竟对刘文典的著作作出"可谓天下之至慎矣"的评价,并认为其"将一匡当世之学风",足见《庄子补正》给他带去了多么大的学术惊喜与思想认同。

细细品读陈寅恪所写的序言,可知他实际上是别有所指的。自从20世纪20年代胡适等人喊出"整理国故"的口号后,国内掀起一场轰轰烈烈的批判改造古人典籍的热潮,有的完全不讲学术规范,对于一切经史子集或全盘否定,或任意改造,每个人都似乎变成了金圣叹,分明是用自己的观点在注释"天下才子书",还堂而皇之号称"古本作某,今依古本改正"。正因为此,陈寅恪对于刘文典实事求是、谨小慎微、有一说一的治学态度深为赞同,且认为其价值不可估量,"将一匡当世之学风,示人以准则"。

当然,打动陈寅恪的还有刘文典苦心校勘《庄子》的真正用意。1941年7月,刘文典在《庄子补正·自序》里写道:"《庄子》者,吾先民教忠教孝之书也,高濮上之节,却国相之聘,孰肯污伪命者乎!至仁无亲,兼忘天下,孰肯事齐事楚,以忝所生者乎!士能视生死如昼夜,以利禄为尘垢者,必能以名节显。是固将振叔世之民,救天下之敝,非徒以违世、陆沉名高者也。苟世之君子,善读其书,修内圣外王之业,明六通四辟之道,使人纪民彝复存于天壤,是则余董理此书之微意也。"

这虽然又是一段"之乎者也"的文字,但读起来并不难理解:在当时那种炮火连天、举国动荡的环境下,刘文典想凭借对于《庄子》的重新整理,凸显一个知识分子在历史变局中坚守名节的重要性。这一点,同样为陈寅恪所看重。

只不过,万事俱备,只欠东风。由于战时出版条件困难,《庄子补正》直到1947年方由商务印书馆排印出版。其间,云南大学曾石印以为教材。

"沈从文算什么教授!"

西南联大集中了北大、清华、南开三所著名大学的著名教授,大多中西兼通,在各自领域里拥有着较高的学术声望,但在一向恃才傲物的刘文典眼里,联大只有三个教授:"陈寅恪先生是一个,冯友兰先生是一个,唐兰先生算半个,我算半个。"

这当然又是一句"狂言",更多是想表达对于陈寅恪学问、人品的敬意。应该说,相同的生活经历、精神气质与行为主张,让刘文典与陈寅恪英雄相惜，互相推重。1941年末，太平洋战争爆发，日寇陷香港，在香港大学任客座教授的陈寅恪一时下落不明。对此，刘文典极为关注，多次在课堂上跟学生说："陈先生如遭不幸，中国在五十年内，不可能再有这种人才。"

刘文典素有名士之风，平时说话处事颇有乖张之处，对于他喜欢的人爱说"十二万分钦佩"，对于不喜欢的人则出语刻薄、言辞犀利。据说，刘文典就很瞧不起搞新文学的沈从文。

1939年6月27日，经杨振声的介绍，西南联大常委会第111次会议决定聘请沈从文担任联大师范学院国文系副教授。沈从文行伍出身，只读过小学，以写小说著名，因而自然不入很多西南联大教授的"法眼"。《杨振声编年事辑初稿》提到西南联大外文系教员查良铮（即诗人穆旦）曾说过："沈从文这样的人到联大来教书，就是杨振声这样没有眼光的人引荐来的。"而据说反对沈从文最力的人，还是刘文典。

关于刘文典瞧不起沈从文的传闻，有多个版本，但最经典的不外乎以下这两个故事：

其一是"教授职称事件"。

沈从文1939年到西南联大师范学院任副教授，讲授习作等课程。到了1943年，西南联大讨论聘请沈从文为本大学师范学院国文系教授，月薪360元。这个教授薪水并不高，刘文典1942年在西南联大所拿的月薪是470元。即便如此，在举手表决时，刘文典仍坚定地发言表示反对："沈从文算什么教授！陈寅恪才是真正的教授，他该拿四百块钱，我该拿四十块钱，而沈从文只该拿四块钱！"他甚至还放出话来："如果沈从文都要当教授了，那我岂不是要做太上教授了吗！"

其二是"跑警报事件"。

有一次，昆明防空警报又起，正在上课的刘文典想都没想，收起教具就带着学生冲出了教室。跑着跑着，他突然想起他"十二万分钦佩"的陈寅恪教授因为视力下降行动不便，于是赶紧带着几个学生，在人群中找到正茫然不知去处的陈寅恪，架起他就往安全的地方跑去，边跑边喊："保存国粹！保存国粹!"快到学校后山的时候,刘文典忽然看到搞文学的沈从文也夹杂在拥挤的人流中,惊慌失措,顿时怒上心头,顾不得气喘吁吁,就大声呵斥起来:"陈先生跑是为了保存国粹,我跑是为了保存《庄子》,学生跑是为了保留下一代的希望,可是该死的,你什么用都没有,跑什么跑啊!"

如此富有戏剧性的场景,按说只是坊间笑谈,但奇怪的是,在很多西南联大毕业生的回忆文章里,竟然都有类似绘声绘色、宛在现场的描述。比如在《刘文典先生》一文中,任继愈就有类似文字:"有一次,刘先生躲警报,在后山遇到他平时很不喜欢的一位先生,他当面指责他:'我躲飞机是为了保存中国文化,你怎么也来躲飞机了?'那一位先生很有涵养,对刘先生也很尊重,没有和他争辩,换了一个地方,离他远远的。"

这些回忆文字,虽然细节上略有不同,但却传递出相同的一个信息:刘文典瞧不起新文学家,尤其瞧不起沈从文!

于是,"刘文典瞧不起沈从文"几乎成为学术界的一桩公案,至今众说纷纭,各执一端。对此,刘文典之子刘平章先生认为完全是捕风捉影、虚构编造:

> 沈从文在昆明的那段时间,住在丁字坡旁边,也就是以前的唐公馆对门,而我们家住在龙翔街。住在丁字坡的人跑警报,往往是跑以前的英国花园或现在的圆通山后面。我们跑虹山,他们两人是不会遇到一起的,而且我们没跑几次就搬到了官渡。我觉得那时敌机要来了,大家都是慌慌张张地跑,一个人遇到另一个人还能说出"你跑为什么?我跑是为……"这样的话,估计那已经不是一个正常人了。不知道是谁编出来的。而且沈从文评教授的时候父亲已经离开联大到了云大,所以并不存在这个问题。

关于刘平章先生所提到的沈从文评教授时间问题,经查史料,沈从文是经1943年7月22日西南联大常委会第268次会议决议改聘为教授的,而此时刘文典远在磨黑,并不在昆明,不可能发表类似言论。

颇有意味的是,关于刘文典与沈从文不和的传闻如此沸沸扬扬,却并未

第五章　联大岁月

见到两位当事人的澄清。相反,在沈从文的文章里,刘文典颇受尊重。1948年8月28日《新路》周刊第1卷第16期刊有沈从文《不毁灭的背影》一文,纪念朱自清(字佩弦)先生,就曾提及刘文典:"陈寅恪、刘叔雅先生的专门研究,和最新创作上的试验成就,佩弦先生都同样尊重,而又出于衷心。"这一段文字过去不太为人所注意,但似可澄清所有关于两人的传闻。

由于传闻太盛,关于刘文典与沈从文的关系,过去一直不太为人所知。前几年,沈从文妻弟张中和曾以沈龙朱(沈从文长子)名义在张氏家族内刊《水》上写有一篇《一位稀里糊涂的和事佬》,介绍了张中和带着沈从文夫妇一道去见刘文典的情形:

1945年9月,张中和作为美军翻译复员到了昆明,拟报考西南联大,但由于考期已过,只好暂住下来,等待清华的转学考试。在此期间,经云大历史系教授张友铭介绍前去拜访合肥同乡刘文典,由此结识。刘文典对于这个小老乡颇为上心,在下乡时会把家门钥匙交付给他,还热心地给他介绍了一家可以帮助他复习功课的家馆。

后来,张中和就高高兴兴地来到沈从文家,汇报和刘文典相识的经过。沈从文、张兆和停止了手头的事情,相对一笑,说:"我们去看看他吧!"第二天,张中和便陪着沈从文夫妇到了刘家,张兆和还特意带了一些好茶叶。据张中和回忆,会见时刘文典依旧是不离烟榻,只是微微欠起身说:"我和沈先生是同事,却没有说过话。"说完,又躺下继续抽烟。由于光线昏暗,看不清刘文典的表情,但听得出言语间有点嗫嚅。沈从文夫妇始终微笑着,却没有说什么话。在刘文典家烟雾缭绕的斗室里,气氛倒是十分"和谐"。

由此,两家似乎有了往来。在内刊《水》上,后来沈从文的次子沈虎雏又写了一篇《另一次会面》,谈到1945年秋天沈从文带他去见刘文典的经过,别有趣味,似可与前文相映照:

> 走出爸爸在昆明的宿舍,不远是文林街东头,马路一溜下坡并向右拐,然后急转弯往左,下到坡底时,爸爸领我进了一户路边人家。

275

屋内昏昏暗暗，看不清周围摆设，只见床上一盏烟灯，微微黄光把周边一尺内事物照亮，有杆烟枪在亮处，它晃动着若有所指。

"坐，坐……"

声音来处黄光渐弱，主人面容若隐若现。爸爸照烟枪指引，找到了坐（座）位。

吃烟的屋子全是暗暗的，气味也差不多。这一处不过更暗些，烟味更浓罢了。爸爸坐定后不讲话，静静等待主人继续享用。一阵阵吞云吐雾，原本勉强可辨的东西更模糊了。

主人微微欠起身，对爸爸似乎说："呃，唔。"

爸爸不解，没开腔。我知道他仍然抿嘴含笑。

老先生暂时放下家伙，伸出指头比划着："二，五……"

他操着浓重合肥腔，比我合肥妈妈、合肥舅舅口音土得多。

主人两眼在昏暗中闪光。据解释，世间万物，都离不开二、五这两个数目。人的手、脚、眼睛、耳朵、鼻孔是二，手指、脚趾是五……

"那么，嘴只有一个，跟二、五有什么关系呢？"老先生提出问题，不急于解答。爸爸和我都竖起耳朵倾听。

"我孩子找到答案，上下嘴唇，是二！"

爸爸会心地笑出了声，老先生精神来了，笑得开心，又举出许许多多事物，经他一一点化，都跟二或五挂上了钩。

这是1945年秋天的事情。刘文典当时避居官渡，进城上课时则借住在好友孙乐斋家中。此文所述刘文典住处即在孙宅。沈虎雏正在读小学四年级，平时随父亲拜访亲友，从不关注大人谈什么，但此次太好玩了，主人还在抖出新例证，而沈虎雏的小脑瓜则飞快转动，想出一串反面例子，存心跟二、五扯不上，但出于礼貌没有开口，只怕当时要是勇敢插嘴，又会勾出主人更玄妙的论据。

时隔多年，沈虎雏仍记得，他跟父亲沈从文说，这伯伯真有趣。沈从文

第五章 联大岁月

说"书读得好",言下之意是"很有学问"！正因为此,沈虎雏对于关于沈从文和刘文典的各种传闻,"充满兴趣,毫无屈辱感",只是当作文坛的一段趣闻,并不当真。

其实,凡是听过刘文典上课的人,都知道他喜好"臧否人物",有时候骂起人来毫不留情,其实也未必有什么恶意,只是趁一时口舌之快罢了。非常有意思的是,对于这一点理解最深的竟然是沈从文的妻妹、夫人张兆和的四妹张充和:

> 刘在北大教古典文学,是充和的老师;说沈从文教书的月薪只值四块钱的,也正是他。一般人大都了解他那番狂言不过是自命不凡的表现,充和却觉得他的话引人发噱。更妙的是,刘文典因嗜食鸦片,终遭联大解聘,时人大多认为都怪他平日太过托大,才遭此报应,充和却不这么想。充和会说,刘是个喜欢从心所欲的人,生活铺张,言语夸诞。他确实藐视充和的姐夫沈从文,但所有用白话写作的人其实都入不了他的法眼,连胡适在内。充和坚信刘虽然主见很强,却并无恶意。她还说,刘都不把自己当一回事了,世人又何必正经八百地看他?

这段文字来源于美籍华人、史学家史景迁夫人金安平博士的《合肥四姐妹》一书,应是金安平亲耳听张充和说的,较为可靠。

还有一件耐人寻味的事情。1949年后,沈从文一度被"打入冷宫",遭遇"当红人物"郭沫若的大肆批判。尽管刘文典对于沈从文的人生突变并未直接发表任何评价,但有一年参加全国政协会议,间歇时在走道里遇到郭沫若,他斜着眼睛看了郭一眼,鼻子里轻轻"哼"了一声,走远了。

那时候,沈从文正在故宫里勤勤恳恳地当解说员。

第三节　星期论文

中国的精神文明

1941年夏,刘文典避居官渡,教学之余,有了更多闲暇时间思考国家与民族的命运,更清晰体悟到一个知识分子在历史变局中应有的角色担当。"抗日战争时期,书生报国是知识分子思考最多的一个问题,知识分子的报国途径有多种,利用自身的知识优势参加抗战,支援抗战,无疑是广大知识分子义不容辞的责任。"①刘文典的优势就是渊博的学识和理性的认知。

据《吴宓日记》记载,1940年5月16日,刘文典就曾在昆明文林堂讲演《日本侵略中国之思想的背景》,"听众极多"。1941年5月,听闻国民革命军第三军军长唐淮源在中条山与日军抗争时宁可自戕、不愿投降,刘文典奋笔写下《唐淮源将军庙碑》,向从容殉国的英雄投去崇敬的目光:"非忠贞秉之自然,壮烈出乎天性,孰能临难引义以死殉国若斯者哉!"

1941年底太平洋战争爆发后,刘文典时刻关注着国内外战事的动态与变化,尤其是对中国军队在物质困乏的情况下"愈战愈强,屡次大捷"倍感振奋。这一时期,刘文典写下了大量与抗战有关的诗作,在他存世不多的诗词作品中,颇为显目。1944年5月,滇西反攻战役开始,中国陆军第八军向据守在怒江西岸松山上的侵华日军第五十六师团一一三联队发起强攻,并于同年8月全歼松山守敌3000余人。消息传到昆明后,刘文典喜不自胜,吟诗一首祝捷:"雪山万尺点苍低,七萃军声散马蹄。海战方闻收澳北,天兵已报过泸西。春风绝塞吹芳草,落日荒城照大旗。庾信生平萧瑟甚,穷边垂老听征鼙。"欣喜之情,溢于言表。后来,他又写下《初闻倭寇败绩》《与从军友人夜谈归后却寄》等诗,其中,《初闻倭寇败绩》全诗如下:"禹甸尧都委战尘,大江东去遍荆榛。棘门霸上真儿戏,赤县神州竟陆沉。破敌终烦回纥马,收

---

① 闻黎明:《抗日战争与中国知识分子:西南联合大学的抗战轨迹》,北京:社会科学文献出版社,2009年,第188页。

第五章　联大岁月

京几见背嵬军。白头凄绝梁江总,阅尽兴亡剩此身。"《与从军友人夜谈归后却寄》全诗如下:"腊尽边城百感生,萧萧木叶下重城。月斜滇海云无影,雪满关河浪有声。万帐雄狮朝坐甲,一灯孤馆夜谈兵。冲寒还向西庄道,衰草迷离照落明。"字里行间,满腔豪情。

在1942年10月起到1946年5月之间,云南的报纸上又陆续出现了刘文典撰写的政论文章。这些文章共分为三类:一是从中国精神文明角度阐释"中国必胜"的观点;二是关于日本问题、太平洋战争以及国内局势的观察与思考;三是以"学稼轩随笔"名义发表的学术掌故,抒幽怀,发感慨,不少文章如《晁衡》《桃花扇》,其实亦有所指。"稼轩"为南宋词人辛弃疾的别号。刘文典以之命名书斋为"学稼轩",取效仿辛弃疾在金人入侵后宁可四海南奔不愿屈服之意,可谓一语双关。

1942年10月4日,刘文典在《云南日报》"星期论文"专栏发表《中国的精神文明》一文,重点从三个方面展开论述:"第一件,证明精神确乎忠于物质;第二件,中国的精神文明确乎崇高伟大;第三件,国家的兴替固然依赖科学,然而最重要的还是这一国自己的哲学。"

《中国的精神文明》以热河失守后刘文典与清华一位友人的辩论起头,对方认为中国绝对不可以与日本打仗,因为这是不自量力,但刘文典却认为战争拼的不是武器,不是科技,而是人的心、人的精神思想。这一场辩论未分胜负,但两人却在国家民族命运面前作出了背道而驰的选择:"北平沦陷之后,我就学辛稼轩浮海南奔行在,因为才学不如古人,对国家毫无贡献,住在昆明,衣食住行都远不如在北平之舒服。此公则学党怀英之留仕'大金',自致通显,生活是比从前更加舒服的了。"

但是,刘文典并不后悔自己的选择,尤其是在抗战局势发生转折性变化之后。在这篇文章中,他写道:

> 日本兵的飞机、大炮、坦克车,其数量品质固然远在中国之上,其运输的便利,以至兵的被服给养都不是中国所能及的。这在西洋的军事专家,尤其是机械化部队的专家,按照他们专门精密的方

式计算起来,中国和日本简直是不能对打的。可是事实怎样呢?战事初期我们诚然是失利的时候多,到一两年后情形渐渐的改观了,两边打个平手。这一两年竟完全倒转过来,总是我们打胜仗了。若论物质上的条件,日本是只有愈加优越的,机械是更精更多的;我们是物质愈加缺乏,交通更加不便的。这在西洋专家的打算法,是更无致胜之理的。但是摆在面前铁一般的事实,中国果然是"愈战愈强",屡次大捷,世界各国一直都惊叹,成为不可思议的奇迹。连日本人自己也承认是出乎意外,有悔不当初之意。

刘文典认为,这就是精神重于物质的铁证:"如果物质可以支配精神,南京、北平的衣食住行都比重庆、昆明好得多,暂时又不怕空袭,何以稍知自爱的中等人都不肯去呢?我也知道营养不良对人的精神上很有影响,食物里缺乏某种维他命,身体上会生什么病,可是世界上确乎有许多不吃不义之食、甘心饿死的人。你急需一些物品用,有人送给你,但是以打两个嘴巴为条件,我想十个人中至少有九个是不肯接收的。有这一点就很够,不用更去高谈什么哲理了。"

在刘文典看来,这其实正源于中国固有的文化内在的底蕴。尽管中国在文化上有许多处是急待修正补充的,但本质上是崇高伟大的,"日本最大的弱点就在他没有自发的文化,所以吸收的东西洋两种文化都发生了中毒状态。一面要利用野蛮的拜物教、神道教等类可笑的迷信,想去防止赤化,一面又极力的鼓励人研究科学,谋工业和军备的改进,其结果把国民弄得如醉如痴成了手拿最新式枪炮的疯子"。

或许是为了响应自己在此文最末处所写的一句话,"我希望我们的思想家、文学家加倍的努力",紧接着,刘文典在《云南日报》"星期论文"专栏里又写出了三篇"中国的精神文明"系列文章,从更具体的层面阐释中国固有文化"是何等的要紧"。

第一篇《中国的宗教》,刊于1942年11月1日。此文的核心观点是,"中国根本上并没有宗教这件东西"。刘文典认为,世界上很多国家崇尚宗教,

第五章 联大岁月

都是因为人对于这个现实的世界感觉到郁倦烦闷,对于宇宙人生的最高问题不得其解,才运用想象力制造出一个精神上的休息所,"于是乎人都成了迷顽的众生,成了静待审判的未决囚"。但是,中国人几千年来都是以理性为重的,虽然也会祭祀天地,也有巫觋祝宗,但随着文化程度的提升,渐渐地将这些都看轻了,"中国人看孔子是一个人,不是一个神"。因此,中国人会忠于内心的理想,而无什么对于来生的希图,"中国圣贤的教训比外国教主的教理更加崇高伟大,中国古往今来死忠死节的仁人义士,其人格之高,远过于宗教的殉道者"。此文后来还曾遭到"全盘西化"论的首倡者、西南联大法商学院院长陈序经《中国文化观》一文的反驳,引发论战。可见刘文典此文在当时产生了一定的影响。

第二篇《中国的文学》,连载于1942年11月15日、16日。在这篇文章的开头,刘文典指出,我们的祖国有两大遗产:一种是有形的,万里的锦绣河山;一种是无形的,文字、文学。"这块锦绣的山河固然美丽,全世界各国还有伦比,唯有这份精神上的遗产是几千年来无数贤哲心力的结晶,世界上绝无伦比的。"首先,刘文典用大量笔墨介绍了中国文字在字形、声韵、字义等方面的独特魅力,与近代英文、意大利文等相比,中国文字"绝非世界任何国所能及的",这一点,亦为高本汉、鸟居龙藏等汉学家所公认。其次,刘文典以《红楼梦》《金瓶梅》《水浒传》《三国演义》等名著为例,认为"《水浒传》和《金瓶梅》更是绝妙的最富于革命精神的小说",尤其是后者,将昏君奸相、贪官污吏、土豪劣绅以及造成这些人、逼出这些事来的恶制度,都加以炸弹大炮似的攻击。《红楼梦》就更不用说了。最后,刘文典自言自语般地提出了一个问题:"我们何幸生为中国人,有这样多、这样美的精神遗产,供我们的享受,这真是奇福大幸。先人是把这些遗产留给我们了,我们应该如何的努力,才对得住后人呢?"

第三篇《中国的艺术》,连载于1942年12月20日、21日。文章从建筑、雕刻、绘画、音乐等方面旁征博引、详尽罗陈,以大量的生动事实道出中国艺术的历史价值和现实意义:"东洋民族天生的富于艺术天才,绝非西洋所能及的。中国人又是东洋民族中最优秀的,所以中国的艺术是世界最高的、最优美的艺术。论到中国固有的艺术,本来是光辉灿烂、照耀全人类的历史,这是中国对全人类最大的贡献,我们国家民族最大的光荣。不幸自从西洋人的大炮兵舰打进来以后,中国人震于西洋自然科学的神奇玄妙,对于本国固有的文明失去信心,西洋人在大炮兵舰轰打一阵之后,又把他们工业的产品,无数花花绿绿的东西搬运进来,以致中国人眼花心乱,丧失了自家独有的美感。"刘文典认为,近百十年来,几乎件件事都日趋于俗恶化。这些年民德的堕落,固然也有经济政治的原因,可是国民之丧失美感,确乎是一个主要的致命伤,"我常常的说,中国人民的美感恢复之日,才是真正的民族复兴之期。世间不乏有见识的人士,大约不会否认我的这句话罢"。

这是一个知识分子的心声,也是一个知识分子的期待:只要精神文明不灭,终有一天,失去的一切都会凤凰涅槃、葳蕤重生!

对日本应有的认识和觉悟

如前所述,不可否认,由于种种原因,在西南联大时期,刘文典沾染上了吸食鸦片的不良癖好,偶尔会因此而耽误上课、讲演,但更多时候,他并非"整天躲在小屋里",而是始终对天下大势、中日关系保持着高度的关注和思考,并应邀为《云南日报》《中央日报》昆明版等报刊写下了大量颇具卓识的与日本有关的政论文章,仅近两三年内新发现的此类文章就有十余篇。

这些文章又可细分为两类:一类是分析日本民族性的,如《天地间最可怕的东西——不知道》《第六纵队》《对日本应有的认识和觉悟》《日本人的自杀》《日本统一世界思想之由来》等,侧重从历史的角度深层次剖析日本侵华的真实动机;另一类则分析现实战局,如《东乡和山本——从战史上推论太平洋的战局》《美日太平洋大战和小说》《日本败后我们该怎样对他》等,判断战争局势,点评外交政策,无不鞭辟入里,令人叹服。

刘文典虽然不是研究日本历史的专家,但因为早年在日本待过很长一段时间,深知这个国家"立国的精神和世界各国根本不同"。对于日本这个

第五章 联大岁月

国度,刘文典所表现出的理解深度与关注视角,即便是在今天的中国,亦堪称理性独到,相当成熟。可以说,刘文典所秉持的日本观,始终是一种国际视野的日本观,而非单纯的中国视野的日本观,因此他的很多观点可谓"知日之论"。

知日,方能抗日。刘文典认为,太平洋战争之初,美国之所以被珍珠港一役打得晕头转向,主要在于对日本人的"天性慓悍"缺乏了解,"如果有战争,他必然是要先下手袭击的"。为此,1942年11月8日、9日,他在《中央日报》昆明版上连载发表了《天地间最可怕的东西——不知道》一文,开门见山地道出了"不知道"的危害性:"天地间最可怕的东西是什么?是飞机大炮么?不是,不是。是山崩地震么?是大瘟疫、大天火么?也都不是。我认为天地间最可怕的,简直可以使整个世界、人类、全体归于毁灭的,就是一个'不知道'。因为任何可怕的东西,只要'知道'了就毫不可怕。"但遗憾的是,很多国家的人,往往因为对于日本这个国家不了解,或者自以为很了解而吃了大亏,比如日俄战争中的俄国、中日战争中的中国。

在中国,曾经有很多人想当然地认为,"日本在几十年前既受西洋各国的压迫,又觉悟西洋科学和近代典章制度之美备,所以发奋图强推翻幕府,变法维新,他的国家富强了,于是向外发展,侵略中国"。但刘文典并不赞成这个观点。1942年12月30日和31日,他在《云南日报》上刊发《日本统一世界思想之由来》一文,独到而犀利地指出:"日本是先有并吞全世界的野心,后才有推翻幕府、明治维新的事。他是为要统一世界,才肯事事效法西洋的。这和中国古代赵武灵王之'胡服骑射'是一样的心事。他并不是因为富强了才要向外发展,乃是因为要想向外发展,才力图富强的。所以'统一世界'的野心是因,明治维新是果。"认识到了这一点,自然就不会对日本抱有什么幻想了。

最令刘文典痛心的是,抗战爆发以来,国内很多人依然对于日本的虎狼之心,太无认识,尤其可悲可叹的,是号称知识阶级的大学生,以及居于领导地位的人。说到日本侵略中国,他们自然不能不相信了,但要说到日本人要统一世界,许多博士、硕士、先生们就要摇头冷笑,或是将信将疑了。结果呢?日本人悍然轰炸了美国的珍珠港。

而在此之后,由于对日本不了解,很多人又著书立说,主张美国应该"不顾一切,开动大舰队,直捣东京港";又有人主张,新加坡的军港应当拼命死守,等待英国的援军。在刘文典看来,凡此等等的主张议论,不但反映出他们对于军事上缺乏常识,也可见这班人对于日本还是没有认识,自己也没有觉悟,因而才会作出错误的判断和决策。

刘文典说,这种心理是最要不得的。因为这种幻想,不知不觉地把艰苦奋斗的精神松懈下来,忘记了要打倒日本,还是要全靠我们中国人自己流血流汗,"英美的海空军无论怎样的强大,要应付整个的大西洋,已经很不容易了。再要左右开弓,撑持太平洋上的战事,维持印度洋上的优势,这岂是一蹴可就的事情。海军要维持大西洋、太平洋、印度洋,就是全地球上的海面,陆军又能开几百万人到我们中国地方来打日本兵,这是一件办不到的事"。

很多人对日本认识太浅,以为中国只要一和英美并肩作战,就胜券在握。但在刘文典看来,我们更应该有一种觉悟、一种认识,就是日本从前好比是一头野兽,而现在则变成了一头负痛的野兽,"困兽犹斗,何况国乎",因此"今后打倒日本是要我们比从前加倍努力、加倍吃苦的"。

这是基于对日本民族性的深入考察所获得的认知。在1942年12月16日发表的《日本人的自杀——日本民族性的研究之一》一文中,刘文典就一针见血地指出:"日本的历史,简直可以说是一部自杀史。"日本人最崇敬的楠木正成、赤穗四十七义士、乃木希典等,都是自杀而亡的,却被日本人推为武士的典型,甚至被誉为"日本精神之花"。所以对于这个国家,千万不能掉以轻心。

但他一直坚信,无论局势如何变化,日本必败,中国必胜。对于战争中消极妥协的言行,他深恶痛绝,曾多次撰文进行无情地批判,比如1942年11月13日刊发于《云南日报》的《第六纵队》,就将笔触投向那些悲观消极、乱传谣言的人:"住在后方安全地带的人,身上既未破皮,又不发烧,却逢人大叫其苦。并且凡是造谣言的,轻信谣言的,无理抬高物价的,因物价腾贵就悲观叫苦的,他们都是'第六纵队'的队员。这班人们虽不是东京参谋本部派遣的,他们的言语行为都正是东京参谋本部所最高兴、最愿意的,这班人自己替敌人组成'第六纵队',一半是由于无知,一半也由于无耻。要知道在今天国家危急存亡的时候,自己忍耐劳苦,勉励别人也忍耐劳苦,这是一个国民最基本的义务。这点道理都不明白,还算得一个人么。"

1943年2月22日,《云南日报》上又刊出刘文典的长篇政论文章《美日太平洋大战和小说》,从文学鉴赏的角度观察当时的国际战争局势,通过分析美国和日本的两部战争小说,"警告美国人"要提防日本人的真实用心,"日本在赌赛国力的长途竞走上不是美国的敌手",因此只要"准备未完成的美国舰队既不肯送到日本近海来受他'击灭',等扩张齐备之日,以压倒的优势打来",再加上中国等军事力量的配合,"将来直捣三岛的当然少不得我们的联军"。果不其然,1943年11月盟军开始大反攻。1944年春夏间,美国先后夺取由日本委任统治的马绍尔、加罗林和马里亚纳三群岛。1945年8月15日,穷途末路的日本被迫宣布投降。反法西斯联盟各国取得了太平洋战争的最后胜利。刘文典对于现实世界的独到分析,得到了太平洋战局的最后印证。

在此文之后,刘文典还写了一篇《日寇最阴毒的地方》,开头就是一句,"日本人可恨,这何待多说"。与很多人仅仅因为日本人肆意杀戮大量同胞而生起的仇恨不同,刘文典认为,日本人最可恨之处,是他们除了屠杀焚掠、毁灭我们的肉体和有形的财物之外,还千方百计地想要毁灭我们中国的精神,比如主张报纸发表汉奸言论等。在刘文典看来,日本屡屡侵扰中国,先有甲午战争,后有侵华战争,侵占中国的土地,屠杀中国的人民,毁灭中国的文化。日本对中国所犯下的罪孽是怎么清算都不过分的。

但胜利真的即将来临时,刘文典却没有一味主张"清算",而是站在世界局势的高度,提出了一个现实而严肃的问题:"日本败后,我们该怎样待他?"对于这个命题,他在1944年3月30日和31日两天的《云南日报》上刊文提出观点:"论起仇恨来,我们中国之与日本,真是仇深似海,远在法国和德国的仇恨之上。说句感情上的话,把(日本)三岛毁成一片白地,也不为残酷,不算过分。不过关于国家民族的事,是要从大处远处想的,不能逞一朝之忿、快一时之意。我们从东亚的永远大局上着想,从中国固有的美德'仁义'上着想,固然不可学克莱孟梭那样的狭隘的报复,就是为利害上打算,也不必去蹈法兰西的覆辙。所以我的主张是,对于战败的日本务必要十分的宽大。"

基于这一思路,刘文典主张等日本败后,中国政府一不向日本索要赔款,二不要求日本割地,但是在国家主权、民族大义上,却不能有丝毫的退让:

> 我们早已昭告天下,绝无利人土地的野心,更不想征服别的民族。所以战事终了之后,我们只要照我们的古训"光复旧物""尽返侵地",就算完事,绝不想索取日本的领土。况且日本原来自有的区区三岛,土地本也无多。他的本土三岛,我们纵然一时占领,也无法享有他的土地,很难治理他的人民。论势论理都不必要日本割地给我们的。但是有一点却不可不据理力争,就是琉球这个小小的岛屿必然要归中国。这件事千万不可放松。我希望政府和国民都要一致的坚决主张,务必要连最初丧失的琉球也都收回来。

刘文典一再强调,对于琉球,"切不可视为一个无足轻重的小岛,稍有疏忽,贻国家后日无穷之害"。只可惜,这个建议没有得到国民党政府的重视,果真贻害无穷了。

这种远见和卓识,在当时可谓惊世骇俗,但其前瞻性却最终被印证,即使放到今天的中日关系处理上,或许亦不过时!爱国需要激情,但不能只有激情,更重要的还是应该认真探寻日本这个独特民族的本性和特质,深入了解而后方能正确对待。中日关系,必须站在历史的高处,时时回望,而又不弃向前,这样才会有更美好的未来。从这个意义上说,这样的时刻,静下心来读读刘文典关于日本的这些文字,或许会不无裨益吧!

第四节　恩怨闻一多

闻一多辞退刘文典

1943年,刘文典的人生再次出现重大转折。

事情还要从头说起。

1942年底,几位西南联大的学生找到刘文典,提出想邀请他去普洱磨黑。磨黑是滇南著名的产盐区,距离昆明有千里之遥,山高路险,长期闭塞,只有一所小学,当地的实际控制者、大盐商张孟希想办一所中学,需要一位名家去给他撑撑台面。刘文典那时候故事多、名气大,在云南是响当当的人物,张孟希听说后大感兴趣,于是便委托负责筹备中学的几位西南联大学生帮忙去请。

来人似乎早已摸清了刘文典的情况,提出的条件相当诱人:在磨黑期间,保证他全家三口人的生活费用,并提供充足的烟土(鸦片),且等到他回昆明时再送50两烟土。

刘文典当时正处于经济上的极度困难时期。据1942年《国立西南联合大学三十一年度教员名册》显示,刘文典当时任中国文学系教授,每月薪给470元,这个收入水平在国文系中是最高的,与系主任罗常培、教授罗庸、杨振声、朱自清、闻一多相同。其他的教授如唐兰、浦江清、王力等,都要比他少很多。这个薪给在整个西南联大也是首屈一指的。

数字看上去很美,但实际上已经没有太大的意义。"自抗战以来,由于物资剧烈上涨而薪津的增加远不及物价上涨的速度,于是薪津的实在价值如崩岩一般的降落。到(民国)三十二年下半年薪津的实值只等于战前法币八元,由三百数十元的战前待遇降到八元,即是消减了原待遇98%。"①举个例子,假定一个五口之家的教授家庭战前每月最低生活费为50元的话,这

---

① 杨西孟:《九年来昆明大学教授的薪津及薪津实值》,见王文俊主编《国立西南联合大学史料·教职员卷》,昆明:云南教育出版社,1998年,第561页。

时候每月的最低生活费在昆明为 50×148.28=7414 元(1942 年 11 月昆明简明生活费指数为 148.28,而 1937 年上半年为 100)。刘文典的生活一度到了"刷锅以待"的窘迫地步。

天不遂人愿。在云南期间,刘文典的两个兄弟又先后在湘西亡故,母亲也被弃养于故乡安徽,"典近年日在贫病交迫之中,无力以营丧葬"。心情异常烦闷,一时不得排解,鸦片也就越抽越厉害。家庭经济日益艰难,只能靠贬值的工资、低贱的稿酬甚至无奈的典当去勉强维持。

这时候,突然听说有人愿以重金聘请他去磨黑,当然是一件喜不自胜的事情。刘文典于是简单问了问来人,张孟希请他去主要做什么?来人回答,用意大概有两个:一是张孟希虽然没有什么文化,但爱好附庸风雅,听说刘文典骈文写得好,想请他去为其母撰写墓志铭;二是普洱地区素号"瘴乡",没有人愿意过去谋事,希望刘文典作一游记,说明瘴气"绝非水土空气中有何毒质,不过疟蚊为祟,现代医学尽可预防"。

写骈文本来就是刘文典的"看家本领",到了昆明以后,他曾多次应邀为他人先祖、当地名人、著名建筑撰写碑记或铭文,文采飞扬,声名在外。1940 年 9 月 22 日,清华大学昆明同学会举行茶会,纪念校长梅贻琦服务清华 25 周年,"是日也,朝雨初晴,天朗气清,云大至公堂中悬林主席题赠'育材兴邦'四字横额,两旁柱上分悬祝贺之楹联立轴,演讲台前陈花篮礼物,入会场处悬刘文典教授撰之题名录前序,其旁即陈展备就之签名纸,请与会来宾校友签名"[①]。千金易得,一文难求,这也是艰难时期刘文典"为稻粱谋"的一个重要途径。至于第二点,正好符合刘文典一直的学术主张,他曾多次提出唐朝人、宋朝人对于瘴气毒害的描写过于夸张,"实开发西南之大阻力,深愿辞而辟之"。于是,双方一拍即合。

据出面邀请的当事人之一萧荻在《吴显钺同志逝世十周年祭》里记载,刘文典原本计划暑假开始后再启程去磨黑,但他们提醒说:"去磨黑的路本

---

① 沈刚如:《梅校长任教母校廿五年昆明校友会公祝会记》,载《清华校友通讯》,第 6 卷第 9 期,1940 年 9 月。

来就很难走,夏季多雨,到时候恐怕泥泞难行。"更重要的是,深山之中,土匪猖獗,行旅者只能跟着配有武器装备的兵丁一起,才能安全抵达。这一次,张孟希为了表达诚意,专门派来了护送刘文典的队伍。

刘文典暗自盘算了一下,觉得此话也有道理,反正在西南联大的课也几乎结束了,索性不如早点与来人一道上路。临行前,刘文典参加宋希濂将军的宴请,恰好遇到梅贻琦、蒋梦麟、罗常培等西南联大领导,当即请赐假。罗常培在请示蒋梦麟等人后,叮嘱刘文典安排好教学上的事情,并答应借给他一个月的薪金,好让他打点行装。

图 5-3　1943 年春刘文典赴磨黑途中留影(龙美光先生供图)

1943 年 4 月 1 日,刘文典一家三口在萧荻、吴显钺(化名吴子良)、许冀闽、郑道津等几个西南联大学生的陪伴下,远赴千里之外的磨黑。当时磨黑归属于宝兴镇,在哀牢大山和无量大山的结合部,根本就没有公路,只能跟着运货的马帮,一路颠簸,跋山涉水。

刘文典这一行,由于张孟希事先作了安排,一路上也没有什么风险。他们先是乘汽车到了玉溪,而后便是"徒步行军"。刘文典一家三口享受"贵宾待遇",乘坐滑竿(西南山区常见的一种交通工具,用两根长竹竿绑扎成担架,中间架以竹片编成的躺椅或用绳索结成的坐兜,前垂脚踏板),遇到陡峭山路的时候,再下来步行。许冀闽是女生,特加照顾,也坐了一副滑竿。考虑到刘文典需要一定时间的休息,还要抽鸦片,这支队伍行进得非常缓慢,足足走了20多天,才到达目的地。

刘文典的到来,让张孟希的脸上大添光彩,"到磨黑那天,张孟希和当地士绅在10里外迎接,而学生们则早早跑到30里外的孔雀屏等着迎接老师了"。很快,磨黑中学正式挂牌成立,校址就设在磨黑镇边缘小团山脚下的龙祠里,由张孟希担任董事长,吴显钺担任校长。

开学典礼上,最高兴的无疑就是张孟希了。他当过普洱道尹的警卫队长,当过边防营营长,当过磨黑商会会长,手下甚至有一支拥有数百条枪的私人武装,但却从来没有当过学校的"董事长",更何况这一次还有刘文典这样的知名学者来给他捧场。

讲话中,张孟希口口声声颂扬刘文典是"国宝"。刘文典站在一边,微笑不语。他到磨黑来,更多是因为生计的无奈,并没有打算给面前的这个"董事长"捧多大的场面。在他的心里,依然惦念着西南联大的教职,盘算着新的学术研究计划,"到磨黑后,尚在预备《玄奘法师传》,妄想回校开班,与东西洋学者一较高下,为祖国学术争光吐气"。

现在嘛,寄人篱下,只能"既来之则安之"。据萧荻回忆,刘文典在磨黑期间,对学校事务从不干涉,平时也很少出门,多半在自己的宿舍里"吞云吐雾"。张孟希仰慕刘文典的名声,经常有事没事来找他闲聊,偶尔还会请他去给当地的士绅们讲讲古典文学,每周一两次,大多是《庄子》《昭明文选》或是温李诗之类的内容。由于听众水平并不高,刘文典所讲授的内容显得有点"曲高和寡",久而久之,刘文典也就没有多大兴趣在那里"拽文"了。

据刘平章回忆,在此期间,国民党普洱专员胡道文还曾请刘文典前去,住了一段时间。胡道文是个有文化底蕴的人,经常和刘文典说古论今,相谈甚欢,还特别请刘文典做过几次演讲,由当地的士绅一起陪同。

这样过了三个多月,倒也悠闲,但刘文典并不知道,在他离开没多久,学校就炸开了锅。西南联大当时是双重管理体制,三校虽然合并了,但各校仍保留有自己的体系,以便胜利后复校。刘文典临行之前,直接找了西南联大中文系主任罗常培先生请了假,却并未向清华大学中文系主任闻一多请假。这导致系里的正常课程安排受到一定影响,闻一多早已埋怨满腹,当即决定给予刘文典停薪的处分,并有"更进一步之事"。

刘文典后来从昆明朋友的来信中才知道,所谓"更进一步之事",就是解聘。原来,就在刘文典离开学校没多久,西南联大按照惯例给教师发下半年的聘书,也寄了一份给刘文典。但西南联大聘任教师,同样是双重聘用体制,一是联大聘书,一是三校各自的聘书。这一次,学校没跟闻一多打招呼就径直给刘文典寄去了聘书,简直是火上浇油。

闻一多立即给刘文典写了封信,怒气冲冲,不留余地:学校已经解聘了刘文典,即使他收到了聘书,也必须退还。来信中,闻一多甚至还写道:"昆明物价涨数十倍,切不可再回学校,度为磨黑盐井人可也。"这已分明是一种揶揄讽刺之辞。

都是"多嘴"惹的祸?

面对摆在眼前的这封"半官式"的来信,刘文典百思不得其解:假如磨黑之行真的罪不可恕的话,学校尽可正式解聘,现在既然已经发出了聘书,为何又要中途收回?

再者说,学校解聘这么大的事情,事先一点都没有告知,也不见西南联大文学院主任冯友兰、西南联大中文系主任罗常培等有只纸片言相告,就突然来了这样一封言辞并不友善的"半官式信"。刘文典有点想不通。

其实在此之前,刘文典已多次写信给学校里的同人,一再说明等磨黑雨季一过,必定尽快赶回授课,且愿意在下学年多教两小时,以回应关于他一去不返的谣言。到了那时候,张孟希的酬金到手了,口袋也稍微宽裕些,就可以安心教学生、搞研究了。但他万万没有想到,后路已断。

尽管在磨黑被尊为"上宾",每天都有充足的饮食和鸦片供应,但那里毕竟不是他的梦想所在。如今接到学校方面要辞退他的信件,更是归心似箭,只可惜现实羁绊,只能依靠书信向学校主要领导申明情况并提出申诉。

7月25日晚，刘文典给西南联大常委会主席、清华大学校长梅贻琦先生写了封长信，解释他之所以答应张孟希的邀请，一来确实可以缓解经济压力，二来则是得到了学校方面的同意，并非擅自行动。只不过，他找的是西南联大中文系主任，而不是清华大学中文系主任。

刘文典一直尊重梅贻琦，将之视为兄长，因而在这封"自剖心迹"的信函中，他开诚布公，直接道出了自己对于突然遭遇解聘一事的质疑：

> 典虽不学无术，平日自视甚高，觉负有文化上重大责任，无论如何吃苦，如何贴钱，均视为应尽之责，以此艰难困苦时，绝不退缩，绝不逃避，绝不灰心，除非学校不要典尽责，则另是一回事耳。今卖文所得，幸有微资，足敷数年之用，正拟以全副精神教课，并拟久住城中，以便随时指导学生，不知他人又将何说。典自身则仍是为学术尽力，不畏牺牲之旧宗旨也，自五月以来，典所闻传言甚多，均未深信。今接此怪信，始敢迳以奉询究竟。典致沈君私人函札中有何罪过，何竟据以免教授之职。既发聘书，何以又令退还，纵本校辞退，典何以必长住磨黑。种种均不可解。

从信的内容来看，刘文典当时对于清华续聘尚存一线希望：他告诉梅贻琦，磨黑盐商已筹款巨万，准备在桂林为他刊印著作，并拟用"清华大学整理国学丛书"名义。同时，他听闻清华大学地质系教授有意到磨黑考察研究，特意找当地盐商进行协调，对方一口答应"愿以全力相助，道中警卫，沿途各处食宿，到普洱后工作，均可效力，并愿捐资补助费用"。

这封信是委托罗常培先生转交给梅贻琦的。在给罗常培的便笺中，刘文典语气坚定地表示："弟绝对不恋此栈豆，但表心迹而已。个人去留小事，是非则不可不明耳。"

在刘文典的心里，"清华大学"这几个字是什么都替代不了的。然而他万万没想到，此时的清华大学已经决意抛弃他了。9月10日，梅贻琦函复刘文典，由清华大学秘书长沈履誊清，于第二天寄出。这封信写得并不长，但却足以令刘文典心灰意冷：

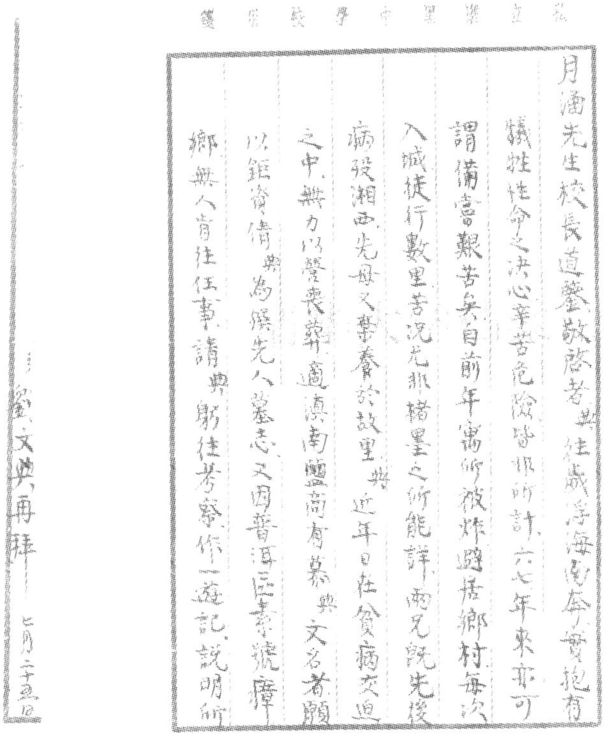

月涵先生校長道鑒：敬啓者，典往歲浮海南奔，實抱有
犧牲性命之決心，辛苦危險，皆非所計。七年來亦可
謂備嘗艱苦矣。自前年寓所被炸，避居鄉村，每次
入城，徒行數里，苦況尤非楮墨之所能詳。而兄既先後
病殁湘西，先母又奄忽於故里，典 近年日在貧病交迫
之中，無力以營喪葬，適滇南盛商有慕典 文名者，願
以鉅資倩典為撰先人墓志，又因普洱區素號瘴
鄉，無人肯往任事，請典 躬往考察，作一遊記，說明所

劉文典再拜　七月二十五日

图 5-4　刘文典为解聘事致梅贻琦函

（图片来源：吴学昭《吴宓与陈寅恪》）

叔雅先生大鉴：

日前得罗莘田先生转来尊函，敬悉种切。关于下年聘约一节，盖自琦三月下旬赴渝，六月中方得返昆，始知尊驾亦已于春间离校，则上学期联大课业不无困难。且闻磨黑往来亦殊匪易，故为调整下年计划，以便系中处理计，尊处暂未致聘。事非得已，想承鉴原，专函布臆，藉颂

旅祺不一

梅贻琦敬启

九、十一

这封信语气很温和，但很坚定，等于是最终堵住了刘文典重返清华的大门。刘文典从此再也不属于清华大学了，从 1929 年 2 月被罗家伦作为知名

教授引进，到 1943 年 9 月被梅贻琦正式拒绝续聘，他在这所学校里度过了整整 14 年的时光。他曾经与这所学校一起见证成长，也曾经与这所学校一起患难相随。如今，一切都与他无关了。

那么，闻一多为何非要在联大聘书发出之后仍将刘文典拒之门外呢？

有一种说法是，刘文典去给张孟希的母亲写墓志铭，以文卖钱，丢了文人气节。比如萧荻在回忆文章里就说，刘文典之所以受到联大教授们的非议，主要的怕是收受了张孟希馈赠的 50 两"云土"。

可是，1943 年 9 月，闻一多曾与杨振声、沈从文、冯友兰等 12 位教授联合挂出"诗文书镌联合润例"，公开标价："颂赞题序，五千元；传状祭文，八千元；寿文，一万元；碑铭墓志，一万元。"这个润例还旁注道，"文均限古文，骈体加倍"，可见当时帮人写寿文、祭文、碑铭换取稿酬，是很正常的事情。

另一种说法，则来自于刘文典清华同事、著名语言学家王力先生回忆："系里一位老教授应滇南某土司的邀请为他做寿文，一去半年不返校。闻先生就把他解聘了(当时清华对教授每两年发一次聘书，期满不续聘，叫做解聘)。我们几个同事去见闻先生，替那位老教授讲情。我们说这位老教授于北京沦陷后随校南迁，还是爱国的。闻先生发怒说：'难道不当汉奸就可以擅离职守，不负教学责任吗？'他终于把那位教授解聘了。"这也就是说，闻一多开除刘文典的理由是"擅离职守"，他去磨黑影响了正常的课程安排。

但是，刘文典在给梅贻琦的信里说得很清楚，出发之前，他是向蒋梦麟和罗常培请了假的，"诸事既禀命而行，绝不虞有他故"，没想到最后连罗常培也没有站出来帮他说话。罗常培先生虽是西南联大中文系主任，但在三校教学工作安排相对独立的环境下，似乎也不好多说什么。

《朱自清日记》记载，1943 年 8 月 11 日，西南联大文学院主任冯友兰到朱自清处，"对叔雅被解聘表示不满，谓终不得不依从闻之主张"。于是，一切皆成定局。

"闻一多刚到北平来的时候，与我父亲的关系是非常好的。"据刘文典的儿子刘平章说，闻一多原来在青岛大学当中文教员，1930 年 11 月到 1932 年

第五章 联大岁月

6月之间,学校发生三次学潮,闻一多三次都主张学生不要罢课,因而遭到学生驱逐,有人甚至在学校里打出标语,"驱逐不学无术的闻一多"。无奈之下,只好走人。到了北平之后,闻一多很想回到母校清华大学任教。那一段时间,刘文典刚好接替朱自清出任清华大学国文系主任。于是,闻一多成了刘文典家的常客,经常有事没事就去刘家坐坐,与刘文典聊聊学问,谈谈人生。密切往来中,刘文典感觉到闻一多学问做得不错,于是就同意他进了清华国文系。查清华史料,闻一多回到母校清华当教授的时间是1932年8月,与刘平章所说的时间节点吻合。

刘文典与闻一多的关系,何时出现裂痕,目前没有发现确切记录。但有一点是肯定的,两人之间很早就貌合神离,后来甚至有点剑拔弩张了。《朱自清日记》里有两条记录,颇值得关注:

第一条,1939年1月16日,"晚饭后陶先生来访,谓刘叔雅尖锐地批评了陈梦家"。"陶先生"即刘文典的得意门生、西南联大青年教师陶光,而他嘴中被刘文典尖锐批评的陈梦家则是闻一多的得意门生,是新月诗派重要成员,曾在青岛大学担任其助教。陈梦家到西南联大任教,推荐人正是闻一多。

第二条,1942年9月10日,"一多痛骂刘叔雅先生,口气傲慢。刘是自作自受,尽管闻的责骂对于一个同事来说太过分了。他还说他不愿意再为他人服务,意思是在暗讥我的妥协脾气。"

由此可见,刘、闻两人走上分崩离析的道路,是迟早的事情。刘文典赴磨黑,不过是点燃了导火索而已。

对于闻一多重返清华,著名学者谢泳在《血色闻一多》里有一段深入的心理剖析,耐人寻味:"闻一多当时在清华有一定的压力。当时,清华国文系的6位教授多出身北大,唯闻一多出身清华,且朱自清、俞平伯、陈寅恪、杨树达、刘文典还都是著名国学教授,只有闻一多非中文本科毕业。或许正因为这个背景,多多少少影响了闻一多清华时期的整个精神状态。那时,闻一多虽然发表过不少文章,但他最大的名声还是诗人,因此,到清华教授古典文学,对他多少有一些心理压力。"

2002年,清华大学毕业生鲲西(原名王勉)写出一本《清华园感旧录》,其中关于闻一多辞退刘文典内在原因的说法颇值得关注:"据我听到是由于在一次课间休息,教授休息室中刘先生直指一位读错了古音的同事,这在学界自然会引起极大的反应。从某种意义上说,这是一种令人难堪的羞辱。由羞辱而积怨,终于导致报复,贤者在所不(难)免。"虽然鲲西并未明说被指出"读错了古音的同事"是谁,但通过相关资料分析,他指的应该就是闻一多。

这与刘文典门生张文勋的解释极为相似。张先生说,闻一多解聘刘文典原因可能是复杂的,其中确实有一种说法是:在清华的时候,刘文典有一次路过闻一多上课的教室,好奇地驻足听了三分钟,结果听到闻一多读错了两个古音,大跌眼镜。按照他的个性,自然是逢人就说,这种"多嘴"可能在一定程度上得罪了自尊心极强的闻一多。

当然,这样去分析闻一多辞退刘文典的真实原因,难免有点"以小人之心度君子之腹"。历史已如烟云散尽,留给后人的,更多也只能是猜测与揣度而已。毕竟,历史书上的历史,未必都是真实的历史。

一个不为人知的秘密

历史的诡秘,往往超出人的意料,包括当事者在内。

在去磨黑之前,刘文典与前来邀请他的几个西南联大学生并不熟悉。到了磨黑以后,他也不太关心这些年轻人的动态,更多是躲在宿舍里看看书,抽抽鸦片,偶尔和来人聊聊天。

而让刘文典无论如何不会想到的是,在这件事情的背后,其实隐藏着一个不为人知的秘密:那些应聘到磨黑的联大学生都是共产党员,之所以转移到遥远的磨黑是为了保存实力。毫不知情的刘文典欣然答应与他们一道前往,客观上起到了"挡箭牌"的作用。

1941年1月,发生了震惊中外的"皖南事变"。"事变发生后,中共云南省工委根据南方局'避免无谓牺牲、保存革命力量'的指示,立即将昆明各大中学里比较暴露的党员和进步骨干,转移到各县。当时,联大转移出去的学生有100多人,其中吴显钺、董大成等到了普洱,任教于磨黑中学,吴显钺还担任了磨黑中学的校长。"①与刘文典同行的萧荻、许冀闽、郑道津,都是青年共产党员。

在与吴显钺、董葆先(即董大成)聊天的过程中,张孟希听说西南联大教授云集,就提出请他们帮助物色一位教授到磨黑小住,为他的亡母写一篇墓志铭"光大门楣",以示孝道。

说到撰写墓志铭,吴显钺、董葆先头一个就想到了刘文典。刘文典擅长骈文,自誉有"魏晋风范",在昆明时,当地很多名人都想以重金求购他的文章,却往往因为话不投机遭到拒绝甚至痛骂。不过,他也有一个"软肋",就是喜欢吸食鸦片,凡是有好"烟土"的地方,一定能吸引他。

张孟希听完吴显钺、董葆先的介绍,对刘文典这个人立即有了兴趣,当即作出承诺:只要这位刘先生愿意到磨黑来,我可以保证提供最好的生活供应和丰裕报酬,"烟土"当然更是少不了。

1942年底,吴显钺便回到昆明,物色志同道合的同志前去磨黑办学。吴显钺、董葆先原先都是西南联大地下党领导的进步组织"群社"的成员,想要招募新的同人并不为难。

但在邀请刘文典同往这一件事情上,党内却有不同的声音:大家去磨黑是为了隐蔽身份,保存力量,并借机发展新的成员。刘文典并非中共党员,平时政治立场并不清晰,属于"灰色教授",邀请他一道前往磨黑,说不定会弄巧成拙,甚至会"泄露天机"。

最后,还是吴显钺拍了板。他分析说,刘文典一向不太热心党派政治,到磨黑后只要想办法照顾好他的生活,相信他也不会过多干预办学工作,更不会影响大家的计划。而倘若能把这位大师请到磨黑,遂了张孟希的心愿,这对中共地下组织在磨黑的长期驻足隐蔽,势必有极大的益处。说不定,刘

---

① 闻黎明:《关于刘文典的记忆》,载《西南联大北京校友会简讯》,第35期,2004年4月,第11页。

文典的同行,还能对共产党起到一定的掩护作用。

到了磨黑以后,刘文典果然"大门不出,二门不迈",只是有一次看到萧荻在看商务印书馆"万有文库"的《悲惨世界》(当时译作《可怜的人》,译者为方于、李丹),便说:这个译本太差,回头我找个好的英译本给你!看得出来,尽管他并不知道这些年轻人的真实身份,但对于他们的好学还是很有好感的。

刘文典的到来,让张孟希对于吴显钺的办事能力极为信任,主动任命他为磨黑中学校长,并尽可能支持他去做他想做的事情。有时候,看到张孟希在学校事务的决策上有些迟疑,刘文典也会在边上帮一两句腔,一般都有收效。在刘文典并不完全知情的"庇护"下,共产党员们秘密在学生中间组织社会科学研究小组,组织大家学习一些革命理论的基础读物,培养了不少新生力量。

更重要的是,由于得到张孟希的信任,吴显钺便尝试着开始"革命"对方,经常给他一些《大众哲学》之类的书看。他家里挂的对联,过去是"仁义处世,不忧不惑不惧;兴邦立本,立德立言立功",现在则变成了"哲学做人,科学办事",很有点进步人士的味道。后来,张孟希还曾出人、出枪支持革命武装,只可惜中途动摇叛变,杀害共产党人,新中国成立后被镇压。

不管怎么说,在当时那种特殊的情况下,能够得到张孟希的支持,这对于掩护革命力量、开展统一战线起到了至关重要的作用,正如萧荻所说,"磨黑中学是'皖南事变'后联大(也有云大)同学所办学校中时间最长,培养革命骨干最多的学校之一"。仅从这一点来说,刘文典的一道前往与默默支持,都是功不可没的。

不过,这些共产党员万万没有想到,刘文典的磨黑之行,让他永远地失去了在清华大学的教席。而坚决要求辞退刘文典的闻一多,后来也曾接到张孟希的邀请,希望他能去磨黑小住。但中共云南省工委商议后认为,"闻先生不能去",就让他写了封信婉言推辞。

这可能也是历史有意导演的一幕"恶作剧"吧!据萧荻说,刘文典虽然因为接受邀请去磨黑丢了教职,但对于他们这些年轻人并无埋怨。1956年,刘文典在昆明的公共汽车上与他相遇,还盛情邀请他去家中小坐。他们当然都有意避开了刘文典被辞退的往事,也未谈起磨黑之行的实情。

直到去世,刘文典都不知道自己曾经为掩护共产党员做过如此重要的贡献。

吴宓教授"打抱不平"

对于被闻一多辞退一事,刘文典一开始满腹怨气。据闻一多研究生、北京大学中文系著名教授王瑶回忆:刘文典回到昆明后,对解聘他的事很不服气。他曾到司家营清华文科研究所找闻先生论理。当时两人都很冲动,闻一多正和家人一起吃饭,他们就在饭桌上吵了起来。朱自清先生也住在文科研究所,看到这种情况就极力劝解。刘文典终归未能重返清华。①

但奇怪的是,此后刘文典再未更多谈及,唯一的一次,是在1949年初给云南大学马曜《茈湖精舍诗初集》作序时,一笔带过:"余以落拓不偶,滥竽云南大学,日为诸生讲唐诗。"至于是怎样的"落拓不偶",就没有细说了。

非常有意思的是,对于这件事,反应最激烈的不是刘文典本人,而是他的好友、清华外文系教授吴宓。

吴宓,原名玉衡,号雨僧,陕西泾阳人,1894年8月出生。8岁开始识字,10岁就读于私立学校,17岁考取北京外交部游美学务处(清华大学前身),24岁留学美国。1925年,32岁的吴宓被清华学校校长曹云祥聘定为国学研究院主任,翌年转入西洋文学系当教授。

世人熟悉"吴宓"这个名字,恐怕大都缘于他在追求女性上的惊世骇俗。他一直喜欢好友朱君毅的表妹毛彦文,甚至与原配陈心一离婚,准备与毛彦文结婚。吴宓穷追不舍,写诗无数,终未能赢得芳心。几年后,毛彦文嫁给比自己年龄大很多的原北洋政府国务总理熊希龄。吴宓伤心欲绝,难以割舍。据说在清华的课堂上,他经常大声吟诵自己的诗句:"吴宓苦爱毛彦文,

---

① 闻黎明:《关于刘文典的记忆》,载《西南联大北京校友会简讯》,第35期,2004年4月,第11页。

九州四海共惊闻。"

刘文典进入清华担任教职后,两人因工作关系偶有往来。1932年4月,《清华学报》调整编委名单,两人的名字第一次同时出现。此应为两人往来的开始。据《吴宓诗集》记载,1934年前后,清华同人在古月堂西餐社座中会食闲谈,"以《石头记》中人物方今之人",刘文典称吴宓"应比槛外人妙玉",并口诵"气质美如兰,才华馥比仙"相赠。吴宓暗喜,此后遂自比妙玉,诗有"隔世秾欢槛外身"之句。

不过,两人的密切交往,还是在清华大学南迁到云南之后。大概从1940年5月起,刘文典在《吴宓日记》里出现的频率逐渐多了起来。如前文所述,刘文典曾到文林街上的文林教堂举行多次讲座,讲演《日本侵略中国之思想的背景》《红楼梦》《庄子哲学》等主题,几乎每次吴宓都陪伴在侧,虚心倾听。两个人脾性相类,投契合拍,经常聚在一起讨论学问,纵横古今,煞是快意。

1941年夏避居官渡之后,刘文典苦于无书可读,而行箧中唯有《大唐西域记》与《大慈恩寺三藏法师传》三卷,乃取两书比勘读之,"夜苦蚊扰,以菜子油灯置帐中,偃卧把卷,以为一适"。夜读之余,"乃置笔砚枕畔,意有所触,则伏枕书之,初颇以为苦,久亦习而安之",终于著成《大唐西域记简端记》,并将初稿送请吴宓审读。

吴宓感动于刘文典的刻苦治学精神,花了近一个月的时间,对此稿逐条批阅,并用楷书细字一一笺注梵文、法文地名,另用纸条贴于书稿前页。刘文典后来特意在书稿的前面写了一段文字,表达对吴宓的谢意:

> 凡用写体书者皆依法国人Grousset氏《远东史》所用法文名词也。雨僧先生律身治学,忠信笃敬,今之古人也。假余此书匝月,承以楷书细字一一笺注梵文、法文地名,良友厚意,可钦可念,每一翻阅,肃然起敬。其朱墨笔草书涂鸦、满纸芜乱无纪者,则余随手批注也。两相比较,惭悚竭极。
>
> 民国三十一年九月二十五日文典记于小长安之学稼轩

千金易得,知己难逢。1940年6月17日,西北大学来函邀请吴宓前去

第五章 联大岁月

担任文学院院长兼外文系主任,吴宓"怦然心动"。第二天,他到刘文典寓所,"还书,又借书,久谈,极佩,决留昆明读书矣"。换句话说,与刘文典的这一番深谈,言语投机,并让吴宓改变了之前的动摇念头。

在此之后,他与刘文典的来往日益频繁。在1941年之前的《吴宓日记》中,刘文典出现的次数尚屈指可数;到了1941年至1942年的日记里,见面次数渐增;等到了1943年至1945年,两人几乎每隔几天就见一次面,谈学问,聊国事,甚至一度想联手发起成立云南国学研究院,并为谁来担任院长互相恭让。此事后因吴宓离滇远游而作罢。

1943年7月15日,吴宓从同事浦江清那里听说了清华下半年正式解聘刘文典的决定,大感愤懑。随后几天里,吴宓一直在帮尚在磨黑的刘文典想办法周旋此事。7月21日,查良铮建议吴宓写信给已去广西大学任教的陈寅恪,希望陈寅恪能出面函请梅贻琦挽留刘文典。7月23日,再函陈寅恪,"确述典解聘详情,及铮意求寅恪函梅公挽回云云"。只可惜,吴宓的这些努力没有改变闻一多和梅贻琦的主意。

一年后,吴宓在日记里对于闻一多的这一决策仍有不满。1944年7月10日,国民政府教育部高教司司长吴俊升邀集西南联大、云南大学、中法大学文法学院主任讨论《部颁课目表》修改问题,其间闻一多发言,"痛斥各大学之国学教法,为风花雪月、作诗作赋等恶劣不堪之情形,独联大翘然特异,已由革新合时代云云"。说完这些,闻一多又说了一番题外话,将矛头指向刘文典,"谓幸得将恶劣之某教授(典)排挤出校,而专收烂货、藏垢纳污之云大则反视为奇珍而聘请之",而"云大在座者姜寅清无言,徐嘉瑞圆转其词以答,未敢对闻一多辩争"。这一天晚上,因不满闻一多的"暴厉之言行",吴宓心中深为痛愤,以酒浇愁,痛饮多杯,"又因积劳空腹(未进饭),遂致大醉,为三年来所未有"。第二天,吴宓到刘文典偶尔借住的孙乐斋家中,"为述昨会中闻一多等恶论,共嗟息久之","乐又述徐为光(昭五)之生平,及责骂闻一多等事",两人相见恨晚。

吴宓始终不肯"谅解"闻一多。1946年7月21日,西南联大校友在四川

301

成都祠堂街举行追悼会,纪念几天前在昆明遇刺身亡的闻一多,并准备邀请朱自清、吴宓到会报告闻一多的生平。吴宓看到报纸上的预告新闻后,"乃走避之",躲得远远的。8月4日,清华校友40余人合宴,并召开同学会,由朱自清倡议,为闻一多家属募捐。

这一次,当场募得17万元,但据《朱自清日记》记载,"雨僧未捐助"。

第六章
栖身云大

1940年暑假之后,陈寅恪开始了颠沛流离的生活。本来有机会赴英国牛津大学任教,因夫人唐筼卧病,先是就任香港大学客座教授,后因战事又流落到桂林广西大学。

1943年7月,陈寅恪从吴宓的来信中获知了西南联大解聘刘文典的消息。左右思虑,陈寅恪决定写信给云南大学校长熊庆来、文法学院院长姜亮夫,向他们推荐刘文典。熊、姜二人都出身清华,对刘文典颇为了解,欣然同意聘之为云大文史系教授。

第一节　龙氏讲座

比校长享受的待遇还高

云南大学前身为东陆大学,由云南第一批留学学生倡议创办,得到云南督军唐继尧的支持,于1922年12月8日宣告成立。1930年改组为省立东陆大学,1934年改名为省立云南大学。1937年4月,云大发生学生驱逐校长何瑶运动。万般无奈之下,云南省政府主席龙云想到了熊庆来——云南人的骄傲。

熊庆来,号迪之,云南弥勒人,留学法国,研究数理,先后得法国孟伯里大学硕士学位，巴黎大学博士学位。返国后，历任东南大学、西北大学、清华大学教授。1931年曾代表中国数学会出席在瑞士举行的世界数学会议。到云南大学前，任清华大学数理系主任已达10年。熊庆来长期致力于数理研究，任中国数学会理事，并主编中国数学会会报，著有《高等算学分析》等学术书籍，是一位国际知名的数理学者。

1937年6月26日，熊庆来带着家乡人民的厚望，离开已经服务了十多年的清华大学，重返云南昆明。一路上，熊庆来几乎没有停歇，要么是趁路过南京、上海等地时顺便延请名师，要么是与中英庚款董事会接触商议合作，要么是盘算着接手云大后的新作为："国内各大学，科目纷繁，人才不敷分配，于是品流复杂，粗制滥造，殊非国家设学育才之意。个人意见，各大学及专门学校，宜就其学校历史及环境需要，将学科集中，设置讲座提高地位，聘请专家教授，负责领导，以期造就专门人才。"①熊庆来踌躇满志而来，笃定云大的未来完全依赖于三个方面的努力：一是学问湛深的教授；二是完善先进的设备；三是强化学术贡献，增加学校精神。

在这种办学思想的引导下，熊庆来进校后十分重视延聘全国各地的名师。1938年后，云南成为全国抗战的大后方，荟萃了众多知名学者，这为熊庆来延聘学术名家提供了便捷。顾颉刚、郑天挺、白寿彝、唐兰、罗庸、吴文藻、费孝通等先后应聘到校任教。据不完全统计，抗日战争时期，仅从西南联大聘请到云大任教的知名学者，就有50人以上。

正因为此，当熊庆来接到陈寅恪推荐刘文典的来信后，立即回函表示同意，且承诺所开薪金不低于西南联大。为表示诚意，熊庆来又亲自给刘文典写了一封言辞恳切的邀请信：

叔雅先生史席：

久违道范，仰止良殷。弟忝长云大以来，时思于此养成浓厚之

---

① 《云南大学志》编审委员会编：《云南大学志·大事记》，昆明：云南大学出版社，1993年，第44~45页。

第六章　栖身云大

学术空气,以求促进西南文化。乃努力经年,尚少效果,每以为憾。尝思欲于学术之讲求,开一新风气,必赖大师。有大师而未能久,则影响亦必不深。贤者怀抱绝学,倘能在此初立基础之学府,作一较长时间之讲授,则必于西南文化上成光灿之一页。用敢恳切借重,敦聘台端任本校文史系龙氏讲座教授,月支致薪俸六百元,研究补助费三百六十元,又讲座津贴一千元,教部米贴及生活补助费照加。素识贤者以荷负国家文化教育为职志,务祈俯鉴诚意,惠然应允,幸甚,幸甚。附上聘书一份,至希察存。何日命驾来昆,并请赐示,以便欢迓。

耑此布达,敬请

道祺　　附上聘书一份

弟:熊庆来

八月廿一日①

"龙氏讲座"是熊庆来到任后积极推动设立的,一方面是纪念省政府主席龙云为云南教育所作出的突出贡献,另一方面则是借此提倡学术。这一想法得到龙云的大力支持。1942年,由兴文、劝业两银行拨款20万,该讲座得以正式设立,其待遇比较有吸引力,"海内大师及专家来滇讲学者接踵而至"。

1943年11月10日,刘文典由磨黑返回昆明,正式成为云南大学文史系教授,一开始开设的课程为"庄子"及"校勘实习"。云大聘书上的到校日期填写的是1943年8月,但实际上刘文典是1943年11月19日才正式到校的,"订下周起上课"。

进入云大以后,刘文典被熊庆来奉为"至宝"。这从他的薪金上就可以看出来:根据《国立云大三十三年度聘任教授名册》记载,1944年刘文典每月薪金600元,另有学术补助310元,并配讲座费1000元。而当时身为校长的

---

① 刘兴育:《熊庆来高薪礼聘刘文典》,载《云南政协报》,2008年7月9日。

熊庆来每月薪金也不过640元,且未见有任何其他收入。换句话说,刘文典在云大所享受到的待遇,比校长还高。

除此之外,熊庆来后来还专门派人为刘文典在晚翠园盖了三间房子、一间厨房、一间保姆室。"晚翠"二字取自千字文"枇杷晚翠",因园内栽种了多棵枇杷树而得名。刘文典的得意门生陶光在晚翠园里还搞了个曲社,约期集会唱曲,倒也颇为热闹。

考虑到刘文典在古典文学研究方面的突出成就,1946年10月2日,云南大学总务处又发出通知,加聘刘文典为文史研究室主任导师。刘到任后,聘钱穆为导师,聘罗庸为特约导师。在此前后,刘文典与云大各院院长、系主任、图书馆负责人一道当选为云大图书委员会委员,在校务会议的领导下直接决定学校图书资料的管理与使用。

尽管离开清华是一种说不出的失落,但云大提供的荣耀却足以暂时抹平刘文典内心的不愉快。作为一名大学教授,能够继续传道授业解惑,自然称得上人生一大快事!此时的刘文典似乎铆足了劲,将所有的精力都投入教学工作中,拼命开课,广泛涉猎,很快便在云大确立了新的学术地位。

查阅云大1949年前的开课记录可以发现,在整个国立云南大学期间,刘文典是开课最多的教授之一,分别有"《文选》学""校勘学""先秦诸子研究""《大唐西域记》研究""《庄子》研究""《淮南子》研究""《文心雕龙》研究""《史通》研究""《文赋》研究""历代韵文""杜诗研究""读书指导""温李诗"等十几门,堪称"教授界的徽骆驼"。

刘文典所开的课程,几乎都是自己多年苦心研究的结果,讲法依然是别具一格的"刘氏风格"。无论讲什么课程,他从来不备课,他的理论是:"名教授备课是很可耻的事,教授之所以成为名教授,就在于不备课也能讲。"走进课堂,往学生们事先准备好的藤椅上一坐,先喝一口浓茶,接着点燃一根香烟,然后就天马行空地讲开了。

一般来说,刘文典上课,香烟不断,讲课不断。讲课过程中若是发现他突然没声音了,那一定是香烟抽完了。这时候,他一定会喊一位平时比较熟悉的学生过来,从黑得发亮的破长袍口袋里慢慢吞吞掏出几张纸币,然后郑重交代:"快去替我买包精装'重九'来!"时间长了,学生不等他说,一看到他讲着讲着没什么劲头了,连忙将早已准备好的"重九"香烟递上去。很快,课堂里又飘扬起刘文典虽然微弱但却激情的声音。

学生最怕刘文典讲课没有烟抽,因为他本来声音就很小,只有坐在前几排才能听清楚。一旦他的烟抽光了,那声音就更小了,如同蚊子哼哼。有一次,一个学生忍不住说了一句:"刘先生,你的声音能不能大点?"刘文典当即停了下来,问班干部:"你们今天来了多少人?"学生回答说:"30多人。"刘文典拔腿就走,抛下一句话:"我上课从来不能超过25人,今天不讲了,下课!"

图6-1 云大时期刘文典在给学生上课(刘平章先生供图)

狂依然是那么狂,怪依然是那么怪。但刘文典在云大的名声仍是如日中天,学生们都以能亲耳聆听他的讲课为荣。比如,1948年上学期,刘文典在云大开设了一门"版本校勘学"的课程。第一天上课的时候,当他走进教室里,里面的学生"唰"地全部站起来,向他表示敬意。

刘文典却并不以为然,从容地放下皮包,从里面掏出一本讲义和一部线装书,开口就问:"你们知道什么是版本校勘学吗?"没等学生回答,他又自言自语道:"几句话也说不清楚,以后再慢慢跟你们讲吧。"这一次,整整两堂课,他只给学生讲了一个内容:怎样翻书。

刘文典讲课,虽然方式怪异,但所讲的内容却让学生大开眼界。云大毕业生吴棠1948年曾选修过刘文典的"荀子研究"课程,他后来写过一篇《刘文典先生授课记》,比较真实地记录了国立云南大学时期刘文典讲课的风采:

> 刘先生讲课的声音很小,那时还没有扩音设备,坐在前几排才能听清楚。他躺在太师椅里,讲几句,抽几口烟,又呷一口茶。板书时也不起立,转过椅子侧身伸手写在黑板上。讲课的内容,初听时好像"扯"得很远。第一篇《劝学》,并不像我们读中学时,老师逐章、逐句地解释。而是举出其中一句、一字,旁征博引,随意发挥,远到《尚书》《春秋》《左传》,近到章实斋的《文史通义》、清儒经学,实际上包括了先秦诸子及古书辨伪、考据、训诂、注疏等治学方法在内。例如有次说到孔子作《春秋》尚有一番大义,一个"义"字就讲了一节课。我们喜欢听他讲课中涉及的"西洋"知识,讲他当年在英国伦敦"大英博物馆"里,见到哪些敦煌经卷,皇家图书馆里又有哪些中国古籍中的珍本、孤本等等,感到很新鲜。他的国学堪称大"儒"自不用说,还精通英语和拉丁文。讲一个"字",他有时就把这个字的英文、拉丁文词义,同时写在黑板上,流利地用外语读出来。按照刘先生的这种讲法,一个学期只讲了一篇《劝学》,《荀子》其他各篇,就叫我们自己去"学"了。

这段文字里虽然有些细节与实际不符,如刘文典并未去过英国,但却给人勾勒出一个鲜活的"名士"形象。"是真名士自风流",说的恐怕就是刘文典这样的人吧!

"反内战"风云

1945年7月7日,应云大学生邀请,刘文典在泽清堂讲演"卢沟桥事

第六章 栖身云大

变"。此时,正值抗战8周年。这篇讲演后来以《谈卢沟桥》为题,刊于1947年7月7日的《中央日报》昆明版上。

据当年现场聆听过讲演的云大校工张传回忆,他去的时候,泽清堂里已经挤满了人,只好站在窗子外面听。那天晚上,刘文典身着灰色长衫,戴着一副黑框眼镜,坐在讲台上侃侃而谈,从卢沟桥的历史讲起,再谈到七七事变,并坚信抗战一定会取得胜利。

十几天后,7月26日,中、美、英三国发表了敦促日本无条件投降的《波茨坦公告》;8月15日,日本天皇宣布无条件投降;9月2日,日本政府向盟国投降签字仪式在东京举行,中国战区代表徐永昌参加。国民政府将9月3日定为"抗战胜利纪念日"。

伴随胜利而来的,却不是喜悦,而是内战的危险,正如刘文典后来在一篇题为《几句陈腐的老生常谈》的文章里所担忧的:"自从日寇投降以后,国家的政治、经济以及社会上的一切情形,不但不见光明进步,反而愈趋于纷乱,人民的痛苦反而更见加增,瞻念国家民族的前途,真令人不寒而栗。说起来也奇怪,就是以我这样一个最抱乐观的人,在抗战胜利以后反而抱起悲观来了。要问什么事最令我悲观呢,就是'是非不明',没有了公是公非。"

对于一触即发的内战,刘文典对那种急着抱洋人大腿想分块羊肉却不顾公是公非的行径表示了极大的愤慨:"所幸公理自在人心,绝不因为有人不讲他而归于消灭。谁对国家有功,谁对国家有罪,大多数的国民都眼里雪亮。任你巧舌如簧、说白道黑,任你会用洋话对洋人说,事实总还是事实,委曲求全的必定得国民的同情赞助,不顾大局的终久必然为国民所唾弃。大多数国民的心理就是最大的力量,刀枪的力量、造谣说谎的效用都止是暂时的。"他认为,中国人的事情,应该由中国人"自己商量讨论",共谋解决,而不需要"求外人来调停"。

在昆明,为除掉内战后顾之忧,蒋介石借口"统一军令政令",将龙云调到重庆任"军事参议院院长",改令远在越南受降的卢汉出任云南省政府主席,并安排亲信李宗黄任民政厅厅长并代省主席,成立以关麟征为总司令的云南警备司令部，直接控制云南的党、政、军体系。

1945年11月5日，中共中央号召"全国人民动员起来，用一切方法制止内战"。一触即发的内战，引发了西南联大、云大、中法、省立英语专科学校等四校师生的高度关注。四校自治会决定于11月25日晚借云大至公堂举行时事座谈会，后因政府当局阻挠，改到西南联大图书馆前广场举行。当晚到会6000多人，分别由钱端升、伍启元、费孝通、潘大逵等教授讲演，均反对内战，认为应从速召开政治协商会议，成立联合政府，"潘先生讲毕，主席团为顾虑同学安全，就提前散会，不料几千人的行列刚出联大校门即遭枪声阻止，并且各进城路口都架有机关枪，阻止通行。各校同学不得已又折回联大，在校内枯坐至十时许，才探得通云大后门的小路，陆续进城"。① 第二天，昆明18所学校的学生宣布罢课，要求追究开枪者的责任，向联大道歉。

青春的热血，抵挡不住罪恶的魔手。12月1日凌晨起，一伙暴徒携带棍棒、铁条、刺刀、手榴弹等分头冲进罢课的学校，逢人就打，并甩手榴弹炸死南菁中学教师于再、西南联大师院学生潘琰和李鲁连、昆华工校学生张华昌等四人，殴辱联大教授马大猷、袁复礼等。这就是震惊中外的"一二•一"惨案。

"一二•一"惨案发生后，刘文典一直密切关注着事件的动态，尤其关注学生的安危。他内心非常同情胸怀家国的年轻人，但并不赞成学生动辄罢课，主张通过谈判解决冲突，而不能采取激烈行动。据云大校工张传回忆，以熊庆来名义发表的两份《劝学生复课书》，皆出自刘文典之手：

> 1945年12月1日，昆明发生震惊中外的"一二•一"惨案，国立西南联合大学、云南大学等高校学生罢课，抗议国民党当局的暴行。云大校长熊庆来迫于上面的压力，不得不请刘文典帮他写了《劝学生复课书》《再劝学生复课书》两篇文章。我觉得熊校长请他写这样的文章，他是很为难的，但为了报答熊校长的知遇之恩，他

---

① 黎明：《昆明血案汇录•"一二•一"惨案的真相》，载《周报》，1945年第15期。

也不得不勉为其难了。这两篇文章用熊庆来的名义,由云大印刷散发,我仅仅记得文章开头的一两句。第一篇的开头是:"慨自抗战军兴以来,生灵涂炭,庐舍为墟……"第二篇的开头是:"弦歌中辍,已逾半月……"两篇文章都比较长,中心意思是学生任何时候都要以读书为重,不能长期罢课,问题还是要谈判解决。文书组的一些先生看后都说,这肯定是出自刘文典的手笔。到了1952年云大思想改造运动时,刘先生说过,《劝学生复课书》是他为熊庆来作的。①

1945年12月1日《中央日报》昆明版《云大六十七教授,劝告学生复课,各校家长亦要求复课》及1945年12月18日《中央日报》昆明版《云大教授八十人,再劝学生复课,忠恳良言希再考虑听纳》刊登了这两篇文章。《劝学生复课书》写道:

> 慨自抗战军兴以来,百姓死亡,暴骨如莽,万民涂炭,庐舍为墟。吾国民之创痛,亦至深且久矣。今敌寇虽降,创痍未复,余波腾沸,后患方深,诸君不忍见孑遗黎民,再罹锋镝,仅存□脉,重遭刳断,本匹夫有责之心,为披发掠寇之救,虽东汉太学生之伏阙,南宋太生之举幡,何以尚扬。虽然诸君之心则是也,诸君之计则左矣。共和之国,事异于专制;党派之争,势同于内闱。诸君领袖群伦,深明至理,动定行止,为民具□,果憬然悟兵争之不可重见,内乱之不可再起,当进言执政,勿操同室之戈,尤当呼吁各方,暂勒悬崖之马。若不作曲突徙薪之计,但急焦火烂额之功,则扬汤止沸,反裹负薪,不足弭乱息争,适将与戎速祸。且罢课之争,事同废学,有损于己,无益于国,诸君肄业上庠,极天下之选,固将进德修业,铸成真才,体国经野之方,开物战物之道……

---

① 张传:《我所认识的刘文典先生》,载《云南文史》,2009年第2期。

《再劝学生复课书》写道：

> 弦歌中辍，已逾半月，忆及惨案，痛犹未已。然蒋主席恳切训示，明示公平处理，初步处分，且已实行，复电由滇省府卢主席负调处责任，冀有适当解决。凡此措施，足慰与情。卢主席对学生代表谈话及发表告全体学生书，态度公正，词意剀切，实所敬服。关于死难者之善后问题，滇中民众团体，曾联合作极大同情之表示，以求有妥善之办法。今各方所迫望者，为诸君早日复课，俾个人及国家不致过受牺牲。同仁等忝在师位，亦觉政府及社会既有如此表示，诸君宜即遵照学校规定，如期上课，尚应有之合理争执，以后同仁等亦竭尽力促成解决，倘坚持一方面之意见，而丧失多方面之同情，窃为诸君不取，又倘政府果取最后处置办法，则学校已有之基础，必将动摇，诸君理想之前途，必遭阻碍，其为损失，岂堪设想。忠恳之言，幸诸君作最后之考虑而听纳焉……

可是，由于政府当局敷衍塞责，只愿做表面文章，不愿对肇事凶手严加惩处，各校学生情绪难平，复课情形并不理想。鉴于规劝学生复课无效，云大校长熊庆来于当日致电教育部，"自愧领导无力，只有引退，以避贤路"。见此情形，刘文典、丘勤宝等教职员90余人迅速致电教育部部长朱钧："昆明学生罢课，同仁等对本校学生，迭经劝导，迄未听从，顷悉熊校长为此事，向钧部长呈请辞职，同仁等爱校心切，限令本校学生，于三日内复课，尚仍无效，则同仁等惟有与校长共进退，至惩戒祸首，务恳政府迅予办理，平公愤，迫切电陈，不胜翘企待命之至。国立云南大学教授、讲师丘勤宝、刘文典、张福延等九十人同叩筱。"在各方慰留下，熊庆来辞职未获批准。

12月24日，西南联大常委梅贻琦、云大校长熊庆来举行各报记者招待会，报告"一二·一"惨案真相，严正指出此事系地方党、政、军当局"处置失当""实一大错误"，"教育实为要途，切盼此事件早日结束，学生安心上课"。谈话经当地报刊发表后，得到罢课学生的部分赞同。12月26日，经过各方斡旋，并经云南省政府主席承诺将李宗黄等人调离云南，"罢联会"宣布停灵复课,各校学生陆续返回课堂。

一场"反内战,争民主,争自由"的斗争,以学生的胜利而告结束。

为蒋介石写寿序

轰轰烈烈的运动,终究要归于平静。

对于刘文典来说,教授的责任仍是教书育人,提倡教育。而在抗战胜利之后,伴随着西南联大宣告结束,清华、北大、南开等名校北返,云南高等教育仅剩云南大学、昆明师范学院、省立英语专科学校。在此情势下,周钟岳、秦光玉、由云龙、阮肇昌、于乃仁、于乃义等一批有识之士,深感"非提倡学术,不足以建国;非致力研究,即无以建学",于是倡议发起创设私立五华学院,这也是云南历史上第一所民办大学。

刘文典是私立五华学院的签名发起人之一。1946年6月7日,五华学院召开第一次发起人会议,确定办学宗旨为"发展西南文化,推进科学研究",并明确"本院系学术研究机构,不涉及政治党派问题,院内亦不得有任何党派活动,以免妨碍研究工作"。本此宗旨,除拟筹组五华学院文科研究所、植物研究所外,又以人民文化团体方式组织文史研究会,聘请罗庸、刘文典、朱自清、徐嘉瑞等人指导业余研究人员作专题研究,并定期或不定期开设讲习会。

根据云南省档案馆资料记载,刘文典在五华学院文史研究会先后开设了"庄子哲学引论""校勘学发凡""《文选》学"等讲习会,"均属创解,对于学人启发尤深"。1947年10月1日,五华学院敦聘刘文典为人文科学研究班教授,开设"庄子"课程,每周3学时。1948年3月,又聘请刘文典担任中国文学系主任导师,并担任"荀子""《汉书》研究""校勘实习"等课程,直到1951年学院正式结束办学历程。

凭借渊深的学识和张扬的个性,刘文典在云南赫赫有名,不仅在学校里深受尊重,而且在社会各界均有较高的声望,被尊为"文学泰斗",经常受邀主办各种讲座。如1946年6月,应云南省民政厅邀请,先后主办"知识与学问""墨子述要"等主题演讲,并为县长考试及格人员讲习班开讲"历代循吏史实",以《汉书·循吏传》为例,阐释奉公守法、勤政爱民的道理;1948年11月14日,云南省教育会召开文史座谈会,"特邀云大文史系主任刘文典先生讲《红楼梦》,闻已函请各公私立中等学校教员外,并有各界仕女参加,刘先生曾几讲是书时,皆座无虚席,届时必有一番盛况";1948年12月28日,云南省教育会、云南省基督教青年会联合"请云南大学文史系教授、文学宿儒刘叔雅先生演讲,以"庄子哲学"为题,刘先生系研究《庄子》权威,所著《庄子补正》风行一时,因刘先生演讲,听众甚多,是晚特安设扩大器,俾讲词听众咸能听闻"。

刘文典在云南学术界的影响力与日俱增,难免与政界、军界人士逐渐有了一些接触。经历过军阀战乱、抗日战争的洗礼,他对于国民党特别是国民党军队将士有了一些新的认识,不再像以前那样反感了。在1943年至1945年的《吴宓日记》中,也经常可以看到刘文典与军政人物交往的记录,如1944年5月16日,"至福照街70杯湖精舍本宅,赴李鸿祥(翼庭,云南玉溪。年六十六,民元—民三任云南民政长,封懋威将军。云大学生李光溪之伯父)招宴。家馔,甚丰美。客为王灿(惕生)。及典、炜等。"典即刘文典,炜即胡小石,曾任云大文法学院院长,光炜是他的字。1947年春夏之交,刘文典还接受李鸿祥邀请,赴云南玉溪游览考察,后来以骈体写下《重修玉溪大桥记》《李仪廷将军七十寿序》等骈文,讴赞风土人情,记录历史风云。

在近年发现的刘文典诗稿中,亦有赠宋希濂将军、甘丽初将军等人的诗。宋希濂,湖南人,历经重要战役数十次,有"鹰犬将军"之称。1941年11月,升任第十一集团军总司令,兼昆明防守司令,与刘文典往来密切。刘文典在《上将(即席赋赠宋希濂将军)》一诗中,对于这位骁勇善战的军人颇怀敬意:"上将专征拥节旄,动铭鼎铉姓名高。九边猛毅宵鸣镝,六郡良家夜带刀。金马云屯开间气,石鳖月冷涌惊涛。西陲又报传烽急,谁念三军转战劳。"甘丽初,广西人,黄埔陆军军官学校第一期毕业生,曾参加北伐战争、中原大战、台儿庄战役等重大战事,屡立奇功,1942年春率部入缅甸与日军作战,因而得与刘文典相识。刘文典《赠甘丽初将军》,虽为应酬之作,但亦表

第六章 栖身云大

达出内心对于抗日军人的情怀:"专征杖铖赋同仇,铜柱勋名指顾收。上将旌旗辉丽日,严城鼓角动清秋。三边猛锐争超距,四海贤豪共唱酬。王粲春来游兴减,偶随幕府一登楼。"云南省政府卢汉主席、前九江警备司令陈鸣夏将军、云南军管区副司令马骢等,均与刘文典有着较深的交情。马骢后来还成为刘文典的儿女亲家,即刘平章的岳父。

有一次,刘文典从昆阳回到昆明,身上带了一些云土(鸦片),结果被国民党宪兵十三团查获没收了。随行的人战战兢兢,刘文典却不以为意地跟那些查获他鸦片的宪兵说:"你们要没收我的鸦片,可以,但请在三天内给我送回到云南大学来。"果然,第二天,云土一两不少地被送了回来。原来,刘文典抽大烟是经过云南省政府特许的,原因只有一个:他是"国宝"!

对于刘文典,即便是当时的云南省政府主席卢汉亦尊重有加,不敢怠慢。1946年10月,恰逢蒋介石60大寿,各地方政府积极筹划祝寿活动,以示庆贺。卢汉想来想去,想到了刘文典,久闻他的骈文华丽优美,堪与古人媲美。倘若能请刘文典写篇骈体祝寿文,那肯定是再好不过的礼物了。

但是,卢汉知道刘文典早年与蒋介石曾在安徽有过冲突,是否愿意写这个祝寿文,还不好说。幸好,省政府秘书李广平与刘文典是同乡,学名李家璟,为前清北洋重臣李鸿章直系曾孙。两人素有交情。据说刘文典刚到昆明时经济困窘,有一次没米下锅,遂手书一纸"刷锅以待"送到李广平处,李广平立马派人上门接济。于是,卢汉便托李广平与省政府秘书长朱丽东一道,拎着厚礼,登门拜访刘文典,说明来意。

原本以为刘文典会一口拒绝,没想到他竟答应了。过了几天,他果然捧出一篇洋洋洒洒、纵横恣放的祝寿文。卢汉看了大为欢喜,立即请云南最有名的书法家陈荣昌书写出来,专门派云南省国大代表张维翰飞赴南京,"大理石屏、斑铜鼎、古铜瓶各一座,青银餐具及牙筷全副,并有刘文典教(授)所撰寿颂一帧"。[①]

---

① 《张维翰飞京》,载《申报》,1946年10月24日,第1版。

315

由于当时并未留存底稿,如今已不太清楚刘文典在给蒋介石的祝寿文中,究竟写了什么样的溢美之词,只是有传言说,"蒋介石看了以后很高兴,将其挂在显要位置"。

与此同时,在卢汉的倡议下,云南各界决定在云南大学创设中正图书馆,并邀请刘文典撰写缘起。此文亦为骈体,以华丽的文字、丰赡的用典,道出设立此图书馆的意义。

在1953年的思想改造运动中,刘文典曾撰文自我检讨道:"(1943)年底,回昆明到云大任龙氏讲座,还是不能维持生活,于是就开始卖文章,不管什么如寿序,以致蒋匪的贺表都做,并代伪《中央日报》做过几篇文章,天天与军阀官僚土豪来往。我既然是一味的追求腐化享乐的生活,既然是靠拢反对派,要分润一点人民的血汗,才能得到满足,所以卢汉叫我替他做蒋匪的六十寿序,我认为这是一笔最好的生意,我进一步要把寿序改为贺表的格式,贺表上把蒋匪说成是圣人,这样我和卢汉拉拢的更紧。熊庆来提议叫卢汉捐廿万大头,在云大建筑'中正图书馆',为蒋匪的六十大庆的永久纪念,叫我做一篇缘起,我也很高兴的做了,还自以为这是对云大的'功劳',完全不觉得这两件事的危害性。当时就有人骂我这两篇'美蒋文',我还很得意说扬子云的'剧秦美新'是最好的文章,自鸣得意。"

因为这篇祝寿文,卢汉愈加钦佩刘文典的才气。1949年8月,昆明解放前夕,云南省政府人事室聘请政府顾问、政府参议,刘文典就名列其中。聘书是由省政府主席卢汉确认并加盖印鉴的。

两次"落选"最高荣誉

南下昆明之后,刘文典在学术界的影响力有所提升,尤其在《庄子》研究领域是公认的大师级人物。即便如此,他却遭遇了两次学术评价的"滑铁卢"。

1941年6月,国民政府行政院正式批准教育部实施部聘教授制度。部聘教授是中国近代教育史上规格最高的教授群体,被誉为"教授中的教授"。

第六章　栖身云大

1942年6月,西南联大奉教育部令,呈报服务年限满10年教授的名单,作为第二批部聘教授人选。刘文典是其中之一。

为郑重其事,有章可循,教育部责成由吴俊升、傅斯年、吴稚晖、竺可桢等30余人组成的学术审议委员会,仔细研究,制定了《教育部设置部聘教授办法》,报行政院通过,作为部聘教授的基本条例。① 根据这一办法,将符合条件的候选人,分科制成名单分发各院校转发任教授10年以上者荐举。

第二批部聘教授推选在1943年12月,刘文典当时刚因磨黑风波转到云南大学任教授。从《部聘教授荐举名单》档案看,刘文典本来排在"中国文学"第一名,秘密荐举人分别是向楚、陈子展、蒋天枢、罗常培、冯沅君、陆侃如、霍玉厚、汪国垣、魏建功、台静农、王佩芬、陈中凡等12人,但据竺可桢1943年12月16日记,"部聘教授人选,除国文刘文典以有嗜好,以次多数之胡光炜递补外,其余均由各科教授之最多者当选"。所谓"有嗜好",即抽鸦片。

令人唏嘘的是,数年之后,刘文典再度与学术界的最高荣誉擦肩而过,原因之一仍是与"有嗜好"相关。

1946年10月,国立中央研究院第二届评议会第三次年会决定设置院士。国立中央研究院是在蔡元培等人的积极推动下成立的,借鉴了法国科学院设置的模式,通过设立一系列的研究所,开展科学研究,带动中国科学事业的职业化。而后,又从全国学术精英中遴选出聘任评议员,于1935年成立评议会,使之真正成为全国最高学术机关。

"院士"这个名称则是由傅斯年最早提出,并得到评议会认可的。根据《中央研究院组织法》,院士应当在全国学术界成就卓著的学者中选出,需具备下列资格中的一个:(一)对于所专习之学术,有特殊著作、发明或贡献者;(二)对于所专习学术之机关,领导或主持在五年以上,成就卓著者。

候选人产生的过程是:先由各大学、各独立学院、各著有成绩之专门学

---

①　曹天忠:《档案中所见的部聘教授》,载《学术研究》,2007年第1期,第113页。

会或研究机关,以及评议员(须5人以上)提名,然后由评议会决定候选人。候选人名单须提前公告之,届时再举行选举。① 云南大学推选的院士候选人为数理组何衍璿、生物组秦仁昌、人文组刘文典。

1947年11月15日,国立中央研究院在报纸上发布公告:"兹将本院第二届评议会第四次大会依法选定第一次院士候选人,数理组四十九人、生物组四十六人及人文组五十五人,特公告如后"。其中,人文组的名单是:

> 吴敬恒、金岳霖、陈康、汤用彤、冯友兰、余嘉锡、胡适、唐兰、张元济、杨树达、刘文典、李剑农、柳诒徵、徐中舒、徐炳昶、陈垣、陈寅恪、陈受颐、傅斯年、蒋廷黻、顾颉刚、王力、李方桂、赵元任、罗常培、李济、梁思永、郭沫若、董作宾、梁思成、徐鸿宝、王世杰、王宠惠、吴经熊、李浩培、郭云观、燕树棠、周鲠生、张忠绂、张奚若、钱端升、萧公权、方显廷、何廉、巫宝三、马寅初、陈总、杨西孟、杨端六、刘大钧、吴景超、凌纯声、陈达、陶孟和、潘光旦。

在这个55人的"大名单"中,刘文典的名字赫然在列,备注是"治校勘考古之学"。与他一道竞争"中国文学类"4个院士名额的,还有余嘉锡、胡适、张元济、杨树达、唐兰。

遗憾的是,刘文典没能走到最后。1948年3月25日至27日,中央研究院第二届第五次年会在南京召开,经过5轮艰难投票,人文组最终只有28人当选为院士,分别如下:

> 吴敬恒、金岳霖、汤用彤、冯友兰、余嘉锡、胡适、张元济、杨树达、柳诒徵、陈垣、陈寅恪、傅斯年、顾颉刚、李方桂、赵元任、李济、梁思永、郭沫若、董作宾、梁思成、王世杰、王宠惠、周鲠生、钱端升、萧公权、马寅初、陈达、陶孟和。

从目前可见的资料看,刘文典之所以落选,且在5轮投票中一票未得,

---

① 王春南:《民国时期中央研究院院士选举》,载《历史档案》,1991年第3期。

很大程度上来自傅斯年的极力反对。1948年3月9日,远在美国的傅斯年致函朱家骅、翁文灏、胡适、萨本栋、李济:"候选人中确有应删除者,如刘文典君,刘君以前之《三余札记》差是佳作,然其贡献绝不能与余、胡、唐、张、杨并举。凡一学人,论其贡献,其最后著作最为重要。刘君校《庄子》,甚自负,不意历史语言研究所之助理研究员王叔岷君曾加检视(王君亦治此学)发现其无穷错误,校勘之学如此,实不可为训,刘君列入,青年学子,当以为异。更有甚者,刘君在昆明自称'二云居士',谓是云腿与云土。彼曾为土司之宾,土司赠以大量烟土,归来后,既吸之,又卖之,于是清华及联大将其解聘,此为当时在昆明人人所知者。斯年既写于此信上,当然对此说负法律责任,今列入候选人名单,如经选出,岂非笑话?学问如彼,行为如此,故斯年敢提议将其自名单除去。"①

如前所述,对于刘文典,早年的傅斯年是赞赏有加的。1932年9月25日、10月2日,刘文典在《独立评论》上发表《日本侵略中国的发动机》后,傅斯年曾称赞说"这是一篇值得国人永久注意的好文章"。

然而,两人的关系后来却出现了裂痕。具体原因尚不得而知,但从西南联大毕业生、哲学家王玉哲在《古史集林》里提到的一则往事颇值得注意:1938年春,西南联大文法学院历史系二年级学生王玉哲选了刘文典的"庄子研究"课程,在此期间作了一篇读书报告:《评傅斯年先生"谁是齐物论之作者"》。此文对傅斯年"《齐物论》是慎到的著作,不是庄周"的说法提出异议,颇得刘文典的赏识。

由于立论颇高、论据充分,王玉哲的这篇文章在联大教师间颇受关注。联大教师如冯友兰、闻一多等读到原稿后,极为称赞。顾颉刚以前同意傅斯年的说法,在读了王玉哲的文章后,也改变过来,并主动将文章推荐给《逸经》杂志,但考虑到文章未经傅斯年审阅同意,王玉哲决定暂不发表。后来,正主编《读书周刊》的罗常培又找到王玉哲,提出想把此文章拿去请傅斯年

---

① 欧阳哲生主编:《傅斯年全集》第七卷,长沙:湖南教育出版社,2003年,第346页。

作个答辩,与王玉哲的文章同时刊出,王玉哲同意了。可没想到的是,傅斯年看到此文后,非常生气,不但不写答辩文章,而且对王玉哲的意见很大。这篇文章也未能发表。

此事是否系傅斯年与刘文典关系恶化的真正起因,有待进一步考证,但颇为吊诡的是,1943年刘文典落选部聘教授,其时傅斯年为教育部学术审议委员会委员之一,显然有一定的发言权。而在1948年第一次院士选举中,他又与学生王叔岷对刘文典的《庄子补正》提出严苛批评与质疑,极力反对将刘文典列为院士候选人。

王叔岷,1914年出生于四川简阳县,名邦浚,字叔岷,号慕庐,以字行。1935年以第一名考进国立四川大学中文系,1941年考取北大文科研究所研究生,是傅斯年最得意的门生之一。1944年8月,作为中央研究院历史语言研究所助理研究员的王叔岷完成《庄子校释》专书及附录共6册,20余万言,其中附录部分有《评刘文典〈庄子补正〉》一文,对刘文典《淮南鸿烈集解》《庄子补正》等著作颇多指责,"批评刘氏《集解》《补正》两著皆甚粗疏,不宜作院士候选人"。

耐人寻味的是,许多年后,王叔岷悔其少作,有意将《评刘文典〈庄子补正〉》一文剔除。据王叔岷自述:"《〈庄子〉校释》附录二,有《评刘文典〈庄子补正〉》一篇,乃岷少年气盛之作,措辞严厉,对前辈实不应如此!同治一书,各有长短,其资料之多寡,工力之深浅,论断之优劣,读者自能辨之,实不应作苛刻之批评。况往往明于人而暗于己邪!一九七二年,台湾台北市台联国风社翻印拙作《庄子校释》,岷在海外,如知此事,决将《评刘文典〈庄子补正〉》一篇剔除,至今犹感歉疚也!"

可惜了半辈子心血

外在的纷扰,并不能激荡起刘文典内心的波澜。进入云南大学后,刘文典将书斋名改为"一适斋",取北齐著名文学家邢邵"日思误书,亦是一适"的典故,潜心古籍校雠。

第六章 栖身云大

1947年，刘文典突然接到了一封来自国民政府行政院赔偿委员会的公函，要求他填写抗战期间被劫物资调查表。抗战胜利以后，索赔工作就已启动，但直到1946年6月18日才由远东委员会确定归还劫物政策，规定劫物"经所有国证明确属原物时，得向盟总申请归还，申请时须由劫掠所在地之盟国代表团代办申请手续，填具表格"，表格要求填具被劫物资详细说明、所有权之证明、被劫事由等情形，准备按图索骥，协助寻查。

这封突如其来的公函，不经意间勾起了刘文典一件伤心事：

1938年南下昆明稍安定后，他立即给滞留北平的夫人张秋华写了封信，让她尽快将家里的事情处理妥当，然而带着珍贵藏书、手稿和儿子刘平章启程南下。刘平章那年刚刚4岁。

图6-2　刘文典的夫人张秋华和儿子刘平章（刘平章先生供图）

接到刘文典的来信后，张秋华火速行动，在很短的时间内就做好了各种安排。刘文典到清华大学任教以后，同时在北京大学兼职文科讲师（北大规定，兼职的教授享受讲师待遇），薪水"比上不足比下有余"，再加上他又出版了几部著作，略改过去困窘清贫的局面，家里还买了部英国奥斯汀牌小轿车，雇了一个司机。如今，连小轿车都售卖出去了，司机当然更是养不起了。除此之外，和他们生活在一起还有来自安庆的乳母一家人，现在这种时候，也没有别的安顿途径，只能给他们一些盘缠，让他们回乡下老家避难。

打点好了这些，张秋华又将家里的珍藏稍稍盘算了一下。刘文典并无收藏古董和字画的特别嗜好，但这些年穿梭古籍书铺、市场，难免偶尔购买些"玩物"，如唐寅的画、董其昌的字等。另外，平常师友往来频繁，自然收获了不少具有特别纪念价值的字画，如孙中山先生在《民立报》的题字原稿、章太炎赠送的那副对联等。云南距离北平遥遥千里，此行又充满未测的艰难，张秋华最后决定将一部分古董、字画存进北平新华银行。

最后剩下的便是刘文典在来信中左叮咛右嘱咐的近千册中西珍贵藏书以及他的手稿了。刘文典深受刘师培、章太炎等老师的熏陶，对于各种善本、珍本往往是一见钟情，花再大的代价都要买下来。做《淮南子》校勘的时候，他家里无米下锅，却找到学校借了一笔钱，跑到书店里一下子买了将近500元的参考资料。那时候，他在北大的薪水每月不过200元！二三十年代重回北平，刘文典写了一些文史掌故和游历见闻，其中数篇文章谈到他亲见的宋刊本、元人笔记、日文书籍等，其中不少就直接来自于他的私家珍藏。

这些"宝贝"是刘文典大半辈子的心血，也算得上是他的"命根子"，那是无论如何都要想办法运到云南去的！但是，一个妇人带着个孩子，还要带上整整四大板箱的书籍、手稿，千里迢迢赶路，辛苦可想而知。

张秋华咬咬牙，上路了。

按照刘文典事先设计好的路线，张秋华依然是先到香港。刘文典的学生马鉴在香港大学中文系教书，见到师母一个人带着师弟，还带着几大板箱书籍准备转道云南，于心不忍，便给张秋华出了个主意："香港现在是英国属地，日军的战火一时也烧不到香港来，不如将这些图书暂时就放在香港，等你们到了云南稍微安顿一下，再来领取这批书籍、手稿也不迟啊！"张秋华思虑再三，最终决定采纳马鉴的建议，并委托他全权安置这批书籍、手稿。

经过一两个月的辗转奔波，张秋华母子终于平安抵达云南。当时刘文

第六章　栖身云大

典已随学校由蒙自搬回昆明,住在水晶宫。

"我的那些书籍和手稿呢?"看到张秋华只带着儿子、挎着个小包袱出现在面前,刘文典脱口而问。

当听说自己的珍贵藏书和手稿被暂时安置在香港时,刘文典满脸失望,长长叹了一口气,略带责怪地说:"你就是什么都不带,也不能把我半辈子的心血留在人生地不熟的处所啊!"刘平章说,父亲一生很少对母亲发火,这次是个例外。

然而,香港并非想象中的"安全港"。对于日本来说,香港战略地位突出,北距日本横须贺、南距新加坡的航程大致相同,东有巴士、巴林塘诸海峡,前出太平洋,南可以环视南海。因此,太平洋战争刚爆发,日军就迫不及待地以重兵力进攻香港,最终于1941年12月16日顺利入城。

日军侵占香港的过程,就是一次疯狂大掠夺的过程,尤其是对珍贵图书文献的劫掠。刘文典听说后,忧心如焚,迅速给马鉴写信,询问书籍和手稿的下落。回应让他如同一跤跌进了冰窖里,马鉴万分愧疚地告诉他:"香港沦陷,藏书已被日寇劫走,下落不明。"

没想到,如今却有了眉目。1946年7月4日,刘文典喜不自胜,立即按照来电的要求,填写好了财产损失报告单:

损失年月日	事件	地点	损失项目	购置年月	数量	价值(国币元)	
						购置时价值	损失时价值
民国三十年	日本兵拆毁	安庆	住宅花园	民国十八年	房屋二十间	国币叁万元	同上
香港沦陷后	乱兵掠去	香港	中西贵重书籍	历年购置	四大板箱	国币伍万元	同上
民国二十六年八月	北平沦陷	北平	衣服、车、木器、什物			国币壹万元	同上
民国三十一年	空袭轰炸	昆明	衣服、书籍、什物			国币叁仟元	同上
						以上均按抗战前币值计算	

寄出表格后,刘文典几乎每天都要跑到学校的电报房里去探听消息。

1946年11月3日,刘文典又接到一封行政院赔偿委员会转来的公函,原来中国驻日代表团已"查东京上野图书馆存有被劫之我国图书580箱,该项书籍均系自香港所劫取,照盟军总部所规定,须由我国政府咨请香港政府向总部申请归还,方可由本国接收",在所附书籍清单中,有刘文典的被劫藏书。这意味着,刘文典丢失的那批书籍、手稿终于有了下落!

11月18日,按照教育部的要求,刘文典又向云南大学总务处专题报告被劫书籍情形,称"本人有书籍两大箱,于抗战期间香港沦陷时遗失,兹奉教部代电,得稔该项遗失书籍现存日本东京上野图书馆,谨遵照规定办法,填具中英文声(申)请书各四份,连同教部代电及附发各件,送请贵处代为呈转为荷。"很快,云南大学将刘文典等18名教员的财产损失报告单呈送教育部,等待被劫物资早日重现眼前。

可是,这一等就是数十年。那批书籍、手稿到底去哪里了呢?这成了笼罩在刘文典心头的一团疑云,直到临终仍无任何音信。

刘文典的后人一直未放弃寻找此批被劫藏书。刘平章一度认为,这批书籍、手稿还在日本。1961年,他曾向周恩来总理反映此事,但总理办公室最终答复称:"鉴于中日关系尚未恢复,目前暂时不宜提这件事。"

似乎冥冥之中早有安排,近半个世纪后,刘平章无意中得到一个线索:那批书籍、手稿确实已经由中国政府照单签收。经查中国第二历史档案馆国民政府教育部档案,"1949年3月1日,从日本运回在香港被劫书籍两批,计刘文典教授之书籍646册分装3箱,岭南大学书籍278册、手册400册装6箱"。① 档案资料显示,这批书籍经请英国代表团代为申请归还后,于1949年2月24日交与中方签收,暂时存放在中华民国驻日代表团日本赔偿及归还物资接收委员会的储藏室内,"俟有便船来日时,拟即交由该船运沪"。

这批藏书究竟运回上海没有?2004年,日本历史学研究会《历史学研究》第7期刊载日本立命馆大学著名学者金丸裕一《战时江南图书"掠夺说"

---

① 孟国祥:《大劫难:日本侵华对中国文化的破坏》,北京:中国社会科学出版社,2005年,第27页。

诞生的历史背景》一文,对这批藏书的去向有所吐露:"从日本向中华民国返还的工作中,就我所知,在1949年上半年发生了变化,即当年2月24日接收的前面提到过的岭南大学藏书和刘文典教授的旧藏书计1300余册,最初预定在神户装载到'海辽轮'上运往上海,但是因被暂时延期,结果在当年的8月,岭南大学的藏书,才用'增利轮'返还运到台湾去了。"但是,对于刘文典的藏书,文章中依然没有明确的答案。

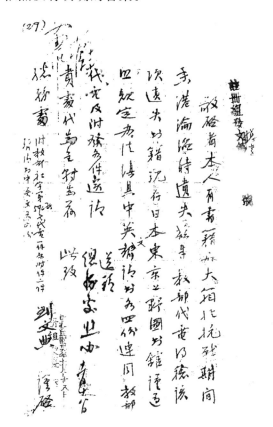

图 6-3　刘文典关于被劫书籍情况的报告(刘平章先生供图)

那时候,正是国民党在大陆节节败退之际。那批已经回到中国人手中的珍藏究竟是被国民党抢运到了台湾,还是被匆忙送给了大陆的哪个图书馆或档案馆? 这一度是个谜。

功夫不负有心人。2008年11月,笔者在查阅刘文典资料时,意外发现台北科技大学郑丽玲副教授在介绍学校图书馆所藏"日本归还书籍"时,提到了刘文典的被劫藏书:"根据1984年编印的《保管日本归还书籍目录》所记,这批书是中日战争期间,中国各省沦陷区公私立图书馆之藏书,战后行政院设置管理委员会,接受部分日本归还之物资,这批书是其中一部分。1952年6月12日点交当时台北工专图书馆保管收藏,除了各公私立图书馆之外,还有一部分是合肥刘文典所有,总计共一万零一百册。"①台北工专正是台北科技大学前身。此文清楚无误地证实,刘文典的被劫藏书就在这里。

如今,关于这批藏书的归宿,仍在沟通协调之中。但不管怎样,刘平章说,让他唯一感到欣慰的是,"这批东西终于可以确认是回到中国人的手里了"!

第二节 "骂鲁迅"风波

《关于鲁迅》讲了什么?

1949年前后的中国,正值大变动之际,内战形势急剧变化,国民党军队一溃千里。云南虽然偏居一隅,并无硝烟弥漫,但国共之争,此起彼伏,并未停歇。

1948年5月上旬,中共云南省工委与昆明市工委决定发动反美扶日运动,得到昆明市各大、中学校的响应,于6月17日举行总罢课。云南省地方当局迅速逮捕了30余名师生。7月15日,双方再次发生激烈冲突,被捕学生达800多人。是为"七一五"爱国学生运动。

刘文典虽不愿过多介入国共之争,但对于军政当局逮捕学生的行径却不认同,一方面紧急致函云南警备司令何绍周,呼吁释放被捕学生,一面则发出书面劝告,促学生勿以感情用事,早日复课。经过多方周旋,1949年4月15日,云大学生自治会主席段必贵等人获释。至此,学生运动方告一段落。

---

① 郑丽玲:《台北科技大学所藏"日本归还书籍"介绍》,见《台北科技大学图书馆馆讯》,2006年第11期,第13页。

第六章　栖身云大

4月20日，云南大学校长熊庆来在校庆27周年纪念特刊上，撰文《本校之学术生命与精神》，满含深情与期待："姑以一年来之情形言之，因时局之剧变，财力艰难，物价狂涨，待遇调整远不能适应需要，同人物质生活每濒绝境，然弦歌从未中辍，而课外之研究工作继续推动者仍复不少。一般同学在本学期中，读书情绪至佳，侵晨傍晚，于田间林下，均时闻其吟诵之声，且因省外大学学生来此寄读者，联翩而至，全校学生人数激增至千五百人，更加厚学校之弦诵空气。惟校舍缺乏，茅屋陋室，亦皆充分利用。然同人以此西南学府之生命力得以加强，精神得以提高，反觉不改其乐。"事实上，当时云大教职工工资欠发，正面临断炊危机。

正如《论语》所云，"一箪食，一瓢饮，在陋巷，人不堪其忧，回也不改其乐"，中国知识分子历来负有强烈的使命感和责任感。云大教授们该斗争的斗争，该上课的上课，该演讲的演讲，并不耽误学生的课业。

正是在这样的氛围渲染下，7月11日，刘文典应云大文史系方国瑜教授的邀请，在学校泽清堂做了一场讲演，题目是《关于鲁迅》。讲了大约两个小时，听报告的人挤满了教室，笑声不断。然而，令刘文典万万没有想到的是，这次本来很普通的讲演却引起一场不小的风波。

刘文典到底在讲演中讲了些什么呢？先来看看1949年7月22日云南昆明《观察报》上的一则"板话"，题目叫《话说刘教授》：

年年有个九月九
云大有个刘教授
谈《庄子》，讲《红楼》
目空四海
眼光如豆

小烟三口
精神抖擞
脑筋一转嫌不够

一心要把鲁迅咒

鲁迅说以牙还牙
你说他自贬咬狗
鲁迅著《小说史略》
你说人骂他抄偷
人人尊他是文豪
你说他气量不够
人人说他是斗士
你说他彻底落后
人人说他创造好
你说他满篇污垢

空中楼阁
机械机构
一心想骂倒文豪
稳坐泰斗出风头

你说——
讲交情,谈往日
我和他同学同事
多年相处好朋友
没有说的是——
你们这些晚生猴
既不能动笔
更休想开口

第六章　栖身云大

　　呜呼哀哉刘教授

　　你只合——

　　歌功诵(颂)德

　　低眉卖笑

　　喷云,吐雾,敲烟斗

　　这则"板话",虽然全篇都是调侃讥讽的言辞,但也大概交代了刘文典那场报告会的主要内容。据说,当天晚上前去"听刘先生讲演的青年男女坐满了一屋子",可见刘文典在当时学界的影响力。

　　刘文典一向好发"奇谈怪论",前去聆听讲演的人一定早有心理准备,知道他肯定会"语不惊人死不休"。可是,刘文典的讲演为何在后来激起那么大的反弹呢?他到底在报告中罗列出了鲁迅多少条"罪状"呢?为何在昆明的报纸上几乎全是批判他的声音而很少出现支持者呢?

　　据云南大学蒙树宏先生在《鲁迅史实研究》一书中考证,当时发表批判刘文典讲演的报纸至少7种,包括《大观晚报》《正义报》《朝报》《朝报晚刊》《平民日报》《观察报》《昆明夜报》等,共发表批评或批判类的文章27篇,而支持刘文典观点的文章仅有两篇。其中,《观察报》和《正义报》表现最为积极,隔三岔五就有与这场讲演有关的稿件刊出,一连持续了半个多月。

　　从报纸报道的情况分析,刘文典当晚讲演《关于鲁迅》的观点大约如下:

　　一、他和鲁迅的人生观是不同的,鲁迅以为人世太坏、阴险、欺骗、虚伪,等等,真是层出不穷,但他则认为人都是很良善的,他活了60多岁,就没有遇到过一个坏人。

　　二、鲁迅是一个斗士,但斗士并不一定了不起。

　　三、鲁迅小说所用的典故,譬如"引车卖浆"一典,翻遍古今的辞典都找不出,也就是说鲁迅用典的不古、不文、不恰当。

　　四、鲁迅的小说取材,只专就一个地方的来取,而不取普遍的地方,而尤其只会写他家乡浙江的风景,譬如乌篷船之类。

　　五、莎士比亚作品的伟大,就伟大在把他的作品翻译成任何一国的文字,任何一国的人都懂,而鲁迅小说取材的偏僻只是一部分人懂而多数的人是难懂的。

六、鲁迅算不得一个思想家,因为他对中国的哲学还没有研究透彻。

七、要研究小说是要懂佛理——印度佛理。鲁迅不懂佛学,更不懂印度学术,所以他把中国小说的源流并没有说清楚。

八、鲁迅的《中国小说史略》抄了日本盐谷温的一部分著作,但鲁迅不会这样傻的,大概是参考吧。顾颉刚说了他这件事,他就和顾颉刚闹得不可开交,这足见鲁迅气量的不够。

九、鲁迅的私德不好,他和他兄弟周作人就很水火。但文学家都是神经质的,两个神经遇在一块,当然要打架,这是很可以原谅的。

十、鲁迅说中国革命不会成功的,这是他错误的地方,一个民族既然会革命,那当然会成功,命都会革,而硬要说不会成功,这是不合逻辑的。

十一、鲁迅只会作短篇小说,如《红楼梦》那样的长篇小说,敢说他作不出,如《金瓶梅》,敢说他更作不出。我们中国的革命小说革命到《金瓶梅》,可以说革命到顶,鲁迅的小说怎样能够比呢?

十二、鲁迅总觉得时时有人在迫害他,根本没有这回事情,这是他精神病态狂的表现;就譬如他住在北平绍兴会馆里,总觉得会馆里的人无人不迫害他,要真的这样,人都在迫害人,哪里会有什么会馆?

十三、近代做小说做得算是小说的,那是鲁迅,除了鲁迅,还有巴金。

十四、把鲁迅恭维得上天的人,真觉讨厌;而把鲁迅骂得一塌糊涂的人,也很无聊,好多地方,别人是不知道鲁迅的,而他是清楚地了解的。

十五、鲁迅的思想还是中国的思想,并算不得西洋的思想,只在技术方面,是外国的技术罢了。

十六、鲁迅的文章根底,是得力于中国旧书的。要是他旧书读得不好,他是不能做得出那样的文章的。

十七、最了解鲁迅的,是陈独秀先生,因为鲁迅做小说是陈先生叫他做的。

第六章 栖身云大

十八、把鲁迅崇拜得了不起的人,还不是如像崇拜孔子的无聊!

这是一个化名为"白听"的人,在听完刘文典的讲演后,连夜赶工到凌晨三点后写成送报馆发表的,内容应该不至于有太多失真。后来许多报纸发起大批判,基本上就是依据这篇文章而引申开去的。

从"白听"复述的情况看,刘文典当天晚上的讲演涵盖的内容十分丰富,既谈到了鲁迅的小说,又谈到了鲁迅的思想,还谈到了鲁迅的为人,嬉笑怒骂,纵横恣睢,出语犀利,有的地方甚至直接揭了鲁迅的短。

那么,刘文典为何要发表这样的讲演呢?他真的是像有些报纸所说"想借此表示自己的'独特见解',而达到红起来的目的"吗?

周氏兄弟

刘文典与鲁迅的"渊源",最早缘于"先后同门",都是章太炎的学生。

1908年前后,鲁迅重返日本,在东京研究文艺,听说章太炎先生正在神田大成中学内开办"国学讲习会",于是邀集周作人、许寿裳、钱玄同、朱希祖等人另请章先生在《民报》社内开讲《说文解字》。1909年6月,鲁迅回国。

在此前后,刘文典自安徽公学毕业,为了追随刘师培,到日本留学。在此期间,通过一位朋友的引见,认识了住在日本东京小石川区学林社的章太炎,并从此成为"章门弟子",经常去请教、听课。

从入门求学的时间上来说,鲁迅师从章太炎在先,刘文典在后,两人在章太炎的讲学处并未谋过面。刘文典只是多次从别的留学生那里听到一些关于鲁迅及其弟弟周作人的故事,知道他们有两个有趣的特点:第一,周氏兄弟都不喜欢说话;第二,他兄弟两个都是口不离糖,以至饭都很少吃。而且,那时鲁迅还不抽纸烟。

正是通过这些"坊间传说",刘文典在内心勾勒出了对于周氏兄弟的大体印象:周作人的西洋文学较好些,中国的旧学,鲁迅要学得好些。因为周作人是日本京都立教大学的学生,那里很多教授都是美国人。当然,这个仅凭道听途说而形成的印象,大体上是模糊的。

回国后没几年,刘文典、周作人、鲁迅等先后进了北大文科教书。在此之前,他们也曾因《新青年》杂志而聚集在陈独秀的周围,只不过刘文典除了写稿之外,很少过问《新青年》的编辑工作,因而也一直未得机会与鲁迅见面。

相对于鲁迅来说,刘文典与周作人的交往似乎更早。在1917年11月12日的《北京大学日刊》上,即可见到刘文典与周作人同时为天津水灾捐款的记载。翌日,周作人"往北京大学文科研究所开会",与刘文典、钱玄同、马裕藻同在"改良文字问题"小组。1917年12月30日,胡适在安徽绩溪老家结婚,贺礼名单上就同时出现有刘文典和周作人。从《周作人日记》里亦可看出,两人时有往来,且颇为投契。

刘文典与鲁迅最早的交往记录,来自1919年3月29日的《鲁迅日记》:"晚二弟来部,同往留黎厂,在德古斋买《刘平国开道刻石》二枚,又《元徽墓志》一枚,共券八元。此至前门外西车站饭,同坐陈百年、刘叔雅、朱逖先、沈士远、沈尹默、刘半农、钱玄同、马幼渔,共十人也。"当天的《周作人日记》亦有记载:"五时,至教育部,同大哥至厂甸,并步行至前门京汉站食堂赴宴,尹默、士远、逖先、幼渔、半农、百年、玄同、叔雅共十人,十时返。"此后,两人"虽然常常见面,但是很少往来",鲁迅没有去过刘文典的家,刘文典也没有去过鲁迅的家,算是"点头之交",并没有太深的交往。

1920年8月起,鲁迅进入北大教书,但与刘文典的关系也仅是偶尔在一起聚聚餐而已。刘文典说,他当时"并不佩服"鲁迅,"只是觉得他是一个很有学问的教授"。而且,那时鲁迅只是在北大兼职,平时与同事之间的交流也少。每次在北大教员休息室里见面,刘文典几乎没听到过鲁迅同别的教授谈话,总是一下课就披起大衣走人。只不过,刘文典注意到一个细节:这时候的鲁迅已经不吃糖了,而是拼命地抽纸烟。

有一年冬天的一个下午,刘文典没有课,刚好经过鲁迅的教室,于是便好奇地走了进去,想看看这位"师兄"是如何上课的?结果,一听就听了两个小时,一直到傍晚五点钟才回家。在这一次课上,刘文典发现鲁迅对西洋的文学、艺术以及中国所谓"旧学"都是十分渊博的,"从那天以后,我就开始佩服他,崇拜他"。

当然,这种"佩服""崇拜"更多源自对鲁迅学识的赞赏,至于后来被人不断宣扬的鲁迅"人格的伟大",刘文典"那时还没有发现"。

同为北大教员期间,因为一些偶然的机缘,刘文典也曾与鲁迅长谈过几次。让刘文典感到意外的是,鲁迅本来是很反感做桐城派文章和做选学研究的,但他在听到刘文典谈论对《昭明文选》的看法时,却没有像以前痛骂"选学妖孽"那样痛骂刘文典,反而给予他很多的赞赏。两人的关系因为这样的交流而亲近了许多,只是仍谈不上成为亲密的朋友。

刘文典当时的想法很简单:我们是少年同门、中年同事,比泛泛的朋友稍要亲密些。但在教学、工作之外,刘文典与鲁迅没有任何的私人往来,反倒是与周作人经常一起谈谈学问、聊聊人生。

鲁迅后来成了中国文学革命和思想革命领域的一员健将,写了大量的文学作品,包括小说、诗歌、散文和杂文,向腐朽的旧制度发起挑战。可在刘文典眼里,鲁迅仍只是作为他同门和同事的鲁迅,并没有太多的神秘感,因而他在读了鲁迅的《呐喊》之后,"很不以他为然"。因为在《呐喊》的序言中,鲁迅说"中国的革命绝不会成功",而且还用"曲笔"在烈士的坟头上加了一个花圈。

读完这些文字,刘文典很是不安,他在1942年发表的《中国的精神文明》一文里写道:"我所敬佩的亡友鲁迅,为国家民族尽过不少的力。可是我对他极不满意的有一点,就是他的作品在青年的思想上有一种不良的副作用,都认为'中国的一切都是坏的',在不知不觉之中养成了鄙弃祖国文明的谬见。甚至于由鄙视而绝望,以致自暴自弃,堕入了邪路。他以为中国人都是阿Q,何以阿Q居然发扬蹈厉起来,和世界第一等强国死拼了五年之久。他坚决的说中国绝没有希望,唤醒国民,使他们尝亡国灭种的滋味,这是对他们不起,不如让他们在昏睡里灭亡的好,这些话对国民的思想上有多大的毒害啊!"显然,这样的认识与观点,为刘文典的那番讲演埋下了伏笔。

刘文典与鲁迅的最后一次会面,是在1929年5月20日北大学生李秉中结婚之日,地点在中央公园来今雨轩。李秉中,字庸倩,四川彭山县人,早年受教于清末学人刘锡纯。1923年到达北京,在北大旁听,深得刘文典、鲁迅等老师的赏识。李秉中结婚,刘文典和鲁迅同时到场,是理所当然的事情。

这里还有一段渊源:李秉中来京之前,刘锡纯曾将60回小说稿《边雪鸿泥记》相托付,以在适当时机卖给书局维持生计。李秉中最早寻找的中间人即是鲁迅。1924年1月21日,鲁迅将《边雪鸿泥记》稿本一部12册寄给了胡适,希望能在商务印书馆出版。但胡适收到稿本后,久久没有回音。其间,李秉中亦曾拜托刘文典给胡适写信,期待尽量促成此事。

尽管后来事情没有办成,但李秉中却对两位老师的热心充满了感激之情。大婚之日,自然邀请他们到场,时间是1929年5月20日。刘文典记得,那一天,他去得比较早,看见鲁迅躺在芍药栏边的一张藤椅上,悠然地闭目养神。鲁迅当天穿了一件新的竹布大褂,于是刘文典便和他开玩笑说:"这可是《风波》里赵七爷的装束啊!"

鲁迅听了,似乎有些不高兴,但也没有生气。《风波》是鲁迅写的小说,赵七爷是小说里的主要人物,是个遗老,总靠假学问骗人。鲁迅知道,刘文典只是一时口快,并没有揶揄他的意思。

由于婚礼迟迟没有开始,刘文典就拉过一把椅子,坐在鲁迅旁边,与他说了半天的话。鲁迅这一天的精神似乎特别好,面色也不像往常那样枯涩,只是说话的神情依然是一成不变的严肃,就连说笑话时都是一样。

老友重逢,刘文典很热心地问起鲁迅在外地生活的状况。鲁迅说,有一次在广州,有个国民党军警想要考察他,他就不客气地回话说:"我这么大的年纪,思想是极其复杂、极其古怪的,岂是你们这般年轻人所能考察得了的!"一句话,把那几个年轻的国民党军警震得一愣一愣的,却也没有任何办法。刘文典听了,哈哈大笑,觉得很有趣。

两人正聊得热火,新郎新娘出来了。在主人的邀请下,大家各自走到大厅里吃西餐。席散的时候,已是下午3点多钟,刘文典就匆匆地回去了,从此再也没有见过鲁迅。

关于这次会面,鲁迅在当天的日记曾提及,不过依然是他一贯的简约笔法:"赴中央公园贺李秉中结婚,赠以花绸一丈,遇刘叔雅。"而在同一天给许广平的书信里,也是一笔带过:"昨天午前往中央公园贺李秉中,他很高兴。在那里看见刘文典,谈了一通。新人一到,我就走了。"

两人的交往似乎也就仅此而已,说不上多么亲密,也说不上多么生疏。据云大学者蒙树宏考证,鲁迅在著述里曾五次提到刘文典:见于《鲁迅日记》三次(两次见面,一次购买刘文典的《淮南鸿烈集解》),见于《鲁迅致许广平书简》一次,见于《二心集·知难行难》一次。其实还有一次,1929年1月24日,在刘文典的《三余札记》出版之后,鲁迅也曾专门扎柔石去商务印书馆购买一部,花费六角,可见他对于刘的学术动向还是颇为关注的。①

对于1928年刘文典顶撞蒋介石这个"辉煌事迹",鲁迅更是在名篇《知难行难》一文中进行了浓墨重彩的记录:"安徽大学校长刘文典教授,因为不称'主席'而关了好多天。"字里行间,满是赞赏的口吻。

这说明,对于刘文典的人格,鲁迅是极为钦佩的,因而两人之间的交情又不是完全淡漠的。

"警惕刘文典嘴里的毒液"

或许正是因为与鲁迅这般的往来,刘文典才会在《关于鲁迅》的讲演中不藏机心,"大放厥词"。

1949年,距离鲁迅逝世已经13年了。刘文典可能还没有完全意识到,这时候的鲁迅早已不是活着时的鲁迅了,在当时很多人的心里,鲁迅已经成为一种象征。

1936年10月19日凌晨5时,鲁迅病逝,宋庆龄在与上海地下党负责人冯雪峰电话沟通后,立即要求上海各界救国联合会和妇女救国会"把丧礼搞

---

① 《鲁迅日记》,北京:人民文学出版社,1976年,第633页。

成一个运动"。① 当时还有一种声音传出,要求国民党政府"改浙江省绍兴县为鲁迅县""改北京大学为鲁迅大学"。

在10月22日送葬的队伍里,许多人更是高唱《鲁迅先生挽歌》:"你的笔尖是枪尖,刺透了旧中国的脸。你的声音是晨钟,唤醒了奴隶们的迷梦。在民族解放的斗争里,你从不曾退后,擎着光芒的大旗,走在新中国的前头!"鲁迅在当时青年学生、工人、作家等群体中的影响力,渐成汹涌浪潮。

1937年10月19日,在延安陕北公学举行的鲁迅逝世周年纪念大会上,中共中央领导人毛泽东亲自到会作题为《论鲁迅》的讲演,并定下基调:"孔夫子是封建社会的圣人,鲁迅则是现代中国的圣人。"众所周知,他后来又在《新民主主义论》里对鲁迅作出前所未有的高度评价:

> 鲁迅是中国文化革命的主将,他不但是伟大的文学家,而且是伟大的思想家和伟大的革命家。鲁迅的骨头是最硬的,他没有丝毫的奴颜和媚骨,这是殖民地半殖民地人民最可宝贵的性格。鲁迅是在文化战线上,代表全民族的大多数,向着敌人冲锋陷阵的最正确、最勇敢、最坚决、最忠诚、最热忱的空前的民族英雄。鲁迅的方向,就是中华民族新文化的方向。

《新民主主义论》是1940年1月9日毛泽东在陕甘宁边区文化协会第一次代表大会上的长篇演讲。当时,全国各地的进步青年正从四面八方突破国民党的白色封锁,纷纷涌向延安这个革命的圣地。即便是在国统区,鲁迅的声誉也与日俱增。

那天晚上,当刘文典坐在泽清堂的讲台上,大谈他与鲁迅的交情,大谈鲁迅的"疵点"时,他可能并未想到第二天的报纸上对于他的批判将会铺天盖地而来。尽管这原本应该在他的意料之中。

在这场"大批判"中表现最为积极的《正义报》和《观察报》,虽然都是民办的报纸,但在整体倾向上是比较激进的,读者中有不少人都是青年学生和

---

① 王彬彬:《往事何堪哀》,武昌:长江文艺出版社,2005年,第203页。

第六章　栖身云大

知识分子。李公朴、闻一多在昆明被枪杀,这两份报纸都及时报道,全面揭露国民党的卑劣行为。1949年9月9日,蒋介石要求云南省政府主席卢汉"整肃"全省,查封了数份报纸,其中就包括《正义报》和《观察报》。

且来看看这些"大批判"文章:

> 够了!也不必和刘先生逐条讨论了!(因为牛头不对马嘴,无从讨论起。)我相信,只要是(对)鲁迅著译有一点相当了解的人,对刘先生这一通所谓的讲演,如果不认为他是信口开河在胡乱讲说,那我真认为奇怪了!我们只要看,他对是谁说鲁迅先生的《中国小说史略》是抄盐谷温著作的话,他都没有弄清楚,以及鲁迅说中国革命不会成功的话,我们在《鲁迅全集》上并没有看见——也许是鲁迅先生对刘先生说的;据刘先生说鲁迅和他是朋友,但据《鲁迅全集》似乎鲁迅先生和刘先生并没有什么朋友关系——就压根儿可以断定刘先生对《鲁迅全集》并没读过,并没有读完,充其量他看了一本《呐喊》,就来讲什么《关于鲁迅》,还说是了解得最清楚,真是领教!领教!呜呼!(1949年7月14日《正义报》:《听刘文典讲〈关于鲁迅〉》,作者:白听)

> 鲁迅先生不但是作家,而且是彻底的中国人民的战士。他的文学直到今天都还发生着足以使统治者发抖的力量,所以他是非中庸者,是统治者迫害的对象,是反动文化人的死敌。
>
> 刘叔雅先生则不然。他是国内被誉为"国宝"的大学教授,是《庄子》研究权威,是温文尔雅之士,他从不会"以眼还眼,以牙还牙"过人,一直受着御座的恩宠,视为"国宝"看待;不仅此,他尚舒舒服服地躺在床上吸阿芙蓉,青烟缭绕,说不出的魏晋风度。他不知道中国有多人没有饭吃,多少人在灾难中呐喊,他只知道在象牙之塔里做"逍遥游",这种生活跟鲁迅先生比起来,简直是一个在天上,一个在地下。难怪他要说鲁迅的杂文是雕虫小技,毫不足奇,

难怪他要说鲁迅的为人太刻薄,缺少胸襟大度,他本来便是鲁迅思想及意志的敌人。(1949年7月25日《正义报》:《鲁迅与刘叔雅》,作者:方凝)

"刘讲到鲁迅以牙还牙、以眼还眼的人生态度是太过于小气和褊狭;并且举例说:人被狗咬了一口,人是否也还咬给狗一口呢?"

这,如果找不出鲁迅被狗咬了一口,也还咬给狗一口的事证,也就不能随便妄说鲁迅"小气和褊狭",更不能说"过于"。我看,刘教授固然很"大气"、很"正阔"的了。但被狗咬了一口,身体要受损害和拿不进钱来,肚子要饿坏,就都是同样于不利的,那么又几曾见刘教授做墓志拒收报酬?作寿序却谢稿金?真是"自经于沟渎而莫之知也"。(1949年7月17日《观察报》:《斥刘文典的〈关于鲁迅〉》,作者:白通)

刘文典又翻陈账了。前天讲了一会《关于鲁迅》,似乎有"盖棺"还不准"论定"的气概,可惜鲁迅死得太早,再无人敢来研究他老人家的"鞭尸论"。

为什么?因为在昆明"捧鲁迅的人",谁能"比鲁迅学问还高"呢?也许刘老先生会感到"没有敌人"的空虚的吧!(1949年7月14日《朝报晚刊》:《矛与盾》,作者:东方)

20余篇反驳刘文典的文章,几乎都是长篇大论或者极尽挖苦,甚至将刘文典爱吸鸦片的老底又揭了出来,言词之间充满火药味。有的文章标题就很恶毒,如《警惕刘文典嘴里的毒液》《给国宝给苍蝇们》《论吃死人的人》《庄子教授升天坠地记》等;有的虽然摆出学术讨论的姿态,但在论证过程中却"移花接木"或"顾左右而言他",如《论鲁迅的思想生活与创造》。

1949年7月22日,一位署名为"羊五"的作者在《正义报》上发表了一篇短文——《也谈〈关于鲁迅〉》,倒是为刘文典辩护了几句。羊五说,"我们治

第六章　栖身云大

学不是信宗教,也不是读党义,如果囿于一家之言,会永远关在小圈子内打转转,看不见更大的天,认不清更大的世界,鲁迅会有他真正的价值、份内的光荣。他的好坏,不在我们无味的捧,恶意的踢。我们希望一个百家争鸣的时代,不欢迎'惟儒独尊'的董仲舒! 一个中国的罪人! 所以,我也希望不要硬把鲁迅塑造成一个新的圣人"。

刘文典后来多次跟儿子刘平章说:"我很佩服鲁迅,怎么可能攻击他呢!"1956年是鲁迅逝世20周年,云大中文系师生积极筹备了一个纪念特刊,约15万字,内容主要是研究鲁迅思想和作品的论文。刘文典应邀向特刊编辑委员会成员鄢朝让、袁世平详细讲述了他与鲁迅的关系。此文后以《回忆鲁迅》为题刊出,详细回顾了他与鲁迅交往的前前后后,但没有提及七年前的那场讲演,只是简略谈到自己曾经"不以他为然",并略作解释说:"一直等到他后来以最英勇的战士的姿态出现在思想革命的战场上,我才知道他是热烈到白热化。我不够了解他,误认白热为冰雪,这正足以说明我和他'分隔云泥'。"

在这次回忆的基础上,刘文典又亲笔撰写了《我和鲁迅最后的一面》,发表在当年10月16日的《人民日报》上。文章所谈的更只局限于两人在李秉中婚礼上的见面,而没有涉及更多的事情。很显然,刘文典对于当年的那场讲演以及讲演所引发的风波,是有意"顾左右而言他"。

这年10月,云南大学举行"鲁迅先生逝世二十周年纪念会",刘文典应邀再作《关于鲁迅》的讲演,"他不用讲稿,侃侃而谈,讲的内容,是鲁迅小说如何揭露国民劣根性,比如国人看杀人时的麻木、祥林嫂的砍门槛以及阿Q的精神胜利法,其实质一致"。① 与1949年那场讲演的观点已完全迥异。

---

① 庄凯勋:《听刘文典教授讲鲁迅》,见庄凯勋博客。

339

第七章
晚年岁月

对于生活在昆明的刘文典一家来说，云南的解放完全是静悄悄的，没有枪林弹雨，没有炮火连天，"一晚上睡过来，全城就满是红旗了"。1950年2月24日，中共云南省委正式宣布成立，云南全境获得解放。

面对刚刚建立的人民政权，刘文典像一个懵懂的孩子，睁大好奇的双眼，看着眼前的这位巨人，有一丝向往，又有一丝迟疑。而就在这向往与迟疑之间，波澜起伏的新生活已经拉开了篇章。

第一节 参加最高国务会议

"我重获新生了！"

在新中国宣告成立的时候，云南尚处在国民党的统治之下。蒋介石一度试图将云南变成他反共的最后一个基地。但云南省政府主席兼保安司令卢汉却深知国民党大势已去，遂于1949年2月悄悄派人前往香港，与中共香港分局取得联系，表达了他准备起义投诚的愿望。

1949年9月9日，蒋介石派遣大批国民党特务到达昆明，进行全面整肃，逮捕地下党员及进步群众400余人，暗杀已到香港的民主人士杨杰。整个昆明陷入一片白色恐怖之中。千钧一发之际，卢汉当机立断，于12月9

第七章 晚年岁月

日正式宣布起义,并向全省军民发表广播讲话:"兹为保全全省1200万人民之生命财产,实现真正和平和民主统一起见,特自本日起脱离国民党反动中央政府,宣布云南全境解放。"

时局巨变,何去何从?有一种说法,1948年底,胡适帮助国民党实施"抢救大陆学人计划",刘文典就在他的考虑名单之列。根据胡适对刘文典个性的了解,知道他不会乐于跟随蒋介石去台湾,但昆明即将解放,刘文典虽然"偏安"于云南大学,但以他狂放不羁的言行,很难保证今后依然可以如此。经过慎重考虑,胡适开始谋划送刘文典及其家人去美国。他主动为刘文典联系好了在美国的具体住所,甚至为他们一家三口人办好了入境签证,但刘文典在接到胡适的通知后,却迟迟不肯出发:"我是中国人,为什么要离开祖国?"

按刘文典自己的说法,当时美国方面曾通过熊庆来找到刘文典,劝说道:"像你这样的人,不能落到共产党的手里,请到美国去教书。"刘文典一度动了心,很高兴地答应去,但最终左思右想,还是选择了留下来:"解放前我过的是腐化堕落的生活,共产党一来,这种生活就过不成了。我一向过的是自由散漫的生活,最怕纪律,更怕劳动,所以我对解放是十分惧怕的。我之所以没有去美国,并不是不愿做洋奴,而是不愿戒烟,迟疑观望,没有去成。"

尽管这番话写于1957年反右期间,带有很强的"自我抹黑"色彩,但刘文典对于新政权的怀疑观望,是确实的。直到后来他应邀到北京开全国政协会议,亲眼看见中国建设事业突飞猛进,尤其是人和人的关系有了根本改观,内心才开始慢慢接纳了中国共产党及其领导的新政权。

从抵触到接纳,总有一个过程。进入新社会后,刘文典首先必须面对的一个难题就是:新政权禁止抽鸦片!1950年2月24日,中央人民政府政务院总理周恩来签署发布《关于严禁鸦片烟毒的通令》,明令规定:各级人民代表会议或人民代表大会,应把禁烟禁毒工作作为专题讨论,定出限期禁绝办法。1952年下半年,政务院又发布《关于严禁鸦片烟毒及其他毒品的命令》,要求集中力量、集中时间,在全国范围内掀起一场群众性的禁毒运动。

刘文典知道,与鸦片"告别",已是在所难免。再三思虑之下,刘文典暗下决心:戒掉鸦片!

说到鸦片的危害,刘文典何尝不知道。早年生活在北平的时候,他曾写过一篇小品文《洪承畴之论鸦片》,从史家的角度,借用洪承畴与皇帝的对答,阐述鸦片在中国的流通与危害:"天生种类,不害其国,必害他国。"史书上记载,清朝雍正年间,严令买卖鸦片。福建一带曾抓获一个贩卖鸦片的人,按律例应该处以绞刑。但这个鸦片贩子似乎还懂得一点文化,遂上诉至刑部,"坚称所贩乃治下利寒泄之鸦片,而非害人之鸦片烟",最后雍正皇帝御赦此人无罪,反而将抓捕他的人严加惩办。刘文典看到这样的记载,还曾大发感慨:自道光中一战而败,弛禁征税,流毒遂遍海内矣!可见,在当时刘文典的心里,鸦片并不是什么好东西。

刘文典染上鸦片,最初是因长子刘成章英年早逝,痛不欲生,便借鸦片麻醉缓解一下内心的悲伤。后来到了云南,当时盛产鸦片,而且"瘾君子"极多,"昆明豪绅巨贾之家,公务商业人员或其家属大都视鸦片为娱乐、享受的珍品,劳动苦力也误认为鸦片可以消除疲劳,恢复精神"①,于是,刘文典又抽上了。

国民党政府一度也曾下决心要"肃清烟毒",终因种种利益纠葛未能真正实施。新中国成立后没多久,便向烟毒发起挑战。1950年6月,云南省政府根据中央和西南军政委员会的有关指示,决定首先严厉禁止种植鸦片、贩运鸦片、制造烟毒及开设烟馆,并有步骤地禁止吸食鸦片,逐渐形成一个全省性的禁毒运动高潮。

图 7-1 晚年刘文典
(刘平章先生供图)

① 云南省档案馆:《建国前后的云南社会》,昆明:云南人民出版社,2009 年,第 172 页。

第七章 晚年岁月

刘文典开始行动了。

这一天早上,刘文典打破常规一大早就来到了学校的球场中间,好不容易看到了一个熟悉的年轻同事李埏远远走过,立马大声喊他过去。李埏丈二和尚摸不着脑袋,搞不懂刘文典葫芦里卖的什么药,小心翼翼地问:"先生有何指教?"刘文典露出了平时难得一见的笑容,语气铿锵地说:"我郑重地告诉你,从现在起,我戒掉鸦片了!"

整个上午,刘文典见到熟人就郑重其事地宣布自己的这个决定。很多人听了,一笑了之,以为是老先生的一时冲动。他是出了名的"老烟枪",现在说要戒掉鸦片,谁信!再说,鸦片是千百年来流传的毒品,吸了会上瘾,哪是说戒掉就能戒掉的!

刘文典却拿定了主意,说完这些话后,回到家中,先是撤了烟榻,而后更将家里剩下的鸦片和平时用惯了的烟枪,一股脑儿全部清扫出门。夫人张秋华过去还陪他一起抽过鸦片,但现在看到他如此的决心,倒也十分赞同。

然而,戒鸦片毕竟不是"玩过家家",没法说不玩就不玩了。鸦片瘾上来的时候,人会十分难受,生不如死,痛不欲生,仿佛经历着刀山火海的折磨。没有别的办法,刘文典只能用猛抽香烟、大口喝茶或服戒烟药等方法,来尽量控制生理上的痛苦与心理上的煎熬。实在难受的时候,他就走出家门,回到学校中间,与学生、同事聊聊天、说说话,暂时缓解一下痛苦。就这样持续了一段时间,奇迹真的出现了!

刘文典真的戒掉了鸦片!这在昆明要算得上是一个"头条新闻"了。那些过去抱定了想法认为"这不可能"的人们,如今一个个都对刘老先生刮目相看起来:他可真不是一般人啊!这需要多大的恒心与耐力啊!

"我重获新生了!"能够戒掉鸦片这个祸害,刘文典本人也很自豪,他说:"处在反动统治的旧社会,也没别的消遣,我就吸上了鸦片,如今社会主义的新中国蒸蒸日上,心情舒畅,活不够的好日子,谁愿意吸毒自杀呢!"

那时候,刘文典见人就要"自我吹嘘"一番:"今日之我,已非昨日之我!"从宣布戒掉鸦片那天开始,直到1958年7月突然离世,整整8年,他果真再也没有抽过一次鸦片。

做一个社会主义的教授

新中国成立之后,先后开展多次针对旧知识分子的思想改造运动。按照刘文典的性格与做派,难免会成为历次运动的主要对象。幸而,1952年9月,云大校方都敬佩他的学问,对他格外尊重,尤其是1952年9月李广田出任云大副校长后。李广田原为清华大学副教务长,与刘文典素有交往,到了云大以后,一见到刘文典就尊称"老师""刘老",开大会时总是将刘文典安排在前列就座,开座谈会时总是要请刘文典最先发言。这样一来,客观上对刘文典形成了一定的保护作用,最起码没人敢随便找他麻烦、挑他毛病了。

最典型的例子就是1952年11月开始的云大知识分子思想改造运动。当时要求,用两个半月的时间,进行思想分析和思想批判,目的是划清工人阶级思想和资产阶级思想的界限,严肃地批判资产阶级思想,打击反动思想,并进一步确立无产阶级思想在学校的领导地位。运动中,老教授们则被要求"在提高思想觉悟的基础上,交代个人历史与社会关系",这对曾经被国民党高层官员视为"座上宾"的刘文典教授可不是一道好过的关口。

对于此起彼伏的各项运动,刘文典的内心是非常抵触的。1951年底到1952年初,中共中央曾发动"三反""五反"运动,刚开始就波及了刘文典家人。与他关系最为亲密的六弟刘天达当时在合作总社做事,结果被定了个罪名,判了一年徒刑。刘文典又不时听到有人跳楼、有人投井的消息,总觉得太过火了,"口里虽然不敢说,心里十分抵触"。

当然,刘文典本人更难以置身于外。云大思想改造运动开始后,一些人在大课堂上控诉刘文典喜欢"教黄色诗",比如他讲过温飞卿的《偶游》,认为诗歌是神秘的,等等,"全场流泪,一片哭声"。刘文典向来自封是唯物论者,早已有了唯物主义的世界观,根本没有必要再进行唯物主义改造,而对于这些无端的控诉,内心充满了怨恨,认为是故意整他,但为了自保,还是学会了自欺欺人的场面话,"口头和内心,是完全两样的"。

第七章 晚年岁月

在1953年云大教师档案里,有一份刘文典的《思想总结》,行文紧扣当时的政治语境,思想上已有很大的转变:

> 经过大半年的学习,我才认识不能乱读高深的理论书,要先学习文件,才初次感到党的温暖,思想上才有了初步学习的改变,立场初步的站住,敌我界限也初步的有点分清。今天站在人民的立场,回头再看自己六十几年,思想是一团黑漆,行为是一塌糊涂,所谓知识学问也是乱七八糟,对人民不但无益,而且有很大的毒害。在大学教学卅多年,简直是人民的敌人,只有仇恨自己的过去、否定自己的一切,从头学起,决心站稳立场,努力为人民服务,靠拢党,靠拢人民,希望有一天能达到八项标准,尤其是第五、六两条,克服自私自利、自高自大,能争取做一个光荣的共产党员。
>
> 我自己检讨我的思想,因为家庭出身的关系,从资产阶级思想机械唯物论,就发展为极端的个人主义。又由机械唯物论转入唯心论,所有的悲观厌世、堕落腐化、脱离群众、自高自大、权威思想以致进步包袱,都是从这种思想上来的。我觉得只有辩证的唯物论、毛泽东思想可以把我从深渊里救拔出来。今天祖国政治上、社会上一切的黑暗、一切的不平,都已经一扫而空,全世界的解放也很快了,所以我心里是毫无悲观厌世的了,生活渐渐也没有抵触了,精神身体都很好,国家和个人的前途都是一片光明,所以很乐观很愉快,只要把已有的一些进步巩固起来,时时检讨自己,不让旧的思想冒头,我自信,我可以做一个新社会的新人。

云大此次思想改造运动,采取的是"启发自觉,不追不逼"的政策。1953年4月14日,云南省人民政府召开的云大、师院思想改造运动结束大会,省人民检查委员会宣布逮捕4人,其中云大1人;在校继续学习改造的3人,其中云大2人。云南省人民检查署还对9名反革命分子提起公诉。而靠着那份思想总结,刘文典竟然过关了!

顺利度过了这场知识分子思想改造运动,最初"抱着怀疑观望的态度"

的刘文典，开始对中国共产党、对社会主义新社会有了更多的认识，于是稍稍放松了思想上一直紧绷着的弦："大学还是大学！搞运动也不过如此！"

于是，他不免又怀念起往昔的岁月，怀念起让人销魂的鸦片。1953年3月，他写了一首诗，题为《姬人杨嫣逝三载矣，寒夜无憀，诗以悼之》："菡萏飘零木叶凋，美人香草总无憀。娟娟此夕容光减，渺渺予愁鬓影消。人去情怀空寂寂，燕来音讯尚迢迢。屠龙画虎成何用，剩有寒灯慰永宵。"刘文典后来说，"杨嫣"系"洋烟"谐音。

同期，刘文典还填词《鹧鸪天》一阕："独上高楼豁远眸，江含云影楚天秋。西山雨过楣楣净，南蒲萍开点点愁。　情脉脉，思悠悠，碧空如水月如钩。诗人老去莺莺死，折尽琼枝咏四愁。"刘文典承认，词中的"折尽琼枝"是指烟枪被毁，"我之所以能教书著书，全靠姬人杨嫣，共产党来了，夺去我的爱姬，等于要了我的命"。

那时候，刘文典已经戒掉了鸦片，但在课堂上却是烟不离手，一支接一支。他拿的薪水在云大教授中为最高，抽烟也抽最好的"大重九"，每包价值旧币3000多元，而一般的教师或学生只能抽"大公烟"，每包仅1500元，有时候还是几支几支地拆开来买。学生中的一些"瘾君子"于是打起了刘文典的主意，动不动就借口讨教问题，跑到刘文典的家里，其实是想"打打牙祭"，搞上一两支"大重九"抽抽。

至今，刘文典的学生傅来苏还记得一件趣事：一天下午，刘文典正在上课，突然烟抽完了，于是就向坐在前排的几个男同学示意要香烟。学生们因为自己的香烟品质太差，不好意思递上去，但看到刘文典一再示意，甚至连讲课都没什么劲头了，正迟疑着准备递一支劣质烟给刘文典。这时，有人推开了教室的门，原来刘文典的家人看到他当天忘了带烟，于是专程送来了两包"大重九"。一下子，课堂又恢复了生气。

在云大早期略显宽松的运动环境下，缩手缩脚许久的刘文典，又开始了狂放不羁的生活状态。他常常在课堂上放话，"玉皇顶上竖旗杆，我还在旗杆的最上头，有谁能跟我比呢"！部分学生向系里反映，听不懂刘老先生的课,刘文典知道后很生气,不屑一顾:"他们能听到我的课已经算运气好的了,假若还是听不懂,只能怪他们自己'太笨'!"

当然,汹涌澎湃的浪潮,不能不让他有所警惕。1953年2月,为响应全国第一届政协四次会议提出的"要学习苏联"的号召,云南大学按照教育部的部署,"加强思想政治教育,采取积极而又稳妥的步骤学习苏联先进经验,进行教学改革,提高教学质量"。到了1955年2月,李广田副校长对全校师生作了关于重视各个教学环节的报告,要求教师从备课到课堂讲授、到实习、到考试、到考查等,一个环节都不能马虎。

一开始,刘文典还有点排斥:"学习苏联先进经验与教学环节虽然是重要的,但我可以不必。因为我所教的是中国文学而且是中国古典文学,在这方面苏联专家还要向我学习,我向他们学些什么?"在刘文典看来,自己教书已经教了40年,有自己的"先进经验",并自以为这一套了不得,根本不觉得有向苏联人学习的必要。

当然,个人的坚守毕竟抵挡不住时代的浪潮。尽管刘文典是泰斗,是权威,但当时整个中国都在高喊"向苏联老大哥学习",什么都要向苏联学习,还要将之作为一项全民运动来推动,刘文典连逃避的空间都没有。没有别的办法,硬着头皮也要上。

既然必须接受,就要学会寻找其中的乐趣。有一次,与一位波兰专家聊天,谈到中国古典文学的翻译问题,对方说他们翻译《庄子》就是逐字逐句翻译的,与资本主义国家把《庄子》当作故事翻译截然不同。这位专家又说,其实苏联在翻译杜甫的诗歌时,也是如此,把杜甫的1400多首诗歌逐字逐句翻译,并且参考各家注释版本,"和资本主义国家在本质上有所不同的"。

刘文典突然意识到,和苏联专家比,他们有30多年的社会主义教龄而我们还是5岁的小娃娃,处处都要向他们学习。学好的关键问题在于立场,这是思想问题,是政治问题。过去,他从来对政治不发生兴趣,也未做过官。以前总认为,要超政治,业务才会好,现在认识到没有高度的政治水平,业务是好不了的。现在应该站在马克思列宁主义的立场上去对待古典文学,应取其精华,去其糟粕,在原有的基础上提高一步。就是在古典文学方面,也还是有向苏联学习的必要,"我们必须先端正自己的态度,成为一马克思列宁主义者,书才会教得好,否则只会对人有害而没有好处"。

为了与学生更好地沟通、交流,刘文典逐渐接受了国内教育界正风起云涌的"向苏联学习"的思想,慢慢将自己纳入"计划教学"的轨道,开始学习"站在马克思列宁主义的立场上去对待古典文学",并准备到苏联去考察学习。比如,讲杜甫的诗歌,刘文典知道光讲诗歌本身不行,还要侧重讲杜甫诗歌中所呈现出来的爱国精神。在学校的一次校务工作会议上,他发言说,"在经过了长时间的思想斗争之后,我狠一狠心,决心丢包袱,立志要做一个社会主义的教授,就是年纪大了些,但还来得及"。

这样的思想转变,如果不是被如今纸页已经发黄的校报《云大》一字一句地记录了下来,或许没有人敢相信这竟是来自于那个号称"我还在旗杆的最上头"的刘文典教授说的。与人们心中早已形成的狂狷形象相比,此时的刘文典已经渐非往日的刘文典。

宁可睡觉,不批胡适

思想改造运动刚过,批判胡适运动又起。众所周知,20世纪50年代前期,中国大陆曾掀起过两次声势浩大的"胡适思想批判运动"。担任这次"批判运动"总指挥的中国科学院院长郭沫若说:"中国近三十年来,资产阶级唯心论的代表人物就是胡适,这是一般所公认的。胡适在解放前曾经被人称为'圣人',称为'当今孔子'。"郭沫若的意思很明确,发起批判运动就是要把"当今孔子"胡适拽下神坛,使之成为人人得而诛之的"最危险的思想敌人"。

第一次"胡适思想批判运动"起始于1950年9月22日。这一天,香港《大公报》上刊出文章《对我父亲——胡适的批判》,作者署名"胡思杜",文章说:"在他没有回到人民的怀抱来以前,他总是人民的敌人,也是我自己的敌人。在决心背叛自己阶级的今日,我感受到了在父亲问题上有划分敌我的必要。"

第七章 晚年岁月

尽管这篇文章一度被认为是篇顶着胡适儿子名义的"伪作",但却带动了"批判胡适"的第一波浪潮。汤用彤、金岳霖、朱光潜、梁思成等一批新中国成立前没有离开大陆的老知识分子纷纷撰写文章,表明坚定的"批胡"立场。这一次批判因1952年1月的"三反"运动兴起而中断。

关于刘文典在第一次"批胡"运动中的态度与立场,至今未见任何资料。一个极有可能的原因是,刘文典选择了沉默不语。事实上,他在新政权开始后便已经有意无意不再提及这位故友了。

1954年10月16日,毛泽东写下了那篇著名的《关于〈红楼梦〉研究问题的信》,支持"小人物"李希凡、蓝翎批判"资产阶级红学权威"俞平伯的举动,并语气坚定地发出了意在弦外的新号召:"看样子,这个反对在古典文学领域毒害青年三十余年的胡适派资产阶级唯心论的斗争,也许可以开展起来了。"

"批红""批胡"的飓风,迅速席卷全国。远在西南边陲的云南大学并未因"山高皇帝远"而享受到"豁免权"。在这一年的云大校刊上,副校长李广田发表《从"红楼梦"问题开始,深入开展对于资产阶级唯心论的斗争》一文,向全校师生发出"开火"的号召:"虽然论争是从俞平伯的《红楼梦研究》开始,但其范围决不限于《红楼梦》和俞平伯,这乃是在整个思想战线上工人阶级唯物主义对反动的资产阶级唯心主义的开火,为了使火力集中,为了通过对于具体的人与具体的反动言论的批判使斗争得以深入而获全胜,故'战斗的火力不能不对准资产阶级唯心论的头子胡适'。"

在这种形势下,刘文典当然不能一直保持沉默。1954年12月2日至6日,云大中文系先后三次举行全体教师会议,学习有关《红楼梦》研究的文件,并进行座谈。作为系里资格最老的教授,刘文典必须作表态性的发言。如今已无法知晓刘文典坐在会场中的心境了,面对周围开向胡适的炮火,他是否会想起当初与胡适交往的点点滴滴?他该是同仇敌忾还是虚与委蛇?

终于轮到他发言了。可以想象,他还是会像往常一样,稍稍坐直了一些,不慌不忙点上一根烟,微微张开眼,看了看四周,用略带安徽口音的普通

话,淡淡地开了头:

> 谁都知道我们中华人民共和国是以工人阶级为领导的向社会主义前进的国家,我们的文艺理论和一切研究学问的方法都必须是以马克思列宁主义思想为指导的,这本是天经地义的、毫无问题的。

简单表态之后,接着说道:

> 但是要树立马克思主义的文艺观点并不如此简单,必须经过长期艰苦的斗争,才能得到完全的胜利。我们政治上、军事上的敌人现在是跑到台湾岛上去了,解放大军一发动指日就可以消灭得了。但是思想上的敌人却顽强的盘踞在我们的脑子里,要想彻底肃清不是那么容易,但就《红楼梦》这一部书的研究说,在毛主席发表《延安文艺座谈会上的讲话》距今已有十几年,而全国解放已有五年了,才由李希凡、蓝翎两位同志发现了它的根本错误,可见我们大家思想上麻痹到什么程度。这也就说明一般研究文学的人并没有真能以马克思列宁主义武装自己,而是让资本主义的思想在脑子里安然不动的盘踞着。
>
> 就我个人而言,这情形不只是中国有,就是在苏联也还难免。在语言学方面,几十年来都崇奉马尔为权威,对他的说法,谁也没有看出错误,一直到斯大林《马克思主义与语言学(问题)》的论文发表出来,才像太阳出山一样把马尔的这一座冰山融化了。从这里更可以看出资本主义的残余思想是如何的顽强,而随时提高警惕,加强政治学习又是如何重要。

紧接着,刘文典谈到了自己对于这一场批判运动的看法。和座谈会上其他老师指名道姓将胡适骂个狗血喷头不同,他只是大而化之将矛头对准了包括自己在内的"研究古典文学的人":

> 我看这一次运动既不是专对《红楼梦》这部书,更不是专对俞

第七章 晚年岁月

平伯这个人,而是一场思想斗争,尤其是要对每个人自己的资产阶级思想作斗争。因为研究文学的人,尤其是研究古典文学的人,年纪一般都较大,谁也不敢说自己脑子里没有资本主义唯心论的残余渣滓。就是研究自然科学的人也不例外,因为在资本主义、帝国主义国家学来的那一套多少总带有些毒素;不过我们研究古典文学的人身上带的细菌最多,中毒也最深罢了。

我常常说:古典文学好比一条牛,我们要吃牛肉、喝牛奶,吸取牛肉和牛奶的滋养料,来强壮自己,建立我们社会主义的文艺。也就是说,要"撷其精华,弃其糟粕"。但是这件事"谈何容易"。牛肉里可能有寄生虫,牛奶里也可能会有许多的结核菌,何况我们自己就是带菌者,或者竟是害着传染病的人,稍微大意,就会把毒素散布给学生。现在的教育工作者固然不会有意去毒害青年,但是,我们都是从旧社会来的,我们自己的杀菌消毒工作做得不完全,就会遗(贻)害无穷的。

在一个主旨为"批判胡适"的大会上,这个发言显然有点"顾左右而言他"了,通篇讲话竟然连"胡适"这个名字都没出现一次!当然,刘文典知道自己此时应该如何保护自己,并开始懂得表现出积极姿态的重要性:

思想上的消毒杀菌工作,说难是千难万难,说容易也容易,只要你自己知道是患病人、带菌者,肯去治病,不"讳疾忌医",这里就有一剂百发百中的灵丹妙药,那就是马列主义。辨(辩)证唯物论是摧毁唯心论的炸药,马列主义好比是太阳,它一出来,什么妖魔鬼怪都完了,什么细菌都可以消灭。但是话又说回来了,太阳光有晒不到晒不透的地方,就是细菌毒素隐藏的处所,也就是我们的思想的深处。这个地方的消毒杀菌工作颇不容易,要我们忍得痛苦,舍得刮骨开刀才行,所以我说这是一场尖锐的思想斗争、长期的思想斗争,而且我也愿意尽最大努力参加到这一斗争中去,和大家一齐向反动思想进行斗争,和大家一同学习,一同进步。

那么,在接下来如火如荼的"批判胡适"的大潮中,刘文典又是如何表现的呢?据他的一位年轻同事后来写文章说,凡是系里举行的批判学习大会,刘文典一般都积极参加,甚至会带个小本子边听边记,但是很少发言。别人讲话,他要么装着记录,要么闭眼休息。

后来,刘文典自己也成了"反动学术权威",被大肆批判,当时就有人揭发他的一条"罪状":系里组织开批判会,他竟然"靠在沙发上睡大觉"!

《杜甫年谱》

尽管针对旧派知识分子的思想改造运动不断,但由于得到学校高层李广田等人的"重点保护",刘文典在云大的学术地位未降反升,成为学校里公认的"学术权威"。

据《云南大学志·大事记》记载,1954年9月27日,云大校务会议决定,为更好地领导科学研究工作及使本校科研工作全面展开,将原有科学研究委员会调整扩大。由李广田任主任委员,王士魁、张其浚任副主任委员,方国瑜、寸树声、刘文典、朱彦丞、杜棻、秦仁昌、赵雁来、诸宝楚、梁家椿、方仲伯等为委员。

1956年2月,根据教育部通知,云大决定成立校学术委员会。学术委员会是学校最高的学术决策机构,不定期召开会议,对要求升等的教师予以审查,最后投票表决。作为学校古典文学方面的权威教授,刘文典名列其中。其余的委员大多是学校各个层次的领导,如副校长李广田,教务长王士魁,副教务长刘绍文、张其澹,总务长张瑞纶,副总务长程明轩等。

在这样的外部大环境下,刘文典逐渐放下了心中的疑虑和不安,决定在有生之年拿出更多的时间,争取学术研究上的新突破。当时新中国成立不久,"厚今薄古"渐成潮流,魏晋六朝文学被认为是形式主义乃至颓废的样板而遭到批判,但刘文典依然坚守着对于学术的尊崇,利用尽可能的机会传道授业。他甚至还搬出了"老夫子"刘师培,说像刘师培那样的学者,博闻强识,实为人所不及;其读书之刻苦,学识之渊博,亦受人景仰,被称为"读书种子"。但著述征引材料,有时只凭记忆,偶尔也有讹误之处。所以,他认为读书做学问,务必有个老实的态度。他说:"不求甚解,是读书的大忌。应知之为知之,不知为不知,千万莫不懂装懂。"在他的精心培育下,当时听课的许多年轻学生后来都成为某一领域的翘楚,如陈红映是国内庄子研究领域的权威,而张文勋则是当今云南省学术界的泰斗。

与年轻人在一起,刘文典可以随心所欲,滔滔不绝讲上几个小时,尽管他嘴里有时嫌学生"太笨",但内心其实还是想教给学生更多的知识。有一年,学校考虑到刘文典既要忙于搞学术研究,又要忙于培养年轻骨干教师,便没有安排他给本科生开课。刘文典听说后,十分不满,怒气冲冲跑到学校去找中文系的负责人:"教授怎么能不教书!拿薪水不教书就是失职!"经不住他的一再要求,系里只得让他给高年级的本科学生开了一门考证学。

即便是没有给他安排课程的班级,他有机会也会跟这些班的学生说:"我虽然不教你们,不过要是遇到了国学上的难题,你们可以来问。我喜欢勤学好问的学生,别人不识的字,我识;别人不懂的文章,我懂。你们不论来问什么问题,我都会予以解答。"

而在个人的学术研究上,刘文典也暗自作了初步盘算,决定在有生之年潜心完成《杜甫年谱》《王子安集校注》以及规模更大的《群书斠补》,并打算对文论名著《文心雕龙》进行研究。其中,杜甫研究是重点。

为支持刘文典的研究计划,1953年8月,李广田特意在云大对面的校产"王九龄故居"里辟出一块地方,作为"刘文典研究室","搬去一些古籍,主要是二十四史,请刘先生为二十四史断句标点,并为他专门买来朱砂、朱笔供批点之用"。① 考虑刘文典年岁渐高,行动不便,学校又调体育组职员庄永华到中文系,担任刘文典助手,帮助他找找资料、抄抄手稿。

从1955年下半年开始,在点校二十四史之余,刘文典便开始着手构思已久的《杜甫年谱》的资料搜集和初稿编撰工作。刘文典激情满怀,找到了

---

① 张传:《我所认识的刘文典先生》,载《云南文史》,2009年第2期,第49页。

在昆明能找到的所有相关资料,但却迟迟没有动手。他知道,要做好杜甫研究,仅仅靠这些有限的资料还是不够的。1956年初,他利用赴北京出席全国政协第二届委员会第二次会议的机会,专门抽空去了一趟北京图书馆,希望能查阅到更丰富的资料。居然所获颇丰。

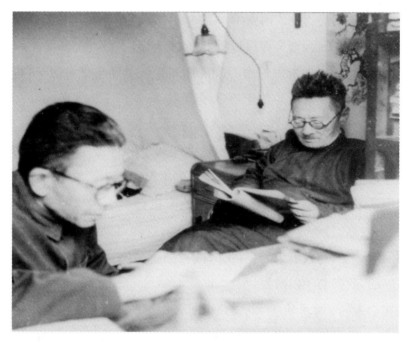

图 7-2　刘文典与助手庄永华在王九龄故居内的"刘文典研究室"
(刘平章先生供图)

全国政协会议结束后,刘文典又与同时在京开会的经济学家、四川大学校长彭迪先一起来到成都,并在彭的陪同下,参观了杜甫草堂,查阅了草堂内珍藏的杜甫诗歌珍本以及历代文人所作的诗画。眼界为之大开。

临别前,应草堂工作人员的盛情邀请,刘文典援笔成诗,几乎一气呵成:

李杜文章百世师,今朝来拜少陵祠。

松篁想像行吟处,云物依稀系梦思。

濯锦江头春宛宛,浣花溪畔日迟迟。

汉唐陵阙皆零落,唯有茅斋似昔时。

第七章　晚年岁月

杜甫的诗苍凉激越,一直是刘文典重点研习的对象。如今站在杜少陵草堂之前,刘文典遥对古人,内心的信念愈加坚定了。

据云南大学校史专家刘兴育先生考证,1957年3月,刘文典借再次到北京出席全国政协会议的机会,又到北京图书馆查阅资料。这一次,在浩如烟海的古籍资料中,刘文典发现杜甫的出生时间应该比一般认定的时间晚一年(即先天元年改为开元元年)。对于这个问题,学术界一向争论很大,有的学者催刘文典赶紧发表文章,抢占先机。但刘文典十分慎重,他说,在考证确凿之前,他是不会轻易发表这个新发现的。

1958年,有人在云大校园里贴出大字报,质疑刘文典的这个学术研究成果,并讽刺他说:"一个自称大学者的教授,搞了好几年,还拿不出一部年谱。"其时,刘文典已经身心俱疲,但他毅然顶住压力,坚决不肯将经不起历史推敲的研究结论拿出去发表,直到突然撒手人寰。

很多人在评价刘文典一生的学术成就时认为,他的学术硕果基本是中青年时代完成的,到了晚年以后,由于思想颓靡、消沉失落,几乎没有什么拿得出手的研究成果。这其实是一种误解,或者说是一种无奈。

造成这种误解或无奈的根源,在于当时整个学术环境的"非正常状态"。其实,经过了三四年的努力,刘文典已经基本完成《杜甫年谱》《王子安集校注》的前期工作,虽然均属于未完稿,但已初具形态。1956年8月考入云南大学中文系的雷国维曾撰文回忆,"当时刘文典正在修订《杜甫年谱》,我们在当年的国庆游行中,抬的中文系的科研成果便是刘文典的《杜甫年谱》的木制模型"。

这一回忆,在近年新发现的云大原中文系主任刘尧民《关于刘文典先生之〈杜甫年谱〉》一文中得以证实:

> 一九五五年,我系在学校统一领导下,展开科学研究工作,定出计划。刘文典先生之《杜甫年谱》即全系科研计划之一。因此项工作艰巨,特请学校调体育组职员庄永华同志到中文系,协助刘文典先生工作。庄对古典文学,略有基础,担任此项工作,差可胜任。

并辟静室一间,备置应用书籍,以便检阅研讨。自一九五五年下年度开始工作。庄在刘文典先生指导之下,搜集资料,抄录稿件,刘先生口授,庄则笔录。至一九五七年中,三阅寒暑,积稿盈寸。据庄云:每告一段落,即送刘文典先生家,请先生审阅。陆续送交稿件,前后约一百余页。中间因教学任务及其他社会活动,时作时辍。至一九五七年六月以后,各项运动展开,遽尔搁笔,迄未脱稿。近闻庄送交先生家之《年谱》稿本,于一九五八年先生易箦时遗失,遍寻未获。幸庄录有副本,藏于系资料室。曾于今年四月间纪念杜甫时,交图书馆陈列展览。此虽未完之稿,亦先生数年心血之结晶。人之云亡,遗迹犹新!抚今思昔,曷胜黯然!为能付诸剞劂,获与世见,亦足以慰前修而惠来学。因将此稿检出,并略述经过。一九六二年六月廿日。①

1962年7月3日,时任云大校长李广田写信给著名哲学家、刘文典西南联大同事冯友兰:"叔雅先生遗稿《杜甫年谱》(未完稿),已经找到,日前已寄中华书局金灿然同志。稿前有云大中文系主任刘尧民同志所写说明,可以略见其原委。"但遗憾的是,由于国内局势的风云变幻,加之金灿然积劳成疾,寄往中华书局的这一书稿没有出版,稿本也不知所踪。

直到近年,经过刘平章先生四处搜寻,最终在刘文典弟子吴进仁家发现了又一副本,经云南大学张昌山、段炳昌、杨园等人整理校订,于2013年由云南人民出版社出版,才让这部部分代表刘文典晚年学术成就的著作重现天日。

至于刘文典其他的手稿,曾由刘平章亲手交给史学家、云大历史系主任张德光教授,请他帮助整理出版。正当张德光准备着手整理之际,"文革"突然爆发,张德光首当其冲受到迫害,整理工作不得不就此中断。十年浩劫,

---

① 刘尧民:《关于刘文典先生之〈杜甫年谱〉》,见刘文典《杜甫年谱》,昆明:云南人民出版社,2013年,第110页。

张德光保住了屡弱的躯体,却未保住刘文典的手稿,实在不能说不是一大憾事。至今,这些珍贵的刘文典手稿去往何方,仍是一个谜。

亲眼看见了毛主席

1956年1月,中共中央专门召开知识分子问题的会议,传达毛泽东主席"向科学进军"的指示。周恩来总理在会上作了主题报告,要求正确解决知识分子问题,充分动员和发挥他们的力量,为伟大的社会主义建设服务,并认为这"已成为我们努力完成过渡时期总任务的一个重要条件"。

这次大会发出的声音,让刘文典由衷地激动。此前,周恩来总理出席万隆会议回国,途经昆明,曾和刘文典等人谈起他在万隆会议上提出的"求同存异"四个字。刘文典深为叹服,"认为这四个字是辩证唯物主义和中国古代哲学化合起来的结晶",并为此在宴会上敬了周总理四杯酒。① 1956年1月10日,他作为"特别邀请人士"被政协第二届全国委员会第二次会议增选为全国政协委员。据安徽老革命李广涛在《百年自述:一个合肥人的足迹》里回忆,经他推荐,安徽省方面一度想邀刘文典回皖出任副省长,省委书记曾希圣为此派秘书专程前往云南省交涉,但云南省亦以"当地严重缺乏人才"为由婉拒。② 这是新政权给予他政治上的最高认可。

在政治上,还有一件喜事。这一年,经许德珩先生和曲仲湘先生介绍,刘文典正式加入九三学社,与曲仲湘、方国瑜、秦瓒等人一同创建了九三学社云南最早的地方组织——九三学社中央直属云南大学小组。

1956年2月,刘文典回到了阔别将近20年的京城,参加全国政协会议。火车经过了广西、湖南、湖北、河南、河北等省,一路上,工厂的烟囱像树林一样,车站上排列着长长的列车,车上装的全是建筑材料、钢管、新式农具、拖拉机。这些都是刘文典有生以来没有看过的繁荣景象,处处都出乎他的想象。

---

① 刘文典:《谈谈"求同存异"》,载《政协会刊》,1957年4月25日,第27页。
② 李广涛:《百年自述:一个合肥人的足迹》,合肥:安徽人民出版社,2013年,第8页。

如今，北平已经不叫北平了，又改回北京这个名字，成了新中国的首都。回想1937年7月卢沟桥事变后，北平沦陷，刘文典一家仓皇南奔，历尽世事沧桑，当时哪里知道这一去竟然将近20年。20年前，"二毛头"刘平章还只是一个三四岁的孩子，如今他都已经在成都工学院读大学了。20年后，刘文典以中华人民共和国主人的身份回到北京，内心的波澜起伏真是连笔墨都无法形容！

一下火车，刘文典立即直奔天安门，"看看那一对华表，真是悲喜交集，落下泪来，要不是共产党几十年的奋斗牺牲，毛主席的英明领导，从敌人手里夺回北京，解放北京，我能够以政协委员的资格回来吗？"

毫无疑问，在那种情境之下，这完全是发自刘文典内心世界的真实声音。他没有办法不感动。过去在北京的大街上，看到的孩子多半都是一身破衣、满脸灰尘、营养不良，如今看到的孩子个个都是衣帽鞋袜整齐干净，脸色好似苹果，健康活泼，看上去都像是画里的小天使。他说，最使他感动的还不是人们外表、物质上的变化，而是人与人之间的关系，由从前的尔虞我诈、互相争斗变成了真诚的微笑、和善的温暖。刘文典开始有点庆幸自己赶上了这个时代。

在北京住了一个多月，每天坐着省府派出的小车，出入怀仁堂，参加最高国务会议，看中南海的雪景，吃前门饭店的西餐，政治荣誉与物质待遇都达到了"没有什么不如意"的地步。

在此期间，作为全国23名著名专家之一，刘文典还受到了国家最高领导人毛泽东主席的接见。后来，在不同的场合，他均以同样激动的语调，描述了他见到毛主席以及毛主席同他握手谈话的情形：

"在等待着毛主席的接见时，二十三个专家都很紧张。但是等到了跟前，却一点也不紧张，如同最亲近的人到了跟前一样，除了尊敬之外，还感到非常地爱他。"

"你最近在研究什么？"毛主席问他。

"我在研究杜诗，研究完杜诗，再研究白居易。"他回答。

"很好。"毛主席说。①

尽管只是简短的几句对话,却让刘文典"眼睛里透出闪闪的光芒"。几天后,在全国政协会议上,刘文典、华罗庚等教授都就各自的研究项目,向党中央提出保证:一定能够在不多的几年内赶上世界先进水平。后来在云南省政协第一届第二次全体会议上发言时,刘文典说:

> 我相信全国的学者必然也都能做到。因为我们以苏联为首的社会主义国家,政治、经济、社会制度都比资本主义国家优越。我们的学者都能掌握马克思列宁主义这一个无往不胜的武器,我们有辩证唯物主义和历史唯物主义,所以研究自然科学、社会科学成绩一定比他们优越。毛主席指示过我们:"自然科学是生产斗争的工具,社会科学是阶级斗争的工具。"我们又有唯物论的世界观做思想斗争的工具,我们科学大进军的胜利是有十分把握的。资本主义国家的学者是为个人的名利、个人的兴趣去研究学问;我们社会主义国家的学者是为寻求真理、为人类造幸福去研究学问,我们的立场比他们高尚,所以观点、方法自然比他们高明。苏联科学家研究原子能很快的就跑在美国的前面。苏联把研究的成绩公开的贡献给世界和平事业,美国却拿原子弹去讹诈。哪一个伟大、哪一个渺小是清清楚楚的。科学进军哪一边胜利、哪一边失败也就明明白白的了。

他还提到,在全国政协会议上,国务院刚刚通过的《汉字简化方案》也成为热门话题。这一改革争议很大。作为长期进行校勘学研究的著名学者,刘文典对于政府的改革主张表示了高度的认同:"文字这件东西,从前只是极少数人使用的欣赏的娱乐品。现在是六亿人表达思想的工具。秦始皇统一中国,还要把篆字改为隶书,何况我们人民共和国,怎能不把字体简化呢?"他说,要建立社会主义文化,必须首先扫除文盲,要扫除文盲,必须也要

---

① 张友铭:《刘文典教授见到了毛主席》,载《云大》,1956年5月12日。

把汉字简单化、拉丁化,这是研究中国文字的人的庄严任务。而汉语拉丁化,正是1956年1月20日毛泽定在知识分子问题会议上明确提出的改革方向。

这年8月,《云南日报》开辟《笔谈"百家争鸣"》专栏,头条即为刘文典所写的《我国学术界的大喜事》,对中共中央提出的"百花齐放,百家争鸣"方针给予了高度赞扬:

"百家争鸣"这一方针可以说是人类学术思想史上一个划时期的号召。回想我在解放前曾听有人说过:在共产党领导下,思想上是没有自由的。当时我也有过一些错误的想法,认为共产党是不会容许思想上的敌人(唯心论)有自由的。到今天我才晓得新中国的人民在学术思想上是获有最大的自由,也本来应该有最大的自由。但我认为,这种自由是有界线有原则的,那种提倡资本主义复活的学术自由是不容许的,唯心论者可以自由争鸣,但还是要给予它严正的批判的。

我希望党和政府加强对知识分子的领导,而知识分子们也要努力作自我改造,努力向科学进军,争取做一个红色的专家和战士,为祖国社会主义文化事业作出出色的贡献。

9月,中国共产党第八次全国代表大会召开,国内学者纷纷撰文表示庆祝。刘文典在云大校刊上发表《对中共第八次全国代表大会的感想》,以《老子》的观点解读现实政治:"毛主席把马列主义的理论,和中国的革命实践相结合,这是人人都知道的。依我这一个古哲学书《老子》的读者看来,他是把马列主义的政治理想和中国古代政治哲学上的崇高理想都拿来一齐实现了。我常说,中国共产党和毛主席是中国革命的旗帜和导师,并对世界人民革命作出了巨大的贡献,让我们为全世界人民革命的胜利,高呼共产党万岁!毛主席万岁!"

此时,刘文典已然完全适应了新的话语环境和政治生态,正如他在给儿子刘平章的一封信里所说的:"我的工作几乎全是政治,今春在京一月,回昆后即开省政协,接着是人民代表大会,会毕后是整风,反击右派,教学和科研都搁下,大约今年是不得完的。"

独立之精神,自由之思想

春风得意的背后,却是难以言表的隐忧。北京之行,并不仅仅是荣耀和风光,而还有一项有点棘手的政治任务:南下劝陈寅恪北上。

陈寅恪是与刘文典一道当选全国政协委员的,但他却以健康原因没有赴会。当然,背后的真正原因其实是陈寅恪一直在想办法婉拒有关方面邀他北上任职的动议。

在1948年年底的国民党"抢救学人"计划中,陈寅恪和胡适出现在第一批的名单中。据说,蒋介石曾多次派专机到南京接陈寅恪,但都失望而归。这成了蒋介石的一大恨事。

经过多年战乱的陈寅恪此时最想做的就是寻找一个远离政治的"世外桃源",潜心做自己的学问。他最终选择了偏于中国南隅的岭南大学。在校长陈序经的领导下,岭南大学逐渐形成了"尊重个人思想、信仰、言论与学术的自由,绝不允许介入政治争斗"的校风。这是陈寅恪的理想去所。

1953年,中共中央决定设立历史研究委员会,由陈伯达、郭沫若、范文澜、吴玉章、胡绳、杜国庠、吕振羽、翦伯赞、侯外庐等人组成,陈伯达任主任。这份名单基本上囊括了1949年后中国马克思主义历史学的权威人士。但很明显,这个名单上还缺少一个不可或缺的名字:陈寅恪。

于是,自1953年开始,不断有被陈寅恪称为"北客"的昔日同事或学生,借"路过"广州的时机登门拜访,劝说他到北京任职。有消息说,郭沫若所在的中国科学院准备再增设两个历史研究所,其中二所(中古史研究所)所长的位置就是特意给陈寅恪量身定做的。

1953年11月,北京大学历史系副教授汪篯怀揣着中国科学院院长郭沫若、副院长李四光的信件,踌躇满志地南下广州劝说昔日恩师陈寅恪北上。

一到中山大学,汪篯就住进了老师家中。他22岁便追随陈寅恪先生研究隋唐历史,是陈寅恪所有弟子中成就相当卓越的一个。这次南下劝说陈寅恪,汪籛是志在必得。然而,令他没有想到的是,刚刚亮明来意,他就被老师"轰"出了家门,住进了招待所。

面对汪籛的苦口婆心,陈寅恪说,他的学术主张完全见于1929年他所写的王国维先生纪念碑中,"最主要的是要具有自由的意志和独立的精神","我要请的人,要带的徒弟都要有自由思想、独立精神。不是这样,即不是我的学生。你以前的看法是否和我相同我不知道,但现在不同了,你已不是我的学生了,所有周一良也好,王永兴也好,从我之说即是我的学生,否则即不是。将来我要带徒弟,也是如此"。①

汪籛乘兴而来,败兴而去。此后数年,中国科学院方面一直继续动员与陈寅恪关系不错的学者或知名人士通过不同途径劝其北上。作为陈寅恪的昔日至交,刘文典自然也"跑不掉干系"。1956年3月,作为全国政协委员的刘文典在北京开完会后,心思重重地踏上了归途。他没有直接回云南昆明,而是中途在四川成都停留了几天。他和陈寅恪共同的好友吴宓住在那里。

这一年的3月6日,《吴宓日记》作了如下的记录:

> 晚饭后,刘文典、彭举同来;举旋去,与典久谈。典写示寄寅恪诗(二句注,"当时传闻宓坠楼自杀")。旋乘汽车至典馆舍(省府第一招待所在本馆之背,由署袜街续往,实甚近),烹茗细谈。典述(一)典近十年之情况,此次赴京之使命,留此之原因;(二)寅恪近况,政府命典作说客,典欲宓代往(宓决不效华歆之对管宁,但未明说);(三)典在京遇稻(仍住受璧胡同九号)之详情;(四)典劝宓赴云南大学任教,以李广田(共党)为副校长,主持一切,宓必可作自由研究或编译(典举示杨宪益英译之《唐人小说》)云云。宓答以"安土重迁",不欲去此矣;(五)典杂述秦瓒、陶光、孙乐等之近情。

---

① 陆键东:《陈寅恪的最后二十年》(修订本),北京:生活·读书·新知三联书店,2013年,第104~107页。

第七章 晚年岁月

乐之变节,诚宓所不及料者也。11:00 急步归,京戏方散。

这是一段颇有意味的私人记录。通过吴宓简短的复述可以发现,刘文典对于有关方面交代的任务毫无信心、顾虑重重,否则他也不会向吴宓求助,甚至想请吴宓代为前往。其实连他自己都知道,吴宓肯定也是不会去的:新中国成立前后,像陈寅恪一样,吴宓既不肯到台湾,也不肯北上,实在无处可去,一度想上四川峨眉山剃度出家,最后打消念头,入当地学校讲学为生。3月10日,吴宓再度来访,未遇刘文典,遂留柬"不愿赴粤说寅恪"。

刘文典一直牵挂着陈寅恪的消息,极为敬佩这位故交的独立坚守,并将这种情感写入七律《怀寅恪》之中:

  湖海元龙安好无?吴宫又见落秋梧。
  同萦愁绪丝难理,独抱坚贞玉不如。
  匝地风烟双鬓改,中天霜月一轮孤。
  明珠瑟瑟抛残尽,怕过黄公旧酒垆。

这就是刘文典向吴宓出示的那首诗,其中连用几个典故:第一联中的"元龙"指三国时期的"狂人"陈登,字元龙,性格桀骜不驯,学识渊博,曾任广陵太守,深受百姓拥戴。因陈寅恪与之同姓,刘文典故将陈登喻之。第四联中的"黄公酒垆"一典出自于《世说新语》,晋时王戎曾与嵇康、阮籍同饮于黄公酒垆,后来嵇康、阮籍相继过世,王戎再过此店,为之伤感。刘文典无疑是想借助这些典故,表达对于昔日友人和昔日生活的深深追忆。

"问君能有几多愁,恰似一江春水向东流"。刘文典隐隐感觉到,陈寅恪的桀骜不驯有可能会给他带去难以预测的磨难。即便如此,刘文典最终还是放弃了南下劝说陈寅恪的念头。他无法说服自己。

第二节　事情正在起变化

知识分子的"乍暖还寒"

1957年3月24日,著名社会学家费孝通在《人民日报》上发表《知识分子的早春天气》一文,对一年前召开的全国知识分子问题会议作出回应:"几年来,经过了狂风暴雨般的运动,受到了多次社会主义胜利高潮的感染,加上日积月累的学习,知识分子原本已起了变化。去年一月,周总理关于知识分子问题的报告,像春雷般起了惊蛰作用,接着百家争鸣的和风一吹,知识分子的积极因素应时而动了起来。但是对一般老知识分子来说,现在好像还是早春天气。他们的生气正在冒着,但还有一点腼腆,自信力不那么强,顾虑似乎不少。早春天气,未免乍寒乍暖,这原是最难将息的时节。逼近一看,问题还是不少的。当然,问题总是有的,但目前的问题毕竟和过去的不同了。"

这一年多,费孝通一直在"东跑西走",四处调研。所到之处,深切感受到不少老知识分子的寂寞感:当这些老知识分子搞清楚了社会主义是什么的时候,他们是倾心向往的。但是未免发觉得迟了一步,似乎前进的队伍里已没有他们的地位,心上怎能不浮起了墙外行人"笑渐不闻声渐悄,多情却被无情恼"的感叹!

知识分子是时代的风向标。而在全国知识分子问题会议上,毛泽东、周恩来等人的讲话,无疑向老知识分子传递出一种信号:本来以为从此只能沉沙折戟,没想到还有新的春天!

欢欣鼓舞之余,便是积极的行动。在这篇文章的开头,费孝通就将曾经的云大同事刘文典当成了"春到人间,老树也竟然茁出了新枝"的典型:"去年暑假,我初到昆明,曾会见过不久前为了笺注杜诗特地到成都草堂去采访回来的刘文典老先生。去年年底,张文渊先生邀我去吃小馆子送行,大谈他正在设计中的排字机器。这半年多来,知识分子的变化可真不小,士隔三日怎能不刮目而视?"

知识分子迎来了前所未有的早春天气,积极性都被调动起来了。但在这篇文章中,费孝通也开诚布公地谈到了老知识分子对于"百家争鸣"方针的认识与顾虑,"对这方针抗拒的人固然不算多,但是对这方针不太热心,等着瞧瞧再说的人似乎并不少"。

4月30日,毛泽东约集各民主党派负责人和无党派民主人士就深入开展整风运动征询意见。毛泽东说:"现在已经造成批评的空气,这种空气应该继续下去。"此前三天,4月27日,中共中央发出《关于整风运动的指示》,决定进行一场以正确处理人民内部矛盾的问题为主题,以反对官僚主义、宗派主义、主观主义为内容的整风运动,"提高全党的马克思主义的思想水平,改进作风,以适应社会主义改造和社会主义建设的需要"。

在云南,5月24日,中共云南省委统战部邀请各民主党派负责人和高级知识分子就党和知识分子的关系问题举行座谈。刘文典应邀发言,为知识分子的境遇作了不少的辩护与呐喊:"英美知识分子都是大资产阶级出身,而中国的知识分子多是小资产阶级出身,当然有他的特点,有动摇性,但他们有革命的一面。解放后几年,在大陆上的就没有一个知识分子偷越国境,或者跑到宋美龄那里去的。在美国的中国教授,也不图高的待遇,都不避吃苦,想尽办法回到祖国来。所以我国的知识分子是不崇拜金钱的,从书上也找不到这种例子,也没有嫌贫爱富的想法。这是中国知识分子的优点,这点应该要相信的。中国的知识分子在思想上是不坏的,大陆上的不用讲了,就是台湾的知识分子也是想回到祖国的怀抱里来的。所以我想不消用什么手段啦,因为他们的思想是进步的、科学的,怎么能说他们不信马列主义呢?"①

5月25日,云南省委书记于一川专门来到云大,邀请70多位教授、副教授座谈,听取意见。他说,党历来是重视知识分子的。许多知识分子是从旧社会来的,党采取"团结、教育、改造"的政策是正确的。但从目前实际情况

---

① 《省委统战部继续邀请民主党派负责人座谈,针对党与知识分子关系问题坦率开展批评和提出建议》,载《云南日报》,1957年5月25日第1版。

看，党和知识分子的关系不够正常，有的同志谈到"墙"与"沟"的问题，这是事实。原因是多方面的，比较突出的是官僚主义，脱离群众。对党外人士不信任，不敢放手让人家工作，实际上党内同志去办不一定就办得好。所以说，宗派主义是愚蠢的。他鼓励在座的人，要本着"知无不言，言无不尽，言者无罪，闻者足戒"的精神，积极向党提意见，帮助党整风。

刘文典大感痛快淋漓，曾经熟悉的话语氛围又回来了。正在这个时候，《云南日报》的一位记者登门拜访，邀请他帮助共产党整风，大鸣大放。刘文典抖擞精神，敞开心扉，侃侃而谈，他的态度很明确：与人为善，知无不言，言无不尽。报社记者顿时如获至宝，几天后，《云南日报》在重要版面刊登出了刘文典的这些观点。

但是在此过程中，也出现了少数反对党的领导、否定社会主义制度的错误言论。1957年5月15日，也就是在中共中央发出整风运动指示18天之后，毛泽东写出《事情正在起变化》一文，发给党内高级干部阅读。毛泽东在这篇文章里说：

> 最近这个时期，在民主党派中和高等学校中，右派表现得最坚决最猖狂。他们以为中间派是他们的人，不会跟共产党走了，其实是做梦。中间派中有一些人是动摇的，是可左可右的，现在在右派猖狂进攻的声势下，不想说话，他们要等一下。现在右派的进攻还没有达到顶点，他们正在兴高采烈。党内党外的右派都不懂辩证法：物极必反。我们还要让他们猖狂一个时期，让他们走到顶点。他们越猖狂，对于我们越有利益。人们说：怕钓鱼，或者说：诱敌深入，聚而歼之。现在大批的鱼自己浮到水面上来了，并不要钓。这种鱼不是普通的鱼，大概是鲨鱼吧，具有利牙，欢喜吃人。人们吃的鱼翅，就是这种鱼的浮游工具。我们和右派的斗争集中在争夺中间派，中间派是可以争取过来的。什么拥护人民民主专政，拥护人民政府，拥护社会主义，拥护共产党的领导，对于右派说来都是假的，切记不要相信。不论是民主党派内的右派，教育界的右派，

第七章　晚年岁月

文学艺术界的右派,新闻界的右派,科技界的右派,工商界的右派,都是如此。①

这实际上是正式吹响了反击右派的号角。6月8日,中共中央发出《关于组织力量准备反击右派分子进攻的指示》,要求各省市级机关、高等学校和各级党委都要积极准备反击右派分子的进攻。

据《云南大学志·大事记》记载,6月21日,中共云南省委召开动员会,组织力量全面开展反击右派分子的斗争,云大迅速响应,寻找隐藏在人民内部的阶级敌人,由于受到"左"的影响,把大量的人民内部矛盾当作了敌我矛盾,致命反右斗争被严重地扩大化了,将一批知识分子、党内干部、青年学生划成右派分子,大肆批判,共计169人,其中党内10人,党外159人。

刘文典一度成为重点"划右"对象。据云南民族学院退休教师张有京回忆,1968年8月31日,他的父亲张德光(时任云大历史系主任)写有交代材料《我替刘文典的〈庄子补正〉写跋的错误》,曾透露道:"1957年反右斗争时,校党委整风反右领导组曾在校内民主党派老师中,收集整理过刘文典的右派材料,我也曾写过揭发刘文典的材料交校党委。因我未参加党委审定右派的会议,校党委为何未划他为右派我不知道。"在反右斗争中,还有些被定为"右派分子"的老师,为求"宽大处理",也曾揭发过刘文典的"右派言行",如1957年7月23日,时任云大教务长的王士魁教授(被定为校内"大右派")在批判会上交代其"罪行"中说道:"刘文典说在云大不骂刘文典不是进步,学校离心力大,外出学习的人都不愿回来。学校再过几年不堪设想,读几年书再说。"反右斗争后期,刘文典先生一度被校党委内定为"中右"。

云南大学校史专家刘兴育新发现一份云大1957年8月13日存档文件,附有《教学人员、科以上行政干部、政治工作人员中右派分子名单用表》,其中刘文典赫然在列,并备注"未斗争"。在附录的"右派分子的思想情况"中,

---

① 毛泽东:《事情正在起变化》,见中共中央文献研究室《建国以来重要文献选编》第十册,北京:中央文献出版社,1994年,第266页。

对刘文典的评语是："投机,所谓的'真英雄回首即神仙'。"但不知何故,刘文典最终未被划为右派,成为"漏网之鱼",或许各方都认为他是可以争取的中间派。

你们都来烧烧我吧!

反右派运动在云南兴起后,首当其冲是秦瓒。

秦瓒,字缜略,河南固始人,其父秦树声为河南名士,后在云南任过学台。1919 年,秦瓒留学美国哥伦比亚大学,攻读经济学,回国后先后在河南大学、北京社会调查所、北京大学任职,1947 年受聘为云南大学经济系主任,后来一度担任云大校务委员会主任委员,主持学校工作。1956 年 12 月 1 日,在九三学社社员、云南大学教授曲仲湘的推动下,九三学社昆明分社筹备委员会由秦瓒任主任委员。刘文典是委员之一。

1957 年 6 月 8 日,中共中央发出《关于组织力量准备反击右派分子进攻的指示》,"不打胜这一仗,社会主义是建不成的,并且有出'匈牙利事件'的某些危险"。在云南,秦瓒被定为右派分子。6 月 19 日,九三学社昆明分社举行筹委会扩大会议,对秦瓒的一些"对现状不满"的言论作了批判,但"由于秦瓒的先发制人,言似沉痛,貌似诚恳,在会先作了一个似是而非的检讨,蒙混了与会者的注意力,以致批评与自我批评未充分展开,对秦瓒的错误言论没有深入具体的分析批评,在原则分歧面前回避了"。①

作为九三学社昆明分社筹委之一,刘文典的表态性发言在所难免。一开始,他更多强调秦瓒对于思想改造和肃反运动的认识是错误的,"不能因为少数人在'唱戏'便否定了思想改造的成绩,从这次运动中出现的反动言论和匿名信,更证明了肃反的重要性"。但让他始料未及的是,对秦瓒的批判越来越升级。7 月 9 日、10 日,九三学社昆明分社筹委会召开全体社员会议,要求秦瓒交代与章伯钧、罗隆基联盟的关系,并"进一步揭露和驳斥右派

---

① 魏世萌、杨美琴:《在九三学社昆明分社筹委扩大会议上,秦瓒检讨似是而非,批评未能充分展开》,载《云南日报》,1957 年 6 月 21 日,第 1 版。

第七章 晚年岁月

分子秦瓒的反党反社会主义言行"。轮到刘文典发言,他模棱两可,只说自己在北京开会时曾与秦瓒同住前门饭店三楼,郭树人曾经领着储安平来向他约稿,可"郭树人是否也领储安平去找秦瓒,我不知道,但很可怀疑"。对此,刘文典后来承认:

> 斗秦瓒的时候,起初犯了温情主义,后来听说他篡夺的主委,社中央决定的本来是我,就更有顾虑了,怕人说我是挟私仇,也就很少开口,后来索性不去了。这正说明我的政治立场是和右派一致的。我不但受右派影响,也有右派观点,例如:他两次的荒谬言论,除教授治校、校长轮流、每一个民主党派摊一个副校长,看了令人发呕之外,其余的话,看了也不觉得荒谬。"肃反是捕风捉影"这句话,我虽不同意,"思想改造是唱戏",我倒很有几分赞同,例如我在《云南日报》发表的谈话,就说思想改造的时候,确乎有人在唱戏,有唱红脸的,有唱白脸的,陈复光就是唱丑角的。这些话看起来好像驳斥陈复光,其实是赞成秦瓒。我又对秦瓒说,这回是六亿人把关,你滑不过去。我只想到这回是全民性的,就把"思改""肃反"说成是少数人把关,这种严重的错误,检查起来,也还是政治立场问题,我如果有丝毫工人阶级立场或者是人民的立场,也说不出这样的话来。①

这一年国庆前夕,刘文典在校刊《云大》上写了篇《今年国庆的感想》,其中一些段落,颇值玩味:

> 另一件大喜事是今年出现了一大批妖魔鬼怪魑魅魍魉右派分子,疯狂地向党进攻,向人民反扑。国家社会出了这些败类、妖孽,怎么能说是大喜事呢?要知道,自古以来,本就是君子和小人、正气和邪气,一消一长的,全是君子、绝无小人,只有正气、毫无邪气

---

① 《刘文典先生的第二次检查》,载《云南文史》,2009年第2期,第43页。

的世界，是不会有的。唯有君子战胜小人，正气压倒邪气，那才是最好的世界。这般右派分子，都是披着学者、教授、正人君子，甚至于马列主义的外衣，窃取国家的高位，好比是分泌毒素的细菌，假装细胞，潜伏在人的脏腑里，其危险性之大，想起来真令人不寒而栗。这一次天夺其魄，一个个白昼现形，露出本来面目。我们经过这一场斗争，也大大地得到了锻炼，提高了思想，对于社会主义的道路增加了信心，对于社会主义的建设事业、文化事业，增加了勇气。这怎能不说是一件大喜事呢？毛主席说："坏事也能变成好事。"出现右派分子是坏事，反击右派分子取得胜利，是好事。中国古话所谓转祸为福，也就是这个道理。

刘文典写这篇文章时的心情，已经无从知晓了。兴奋？矛盾？还是沮丧？或许都有，或许都没有。

这篇千字短文，前后三次直接引用毛泽东的话语，似可窥见他真实的内心；尽管暂时还算"中间派"，但他知道，这场暴风骤雨，迟早会向自己袭来。他早已做好了心理准备，只是不知道这场风雨将持续多久。

正如邵燕祥在给朱正的《1957年的夏季：从百家争鸣到两家争鸣》作序时所说："反右派斗争，就是整个共产党组织并主要依靠知识分子中的左派力量，起来革那些除左派以外的知识分子的命；当然，矛头首先针对右派特别是其代表人物，但被叫作中间派的知识分子之同样成为政治战线、思想战线上社会主义革命的对象，是毋庸置疑的。把中间派同右派加以某些区别，只是为了集中兵力打击主要敌人所采取的分化瓦解敌人的政策和策略。"

刘文典身边被划为右派的人，越来越多，比如王士魁、李德家。在这种境况之下，大多数人都是惶恐的、迷离的、混乱的。云大校园里，整风运动轰轰烈烈，大字报漫天飞舞，很多教授突然迷失了方向、迷失了自我："这一段感情变化复杂，看大字报有时觉得自己不至于如此，因而感到空虚。"①

---

① 《云大各民主党派整风联合小组情况简报》，第9号，1958年4月7日。

第七章 晚年岁月

1958年3月下旬,校刊《云大》一个很不起眼的位置上,发表了一篇只有几十个字的文章,标题是《刘文典先生的潜力何在?》:

> 刘先生有很渊博的知识,有一个自己专用的研究室,又有一个助手,何以至今不见新的研究成果。刘先生应当老当益壮,向中山大学的岑仲勉先生挑战,做后进榜样!

中山大学的岑仲勉先生是现代著名历史学家,在隋唐史、中外史地考证等领域颇多建树,但他大器晚成,40多岁才在史学界崭露头角,进入老年阶段后才进入学术创作的鼎盛期。作者找出这一人物,其实就是想讽刺讽刺刘文典"光亨受,不干事"。

这段文字虽然字数寥寥,但在当时的状况下,却如同几十颗杀伤力劲爆的子弹,颗颗击中刘文典的心脏。

几天后的一个晚上,云大中文系在会泽楼第十五教室举行教学整改运动动员会,刘文典作为"典型",被推上主席台做了表态性发言:

> 我在这个运动中本是个逃兵,借口是不能走路,有肺病;但经检查并不是肺病。逃兵为什么又归队,又上火线?因为我也是个人,不是木偶人,全国大跃进,我不跃进,说不过去。我要跃进,自己的思想首先要跃进。我们这样的人,要外力推动,要群众像抽马前进似地用大字报推我前进。我来,希望同学们把我烧一烧,要烧才会红,像铁一样。我近来感觉到白色专家不行。我的朋友的儿子杨振宁得了诺贝尔奖金,我首先很高兴,但他愿参入美国籍帮助造原子弹,这是白色专家,给国家带来灾难。若做白色专家,情肯不做。我自封为专家,我要做红色专家,希望大家烧!以前,烧我,我怪你们,现在不要以为我是朽木不能烧,这对不起我!今天我看到大字报,四年级说到我的暮气、官气,很对。我恳求诸位,不要把我当成朽木,你们烧我,我要感谢你们,你们的心意是恨铁不成钢,亲兄弟不过如此啊!

371

刘文典说这番话时的激动情绪,是溢于言表的。3月27日,云南大学的教学整改运动刚刚拉开大幕,人们似乎还没有完全理解"批判并逐步肃清一切在教学中反映出来的非无产阶级思想"这个运动主旨的真实含义,因而空气并未显出特别的紧张。批判照样批判,反驳照样反驳。

但是,云大高层却颇具前瞻性地作出了部署。3月29日,云大党委会召开汇报会议,听取各系情况汇报。党委书记李书成在会上提出:"中文系堡垒刘文典、历史系方国瑜必突破。"他说,刘文典在中文组负隅顽抗,并大言不惭地宣称:"我是权威,这是你们捧出的,在我们面前上一炷香吗?"

很快,云大的运动形势愈演愈烈。3月30日,云大召开整风学习会议,由云大社会主义思想教育委员会成员、图书馆馆长方仲伯作前期运动情况分析,说:最近,教师、学生贴了不少大字报,都动起来了,但还不能使人满意。为什么?主要障碍是什么?他认为,主要在于权威思想没有被触动,很多人既反对权威,又害怕权威,所以问题放不开,"希望大家撕破情面、打消顾虑,有什么想法,都可以在小组会上谈谈,这就是向党交心的具体表现"。

"炮轰"的方向,基本是明确了。

思想批判轮番上阵

该来的,终究会来。

据1958年4月7日《云大各民主党派整风联合小组情况简报》第9号记载,在学校领导的一再要求下,当天参会的中文系小组成员黄钺、朱宜初、王兰馨、全振寰、范启新等立即发起对权威思想的揭发,"集中批判了刘文典先生的权威思想,说他厚古薄今,不学习马列主义,不掌握新的武器去批判旧的东西,所以在教学上立场观点成问题"。

王兰馨是校长李广田的夫人,平时对刘文典十分尊重,但如今也不得不站起来批判这位昔日的恩师。她说,中文系有封建气,首先就是封建的师生关系,应该建立今天的同志关系:"刘先生教(过)我,我尊敬你。过去是奉承多,你是喜欢封建气,喜欢别人恭维,喜欢别人写帖子拜在门下。中文系封建气令人难以容忍,刘先生在运动中自命为老战士,过后原封不动,原因在哪里?好汉不吃眼前亏的思想不对,应该看将来行动,今后如何学习苏联,不能说自己已经够了,不学苏联,这些年教学大纲什么都不弄!应该带头学,培养师资不能有封建关系,要把学问传给下一代!"

紧接着发言的是年轻教师全振寰,目标直指刘文典的一大私人爱好:"刘先生主要任务,是培养师资,但课堂花的时间少,对戏剧界花的时间多。你那些学问要改为社会主义服务,必须掌握马列主义!"坐在旁边的范启新老师接过话茬,说:"对!我看刘先生就像旧社会的人一样,喜欢玩戏子!"

刘文典喜欢戏剧尤其滇戏,是人所共知的。他是安徽人,本来对滇戏一无所知,但举家到了云南以后,所教的学生中不乏戏剧迷,如陶光。陶光,字重华,北平人,国立清华大学中文系毕业,由刘文典介绍入云大中文系教书。一个偶然的机会,陶光听到滇戏名角耐梅的唱段,心生倾慕,希望与之进一步交往,但苦于无人牵线搭桥,便经常买票拉着刘文典一起去听戏。听的次数多了,刘文典还真的喜欢上了滇戏,并在一年后成功地将陶光、耐梅送进婚姻的殿堂。

大学教授与女艺人结婚,这在当时还是一件离经叛道的事情,更何况耐梅还是离婚再嫁。一些教授夫人自认高贵,不愿意和"女戏子"做邻居,闹得陶光十分尴尬,就连刘文典也受到一些流言蜚语的攻击。陶光一气之下去了昆明师范学院任教,1948年10月到了台湾。

不过,这些波折并未打消刘文典对于滇戏的喜爱之情。他曾多次邀请耐梅、碧金玉、栗成之等名角到寓所共同切磋滇剧艺术。他还在一些报刊上撰文介绍滇剧及其名角,并为滇剧名角张子谦赋诗祝寿。如今,刘文典与这些"戏子"之间的交往,都成为外界猛烈攻击他的最好素材之一,甚至有人揭发他"曾靠歌女买肉买油养活"。

听完这一番批判,刘文典苦笑了一声,回应道:"你们烧我还不到摄氏50度,请继续烧!"对于全振寰的指责,他貌似有点无所谓:"我最近还要给劳动京剧团排戏呢!"

4月10日,云大召开系主任会议,研究教改如何转入争论阶段,中文系反映刘文典对大字报一概不理,并放出豪言:"古今中外了解老子最深的是老子自己,除此以外,就算我刘文典了。"

这样的态度,只会换来更为猛烈的"炮轰"。4月19日,校刊《云大》头版头条刊发了一篇社论文章,题为《把一切资产阶级思想搞臭、烧透》,文章指向明确,"现在要求大胆敞开盖子,把一切形形色色资产阶级个人主义思想的各种具体表现从各个方面完全的揭露出来,以便通过辩论使运动再深入一步":

> 在这样一个具有重大意义的思想改造运动中,绝大多数教师的态度是好的;他们对运动有相当的自觉性,并且这种自觉性不断在提高;他们能下决心引火烧身,同时,也勇于烧别人,他们既认真检查自己,又诚恳的帮助别人。但也有少数教师还不够自觉,对自己的缺点错误检查得很不够,对别人的缺点和错误也不提出批评,这样就使自己的改造陷于被动。更不好的是,还有个别教师直到现在还不认识自己问题的严重性,因而只空谈改造而不下决心实行。这种人既不自觉的检查自己,又不虚心听取别人的批评,甚至对别人的批评进行打击报复,如中文系刘文典先生就是一例。刘先生不久前曾在庄严的讲台上对学生和教师表示要进入熔炉锻炼,并希望不要把他当成朽木,这种要引火烧身的表示是值得欢迎的。但是很遗憾,刘先生在讲台上的这种表示和刘先生在运动中的实际表现却是两回事:一方面刘先生在口头上说得很好听,以至引起了热烈的掌声。另一方面,刘先生对于系上师生提出的许多意见和批评却置之脑后,在小组会中有时躺在沙发上睡大觉,有时则指手画脚的质问别人一番,这种表里不一、言行不一致的态度是很恶劣的。这样不但妨碍了刘先生的改造和进步,同时对整个运动来说也起了不良的影响。因此我们希望刘先生及早端正态度,放下架子,虚下心来,认真改造自己。

第七章 晚年岁月

将本学校的教授,放到校刊"社论"里来进行批判,这在云大的历史上似乎还是第一次。就这样,刘文典成了当然的"顽固派",死不悔改的那一种。《云南大学志·人物志》记载,在一片"打倒权威"的呼喊声中,刘文典临危不乱,坦然陈词:"学术上的权威,要几十年才能养成一个,有什么不好!"当听到有人向李广田校长告状说"刘文典有极浓厚的权威思想"时,他笑而回应:"我既然是'权威',当然有权威思想,这有什么好大惊小怪的!"

而就在此时,云大中文系主任刘尧民发表了系列批判文章,直指刘文典。刘尧民,1898年出生于云南会泽县一个书香人家,字治雍,笔名有林不肯、伯厚、郁生等。1951年,刘尧民到云大出任中文系主任,是该校第一批带研究生的教授。或许是由于性格不合,或许是由于追求不 ,刘尧民与刘文典的关系一直不太融洽。在张德光1954年10月的日记里,就有"刘文典、刘尧民不团结问题不应成为中心工作"的记录,可见两人势成水火并非一日之痛。

刘尧民的文章大多是以解读刘文典诗歌作品的学术批评形式出现的。从标题上看,平和冷静,没有任何火力。但仔细读下去就会发现,每一个字都极具杀伤力,用校刊《云大》"编者按"的话说,"刘文典先生的诗,刘尧民先生讲得很明白,这诗确乎不能光从字面及用典来看,结合刘先生的思想及表现,那就更明确了"。比如有一篇分析了刘文典的两首七绝。两首诗分别是:

司马琴台迹已陈,文君眉黛样能新。
而今不卖《长门赋》,且向昆明写《洛神》。

天禄传经愿已乖,舞衣歌扇殢情怀。
剧怜头白韩熙载,乞食江南事亦佳。

这两首诗是刘文典在给青年教师讲课时吟诵的,写于1953年前后。当时云大思想改造运动刚刚结束,正在风起云涌学习苏联的教学模式,刘文典的教学方法被彻底否定。

刘文典内心的苦闷可想而知,但又不能明白地表露出来,只能写诗暗寓落寞的情怀。第一首诗,刘文典借用司马相如受陈皇后"黄金百斤"为之作赋的典故,宣布告别过去"写寿序换鸦片"的生活,开始像怀才不遇的曹植一样,在孤寂空虚的时候写写带点《离骚》意味的《洛神赋》。第二首诗,则是借用南唐文人韩熙载"乞食江南"以博美人一笑的典故,表达作为旧时代文人面对新思维转型的无奈与伤怀。

实事求是地说,两首诗所表达的情绪确实是消沉、低迷的,如此一来,在批判者的笔下,就被解读成了"黄色诗歌",是刘文典的思想立场与生活作风出了问题。

对于第一首诗,刘尧民说,刘先生近年来爱看戏,常和艺人们来往,特别是女艺人,收为干女儿、女弟子的有好几人,像清代袁牧、李笠翁一类的生活作风。昆明的"洛神"就是指这些女艺人而言。刘先生把他们比为"洛神",并不是好名词。"洛神"就是"神女",刘先生所爱好的李义山诗中有一句,"神女生涯原是梦",后人把"神女生涯"用在什么人头上?"我不愿再说下去了"。

对于第二首诗,刘尧民引用了一个年轻教师的大字报内容称,刘文典曾经说,1952年思想改造运动以来,他那一套教法没有英雄用武之地,因而非常抵触,"余怒未息"。愤怒消沉之余,怎么办?只好学韩熙载去"扮成乞丐的样子,沿着各姬的房门去讨饭吃,引以为笑乐",与女艺人一块开心快乐了。

从立论的效果看,这些批判文章将刘文典定格成一个因循守旧、消极低落、思想肮脏的旧式文人。正如批判文章所言,并不是"深文周纳",只是实事求是地把他诗中所用的典故,和他实际的行动和思想结合起来看,非常明白,没有丝毫的穿凿附会。正因此,刘文典先生应当深刻检查。

紧随其后,刘尧民又多次在校刊上发表文章,解读刘文典的诗歌《国变》、总结刘文典"如是说",向50岁以上的教师挑战,"活一天就要改造一天,才不辜负伟大的时代"。

这一"炮轰",果然奏效。很快,《云大》上又先后刊登出一系列批判刘文典的文章,如王远智的《刘文典先生的教学》、肖冀的《刘文典先生的旧诗注释》、杨纪的《如此感想——驳刘文典先生五七年写的〈今年的国庆感想〉一文》等,都是旁征博引、义正词严。

这一年,在云大的校园里还流传过一张漫画大字报:一个老人正在翻检垃圾堆里的"宝贝"。粗略看去,这个人没有被画上眼睛;但倘若认真去看,他的眼睛原来"长"在了头顶上。

据说,这张漫画所描摹的主人公,就是刘文典。

最后的答辩书

火,越烧越旺。

4月20日,云大召开民主党派整风会,中文系、历史系合组揭发刘先生错误。据张德光未刊日记记载,方国瑜当天作了重点发言:

> 刘先生是我的老师,我对刘先生有意见,但为尊长讳的封建思想浓厚,故一直不愿揭发。刘老师的个人主义思想是丑恶的,解放前姜亮夫当文法学院院长,请刘先生校补《慈恩法师传》,预支稿费五万元,相当于教授一年工资。刘先生贪得无厌,又向熊庆来敲榨(诈)稿费,熊找我四次,叫把西南文化研究室印书用纸四十令卖了,给刘文典。我不同意,熊说:"刘文典逼账如逼命,你救救我的命罢!"不得已,我同意借一部分纸给学校卖钱救熊的命,刘先生收到钱后交稿了。我大吃一惊,原来是个骗局,刘先生只在刻本书上加了几条眉批,就算是著作,简直是贪污,太恶劣了。思想改造时,刘先生还污蔑我贪污了40令报纸,真无耻!

在此次整改学习中,云大师生给刘文典提出了许多意见,对于其政治立场、教学思想、宗派活动、生活作风等方面,揭发了大量材料,"通过别人揭发的材料,就足以说明刘先生的问题是很严重的,他的反动的、白色的、灰色的、黄色的思想,贯穿在全部言行中,因此,在中文系起了不可估量的危害"。① 因此,在中文系整改领导小组的要求下,经刘文典口述,由别人代笔,提交了一份书面检查。

这份书面检查,分成政治立场问题、宗派主义、教学思想、生活作风等四个方面,一上来就"痛心疾首"地给自己戴了个"大帽子":"这次教学整改,别人都是思想问题,唯有我的问题是十分严重的政治立场问题。这一次,承诸位同志同学热心地帮助我,使我认识到我是一个最丑恶最臭的人。我现在如梦初觉,仇恨自己的过去,决心要革自己的命,争取做个又红又专的教授。向党交心,我倒早有过这个意思,不过我现在认识到:要不把黑的、灰的、黄的一切丑恶的东西交出来,那就等于说投降而不肯缴械,只是一句空话而已。"不过,涉及具体问题时,他依然是轻描淡写、语焉不详。

对于这样一份检查,中文系整改领导小组很不满意,认为刘文典抱有一种抵触情绪,不愿认真交代自己的问题,在检查中躲躲闪闪、避重就轻,尽说些零碎的现象,不接触自己的思想实质和具体问题,只是空洞地戴些大帽子,把自己臭骂一顿,企图在大帽子下面开小差。

一次检查没通过,只好再来一次。

这一次,刘文典只好亲自动笔写了书面检查。内容还是四个方面,但对每个方面都作了更为深入、更为具体的展开,从云南解放到整风运动,每个阶段都举出几个例子证明自己的错误,并且交代了很多内心的"私念"。比如在整风运动中,刘文典曾以吐血为理由,不参加很多批评活动,一直到教学整改才归来,"说得激昂慷慨,好像是投身运动之中,其实心里是早打定主意,等高潮过去了,我还是依然故我"。对于外界传闻较多的刘文典在中文系"闹宗派"的情况,他检讨道,"中文系闹不团结,绝大部分责任要由我来负的,文人相轻的恶习,以我为最重,全系的教师,年龄以我为最大,工龄以我为最长,自然就形成了一个家长的姿态,我也就老气横秋,居之不疑"。

---

① 云大中文系整改领导小组:《关于刘文典先生第一次检查的说明》,未刊稿,张传收藏。

第七章 晚年岁月

对于刘文典的这份检查，中文系整改领导小组略感满意："这次检查比上次是有些进步，问题比较明确，也承认和交代了一些事实。刘先生的点滴进步（只要是真诚的），大家也是欢迎的。"不过，领导小组又指出，相对于刘文典问题的严重性来说，这份检查还是远远不够的，很多问题没有提高到原则上去认识，有些问题只说现象不敢接触原始真实思想，特别是第四部分写得很潦草，对自己所谓"学术权威"还没有给以正确的估计与认识。而刘文典最怕触及的，是他在1949年前谩骂鲁迅先生和同闻一多先生的冲突，"在检查中不敢接触到鲁迅和闻一多一个字，可见还不敢正视问题"。

这两份书面检查后由云大中文系整改领导小组作为批判材料印发全体师生，被云大图书馆管理员张传冒险收藏了一份，已经整理发表在2009年第2期《云南文史》上。

仅有书面检查还不够，真正具有震撼效应的无疑还是现场批判会。批判者和被批评者面对面，话语的方式和分量便自有不同。1958年5月2日上午，云大历史系党支研究教改工作，确定本周与中文系配合两次批评刘文典。下午，文史两系教师及中文系学生代表听刘文典作现场检查。当天，张德光在日记里对之作了比较全面的记录，堪称一份难得的历史资料：

> 一个多月来大家帮助我，最初我很抵触，后来经过斗争，我认为大家都是希望我好，给我最大教育还是昨天。昨天观礼坐的车子，就是我过去要坐的车子，联想起过去我骂张总务长，到观礼台时，我没有勇气看工农代表，他们向五一献礼，他们对社会主义都有贡献，只有我刘文典，除了思想上一包臭脓臭血外，没有一点贡献。我没有勇气看人，故站在观礼台楼梯口上，很难过。大家这样期望，我不把黑的、灰的、黄的一起交出来，太不像话。
>
> 解放近十年，我与旧社会万缕千丝联系着，我也晓得从前是不对，但时时刻刻坏思想冒头，我怀念的是旧社会制度，蒋介石时代那个政治、经济、社会。蒋介石对我有什么好处呢？安庆时，他把我关起来，还是蔡元培先生说好话，把我关了半个月才出来。照人

情说,我痛恨他,他是流氓出身,我看不起他。他六十(大寿)时卢汉叫我替他做寿序,其实是贺表,我不但做了,还认为是得意文章。就是在解放后,王士魁问寿序不懂的句子,我还得意地解释,可见得我无耻到什么程度!解放前,蒋光头快要垮台了,杀了李公朴、闻一多,我说他这个人倒行逆施、自挖坟墓,可惜我那篇文章,我希望他万万年,我的文章也万万年,他所代表的制度——共产党所要推翻的那个制度——长存下去,我与他同祸福、同利害、共生死罢!共产党用小船把我由水里捞起来,我的眼还看着翻了的那只船。

解放前后有人说共产党非常好(青岛交行一经理对我说的)……我相信。解放后,我以为那个大中华国不很好吗,用公元我也不赞成,公元是耶稣诞生年,可见我对新事物抵触。

1950年抗美援朝时,我做了《国变》诗,那年我58岁。我认(为)帮兄弟国的忙,应有个限制,打起来,建设不成了,上甘岭胜利,我的思想才通。内战刚完,又搞对外战争,吃不消嘛!诗虽然是我自己坦白的,但思想总是坏的。以后抵触的事还多,如开会太多了,填表太多了,学生太差了,书教不下去了,学生太不礼貌了。

最抵触的是胡崇斌在大会控诉我教温飞卿、柳永、李义山诗,后(来)我想通了。我没有说过诗是神秘的,现在也想通了,因我的主观(唯)心论总是太多的,学生提意见的方向总是对的。我只有彻底革自己又臭又脏的旧命,要没有党挽救,我不知道我会断送自己到哪点去。

思改时,我做了首诗与陈寅恪,赞美他不经过思想改造才同意去北京科学院。肃反运动了解情况很认真,可见肃反运动不会有什么冤枉的。三(反)五反也几乎是宽大无边。五大运动是改造社会的必要的运动,我最佩服共产党,能把坏人变成好人,像长江大桥这些工程,别的国要做也可以做,(但)把坏人变成好人,只有共产党有这个本领。

第七章 晚年岁月

我的问题最严重,我最需要改造。我在茅厕里蹲久了,闻不到臭味,唯有共产党有哲学根,(有)批评、自我批评武器,故能改造世界改造人。这回我感到必须脱胎换骨了,必须上马急起直追,我说要向工农学习,我对国家社会有哪样贡献!故昨天是我最难过的一天,非赶忙跳到火里去洗澡不可了。我现在感到空虚,什么都没有。

中文系宗派,我应负全责,别的人依仗我,他才敢搞的,我任意被人利用、包围,实在是我自己要这样做,不能推客观,推在别人头上。

在九三(学社),我也起了很坏的作用,不只这回反击右派我做了逃兵。我和秦瓒认识很早,常来往,抗战来云南,老朋友就是他。解放初,他对我说:"张总务长要办我的罪,把我送到哪点哪点去。"现才知道他要打击张总务长,他利用我脾气坏,品质又不成,把他的女儿拜我做干爷,和我结亲家,秦瓒争九三主委,我和他一和一唱,我是赞成他的。反右中,对秦瓒,我做了逃兵。

我看北大专家文艺理论,苏联专家还讲节奏,我当然可以讲声调,我引专家话做"防空洞"。

我在上海租界一带长大的,却喜欢古今中外一切黄色东西,生活作风坏至极点。我很下流(的)想法是对待女艺人。我老婆说:"看戏我们两人一阵嘛,我能作证嘛!"我说:"你能包我的思想,同床异梦,你能包我的思想?"台上小生画个画,我不要;花旦画个画,我就要。所以我的生活作风坏坏了,一肚子黄色东西,随处都流露出来。

我对教学是雇佣观点,我说你们(共产党)既要古典文学,就要借重我,这与右派分子三顾茅庐、礼贤下士有何区别。其实我掌握的材料也只点点,向党讨价还价,这种卑劣想法实在不堪,还以不备课自豪,说"我备了40年课嘛",后来备课了,目的在讲些别人讲不出来的东西,对学生有益处吗?即使有独到之处,学生不接受有何用处?我常讲教授不是把知识传授你们,教授是要传授方法给你们,说明别人只有点知识、没有方法,试问我有什么高明的方法?我是为自己名利而教书,我没有管着学生,讲浅了怕人笑我,我只面对自己,完全是政治立场观点不对。我对社会主义教育并不热爱,还自己认为了不得,我对马列主义文艺理论丝毫都不知道,看一点也是断章取义,作为自己的挡箭牌。讲杜甫不扯到黄色,就扯到灰色的方面去,如说温李都有牡丹诗,如说温的本领更高,把花说成人,人说成是花,是艺术最高境界,对社会主义有什么好处,有时扯到贾岛最难懂的两句诗,显示自己是权威,现在感到自己是非常空的,我全盘错了,破是破了,立什么呢,怎么个立起呢?

他发言时的起伏心情如何,已经无法知晓了,但可以肯定的一点是:他抱着最后的梦想,希望这个"触及灵魂深处"的长篇检讨能让他摆脱运动的困扰。

一言难尽刘文典

然而,事态并没有因此而改观。

5月12日,校刊《云大》再度发表头条文章《撕破假面,翻出底层,向党交心》,作者依然是中文系主任刘尧民。文章表面上是写"我对教学整改的一点体会",实际上大部分篇幅都在"敲打"刘文典,其中写道:

> 中文系的老先生多,包括我在内,是需要大力改造的,特别是刘文典先生,我们大家更特别需要帮助他。由这次全面的揭发和批判中,可以看出他在各方面所起的危害。他这一套资产阶级乃至封建阶级的思想,解放八年来,原封未动,在教学中散布黄色毒素、灰色毒素,在系内制造宗派主义的"血统",在民主党派中与右派分子一鼻孔出气,糜烂腐朽的生活作风毒及校内校外。然而他还以"权威"自居,凌驾在一切人之上。捧他的人,假借他的"权威"

来镇压一切,旁的人或怕他的"权威"而不敢言,或为他的"权威"所蒙蔽,而盲目崇拜。党对他是特出(殊)的待遇,而他却不满于党,不满于社会主义,以全校范围来说,也是一个特殊的人物。然而我们决不放弃他,还要争取他,认为他改造过来,成为又红又专的教授,对于社会主义是有利的。

其时,云大正在全校师生中开展交心运动。5月31日,云大中文系举行"向党交心誓师大会",刘尧民当场作出表态:"我要向党交心三百条,向全校五十岁以上的老先生,特别要向曲仲湘先生、刘文典先生、翟明宙先生、萧承宪先生四位先生挑战。"

刘文典所期待的平静始终没有到来,批判反而比以往更激烈了。

既然刘文典自己都承认自己"全盘错了",罪孽深重,那就更需要对他进行全面而深入的批判了。据张德光1958年6月11日的日记记载,当天上午,云大党员、系主任向学校党委会报告交心运动情况,校党委书记李书成强调要求:"交心的目的在(于)团结提高大多数,对刘文典、方国瑜等顽固派,反动立场坚决的,火烧一下,将来和他们长期斗争,推着他们走!"他还明确作出工作部署,对于刘文典、方国瑜,"必须反复批判"!

于是,开会对刘文典进行批判,成了中文系的"家常便饭"。按照规定,刘文典还得每场都到,否则就是思想问题,就是立场问题。无奈之下,刘文典不顾年老体弱,强打着精神,作出虚心聆听的表情。当别人质问他的时候,他还要恭恭敬敬地站起来,不断点头:"您说的是!您说的是!"

云大中文系教授张为骐后来回忆,刘文典交心交出一首诗来,他不说,谁也不知道,他一说是反动,就抓住这一点来整,整到晚上四五点钟。他支持不住,就只好睡在中文系的沙发上。有一晚上是被学生搀着回去的。

据刘义典的学生吴进仁说,这首诗题为《金陵怀占》,凭吊的是南京——国民政府的首府所在地:

烟雨楼台一望迷,白门杨柳有鸦栖。

龙蟠山色如螺黛,牛渚江声咽鼓鼙。

八表尘昏云未散,千门苔锁日初西。

谁将六代兴旺恨,往事从头细与提。

在那样的年代,刘文典念念不忘旧时代、旧制度,政治立场显然极端错误。毫无疑问,批判的炮火只会越来越猛烈。

在经历长时间的批判之后,刘文典身心俱疲,有时候连迈步都迈不动,他的一些学生只好搀着他或者干脆背着他回家。一回到家里,刘文典什么话都不说,倒头便睡。

第二天,又重复着前一天的状况。日复一日,无休无止。除了接受大会批判,刘文典几乎已经不到云大校园里去了。在那里,再也找不到往日的温情了,只有漫天飞舞的大字报和震天动地的口号声。曾经与自己亲密的学生,一个个站起来揭发他的这种不是、那种不该;曾经与自己共事的朋友,一个个被打倒,或像自己一样苟延残喘,不知道何时才是个尽头!

面对轮番批判,刘文典逐渐有点支撑不住了。一次批判会后,刘文典勉强徒步回家,正走到半路上,突然吐出几口血来。此前,刘文典一直怀疑自己的肺有问题,也曾专门去昆明的一个私人医生那里照过X射线,当时并未发现什么毛病,为此还暗自高兴了一阵子。没想到,病情却越来越严重。

刘文典悄悄将吐血的事情告诉了学生吴进仁,并一再叮嘱他不要向张秋华吐露这件事。在吴进仁的劝说下,刘文典偷偷去云大医院作了个检查,结果确认:肺癌晚期!

对于刘文典来说,这几乎是致命的打击。他早年对医学颇有研究,知道癌症意味着什么。他无限伤感地对吴进仁说,"我恐怕不行了"。本来他的心里还计划着要完成几部著作的,但看来现在一切皆要成为泡影了。

由于不了解情况,学校里对于刘文典的批判并未因此而受到影响。6月12日,副校长杨黎原代表云大党委向全校师生员工作关于党的社会主义建设总路线的报告,要求:抓紧当前的向党交心运动,要真正做到真、深、广、透,并且要严肃认真地进行批判,必须经过交心批判,才能大破大立。6月20日晚,云大党委向全校师生作向党交心运动总结报告。副教务长刘绍文

第七章　晚年岁月

强调,思想改造是长期的,这次交心运动虽然取得了很大成绩,但应当看作转变立场的开端。因此必须在此基础上下决心,长期注意克服资产阶级的思想,用工人阶级思想战胜资产阶级思想。

在此起彼伏、不绝于耳的批判声中,刘文典的生命已经开始了最后的挣扎。7月14日深夜,刘文典突感头痛,还没一会儿工夫就昏迷了过去,意识全无。夫人张秋华六神无主,赶紧让保姆去云南大学卫生科喊医生。年轻的值班医生李云鳌心知刘文典并非等闲之辈,拔腿就走,到了刘家后,赶紧为之量血压:收缩压达到240毫米汞柱。根据患者的症候,李云鳌初步诊断为"脑出血",并认为"病情严重",需要进一步抢救。此时,就住在刘家附近的云大副校长杨黎原、刘文典的学生吴进仁等也先后赶到。

关于后来的抢救情况,李云鳌写有回忆文章:

> 根据学校卫生科的设备,没有治疗脑出血病人的条件,经与杨副校长商讨,决定请昆明医学院附属医院的秦作梁主任医师会诊。他既是刘教授的好友,又是我的老师,当时他就住在云南大学旁边,离刘教授家不远。杨副校长遂派了一辆车,由吴进仁老师乘车去请秦主任。
>
> 秦主任来到后,同意我"脑出血"的诊断。只因他见刘教授发病迅猛,已病入膏肓,且当时医院的医疗条件,对如此严重的病人已回天无术,因此转院已无实际意义,只好在家中给予些可行的措施,例如实施静脉放血,以降低血压、上额冷敷,以制止脑出血之加剧等,观察患者有否转机。
>
> 经过一段时间的观察,患者病情每况愈下。他的家属说:"以我们的经验看,病人已处于临终状态,不必再予施治,由我们来守候病人,秦主任和李医生可以回去了。"秦主任认为他说的有道理,于是我们就告辞了。

秦主任走后,张秋华又与学校有关人士商量决定请云南名中医姚医师前来诊治。姚医师赶来诊脉后称刘先生病情太重,只能先开具一药方试试。

由于刘平章当时在成都工学院上学,张秋华连忙让侄子刘明章持药方上街将药抓回,急急忙忙煎好后,将汤药给刘文典灌下,但刘文典的病情没有一点好转的迹象,仍然昏迷不醒。

7月15日下午4时半,刘文典突然大口喘气,接着口吐白沫,慢慢停止了呼吸,永远地离开了人世,没有留下任何遗言。

刘文典的突然离世,一开始给云大带去的不只是悲伤,还有惊慌。此前,学校里一直将刘文典作为资产阶级个人主义的典型大肆批斗,而他本人一直性格刚烈,狂傲不羁,会不会因为这种对待的落差而一时想不开,自寻了短见?如果刘文典果真是自杀,那云大还真不好向上边交代,刘文典毕竟没有被打成右派,而且又是全国政协委员!

云大迅速派出人员,通过不同的途径四方打听,迟迟没有发布讣告和举行追悼会的信息。这时,冷静干练的张秋华已经从悲伤中逐渐清醒了过来,她意识到:从云南当时的情形看,要求官方或校方给予刘文典客观的评价,似乎也成了一件棘手的事情。她果断地作出决定,立即给全国政协发电报,报告刘文典逝世的消息。

7月21日,全国政协通过云南省政协向张秋华作出回复:惊闻刘文典委员逝世,不胜悼念,特发致唁,并希节哀。

接到全国政协的电报后,云南省高层、云大领导层才真正紧张了起来。7月23日,校刊《云大》在三版右下角一个不太起眼的位置刊登《中文系刘文典教授逝世》的消息,内容如下:

> 我校中文系教授、全国政协委员、九三学社云南省分社筹备委员刘文典先生患肺癌及脑溢血,经昆明市中西医院医生多次会诊治疗,急救无效,于本月十五日下午四时半病逝,现学校与省政协、九三学社昆明分社筹委会正联合准备开追悼会以资追悼。

追悼会开得冷冷清清。

由于众所周知的原因,许多平时与刘文典谈得来的老师、学生,根本就不敢到追悼会现场亮相,那些思想红、根子正的学生则干脆不屑于为刘文典送行。据陈红映先生在一篇文章里写道,"追悼会上省里没有来人,就连学校的党委书记、校长都没有出席,只是派了个副校长来"。① 批判刘文典十分积极的中文系主任刘尧民,也没有到场。

一个月后,远在四川的吴宓听说了刘文典病逝的消息,在当天的日记里,他以兔死狐悲的心情沉痛地写道:

> 呜呼,今益服王静安先生1927(年)之自沉,不仅为大仁大勇,且亦明智之极,生荣死哀,不屈不辱。我辈殊恨死得太迟,并无陈寅恪兄高抗之气节与深默之智术以自全,其苦其辱乃不知其所极。若澄若典以及光午(其他之友生宓尚未知),今闻其死,宓岂特兔死狐悲而已哉!若碧柳之早殁,得正名而终,比王静安先生为尤幸已……

---

① 陈红映:《我所认识的刘文典先生》,见《庄子思想的现代价值》,北京:人民文学出版社,2009年,第242页。

结　篇
并非尾声的尾声

　　刘文典的一生写完了。

　　写得有些艰难，有些沉重。对于刘文典逝世后的情况，还是需要作一些简单的交代：

　　由于张秋华的坚持，刘文典逝世后没有立即火化，而是用棺木土葬在了云大后面的圆圆山上。一年后，由儿子刘平章取出骸骨，火化后送回祖籍地，一开始简葬于古月庵边，后来正式安葬在怀宁县总铺高家山（今属安庆市宜秀区）上。坟茔现为省级文物保护单位。

　　同年7月，根据刘文典生前遗愿，张秋华将家中珍藏悉数捐赠给安徽省博物馆，其中包括大量珍本、善本图书，还有瓷器1件、字画9件、碑帖5件，作为对于家乡教育事业最后的贡献。依当年的《人民日报》报道，捐赠物有桐城文派始祖方苞（望溪）的手稿，清代学者孙星衍、郝懿行的信札，秦淮名妓马守真、顾横波分别绘制的兰竹图、水仙图等，共15件。

　　关于刘文典，一定有很多人希望能给他一个"盖棺"的"定论"。1962年6月，云大党委根据中共中央《关于加速进行党员、干部甄别工作的通知》，对在历次政治运动中受到过批判、处分的人进行甄别，并就前一阶段搞错了的批判进行"一再的道歉"。当时，已有不少人开始为刘文典"鸣不平"。

　　中文系教授张为骐提到了刘文典临死前从未停歇的大批判，说："他（刘

结篇 并非尾声的尾声

文典)就是在这样的压力下气死的。死后是中央来电慰问,才开那样的一个追悼会,冷冷清清,系主任刘尧民都不到。他不死,他说过五年内要拿出两部书来,一部是校勘方面的,一部是《论文心雕龙》,由他、我和吴进仁三人来搞。他不死,不是可以著出两部书来了,那是多大的贡献!"外语系教授秦瓒被称为刘文典的"亲家",反右时也吃了不少苦头,但他此刻更多的是想为老朋友讨个公道:"张若名(中文系著名女教授,早年曾与周恩来创建觉悟社)死,我不在昆明,我们那时在乡下劳动,不过从搞运动以来,别的系死的人没有中文系多,前有叶德钧、张若名,后来有刘叔雅先生。最可惜的是叔雅,他那时年纪还不到七十,精神也很好,不死可以活到现在,他也是国内有名的学者,校勘学是没有人赶过他,还长于于书,诗都是其次,不说在云南找不出,在国内也找不出几个来。这对(与)系领导在运动中掌握也有关系。"体育教研室杨元坤教授则说:"在运动中,把刘文典当成权威来打。在学术上只要真有本事,能成权威是好事,为什么要打倒呢?听高校长(当时的云大校长高治国)甄别报告后,王士魁还和我谈到刘文典的问题。这使老教师感到寒心。这不能不想起中文系当时的领导和有些同志在政策方面有些偏差会至此。"听到这些不约而同的声音后,云大党委颇觉问题突出,曾经计划"把这个问题弄清楚后,在适当的场合谈清"。①

"这个问题"似乎一直都没有"弄清楚"。如今,时过境迁,刘文典早已被还原成国学大师刘文典,又做到了民国名人的"宝座"上,似乎没有多少人再去关注这个人曾经怎样地辉煌过、呐喊过和叹息过。

无论功过是非,无论荣辱得失,历史之河就这样默默地流淌着,流向每一个明天……

---

① 云大党委办公室:《情况反映》,1962年6月23日,第208期。

参 考 书 目

安徽省政协文史资料委员会、安庆市政协文史资料委员会.辛亥革命.安徽重要历史事件丛书.合肥:安徽人民出版社,1999年.

安徽著名历史人物丛书.北京:中国文史出版社,1991年.

安徽文史集萃丛书.合肥:安徽人民出版社,1987年.

安徽省政协文史委、安徽省委党校理论所.淮上起义军专辑.1987年.

卞僧慧.陈寅恪先生年谱长编(初稿).北京:中华书局,2010年.

白吉庵.章士钊传.北京:作家出版社,2004年.

曹伯言整理.胡适日记全编.合肥:安徽教育出版社,2001年.

蔡元培.我在北京大学的经历.武汉:湖北人民出版社,2003年.

陈独秀.独秀文存.合肥:安徽人民出版社,1987年.

陈平原、郑勇.追忆蔡元培.北京:中国广播电视出版社,1997年.

陈平原、夏晓虹.北大旧事.北京:生活·读书·新知三联书店,1998年.

陈万雄.五四新文化的源流.北京:生活·读书·新知三联书店,1997年.

丁晓平.硬骨头:陈独秀五次被捕纪事.北京:中国青年出版社,2014年.

方光华.刘师培评传.南昌:百花洲文艺出版社,1996年.

韩秋红、王艳华、庞立生. 现代西方哲学概论. 北京:北京大学出版社, 2010年.

黄慧英. 碧血共和:范鸿仙传. 南京:江苏文艺出版社, 2011年.

胡适来往书信选. 香港:中华书局香港分局, 1983年.

胡明主编. 胡适精品集. 北京:光明日报出版社, 1998年.

黄延复编著. 图说老清华. 武汉:长江文艺出版社, 2002年.

黄延复. 一个时代的斯文:清华校长梅贻琦. 北京:九州出版社, 2011年.

何兆武. 上学记. 北京:生活·读书·新知三联书店, 2006年.

[德]海克尔. 宇宙之谜. 西安:陕西人民出版社, 2005年.

蒋永敬. 范鸿仙年谱. 台北:台湾"国史馆", 1996年.

姜建、吴为公. 朱自清年谱. 合肥:安徽教育出版社, 1996年.

金宏达. 太炎先生. 北京:中国华侨出版社, 2003年.

金安平. 合肥四姐妹. 台北:时报文化出版企业股份有限公司, 2005年.

蒋梦麟. 西潮·新潮. 长沙:岳麓书社, 2000年.

雷啸岑. 我的生活史. 台北:龙文出版社股份有限公司, 1994年.

刘文典全集(增订本). 合肥:安徽大学出版社, 2013年.

刘平章. 刘文典传闻轶事. 昆明:云南美术出版社, 2002年.

刘兴育主编. 东陆回眸. 昆明:云南美术出版社, 2005年.

李宗一. 袁世凯传. 北京:中华书局, 1980年.

李妙根. 为政尚异论:章士钊文选. 上海:上海远东出版社, 1996年.

李广涛. 百年自述:一个合肥人的足迹. 合肥:安徽人民出版社, 2013年.

林辉锋. 马叙伦与民国教育界. 北京:北京师范大学出版社, 2010年.

鲁迅. 鲁迅书信集. 北京:人民文学出版社, 1976年.

鲁迅. 鲁迅日记. 北京:人民文学出版社, 1976年.

梅鹤孙. 清溪旧屋仪征刘氏五世小记. 上海:上海古籍出版社, 2004年.

马叙伦. 马叙伦自述. 北京:中国大百科全书出版社, 2012年.

孟国祥. 大劫难:日本侵华对中国文化的破坏. 北京:中国社会科学出版

社,2005年.

南京市档案局.铁血忠魂——辛亥先烈范鸿仙纪念文集.南京:凤凰出版社,2011年.

季培刚编著.杨振声编年事辑初稿.济南:黄河出版社,2007年.

齐家莹编撰.清华人文学科年谱.北京:清华大学出版社,1999年.

钱理群.周作人传.北京:北京十月文艺出版社,1990年.

钱穆.师友杂忆.北京:生活·读书·新知三联书店,2005年.

钱玄同文集.北京:中国人民大学出版社,2000年.

强重华等.陈独秀被捕资料汇编.郑州:河南人民出版社,1982年.

桑兵.晚清民国的学人与学术.北京:中华书局,2008年.

司马朝军、王文晖.黄侃年谱.武汉:湖北人民出版社,2005年.

孙中山选集.北京:人民出版社,1981年.

石原皋.闲话胡适.合肥:安徽人民出版社,1985年.

苏精.近代藏书三十家(增订本).北京:中华书局,2009年.

唐宝林.陈独秀全传.北京:社会科学文献出版社,2013年.

唐德刚.从孙文到毛泽东:中国革命简史.台北:台湾远流出版事业股份有限公司,2014年.

唐德刚.胡适杂忆.桂林:广西师范大学出版社,2005年.

唐德刚.袁氏当国.桂林:广西师范大学出版社,2004年.

万仕国.刘师培年谱.扬州:广陵书社,2003年.

汪曾祺.汪曾祺散文.南宁:广西人民出版社,2006年.

汪荣祖.陈寅恪评传.南昌:百花洲文艺出版社,1992年.

汪原放.亚东图书馆与陈独秀.上海:学林出版社,2006年.

王锡荣.鲁迅生平疑案.上海:上海辞书出版社,2002年.

王锡荣.周作人生平疑案.桂林:广西师范大学出版社,2005年.

王震邦.独立与自由:陈寅恪论学.上海:上海人民出版社,2011年.

吴宓.吴宓日记.北京:生活·读书·新知三联书店,1998年.

吴宓.吴宓日记续编.北京:生活·读书·新知三联书店,2006年.

许有成、徐晓彬.于右任传.上海:复旦大学出版社,1997年.

许寿裳.章太炎传.天津:百花文艺出版社,2004年.

谢泳、智效民.逝去的大学.北京:同心出版社,2005年.

谢泳.逝去的年代.北京:文化艺术出版社,1999年.

谢泳.血色闻一多.北京:同心出版社,2005年.

西南联合大学北京校友会编.国立西南联合大学校史.北京:北京大学出版社,2006年.

肖伊绯.民国斯文.桂林:广西师范大学出版社,2014年.

熊权.《新青年》图传.西安:陕西人民出版社,2013年.

[美]易社强.战争与革命中的西南联大.北京:九州出版社,2012年.

杨树达.积微翁回忆录.北京:北京大学出版社,2007年.

杨亮功.早期三十年的教学生活·五四.合肥:黄山书社,2008年.

云南大学志·人物志(一).昆明:云南大学出版社,2000年.

云南省档案馆.私立五华文理学院档案资料汇编.昆明:云南大学出版社,2009年.

云南省档案馆.抗战时期的云南社会.昆明:云南人民出版社,2005年.

云南省档案馆.建国前后的云南社会.昆明:云南人民出版社,2009年.

在安徽.北京:中国文史出版社,1991年.

张德光日记(影印未刊稿).云南大学校史办刘兴育先生提供.

张陟遥.播火者的使命:幸德秋水的社会主义思想及其对中国的影响.北京:社会科学文献出版社,2013年.

张维.熊庆来传.昆明:云南教育出版社,2003年.

张志伟.西方哲学十五讲.北京:北京大学出版社,2004年.

章念驰.我的祖父章太炎.上海:上海人民出版社,2011年.

政协合肥市委员会文史资料委员会.范鸿仙.合肥:安徽人民出版社,1989年.

朱乔森编.朱自清全集.南京:江苏教育出版社,1997年.

朱文华.陈独秀评传:终身的反对派.青岛:青岛出版社,2005年.

朱汉国主编.南京国民政府纪实.合肥:安徽人民出版社,1993年.

朱希祖.朱希祖日记.北京:中华书局,2012年.

诸伟奇.古籍整理研究丛稿.合肥:黄山书社,2008年.

邹小站.章士钊传.郑州:河南文艺出版社,1999年.

周宁.地缘与学缘:一九二〇年代的安徽教育界(1920—1926).合肥:合肥工业大学出版社,2010年.

[美]周策纵.五四运动史.长沙:岳麓书社,1999年.

庄森.飞扬跋扈为谁雄:作为文学社团的新青年社研究.上海:东方出版中心,2006年.

左玉河.张东荪传.济南:山东人民出版社,1998年.

后 记

这本书拖得太久了。

从2013年接手选题到今天正式出版,倏忽之间,五年过去了。五年里,我一直牵挂着这本小书,像一个怀胎十月的母亲,期待着又一个孩子的平安问世。

现如今,这本书终于要与读者见面了。我内心起伏的情绪,已不再是关心这本书将会得到什么样的评价,而是感慨总算能给当初予我以信任的钱念孙先生一个交代了。

钱先生素有君子之风,道德文章,温和谦恭,一直是我尊敬的前辈与师长。十年前,我的第一本书《狂人刘文典》出版,在母校安徽大学举办首发式,钱先生即专程到场支持。这份情意,一直感念在怀。正因如此,当他2013年邀我撰写《刘文典传》时,我满口应承了。这于我,又是一分提携。

没想到,这本书一写就是两年。除了一如既往的工作忙碌,只能利用晚上和周末来写作的原因之外,更主要的是我跟自己较上了劲。《狂人刘文典》最初就是按照刘文典传记的格式写的,出版以后各方反响都还不错,本来只要补充些新资料,就是一本比较完备的传记了。但我从一开始就下了决心,要写就推倒重来,从架构布局到行文规范,完全按照一本新书来写。本书各章节与《狂人刘文典》已大不同,即便部分内容难免重合,也结合新资料和新认识做了全面修订。

之所以有此执念,除了感喟于刘文典一生命运和故事的精彩之外,更多是想向刘文典哲嗣刘平章先生表达一份敬意。数十年来，他一直默默搜集关于父亲的各种史料，并不顾年事已高，四方奔走，出资出力，为父亲出版文集、修缮坟墓、设立塑像、追讨藏书，赤子之心，苍天可鉴。平章先生一直关心我的刘文典研究，每有新发现，总会第一时间打电话或寄快件来相告，却从不干涉我的观点和表达，信任有加，感激在怀。

当然，这本书能够补充很多新资料，还有赖于诸多师长、朋友数年的搜罗、分享与关怀，他们是：诸伟奇、刘兴育、戴健、刘明章、鲁燕、查健、陈劲松、陈靖、程中业、疏利民、吴洁玲、龙美光、杨园、江贻隆、黄伟。合肥市图书馆李永钢馆长为查阅资料提供了最大方便。需要说明的是，书中引文，已尽量注明来源。涉及传主刘文典本人的文章或发言，一般均出自《刘文典全集（增订本）》，未再一一标注。

我的母校安徽大学，为刘文典塑立铜像，设立刘文典纪念室，成立文典学院，开办文典大讲堂，在挖掘、研究、传播刘文典方面做了大量努力。母校即将迎来九十华诞，恰逢本书又在安徽大学出版社出版，谨此献上一位学子的赤诚之礼。

从2005年初次接触有关刘文典的书籍算起，至今已逾十年。十年只为一人痴，本来可以有更多的选择，但我却在刘文典研究领域流连忘返、自得其乐，亦是一种冥冥之中的缘分。

令我欣慰的是，这些年，关注刘文典、研究刘文典的人逐渐多起来，不少高校的博士生、硕士生开始选择刘文典的学术成就或政治思想作为毕业论文选题，相信在不远的未来还将出现更多、更棒的研究成果。这样的话，我多年的努力和苦心，也算没有白费。

最后，还要向我爱的人和爱我的人表达感激之情。没有你们的理解、包容和支持，也不会有这本书。你们都幸福，是我最大的心愿。

斯人已远，犹有回响。挂一漏万，博君一哂。

2015年7月24日夜于淝上躬耕斋
2017年3月27日二稿于天鹅湖畔